SOMAN CHAINANI

La ESCUELA del BIEN Y DEL MAL

LA BOLA DE CRISTAL DEL TIEMPO

Ilustraciones de Iacopo Bruno

Traducción de Daniela Rocío Taboada

Argentina – Chile – Colombia – España
Estados Unidos – México – Perú – Uruguay

Título original: *The School For Good and Evil – A Crystal Of Time*
Editor original: HarperCollins*Publishers*
Traducción: Daniela Rocío Taboada

1.ª edición: agosto 2022

ISBN: 978-84-17854-63-8
E-ISBN: 978-84-19251-17-6
Depósito legal: B-12.135-2022

Fotocomposición: Ediciones Urano, S.A.U.
Impreso por: Rodesa, S.A. – Polígono Industrial San Miguel
Parcelas E7-E8 – 31132 Villatuerta (Navarra)

Impreso en España – *Printed in Spain*

Para Uma y Kaveen.

EN EL BOSQUE PRIMIGENIO
UNA ESCUELA DEL BIEN Y DEL MAL
DOS TORRES CUAL CABEZAS GEMELAS
UNA, LA DE LAS ALMAS PURAS
LA OTRA, LA DE LAS ALMAS MALVADAS
SI INTENTAS ESCAPAR, NUNCA LO LOGRARÁS
LA ÚNICA MANERA DE SALIR ES
A TRAVÉS DE UN CUENTO DE HADAS.

Pasado *P...*

ESCUELA del
BIEN Y DEL MAL

ente   Futuro

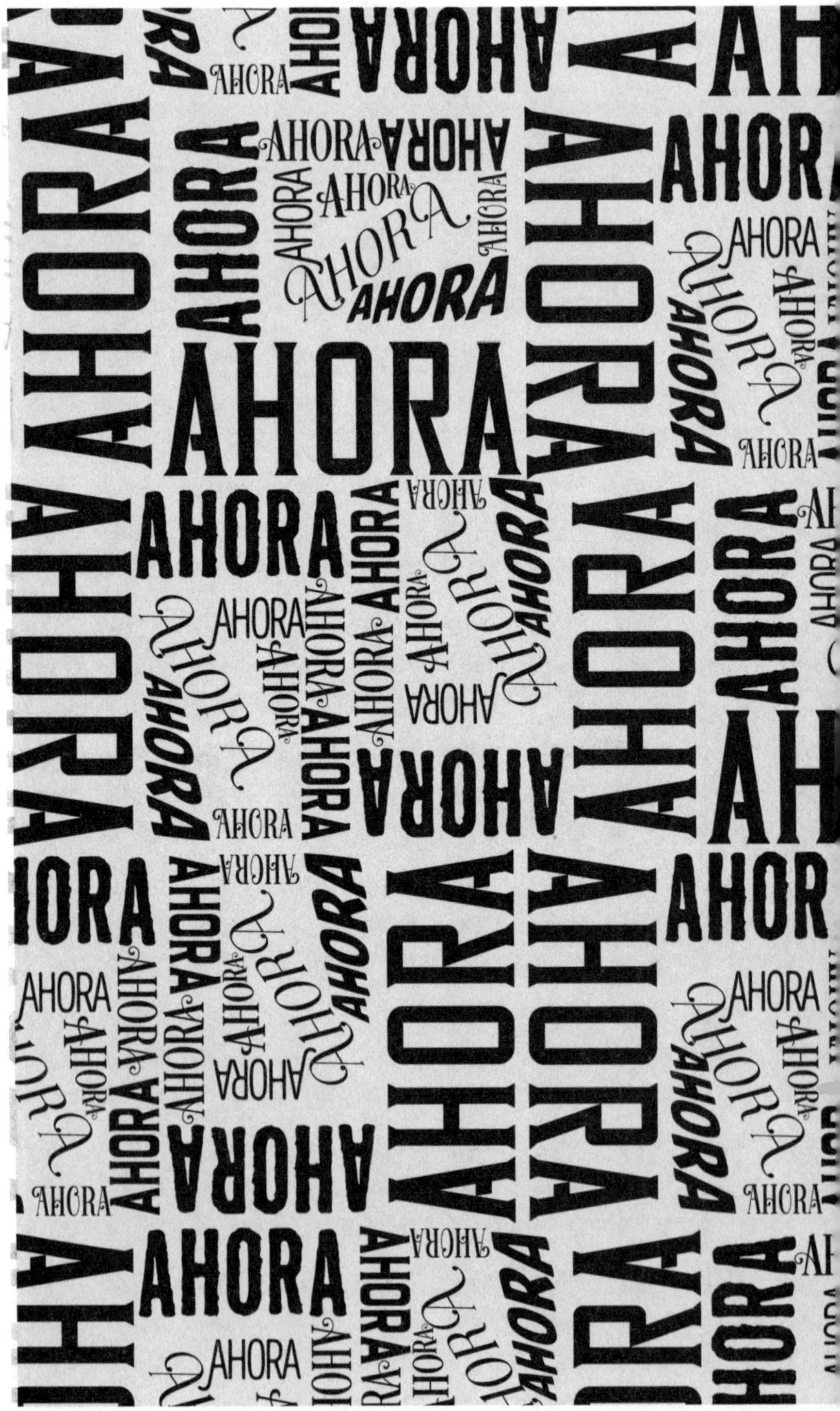
AHORA

1

La dama y la serpiente

Si el nuevo rey de Camelot intenta asesinar a tu amor verdadero, secuestrar a tu mejor amiga y cazarte como a un perro... será mejor que tengas un plan.

Pero Agatha no tenía ninguno.

No tenía aliados.

No tenía dónde esconderse.

Así que corrió.

Corrió tan lejos de Camelot como pudo, sin rumbo o destino a través del Bosque Infinito mientras su vestido negro se enganchaba en las ortigas y las ramas y el sol salía y se ponía... Corrió mientras
el bolso que contenía
la bola de cristal de
una de las Decanas
se balanceaba y le
golpeaba las costi-
llas... Corrió
mientras los carte-
les de SE BUSCA
con su rostro empe-
zaban a aparecer en

los árboles, una advertencia de que las noticias viajaban más rápido de lo que corrían sus piernas y de que ya no había ningún lugar seguro para ella.

El segundo día, tenía ampollas en los pies; los músculos le palpitaban, alimentados solo por bayas, manzanas y setas que había recogido por el camino. Parecía estar andando en círculos: la orilla humeante de Mahadeva, las fronteras de Gillikin, luego otra vez Mahadeva bajo el amanecer pálido. No podía pensar en un plan o en un refugio. No podía pensar en absoluto sobre el presente. Todos sus pensamientos estaban en el pasado: *Tedros encadenado… Sentenciado a morir… Sus amigos prisioneros… Merlín inconsciente mientras se lo llevaban… Un villano malvado llevando la corona de Tedros…*

Luchó contra el ataque de una neblina rosada, buscando el camino. ¿Acaso Gillikin no era el reino de la niebla rosada? ¿No se lo había enseñado Yuba, el gnomo, en la escuela? Pero había salido de Gillikin hace horas. ¿Cómo era posible que estuviera allí de nuevo? Necesitaba prestar atención… Necesitaba pensar en avanzar en vez de en retroceder… Pero en aquel momento solo veía nubes de niebla rosada adoptando la forma de una serpiente… De aquel chico enmascarado cubierto de escamas que había estado segura de que había muerto… Pero al que acababa de ver con vida…

Cuando logró abandonar sus pensamientos, la neblina ya había desaparecido y era de noche. Sin saber muy bien cómo, había terminado en el Bosque de Estínfalos, sin que hubiera ni rastro de un sendero. Llegó una tormenta cargada de relámpagos que brillaban entre los árboles. Agatha se ocultó bajo una seta venenosa gigante.

¿A dónde podía ir? ¿Quién podría ayudarla cuando todas las personas en las que confiaba estaban encerradas en un calabozo? Siempre había dependido de su propia intuición, su habilidad para crear un plan espontáneo. Pero ¿cómo podía pensar en un plan cuando ni siquiera sabía a quién se estaba enfrentando?

Vi a la Serpiente, muerto.

Pero luego no estaba muerto…

Y Rhian todavía estaba en el escenario…

Así que Rhian no puede ser la Serpiente.

La Serpiente es otra persona.

Estaban confabulados.

El León y la Serpiente.

Pensó en Sophie, quien había aceptado feliz el anillo de Rhian, pensando que contraería matrimonio con el caballero de Tedros. Sophie, quien creía haber hallado el amor, el amor *verdadero* que veía el Bien en su interior, solo para terminar siendo la rehén de un villano mucho más malvado que ella.

Al menos Rhian no lastimaría a Sophie. Todavía no. La necesitaba.

Aunque Agatha no supiera para qué.

Pero Rhian lastimaría a Tedros.

Tedros, quien había oído a Agatha decirle a Sophie la noche anterior que pensaba que era un fracaso como rey. Tedros, quien ahora dudaba de si su propia princesa creía en él. Tedros, quien había perdido su corona, su reino, su pueblo, y quien estaba en manos de su enemigo, a quien ayer había abrazado como a un hermano. Un enemigo que ahora afirmaba que *era* su hermano.

Agatha notó que el estómago le daba un vuelco. Necesitaba abrazar a Tedros y decirle que lo quería. Que nunca más dudaría de él. Que daría su vida por la suya si pudiera.

Te salvaré, pensó Agatha desesperada. *Aunque no tenga un plan y a nadie de mi lado.*

Hasta entonces, Tedros tendría que resistir, sin importar lo que Rhian y sus hombres le hicieran. Tedros tendría que encontrar la manera de continuar vivo.

Si no estaba muerto ya.

De pronto, Agatha echó a correr de nuevo, cegada por los rayos mientras atravesaba la última parte del Bosque de Estínfalos y luego pasaba por las playas aterradoras de Akgul con ceniza en vez de arena. La bola de cristal de Dovey le pesaba mucho y le golpeaba el mismo moratón en su costado, una y otra vez. Necesitaba descansar... Llevaba días sin dormir... pero su mente daba vueltas como una rueca rota...

Rhian sacó a Excalibur de la piedra.

Por eso es rey.

Agatha corrió más rápido.

Pero ¿cómo?

La Dama del Lago le dijo a Sophie que la Serpiente era el rey.

Pero Excalibur pensó que Rhian era el rey.

Y Arturo le dijo a Tedros que Tedros era el rey.

Algo está mal.

Algo está mágicamente mal.

Agatha contuvo el aliento, perdida en el laberinto de sus pensamientos. Necesitaba ayuda. Necesitaba *respuestas*.

La calidez húmeda se convirtió en un viento fuerte y luego en nieve cuando el bosque se abrió ante la extensión de la tundra. En medio de su frenesí insomne, Agatha se preguntó si había corrido durante meses y estaciones...

Pero entonces vio la sombra de un castillo a lo lejos, cuyas torres atravesaban las nubes bajas.

¿Camelot?

Después de todo aquello, en vez de encontrar a alguien que la ayudara, ¿había regresado junto al peligro? ¿Acaso había perdido todo ese tiempo?

Con lágrimas en los ojos, retrocedió y se giró para correr otra vez...

Pero no pudo dar ni un paso más.

Sus piernas cedieron y Agatha se desplomó sobre la nieve suave, con el vestido negro extendido a su alrededor como las alas de un murciélago. El sueño la golpeó con la fuerza y la rapidez de un martillo.

Soñó con una torre inclinada que subía hasta las nubes, construida con miles de jaulas doradas. Atrapado en cada jaula, había un amigo o un ser querido —Merlín, Ginebra, Lancelot, la profesora Dovey, Hester, Anadil, Dot, Kiko, Hort, su madre, Stefan, el profesor Sader, lady Lesso y más—, y todas hacían equilibrio apiladas, con las jaulas de Sophie y Tedros en la cima, listas para caer al vacío primero. Mientras la torre se balanceaba y se tambaleaba, Agatha se lanzó contra ella para evitar la caída, su cuerpo flaco y desgarbado era lo único que evitaba que sus amigos cayeran a la muerte. Pero justo cuando logró sujetar la columna flotante, una sombra apareció sobre la jaula más alta.

Mitad león. Mitad serpiente.

Una por una, la criatura tiró las jaulas de la torre.

Agatha despertó agitada, empapada de sudor a pesar de la nieve. Alzó la cabeza y vio que la tormenta había cesado; ahora el castillo que tenía delante era visible bajo el sol matutino.

Frente a él, dos puertas de hierro se abrían y cerraban contra las rocas; era la entrada a aquella fortaleza blanca erigida sobre un lago tranquilo y gris.

El corazón de Agatha se detuvo.

No era Camelot.

Era Avalon.

Algo en su interior la había llevado hasta allí.

Hasta la única persona que podía darle respuestas.

Algo en su interior había tenido en mente un plan en todo momento.

—¿Hola? —dijo Agatha delante de las aguas imperturbables.

No ocurrió nada.

—¿Dama del Lago? —intentó de nuevo.

Ni siquiera una ondulación en el agua.

El pecho le latía con nerviosismo. Tiempo atrás, la Dama del Lago había sido la mayor aliada del Bien. Era por eso que el alma de Agatha la había llevado hasta aquel sitio. Para conseguir ayuda.

Pero Chaddick también había acudido a la Dama del Lago en busca de ayuda.

Y había terminado muerto.

Agatha alzó la vista hacia la escalera en zigzag que ascendía hasta el círculo de torres blancas. La última vez que había estado en aquella orilla había sido con Sophie, buscando el cuerpo de Chaddick. Todavía quedaba un rastro de sangre oscura que manchaba la nieve donde habían encontrado al caballero de Tedros asesinado, dejándoles un mensaje provocador de la Serpiente.

Agatha nunca había visto el rostro de la Serpiente. Pero la Dama del Lago lo había visto cuando lo había besado.

Un beso que había quitado los poderes de la Dama y había traicionado al rey Tedros.

Un beso que había ayudado a la Serpiente a colocar un traidor en el trono de Tedros.

Porque eso era Rhian. Un traidor asqueroso que fingía ser el caballero de Tedros cuando siempre había estado confabulado con la Serpiente.

Agatha miró de nuevo el agua. La Dama del Lago había protegido a la Serpiente. Y no solo lo había protegido: se había *enamorado* de él y había perdido sus poderes por ello. Había desperdiciado una vida de servicio. Una sensación enfermiza recorrió la columna de Agatha. La Dama del Lago debería haber sido inmune a los encantos del Mal. Pero, en cambio, ya no podían confiar en ella.

Agatha tragó con dificultad.

No debería estar aquí, pensó.

Sin embargo… no podía acudir a nadie más. Tenía que correr el riesgo.

—¡Soy yo! ¡Agatha! —exclamó—. La amiga de Merlín. ¡Necesita tu ayuda!

Su voz resonó en la orilla.

Luego, el lago tembló.

Agatha inclinó el torso hacia adelante. No vio nada más que su propio reflejo en la superficie plateada.

Pero entonces, su rostro en el agua empezó a cambiar.

Poco a poco, el reflejo de Agatha mutó al de una vieja bruja arrugada, con mechones de pelo blanco pegados a su cabeza calva y piel manchada colgando de sus mejillas. La bruja yacía sumergida en el lago como un troll bajo un puente, fulminando a Agatha con la mirada. El agua transportaba su voz, baja y distorsionada.

—Hicimos un *trato. Respondí* la pregunta de Merlín —siseó la Dama del Lago—. Le permití que me preguntara una cosa, *una* sola, a cambio de que no regresara nunca más. Así que ahora intenta incumplir nuestro trato *enviándote?* Vete. No eres bienvenida aquí.

—¡No me ha enviado él! —protestó Agatha—. ¡Merlín está *prisionero*! Hay un nuevo rey de Camelot llamado Rhian. Ha encerrado a Tedros, Merlín, la profesora Dovey y a todos nuestros amigos en el calabozo. ¡Y Merlín está herido! ¡Morirá si no lo salvo! ¡Y Tedros también! El hijo de Arturo. El rey verdadero.

La expresión de la Dama carecía de alarma, horror o siquiera pena.

—¿Es que no me oyes? ¡Tienes que ayudarlos! —suplicó Agatha—. Juraste proteger al rey…

—Y lo *protegí* —replicó la Dama—. Te lo dije cuando viniste la última vez. El chico de la máscara verde tenía la sangre de Arturo en las venas. Y no solo la sangre del hijo de Arturo. La sangre del hijo *mayor* de Arturo. La olí cuando tenía mis poderes. Conozco la sangre del Rey Verdadero. —Hizo una pausa. Su rostro se ensombreció—. Ese chico también tenía poderes. Poderes fuertes. Percibió mi secreto: que me sentía sola aquí, protegiendo el reino, protegiendo al Bien, en esta tumba fría y acuosa… sola… Siempre sola. Sabía que entregaría mi magia por amor si alguien me diera la oportunidad. Y él me la ofreció. La oportunidad que Arturo nunca me dio. A cambio de un solo beso, el chico prometió librarme de esta vida… Podría ir a Camelot con él. Podría tener amor. Podría tener a alguien que fuera mío, al igual que tú… —Apartó la vista de Agatha y se encorvó todavía más—. No sabía que renunciar a mis poderes implicaría *esto*. Que me convertiría en una anciana, que estaría más sola que nunca. No sabía que su promesa no significaba nada. —Cerró los ojos—. Pero, claro, está en su derecho. Es el rey. Y yo sirvo al rey.

—¡Excepto que el rey *no es* el chico al que besaste! ¡*Rhian* es el rey! ¡El chico al que llaman el León, no es el chico que vino a verte! —insistió Agatha—. El chico al que besaste era la *Serpiente*. Te besó para arrebatarte tu magia y privar al Bien de tu poder. Te besó para ayudar al *León* a convertirse en rey. ¿Es que no lo ves? ¡Te engañó! Y ahora necesito saber quién es esa Serpiente. Porque si pudo engañarte a ti, ¡también podría haber engañado a Excalibur! Y si logró engañar a Excalibur, eso explicaría cómo un villano malvado terminó en el trono de Tedros.

La Dama del Lago se acercó hacia Agatha, con su rostro maltrecho debajo de la superficie.

—Nadie me engañó. El chico al que besé tenía la sangre de Arturo. El chico al que besé era el *rey*. Así que si le di un beso a «la Serpiente», como tú le llamas, entonces la Serpiente es quien sacó en buena ley a Excalibur de la piedra y quien ahora ocupa el trono.

—Pero ¡la Serpiente no sacó a Excalibur! ¡Eso es lo que intento decirte! —exclamó Agatha—. ¡*Rhian* lo hizo! ¡Y yo vi a la Serpiente *allí*! Están confabulados para engañar a los habitantes del Bosque. Así es como lograron engañarte a ti y a la espada.

La Dama atravesó el agua.

—Olí su sangre. Olí a un *rey*. —Su voz sonaba como un trueno—. Y aunque pudieran «engañarme», como afirmas con tanto descaro, es *imposible* que hayan podido engañar a Excalibur. Nadie puede ser más listo que el arma más poderosa del Bien. Quien haya sacado a Excalibur de la piedra es el heredero de sangre de Arturo. Fue el mismo chico que protegí. *Él* es el rey verdadero… No ese que Merlín y tú defendéis.

La Dama empezó a hundirse en el agua.

—No te vayas —dijo Agatha con un grito ahogado—. No puedes permitir que mueran.

La Dama del Lago hizo una pausa, su cráneo brillaba bajo el agua como una perla. Esta vez, cuando alzó la vista, el hielo en sus ojos se había derretido. Lo único que Agatha vio fue tristeza.

—El problema en el que Merlín y tus amigos se hayan metido es cosa suya. Sus destinos ahora están en manos del Cuentista —dijo la Dama con suavidad—. Enterré a ese chico, Chaddick, tal y como me pediste. Ayudé a Merlín tal y como él quería. Ya no tengo nada. Así que por favor… solo vete. No puedo ayudarte.

—Sí que puedes —suplicó Agatha—. Eres la única que ha visto el rostro de la Serpiente. Eres la única que sabe quién es. Si me muestras el aspecto que tiene la Serpiente, podré averiguar de dónde vienen él y Rhian. ¡Podré demostrar a todos que son unos mentirosos! Podré demostrar que Tedros es quien debería ocupar el trono...

—Lo hecho, hecho está —respondió la Dama del Lago—. Mi lealtad es para con el rey.

Siguió sumergiéndose...

—¿El verdadero rey lastimaría a Merlín? —gritó Agatha—. ¿El heredero de Arturo rompería la promesa que te hizo y te dejaría *así*? Has dicho que Excalibur no comete errores, pero *tú* creaste Excalibur y *tú* cometiste un error. Y lo sabes. ¡Mírate! Por favor. Escúchame. La Verdad se ha convertido en Mentira y la Mentira en la Verdad. El Bien y el Mal se han vuelto lo mismo. Un León y una Serpiente se han confabulado para robar la corona. Ya ni siquiera tu espada sabe distinguir a un rey. En algún lugar de tu interior, sabes que digo la Verdad. La Verdad *real*. Solo te pido que me muestres el rostro de la Serpiente. Dime qué aspecto tiene el chico al que besaste. Responde mi pregunta y no regresaré nunca más. Hagamos el mismo trato que hiciste con Merlín. Y te lo juro: cumpliré este trato.

La Dama del Lago miró a Agatha a los ojos. En las profundidades del agua, la ninfa extendió su atuendo silencioso y harapiento como una medusa muerta. Luego, se sumergió en sus profundidades y desapareció.

—*No* —susurró Agatha.

Cayó de rodillas en la nieve y se cubrió el rostro con las manos. No tenía hechicero, Decanas, príncipe o amigos en los que confiar. No tenía a dónde ir. A quién acudir. Y ahora, la última esperanza del Bien la había abandonado.

Pensó en su príncipe encadenado... Pensó en Rhian sujetando a Sophie, su esposa y prisionera... Pensó en la Serpiente, sonriéndole con malicia en el castillo, como si aquello solo fuera el principio...

Un borboteo surgió del lago.

Agatha miró entre sus dedos y vio un pergamino enrollado flotando hacia ella.

Con el corazón acelerado, Agatha tomó el pergamino y lo abrió.

La Dama le había dado una respuesta.

—Pero… Pero es *imposible*… —espetó, mirando el lago.

El silencio solo fue más profundo.

Agatha parpadeó y observó de nuevo el pergamino húmedo: el retrato de un chico hermoso en tinta negra.

Un chico al que Agatha conocía.

Sacudió la cabeza de lado a lado, atónita.

Porque Agatha le había pedido a la Dama del Lago que dibujara el rostro de la Serpiente. La Serpiente que había besado a la Dama y la había abandonado para que se pudriera. La Serpiente que había matado a los amigos de Agatha y que se había escondido tras una máscara. La Serpiente que había unido fuerzas con Rhian y lo había convertido en rey.

Solo que la Dama del Lago no había dibujado el rostro de la Serpiente.

Había dibujado el de Rhian.

2

Melena de león

Hester, Anadil y Dot estaban sentadas atónitas en una celda apestosa, rodeadas de otros compañeros de misión: Beatriz, Reena, Hort, Willam, Bogden, Nicola y Kiko. Hacía unos minutos, habían estado en el balcón del castillo en una celebración que involucraba a todo el Bosque. Junto a Tedros y a Agatha, habían presentado el cadáver de la Serpiente ante el pueblo y habían declarado la victoria de Camelot sobre un enemigo despiadado.

Y ahora estaban en la prisión de Camelot, condenadas como si fueran enemigas.

Hester esperó a que alguien dijera algo… a que alguien tomara la iniciativa…

Pero en general era Agatha quien lo hacía. Y Agatha no estaba allí.

A través del muro de la

celda, oía el sonido amortiguado de la ceremonia que continuaba, convertida en la coronación del rey Rhian.

—*A partir de hoy, seréis libres de un rey que os cerró las puertas cuando lo necesitabais* —declaró Rhian—. *Un rey que actuó como un cobarde mientras una Serpiente arrasaba sus reinos. Un rey que fracasó en la prueba de su padre. A partir de hoy, tendréis a un rey de verdad. El heredero legítimo del rey Arturo. Puede que estemos divididos entre el Bien y el Mal, pero somos un solo Bosque. El rey falso será castigado. Los pueblos olvidados no volverán a caer en el olvido. Ahora, ¡el León os escuchará!*

—*¡LEÓN! ¡LEÓN! ¡LEÓN!* —cantaban.

Hester notó que su demonio tatuado echaba vapor rojo en su cuello. A su lado, Anadil y Dot tiraban de los vestidos pasteles que les habían obligado a ponerse para la ceremonia, junto a sus rizos remilgados y prolijos. Nicola se arrancó una tira del vestido para vendar de nuevo una herida que Hort se había hecho en el hombro durante la batalla contra la Serpiente, mientras que Hort daba patadas en vano a la puerta de la celda. Beatrix y Reena intentaban encender el brillo de sus dedos sin éxito y las tres ratas negras de Anadil continuaban asomando las cabezas de su bolsillo, esperando órdenes, antes de que Anadil volviera a meterlas dentro. En un rincón, el pelirrojo Willam y el escuálido Bogden analizaban nerviosos las cartas del tarot; Hester oyó que susurraban: «regalos malos»... «se lo advertí»... «debería haberme escuchado».

Nadie habló durante un buen rato.

—Podría ser peor —dijo al fin Hester.

—¿Cómo podría ser *peor*? —chilló Hort—. El chico que creíamos que era nuestro salvador y nuevo mejor amigo ha resultado ser la escoria más malvada del planeta.

—Deberíamos haberlo sabido. Todos los chicos que quieren a Sophie suelen ser horribles —susurró Kiko.

—No suelo defender a Sophie, pero esto no ha sido culpa de ella —dijo Dot, sin lograr convertir la cinta de su pelo en chocolate—. Rhian la ha engañado al igual que nos ha engañado a todos.

—¿Quién dice que la ha engañado? —comentó Reena—. Quizás ella ha estado al corriente del plan durante todo este tiempo. Tal vez por eso aceptó su anillo.

—¿Para robarle a *Agatha* su lugar como reina? Ni siquiera Sophie es tan Mala —respondió Anadil.

—Nos hemos quedado quietos en vez de dar pelea —dijo Nicola, abatida—. Deberíamos haber hecho algo…

—¡Todo ha ocurrido demasiado rápido! —exclamó Hort—. En un segundo, los guardias han dejado de exhibir el cadáver de la Serpiente, han capturado a Tedros y han golpeado a Merlín en la cabeza.

—¿Alguien ha visto a dónde se los han llevado? —preguntó Dot.

—¿O a Ginebra? —dijo Reena.

—¿Y Agatha? —preguntó Bogden—. La última vez que la he visto, estaba corriendo entre la multitud…

—¡Quizás ha escapado! —sugirió Kiko.

—O quizá la multitud la haya matado a golpes —dijo Anadil.

—Mejor que se haya arriesgado antes de quedar atrapada aquí dentro —dijo Willam—. He vivido en Camelot la mayor parte de mi vida. Estas mazmorras son inmunes a los hechizos mágicos. Nadie jamás ha podido escapar de aquí.

—No nos quedan amigos que puedan *sacarnos* de aquí —replicó Hort.

—Y dado que ya no somos útiles para Rhian, es probable que nos corte la cabeza antes de la cena —protestó Beatrix y miró a Hester—. Así que dime, bruja sabia, ¿cómo podría ser peor?

—Tedros podría estar en nuestra celda —respondió Hester—. Eso sería peor.

Anadil y Dot se rieron.

—*Hester* —dijo una voz.

Se giraron y vieron a la profesora Clarissa Dovey asomando la cabeza entre los barrotes de la celda contigua, con el rostro pálido y sudoroso.

—Tedros y Merlín podrían estar muertos. El legítimo rey de Camelot y el mejor hechicero del Bien —chilló la Decana del Bien—. Y en vez de pensar en un plan para ayudarlos, ¿estás *bromeando*?

—Esa es la diferencia entre el Bien y el Mal. El Mal sabe ver el lado positivo —murmuró Anadil.

—No quiero ser grosera, profesora, pero ¿no deberías ser tú quien pensara un plan? —dijo Dot—. Eres una Decana y nosotros técnicamente todavía somos *estudiantes*.

—No se ha comportado como una Decana —protestó Hester—. Ha estado en esa celda durante los últimos diez minutos y no ha dicho ni una palabra.

—Porque estaba intentando pensar en… —empezó a decir Dovey, pero Hester la interrumpió.

—Sé que las hadas madrinas estáis acostumbradas a resolver los problemas con polvo de hadas y varitas mágicas, pero la magia no nos salvará en esta ocasión. —Hester notaba que su demonio estaba más caliente mientras volcaba su frustración en la Decana—. Después de enseñar en la escuela donde el Bien siempre gana, quizás estás en negación y no aceptas que el Mal haya ganado. El Mal que ha fingido ser el Bien, lo cual en mi opinión es *hacer trampa*. Pero ha ganado. Y si no despiertas y enfrentas el hecho de que estamos luchando contra alguien que no sigue las reglas, entonces nada de lo que «pienses» servirá jamás para vencerlo.

—Especialmente sin tu bola de cristal mágica rota —añadió Anadil.

—O sin tu varita rota —observó Dot.

—¿Tienes siquiera tu Mapa de Misiones? —le preguntó Hort a Dovey.

—Probablemente también esté roto —resopló Anadil.

—¡Cómo os atrevéis a hablarle así! —bramó Beatrix—. La profesora Dovey ha dedicado su *vida* a sus estudiantes. Para empezar, es por eso que está en una celda. Sabéis muy bien que ha estado enferma, *muy* enferma, y que Merlín le ordenó quedarse en la escuela cuando la Serpiente atacó Camelot. Pero aun así, vino a protegernos. A todos nosotros, al Bien y al Mal. Ha estado al servicio de la escuela durante —Beatriz miró el pelo plateado de Dovey y sus arrugas marcadas— quién sabe cuánto tiempo y ¿vosotros le habláis como si os debiera algo? ¿Le hablaríais así a lady Lesso? ¿A lady Lesso, que *murió* para proteger a la profesora Dovey? Ella hubiera esperado que confiarais en su mejor amiga. Que la ayudaseis. Así que si respetabais a la Decana del Mal, entonces será mejor que también seais respetuosos con la Decana del Bien.

El silencio invadió la celda.

—Ha recorrido un largo camino, ya no es la tonta enamorada de Tedros que era en nuestro primer año —le susurró Dot a Anadil.

—Cállate —balbuceó Hester.

En cambio, la profesora Dovey revivió al oír el nombre de lady Lesso. Se ajustó el moño y alargó el cuerpo lo máximo que pudo entre los barrotes para acercarse más a sus estudiantes.

—Hester, es lógico que te enfades cuando sientes impotencia. Ahora mismo, todos nos sentimos igual. Pero escuchadme. Da igual lo negras que parezcan las cosas, Rhian no es Rafal. No ha demostrado tener ni una pizca de magia y no está protegido por un hechizo inmortal como lo estaba Rafal. Rhian solo ha llegado tan lejos gracias a las *mentiras*. Nos mintió sobre su origen. Nos mintió sobre su identidad. Y no tengo duda de que miente sobre su derecho a la corona.

—Sin embargo, logró sacar a Excalibur de la piedra —replicó Hester—. Así que o dice la verdad sobre ser el hijo del rey Arturo… o puede que después de todo, sea un hechicero.

La profesora Dovey refutó la idea.

—Aunque haya sacado la espada, mi instinto me dice que no es el hijo de Arturo ni el rey verdadero. No tengo pruebas, claro, pero creo que hay una razón por la cual el expediente de Rhian nunca pasó por mi escritorio ni por el de lady Lesso como posible estudiante, cuando cada niño, Bueno *o* Malo, tiene un expediente en la escuela. Afirma haber asistido a la Escuela de Chicos de Foxwood, pero podría ser mentira, al igual que todas las que ha dicho. Y las mentiras solo lo llevarán hasta cierto punto sin habilidades, sin disciplina y entrenamiento, algo que todos mis estudiantes poseen a raudales. Si seguimos un plan, podremos estar un paso por delante de él. Así que escuchad con atención. Primero, Anadil, tus ratas serán nuestras espías. Envía una en busca de Merlín, la segunda en busca de Tedros y la tercera tras Agatha, esté donde esté.

Los roedores de Anadil sacaron la cabeza de sus bolsillos, felices de tener utilidad por fin, pero Anadil las retuvo de nuevo.

—¿Crees que no se me había ocurrido? Ya has oído a Willam. El calabozo es impenetrable. No tendrán manera de… *¡Ay!*

Una de sus ratas la había mordido y ahora las tres se escabullían entre sus dedos, olisqueando y hurgando en los muros de la celda, antes de entrar apretadas por tres grietas diferentes y desaparecer.

—Las ratas siempre encuentran un camino. Es lo que las hace ratas —dijo la profesora Dovey, girando la cabeza para ver una de las grietas a través de las que uno de los roedores había salido, por donde ahora entraba un resplandor dorado—. Nicola, ¿qué ves por ese agujero?

Nicola presionó el rostro contra la pared y colocó su ojo en la grieta. La alumna de primer año tocó el agujero con la uña del pulgar, palpando el polvo de piedra húmeda. Claramente el calabozo, al igual que el resto del castillo en ruinas, no había sido fortificado ni mantenido en buen estado. Con la punta de su pinza para el pelo, Nicola retiró más suciedad y piedra, y así ensanchó un poco el agujero, por el cual entró más luz.

—Veo… luz solar… y una colina…

—¿Luz solar? —resopló Hort—. Nic, sé que en el Mundo de los Lectores hacéis las cosas de manera diferente, pero en nuestro mundo los calabozos están *bajo* tierra.

—¿Esa es una de las ventajas de tener novio? ¿Que me explique cosas que ya sé? —dijo Nicola mordazmente, forzando la vista por el hoyo—. Puede que los calabozos estén bajo tierra, pero nosotros estamos sobre el lateral de una colina. Es la única explicación que justifica que vea el castillo. —Retiró más suciedad con su pinza—. También veo personas. Muchas, agrupadas en la cima de la colina. Están observando la Torre Azul. Deben de estar mirando a Rhian…

La voz del rey sonó más fuerte a través del agujero.

—*Toda la vida habéis servido a una pluma. Nadie sabe quién la controla o qué quiere y, sin embargo, la veneráis, le suplicáis que escriba sobre vosotros. Pero nunca lo hace. Ha gobernado este Bosque durante miles de años. ¿Y de qué os ha servido? En cada nueva historia, la pluma escoge a otros para la gloria. A los cultos. A los hijos de esa escuela. Y nunca os dejan nada para vosotros, los trabajadores, los invisibles. Para vosotros, las historias reales del Bosque Infinito.*

El grupo oyó que la multitud gritaba.

—Nunca habló tanto cuando estaba con nosotros —comentó Dot.

—Denle al chico un escenario —bromeó Anadil.

—Nicola, ¿ves el balcón donde está Rhian? —preguntó Dovey.

Nicola negó con la cabeza. La profesora Dovey miró a Hester.

—Haz que tu demonio agrande ese agujero. Necesitamos ver el escenario.

Hester frunció el ceño.

—Puede que tú puedas convertir calabazas en carruajes, profesora, pero si piensas que mi demonio nos sacará de aquí cavando un túnel en una pared…

—No he dicho que nos sacara de aquí. He dicho que agrandase ese agujero. Pero si prefieres dudar de mí mientras perdemos la oportunidad de que nos rescaten, entonces, por favor hazlo —replicó la profesora Dovey.

Hester maldijo en voz baja mientras su demonio tatuado se hinchaba en su cuello, se despegaba de la piel, volaba hacia el agujero y clavaba sus garras como picos en la piedra mientras gruñía tonterías indescifrables: ¡*Babayagababayagababayaga!*

—Cuidado —le advirtió Hester con tono maternal—, todavía tienes la garra lastimada desde Nottingham…

La chica se paralizó al ver algo negro difuso moviéndose a través del agujero. Su demonio también lo vio y retrocedió asustado… pero había desaparecido.

—¿Qué ocurre? —preguntó Anadil.

Hester inclinó el cuerpo hacia adelante, inspeccionando el agujero en la piedra.

—Parecía…

Pero es imposible que haya sido eso, pensó. *La Serpiente está muerto. Rhian lo mató. Vimos su cadáver…*

—Espera un segundo. ¿Has dicho *rescatar*? —preguntó Dot, girándose hacia Dovey—. Primero de todo, ya has oído a Willam: es imposible huir de esta prisión. Segundo, aunque lo fuera y convocáramos a la Liga de los Trece o a alguien más, ¿qué harían? *¿Atacar Camelot?* Rhian tiene guardias. Tiene a todo el Bosque a su favor. ¿Quién hay ahí fuera que pueda rescatarnos?

—Nunca he dicho que sería alguien de afuera —respondió la profesora Dovey con intención.

El grupo entero la observó.

—Sophie —dijo Hort.

—Rhian *necesita* a Sophie —explicó la Decana del Bien—. Cada rey de Camelot necesita a una reina para consolidar su poder, en especial un monarca como Rhian que es tan nuevo para el pueblo. El puesto de reina de Camelot es tan prestigioso como su contraparte. Es por eso que Rhian dio pasos cuidadosos para garantizar que Sophie, una leyenda y alguien querido por todo el Bosque, fuera *su* reina. A ojos del pueblo, lo mejor del Bien se está casando con lo mejor del Mal, lo cual eleva a Rhian por encima de las políticas de los Siempres y Nuncas y lo convierte en un líder convincente para los dos bandos. Además, tener a Sophie como reina apaciguará cualquier duda respecto de tener a un extraño misterioso como rey. Así que ahora que el rey tiene su anillo en el dedo de Sophie, hará todo lo posible para conservar la lealtad de la joven… pero en última instancia, Sophie todavía está de *nuestro* lado.

—No necesariamente —dijo Reena—. La última vez que Sophie se puso el anillo de un chico, fue el de Rafal, y estuvo de su lado contra toda la escuela y casi nos mata a todos. ¿Y ahora quieres que confiemos en la misma chica?

—*No* es la misma chica —la desafió la profesora Dovey—. Es por eso que Rhian la escogió para que fuera su reina.

Porque Sophie es la única persona en el Bosque que el Bien y el Mal reclaman como propia: es a la vez la asesina del Director del Mal y la nueva Decana del Mal. Pero nosotros sabemos dónde reside la verdadera lealtad de Sophie. Nadie puede discutir que todo lo que ha hecho en esta misión ha sido para proteger a su grupo y la corona de Tedros. Aceptó el anillo de Rhian porque, además de estar enamorada de él, pensaba que era el vasallo de Tedros. Aceptó la mano de Rhian por amor a sus amigos, no a pesar de ellos. Da igual lo que Sophie tenga que hacer para permanecer viva, no podemos dudar de ese amor. No cuando nuestras vidas dependen de ella.

Beatrix frunció el ceño.

—Todavía no confío en ella.

—Yo tampoco —dijo Kiko.

—Bienvenidas al club —añadió Anadil.

La profesora Dovey las ignoró.

—Ahora, el resto del plan. Esperaremos que las ratas de Anadil regresen con noticias sobre los demás. Luego, cuando llegue el momento, le enviaremos un mensaje a Sophie a través de ese agujero y crearemos un canal de comunicación. A partir de eso, planearemos nuestro rescate —dijo la mujer, observando la abertura del tamaño de una moneda que el demonio de Hester había logrado cavar en la roca húmeda y agrietada. El discurso de Rhian se amplificó a través del hoyo.

—¡Y no olvidemos a mi reina! —proclamó.

El pueblo cantó:

—*¡Sophie! ¡Sophie! ¡Sophie!*

—¿Ya puedes ver el escenario, Nicola? —insistió la profesora Dovey.

Nicola inclinó el torso hacia adelante, con el ojo sobre el agujero.

—Casi. Pero está demasiado arriba de la colina y nosotros estamos en el lateral equivocado.

—Que tu demonio continúe cavando —le dijo Dovey a Hester—. Necesitamos ver ese escenario, da igual lo lejos que esté.

—*¿Por qué?* Ya has oído a la chica —protestó Hester, haciendo una mueca mientras su demonio golpeaba el agujero con su garra lastimada—. ¿De qué sirve tener una vista trasera del tamaño de un guisante?

—Uno de los guardias piratas de Rhian vendrá a vigilarnos pronto —continuó Dovey—. Hort, dado que tu padre era pirata, ¿asumo que conoces a esos chicos?

—Sí, pero no llamaría «amigo» a ninguno de ellos —respondió Hort, toqueteándose el calcetín.

—Bueno, *intenta* hacerte amigo de ellos —le instó Dovey.

—No quiero ser amigo de un grupo de matones —replicó Hort—. Son mercenarios. No son piratas *de verdad*.

—¿Y tú eres un profesor de historia de verdad? Porque si lo fueras, sabrías que incluso los piratas mercenarios se unieron a la Parlamentación Pirata para ayudar al rey Arturo a luchar contra el Caballero Verde —replicó Dovey—. Habla con esos chicos. Obtén toda la información posible.

Hort vaciló.

—¿Qué clase de información?

—*Cualquier* tipo de información —insistió la Decana—. Cómo conocieron a Rhian o de dónde viene Rhian realmente o…

A lo lejos, oyeron el crujido del metal y un golpe.

La puerta de hierro.

Alguien había entrado al calabozo.

Las botas resonaban sobre las rocas…

Dos piratas vestidos con la armadura de Camelot arrastraron el cuerpo inerte de un chico junto a la celda, sujetándolo cada uno por un brazo. El chico se resistía débilmente, tenía un ojo morado y cerrado, el traje y la camisa destrozados, el cuerpo ensangrentado y exhausto por las torturas a las que lo habían sometido desde que lo habían encadenado en el escenario.

—¿Tedros? —graznó Kiko.

El príncipe alzó la cabeza y, al ver a sus amigos, se lanzó hacia ellos y miró al grupo con su único ojo abierto.

—¿¡Dónde está Agatha!? —jadeó—. ¿¡Dónde está mi madre!?

Los guardias patearon las piernas de Tedros para hacerlo caer y tiraron de él por el pasillo hasta un sector sombrío y oscuro antes de lanzarlo dentro de una celda en un extremo del calabozo.

Pero desde donde estaba Hester, parecía que la celda del extremo del pasillo ya estaba ocupada, porque cuando lanzaron a Tedros ahí dentro, hicieron salir a un prisionero, más bien dicho a tres, que ahora se escabullían por el pasillo, libres y sin cadenas.

Mientras aquellos cautivos abandonaban las sombras, Hester, Anadil y Dot presionaron el cuerpo contra los barrotes y se encontraron cara a cara con otro aquelarre de tres. Aquellas trillizas ancianas pasaron rápido junto a ellas vestidas con túnicas grises, cabello entrecano largo hasta la cintura, extremidades huesudas y piel cobriza y curtida; sus cuellos y rostros idénticos eran largos y tenían frentes altas y simiescas, labios delgados y cenicientos y ojos almendrados. Sonrieron con arrogancia a la profesora Dovey antes de seguir a los piratas, salir del calabozo y cerrar la puerta de un golpe.

—¿Quiénes eran esas mujeres? —preguntó Hester, girándose hacia Dovey.

—Las hermanas Mistral —dijo la Decana con tono lúgubre—. Las consejeras del rey Arturo que destruyeron Camelot. Arturo acudió a las Mistral cuando Ginebra lo abandonó.

Después de la muerte de Arturo, ellas gobernaron con libertad sobre Camelot hasta que Tedros tuvo edad suficiente como para encarcelarlas. No sé por qué Rhian las ha liberado, pero sin duda no son buenas noticias. —La Decana exclamó hacia el pasillo—: Tedros, ¡¿me oyes?!

Los ecos del discurso de Rhian ahogaron cualquier respuesta, si acaso hubo una.

—Está herido —dijo Dovey al equipo de la misión—. No podemos abandonarlo aquí. ¡Tenemos que ayudarlo!

—¿Cómo? —preguntó Beatrix, nerviosa—. Las ratas de Anadil no están y estamos atrapados aquí. La celda de Tedros está en el extremo opuesto del…

Pero entonces oyeron que se abría de nuevo la puerta del calabozo.

Unos pasos suaves bajaron por la escalera. Una sombra alargada se proyectó sobre la pared y luego sobre los barrotes.

Bajo la luz oxidada de una antorcha, apareció una silueta con máscara verde. Su traje ajustado de cimitarras negras colgaba hecho jirones, exponiendo su joven torso pálido salpicado de sangre.

El grupo entero retrocedió hasta la pared. La profesora Dovey también.

—Pero es-estás… ¡*muerto!* —gritó Hort.

—¡Vimos tu cadáver! —dijo Dot.

—¡Rhian te *mató*! —dijo Kiko.

Los ojos azul hielo de la Serpiente los fulminaron a través de la máscara.

Sacó de detrás de la espalda una de las ratas de Anadil, que se retorcía en la mano férrea del chico.

La Serpiente alzó un dedo y la cimitarra negra escamosa que cubría la punta de su dedo se volvió afilada como un cuchillo. La rata emitió un chillido terrible.

—¡No! —gritó Anadil.

La Serpiente apuñaló al roedor en el corazón y lo tiró al suelo.

—Mis guardias están buscando a las dos que has enviado tras Merlín y Agatha —dijo él con voz grave y fría mientras se alejaba—. La próxima que encuentre, morirá junto a uno de vosotros.

No miró hacia atrás. La puerta de hierro se cerró detrás de él.

Anadil avanzó con torpeza, extendió los brazos entre los barrotes y tomó a su rata entre las manos… pero ya era demasiado tarde.

Lloró abrazando al animal contra el pecho mientras se doblaba hecha un ovillo en un rincón.

Hort, Nicola y Dot intentaron consolarla, pero lloraba tanto que empezó a temblar.

—Estaba muy asustada —sollozó Anadil mientras arrancaba una tira de su vestido y envolvía a la rata muerta—. Me miró sabiendo que moriría.

—Fue una secuaz fiel hasta el final —la consoló Hester.

Anadil enterró la cabeza en el hombro de su amiga.

—¿Cómo ha sabido la Serpiente que las otras ratas estaban buscando a Merlín y a Agatha? —preguntó Hort como si no hubiera más tiempo para llorar.

—Eso da igual —dijo Nicola—. ¿Cómo es posible que la Serpiente esté *vivo*?

El estómago de Hester dio un vuelco.

—Esa cosa que vi a través del agujero… Pensaba que no podía ser… —dijo, observando a su demonio que todavía martillaba la grieta en la piedra, sin sentirse intimidado por la Serpiente. Hester miró al grupo—. Era una cimitarra.

—Entonces, ¿nos ha estado escuchando durante *todo este tiempo*? —preguntó Beatrix.

—¡Significa que lo sabe todo! —dijo Hort, señalando el agujero—. Será imposible enviarle un mensaje a Sophie. Probablemente la cimitarra sigue afuera, ¡escuchándonos en este mismo instante!

Aterrados, miraron a la profesora Dovey, que observaba el pasillo hacia la escalera.

—¿Qué ocurre? —preguntó Hester.

—Su voz —respondió Dovey—. Es la primera vez que la oigo. Pero me ha resultado… familiar.

El grupo intercambió miradas inexpresivas.

Luego, escucharon lo que el rey todavía proclamaba desde lejos:

—*Crecí sin nada y ahora soy vuestro rey. Sophie creció como una Lectora y ahora será vuestra reina. Somos igual que vosotros…*

—De hecho, sonaba un poco como Rhian —comentó Hester.

—Muy parecido a Rhian —añadieron Willam y Bogden al unísono.

—*Exactamente* como Rhian —concluyó la profesora Dovey.

Se oyó un crujido en la pared.

El demonio de Hester había retirado otra roca del tamaño de un guijarro que estaba sobre el agujero, lo cual aumentó la apertura del hoyo, antes de agotar todas sus fuerzas y regresar al cuello de su ama.

—Ahora sí que veo el escenario —dijo Nicola, posando el ojo sobre el agujero—. Solo un *poco*…

—Bien, podemos hacer un hechizo espejo desde aquí. No puedo lanzarlo desde mi celda, pero Hester sí que puede —explicó la profesora Dovey—. Hester, es el encantamiento que te enseñé después de que Sophie se mudara a la torre del Director. El que nos permitió espiarla para asegurarnos de que no estuviera haciendo un maleficio vudú contra mí o invocando el fantasma de Rafal.

—Profesora, ¿cuántas veces tenemos que decirte que la magia no funciona dentro del calabozo? —gruñó Hester.

—*Dentro* del calabozo —repitió la Decana.

Los ojos de Hester brillaron. Era por eso que Dovey era una Decana y Hester todavía era estudiante. Nunca debería haber dudado de la mujer. Con rapidez, Hester se aproximó al muro, introdujo la punta del dedo en el agujero diminuto hasta notar el calor del verano. Sintió que su dedo se encendía y echaba chispas rojas brillantes. La primera regla de la magia es que se alimenta de emociones, y cuando se trataba de su odio hacia Rhian, Hester tenía suficiente poder como para iluminar todo Camelot.

—¿Seguro que deberíamos estar haciendo eso? —preguntó Kiko—. Si la cimitarra sigue fuera…

—¿Por qué mejor no te mato y así no tendrás que preocuparte? —replicó Hester.

Kiko frunció los labios.

Aunque tiene razón, pensó con amargura Hester. La cimitarra podría estar al otro lado del agujero, escuchando… pero debían correr el riesgo. Ver mejor el escenario les permitiría ver a Sophie con Rhian. Les permitiría ver en qué bando estaba Sophie realmente.

Con rapidez, Hester alineó su ojo con el agujero para divisar el escenario, que parecía una caja de cerillas desde aquella distancia. Y lo que era peor, tal y como había dicho Nicola, no se veía el frente del escenario: solo un lateral, con Rhian y Sophie de espaldas a ella, en lo alto de la multitud.

Aun así, debería bastar.

Hester apuntó el brillo de su dedo directo hacia Rhian y Sophie. Centró la mitad de su mente en el ángulo del escenario que quería espiar; con la otra mitad, pensó en la celda húmeda y sucia frente a ella...

—*Reflecta asimova* —susurró.

De inmediato, una proyección bidimensional apareció dentro de la celda, flotando en el aire como una pantalla. Con colores tenues, como una pintura borrosa, la proyección les otorgó una visión aumentada de lo que ocurría en el balcón de la Torre Azul en tiempo real. En esa escena, podían ver a Rhian y a Sophie de cerca, pero solo de perfil.

—Entonces, ¿un hechizo espejo permite ver más grande cualquier cosa que esté lejos? —comentó Hort con los ojos abiertos de par en par—. ¿Por qué nadie me enseñó este hechizo en la escuela?

—Porque todos sabemos cómo lo hubieras utilizado —lo reprendió la profesora Dovey.

—¿Por qué no los vemos de frente? —protestó Beatrix, analizando a Rhian y a Sophie—. No les veo la cara...

—El hechizo aumenta el ángulo que yo veo a través del agujero —replicó Hester de mal humor—. Y desde aquí, solo veo el lateral del escenario.

En la proyección, Rhian todavía estaba hablando al público, su silueta alta y esbelta vestida con un traje azul y dorado estaba bajo la sombra mientras sostenía a Sophie con un brazo.

—¿Por qué no huye? —preguntó Nicola.

—¿O por qué no le lanza un hechizo? —dijo Willam.

—¿O le da una patada en los cataplines? —añadió Dot.

—No. No es eso —respondió Hester—. Mirad bien.

El grupo siguió la mirada de la chica. Aunque no podían ver el rostro de Rhian ni el de Sophie, miraron con más atención la espalda de la reina, que temblaba bajo la mano de Rhian con su vestido rosado... Los nudillos de Rhian estaban blancos mientras la sujetaba... Y con la otra mano, presionaba Excalibur contra la columna de Sophie...

—Ese asqueroso retorcido —comentó Beatrix y miró a Dovey—. Has dicho que Rhian quiere que Sophie continúe siéndole leal. ¿Cómo lo conseguirá apuntándola con una espada?

—Muchos hombres han logrado que sus esposas les fueran leales a punta de espada —respondió la Decana con seriedad. Dot suspiró.

—Sophie sin dudas tiene el peor gusto en chicos.

De hecho, solo veinte minutos antes, Sophie había saltado a los brazos de Rhian y lo había besado, creyendo que estaba comprometida con el nuevo caballero de Tedros. Pero ahora, aquel caballero era el enemigo de Tedros y amenazaba con matar a Sophie a menos que ella le siguiera la corriente en su farsa.

Pero eso no era todo lo que veían desde la distancia.

Había alguien más en el escenario observando la coronación.

Alguien oculto en el balcón, fuera de la vista de la multitud.

La Serpiente.

Estaba de pie allí, con su traje de cimitarras ensangrentado y roto, observando al rey mientras hablaba.

—Primero, necesitamos que nuestra princesa se convierta en reina —proclamó Rhian ante el pueblo, cuya voz sonaba amplificada en la celda—. Y como futura reina, será el honor de Sophie planificar la boda. Nada de esos espectáculos reales pretenciosos del pasado. Sino una boda que nos acerque a vosotros. ¡Una boda para el pueblo!

—*¡Sophie! ¡Sophie! ¡Sophie!* —cantó la multitud.

Sophie se retorció bajo la mano de Rhian, pero él presionó con más fuerza la espada contra ella.

—Sophie ha preparado una semana entera de fiestas, banquetes y desfiles —continuó él—. ¡Que concluirán con la boda y la coronación de vuestra nueva reina!

—*¡La reina Sophie! ¡La reina Sophie!* —coreaban las masas.

Sophie se enderezó al escuchar la adoración de la multitud.

En un segundo, se apartó de Rhian, desafiándolo a que le hiciera algo.

Rhian quedó paralizada, todavía sujetándola con fuerza. Aunque tenía el rostro cubierto de sombra, Hester vio que miraba a Sophie.

La multitud guardó silencio. Se percibía la tensión.

Lentamente, el rey Rhian miró al pueblo.

—Parece que nuestra Sophie tiene una petición —dijo, con calma y serenidad—. Una petición que lleva haciéndome día y noche y que estaba dudando de si debía concedérsela porque esperaba que la boda fuera *nuestro* momento. Pero si hay algo que sé sobre ser rey es que lo que mi reina quiera, mi reina tendrá.

Rhian miró a su futura esposa, con una sonrisa fría en el rostro.

—Así que la noche de la ceremonia nupcial, por *insistencia* de la princesa Sophie… empezaremos con la ejecución del rey impostor.

Sophie retrocedió atónita y estuvo a punto de cortarse con el filo de Excalibur.

—Lo cual significa que en una semana a partir de hoy… Tedros *morirá* —concluyó Rhian, fulminando a Sophie con la mirada.

El pueblo de Camelot empezó a gritar y a avanzar en defensa del hijo de Arturo, pero los detuvieron miles de ciudadanos de otros reinos, reinos que Tedros había ignorado en el pasado y que ahora defendían con firmeza al nuevo rey.

—¡*TRAIDORA*! —le gritó un hombre de Camelot a Sophie.

—¡*TEDROS CONFIABA EN TI*! —gritó una mujer de Camelot.

—¡ERES UNA BRUJA! —gritó el hijo de la mujer.

Sophie los observó, sin palabras.

—Ahora vete, mi amor —dijo con dulzura Rhian, dándole un beso en la mejilla antes de guiarla hacia las manos de sus guardias armados—. Tienes una boda que planear. Y nuestro pueblo no espera nada menos que una celebración perfecta.

Lo último que Hester vio de Sophie fue su rostro horrorizado, mirando a su futuro esposo a los ojos, antes de que los piratas se la llevaran dentro del castillo.

Mientras la multitud cantaba el nombre de Sophie y Rhian presidía con calma en el balcón, en la celda todos estaban estupefactos y en silencio.

—¿Es verdad? —preguntó una voz que resonó por el pasillo. La voz de Tedros— ¿Que Sophie me quiere muerto? —añadió el príncipe—. ¿Eso es verdad?

Nadie le respondió, porque estaba ocurriendo algo más en el escenario, algo que el grupo veía en la proyección.

El cuerpo de la Serpiente estaba cambiando.

O más bien... sus prendas estaban cambiando.

Por arte de magia, las cimitarras restantes se recolocaron y formaron un traje ajustado que de inmediato se volvió dorado y azul: una inversión perfecta del traje que llevaba Rhian.

En cuanto la Serpiente conjuró su nuevo atuendo, Rhian pareció percibirlo, porque miró deprisa al chico enmascarado y reconoció su presencia por primera vez. Ahora, el equipo de la misión veía por completo el rostro bronceado de Rhian, su mandíbula fuerte, su pelo brillante como un casco de bronce, y sus ojos de un verde aguamarina inspeccionaron brevemente a la Serpiente, que todavía estaba fuera de la vista de la multitud. Rhian no parecía sorprendido de que su anterior némesis mortal estuviera vivo o de que hubiera cambiado mágicamente de ropa o de que llevara un atuendo parecido al suyo.

En cambio, Rhian le ofreció a la Serpiente el rastro más sutil de una sonrisa.

El rey miró de nuevo a la multitud.

—El Cuentista nunca os ayuda *a vosotros*. A las personas *reales*. Ayuda a la elite. Ayuda a quienes asisten a esa escuela. Entonces, ¿cómo es posible que sea la voz del Bosque cuando divide el Bien del Mal, los ricos de los pobres, los cultos de los ordinarios? Eso es lo que hace que nuestro Bosque sea vulnerable a un ataque. Eso es lo que permitió que una Serpiente se infiltrara en vuestros reinos. Eso es lo que estuvo a punto de mataros a todos. La pluma. La corrupción empieza con esa *pluma*.

El pueblo murmuró, de acuerdo con su rey.

Los ojos de Rhian recorrieron la multitud.

—Tú, Ananya de Netherwood, hija de Sisika de Netherwood. —Señaló a una mujer delgada y descuidada, sorprendida de que el rey supiera su nombre—. Durante treinta años has trabajado como una esclava en los establos de tu reino, despertándote antes del amanecer para preparar los caballos de la reina bruja de Netherwood. Caballos que has amado y criado para ir a la batalla. Sin embargo, ninguna pluma cuenta tu historia. Nadie sabe lo que has sacrificado, a quién has amado, o qué lecciones tienes para ofrecer… Lecciones más valiosas que cualquiera de las que puedan dar esas princesas engreídas que el Cuentista pueda escoger.

Ananya se ruborizó mientras quienes la rodeaban la miraban con admiración.

—Y tú, ¿qué hay de ti? —continuó Rhian, señalando a un hombre musculoso, acompañado de tres adolescentes con la cabeza rapada—. Dimitrov de Valle de Cenizas, cuyos tres hijos solicitaron plaza en la Escuela del Bien y fueron rechazados;

sin embargo todos saben que trabajáis de lacayos para los jóvenes príncipes de Valle de Cenizas. Día tras día, trabajáis hasta el cansancio, aunque en el fondo del corazón sabéis que esos príncipes no son mejores que vosotros. Aunque sabéis que os merecéis la misma oportunidad de alcanzar la gloria. ¿Vosotros también tenéis que morir sin que se cuenten vuestras historias? ¿Acaso *todos* vosotros tenéis que morir tan ignorados y olvidados?

Los ojos de Dimitrov estaban llenos de lágrimas mientras los hijos abrazaban a su padre.

Hester oyó que los murmullos de la multitud aumentaban, maravillados de que alguien con tanto poder honrara a personas como ellos. De que el rey los mirara siquiera.

—Pero ¿y si hubiera una pluma que contara vuestras historias? —sugirió Rhian—. Una pluma que no estuviera controlada por una magia misteriosa, sino por un hombre de vuestra confianza. Una pluma que estuviera a plena vista en vez de encerrada detrás de las puertas de la escuela. Una pluma hecha para un León. —Inclinó el torso hacia adelante—. El Cuentista no se preocupa por vosotros. Pero yo sí. El Cuentista no os salvó de la Serpiente. Pero yo sí. El Cuentista no responderá ante el pueblo. Pero yo sí. Porque quiero que todos vosotros alcancéis la gloria. Y *mi* pluma también.

—¡*Sí!* ¡*Sí!* —gritaba la muchedumbre.

—Mi pluma dará voz a los que no la tienen. Mi pluma contará la verdad. Vuestra verdad —anunció el rey.

—¡*Por favor!* ¡*Por favor!*

—¡El reinado del Cuentista ha terminado! —bramó Rhian—. Ha surgido una nueva pluma. ¡Empieza una nueva era!

Justo en aquel momento, Hester y los demás vieron cómo un fragmento del traje dorado de la Serpiente se despegaba y flotaba sobre el balcón, fuera de la vista de la gente. La tira dorada mutó a una cimitarra negra escamosa mientras flotaba más y más alto en el aire, todavía invisible para los espectadores. Luego, descendió sobre la multitud bajo el sol hacia el rey Rhian y se transformó mágicamente en una pluma larga dorada con una punta afilada en ambos extremos.

La muchedumbre la contempló, embelesada.

—Por fin. Una Pluma para el Pueblo —anunció Rhian, mientras la pluma flotaba sobre su mano extendida—. ¡Contemplad a *Melena de León*!

Las masas estallaron con el canto más pasional hasta ahora.

—¡*Melena de León*! ¡*Melena de León*!

Rhian apuntó el dedo y la pluma flotó en el cielo sobre el castillo de Camelot y escribió en dorado sobre el lienzo azul puro, como si fuera una página en blanco:

LA SERPIENTE ESTÁ MUERTO.
EL LEÓN HA SURGIDO.
EL REY VERDADERO.

Deslumbrados, todos los ciudadanos del Bosque, Buenos y Malos, se pusieron de rodillas ante el rey Rhian. Los disidentes de Camelot fueron obligados a arrodillarse por quienes los rodeaban.

El rey alzó los brazos.

—Se han acabado los «érase una vez». El momento es *ahora*. Quiero escuchar vuestras historias. Y mis hombres y yo os visitaremos para que cada día mi pluma pueda escribir las *verdaderas* noticias del Bosque. Nada de cuentos sobre príncipes arrogantes y brujas que luchan por el poder… Sino cuentos con *vosotros* como protagonistas. Seguid mi pluma y el Cuentista ya no tendrá un sitio en nuestro mundo. ¡Seguid mi pluma y todos tendréis la oportunidad de alcanzar la gloria!

El Bosque entero rugió mientras Melena de León ascendía al cielo sobre Camelot, brillando como un faro.

—Pero Melena de León no es suficiente para superar al Cuentista y su legado de mentiras —continuó Rhian—. El León del cuento de *El León y la Serpiente* tenía un Águila a su lado para garantizar que ninguna Serpiente volviera a infiltrarse en su reino. Un León necesita un Águila para tener éxito: un señor feudal que me ayudará a luchar por un Bosque mejor. Alguien en quien podéis confiar tanto como en mí.

El gentío guardó silencio, expectante.

Desde el interior del balcón, la Serpiente empezó a avanzar hacia el escenario, con la máscara verde todavía en su sitio, de espaldas a Hester y a los demás.

Pero justo antes de que pasara junto a una pared oscura y apareciera delante de la multitud, las plumas que conformaban la máscara de la Serpiente se dispersaron en el aire y volaron fuera de vista.

—Os presento… a mi Águila… y vasallo de vuestro rey… —proclamó Rhian—. *¡Sir Japeth!*

La Serpiente salió a la luz y reveló su rostro ante la muchedumbre, el dorado de su traje resplandecía bajo el sol.

Todos emitieron un grito ahogado.

—En aquella vieja escuela obsoleta, dos como nosotros gobernaban una pluma. Dos con la misma sangre que estaban en guerra entre sí, para el Bien y para el Mal —anunció el rey, con Japeth a su lado debajo de Melena de León—. Ahora, dos con la misma sangre gobernarán una pluma nueva. No para el Bien. No para el Mal. Sino para el *pueblo*.

La multitud estalló cantando el nombre del nuevo vasallo:

—¡Japeth! ¡Japeth! ¡Japeth!

Entonces fue cuando la Serpiente se giró y miró directamente hacia la proyección de Hester, dejando al descubierto su rostro ante el grupo encarcelado, como si supiera que estaban observándolo.

Al asimilar el rostro hermoso y de huesos prominentes de la Serpiente por primera vez, el cuerpo entero de Hester se debilitó.

—¿Qué había dicho sobre ir un paso por delante? —le susurró a la profesora Dovey.

La Decana del Bien no dijo nada mientras sir Japeth les sonreía a todos con malicia.

Luego se giró y saludó al pueblo junto a su hermano gemelo idéntico, el rey Rhian.

El León y la Serpiente ahora gobernaban el Bosque como uno solo.

3

Lazos de sangre

Mientras los guardias la arrastraban fuera del escenario, Sophie lo vio todo.

La Serpiente se convirtió en el vasallo del León. El hermano de Rhian, expuesto. Melena de León declarándole la guerra al Cuentista. El pueblo del Bosque aplaudiendo a dos fraudes.

Pero la mente de Sophie no estaba pensando en el rey Rhian o en su gemelo con ojos de serpiente. Su mente estaba centrada en alguien más… En la única persona que le importaba en aquel momento.

Agatha.

Aunque Tedros estuviera al borde de la muerte, al menos sabía dónde estaba el príncipe. En el calabozo. Todavía con vida. Y mientras estuviera vivo, había esperanza.

Pero la última vez que había visto a su mejor amiga Agatha la estaban persiguiendo los guardias a través de la muchedumbre.

¿Escapó?

¿Estaba viva siquiera?

Las lágrimas invadieron los ojos de Sophie mientras observaba el diamante en su dedo.

Hacía tiempo, había llevado otro anillo… El anillo de un hombre Malo que la había aislado de su única amiga de verdad, al igual que ahora.

Pero aquello fue diferente.

Por aquel entonces, Sophie había querido ser Mala.

Por aquel entonces, Sophie había sido una bruja.

Se suponía que casarse con Rhian era su redención.

Se suponía que casarse con Rhian era un acto de amor verdadero.

Pensaba que él la entendía. Cuando miraba los ojos del chico, veía a alguien puro, honesto y *Bueno*. Alguien que aceptaba los matices de Maldad en su corazón y que la quería por ello, igual que Agatha.

Además, Rhian también era hermoso, claro, pero no fue su apariencia lo que le hizo aceptar el anillo. Fue la manera en que la miraba *a ella*. De la misma manera en que Tedros miraba a Agatha. Como si solo pudiera estar completo teniendo su amor.

Dos parejas y cuatro mejores amigos. Era el final perfecto. Teddy con Aggie, Sophie con Rhian.

Pero Agatha se lo había advertido: *Si hay algo que sé, Sophie… es que tú y yo no tendremos finales perfectos.*

Tenía razón, por supuesto. Agatha era la única persona por la que Sophie sentía amor verdadero. Había dado por sentado que ella y Aggie compartirían la vida para siempre. Que su final estaría a salvo.

Pero ahora estaban lejos de ese final… y no había retorno.

Cuatro guardias sujetaron a Sophie por la espalda y la llevaron dentro de la Torre Azul; sus cuerpos apestaban a cebollas, sidra y sudor debajo de las armaduras, y sus uñas asquerosas estaban clavadas en el hombro de Sophie hasta que se los sacudió de encima y los apartó.

—Llevo el anillo del rey —siseó Sophie, alisándose el vestido rosado escotado—. Así que si queréis conservar la cabeza, os sugiero que os llevéis vuestro hedor nauseabundo a la bañera más cercana y que mantengáis vuestras garras mugrientas lejos de mí.

Uno de los guardias se quitó el casco y vio que era el bronceado Wesley, el pirata adolescente que la había atormentado en Jaunt Jolie.

—El rey nos ha ordenado que te lleváramos al Salón de Mapas. No confía en que llegues allí sola, por si se te ocurre huir como hizo esa tal Agatha —dijo sonriendo con desdén y mostrando unos dientes escuálidos—. O te acompañamos de buena manera como lo estábamos haciendo o bien te llevamos de un modo menos agradable.

Los otros tres guardias se quitaron el casco y Sophie se encontró cara a cara con el pirata Thiago, con tatuajes rojos alrededor de los ojos; a un chico negro que tenía tatuado a fuego el nombre «Aran» en el cuello; y a una chica extremadamente musculosa con pelo oscuro corto, piercings en las mejillas y mirada lujuriosa.

—Tú decides, muñequita —gruñó la chica.

Sophie dejó que la arrastraran.

Mientras la trasladaban por la Torre Azul circular, Sophie vio un grupo de cincuenta trabajadores pintando las columnas con escudos de León, incrustando el suelo de mármol con el emblema del León en cada baldosa, reemplazando el candelabro roto con uno que tenía miles de cabezas de León diminutas e intercambiando las sillas azules gastadas por asientos renovados con cojines bordados con leones dorados. Todos los vestigios del rey Arturo fueron sustituidos de modo similar, cada busto y cada estatua dañados del viejo rey fueron reemplazados por unos del nuevo monarca.

El sol entraba a través de las cortinas, iluminando el vestíbulo circular; la luz bailaba sobre la pintura nueva y las joyas pulidas. Sophie se dio cuenta de que había tres mujeres esqueléticas con rostros idénticos paseando por la habitación vestidas con el mismo atuendo de seda lavanda. Estaban entregando a cada trabajador una bolsa con monedas tintineantes; las tres hermanas se deslizaban como si fueran una unidad de rigidez arrogante, como si fueran las reinas del castillo. Las mujeres vieron a Sophie observándolas y le sonrieron con timidez, inclinándose juntas en una reverencia tensa.

Hay algo extraño en ellas, pensó Sophie. No eran solo sus sonrisas de mono falsas y aquella reverencia torpe, como si fueran clones de un espectáculo de circo... Sino el hecho de que debajo de aquellos atuendos pasteles limpios no llevaban *zapatos*. Mientras las mujeres continuaban pagando a los trabajadores, Sophie observó sus pies descalzos y sucios propios de unos deshollinadores, no de damas de Camelot.

No había duda. *Definitivamente* había algo extraño.

—Pensaba que Camelot no tenía dinero —les dijo Sophie a los guardias—. ¿Cómo estamos pagando por todo esto?

—Beeba, si le abrimos el cerebro, ¿qué crees que encontraremos? —le preguntó Thiago a la chica pirata.

—Gusanos —respondió Beeba.

—Piedras —sugirió Wesley.

—Gatos —ofreció Aran.

Los demás lo miraron. Pero él no dio explicaciones.

Tampoco respondieron a la pregunta de Sophie. Pero cuando pasaron junto a las salas de estar, las recámaras, la biblioteca y el solárium, cada uno renovado con el escudo, las tallas y los emblemas del León, resultó evidente que Camelot tenía dinero. *Mucho* dinero. ¿De dónde había salido el oro? ¿Y quiénes eran aquellas tres hermanas que actuaban como si fueran dueñas del castillo? ¿Y cómo era posible que todo estuviera ocurriendo tan deprisa? Rhian apenas se había convertido en rey y ¿de repente estaba renovando todo el castillo con su imagen? No tenía sentido. Sophie vio más hombres trabajando, cargando un retrato gigante de Rhian con su corona y pidiendo indicaciones a los guardias para llegar al «Salón de los Reyes», donde tenían que colgarlo. Sophie pensó que algo era seguro al observarlos girar hacia la torre Blanca: el rey debía haber planeado todo aquello mucho antes de aquel día…

No lo llames así. No es el rey, se reprendió a sí misma.

Pero entonces, ¿cómo ha logrado sacar a Excalibur?, preguntó una segunda voz.

Sophie no tenía respuestas. Al menos, no todavía.

A través de una ventana, vio trabajadores reconstruyendo el puente levadizo del castillo. A través de otra, vio jardineros plantando césped y rosales azules brillantes para reemplazar los muertos, mientras que en el patio de la torre Dorada, los trabajadores pintaban Leones dorados en la cuenca de cada estanque. Una conmoción interrumpió el trabajo y Sophie vio que los guardias piratas llevaban fuera del castillo a una mujer de piel morena con uniforme de chef junto a sus cocineras mientras guiaban dentro a un nuevo chef joven y fornido acompañado por personal completamente masculino como sustitutos.

—Pero ¡la familia Silkima lleva cocinado para Camelot doscientos años! —protestó la mujer.

—Y le agradecemos su servicio —dijo un guardia atractivo con ojos estrechos que llevaba un uniforme diferente al de los piratas; dorado y elaborado, lo cual sugería que tenía más rango.

Me resulta familiar, pensó Sophie.

Pero no pudo inspeccionar más el rostro del chico porque la metieron en el Salón de los Mapas, que olía a limpio y suave, como un prado de lilas… Aunque se supone que un Salón de Mapas no debería oler así, dado que son habitaciones sin circulación de aire, ocupadas en general por grupos de caballeros sucios.

Sophie alzó la vista para ver los mapas de los reinos del Bosque, que flotaban bajo la luz ambarina sobre una gran mesa redonda como globos desinflados. Al prestar más atención, vio que no eran los mapas antiguos y frágiles del reino del rey Arturo… Sino que eran los mismos Mapas de Misiones mágicos que ella y Agatha habían encontrado en la guarida de la Serpiente, llenos de siluetas diminutas de ella y su equipo de misión que le permitían a la Serpiente seguir cada uno de sus movimientos. Ahora, todas aquellas siluetas flotaban sobre el castillo de Camelot pequeño y tridimensional mientras que sus homólogos en la vida real se pudrían en el calabozo. Pero al mirar en detalle, Sophie se dio cuenta de que había un miembro del grupo etiquetado en el mapa que no estaba en absoluto cerca del castillo… Uno que *huía* de Camelot, hacia la frontera del reino.

AGATHA.

Sophie dio un grito ahogado.

Está viva.

Aggie está viva.

Y si estaba viva, significaba que haría todo lo posible para liberar a Tedros. Lo cual significaba que Sophie y su mejor amiga trabajarían juntas para salvar al legítimo rey de Camelot: Aggie desde afuera, ella desde adentro.

Pero ¿cómo? Tedros moriría en una semana. No tenían tiempo. Además, Rhian podía rastrear a Aggie en su Mapa de Misiones cuando quisiera…

Los ojos de Sophie brillaron. ¡Mapa de Misiones! ¡Ella también tenía uno! Sus dedos sujetaron el frasco dorado en la cadena que colgaba de su cuello, que contenía el mapa mágico entregado a cada Director. Lo escondió en las profundidades de su vestido. Mientras tuviera su propio mapa, podría rastrear a Agatha sin que Rhian lo supiera. Y si podía seguir sus pasos, quizá también podría enviarle un mensaje antes de que los hombres del rey la encontraran. La esperanza la invadió y ahogó el miedo…

Pero entonces, Sophie percibió el resto de la habitación.

Cinco criadas con vestidos de encaje blanco que cubrían cada centímetro de su piel y grandes tocados blancos en la cabeza estaban alrededor de la mesa, silenciosas y quietas como estatuas y con la cabeza inclinada, así que Sophie no pudo ver sus rostros. Cada una sujetaba un libro encuadernado en cuero sobre sus palmas extendidas. Sophie se acercó a ellas y se dio cuenta de que los libros tenían etiquetas con el nombre de los eventos de su boda con Rhian.

BENDICIÓN

PROCESIÓN

CIRCO DE TALENTOS

BANQUETE DE LUCES

BODA

Observó a una criada delgada que sostenía el libro marcado con la palabra Procesión. La chica mantuvo la cabeza inclinada. Sophie hojeó el libro mientras la criada lo sostenía;

las páginas estaban llenas de bocetos con opciones de carruajes, animales y posibles atuendos que ella y Rhian podían llevar durante el desfile por la ciudad, donde el rey y la nueva
reina tendrían la oportunidad de conocer de cerca el pueblo.
¿Irían en un carruaje de vidrio tirado por caballos? ¿En una
alfombra voladora dorada y azul? ¿O juntos, sobre un elefante? Sophie fue hacia la criada que sostenía el libro Circo
de Talentos y hojeó varios diseños de escenarios, cortinas y
decoraciones para un espectáculo en el que los mejores talentos de todos los reinos actuarían ante la pareja prometida…
Luego, echó un vistazo al libro etiquetado Banquete de Luces
y observó cientos de arreglos florales, telas y candelabros para
una cena a medianoche…

Todo lo que Sophie tenía que hacer era señalar y escoger
en aquellos libros llenos de todo lo necesario para la boda de
sus sueños. Una boda más grandiosa que ninguna con un
príncipe de cuento. Una boda que había deseado desde que
era pequeña.

Pero en vez de alegría, Sophie sintió náuseas al pensar en
el monstruo que sería su esposo.

Ese es el problema con los deseos.

Tienen que ser específicos.

—El rey dice que trabajes hasta la cena —le ordenó Wesley desde la puerta.

Empezó a irse, pero luego se detuvo.

—Oh. Ha pedido que llevases esto en todo momento
—añadió, señalando un vestido blanco colgado detrás de
una puerta; una prenda remilgada, con volantes y todavía
más modesta que el atuendo de las criadas.

—Ni muerta —replicó Sophie.

Wesley sonrió de modo amenazante.

—Se lo comunicaremos al rey.

Partió junto a sus piratas y cerró la puerta.

Sophie esperó unos segundos y corrió hacia la puerta…

Pero no se abrió.

La habían encerrado.

Tampoco había ventanas.

No había ninguna manera de enviar un mensaje a Agatha.

Sophie se dio la vuelta al recordar que las criadas estaban allí, posando como estatuas con sus vestidos blancos, sus rostros ocultos, sosteniendo los libros de boda.

—¿Podéis hablar? —preguntó Sophie con brusquedad.

Las criadas permanecieron en silencio.

Sophie golpeó uno de los libros que sostenía una de ellas y lo hizo caer al suelo.

—¡Dime algo! —ordenó.

La criada no habló.

Sophie le arrebató el libro a otra y lo lanzó contra un muro, lo cual hizo que las páginas volaran por doquier.

—¿Es que no lo entendéis? ¡No es el hijo de Arturo! ¡No es el verdadero rey! ¡Y su hermano es la *Serpiente*! ¡La Serpiente que atacó los reinos y *mató* personas! ¡Rhian fingió que su hermano era el enemigo para poder quedar como un héroe y convertirse en rey! ¡Y ahora matarán a Tedros! ¡Matarán al *legítimo* rey!

Solo una de las criadas se encogió de miedo.

—¡Son salvajes! ¡Son *asesinos*! —gritó Sophie.

Ninguna se movió.

Furiosa, Sophie arrojó más libros, arrancó las páginas y rompió los lomos.

—¡Tenemos que hacer algo! ¡Tenemos que salir de aquí! —Con un grito, lanzó cuero y pergaminos por la habitación, golpeó los mapas flotantes contra las paredes…

Y luego, vio que la Serpiente la observaba.

Estaba de pie en silencio en la entrada, con la puerta abierta; su traje dorado y azul resplandecía bajo la luz de la lámpara. Japeth tenía el mismo pelo cobrizo que su hermano Rhian, solo que más largo y descontrolado; también tenía el mismo rostro esculpido que Rhian, pero era más pálido, con su tez blanca lechosa y fría, como si le hubieran succionado la sangre.

—Falta un libro —dijo.

Lo lanzó sobre la mesa.

EJECUCIÓN

Con el corazón hundido, Sophie lo abrió y vio una variedad de hachas para escoger, seguida de opciones para tocones, cada uno acompañado de un boceto de Tedros de rodillas, con el cuello extendido sobre el tocón. Incluso había opciones de cestas para recoger su cabeza cortada.

Lentamente, Sophie alzó la vista hacia la Serpiente.

—Asumo que no habrá más problemas con el vestido —comentó sir Japeth.

Se giró para irse…

—Eres un animal. Una *escoria* asquerosa —siseó Sophie mientras la Serpiente estaba de espaldas—. Tú y tu hermano habéis usado ilusiones para infiltraros en Camelot y robar la corona del rey y ¿creéis que podéis *saliros con la vuestra*? —La sangre de Sophie hervía, la furia de una bruja reavivada—. No sé qué hiciste para engañar a la Dama del Lago o qué hizo Rhian para engañar a Excalibur, pero no fue más que eso. Un *truco*. Podéis encarcelar a mis amigos. Podéis amenazarme todo lo que queráis. Pero solo se puede engañar a las personas durante un tiempo. Al final, verán quiénes sois en realidad. Que tú eres un asesino retorcido sin alma y que él es un *fraude*. Un fraude cuya garganta cortaré en cuanto muestre su rostro…

—Entonces será mejor que te pongas a ello—dijo una voz mientras Rhian entraba, con el torso desnudo, pantalones negros y el cabello mojado. Fulminó con la mirada a Japeth—. Te dije que yo me encargaría de ella.

—Y luego fuiste a darte un baño —respondió Japeth—, mientras que ella se niega a ponerse el vestido de *madre*.

Sophie se quedó sin aliento. No solo porque estaba lista para desatar una tormenta de furia o porque los hermanos la vestían como una muñeca con las prendas de su madre, sino porque nunca había visto a Rhian sin camisa. Ahora que lo veía, se dio cuenta de que su pecho era de un blanco tan fantasmal como el de Japeth, mientras que sus brazos y su rostro exhibían un bronceado reluciente… El mismo bronceado que tenían los granjeros de Gavaldon después de haber estado con sus camisas bajo el sol ardiente del verano. Rhian vio que ella lo observaba y sonrió con arrogancia, como si supiera lo que Sophie estaba pensando: incluso el bronceado había sido parte del engaño para evitar que cualquiera notara que eran hermanos, un engaño en el que Rhian parecía el León dorado luchando contra la Serpiente despiadada… cuando, en realidad, el León y la Serpiente siempre habían sido gemelos.

Mientras Sophie permanecía quieta, asimilando las sonrisas idénticas y las miradas de color mar de los muchachos, sintió un miedo familiar: el mismo miedo que había sentido cuando había besado a Rafal. No, este miedo era más intenso. Ella había sabido quién era Rafal. Lo había elegido por los motivos erróneos. Pero había aprendido de su cuento de hadas. Había corregido sus errores… solo para enamorarse de un villano todavía peor. Y esta vez, no era solo uno, sino dos.

—Me pregunto qué clase de madre cría *cobardes* como vosotros —replicó Sophie.

—Si hablas sobre mi madre te arrancaré el corazón —espetó la Serpiente, avanzando hacia ella.

Rhian lo detuvo.

—Por última vez. *Yo* me encargaré de ella.

Rhian miró a Sophie, sus ojos eran claros como el vidrio.

—¿Crees que *nosotros* somos cobardes? Fuiste tú quien dijiste que Tedros era un mal rey. De hecho, durante el viaje en carruaje para reclutar al ejército, dijiste que yo sería mejor rey. Que *tú* serías mejor rey. Y aquí estás, actuando como si siempre hubieras apoyado a tu querido «Teddy».

Sophie le mostró los dientes.

—Le tendiste una trampa a Tedros. La Serpiente era tu *hermano*. Me mentiste, cucaracha…

—No —dijo con firmeza el rey—. No mentí. Nunca mentí. Cada palabra que he dicho ha sido verdad. Salvé a los reinos de una «Serpiente», ¿no es así? Saqué a Excalibur de la piedra. Pasé la prueba de mi padre y, por eso, soy rey y no ese tonto que *fracasó* en la prueba una y otra y otra vez. Esos son los *hechos*. Ese discurso que di ante el ejército en el ayuntamiento de Camelot: también fue todo cierto. Fue necesaria una Serpiente para que surgiera el *verdadero* León de Camelot. Cuando dije esas palabras me querías. Querías casarte conmigo…

—¡Pensaba que estabas hablando sobre *Tedros*! —gritó Sophie—. ¡Pensaba que él era el León verdadero!

—Otra mentira. En el viaje en carruaje, te dije que Tedros había fracasado. Que él había perdido la guerra por el corazón de la gente. Que un verdadero León hubiera sabido cómo ganar. Me oíste, Sophie, aunque no quieras admitirlo. Es por eso que te enamoraste de mí. Y ahora que todo lo que dije que ocurriría ha ocurrido, actúas como si fuera un villano porque no es exactamente lo que imaginabas. *Eso* es cobardía.

—¡Te quería porque le juraste lealtad a Tedros y a Agatha! —protestó Sophie—. ¡Te quería porque creía que eras un héroe! ¡Porque fingías corresponder mi amor!

—Una vez más. Mentira. Nunca hice tal juramento, jamás dije que te quería y jamás me preguntaste si lo hacía —respondió el rey, avanzando hacia ella—. Tengo a mi hermano. Tengo el lazo de sangre, que es eterno. En cambio, el amor es efímero. Mira lo que le hizo a mi padre, a Tedros, *a ti*: os convirtió en tontos que no ven con claridad. Así que no, no te quiero, Sophie. Eres mi reina por un motivo más profundo que el amor. Un motivo que hace que esté dispuesto a arriesgarme a tenerte a mi lado, a pesar de tu simpatía por el rey impostor. Un motivo que nos unirá más que el amor.

—¿Qué nos unirá? ¿Crees que tú y yo podemos estar unidos? —dijo Sophie, retrocediendo y chocándose con una criada—. Eres un lunático con dos caras. Hiciste que tu hermano *atacara* a personas para poder ir a rescatarlas. Me has colocado una espada en la espalda, has encerrado a mis amigos...

—Todavía están vivos. Deberías estar agradecida —replicó Rhian, arrinconándola—. Pero ahora mismo, has depositado tu lealtad en el rey y la reina equivocados. Estás ciega por la amistad. Agatha y Tedros no están destinados a gobernar el Bosque. Tú y yo, sí, y pronto entenderás el porqué.

Sophie intentó moverse, pero él le tomó la mano húmeda.

—Mientras tanto, si te comportas y siempre que sea razonable... —añadió él, con más suavidad—, las criadas y los cocineros cumplirán cualquiera de tus peticiones.

—Entonces pido que liberen a Tedros —replicó Sophie.

Rhian hizo una pausa.

—He dicho algo «razonable».

Sophie apartó la mano.

—Si eres hijo de Arturo, como afirmas ser, entonces Tedros es tu *hermano*...

—*Medio* hermano —dijo el rey con frialdad—. ¿Y quién dice que eso sea verdad? ¿Quién dice que Tedros sea hijo de Arturo?

Sophie lo miró boquiabierta.

—¡No puedes manipular la verdad para que encaje con tus mentiras!

—¿Crees que Tedros comparte *nuestra* sangre? —comentó Japeth desde un rincón—. ¿Ese idiota quejica? Lo dudo mucho. Pero quizá si le das a Rhian un beso extra esta noche, decida envenenarlo en vez de cortarle la cabeza. —Le sonrió a Sophie y sacó la lengua como una Serpiente.

—Ya basta, Japeth —replicó Rhian.

Sophie vio que una de las criadas temblaba en un rincón con la cabeza agachada.

—Les he dicho a las criadas lo que has hecho —dijo Sophie echando chispas—. Se lo comunicarán al resto del castillo. Se lo dirán a *todo el mundo*. Que no eres el rey. Y que él no es un vasallo. Que tu hermano es la Serpiente. Todas lo saben.

—¿Ah, sí? —preguntó la Serpiente, alzando una ceja hacia su hermano.

—Lo dudo —respondió el León, mirando a Sophie—. Eran las criadas de Agatha, así que de buen principio su lealtad hacia mí era cuestionable. En vez de liberarlas en el Bosque, les di la opción de elegir entre una muerte rápida o que nos sirvieran a mí y a mi hermano. Si es que eran capaces de soportar una pequeña modificación.

¿Modificación? Sophie no veía el rostro de las chicas, pero las cinco criadas parecían estar bien. No les faltaban extremidades y no tenían marcas en la piel.

Pero luego vio un destello en los ojos de la Serpiente… El mismo destello odioso que le había visto cada vez que hacía algo particularmente malvado.

Sophie miró con más atención a la criada que tenía más cerca. Y entonces, la vio.

Una cimitarra larga deslizándose fuera del oído de la criada; sus escamas resbaladizas brillaron bajo la luz de la lámpara antes de introducirse de nuevo en la oreja.

La garganta de Sophie se contrajo por las náuseas.

—Sea lo que fuere lo que les hayas dicho ha caído en oídos sordos —dijo Rhian—. Y dado que Japeth prometió devolverlas a su estado original solo cuando demostraran su lealtad hacia el nuevo rey, dudo de que te hubieran escuchado de todos modos.

Alzó un dedo hacia las criadas y la punta brilló de dorado. Como respuesta a la señal, las muchachas salieron rápidamente de la habitación en una sola hilera.

El mismo color de brillo que Tedros, pensó Sophie, mirando el dedo de Rhian. *Pero ¿cómo? Solo los alumnos de la escuela tienen brillo en los dedos y él nunca lo ha sido.*

Cuando la última criada estaba atravesando la puerta con la cabeza agachada, de pronto el rey se interpuso en su camino. Era la criada que Sophie había visto temblando en un rincón.

—Sin embargo, hubo una criada cuyos oídos no modificamos. Una que *queríamos* que escuchara cada palabra —dijo Rhian, con la mano sobre el cuello de la muchacha—. Una que requirió una modificación diferente…

Alzó la cabeza de la criada.

Sophie se quedó paralizada.

Era Ginebra.

Una cimitarra giraba sobre los labios de la antigua reina y sellaba su boca.

Ginebra miró a Sophie petrificada, antes de que Rhian la guiara afuera con las demás y cerrara la puerta.

Las prendas doradas y azules de Japeth desaparecieron por arte de magia y adoptó de nuevo su traje destruido confeccionado con cimitarras negras; su pecho blanco era visible entre los agujeros. Estaba de pie junto a su hermano, sus músculos le sobresalían de debajo de las lámparas tenues.

—¡Es una reina! —dijo atónita Sophie, con el estómago revuelto—. ¡Es la madre de Tedros!

—Y ella trató mal a *nuestra* madre —dijo Japeth.

—Tan mal, que es de lo más adecuado que nos vea tratando mal a su hijo —añadió Rhian—. El Pasado es el Presente y el Presente es el Pasado. La historia se repite, una y otra vez. ¿No te enseñaron esa lección en la escuela?

Los ojos de los gemelos bailaban entre el azul y el verde.

Nuestra madre, pensó Sophie.

¿Quién era la madre de los gemelos?

Agatha había mencionado algo… Algo sobre su antigua mayordoma a quien habían enterrado en el Bosque de Sherwood… ¿Cómo se llamaba esa mujer?

Sophie miró a los dos chicos observándola, con sus torsos idénticos y sus sonrisas de reptil, los nuevos rey y vasallo de Camelot, y de pronto, no le importó quién fuera su madre. Habían encarcelado a sus amigos, habían esclavizado a una verdadera reina y la habían engañado para convertirla en una monarca falsa. Habían obligado a su mejor amiga a huir y habían condenado a Sophie a vivir como una marioneta del enemigo. *Ella*, la bruja más grandiosa del Bosque, quien casi había destruido la Escuela del Bien y del Mal. Dos veces. Y ¿se pensaban que sería su marioneta?

—Olvidas que soy Mala —le dijo Sophie a Rhian, reemplazando la furia por una calma glacial—. Sé cómo matar. Y os mataré a ambos sin mancharme el vestido ni con una gota de sangre. Así que o nos liberas a mis amigos y a mí y le devuelves la corona al rey *legítimo* o morirás aquí con tu hermano, chillando como lo que sea que quede de tu pegajoso…

Cada cimitarra restante abandonó a Japeth y empujó a Sophie contra la pared, sujetándola como si fuera una mosca en una telaraña, con las palmas sobre la cabeza, mientras otra cimitarra le estrangulaba la garganta, otra le cubría la boca y dos se volvían afiladas y letales, preparadas para arrancarle los ojos.

Casi sin respirar por la perplejidad, Sophie vio que Japeth la miraba lascivamente, su cuerpo sin cimitarras desnudo y oculto tras la mesa.

—Qué tal si llegamos a un acuerdo —dijo Rhian, apoyándose contra el muro junto al cuerpo de Sophie—. Cada vez que te portes mal, mataré a uno de tus amigos. Pero si haces lo que digo y actúas como la reina perfecta… Bueno, no los mataré.

—A mí me parece un trato justo —dijo la Serpiente.

—Y además, también podríamos hacerte cosas a ti —añadió Rhian, con los labios sobre el oído de Sophie—. Solo tienes que preguntárselo a ese hechicero viejo.

Sophie intentó hablar a través de la mordaza, desesperada por saber qué le habían hecho a Merlín.

—Pero no quiero lastimarte —continuó el rey—. Ya te lo dije. Hay un motivo por el cual eres mi reina. Una razón por la cual perteneces aquí. Una razón por la cual malinterpretas esta historia. Una razón por la cual tu sangre y la nuestra están vinculadas intrínsecamente…

Rhian alzó la mano hacia las dos cimitarras afiladas que apuntaban a las pupilas de Sophie y agarró una. La hizo girar sobre la punta del dedo como si fuera una espada diminuta y miró a su princesa atada.

—¿Quieres saber cuál es?

Los ojos de Rhian brillaban peligrosamente.

Sophie gritó.

Él apuñaló la palma abierta de la chica con la cimitarra y deslizó el filo sobre su piel, lo cual le provocó una herida profunda de la que cayeron pequeñas gotas de sangre.

Mientras Sophie lo observaba horrorizada, el rey colocó la mano debajo de la herida y recolectó su sangre como si fuera agua de lluvia.

Luego, le sonrió.

—Porque eres la única persona…

Caminó hacia su hermano.

— … en todo el Bosque…

Se detuvo frente a Japeth.

— … cuya sangre puede hacer…

Desparramó la sangre de Sophie sobre el pecho de su hermano.

— … *esto.*

Durante un segundo, no ocurrió nada.

Luego, Sophie se sobresaltó.

Su sangre había empezado a moverse mágicamente sobre el cuerpo de Japeth en forma de tiras delgadas y brillantes, expandiéndose y entrelazándose por su piel como una red de venas. Los hilos de sangre adoptaron un color más oscuro, escarlata intenso, y se volvieron más espesos mientras formaban nudos más fuertes que sellaban el cuerpo de Japeth. Las cuerdas lo apretaron más fuerte y cortaron su piel como si fueran látigos, cada vez más profundo, hasta que Japeth quedó encorsetado por la sangre de Sophie, con la piel en carne viva. Retorcía el cuerpo entero en agonía, sus músculos tensos y la boca abierta en un grito ahogado. Luego, de inmediato, las cuerdas que lo sujetaban cambiaron de rojo a negro. Las escamas se extendieron sobre ellas como un sarpullido mientras las cuerdas empezaban a ondularse y moverse con chillidos suaves como si fueran cimitarras bebés que se reproducían por los espacios vacíos de su piel pálida, cimitarra tras cimitarra, hasta que al final… Japeth le devolvió la mirada a Sophie con su traje de serpiente tan fuerte y nuevo como la primera vez que lo había visto.

No había dudas de lo que acababa de presenciar.

Su sangre lo había sanado.

Su sangre había sanado a un monstruo.

Su sangre.

Sophie se quedó inerte bajo sus propias ataduras.

El Salón de Mapas se sumió en el silencio.

—Nos vemos en la cena —dijo el rey.

Salió por la puerta. La Serpiente siguió a su hermano, pero no sin antes colocar el vestido de su madre sobre la mesa y darle a Sophie una última mirada fulminante de advertencia.

Cuando salió por la puerta, las cimitarras se alejaron volando de Sophie con chillidos ensordecedores y persiguieron a Japeth; la puerta se cerró detrás de ellas.

Sophie estaba sola.

Estaba de pie entre los libros de bodas destrozados, y todavía le goteaba sangre de la mano.

Le temblaba la boca.

Se le colapsaron los pulmones.

Tenía que ser un truco.

Otra mentira.

Tenía que serlo.

Sin embargo, lo había visto con sus propios ojos.

No había sido un truco. Había sido real.

Sophie negó con la cabeza, con los ojos llenos de lágrimas.

¿Cómo era posible que algo tan infernal proviniera de *ella*?

Quería que la Serpiente muriera de la peor manera posible… y ¿en cambio le había devuelto la *vida*? ¿Después de todo lo que había hecho para proteger a sus amigos de él? ¿Después de todo lo que había hecho por cambiar? ¿Y ahora era la fuerza vital del peor tipo de Mal?

El calor le subió al rostro, una caldera de miedo. El grito de una bruja llenó sus pulmones y arañó su garganta. Un grito que mataría a todos en aquel castillo y lo derrumbaría hasta convertirlo en ceniza. Abrió la boca para liberarlo…

Y luego… lo contuvo.

Lentamente, permitió que el grito retrocediera a los confines de su corazón.

El Pasado es el Presente y el Presente es el Pasado.

Eso había dicho el nuevo rey.

Era por eso que siempre iba un paso por delante: porque conocía el pasado de todos…

Y el pasado de Sophie era el Mal.

Un Mal que durante mucho tiempo había sido su arma.

Un Mal que era la única defensa que conocía.

Pero Rhian era demasiado astuto para eso.

No se puede usar el Mal para vencer al Mal.

Quizá para ganar una batalla, pero no la guerra.

Y daba igual cómo, pero ella ganaría aquella guerra. Por Agatha. Por Tedros. Por sus amigos.

Pero para ganar, necesitaba respuestas. Necesitaba saber quiénes eran en realidad el León y la Serpiente. Y por qué su sangre se había fusionado mágicamente con la de ellos…

Hasta que no encontrara aquellas respuestas, tendría que cumplir su condena. Tendría que ser inteligente. Y tendría que tener cuidado. Sophie miró el vestido blanco sobre la mesa, curvando los labios.

Oh, sí.

Había otras maneras de ser una bruja.

4

Nuevas alianzas

Después de haber abandonado Avalon, Agatha planeó escabullirse en el reino vecino y encontrar comida y un sitio donde dormir. Necesitaba tiempo para pensar en el dibujo extraño que la Dama del Lago había hecho… Tiempo para ocultar una bola de cristal que le pesaba mucho… Tiempo para planificar sus próximos movimientos…

Pero todo eso cambió cuando llegó a Gillikin.

Ya era pasado el crepúsculo cuando Agatha entró en el reino Siempre, hogar de la Ciudad Esmeralda de Oz. Se escondió en un carro de visitantes originarios de Ginnymill que habían llegado viajando por la costa (Agatha se había ocultado debajo del equipaje). Cuando llegaron al camino de ladrillos amarillos en las afueras de la Ciudad Esmeralda y desmontaron en un mercado atestado de turistas ruidosos, el cielo estaba lo bastante oscuro como para que Agatha pudiera abandonar el carro y se mezclara con la multitud.

Una semana atrás, Agatha había leído informes que indicaban que Gillikin estaba plagado de ataques de la Serpiente (avispas come hadas, carruajes explosivos y ninfas rebeldes) que paralizaban el reino. La Reina Hada de Gillikin y el Mago de Oz, que habían sido rivales luchando por el poder, se habían visto obligados a entablar una tregua y a apelar a Tedros de Camelot en busca de ayuda. Ahora, con la supuesta muerte de la Serpiente a manos de Rhian, Gillikin había jurado lealtad al nuevo rey de Camelot y sus carreteras estaban atestadas de gente otra vez; el pueblo del Bosque ya no temía continuar con sus vidas.

Agatha había escogido ir a Gillikin por varios motivos: el primero, porque era el reino Siempre más cercano a Avalon y el hogar de las hadas invisibles que una vez la habían protegido de los zombis del Director de la escuela; y más importante todavía, porque era un sitio donde se mezclaban inmigrantes de todas partes del Bosque, decididos a encontrar el camino a Ciudad Esmeralda y ganar una audiencia con el mago. Entre una multitud tan variada, Agatha supuso que sin duda obtendría noticias de Camelot, al igual que de Tedros y sus amigos. Al mismo tiempo, con tantas personas llenando las calles amarillas para reclamar un codiciado «billete verde» rumbo a Ciudad Esmeralda (o ganabas uno en la lotería o se lo comprabas a un vendedor de dudosa reputación), Agatha asumió que pasaría inadvertida.

Lo cual resultó ser un error.

Mirase donde mirare, había carteles de se busca en distintos idiomas clavados en los puestos del mercado, brillando bajo la luz de las antorchas.

SE BUSCA CON VIDA

POR ORDEN DE:
EL MAGO DE OZ
Y EL REY DE CAMELOT

RECOMPENSA:
Un encuentro con el Mago
(¡y una vuelta en su globo!)

Dado que el mago solo ofrecía unas pocas audiencias al día, la cacería de Agatha se había convertido en una búsqueda del tesoro maníaca. Los vendedores ofrecían gafas mágicas «Visionagatha» para encontrarla, lazos de León para capturarla, cajas de voz de Tedros que emitían la voz del príncipe para utilizar como cebo, bolas de cristal falsas para rastrearla, incluso mapas de Gillikin con notas que indicaban supuestamente dónde habían visto a Agatha.

—Si consigo una audiencia con el mago, le pediré una pierna nueva. —Agatha oyó que un niño cojo le decía a un vendedor desaliñado mientras compraba un mapa. Agatha se quedó detrás del niño, de unos seis o siete años, mientras abría el pergamino y observaba las caricaturas diminutas de Agatha con pelo de bruja y dientes apretados que cubrían distintas partes del mapa. El chico alzó la vista—. ¿Está seguro de haberla visto?

—Vino aquí y me compró un mapa —dijo el vendedor, sonriendo—. Al igual que tú.

—Entonces, ¿por qué no la atrapó? —preguntó el niño.

El vendedor borró su sonrisa.

—Hum, bueno, ¡porque no tenía un lazo de León como este!

El niño lo miró con escepticismo… y luego empezó a contar las monedas de su bolsillo.

Por encima de su cabeza, unas luces brillantes inspeccionaban a la multitud, proyectadas por nubes de hadas invisibles que participaban en la cacería, las mismas hadas que hace un tiempo habían protegido a Agatha del Mal y ahora querían entregarla de nuevo a él. Las luces iridiscentes recorrían el mercado y estaban a punto de iluminarle el rostro.

Agatha se agazapó detrás de un puesto, tropezó con un seto de pino y aterrizó con brusquedad sobre el bolso en el que transportaba la bola de cristal de Dovey. Maldijo en silencio, se sacó las agujas de pino del mentón y escuchó el ruido del mercado: conversaciones en idiomas que no reconocía… El chisporroteo de los carros de comida vendiendo hamburguesas de «mago» (medallones espolvoreados con dorado en medio de hojas de palma verdes) y cremas de «hada» (suero de mantequilla con espuma y brillos)… La voz aguda de un charlatán flotando sobre la multitud: *¡Acérquense a la Taquilla de Gilly! ¡El mejor precio en billetes de todo el Bosque! ¡Pases para la Ciudad Esmeralda! ¡Visitas guiadas a las Cuevas de Contempo! ¡Vuelos de hada a La Bella y la Fiesta! ¡Reservas disponibles esta noche! ¡Acérquense! ¡Vengan a la Taquilla de Gilly!*

Mientras Agatha se ponía de pie con dificultad, vio que el puesto de detrás del que se había escondido vendía mercancía del Mago de Oz y *souvenirs* del rey Rhian como tributo a la nueva alianza; el puesto estaba lleno de turistas sacudiendo bolsas con monedas ante los tres vendedores que entregaban frenéticamente tazas, camisetas, máscaras, bolsos y dulces de León.

—Pero yo pensaba que Agatha y Tedros eran Buenos —le dijo una niña a su madre, que estaba luchando contra la multitud, intentado comprar un bolígrafo dorado barato que se parecía al Cuentista. Solo que Agatha comprendió que no debía ser el Cuentista porque en la superficie dorada había escrito… Melena de León.

¿Melena de León? Agatha la observó con más atención. *¿Qué es eso?*

—Antes me contabas el cuento de hadas de Agatha y Tedros todas las noches antes de ir a dormir —insistía la niña ante su madre—, y al final se convertían en rey y reina, ¿te acuerdas? Ese era su Para Siempre.

—Bueno, resulta que Agatha y Tedros solo *fingían* ser rey y reina mientras que el verdadero monarca estaba aquí en el Bosque —afirmó su madre—. El rey Rhian mató a la Serpiente mientras que Tedros no hizo nada. El rey Rhian es ahora el líder del Bien. Y Sophie será su reina.

—También es el líder del Mal —comentó una vieja bruja con capa negra cerca de ellas, que también esperaba para comprar una pluma dorada—. Es por eso que contraerá matrimonio con Sophie. Para unirnos a todos. Ahora Rhian es el rey de *todo* el Bosque. Y Melena de León se asegurará de que nunca vuelvas a escuchar un cuento de hadas falso como el de Agatha. La pluma del rey Rhian contará las historias *reales*. —La anciana le dedicó una sonrisa sin dientes a la niña—. Quizás incluso escriba la tuya.

¿La pluma de Rhian?, pensó Agatha, atónita.

La niña parpadeó mirando a su madre y a la anciana.

—Pero ¿por qué el rey Rhian tiene que matar a Tedros? —preguntó—. ¿Y por qué tiene que matarlo el día de su boda con Sophie?

El estómago de Agatha se retorció tanto que lo notó en la garganta.

Rhian matará a Tedros y Sophie se…

Imposible. No podían matar al hijo del rey Arturo en una boda real. Nunca podría ocurrir. Sophie jamás lo *permitiría*. Sophie protegería a Tedros… Planearía una conspiración contra Rhian desde el interior del castillo… ¡Nunca se casaría con ese monstruo!

Agatha se puso tensa. Quizás ahora que Sophie estaba a punto de ser reina de Camelot, alabada por todo el Bosque, de pronto se convertiría de nuevo en…

No seas estúpida, resopló Agatha. Había visto el rostro de Sophie cuando Rhian la había atrapado a punta de espada. Aquella no era la vieja Sophie, que había traicionado a sus mejores amigos por amor. Esta vez, todos estaban en el mismo equipo contra el rey falso.

Un rey falso que planeaba matar al legítimo.

Agatha había esperado sentir una oleada de pánico…

Pero, en cambio, la invadió una sensación de calma.

Si no hallaba un modo de llegar hasta Tedros, moriría de la peor manera posible.

No había tiempo para la impotencia.

Su príncipe la necesitaba.

Se escabulló fuera de su escondite detrás del puesto, pasó junto a los vendedores distraídos y robó con destreza una camiseta con capucha que tenía el rostro de Rhian mientras la multitud se peleaba por los productos del León. Se bajó la capucha sobre el rostro y se abrió paso entre el muro de compradores, con el bolso con la bola de Dovey apretada contra el hombro mientras avanzaba hacia el puesto parpadeante a lo lejos.

¡BOLETERÍA
DE GILLY!

Pasó junto a más puestos atestados de personas comprando equipo de caza falso para capturar a Agatha, mientras ella caminaba a toda velocidad, exhibiendo el rostro de Rhian en su pecho inflado, fingiendo que era su admiradora número uno. Ahora estaba más cerca del puesto de Gilly y oyó más fuerte la voz del charlatán:

—¡Acérquense! ¡Los mejores billetes de la ciudad!

Algo se encogió en su interior.

Agatha alzó la vista y vio a dos hobgoblins verdes inmensos con gafas Visionagatha, cargando bolsas llenas del *souvenir* del León. La miraron a través de las gafas… y las bajaron despacio.

—Gaboo Agatha gabber —dijo el primer goblin.

—Gaboo *shamima* Agatha gabber —dijo el segundo goblin.

—No, no Agatha gabber —respondió Agatha, señalando en otra dirección—. Gaboo se ha ido por ahí.

Los goblins entrecerraron los ojos.

Agatha señaló a Rhian en su camiseta.

—Veis. *Rey*. Ooooh.

Los goblins intercambiaron una mirada.

—Poot —dijo el primero.

—Mah Poot —dijo el segundo.

Soltaron las bolsas y avanzaron hacia ella.

Ante doscientos veinticinco kilos de masa rabiosa, Agatha se zambulló en la multitud y empujó a personas en el camino de los goblins a modo de escudo, pero los goblins las embistieron sin problema, y las dos criaturas extendieron sus brazos rechonchos y agarraron el bolso de Dovey…

Agatha se giró y derribó el carro de un vendedor lleno de bolas de cristal falsas para impedir el paso a sus perseguidores, las bolas de goma chillaban «¡Veo a Agatha! ¡Veo a Agatha!» en alaridos desincronizados mientras los goblins tropezaban con ellas, igual que la mitad de la muchedumbre. Jadeando de alivio, Agatha se escabulló detrás de un puesto de periódicos y observó a los goblins intentar ponerse de pie sin éxito entre las bolas resbaladizas mientras una vendedora los golpeaba sin piedad con su zapato.

De pronto, Agatha se percató de los titulares de *La Gaceta de Gillikin*, al frente del puesto:

EL LEÓN EJECUTARÁ AL «REY» TEDROS; LOS FESTEJOS DE LA BODA EMPIEZAN MAÑANA

Agatha se inclinó más cerca para leer los detalles del artículo sobre cómo Sophie había escogido el hacha y el verdugo para la decapitación de Tedros (*Una mentira,* pensó Agatha), sobre la nueva pluma del rey Rhian, Melena de León, que era más fiable que el Cuentista…

Una mentira todavía más grande, protestó Agatha, recordando las plumas doradas que las personas compraban sin parar en el mercado. El Cuentista contaba las historias que el Bosque necesitaba. El Cuentista mantenía el Bosque *vivo*. Pero si de pronto la gente *dudaba* de la pluma encantada y prefería una falsa… entonces no estaba luchando solo contra Rhian, sino también contra las miles de mentes que había corrompido.

Pero al seguir leyendo, Agatha se dio cuenta de que aquel artículo de Gillikin contaba muchas más cosas… sobre el hermano de Rhian, quien supuestamente había sido nombrado caballero del rey…

Agatha observó un retrato de aquel vasallo, incluido en la primera plana. Japeth, ponía que se llamaba.

Abrió los ojos de par en par.

No solo era el hermano de Rhian.

Era el *gemelo* de Rhian.

Pensó de nuevo en el dibujo de la Dama del Lago.

Ahora lo comprendía todo.

La Dama no había besado a Rhian con la máscara de la Serpiente. Había besado a Japeth.

Siempre habían sido dos.

Uno el León; el otro, la Serpiente.

Así habían engañado a la Dama y a Excalibur. Compartían la misma sangre.

Y, sin embargo, tanto la Dama como Excalibur creían que la sangre pertenecía al heredero de Arturo.

Pero incluso si son gemelos, uno de ellos tuvo que nacer primero, ¿no?, se preguntó Agatha. *Es decir que solo uno de ellos es el heredero legítimo.*

Agatha negó con la cabeza. *¿Qué estoy diciendo? Es imposible que esos monstruos sean hijos de Arturo. No pueden ser hermanos de Tedros.*

Sentía que estaba conteniendo el aliento…

¿O sí?

Una sombra pasó sobre ella.

Agatha se giró y vio a los dos goblins fulminándola con la mirada, con el cuerpo cubierto de marcas.

La vendedora que los había golpeado también estaba con los goblins y miraba a Agatha.

Al igual que cien personas más detrás, que sin duda sabían quién era ella.

—Oh. Hola —dijo Agatha.

Corrió por su vida, abriéndose paso entre la multitud, pero cada vez más y más personas de delante oían los gritos de sus perseguidores y empezaban también a correr tras ella. Atrapada en el camino amarillo entre los puestos, no había hacia dónde huir…

Y entonces, vio el puesto que tenía al lado.

¡RENACUAJOS DE TAMIMA!
El mejor criadero de ranas de la Tierra de Siempre

Renacuajos. Se sabía un hechizo con renacuajos. Lo había aprendido en la escuela, leyendo uno de los libros del Mal de Sophie.

Instantáneamente, giró hacia el puesto, pasó por debajo de la tela que lo delimitaba y abordó a la vendedora, quien revolvía un contenedor con bichos movedizos. Antes de que la comerciante pudiera comprender lo que estaba ocurriendo, Agatha la apartó de en medio, tomó el contenedor de renacuajos con ambas manos, sintió el brillo en su dedo resplandeciendo en un tono dorado…

—¡*Pustula morphica!* —exclamó.

Y sumergió su rostro.

Cuando los goblins y los otros cazarrecompensas llegaron a toda prisa, no encontraron a Agatha entre la multitud: solo vieron a una chica mojada cubierta de pústulas rojas, alejándose del puesto de renacuajos.

Unos minutos después, rascándose sus llagas supurantes y rojizas, aquella chica cubierta de úlceras llegó a la Taquilla de Gilly, donde esperaba aquel apuesto charlatán.

—Un vuelo a La Bella y la Fiesta, por favor —dijo ella.

El hombre retrocedió asqueado.

—Cuarenta monedas de plata —dijo de malas maneras, tocándose su suave mejilla como acto reflejo—. O, mejor dicho, cuarenta monedas de plata que tus dedos pestilentes no hayan tocado.

—No tengo plata —respondió Agatha.

—Entonces dame lo que sea que lleves en ese bolso —dijo él, mirando el bolso de Dovey que cargaba en el hombro.

—¿Pañales sucios? —respondió Agatha con seriedad. El charlatán frunció el ceño.

—Apártate de mi vista antes de que llame a la Guardia del Mago.

Agatha miró por encima del hombro y vio una conmoción en el puesto de renacuajos, y que la vendedora señalaba en su dirección.

Se giró rápidamente hacia el charlatán.

—Pero podría pagarte con un estornudo fuerte —dijo ella con frialdad—. De hecho, creo que me está viniendo uno. Justo sobre tu bonito rostro.

El charlatán alzó las cejas, observando las mejillas marcadas de Agatha.

—Bruja retorcida. ¿Quieres volar? Adelante —respondió con desdén y alzó una antorcha con fuego verde hacia el cielo, la cual iluminó una nube de hadas invisibles que, de pronto, se volvieron visibles bajo la luz verde—. En cuanto te vean en el Bosque de Sherwood te ensartarán una flecha en el cráneo.

Mientras las hadas descendían por petición del charlatán y alzaban a Agatha hacia el cielo, ella le sonrió con malicia al hombre y a la multitud de cazadores que corrían hacia su puesto.

—Correré el riesgo —dijo Agatha.

—Deberías haber venido directamente aquí en vez de dar vueltas por la Tierra de las Hadas —gruñó Robin Hood, limpiando las pústulas de Agatha con un paño que había sumergido en cerveza.

—Estaba demasiado lejos como para venir a pie y quería conseguir noticias de mis amigos —respondió Agatha, que ahora sentía escozor por las úlceras *y* por la cerveza—. Además, la última vez que estuve aquí me dijiste que los Hombres Alegres no se entrometían en los asuntos de otros reinos, y que por eso no nos ayudarías a luchar contra la Serpiente. Pero ahora *tenéis que ayudarme* o Tedros morirá en seis días. Eres mi única esperanza: Lancelot está muerto, han capturado a Merlín, a la profesora Dovey y también a Ginebra, y no sé cómo contactar a la Liga de los Trece, ni siquiera sé si todavía siguen vivos…

—Ya sabía yo que ese tal Rhian era un gusano —gruñó Robin, salpicándose el abrigo verde con cerveza—. No dejaba de lamerle el culo a Tedros: «*¡Mi rey! ¡Mi rey!*». Lo calé enseguida. Cualquiera que actúe de modo tan servicial hacia un rey está tramando algo. —Se colocó bien el gorro marrón que tenía una pluma verde—. Cuando oí la noticia, no me sorprendió ni lo más mínimo.

—No mientas, tonto —replicó una mujer negra encantadora con largo cabello rizado y un vestido azul con mucho vuelo que iba de un lado a otro de la barra de La Flecha de Marian limpiando copas de vino y superficies mientras la luz de la luna entraba a través de la única ventana—. Me dijiste que nunca habías conocido a un «muchacho tan fuerte» y que, de haber podido, se lo hubieras robado a Tedros para que formara parte de los Hombres Alegres.

—Siempre podemos contar con Marian para que diga la verdad —dijo una voz grave.

Robin miró hacia los doce hombres de diversas formas, tamaños y colores que llevaban gorros marrones como el de Robin, cada uno con una jarra de cerveza en la mano, sentados en mesas del bar desierto.

—Primero Robin trae a un traidor a nuestras filas: ese chico Kei, el que liberó a la Serpiente y mató a tres de los nuestros —dijo un hombre alto como una torre con un estómago prominente—, y ahora, ¿también quiere traer a un rey malvado?

—Es por eso que La Flecha de Marian se llama así en honor a ella y no a él —comentó un hombre de tez oscura, haciéndole una reverencia a la mujer de detrás de la barra.

—¡Así es! —brindaron los hombres, entrechocando sus jarras.

—Y es por eso que, a partir de ahora, podéis empezar a pagaros vosotros mismos las bebidas que os toméis en mi bar, como todos los demás —replicó Robin.

Los Hombres Alegres enmudecieron.

—Que conste que La Flecha de Marian es *mi* bar —dijo la doncella Marian mientras secaba una copa con un paño.

Robin la ignoró y miró a Agatha.

—La guarida del rey no pondrá un pie en el Bosque de Sherwood. Estarás a salvo aquí —dijo él, inspeccionando su rostro lleno de pústulas antes de limpiarlas con todavía más cerveza—. Quédate con nosotros todo el tiempo que quieras.

—¿*Quedarme*? ¿Acaso no has escuchado nada de lo que te he dicho? ¡Rhian matará a Tedros! —replicó Agatha, con el rostro que le escocía más que nunca—. Los ha capturado a todos, incluso a Dot, quien *te* liberó de prisión y ahora necesita que hagas lo mismo por ella. No voy a quedarme aquí y tú tampoco. ¡Tenemos que atacar el castillo y rescatarlos!

Oyó que los Hombres Alegres murmuraban. También reían. Robin suspiró.

—Agatha, somos ladrones, no soldados. Por mucho que odiemos a esa rata desagradable y traicionera, Rhian tiene a todo el Bosque detrás de él y a los guardias reales por delante. Nadie puede rescatar a tus amigos ahora, por mucho que queramos a Dot. Deberías dar las gracias por haber escapado, aunque hayas terminado pareciendo una sarnosa.

—Es hermosa tal y como es, idiota superficial —replicó la doncella Marian, avanzando hacia él—. No falta mucho para que a ti te salga una joroba y te arrugues como una pasa, Robin. ¿Quién te cuidará entonces? ¿Todas esas jovencitas a las que les silbas? ¿Y qué rayos le estás haciendo a esta pobre chica? Si no piensas ayudarla, por lo menos no *empeores* la situación. —Marian tomó un frasco de pimienta roja que había en una mesa, vertió un puñado del polvo en su mano y lo sopló sobre el rostro de Agatha. Agatha se sacudió con brusquedad, protegiéndose los ojos con los dedos… que tocaron unas mejillas suaves.

Las pústulas habían desaparecido.

Robin miró boquiabierto a Marian.

—¿Cómo sabías eso?

—De los Grupos del Bosque en la escuela. Hice tus deberes sobre «antídotos» —respondió Marian.

Agatha se esforzó por respirar, ya que tenía la garganta llena de pimienta.

—Tú y yo tenemos mucho en común.

El rostro de Marian se oscureció.

—No. Ya no. Antes era como tú. Estaba dispuesta a hacer misiones por el Bosque y a luchar contra el Mal tal y como nos habían entrenado para hacer en la escuela. Pero vivir en este Bosque con Robin me ha cambiado. Nos ha cambiado a todos. Nos hemos vuelto perezosos y conformistas como los gatos gordos a los que Robin roba.

Robin y sus hombres intercambiaron miradas y se encogieron de hombros.

Agatha notó que los ojos se le llenaban de lágrimas.

—¿Es que no lo comprendéis? Tedros morirá. El *legítimo* rey de Camelot. El *hijo* del rey Arturo. Tenemos que salvarlo. Juntos. No puedo hacerlo sola.

Robin la miró a los ojos y se quedó callado durante un momento.

Luego, se giró hacia sus hombres.

—Solo necesito que alguien más diga que sí —dijo con firmeza—. Si cualquiera de vosotros quiere cabalgar y atacar al rey, entonces lo haremos como uno solo. Nadie se quedará atrás. —Robin inhaló profundamente—. Los que estéis a favor de uniros a Agatha en la lucha… ¡alzad la mano!

Los hombres intercambiaron miradas.

Pero nadie alzó ni un dedo.

Atónita, Agatha se giró hacia la doncella Marian, que estaba de espaldas mientras guardaba jarras de cerveza en un armario, como si la votación de Robin no le incumbiera.

Agatha se puso de pie y miró a los hombres de Robin.

—Lo entiendo. Vinisteis al Bosque de Sherwood para beber alcohol y divertiros como niños grandes. Y claro, de vez en cuando robáis a los ricos para dárselo a los pobres, creyendo que ese es todo el Bien que tenéis que hacer para evitar cualquier responsabilidad real. Pero el Bien no es eso. El Bien consiste en hacer frente al Mal cada vez que surge, por mucho que sea inconveniente. El Bien consiste en dar un paso adelante para afrontar la verdad. Y esta es la verdad: hay un rey falso gobernando el Bosque y los que estamos en esta habitación somos los únicos que podemos detenerlo. ¿Será peligroso? Sí.

¿Pondremos en riesgo nuestras vidas? Sí. Pero el Bien necesita a un héroe y «lo siento, tengo que acabarme la cerveza» no es una buena razón para mantenerse al margen. Porque si ahora miráis para otro lado, creyendo que el «León» y la «Serpiente» no son vuestro problema, os garantizo que será solo cuestión de tiempo hasta que lo sean. —El calor le subía por el cuello—. Así que os lo pido de nuevo. En nombre del rey Tedros, de vuestra amiga Dot, y del resto de mi equipo de misión que os necesitan para permanecer vivos: aquellos a favor de cabalgar hasta Camelot con Robin y conmigo… —Cerró los ojos y dijo una plegaria silenciosa—. Alzad la mano.

Abrió los ojos.

No había manos en alto.

Ninguno de los hombres ni siquiera la estaba mirando.

Agatha se quedó paralizada, y su corazón se redujo al tamaño de un guisante.

—Te daré un caballo para que puedas partir por la mañana —dijo Robin Hood en voz baja, evitando también el contacto visual—. Ve a buscar a alguien que pueda ayudarte.

Agatha lo fulminó con la mirada, la cara enrojecida.

—¿Es que no lo entiendes? No hay *nadie* más.

Se giró hacia Marian como última súplica.

Pero no había nadie detrás de la barra; la mujer ya se había ido.

Mientras que los hombres se quedaron en el bar, Agatha regresó a la casa del árbol de Robin con la esperanza de descansar unas horas antes de partir con las primeras luces del alba.

Pero no pudo conciliar el sueño.

Guardó el bolso de Dovey en un rincón y se sentó en la entrada, mirando las otras casas del árbol, con las piernas colgando sobre el borde y rozando las brillantes flores de loto violetas que temblaban por las ráfagas de viento. El viento también sacudía los farolillos colgados entre las casas como un arcoíris de colores, y las hadas del bosque revoloteaban intentando enderezarlos, con sus alas destellando de rojo y azul como joyas diminutas.

La última vez que Agatha estuvo allí, todo le había parecido muy mágico y seguro, una burbuja protectora apartada del caos de la vida real. Pero ahora, aquel sitio le parecía inmaduro. Incluso traicionero. Estaban ocurriendo cosas muy oscuras en el Bosque y en el Bosque de Sherwood, pero las flores de loto violetas seguían brillando y las casas todavía estaban iluminadas con luces resplandecientes y tenían las puertas abiertas de par en par.

Antes era como tú, repitió la voz de Marian en su mente.

Pero entonces se había mudado allí para estar con Robin. Había venido aquí por amor. Un amor que la había apartado del mundo y que había detenido el tiempo. ¿Acaso no era eso lo que los amores verdaderos querían al final? ¿Esconderse en un paraíso?

Después de todo, si Tedros y ella se hubieran escondido, nunca habrían tenido que liderar Camelot. Si Tedros y ella se hubieran escondido, él nunca la habría escuchado decirle a Sophie que había fracasado en su misión como rey.

Todavía tendrían su Para Siempre.

Todavía tendrían su amor perfecto.

Agatha suspiró.

No. Eso no es amor.

El amor no es encerrarse o esconderse en un sitio donde todo es perfecto.

El amor es enfrentar al mundo y sus desafíos, incluso aunque fracases.

De pronto, Agatha sintió la necesidad de abandonar aquel lugar en ese preciso instante, de regresar al Bosque, por muy peligroso que fuera…

Pero ¿a dónde iría?

Estaba muy acostumbrada a ocuparse de todo sola. Es por eso que había partido en su misión para hallar a la Serpiente después de la coronación de Tedros. Lo había hecho para ayudar a Tedros, claro. Pero también porque confiaba en sí misma para resolver problemas: más de lo que confiaba en su príncipe, en su mejor amiga o en cualquier otra persona.

Solo que aquella vez no *podía* trabajar sola. No con su príncipe a pocos días de ser ejecutado, con el Bosque entero dándole caza, con Sophie bajo el control de Rhian y con el resto de sus amigos en prisión. Si intentaba trabajar sola, Tedros moriría. Era por eso que había ido allí. Para forjar nuevas alianzas. Y, en cambio, partiría incluso más sola que antes.

El viento se volvió frío y ella miró hacia atrás con la esperanza de encontrar una sábana o una manta…

Pero algo le llamó la atención en una esquina.

Un abrigo negro colgado entre un mar de prendas verdes en el armario.

Al acercarse, vio que el abrigo estaba manchado con sangre seca…

La sangre de Lancelot.

Tedros llevaba aquel abrigo la noche en que habían llegado al Bosque de Sherwood para enterrar al caballero junto a lady Gremlaine. Debió de dejarlo allí cuando se cambió de ropa para ir a cenar a La Bella y la Fiesta…

Agatha sujetó el abrigo con ambas manos y se lo acercó al rostro, inhalando el aroma cálido y mentolado de su príncipe. Durante medio segundo, aquello la tranquilizó.

Luego, cayó en la cuenta.

Quizá nunca más tendría noticias de él.

Su corazón se aceleró, aquella sensación de impotencia regresó…

Y luego sus manos tocaron algo tieso en el bolsillo del abrigo.

Agatha introdujo los dedos y sacó una pila de cartas atadas todas juntas. Hojeó las primeras.

QUERIDA GRISELLA:

SABÍA QUE RECIBIRÍA DEMASIADA ATENCIÓN EN LA ESCUELA, PERO ESTO ES ABSURDO. SOLO LLEVO AQUÍ UNOS DÍAS Y TODAVÍA ESTOY INTENTANDO FAMILIARIZARME CON EL ENTORNO, PERO CADA SIEMPRE Y NUNCA EN ESTE SITIO ME PERSIGUE HACIÉNDOME PREGUNTAS SOBRE CÓMO SAQUÉ A EXCALIBUR DE LA PIEDRA, QUÉ SE SIENTE AL SER REY DE CAMELOT Y POR QUÉ ESTOY EN LA ESCUELA CUANDO DEBERÍA ESTAR GOBERNANDO MI REINO. LES CUENTO LA HISTORIA «OFICIAL», CLARO: QUE MI PADRE ASISTIÓ A LA ESCUELA DEL BIEN Y QUE QUIERO HONRAR SU LEGADO... PERO LOS NUNCA NO ME CREEN. AL MENOS NO SABEN LA VERDAD, ES DECIR QUE EL CONSEJO PROVISIONAL SOLO APROBÓ MI CORONACIÓN CON LA CONDICIÓN DE QUE RECIBIERA UNA EDUCACIÓN FORMAL (ES DECIR, QUE TUVIERA TIEMPO PARA «CRECER» ANTES DE GOBERNAR). PERO NO PIENSO CONTARLE A NADIE QUE MI PROPIO PERSONAL NO ME PERMITIRÁ SER REY HASTA QUE NO ME GRADÚE DE ESTE SITIO. Y NO SOLO QUE ME GRADÚE, SINO QUE SEA EL MEJOR DE LA CLASE Y QUE ESCOJA A UNA REINA ADECUADA. SINCERAMENTE, ME SIENTO ABRUMADO. APENAS PUEDO CONCENTRARME EN MIS CLASES. AYER SUSPENDÍ EL CUESTIONARIO DEL PROFESOR SADER SOBRE HISTORIA DE CAMELOT. ASÍ ES. SUSPENDÍ UNA EVALUACIÓN SOBRE MI PROPIO REINO.

QUERIDA GRISELLA:

ESTOS DÍAS EN LA ESCUELA SON LARGOS Y DIFÍCILES (EN ESPECIAL LA CLASE DE YUBA, EL GNOMO, EN EL BOSQUE AZUL. ME GOLPEA CON SU BASTÓN CADA VEZ QUE RESPONDO MAL, COSA QUE OCURRE A MENUDO). PERO TUS CARTAS DESDE EL CASTILLO HAN SIDO UN GRAN CONSUELO Y ME HACEN RECORDAR NUESTRAS VIDAS EN CASA DE SIR ECTOR ANTES DE QUE FUERA REY, CUANDO EMPEZÁBAMOS CADA DÍA SABIENDO EXACTAMENTE LO QUE SE ESPERABA DE NOSOTROS...

QUERIDA GRISELLA:

¡ME HAN ESCOGIDO PARA LA GRAN PRUEBA! AUNQUE MIS NUEVOS AMIGOS LANCELOT Y GINEBRA QUEDARON EN MEJOR POSICIÓN QUE YO. DE GINEBRA LO ENTIENDO (ES BRILLANTE), PERO ¿DE LANCELOT? ES MUY DIVERTIDO, PERO NO ES LA ESPADA MÁS AFILADA DE LA ARMERÍA. NO HACE FALTA DECIR QUE SIENTO EL ESPÍRITU COMPETITIVO MÁS QUE NUNCA. SI EL NUEVO REY DE CAMELOT NO GANA LA GRAN PRUEBA, CHISMES DE LA REALEZA ME RIDICULIZARÁ EN PRIMERA PLANA DURANTE MESES. HABLANDO DE REALEZA, ¿ANDA TODO BIEN POR EL CASTILLO? HACE SEMANAS QUE NO TENGO NOTICIAS TUYAS...

Agatha hojeó otras cartas.

No eran cartas de Tedros. Eran de su padre.

El rey Arturo debía haberlas escrito cuando estaba en primer año en la Escuela del Bien. Pero ¿quién era Grisella? ¿Y por qué Tedros tenía las cartas de su padre en el abrigo?

Entonces se dio cuenta de que había algo pegado en el dorso de la última carta. Una etiqueta escrita a mano.

Restauración de Camelot

Y adjunta a la etiqueta, había una tarjeta de negocios.

Agatha observó con más atención. *Restauración de Camelot.* Aquel era el fondo que lady Gremlaine usaba para renovar el castillo, el fondo en el que parecía que nunca había dinero, a pesar de los intentos de recaudación incansables de Agatha. ¿Tedros había guardado la etiqueta por algún motivo? ¿Y la tarjeta de negocios? El único Albemarle que conocía era el pájaro carpintero con gafas que tallaba las posiciones de los alumnos en la Escuela del Bien y del Mal, y él sin duda no era gerente de un banco en Putsi.

Algo se movió detrás de ella y Agatha se giró con brusquedad.

Dejó caer las cartas debido a la sorpresa.

—Hola, cariño —dijo una mujer alta desde la puerta con el pelo amarillo chillón alborotado, exceso de maquillaje y un caftán con estampado de leopardo que flotaba en el viento mientras desmontaba de un estínfalo volador y entraba a la casa del árbol de Robin.

—¡Profesora Anémona! —dijo Agatha, mirando boquiabierta a su antigua maestra de Embellecimiento mientras su pájaro huesudo aterrizaba en el suelo del bosque—. ¿Qué está haciendo a…?

Luego, vio que la doncella Marian subía a la casa del árbol detrás de su profesora.

—Emma y yo éramos compañeras de escuela —explicó Marian—. Le envié un cuervo en cuanto llegaste a La Flecha de Marian. Sabía que Robin y sus hombres no te ayudarían de la manera en que necesitabas. Pero lo menos que podía hacer era encontrar a alguien que pudiera hacerlo.

La profesora Anémona avanzó rápidamente y envolvió a Agatha en un abrazo.

—Los profesores hemos estado buscándote desde que supimos lo ocurrido. Espero que lo entiendas: Clarissa no nos informaba de nada. Se pasaba todo el día encerrada en la oficina con su Mapa de Misiones y esa bola de cristal. Quizá pensó que si los maestros supieran lo que estaba ocurriendo en el Bosque, los alumnos de primer año descubrirían que algo había salido mal en vuestras misiones. Seguro que no quería que se preocuparan o se distrajeran de su trabajo. Siempre piensa en sus alumnos, incluso a su propia costa… Su oficina todavía está cerrada, da igual el hechizo que utilicemos, y no podemos obtener su Mapa de Misiones; era por eso que no podíamos encontrarte…

Agatha empezó a llorar. Todo este tiempo había pensado que estaba sola cuando, en cambio, sus antiguos profesores la habían estado buscando. Por el más breve instante se sintió a salvo de nuevo, como lo había hecho una vez en su castillo de cristal.

—No sabes a lo que nos enfrentamos, profesora. Es un Mal diferente a cualquiera que hayamos visto. Un Mal que no enseñáis en vuestras clases. El León y la Serpiente están confabulados. Tienen a todo el Bosque de su lado. Y nosotros no tenemos a nadie en nuestro bando.

—Claro que tenemos a alguien —dijo la profesora Anémona, apartándose y mirando con dureza a su estudiante—. Verás, puede que Clarissa crea en proteger a los estudiantes, pero ni yo ni los demás profesores pensamos lo mismo. Lo cual significa que el rey quizá tenga a todo el Bosque de su lado, pero tú tienes algo mucho más fuerte del tuyo. Algo que ha sobrevivido a cualquier rey. Algo que siempre ha restituido el equilibrio entre el Bien y el Mal, incluso en los tiempos más oscuros. Algo que nació para ganar esta batalla.

Agatha alzó la vista hacia la mujer.

La profesora Anémona se inclinó hacia ella, con ojos brillantes.

—Mi querida Agatha… Tienes una *escuela*.

5

La elección de Sophie

Tedros se imaginaba que golpeaba a Rhian.

Así era como había sobrevivido a los piratas. Cada patada que le habían dado, cada puñetazo, cada impacto fuerte que le hacía brotar sangre del labio o del ojo, Tedros mentalmente lo redirigía hacia el traidor sentado en su trono. El amigo que resultó ser su peor enemigo. Su caballero leal que resultó que no era ni leal ni un caballero.

Ahora, acurrucado en su celda, Tedros oía la voz de aquella escoria resonando por el pasillo, amplificada mágicamente por un hechizo que habían lanzado sus amigos en su propia celda.

La furia ácida le ardía en el pecho. Era como si proyectaran la voz de Rhian solo para provocarlo.

94

—¿Es la verdad? —gritó él.

La voz de Tedros retumbó en el pasillo.

—¿Que Sophie me quiere muerto? ¿Eso es verdad?

Pensaba que esta vez Sophie estaría de su lado... que su amistad con ella por fin era real...

Pero ya no sabía qué era real. Quizá Sophie había conspirado con Rhian durante todo ese tiempo. O quizás ella también había sido engañada.

El rostro de Tedros ardió todavía más.

Había recibido a Rhian como a un hermano. Lo había llevado a Camelot. Le había contado sus secretos.

Prácticamente le había entregado la corona a ese cerdo.

Tedros ahora saboreaba la furia que formaba espuma en su garganta.

Agatha tenía razón.

Había sido un mal rey. Cobarde. Arrogante. Tonto.

Cuando Agatha le había dicho eso a Sophie la noche anterior, tuvo la sensación de que lo había apuñalado. Se sintió traicionado por la única chica que había amado.

Aquello le había hecho dudar de ella del mismo modo en que ella dudaba de él.

Pero, al final, ella tenía razón. Siempre la tenía.

Y ahora, irónicamente, la misma chica que lo había llamado «mal rey» era la única persona que podía ayudarlo a recuperar su trono.

Porque Agatha era la única que había logrado escapar de manos de Rhian.

Los piratas habían revelado aquella información por accidente. Lo habían golpeado incansablemente un grupo de seis matones apestosos, exigiéndole que les dijera a dónde había escapado Agatha. Al principio, el alivio de saber que había huido anestesió el dolor de los golpes. Pero luego, el alivio desapareció. *¿Dónde estaba Agatha? ¿Estaría a salvo? ¿Y si la encontraban?* Irritados por su silencio, los piratas solo lo habían golpeado con más fuerza.

Tedros reclinó la espalda contra la pared del calabozo, la sangre tibia le caía sobre el abdomen. Su espalda en carne viva y llena de moratones tocó la piedra fría a través de las rasgaduras de su camisa y se quedó inmóvil. El dolor latente era tan intenso que le castañeteaban los dientes; notó un borde afilado en la mandíbula inferior donde se le había roto uno de los dientes. Intentó pensar en el rostro de Agatha para no perder la conciencia, pero solo pudo invocar las caras de aquellos malnacidos asquerosos golpeándolo con sus botas. El ataque de los piratas había durado tanto que a partir de cierto momento empezó a carecer de sentido. Como si estuvieran castigándolo solo por existir.

Quizá Rhian había formado todo su ejército con personas con aquella misma idea. Personas que pensaban que Tedros merecía caer por haber nacido atractivo, rico y siendo un príncipe. *Que merecía sufrir.*

Pero podía soportar todo el sufrimiento del mundo si aquello significaba que Agatha viviría.

Para sobrevivir, su princesa tenía que huir lo más lejos posible de Camelot. Tenía que esconderse en la parte más oscura del Bosque, donde nadie la encontraría.

Pero Agatha no era así. La conocía demasiado bien. Volvería a por su príncipe. Por mucho que hubiera perdido la fe en él.

Ahora el calabozo estaba en silencio, ya no oía la voz de Rhian.

—¡¿Cómo podemos salir de aquí?! —gritó Tedros a los demás, soportando el dolor de su costilla—. ¡¿Cómo vamos a escapar?!

Nadie en la otra celda le respondió.

—*¡Escuchadme!* —gritó.

Pero el esfuerzo lo había agotado. Su mente se ablandó como un pudín reblandecido y desconectó de su entorno. Se llevó las rodillas contra el pecho, intentando aliviar la presión sobre su costilla, pero le dolió todavía más, y la visión se le distorsionó en el resplandor cálido de la antorcha en la pared. Tedros cerró los ojos, respirando profundamente con dificultad. Solo consiguió sentirse más encerrado, como si estuviera dentro de un ataúd sin aire. Sintió olor a huesos viejos... *Desentiérrame,* susurraba la voz de su padre...

Tedros salió del trance y abrió los ojos.

El demonio de Hester lo estaba mirando.

Tedros retrocedió contra la pared, parpadeando para asegurarse de que fuera real.

El demonio era del tamaño de una caja de zapatos, tenía la piel roja como el ladrillo, cuernos largos y curvos, y mantenía sus ojos redondos y pequeños clavados en el joven príncipe.

La última vez que Tedros había estado así de cerca del demonio de Hester, la criatura prácticamente lo había hecho trizas durante la Gran Prueba.

—Se nos ha ocurrido que esto iría mejor que gritar por el calabozo —dijo el demonio.

Solo que aquella no era su voz.

Era la voz de Hester.

Tedros miró a la criatura.

—Es imposible hacer magia aquí abajo...

—Mi demonio no es mágico. Mi demonio soy *yo* —respondió la voz de Hester—. Necesitamos hablar antes de que los piratas regresen.

—¿Agatha está sola ahí afuera y quieres hablar? —dijo Tedros, tocándose la costilla—. ¡Usa a tu pequeña bestia para sacarme de esta celda!

—Buen plan —replicó el demonio, con la voz de *Beatrix*—. De todos modos seguirías atrapado detrás de la puerta de hierro, y cuando los piratas te vieran, te darían una paliza todavía peor de la que ya has recibido.

—Tedros, ¿tienes algún hueso roto? —preguntó la voz suave de la profesora Dovey a través del demonio, como si la Decana estuviera demasiado lejos de la criatura y no tuviera buena conexión—. Hester, ¿puedes ver a través de tu demonio? ¿Tiene muy mal aspecto?

—Sea cual fuere su aspecto, seguro que no es lo bastante malo —dijo la voz de Hort, adueñándose del control del demonio—. Ha sido él quien nos ha metido en este desastre por haber adulado a Rhian como una *chica* enamorada.

—Oh, entonces, ¿ahora ser una chica es un insulto? —replicó la voz de Nicola; de pronto, el demonio pareció animarse, como si estuviera de acuerdo con ella.

—Escucha, si quieres ser mi novia, tendrás que aceptar que no soy un intelectual que siempre sabe usar las palabras correctas —respondió la voz de Hort.

—¡ERES PROFESOR DE HISTORIA! —objetó la voz de Nicola.

—Da igual —prosiguió Hort—. Ya habéis visto la manera en que Tedros entregó a Rhian el control de su reino y le permitió reclutar al ejército y dar discursos como si fuera el rey.

Tedros se incorporó, mareado.

—En primer lugar, ¿cómo es posible que estéis hablando todos a través de esa *cosa*? Y segundo, ¿creéis que *sabía* lo que Rhian planeaba?

—Respondiendo a tu primera pregunta, el demonio de Hester en una puerta a su alma. Y su alma reconoce a sus amigos —explicó el demonio con la voz de Anadil—. A diferencia de tu *espada*.

—Y en cuanto a tu segunda pregunta, cada chico que te gusta termina siendo malvado —intercedió la voz de Hort, mientras el demonio intentaba seguirles el ritmo como un ventrílocuo—. Primero, fuiste amigo de Aric. Luego, de Filip. Y ahora ¡te has enamorado del mismísimo diablo!

—¡No me *he enamorado* de nadie! —le gritó Tedros al demonio—. Y si hay alguien aquí que se ha encariñado con el diablo, ¡ese eres tú, que eres amigo de *Sophie*!

—Sí, Sophie, ¡la única persona que puede rescatarnos! —exclamó la voz de Hort.

—¡*Agatha* es la única persona que puede rescatarnos, imbécil! —disparó Tedros—. ¡Es por eso que necesitamos salir de aquí ahora mismo, antes de que ella vuelva y la capturen!

—¿Podéis callaros todos? —replicó el demonio con la voz de Hester—. Tedros, tenemos que…

—Pon a Hort al habla —ordenó Tedros—. Después de tres años en los que Sophie te ha usado como su lameculos personal sin darte ni lo más mínimo a cambio, ¡ahora crees que nos rescatará!

—Que *tú* no ayudaras a quienes lo necesitaban cuando la Serpiente atacó, no significa que ella no vaya a hacerlo —espetó la voz de Hort.

—Idiota. En cuanto Sophie pruebe la vida de reina, dejará que nos pudramos mientras come pastel —exclamó Tedros.

—Sophie no come pastel —resopló Hort.

—¿Crees que conoces a Sophie mejor que yo?

—Cuando ella te rescate de esa celda, te sentirás como un idio…

—¡LA RATA DE ANI ESTÁ MUERTA, LA SERPIEN-
TE ESTÁ VIVA, ESTAMOS EN UN CALABOZO Y ES-
TAMOS HABLANDO DE SOPHIE Y DE PASTELES!
—gritó la voz de Hester mientras su demonio se inflaba como
un globo—. TENEMOS PREGUNTAS PARA TEDROS,
¿VALE? POR LO QUE VIMOS EN EL ESCENARIO,
NUESTRAS VIDAS *DEPENDEN* DE ESTAS PREGUN-
TAS, ¿DE ACUERDO? ASÍ QUE SI ALGUIEN INTEN-
TA SIQUIERA INTERRUMPIRME A PARTIR DE AHO-
RA, LE ARRANCARÉ LA LENGUA.

El silencio reinó en el calabozo.

—¿La Serpiente está viva? —preguntó Tedros, con expresión fantasmal.

Diez minutos más tarde, Tedros miró al diablillo rojo
después de haberse enterado de la reaparición de la Serpiente, el nacimiento de Melena de León y todo lo demás que
Hester y el grupo habían visto en la proyección mágica que
habían conjurado en la celda.

—Entonces, ¿son dos? Rhian y ese… ¿Jasper? —dijo Tedros.

—*Japeth*. La Serpiente. Así es como creemos que engaña-
ron a la Dama y a Excalibur. Son gemelos que comparten la
misma sangre. Dicen que es la sangre de tu padre —explicó
el demonio—. Si vamos a vencerlos, necesitamos saber cómo
eso ha sido posible.

—¿Y *a mí* me lo preguntas? —resopló Tedros.

—¿Siempre vas por la vida mirándote el ombligo? —lo
reprendió la voz de Hester—. *Piensa*, Tedros. No descartes
una posibilidad solo porque no te guste la idea. ¿Es posible
que estos dos chicos sean tus hermanos?

Tedros frunció el ceño.

—Mi padre tenía sus defectos. Pero es imposible que cria-
ra a dos monstruos. El Bien no puede engendrar el Mal. No
de esta manera. Además, ¿cómo sabéis que Rhian no sacó a

Excalibur solo porque yo ya la había aflojado? Quizá solo haya tenido suerte.

El demonio gruñó.

—Es como intentar razonar con un erizo.

—Ah, dejémoslo morir. Si *realmente son* sus hermanos, será la supervivencia del más fuerte —comentó la voz de Anadil—. No se puede discutir con la naturaleza.

—Hablando de naturaleza, tengo que ir al baño —dijo la voz de Dot.

La voz de la profesora Dovey le murmuró algo a Tedros a través del demonio, algo sobre las «mujeres» de su padre…

—No te oigo —dijo Tedros, hundiéndose todavía más en un rincón de la celda—. Me duelen el cuerpo y la cabeza. ¿Habéis terminado ya con el interrogatorio?

—¿Has terminado ya de actuar como un tonto con el cerebro de un guisante? —replicó Hester—. ¡Estamos intentando ayudarte!

—¿Haciendo que ensucie el nombre de mi propio padre? —respondió Tedros, desafiante.

—Tenéis que enfriar todos vuestra leche —dijo la voz de Nicola.

—¿Leche? —chilló Kiko a través del demonio—. No veo que haya leche.

—Mi padre solía decir eso en su bar cuando la situación estaba a punto de salirse de control en la cocina —explicó Nicola, apoderándose con calma del demonio—. Tedros, lo que estamos intentando preguntarte es si hay algo que puedas decirnos sobre el pasado de tu padre que aclare si lo que afirman Rhian y su hermano es cierto. ¿Es posible que tu padre tuviera otros hijos? ¿Sin que lo supieras? Sabemos que es un tema difícil. Solo queremos mantenerte vivo. Y para hacerlo, necesitamos saber lo mismo que tú.

Había algo en la voz de la alumna de primero, algo carente de pretensiones, que hizo que Tedros bajara la guardia. Quizá porque apenas conocía a la chica o porque no había prejuicios o conclusiones en su pregunta. Ella solo le pedía que compartiera hechos. Tedros pensó en Merlín, quien solía hablarle del mismo modo. Merlín, que estaba en un calabozo por allí arriba o… muerto. Tedros sintió un nudo en el estómago. El hechicero hubiera querido que le respondiera a Nicola con sinceridad. De hecho, Merlín sentía aprecio por aquella chica, incluso cuando Tedros no había estado dispuesto a darle una oportunidad.

Tedros alzó la vista y miró al demonio a los ojos.

—Cuando yo era rey, tenía una mayordoma llamada lady Gremlaine. También fue la mayordoma de mi padre y ambos tenían una relación estrecha antes de que él conociera a mi madre. Tan estrecha que sospecho que ocurrió algo entre ellos… Algo que hizo que mi madre echara a lady Gremlaine del castillo poco después de mi nacimiento. —El príncipe tragó con dificultad—. Antes de que lady Gremlaine muriera, le pregunté si la Serpiente era su hijo. Si era el hijo de ella y de *mi* padre. Nunca me respondió que sí. Pero…

— … lo sugirió —concluyó la voz de Nicola; el demonio parecía casi amable.

Tedros asintió, con la garganta cerrada.

—Dijo que había hecho algo terrible. Antes de que yo naciera. —El sudor le cubría la frente mientras revivía aquel momento en el ático, lady Gremlaine sujetando un martillo ensangrentado, con el pelo alborotado y los ojos maníacos—. Dijo que había hecho algo que mi padre nunca supo. Pero que lo había arreglado. Que se había asegurado de que nunca hallaran al bebé. Que crecería sin saber quién era…

Tedros perdió la voz.

El demonio se quedó clavado en su sitio. Por primera vez, nadie habló a través de él.

—Entonces es posible que Rhian esté diciendo la verdad —dijo por fin la voz de la profesora Dovey, un susurro remoto—. Que él sea el rey verdadero.

—El hijo de lady Gremlaine y de tu padre —concordó la voz de Hester—. Al igual que Japeth.

Tedros enderezó la espalda.

—*No* lo sabemos con certeza. Quizás haya otra explicación. Quizás haya algo que ella no me dijera. Encontré la correspondencia entre lady Gremlaine y mi padre. En su casa. Muchas cartas. Tal vez expliquen a qué se refería ella… Tenemos que leerlas… Pero no sé dónde están ahora… —Sus ojos brillaban—. No puede ser verdad. Rhian no puede ser mi hermano. No puede ser el heredero. —Miró al demonio con expresión suplicante—. ¿O sí?

—No lo sé —respondió Hester, con voz grave y lúgubre—. Pero si lo es, o tu hermano te mata a ti o tú lo matas a él. No hay otro final para esto.

De pronto, oyeron que se abría la puerta del calabozo.

Tedros forzó la vista entre los barrotes.

Las voces y las sombras avanzaron por la escalera hasta llegar al final del pasillo. La Serpiente apareció primero, seguido de tres piratas que llevaban unas bandejas llenas de gachas.

Los piratas depositaron las gachas en el suelo ante las primeras dos celdas (una albergaba a los compañeros de Tedros y la otra, a la profesora Dovey) y dieron una patada a las bandejas a través de las aberturas junto a unos cuencos para perros llenos de agua.

Mientras tanto, la Serpiente caminó directamente hasta la celda de Tedros, su máscara verde resplandeciendo bajo la luz de las antorchas.

Aterrado, el demonio de Hester voló hacia arriba y Tedros lo vio revolotear y esforzarse por encontrar una sombra en el techo donde esconderse. Pero con su piel roja, el demonio destacaba como una monstruosidad.

Entonces, la Serpiente apareció entre los barrotes.

Instantáneamente, las cimitarras verdes de su máscara se dispersaron y le mostró su rostro a Tedros por primera vez.

Tedros miró boquiabierto al gemelo fantasmal de Rhian, su cuerpo esbelto vestido con cimitarras negras brillantes, el traje nuevo reparado como si nunca lo hubieran herido en batalla. Como si fuera más fuerte que nunca.

¿Cómo puede ser?

La Serpiente pareció percibir lo que el príncipe pensaba y le dedicó una sonrisa astuta.

Una sombra revoloteó sobre sus cabezas.

La Serpiente alzó la vista, inspeccionando el techo de la celda de Tedros, sus pupilas fueron de izquierda a derecha. Alzó un dedo brillante, cubierto de cimitarras, e invadió la celda con una luz verde.

Tedros palideció, con el estómago en la garganta…

Pero no había nada en el techo excepto un gusano moviéndose despacio.

Japeth deslizó los ojos hacia Tedros mientras el brillo de su dedo desaparecía.

En aquel instante, Tedros vio al demonio de Hester en la pared detrás de la Serpiente, agazapado en la sombra del chico. Tedros apartó enseguida la vista del demonio mientras su corazón latía desbocado.

La Serpiente miró el rostro magullado de Tedros.

—Ya no eres tan bonito, ¿verdad?

La manera en que lo dijo llamó la atención de Tedros, el tono del chico rebosaba desdén. Ya no era una criatura enmascarada.

Tenía un rostro. Ahora aquella Serpiente era humana. Podían derrotarlo.

Tedros le mostró los dientes y fulminó con la mirada al salvaje que había matado a Chaddick y a Lancelot y que había mancillado el nombre de su padre.

—Ya veremos qué aspecto tendrás tú cuando te atraviese la boca con mi espada.

—Qué fuertes eres —se mofó la Serpiente—. Eres tan *varonil*. —Alargó la mano y acarició la mejilla de Tedros.

Tedros golpeó la mano de la Serpiente con tanta fuerza que chocó contra los barrotes de la celda y el hueso de la muñeca del chico crujió contra el metal. Pero el muchacho de tez pálida no se inmutó. Solo le sonrió con superioridad a Tedros, disfrutando del silencio.

Luego, sacó la llave negra del calabozo que estaba dentro de su manga.

—Me gustaría poder decir que esta es una visita social, pero estoy aquí en nombre de mi hermano. Después de haber cenado con el rey esta noche, la princesa Sophie ha obtenido el permiso del rey Rhian para liberar a uno de vosotros. —Miró hacia el pasillo y vio al resto del grupo asomando la cabeza fuera de la celda en el extremo opuesto, con los ojos abiertos de par en par, escuchando—. Así es. Uno de vosotros ya no vivirá en el calabozo y tendrá permitido trabajar en el castillo como siervo de la princesa, bajo vigilancia del rey Rhian. A uno de vosotros se le perdonará la vida...

La Serpiente se giró para mirar de nuevo a Tedros.

— ... por ahora.

Tedros se enderezó como una flecha.

—Me ha escogido a mí.

En un segundo, todas las dudas que Tedros tenía con respecto a Sophie desaparecieron. Nunca debería haber desconfiado de ella. Sophie no quería que él estuviera muerto. No quería que él sufriera. Por mucho que se hubieran lastimado mutuamente en el pasado.

Porque Sophie haría cualquier cosa por Agatha. Y Agatha haría cualquier cosa por Tedros. Lo cual implicaba que Sophie haría todo lo posible por salvar la vida de Tedros, incluso encontrar el modo de convencer al rey usurpador de que liberara a su enemigo.

¿Cómo lo ha hecho? ¿Cómo ha puesto a Rhian de su lado?

Pronto escucharía la historia.

Tedros le sonrió con suficiencia a la Serpiente.

—Muévete, escoria. Son órdenes de la princesa —dijo él—. Abre la puerta.

La Serpiente no lo hizo.

—Déjame salir —ordenó Tedros, con el rostro rojizo.

La Serpiente permaneció quieta, la llave del calabozo brillaba entre sus dedos.

—¡Me ha escogido *a mí*! —gruñó Tedros, sujetando los barrotes—. ¡Déjame salir!

En cambio, la Serpiente solo acercó su rostro al del príncipe… y sonrió.

6

El juego de la cena

Aquella noche, más temprano, los piratas Beeba y Aran sacaron a Sophie del Salón de Mapas para la cena.

Rhian y Japeth ya estaban a mitad del primer plato.

—Tiene que ser violento. Es una advertencia —oyó que Japeth decía en el comedor remodelado de la torre Dorada—. El primer cuento de Melena de León debería infundir miedo.

—Melena de León debería dar *esperanza* a la gente —dijo la voz de Rhian—. A personas que, como nosotros, crecieron sin ella.

—Madre está muerta porque creía en la esperanza —comentó su hermano.

—Y, sin embargo, la muerte de madre es la razón por la que estamos en este lugar —señaló Rhian.

Al aproximarse a la puerta, Sophie solo escuchó silencio. Y luego…

—Hay simpatizantes de Tedros protestando esta noche en Camelot Park—dijo Japeth—. Deberíamos cabalgar y matarlos a todos. Este debería ser el primer cuento de Melena de León.

—Matar a manifestantes solo generará más protestas —dijo Rhian—. Esa no es la historia que quiero contar.

—No tenías tanto miedo a las masacres cuando se trataba de llegar al trono —replico Japeth con astucia.

—*Soy* el rey. Yo escribiré los cuentos —dijo Rhian.

—Es *mi* narrador —respondió Japeth.

—Es tu *cimitarra* —corrigió Rhian—. Escucha, sé que no es fácil. Servirme como vasallo. Pero solo puede haber un rey, Japeth. Sé por qué me has ayudado. Sé cómo obtener lo que quieres. Lo que *ambos* queremos. Pero, para conseguirlo, necesito al Bosque de mi lado. Necesito ser un buen rey.

Japeth resopló.

—Todos los buenos reyes acaban muertos.

—Debes confiar en mí —insistió Rhian—. Del mismo modo en que yo confío en ti.

—Confío en ti, hermano —dijo Japeth, con voz más suave—. Es en esa chica atrevida y astuta en la que no confío. ¿Y si empiezas a hacerle caso a ella en vez de a mí?

Rhian resopló.

—Es tan probable como que me crezcan cuernos. Hablando de la atrevida. —Posó el tenedor sobre su plato, que contenía una extraña carne de ciervo con pecas, y alzó la vista de su mesa decadente, su traje azul y dorado reflejado en su corona.

»He oído a los guardias llamando a la puerta del Salón de Mapas, Sophie. Si eres incapaz de llegar puntual a la hora de la cena, entonces tus amigos del calabozo no comerán nada… —Se detuvo.

Sophie estaba de pie debajo del nuevo candelabro con forma de cabeza de león, luciendo el vestido que le habían dejado. Solo que había cortado por la mitad el vestido blanco remilgado, había creado tres capas de volantes en la parte inferior (cortos, más cortos, cortísimos), se los había subido por encima de las rodillas y había colocado en los dobladillos del vestido una hilera de cuentas húmedas y redondas, cada una rellena de un color de tinta distinto. De las orejas le colgaban unas gotas de cristal; sus párpados estaban cubiertos por una sombra plateada; tenía los labios pintados de rojo brillante; y se había coronado el pelo con estrellas de origami hechas con el pergamino que había arrancado de los libros de bodas. En conclusión, en vez de la princesa casta que el rey esperaba después de su reunión en el Salón de Mapas, Sophie había salido de allí con el aspecto de una chica que emerge de un pastel de cumpleaños.

Los piratas que escoltaban a Sophie parecían tan sorprendidos como el rey.

—Marchaos —les ordenó Rhian.

En cuanto lo hicieron, Japeth se puso de pie, con las mejillas sonrojadas.

—Era el vestido de nuestra *madre*.

—Y todavía lo es —dijo Sophie—. Y dudo de que ella hubiera apreciado que vistieran a chicas secuestradas con su vieja ropa. La verdadera pregunta es por qué me habéis pedido que llevase este vestido. ¿Es para tener la sensación de que os pertenezco? ¿Es porque os recuerdo a vuestra querida madre fallecida? ¿O hay otro motivo? Mmm… Sea como fuere, me dijisteis lo que debía ponerme. No cómo. —Se sacudió levemente y la luz reflejada en las cuentas coloridas del vestido parecieron gotas de un arcoíris.

La Serpiente la fulminó con la mirada mientras las cimitarras se deslizaban más rápidamente por su cuerpo.

—Sucia *arpía*.

Sophie dio un paso hacia él.

—La piel de serpiente es mi especialidad. Imagina lo que podría hacer con tu *traje*.

Japeth avanzó hacia ella, pero Sophie alzó la mano con la palma abierta.

—¿Alguna vez os habéis preguntado de qué está hecha la tinta que se utiliza en los mapas? —preguntó Sophie con calma.

Japeth se detuvo a mitad de camino.

—Es tinta ferrogálica —continuó Sophie, pasando sus ojos verdes de la Serpiente a Rhian, quien todavía estaba sentado, observándola entre las velas altas del centro de mesa con temática leonina—. Es la única sustancia que se puede teñir de distintos colores y que dura años sin desvanecerse. La mayoría de los mapas están hechos con tinta ferrogálica, incluso los que tenéis en el Salón de Mapas. Los que usasteis para rastrearnos a mis amigos y a mí. ¿Sabéis para qué más se usa la tinta ferrogálica?

Ninguno de los gemelos respondió.

—Oh, qué tonta, lo aprendí en clase de Maldiciones, pero es verdad que vosotros *no fuisteis aceptados* en mi escuela —dijo Sophie—. La tinta ferrogálica envenena la sangre. Si la ingieres, causa una muerte instantánea. Pero supongamos que rozara mi piel. En ese caso, la tinta drenaría los nutrientes de mi sangre pero me mantendría viva, apenas consciente; y ahora supongamos que un vampiro raro de pronto *necesitara* mi sangre... Pues él también se envenenaría. Y resulta que todo este vestido, el vestido *de tu madre*, tal y como has señalado, ahora está lleno de perlas de tinta ferrogálica que he extraído de vuestros mapas usando unos hechizos muy básicos de primer año. Lo que significa que ante el menor movimiento equivocado, *¡puf!*, me manchará la piel con la dosis precisa. Y luego mi sangre ya no será muy útil para vosotros, ¿verdad? Supongo que son los riesgos de la alta costura. —Acomodó la cola abultada de su vestido—. Ahora, muchachos, ¿qué hay de cenar?

—Tu *lengua* —dijo Japeth. Unas cimitarras se desprendieron de su pecho, afiladas como un cuchillo, mientras volaban hacia el rostro de Sophie. Ella abrió los ojos de par en par…

Un látigo de luz dorada golpeó las cimitarras y las envió gimoteando de regreso al cuerpo de la Serpiente.

Atónito, Japeth se giró hacia su hermano, sentado a su lado, cuyo dedo perdía el brillo dorado. Rhian no lo miró, tenía los labios retorcidos, como si reprimiera una sonrisa.

—¡Tiene que ser castigada! —exclamó Japeth.

Rhian inclinó la cabeza y observó a Sophie desde otro ángulo.

—Pero debes admitir… que el vestido luce *mejor*.

Japeth estaba perplejo. Luego, tensó los pómulos.

—Cuidado, hermano. Te están creciendo los cuernos. —Las cimitarras cubrieron el rostro de Japeth y formaron la máscara. Dio una patada a la silla con diseño de leones y esta rebotó en el suelo—. Disfruta de la cena con tu *reina* —farfulló y salió del comedor. Una cimitarra se desprendió de su cuerpo y le siseó a Sophie, antes de volar de regreso con su amo.

El corazón de Sophie latió rápidamente mientras oía que los pasos de Japeth se alejaban.

Se vengará, pensó. Pero, por ahora, tenía la atención exclusiva de Rhian.

—Le llevará un tiempo adaptarse a tener a una reina en el castillo —dijo el rey—. A mi hermano no le gustan…

—¿Las mujeres fuertes? —dijo Sophie.

—Las mujeres en general —dijo Rhian—. Nuestra madre dejó ese vestido para la novia del que se casara primero de los dos. Japeth no tiene interés en tener ninguna esposa. Pero le tiene un gran apego a ese vestido. —Rhian hizo una pausa—. En realidad no está envenenado, ¿verdad?

—Tócame y descúbrelo —respondió Sophie.

—No es necesario. Reconozco a un mentiroso cuando lo veo.

—Vaya, entonces debe resultarte difícil mirarte en el espejo.

—Quizá Japeth tenga razón —dijo Rhian—. Tal vez debería cortarte la lengua.

—Eso nos haría iguales —dijo Sophie.

—¿En qué sentido? —preguntó Rhian.

—Ya sabes, porque a ti te falta el alma y esas cosas —respondió Sophie.

El silencio se expandió por el salón, frío y espeso. A través de las ventanas amplias, unas nubes de tormenta se reunían sobre el pueblo de Camelot en el valle.

—¿Tomarás asiento para cenar o prefieres comer desde lo alto de tu pedestal? —preguntó el rey.

—Me gustaría hacer un trato —dijo Sophie.

Rhian rio.

—Hablo en serio —insistió ella.

—Acabas de amenazar con envenenar la sangre de mi hermano y desollar su traje e insultaste sin pudor a tu rey —explicó Rhian—. Y ahora quieres… un trato.

Sophie avanzó y la luz la iluminó por completo.

—Seamos honestos. Nos odiamos. Puede que antes no, cuando comíamos trufas en restaurantes encantados y nos besábamos en la parte trasera de un carruaje, pero ahora sí. Sin embargo, nos necesitamos mutuamente. Tú necesitas que sea tu reina. Y yo necesito que no lastimes a mis amigos. ¿Preferiría verte convertido en comida para perros? Sí. Pero en cada situación nefasta hay algo positivo. Voy a serte sincera: me aburría ser Decana del Mal. Sé que soy un ogro por decirlo, pero no me importa si el pequeño Drago extraña su hogar, está estreñido o hace trampa en Grupos del Bosque. No me importa si las verrugas abominables de Agnieszka son contagiosas, si el rebelde Rowan besa chicas en el almacén de carne o si el sucio de Mali se escabulló a la piscina del Salón de Belleza y orinó en ella. Mi cuento de hadas me hizo más querida que la Bella Durmiente, Blancanieves o cualquier otra de esas chicas dormilonas. Y ¿qué diosa diva icónica usa su nueva fama para… *enseñar*? En teoría, la idea de dedicar mi vida a una nueva generación sonaba muy loable, pero ninguno de esos alumnos era tan inteligente como yo ni por asomo y me sentía como una cantante que actúa a kilómetros del escenario principal. Soy demasiado joven, atractiva y *venerada* como para no ser el centro de atención. Y ahora, por una serie de eventos desafortunados, *voilà*, resulta que soy la reina del reino más poderoso de estas tierras. Sé que *no es correcto* que lleve la corona. De hecho, es algo sin duda malvado, sobre todo porque le he quitado el lugar a mi mejor amiga. Pero ¿seré una *buena* reina? Eso es algo muy distinto. Asistir a cenas con reyes exóticos; negociar tratados con trolls caníbales; administrar ejércitos y alianzas; divulgar mi visión para un Bosque mejor; inaugurar hospitales, alimentar a los vagabundos y consolar a los pobres… Lo haré todo y lo haré bien. Es por eso que me escogiste como reina. Y porque mi sangre posee la propiedad desafortunada de mantener con vida a tu hermano… pero no me necesitas como reina para eso. Podrías haberme encadenado con mis amigos y haberme desangrado a voluntad. No, creo que me escogiste como reina porque sabes que seré una monarca excelente.

Rhian abrió la boca para hablar, pero Sophie continuó.

—Al principio, pensaba bajar y fingir haber cambiado de opinión. Decir que todavía te quería sin importar lo que hubieras hecho. Pero ni siquiera *yo* soy una actriz tan buena. La verdad es que sacaste a Excalibur de la piedra. Y eso te convierte en rey. Mientras tanto, mis amigos están en prisión o a la fuga. Así que tengo dos opciones. Resistir, sabiendo que mis amigos sufrirán. O… ser la mejor reina posible y mantener la mente abierta. Porque te he oído decir que quieres ser un buen rey. Y para ser un buen rey, necesitarás una buena reina. Así que estos son los términos. Tú nos tratas bien a mis amigos y a mí, y yo seré la reina que tú y Camelot necesitáis. ¿Trato hecho?

Rhian se limpió los dientes con un palillo.

—Te gusta el sonido de tu propia voz. Ya veo por qué Tedros y los otros chicos te abandonaron.

El rostro de Sophie se volvió rosado brillante.

—Siéntate.

Esta vez, obedeció.

Una criada entró desde la cocina con el siguiente plato: guiso de pescado en un caldo rojo. Sophie se cubrió la nariz con la mano, ya que olía como el pegamento que la madre de Agatha solía hacer, pero luego vio que la criada era Ginebra y que todavía tenía una cimitarra cubriéndole los labios. Sophie intentó establecer contacto visual, pero luego vio que Rhian la miraba y se apresuró en probar el guiso.

—Mmmm —dijo, intentando no vomitar.

—Entonces piensas que si eres una «buena» reina, soltaré a tus amigos —dijo Rhian.

Sophie alzó la vista.

—Yo nunca he dicho eso.

—¿Y si mueren?

—Asesinar a mis amigos solo hará que el pueblo dude de nuestro amor y empiece a hacer preguntas. Así no conseguirás mantener al Bosque de tu lado —argumentó Sophie, mientras Ginebra volvía a llenar la copa de Rhian despacio, evidentemente escuchando la conversación—. Dicho eso, si te soy leal, espero que a cambio tú también me muestres lealtad.

—Define «lealtad».

—Liberar a mis amigos.

—Suena muy parecido a soltarlos.

—Pueden trabajar en el castillo. Bajo tu supervisión, claro. Poniéndolos a prueba igual que a las criadas.

Rhian alzó una ceja.

—¿De verdad piensas que liberaré a un grupo de enemigos dentro de mi propio castillo?

—No puedes mantenerlos en el calabozo para siempre. No si quieres que yo guarde tus secretos y actúe como tu reina leal —dijo Sophie, con su discurso bien ensayado— y mejor aquí en el castillo que afuera en el Bosque. Además, si tú y yo llegamos a un acuerdo, ellos también cambiarán de opinión. Al principio me odiaban, al igual que te odian a ti. —Le ofreció una sonrisa ensayada.

—¿Y Tedros? —Rhian reclinó la espalda hacia atrás, su pelo cobrizo reflejó la luz—. Está condenado a muerte. El pueblo aclamó su ejecución. ¿Crees que a él también lo «liberaré»?

Los dedos de Ginebra temblaban sobre la jarra y estuvo a punto de volcar su contenido. El corazón de Sophie latió más deprisa mientras alzaba la vista hacia Rhian, escogiendo sus palabras con cautela. Lo que dijera a continuación podría salvar la vida de Tedros.

—¿Creo que Tedros debe morir? No —respondió—. ¿Creo que debe morir en nuestra boda? No. ¿Creo que está mal que muera? Sí. Dicho eso, ya has anunciado tus planes... y un rey no puede retractarse de una ejecución, ¿verdad?

Ginebra clavó los ojos en Sophie.

—Entonces dejarás que Tedros muera —dijo el rey, escéptico. Sophie lo miró a los ojos con firmeza.

—Si hacerlo significa que salvaré al resto de mis amigos, sí. No soy la madre de Tedros. No iré hasta los confines del mundo para salvarlo. Y tal y como has dicho... él me *abandonó*.

Un grito atascado sonó en la garganta de Ginebra.

Sophie le dio una patada a la mujer por debajo de la mesa. La expresión de Ginebra cambió.

—Dado que aparentemente no tienes nada que hacer —dijo Rhian, fulminando con la mirada a la criada—, trae al capitán de la guardia. Necesito hablar con él.

Ginebra todavía estaba mirando a Sophie a los ojos.

—¿Quieres que matemos a tu hijo *esta noche*? —replicó Rhian.

Ginebra salió corriendo.

Sophie inspeccionó su sopa y vio su rostro reflejado en ella. Una gota de sudor cayó dentro del guiso. ¿La habría entendido Ginebra? Para que Tedros sobreviviera, Sophie necesitaba que la madre del príncipe hiciera su parte.

Sophie miró al rey.

—Entonces… ¿tenemos un trato? ¿Mis amigos trabajarán en el castillo? Me vendría bien su ayuda para la boda…

Dos criadas más salieron de la cocina con bandejas llenas de gachas caminando en dirección a la escalera.

—Esperad —dijo Rhian.

Las criadas se detuvieron.

—¿Son para el calabozo? —preguntó el rey.

Las criadas asintieron.

—Que esperen —dijo Rhian, mirando a Sophie—. Tal y como yo he tenido que esperar por ti.

Las criadas se llevaron las bandejas de nuevo a la cocina.

Sophie lo miró.

El rey sonrió mientras comía.

—¿No te gusta la sopa?

Sophie apoyó su cuchara.

—La última chef era mejor. Al igual que el último rey.

El monarca borró su sonrisa.

—He demostrado que soy el heredero de Arturo. He demostrado que soy el rey. Y aun así, apoyas a ese *falso*.

—El rey Arturo nunca tendría un hijo como tú —replicó Sophie—. Y aunque lo tuviera, te mantuvo en secreto por algún motivo. Quizá sabía cómo seríais tu hermano y tú.

El rostro de Rhian adoptó un tono rojo asesino, su mano sujetaba la copa de metal como si fuera a lanzarla contra ella. Luego, poco a poco, el color abandonó sus mejillas y sonrió.

—Y tú que pensabas que teníamos un trato —dijo el rey.

Ahora le tocó a Sophie tragarse su furia.

Si quería liberar a sus amigos, tendría que actuar con inteligencia.

Jugueteó con su sopa.

—¿Qué has hecho esta tarde? —preguntó con demasiado entusiasmo.

—Wesley y yo hemos ido a la armería y hemos descubierto que no hay un hacha lo bastante afilada como para cortar la cabeza de Tedros —respondió el rey con la boca llena—. Así que hemos pensado cuántos golpes harían falta para atravesarle el cuello con un hacha sin filo y si la multitud vitorearía más en caso de que lo hiciéramos así que con un golpe limpio.

—Oh. Qué agradable —graznó Sophie, sintiendo náuseas—. ¿Algo más?

—Me he reunido con el Consejo del Reino. Un encuentro con cada líder del Bosque a través de un hechizo. Les he garantizado que mientras me apoyen como rey, Camelot protegerá sus reinos, tanto del Bien como del Mal, al igual que los protegí de la Serpiente. Y que nunca los traicionaría como lo hizo Tedros cuando ayudó a ese monstruo.

Sophie se puso rígida.

—¿Qué?

—He sugerido que probablemente fue Tedros quien les pagó a la Serpiente y a sus rebeldes —dijo Rhian, mirándola con sus ojos claros—. Todas esas recaudaciones de fondos que la reina organizaba… ¿A dónde, si no, podría haber ido ese oro? Seguro que Tedros pensó que si debilitaba a los reinos a su alrededor sería más fuerte. Y he dicho al Consejo que es por eso que tiene que ser ejecutado. Porque si miente sobre ser el heredero de Arturo, podría estar mintiendo sobre *todo*.

Sophie se quedó sin palabras.

—Y por supuesto he invitado personalmente a todos los miembros del Consejo del Reino a las celebraciones de boda, que empiezan mañana con la Bendición —prosiguió Rhian—. Oh, por poco lo olvido. También he propuesto demoler la Escuela del Bien y del Mal, ahora que ya no tiene Decanos ni Director.

A Sophie se le cayó la cuchara.

—Pero han votado en contra, por supuesto. Todavía creen en esa Escuela decrépita. Todavía creen que hay que proteger al Cuentista. Dicen que la Escuela y el Cuentista son el alma del Bosque. —Rhian se limpió la boca con la mano y desparramó el líquido rojo sobre su rostro—. Pero yo no fui a esa Escuela. El Cuentista no significa nada para mí. Y *yo* soy el rey del Bosque.

Su rostro cambió, el brillo frío en su mirada desapareció y Sophie vio la marca del resentimiento detrás.

—Pero llegará el día en que todos los reinos del Bosque cambiarán de opinión. El día en que todos los reinos crean en un Rey en vez de en una Escuela, en un Hombre, en vez de en una Pluma… —Miró directamente a Sophie, la silueta de Melena de León emitía un brillo dorado a través del bolsillo del traje de Rhian, como un latido—. Y cuando llegue ese día, el legítimo rey gobernará para siempre.

—Ese día no llegará nunca—replicó Sophie.

—Oh, llegará antes de lo que piensas —dijo Rhian—. Es curioso cómo una boda puede unir a todo el mundo.

Sophie se puso tensa en su asiento.

—Si crees que seré tu reinecita buena mientras mientes como un bellaco y destruyes el Bosque…

—¿Crees que te elegí porque serías una reina «buena»? —se rio Rhian—. No te escogí por esa razón. En realidad, no te elegí yo. —Inclinó el torso hacia adelante—. Te escogió la *pluma*. La pluma dijo que serías mi reina. Al igual que dijo que yo sería rey. *Es por eso* que estás aquí. Por la pluma. Aunque empiezo a cuestionar su juicio.

—¿La pluma? —dijo Sophie, confundida—. ¿Melena de León? ¿O el Cuentista? ¿*Qué* pluma?

Rhian sonrió de nuevo.

—Exacto, qué pluma.

Había un brillo en su mirada, algo siniestro y a la vez familiar, y un escalofrío recorrió la columna de Sophie. Como si hubiera vuelto a entender mal toda la historia.

—No tiene sentido. Una pluma no puede «elegirme» como tu reina —insistió Sophie—. Una pluma no puede ver el futuro…

—Y sin embargo, aquí estás, tal y como prometió —dijo Rhian.

Sophie recordó algo que Rhian le había dicho a su hermano…

Sé cómo obtener lo que quieres. Lo que ambos queremos.

—¿Qué quieres hacer con Camelot? —insistió Sophie—. ¿Por qué estás aquí?

—¿Me ha hecho llamar, Su Alteza? —dijo una voz, y un chico entró al comedor vestido con un uniforme dorado, el mismo chico que Sophie había visto expulsando a la chef Silkima y a su personal del castillo.

Sophie lo observó mientras él le echaba un vistazo; tenía la mandíbula cuadrada y el torso muy musculado. Sus mejillas eran suaves como las de un bebé y sus ojos hundidos eran rasgados. Lo primero que Sophie pensó fue que tenía una belleza opresiva. Y lo segundo fue que le había resultado familiar cuando lo había visto en el jardín, pero ahora estaba segura de que ya lo había visto antes.

—Sí, Kei —respondió Rhian, dándole la bienvenida al chico en el comedor.

Kei. El estómago de Sophie dio un vuelco. Lo había visto con Dot en La Bella y la Fiesta, el restaurante mágico en el Bosque de Sherwood. Kei era el miembro más reciente de los Hombres Alegres. El traidor que se había infiltrado en la prisión del Sheriff y había liberado a la Serpiente.

—¿Tus hombres han encontrado a Agatha? —preguntó Rhian.

Todo el cuerpo de Sophie se tensó.

—Todavía no, señor —respondió Kei.

Sophie se relajó, aliviada. Tenía que hallar un modo de mandarle un mensaje a Agatha. Lo único que sabía por su Mapa de Misiones era que su mejor amiga todavía estaba a la fuga. Dentro del zapato, Sophie sujetó con los dedos del pie su frasco dorado, escondiéndolo de Rhian.

—Hay un mapa en el Salón de los Mapas que rastrea cada movimiento de Agatha —le dijo con acidez el rey a su capitán—. ¿Cómo es posible que no la hayáis encontrado?

—Está avanzando hacia el este desde el Bosque de Sherwood, pero no hay ni rastro de ella sobre el terreno. Hemos aumentado la recompensa y reclutado a más mercenarios para buscarla, pero es como si se hubiera vuelto invisible o estuviera viajando por aire.

—Por *aire*. ¿Acaso crees que se ha montado en una cometa? —se mofó Rhian.

—Si está avanzando realmente hacia el este, creemos que se dirige hacia la Escuela del Bien y del Mal —dijo Kei, imperturbable.

¡La escuela! ¡Por supuesto! Sophie reprimió una sonrisa. *Buena chica, Aggie.*

—Hemos enviado hombres a la escuela, pero parece estar rodeada por un escudo protector —prosiguió Kei—. Hemos perdido a varios hombres intentando cruzarlo.

Sophie resopló.

Rhian miró en su dirección y ella enmudeció.

—Encontrad la manera de atravesar el escudo —le ordenó Rhian a Kei—. Quiero que tus hombres entren a esa escuela.

—Sí, señor —respondió Kei.

La piel de Sophie se enfrió. Tenía que avisar a Agatha.

¿Todavía tendrá la bola de cristal de Dovey? De ser así, quizá pudieran comunicarse en secreto. Asumiendo que Aggie descubriera cómo usarla, claro. Sophie no tenía ni idea sobre el funcionamiento de las bolas de cristal. Además, la de Dovey parecía haber hecho enfermar gravemente a la Decana… Aun así, tal vez fuera su última esperanza…

—Una cosa más —le dijo Rhian a Kei—. ¿Tienes lo que te pedí?

Kei tosió.

—Sí, señor. Nuestros hombres han ido de reino en reino, buscando historias dignas de Melena de León —contestó, y sacó un pergamino del bolsillo.

—Pues adelante —respondió el rey.

Su capitán miró el pergamino.

—Sasan Sasanovich, un mecánico de Ooty, ha inventado el primer caldero portátil hecho con huesos de enanos y la demanda es tan alta que hay una lista de espera de seis meses. Los llaman «calderitos». —Kei alzó la vista.

—Calderitos —repitió Rhian con el mismo tono que en general reservaba para el nombre de Tedros. Kei siguió leyendo el pergamino.

—Dieter Dieter Come Col, el sobrino de Peter Peter Come Calabaza, ha sido nombrado asistente del chef de dumplings en la Casa de Dumplings de Dumpy. Estará a cargo de todos los dumplings rellenos de col.

Kei alzó la vista. La expresión de Rhian no había cambiado. Entonces, Kei empezó a hablar más deprisa:

—Homina de Putsi persiguió a un ladrón y lo ató a un árbol con su babushka… Una doncella llamada Luciana creó un iglú con corteza de queso en Altazarra para quienes perdieron sus hogares en los monzones lácteos… Thalia de Elderberry quedó segunda en el Campeonato de Pesas del Bosque después de haber alzado a una familia de ogros… Una mujer en

Budhava parió a un niño después de haber dado a luz a seis bebés muertos y de haber rezado durante años… También…

—Detente —dijo Rhian.

Kei se quedó paralizado.

—Esa mujer en Budhava —prosiguió el rey—, ¿cómo se llama?

—Tsarina, Su Alteza —respondió Kei.

El rey hizo una pausa momentánea. Luego, abrió la chaqueta de su traje y Melena de León salió flotando de su bolsillo. La pluma dorada giró bajo el resplandor del candelabro antes de empezar a escribir en el aire, mientras el polvo dorado le brotaba de la punta y Rhian la dirigía con el dedo.

Tsarina de Budhava ha parido a un niño después de haber tenido seis bebés muertos. El León ha respondido sus plegarias.

—El primer cuento de Melena de León —dijo Rhian, admirando su obra.

Sophie se rio a carcajadas.

—¿*Eso*? ¿Eso es tu primer cuento de hadas? En primer lugar, ni siquiera es un cuento. Apenas tiene dos líneas. Es un resumen. Un epígrafe. Un graznido en medio de la noche…

—Cuanto más corta sea la historia, más probable es que las personas la lean —dijo el rey.

— … Y, en segundo lugar, no podrías responder una plegaria ni aunque lo intentaras —replicó Sophie—. ¡No has tenido nada que ver con su hijo!

—Puede que eso sea lo que diga tu pluma —respondió Rhian con desdén—. La mía dice que Tsarina de Budhava no tuvo a un hijo hasta que yo asumí el trono. ¿Coincidencia?

Sophie hervía de furia.

—Más mentiras. Lo único que haces es mentir.

—¿Inspirar al pueblo es mentir? ¿Darle esperanza al pueblo es mentir? —replicó Rhian—. A la hora de contar cuentos, lo que importa es el mensaje.

—¿Y cuál es tu mensaje? ¿Que ya no existen el Bien y el Mal? ¿Que solo existes tú? —se mofó Sophie.

Rhian volvió a centrar su atención en las palabras doradas.

—Está listo para que el pueblo…

De pronto, mientras estaba suspendida, la pluma pasó de dorado a un negro escamoso y mágicamente destrozó el mensaje de Rhian con manchas de tinta negra:

—Parece que mi hermano todavía está enfadado conmigo —susurró Rhian.

—Japeth tiene razón. Realmente es una historia muy débil —dijo Sophie, sorprendida de opinar lo mismo que la Serpiente—. Nadie escuchará esas historias. Porque incluso aunque un cuento puede ser muy corto, debe tener moraleja. Todo el mundo en la Escuela del Bien y del Mal lo sabe. La escuela que quieres *destruir*. Quizá porque es la escuela a la que *tú* no pudiste ir.

—Cualquiera que no sea lo bastante inteligente como para escribir una historia propia puede encontrar agujeros en la historia de otro —dijo Rhian a la defensiva.

—Ah, por favor. Cualquiera de mis compañeros o yo podríamos escribir un cuento de hadas *de verdad* —replicó ella.

—Me acusas de ser arrogante cuando no eres más que una cabeza hueca engreída —la atacó Rhian—. Te crees muy inteligente por haber asistido a esa escuela. ¿Crees que puedes ser una reina de verdad? Es tan probable como que Japeth acepte una esposa. No podrías hacer ninguna tarea de verdad ni aunque lo intentaras. No eres más que un pelo brillante y una sonrisa falsa. Eres un poni que no sabe hacer ningún truco.

—Sería mejor rey que tú. Y lo sabes —alardeó Sophie.

—Entonces demuéstralo —insistió Rhian—. Demuestra que puedes escribir este cuento mejor que yo.

—*Mira y aprende* —siseó Sophie. Apuñaló la historia de Rhian con el brillo de su dedo y anotó su corrección en rosa bajo los tachones de Japeth.

Tsarina de Budhava no podía tener hijos. Lo había intentado seis veces sin éxito. Rezó con más fervor. Rezó y rezó con toda su alma... Y aquella vez, el León la escuchó. ¡La bendijo con un hijo! Tsarina había aprendido la lección más importante de todas: «Solo el León puede salvarte».

—Se necesita a una reina para hacer el trabajo de un rey —dijo Sophie con voz glacial—. Un «rey» solo de nombre.

Miró a Rhian y vio que la contemplaba con intensidad.

Incluso la pluma ennegrecida parecía estar observándola.

Lentamente, la pluma borró con magia el grafiti y dejó solo el cuento corregido de Sophie.

—¿Recuerdas *Hansel y Gretel?* —preguntó Rhian, mirando el trabajo de Sophie—. Tu pluma dice que trata sobre dos niños que escapan de una bruja desagradable... mientras que mi pluma dice que trata sobre una bruja que se cree tan superior que la engañan para que trabaje en *su propia* contra.

Rhian dirigió su sonrisa astuta hacia Sophie.

—Y así se ha escrito —le dijo el rey a la pluma.

Melena de León recuperó el color dorado y luego apuntó hacia el cuento de Sophie como si fuera una varita mágica.

De inmediato, el mensaje dorado salió disparado por la ventana y brilló en lo alto del cielo nocturno como un faro.

Sophie observó a los aldeanos a la distancia saliendo de sus casas en el valle para leer las nuevas palabras de Melena de León, resplandecientes sobre las nubes.

¿Qué he hecho?, pensó Sophie.

Rhian se giró hacia su capitán.

—Puedes retirarte, Kei —dijo mientras Melena de León regresaba al bolsillo del rey—. Espero que Agatha esté en mi calabozo mañana a esta hora.

—Sí, señor —respondió Kei. Al partir, miró de lado a Sophie. Una mirada que Sophie conocía bien. Si no fuera tan sensata, pensaría que el capitán de Rhian estaba enamorado de ella...

Sophie sintió náuseas al desplazar la vista sobre el primer cuento de Melena de León. Había asistido a la cena esperando obtener una ventaja sobre un villano. En cambio, la habían engañado para amplificar las mentiras del rey.

Vio a Rhian observando a través de la ventana mientras más aldeanos de Camelot salían de sus casas. Eran los mismos aldeanos que se habían opuesto al nuevo rey durante la coronación de aquella mañana, los que defendían a viva voz a Tedros como el legítimo heredero. Ahora, estaban agrupados leyendo el cuento de Melena de León, reflexionando en silencio sobre aquellas palabras.

Rhian se giró hacia Sophie, con menos aspecto de rey despiadado y más aspecto de adolescente enamorado. La miraba del mismo modo que cuando se conocieron. Cuando él había querido algo de ella.

—¿Quieres ser una *buena* reina? —preguntó el rey con astucia—. Entonces de ahora en adelante escribirás cada uno de mis cuentos. —La observó como si fuese una joya de su corona—. Parece que, después de todo, la pluma te escogió sabiamente.

Sophie se derrumbó por dentro.

Le estaba ordenando escribir sus mentiras.

Difundir su Mal.

Ser *su* Cuentista.

—¿Y si me niego? —dijo ella, apretando los laterales del vestido—. Una sola gota de esta tinta ferrogálica sobre mi piel y…

—Te has manchado la muñeca cuando has tomado asiento para cenar —respondió Rhian, pinchando un trozo de calamar de su sopa—. Y estás tan sana como siempre.

Lentamente, Sophie bajó la vista y vio la mancha azul en su piel; tinta inofensiva que había extraído con magia de una pluma del Salón de Mapas.

—Tu amigo mago también se negó a ayudarme —dijo el rey—. Así que lo mandé de viaje. Creo que ya no se negará a colaborar.

A Sophie se le heló la sangre.

En un segundo, comprendió que la habían vencido.

Rhian no era como Rafal.

No podía adular y seducir a Rhian. No podía manipularlo o encantarlo. Rafal la quería. Pero Rhian no se preocupaba ni lo más mínimo por ella…

Sophie había bajado a cenar pensando que tenía un as en la manga, pero por lo visto ni siquiera conocía el juego. Por primera vez en su vida, se sintió superada.

Rhian la observó con un atisbo de pena.

—Dijiste que mi cuento era una mentira, pero ya se ha vuelto realidad. ¿No lo ves? Solo yo puedo salvarte.

Ella lo miró a los ojos e intentó aguantarle la mirada.

Rhian inclinó el torso hacia adelante y posó los codos sobre la mesa.

—*Dilo.*

Sophie esperaba que surgiera algún tipo de resistencia de su interior… que la bruja asomara la cabeza… Pero aquella vez no ocurrió nada. Bajó la vista hacia el mantel.

—Solo tú puedes salvarme —dijo en voz baja.

Vio a Rhian sonreír, un león disfrutando de su presa.

—Bueno, ahora que tenemos un *trato*… —dijo él—. ¿Comemos pastel?

Sophie observó las velas del centro de mesa leonino derritiéndose en sus candelabros.

Velas baratas, pensó.

Otra mentira. Otro farol.

Una llama oscura chisporroteó en su interior.

Todavía le quedaba otro farol.

—¿Crees que le temo a la muerte? Morí hace tiempo y eso no me detuvo —dijo, poniéndose de pie—. Así que mátame. Veamos si eso mantiene al Bosque de tu lado. Veamos si hace que el pueblo escuche a tu *pluma*.

Sophie pasó junto a él, y vio que el rostro de Rhian se nublaba; no se esperaba aquella salida.

—¿Y si acepto tus condiciones? —preguntó él.

Sophie hizo una pausa, de espaldas a él.

—Una persona del calabozo que trabaje como tu sirviente, tal y como has pedido —añadió él; una vez más, sonaba como si hubiera recobrado la compostura—. A quien quieras. Lo liberaré para que trabaje en el castillo. Bajo mi supervisión, claro. A cambio, solo tienes que escribir los cuentos de Melena de León.

El corazón de Sophie latió más deprisa.

—¿A quién quieres escoger? —preguntó Rhian.

Sophie se giró hacia él.

—¿Tedros está incluido? —preguntó ella.

Rhian estiró los bíceps detrás de la cabeza.

—Tedros está incluido —dijo él con determinación.

Sophie hizo una pausa. Luego, volvió a tomar asiento frente al rey.

—Entonces si escribo tus cuentos… dejarás libre a Tedros —repitió ella—. ¿Esas son las condiciones?

—Correcto.

Sophie observó a Rhian.

Rhian la observó.

Ahora ya conozco el juego, pensó ella.

—Pues en ese caso… —dijo Sophie con inocencia—. Elijo a Hort.

Rhian parpadeó.

Sophie estiró los brazos detrás de la cabeza y sostuvo la mirada atónita y fulminante del rey.

Aquello era una prueba. Una prueba para que ella escogiera a Tedros. Una prueba para exponerla y demostrar que nunca sería leal. Una prueba para convertirla en su esclava de ahora en adelante.

Una prueba sucia en la que Rhian esperaba que fracasara.

Pero no puedes vencer al Mal con el Mal.

Lo cual significaba que ahora tenían un trato.

Ella escribiría los cuentos. Hort sería libre.

Ambos se convertirían en sus armas con el tiempo.

Sophie sonrió al rey, sus ojos esmeralda brillaban.

—No como pastel —dijo Sophie—. Pero hoy haré una excepción.

7

El ejército de Agatha

Montada sobre la columna vertebral de un estínfalo, con los brazos alrededor de su antigua profesora de Embellecimiento, Agatha intentó ver a través de los huecos de las copas de los árboles mientras volaba por encima del Bosque Infinito. El otoño estaba por llegar, las hojas ya estaban perdiendo su verdor.

Deben de ser las seis de la mañana, pensó, porque todavía estaba demasiado oscuro como para ver el suelo del bosque, pero el cielo que tenía por encima de su cabeza estaba empezando a brillar con tonos dorados y rojizos.

Una mano le ofreció una piruleta azul.

—La he robado solo para ti —dijo la profesora Anémona—. Es ilegal sacar dulces del Remanso de Hansel, como bien sabes, pero dadas las circunstancias actuales, creo que todos necesitamos romper algunas reglas.

Agatha aceptó la piruleta de la mano de su profesora y se la puso en la boca para saborear su sabor familiar a arándanos ácidos. En primer año, la profesora Anémona la había castigado por haber robado una de esas piruletas de las paredes de caramelo de la clase en el Remanso de Hansel (junto a unos malvaviscos, un trozo de pan de jengibre y dos caramelos de chocolate). En aquella época, había sido la peor alumna de la Escuela del Bien y del Mal. Ahora, tres años después, regresaba a la escuela como su líder.

—¿Saben lo que ha ocurrido? —preguntó Agatha, observando el pelo amarillo limón de su profesora ondeando en el viento—. Me refiero a los nuevos estudiantes.

—El Cuentista empezó a contar de nuevo *El León y la Serpiente* antes de que Sophie y tú partierais en vuestra misión. Así es como nos hemos mantenido al corriente de todo lo que ha sucedido desde que Rhian asumió el trono.

—Pero ¿no podemos mostrar el cuento del Cuentista a los demás reinos? —preguntó Agatha recolocándose el bolso de Dovey en su brazo, y notando la chaqueta de Tedros que había encontrado en la casa de Robin y que había puesto alrededor de la bola de cristal—. Si logramos que sus gobernantes se den cuenta de que Rhian y la Serpiente están confabulados...

—Los cuentos del Cuentista solo llegan a otros reinos *después* de que escribe «Fin», y eso incluye a las librerías de más allá del Bosque —explicó la profesora—. Y aunque pudiéramos llevar al Consejo del Reino hasta la torre del Director, el Cuentista no permitirá que nadie vea lo ya ha escrito mientras el cuento no esté finalizado. Y no deberíamos involucrar al Consejo del Reino hasta no tener pruebas más contundentes sobre la conspiración de Rhian, porque su lealtad yace con el nuevo rey. Dicho eso, el profesor Manley ha estado vigilando los movimientos de la pluma y nuestros alumnos de primero están al tanto por ahora de la situación.

—¿Y están entrenados para luchar? —insistió Agatha.

—¿Luchar? Cielos, no.

—Pero ¡ha dicho que son mi ejército!

—Agatha, llevan en la escuela menos de un mes. Las Siempres apenas pueden sonreír decentemente, los Nuncas no tienen remedio con sus Talentos Especiales y tienen el brillo del dedo desbloqueado desde hace apenas dos días. Ni siquiera ha habido una Gran Prueba. Sin duda todavía no son un ejército. Pero los pondrás en forma.

—¿Yo? ¿Quiere que yo los entrene? —espetó Agatha—. Pero ¡yo no soy profesora! Puede que Sophie pueda fingir ser Decana porque, bueno, puede fingir lo que sea, pero yo no…

—Te encantarán los nuevos chicos Siempres. Son unos zorros encantadores. —La profesora Anémona miró hacia atrás. Llevaba el maquillaje seco y agrietado—. En especial los chicos de Honor 52.

—Profesora, ¡ni siquiera conozco a esos alumnos!

—Conoces Camelot. Conoces el castillo, sus defensas y, lo que es más importante, al rey falso que ocupa el trono —dijo la profesora Anémona—. Estás mucho más preparada que cualquiera de los profesores para liderar a nuestros alumnos en esta batalla. Además, hasta que completes tu misión, todavía sigues siendo oficialmente una alumna, y dado que el Cuentista está escribiendo tu cuento, los profesores no pueden interferir. Clarissa cometió ese error y pagó el precio.

Agatha negó con la cabeza.

—¿Los alumnos saben siquiera lanzar hechizos básicos? ¿Los Siempres y los Nuncas están dispuestos a trabajar juntos? ¿Les habéis dicho lo que está en juego…?

—Querida, disfruta de la paz y el silencio mientras puedas —respondió su profesora, manteniendo al estínfalo a altitud crucero—. No abundarán cuando lleguemos a la escuela.

Agatha exhaló por la nariz. ¿Cómo podía relajarse mientras sus amigos seguían presos? ¿Y cómo lideraría una escuela? ¿Una escuela llena de estudiantes que no conocía de nada? De no haber estado tan abrumada, habría apreciado la ironía: Sophie estaba al frente de Camelot, donde se suponía que Agatha tendría que estar reinando, y ahora esperaban que Agatha liderara la Escuela del Bien y del Mal, donde se suponía que Sophie tendría que estar ejerciendo como Decana. El corazón de Agatha aceleró sus latidos, y luego se detuvo, sin una gota de adrenalina después de su visita nocturna al Bosque de Sherwood. Notó que se le cerraban los párpados… Pero la bola de cristal de Dovey le colgaba del brazo, lastrándola, así que no se atrevía a dormir, por miedo a que rodara y la hiciera caer como una roca.

Aferrando con más fuerza el bolso de Dovey, Agatha observó el paisaje y vio un castillo dorado justo adelante, con torreones delgados pegados juntos como los tubos de un órgano.

Foxwood, recordó. El reino Siempre más antiguo.

Frente al castillo, el bosque espeso retrocedía y daba lugar a los valles externos de Foxwood, con hileras de cabañas rodeando una plaza delimitada por árboles. El pabellón estaba prácticamente vacío a aquellas horas de la mañana, excepto por el panadero que estaba colocando su carreta frente a una fuente de piedra. Rodeando la fuente, Agatha pudo ver estandartes coloridos hechos a mano por los niños del reino.

¡Adiós, la Serpiente se ha ido!

VIVA EL REY RHIAN, ¡EL ASESINO DE LA SERPIENTE!

¡Viva la reina Sophie!

Mientras el estínfalo volaba cada vez más alto sobre las casas lujosas, más cerca del castillo de Foxwood, Agatha vio a tres niños con máscaras doradas de León luchando con espadas de madera mientras su padre recogía las hojas del jardín. Había visto lo mismo en Gillikin: niños idolatrando al nuevo rey de Camelot como su héroe. Perturbada, Agatha alzó la vista.

El estínfalo estaba a punto de impactar contra el lateral del castillo del rey.

—¡Profesora! —gritó Agatha.

La profesora Anémona despertó con un ronquido y, con un único movimiento, disparó una lluvia de chispas sobre su estínfalo, que abandonó su letargo con un chillido y esquivó la torre Dorada justo a tiempo.

El estínfalo retrocedió en el aire, jadeando, mientras la profesora Anémona le acariciaba el cuello, intentando tranquilizarlo.

—Parece que ambas nos hemos dormido —graznó mientras el estínfalo echaba un vistazo rápido a sus jinetes con sus cuencas carentes de ojos—. No me extraña, con todo el revuelo que hay en la escuela. Por suerte llegaremos pronto.

«Revuelo» no sonaba muy bien, pensó Agatha, pero en aquel instante lo que la preocupaba era que hubieran despertado a la guardia de Foxwood. Si cualquiera las veía, sin duda alertaría a Rhian. Agatha miró hacia el castillo, a punto de insistir a la profesora Anémona para que siguieran avanzando. Pero entonces abrió los ojos de par en par.

—¿Qué es eso?

Había estado tan ocupada mirando hacia abajo que le había pasado por alto el mensaje gigante dorado flotando en el cielo claro sobre su cabeza.

—El primer cuento de hadas de Melena de León —dijo la profesora Anémona, todavía acariciando al estínfalo—.

Debías de estar en las profundidades del Bosque de Sherwood para no haberlo visto. Lleva en el cielo casi un día entero. Es visible desde cualquier reino del Bosque.

—Melena de León... ¿Se refiere a «la pluma de Rhian» ¿La que creó en contra del Cuentista? —dijo Agatha, al recordar el periódico de Gillikin. Leyó deprisa el mensaje en el cielo sobre una mujer llamada Tsarina, bendecida con un niño después de haber perdido varios bebés—. ¿«Solo el León puede salvarte»? ¿*Esa* es la moraleja del cuento?

Su profesora suspiró.

—El Cuentista se pasa semanas, meses, con frecuencia años, confeccionando un cuento con el objetivo de mejorar nuestro mundo. Y ahora va y aparece una nueva pluma para reemplazar los cuentos por propaganda del rey.

—Un rey *falso* y una pluma *falsa* —dijo Agatha, furiosa—. ¿De verdad que la gente se lo está creyendo? ¿Hay alguien que lucha por el Cuentis...?

Enmudeció porque de pronto el cuento de hadas de Rhian desapareció. Agatha y la profesora Anémona intercambiaron miradas ansiosas, como si su presencia allí fuera en cierto modo irresponsable. Pero un disparo de luz brotó desde el oeste y grabó un nuevo mensaje en el cielo, que reemplazó al anterior.

¡Ciudadanos del Bosque! Regocijaos con el cuento de Hristo de Camelot, de tan solo 8 años, quien huyó de casa y vino a mi castillo con la esperanza de convertirse en mi caballero. Imaginaros lo que ocurrió cuando la madre del joven Hristo encontró al chico: le dio una azotaina. ¡Sé fuerte, Hristo! Te prometo que cuando cumplas 16 años, ¡podrás ser mi caballero! Alguien que quiere a su rey, en especial un niño, es una bendición. Lo cual debería ser una lección para todo el mundo.

—Ahora va tras los jóvenes —observó la profesora Anémona, con expresión lúgubre—. Es lo mismo que intentó hacer Rafal cuando tomó el control de las dos escuelas. Si tienes el respaldo de la juventud, serás el dueño del futuro.

Abajo, Agatha todavía veía las siluetas diminutas de los niños con máscaras de León jugando con espadas. Solo que ahora se habían detenido y alzaban la vista hacia el segundo cuento del León junto a su padre. Después de un segundo, los ojos del padre se posaron sobre Agatha y su maestra, montadas en el estínfalo.

—Vámonos —dijo Agatha enseguida.

El estínfalo aceleró hacia el sol naciente.

Agatha miró hacia atrás una última vez, hacia el nuevo cuento del León, con el estómago más retorcido que antes. No solo por el mensaje del León, glorificándolo con astucia como rey… sino por lo *familiar* que le resultaba aquel mensaje, por cómo sus mentiras sonaban como verdades…

Ah. Ahora lo recordaba.

La pluma de la Serpiente.

La que les había mostrado a Sophie y a ella la primera vez que lo vieron.

Su Cuentista falso, que tomaba los cuentos reales y los retorcía hasta convertirlos en algo oscuro y engañoso.

Su pluma surgió de su propio cuerpo despiadado y ahora había sido presentada ante el pueblo como su faro.

Su cimitarra pegajosa y escamosa llena de mentiras.

Aquello era Melena de León.

La escuela no había querido correr ningún riesgo después de la captura de Merlín y de la profesora Dovey. Mientras el estínfalo descendía, Agatha vio que los dos castillos habían sido protegidos con una niebla verdosa. Una paloma se aproximó demasiado y la bruma se la tragó como si fuera una criatura viva, y luego la escupió como una bala de cañón, lo cual lanzó al pájaro chillando a ochenta kilómetros de distancia. Mientras tanto, el estínfalo la atravesó sin recibir daños, aunque Agatha tuvo que apretarse la nariz para soportar la niebla, que apestaba a carne rancia.

—Uno de los hechizos del profesor Manley —explicó la' profesora Anémona—. No es tan seguro como los antiguos escudos de lady Lesso, pero hasta ahora ha mantenido alejados a los hombres de Rhian. Esos últimos días, hemos visto a algunos merodeando por aquí. Deben sospechar que estás en camino.

Más que sospecharlo, pensó Agatha. Si el rey era el hermano de la Serpiente, eso significaba que Rhian estaba en poder del Mapa de Misiones de la Serpiente. Podía rastrear cada uno de los movimientos de Agatha.

Mientras tanto, ella solo podía esperar que el escudo de Manley funcionara.

Al atravesar la niebla, lo primero que Agatha vio fue la torre del Director, en medio de la Bahía Intermedia entre el lago claro que rodeaba la Escuela del Bien y el foso azul oscuro alrededor de la Escuela del Mal. Una manada de estínfalos estaba desmontando los andamios restantes alrededor de la torre Plateada, revelando una estatua deslumbrante de Sophie en la cima, como una veleta, junto a frescos ornamentados a lo largo de la torre que ilustraban los momentos más icónicos de Sophie. Había varios pisos dentro de la torre, que ostentaba ventanas renovadas (a través de las que Agatha pudo ver vestidores, un comedor, una sauna y un hidromasaje), y una pasarela que llevaba a la Escuela del Mal, iluminada con luces y un letrero que decía EL CAMINO DE SOPHIE.

El profesor Bilious Manley asomaba la cabeza con forma de pera llena de granos por una ventana de la torre de Sophie y disparaba rayos verdes a los frescos y a la estatua, intentando destruirlos, pero cada hechizo rebotaba directamente hacia él y activaba una alarma aguda que surgía de la estatua de Sophie, sonando como el graznido de un cuervo.

—*Has intentado redecorar sin autorización la torre de la Decana Sophie* —exclamó la voz de Sophie mientras un hechizo rebotaba contra el trasero de Manley—. *Solo el Director oficial de la Escuela tiene autoridad aquí, y tú no eres el Director. Por favor, aléjate de mi recinto.*

Enfurecido, Manley regresó dentro de la torre, donde Agatha atisbó tres lobos destruyendo el interior. Pero segundos después de haber arrancado unos cuadros, apliques y lámparas, todos los objetos flotaron de vuelta a su sitio.

—Ha estado luchando contra esa torre desde que asumió la posición de Decano —rio la profesora Anémona mientras más hechizos repelentes lastimaban a Manley y a sus lobos—. He aprendido a no subestimar nunca a esa chica.

Desde el interior de la torre, Manley emitió un grito feroz.

Pero eso solo consiguió que Agatha extrañara más a Sophie.

El estínfalo aterrizó en el lado sur de la Bahía Intermedia frente al castillo del Bien. Mientras Agatha desmontaba, las hadas revolotearon a su alrededor, olisqueando su pelo y su cuello. A diferencia de las hadas a cargo de la Escuela del Bien cuando ella estaba en primero, aquel grupo estaba constituido por hadas de distintas formas, tamaños y colores, como si provinieran de diferentes tierras, pero todas parecían saber quién era ella.

Mientras seguía a la profesora Anémona por la colina, Agatha percibió un silencio inusual. Oía sus propios pasos pesados crujiendo sobre el césped del Gran Jardín, el revoloteo de las alas de las hadas a su alrededor, el burbujeo del agua del lago. Agatha echó un vistazo a la bahía y vio la misma escena en la orilla del Mal, el líquido espeso azul se amontonaba y manchaba la arena. Un lobo solitario montando guardia vestido con la chaqueta roja de soldado y con un látigo en el cinturón se había quedado dormido en una de las nuevas cabañas de Sophie.

La profesora Anémona abrió las puertas del castillo del Bien y Agatha la siguió en silencio a través de un largo pasillo con espejos. Agatha vio su reflejo en el vidrio, sucia, despeinada y somnolienta, con su vestido negro lleno de agujeros. Tenía peor aspecto que aquel primer día de escuela, cuando las Siempres la habían arrinconado en aquel mismo pasillo pensando que era una bruja, y ella se había tirado un pedo en sus caras para escapar. Sonriendo con picardía ante el recuerdo, Agatha siguió a su profesora, entraron en el vestíbulo…

—¡*BIENVENIDA A CASA!*

Los vítores explotaron como una bomba y Agatha retrocedió tambaleándose.

Más de cien alumnos de primero silbaban y aclamaban en el vestíbulo, mientras sacudían carteles encantados con palabras que sobresalían de los estandartes: ¡APOYO A AGATHA!; ¡NUNCA A RHIAN!; ¡JUSTICIA PARA TEDROS!

Agatha observó boquiabierta a la nueva clase de Siempres, de aspecto tan fresco y limpio, las chicas con delantales renovados de color rosa y los chicos con chalecos azules, corbatas delgadas y pantalones beige ajustados. El escudo con el cisne plateado brillaba sobre sus corazones, indicando que eran de primer año, junto a una etiqueta mágica con sus nombres que se movía por sus cuerpos para ayudar a Agatha a verlos desde cualquier ángulo: «Laithan», «Valentina», «Sachin», «Astrid», «Priyanka» y más. Muchos parecían tener más o menos su edad, en especial los chicos, tan altos y principescos con las espadas de entrenamiento en la cintura... Y sin embargo, a pesar de esto, todos le parecieron muy *jóvenes*. Como si todavía tuvieran fe en las leyes del Bien y del Mal. Como si todavía tuvieran que aprender que era muy fácil que se rompiera la burbuja de la escuela. *Antes era como ellos*, pensó Agatha.

—*¡REINA AGATHA! ¡REINA AGATHA!* —cantaban los de primero mientras la rodeaban como fanáticos y la encerraban entre las cuatro escaleras del vestíbulo: Valor y Honor, que llevaban a las torres de los chicos; Pureza y Caridad, que llevaban a las de las chicas. Agatha alzó la vista y vio a los profesores reunidos en la escalera Valor: la princesa Uma, que le había enseñado Comunicación con Animales; el profesor Espada, que enseñaba Esgrima; Yuba, el gnomo, que había liderado su Grupo del Bosque... Era la misma escena que se encontró Agatha en su propio día de bienvenida, solo que aquella vez faltaban dos profesores. Ninfas de dos metros de altura con pelo de neón flotaban bajo el techo abovedado, tirando pétalos de rosa que se posaron en el vestido de Agatha y la hicieron estornudar. Agatha intentó sonreír a los jóvenes Siempre que cantaban su nombre y agitaban sus letreros y sus espadas, pero solo podía pensar en la profesora Dovey y en el profesor August Sader, ambos ausentes en lo alto de la escalera. Sin ellos, la escuela ya no parecía cálida ni segura. Parecía extraña, vulnerable.

—EL BIEN HOLGAZANEA Y EL MAL TRABAJA —exclamó una voz—. YA LO CREO.

Agatha y los Siempres se giraron hacia las puertas dobles que alguien había abierto en la parte posterior del vestíbulo. Castor, el Perro, estaba dentro del Teatro de Cuentos, convertido en ambos lados en una inmensa sala de guerra. Más de cien Nuncas con uniformes de cuero negro estaban en sus escritorios asignados, cubiertos de papeles, cuadernos y mapas, mientras los profesores del Mal los supervisaban.

—QUÉ BIEN QUE ESTÉS VIVA —dijo Castor, mirando a Agatha, antes de exhibir sus dientes ante los Siempres—. PERO TODAVÍA NO HEMOS GANADO NADA.

Dividieron a los alumnos de primero en estaciones de trabajo según sus respectivos Grupos de Bosque, con cinco Siempres y cinco Nuncas en cada estación. En la primera, el grupo #1 estaba reunido sobre un banco de iglesia que habían girado para convertirlo en una mesa larga, con cientos de mapas. Agatha se aproximó, sin estar muy segura de cómo tomar el mando, pero por suerte no fue necesario que lo hiciera porque los alumnos tomaron las riendas por su cuenta.

—No pudimos encontrar ningún mapa actualizado del interior del castillo de Camelot en la Biblioteca de la torre Virtud, pero encontramos esto —dijo un hermoso Siempre de piel oscura etiquetado como BODHI, señalando un viejo diagrama dentro de una edición muy antigua de *Historia del Bosque para estudiantes*—. Según esto, el calabozo está en la base de la torre Dorada, en las profundidades de la tierra. Pero dado que el castillo está construido sobre una colina, lo más probable es que el calabozo esté sobre el lateral de la colina. Si es que este mapa todavía es correcto, claro. —Bodhi alzó la vista hacia Agatha—. Y aquí es donde puedes ayudarnos. ¿Todavía hay calabozos en el castillo?

Agatha se puso tensa.

—Ehm…No estoy segura. No los vi nunca.

Todo el grupo la miró.

—Pero estuviste en Camelot durante meses —dijo un Siempre llamado LAITHAN, bajo y musculoso, con el cabello de color avellana y pecas en la piel.

—Eras la *princesa* —comentó Bodhi.

Una erupción roja apareció en el cuello de Agatha.

—Escuchad, probablemente el calabozo está donde siempre ha estado, así que asumamos que ese mapa es correcto…

—Eso mismo digo yo y esos chicos Buenos me dicen que soy estúpida —chilló VALENTINA desde el extremo opuesto de la mesa. Tenía una coleta alta de pelo negro, cejas delgadas que parecían dibujadas con un lápiz y una voz aterciopelada—. Creo que la prisión continúa allí, y si está en un lateral de la colina, entonces solo tenemos que ir a la colina con palas y *¡piu!, ¡piu!, ¡piu!* Tedrosito y tus amigos quedarían libres.

Bodhi y Laithan resoplaron.

—Valentina, antes que nada, este libro tiene como mil años y la masa terrestre se *mueve* con el tiempo.

—Disculpa, pero mi familia lleva viviendo bajo un árbol de guanábana desde hace mil años y el árbol todavía sigue allí —dijo Valentina.

Laithan gruñó.

—Escucha, aunque el calabozo estuviera sobre la colina, no podríamos hacer *¡piu!, ¡piu!, ¡piu!* porque habrá *guardias*.

—¿Recuerdas ese famoso cuento de hadas donde el chico no salva a sus amigos porque le dan miedo los guardias? —preguntó Valentina.

—No —dijo Laithan, confundido.

—Exacto —respondió Valentina.

—V, sé que se supone que los Nuncas deben defenderse entre sí delante de los Siempres, pero ni siquiera hemos podido *encontrar* esa colina —dijo un Nunca esquelético con el pelo teñido de rojo fuego y una etiqueta que decía AJA flotando sobre su cabeza—. Intenté localizar el calabozo con visión térmica y no vi nada.

—¿Visión térmica? —preguntó Agatha.

—Es mi talento de villano —explicó Aja—. ¿Como el talento especial de Sophie para invocar al Mal? ¿Como cuando invocó a esos cuervos en el Circo de Talentos? Llevaba esa capa magnífica de piel de serpiente que había cosido ella misma… La que la hacía invisible… Ahora está en la Galería del Mal. Ojalá pudiera probármela, solo para *sentirme* como ella… Lo siento, soy *muuuuy* fanático de Sophie. Intenté no llamar mucho la atención cuando era Decana para que no pensara que era un bicho raro, pero sé cada palabra de su cuento de hadas y me disfracé de ella para Halloween, con pieles y botas y, de verdad, será la mejor reina de Camelot… Un ícono absoluto… —Aja vio que Agatha fruncía el ceño—. Ehm. Sin ánimo de ofender.

—Estabas hablando sobre tu visión térmica —dijo Agatha, tensa.

—Sí. Es mi talento de villano: soy capaz de percibir cuerpos en la oscuridad, incluso a través de objetos sólidos. Así que convencí a la profesora Sheeks de que me permitiera llevar un estínfalo a Camelot por la noche con una de las ninfas a bordo, porque los estínfalos odian a los villanos y me hubiera comido sin la protección del Bien —parloteó Aja—. Volamos bien alto para que los hombres de Rhian apostados en las torres no pudieran vernos. Pero si el calabozo hubiera estado cerca del lateral de la colina, habría detectado cuerpos bajo tierra y… no vi nada.

—Aja, sin ánimo de ofender, pero ni siquiera puedes encontrar el baño en mitad de la noche y doy fe de ello —dijo Valentina, lanzando una mirada repulsiva hacia Agatha.

(Agatha frunció los labios)—. Por lo tanto, que no pudieras ver el calabozo no implica que no esté allí.

—Cariño, quedé en primera posición en seis desafíos consecutivos en la clase de la profesora Sheeks —se defendió Aja.

—Porque tu *verdadero* talento es ser el lameculos de los profesores —respondió Valentina.

Agatha no podía pensar con todas aquellas discusiones, y además había un hedor extraño proveniente del grupo #6, cerca de ellos. («¡Huele a madriguera de mofeta un viernes por la noche!», oyó que la princesa Uma decía con un respingo).

—¿Y si nos mogrificamos? —preguntó Agatha—. ¿No podemos convertirnos en gusanos o en escorpiones para escabullirnos en el castillo y encontrar la prisión?

—La magia no funciona dentro del calabozo —respondió Laithan, mirando a sus compañeros de grupo, y esta vez incluso los Nuncas estuvieron de acuerdo. Miró a Agatha—. ¿No lo sabías?

—Todos estamos en el Grupo del Bosque de Yuba y nos hizo esa pregunta en la primera prueba. Parecía muy básica —añadió Bodhi.

Agatha empezó a sudar. En momentos estresantes, siempre actuaba como una líder. Pero aquellos chicos la hacían sentirse como una idiota. De acuerdo, no sabía dónde estaba el calabozo; cuando vivía en Camelot, le habían dicho que el castillo era impenetrable. ¿Por qué tenía que haber buscado maneras de infiltrarse? ¿Y por qué tenía que recordar cada detalle de una clase de hacía tres años? ¿En especial cuando estaba cansada, ansiosa y centrada en salvar la vida de sus amigos? Mientras tanto, aquellos novatos la miraban, tan arrogantes y preparados, como si ella tuviera que *demostrarles* algo.

Agatha enderezó la espalda.

—Bien, no sabemos con exactitud dónde está el calabozo. Ocupémonos de eso —dijo mientras el hedor del grupo #6 empeoraba—. ¿Y si nos infiltramos vestidos de guardias o de criadas y buscamos por el castillo? ¿O si secuestramos a un cocinero y le exigimos que nos diga dónde están los prisioneros? ¿Y si enviamos un regalo con algunos de nosotros escondidos dentro? Y luego, ¡*bum*! ¡Atacamos!

Los jóvenes Siempres y Nuncas se revolvieron, incómodos.

—Son ideas muy malas —dijo Aja.

—Por primera vez, concuerdo con Aja —añadió Valentina—. Rhian es muy inteligente. Sospecharía de un grupo de criadas perdidas o de un regalo que contuviera algo que susurrara como un *chupacabras*.

Agatha estaba furiosa, incluso más a la defensiva que antes… pero en las profundidades de su ser, sabía que tenían razón. Sus planes eran estúpidos. Sin embargo, no tenía ningún plan brillante en la cabeza. No había una entrada secreta perfecta o una puerta escondida o un hechizo mágico que los llevaría dentro de Camelot sin ser detectados. Y aunque lo hubiera, sin duda sería imposible *sacar* de allí a Tedros, Sophie, Dovey y nueve prisioneros más.

—Te guardaré esto en mi oficina, cielo —dijo la profesora Anémona, acercándose a ella y quitándole el bolso de Dovey.

—No, prefiero cargarlo —respondió Agatha, sujetando el bolso con fuerza—. Merlín me ordenó que no lo perdiera de vista.

—No digas más —dijo su maestra—. Uuh, veo que has conocido a los chicos de Honor 52. Sé estricta con Bodhi y con Laithan. No permitas que coqueteen para salirse con la suya. Ahora eres su comandante.

—También eres la comandante de los profesores —añadió la princesa Uma al acercarse—. Estamos aquí para ayudarte. Y mis animales se unirán a la batalla.

—Al igual que los lobos y las hadas —dijo Yuba, el gnomo, sumándose al grupo—. Y no olvides al resto de los de cuarto año: Ravan, Vex y algunos más están en la enfermería, recuperándose de la Batalla de Cuatro Puntas, mientras que el resto de la clase está regresando a la escuela desde las distintas ubicaciones de sus misiones. Tienes un ejército entero a tu disposición, Agatha. Pero mi Grupo del Bosque me acaba de decir que todavía tienes que trazar el plan. Esfuérzate más en pensar, mi niña. Camelot no es solo tu hogar; es tu *dominio*. Conoces sus debilidades y las del nuevo rey. En algún lugar de tu interior, sabes cómo rescatar a tus amigos. En algún lugar de tu interior, tienes un plan. Y ahora necesitamos oírlo.

Los alumnos alzaron la cabeza de sus espacios de trabajo; todos los ojos estaban puestos en la princesa de Camelot. El teatro estaba tan silencioso como una iglesia en Halloween.

—¿El plan? —la voz de Agatha sonó como un graznido. Tosió, con la esperanza de que así se le ocurriera mágicamente una estrategia—. Sí. Ehm…

—¡SIMIOS DOMÉSTICOS APESTOSOS!

Todos se giraron para ver a Castor pateando el trasero de dos chicos en la Estación #6.

—¡DOVEY ESTÁ EN PRISIÓN, EL REY ESTÁ A PUNTO DE MORIR Y VOSOTROS ESTÁIS HACIENDO BOMBAS DE EXCREMENTO!

—¡Bombas de excremento inflamables! —chilló un chico rubio enclenque llamado BERT.

—¡Misiles hediondos! —añadió el otro chico rubio llamado BECKETT—. ¡El arma perfecta!

—¡YA OS ENSEÑARÉ YO EL ARMA PERFECTA! —Castor tomó un periódico de la mesa del grupo #6 y golpeó a los chicos con él—. ¡SI HACÉIS UNA BOMBA DE EXCREMENTO MÁS, IRÉIS A LA SALA DE TORTURAS!

—¡Somos Siempres! —protestaron Bert y Beckett.

—¡MEJOR AÚN! —ladró Castor, golpeándolos con más fuerza.

Los vapores nocivos se salieron de control e hicieron que los grupos se agazaparan en busca de refugio. Agatha aprovechó la distracción y corrió hasta la mesa del grupo #6, donde un chico y una chica leían detenidamente los periódicos que Castor no había agarrado, imperturbables ante el plan apestoso de Bert y de Beckett.

Esos dos parecen astutos, pensó Agatha. *Quizás hayan encontrado algo que yo he pasado por alto.*

—Bienvenida al Grupo del Bosque #6 —dijo un Siempre calvo y fantasmal llamado DEVAN con cejas oscuras y pómulos cincelados—. Es un placer estar en su presencia, princesa Agatha. Es tan elegante y encantadora como prometía su cuento de hadas.

—Tiene novio, Devan —dijo una Nunca negra con el pelo de color azul hielo y ojos del mismo tono, y una gargantilla de la que colgaban calaveras diminutas. Su etiqueta decía LARALISA. Puso el brazo alrededor de la cintura de Devan—. Y tú también tienes pareja, así que no te esfuerces tanto.

Agatha abrió los ojos de par en par al ver a un Siempre y una Nunca abiertamente emparejados (lady Lesso intentó asesinar a Tedros y a Sophie cuando salieron juntos), pero entonces Devan empujó uno de los periódicos del revés hacia Agatha sobre el banco de iglesia.

—Mire el *Mensajero de Camelot* de hoy —dijo.

Agatha observó la primera plana.

LA IDENTIDAD DE LA SERPIENTE TODAVÍA ESTÁ EN DUDA

El castillo se niega a hacer comentarios sobre el rostro detrás de la máscara

EL CUERPO DE LA SERPIENTE HA DESAPARECIDO, SEGÚN EL GUARDIÁN DE LA CRIPTA

El Jardín del Bien y del Mal no ha informado sobre el entierro de la Serpiente

SURGEN DUDAS SOBRE EL NUEVO VASALLO DEL REY

¿Dónde estaba Japeth cuando la Serpiente andaba suelta?

Laralisa puso otro periódico encima.

—Ahora mire el *Chismes de la Realeza*.

Agatha se inclinó sobre el colorido tabloide de Camelot, famoso por sus elaboradas teorías conspirativas y sus mentiras absolutas.

¡DESMIENTEN AL GUARDIÁN DE LA CRIPTA!

Confirman el entierro de la Serpiente en Sierra Necro

JAPETH AFIRMA:

«Mi hermano no quiso que peleara contra la Serpiente. ¡Rhian quería protegerme!»

El *MENSAJERO DE CAMELOT* MIENTE

¡Está demostrado que el 80% de las historias son falsas!

—Es la misma mierda de siempre —susurró Agatha—. Pero eso da igual. Nadie en Camelot creerá jamás una palabra de lo que diga el *Chismes*, por mucho que Rhian los obligue a publicar.

—No son los habitantes de Camelot los que nos preocupan —dijo Laralisa.

Deslizó un par de periódicos más frente a Agatha.

EL DIARIO VILLANO DE NETHERWOOD
¡CAMELOT DISCUTE CON EL GUARDIÁN
DE LA CRIPTA!
¡Entierran a la Serpiente en Sierra Necro!

EL INFORMANTE DE COLINAS DE MALABAR
¡VINDICAN AL REY RHIAN!
¡Confirman que el cuerpo de la Serpiente está
en una tumba secreta!

EL PERIÓDICO PIFFLEPAFF
¡GUARDIÁN DE MENTIRAS!
Encuentran el cadáver de la Serpiente en el Jardín
del Bien y del Mal

—Las huellas de Rhian están por doquier —dijo Laralisa—. Sabe que el *Mensajero de Camelot* sospecha de él. Así que está asegurándose de que otros reinos reproduzcan como cotorras sus mentiras.

—Y los otros reinos le obedecen porque confían en cualquier cosa que Rhian diga —comprendió Agatha—. A sus ojos, él mató a la Serpiente. Mató a un villano despiadado que atacaba sus reinos. Él *los salvó*. Los habitantes del Bosque no saben que es mentira. No saben que Rhian los toma por tontos. Pero el Cuentista lo sabe y nosotros también.

—Y el *Mensajero de Camelot* está cerca de descubrirlo —comentó Laralisa—. Pero Rhian desacreditó al Cuentista, desacreditó a Tedros, te desacreditó a ti, desacreditó a la escuela y ahora está desacreditando al *Mensajero de Camelot*. Aunque tuviéramos pruebas para demostrar a la gente que la Serpiente todavía está viva, y *no* las tenemos, nadie nos escucharía.

—El *Mensajero de Camelot* tal vez ni siquiera esté en circulación el tiempo suficiente como para apoyarnos —comentó Devan, abriendo las páginas del periódico—. Están a la fuga, imprimen en secreto y los hombres de Rhian están dando caza a los reporteros. Y cuanto más tiempo estén a la fuga, más desesperados estarán. Mirad estos titulares. Parecen salidos del *Chismes*.

¡MENSAJE EN UNA BOTELLA ENCONTRADO! «¡LA SERPIENTE AÚN VIVE!»

¿HAN CONTRATADO A LAS HERMANAS MISTRAL COMO CONSEJERAS DEL REY? AVISTAMIENTO A TRAVÉS DE LA VENTANA DEL CASTILLO

LA PRINCESA SOPHIE HACE UN TRATO SECRETO PARA LIBERAR A UN AMIGO

Agatha leyó deprisa la última historia.

Hasta ahora, el pueblo del Bosque creía que Melena de León era la pluma del rey. De hecho, en su coronación, el rey Rhian dejó bien claro que, a diferencia del Cuentista, controlado por magia turbia, su pluma era digna de confianza. Su pluma se preocuparía de todas las personas, ricas o pobres, jóvenes o viejas, **B**uenas o **M**alas, al igual que él se había preocupado por todos al salvarlos de la **S**erpiente.

Pero, según una fuente anónima, anoche la princesa **S**ophie y el rey **R**hian sellaron un trato inusual mientras cenaban sopa de pescado y pastel de pistacho. **E**l trato fue el siguiente: **S**ophie escribiría los cuentos de **M**elena de **L**eón, no **R**hian. **Y**, a cambio, el amigo y expretendiente de **S**ophie, **H**ort de **A**rroyo **S**angriento, sería liberado del calabozo de **C**amelot.

Nuestra fuente no ha explicado las razones detrás de ese trato, pero dejó bien claro que es la princesa quien escribe las palabras de **M**elena de **L**eón y no el rey.

¿**Q**ué significa esto? **P**rimero, significa que el rey **R**hian mintió al decir que **M**elena de **L**eón era su pluma, dado que es **S**ophie quien escribe sus cuentos. **A** su vez, quienes apoyan a **T**edros tenían la esperanza de que **S**ophie todavía estuviera de su lado en secreto y que estuviera tramando algo contra el nuevo rey. **P**ero si **S**ophie escribe los mensajes de **M**elena de **L**eón, eso demuestra que son falsas esperanzas y que ella apoya firmemente los planes del rey.

El corazón de Agatha latió más rápido.

Por otra parte, la historia no podía ser verdad. Sophie jamás escribiría los cuentos de Melena de León. Nunca difundiría propaganda de un rey falso. Y sin duda jamás comería pastel.

Sin embargo, por mucho que le aterrara hacer entrevistas con el *Mensajero de Camelot* y sus reporteros invasivos… el *Mensajero de Camelot* nunca mentía. Y había una frase curiosa, «sellaron un trato», que parecía resaltar en la página…

Mientras los vapores de los excrementos se disipaban y Devan y Laralisa deliberaban con sus compañeros de grupo Rowan, Drago y Mali, que habían regresado a la mesa, Agatha reflexionó en la parte posterior del teatro. Observó el vestíbulo de los Siempres y su cúpula solar de vidrio; el mensaje de Melena de León sobre Hristo resplandecía dorado en el cielo.

Agatha leyó el mensaje una y otra y otra vez.

Hasta que estuvo segura.

Había algo extraño en él.

No era la historia o el lenguaje o el tono... pero *algo* había.

Algo que le indicaba que la historia del *Mensajero de Camelot* era verdadera. Que Sophie *había* escrito aquel mensaje. Que tramaba algo, aunque Agatha todavía no supiera qué era.

El *Mensajero de Camelot* había asumido lo peor, por supuesto. Nadie en sus cabales confiaría en que Sophie arriesgaría su vida por Tedros, un chico que la había rechazado una y otra vez.

Pero Agatha confiaba en ella.

Lo cual implicaba que incluso bajo la vigilancia del rey, frente a un peligro letal y siendo peón del enemigo, Sophie todavía luchaba por sus amigos.

Y allí estaba Agatha, libre, con una escuela llena de estudiantes listos para servirle y nada que ofrecerles excepto sus palmas de las manos sudorosas y un sarpullido producido por los nervios. Mientras tanto, al no tener ninguna dirección, los grupos a su alrededor parecían estar perdiendo el rumbo. Los Siempres y los Nuncas del grupo #8 discutían a gritos sobre si deberían matar o herir a Rhian cuando lo encontraran; el grupo #3 deliberaba sobre si Merlín estaba vivo o muerto; el grupo #7 se estaba peleando con un Nunca peludo de tres ojos llamado BOSSAM, que insistía en que Rhian era mejor rey que Tedros; el grupo #4 discutía con pasión sobre un diagrama del árbol genealógico de Arturo...

Agatha se sintió todavía más inútil observando aquellas discusiones, tan apasionadas e intensas, mientras ella continuaba decaída, con el cuerpo somnoliento, hambriento, y el bolso infernal de Dovey todavía colgado del brazo, lastrándola…

El bolso.

Agatha se quedó paralizada.

Algo se encendió en su interior, como una antorcha en mitad de la noche.

El mensaje de Melena de León. Ahora sabía por qué le resultaba extraño.

—¿Cuándo es la ejecución? —preguntó, regresando a toda prisa junto al grupo #6.

Devan jugueteó con sus dedos.

—Hum, se refiere a…

—A la ejecución de mi novio. Sí. ¿Cuándo es? —insistió Agatha.

—El sábado —respondió Laralisa—. Pero las celebraciones de boda empiezan hoy con la Bendición en la iglesia de Camelot.

—¿Y el evento está abierto al público? —preguntó Agatha.

Devan miró a su novia.

—Mmm, por lo que sabemos, sí…

Agatha se giró hacia los otros grupos.

—¡Escuchadme!

Los estudiantes continuaron discutiendo en sus estaciones.

La punta del dedo de Agatha brilló dorada y disparó un cometa por el salón.

—He dicho que me escuchaseis.

Tanto Siempres como Nuncas le prestaron atención.

—La ejecución de Tedros tendrá lugar durante la boda de Sophie y Rhian en menos de una semana —anunció Agatha—. Habrá eventos antes de la boda. Los del Grupo del Bosque #6 partiréis dentro de poco rumbo a la Bendición.

Devan, Laralisa y el resto de su equipo intercambiaron miradas atónitas.

—Ehm… ¿Qué haremos allí? —preguntó Devan.

—Mientras ellos estén en la Bendición, el Grupo #1 irá al calabozo —continuó Agatha.

Bodhi resopló. Laithan, Valentina, Aja y el resto de su grupo parecían igual de incrédulos.

—Acabamos de hablar sobre que no sabemos dónde está el calabozo —dijo Bodhi.

—Ni cómo entrar —dijo Laithan.

—Y todavía no tienen entrenamiento en combate —añadió el profesor Espada.

—Ni en trampas letales —observó el profesor Manley, entrando al teatro.

—Ni en comunicación animal —aportó la princesa Uma.

—Ni en manipulación de talentos —dijo la profesora Sheeks.

—NI EN SENTIDO COMÚN BÁSICO —comentó Castor.

—¿Cómo quieres que vayan al calabozo si no saben ni dónde está? ¿Cómo esquivarán a los guardias? —preguntó la profesora Anémona, retorciéndose las manos.

—Con magia —dijo Agatha.

—Han recibido dos *días* de lecciones de magia —resopló Manley.

—Es más que suficiente —respondió Agatha.

Valentina alzó la mano.

—Disculpe, ¿señorita princesa Agatha? ¿Es que no nos ha escuchado antes? La magia no funciona dentro del calabozo…

—Lo que implica que no podemos llegar hasta donde están Tedros, la profesora Dovey y los demás —añadió Aja—. No tenemos manera de entrar.

—No tenéis que entrar —respondió Agatha con calma.

Sonrió al ver las expresiones confusas y agarró con más fuerza la bola de cristal de Dovey a su lado…

—Tenéis que ayudarlos a *salir*.

8

Un día encantador, mi comadreja vendrá

Cuando Hort era pequeño, un niño pirata llamado Dabo lo acosaba atándolo a los árboles o metiéndole cosas en los pantalones. Cucarachas, sanguijuelas, hormigas, excremento de gato, arañas, nieve llena de orina y una vez el huevo robado de un halcón que su madre vino a buscar, por lo que Hort necesitó diez puntos en el muslo.

Pero nada de todo aquello era comparable con la pura tortura de tener una de las cimitarras pegajosas y babosas de la Serpiente arrastrándose por su camisa, tocándole cada centímetro de piel.

Hort estaba de pie, tenso, en un rincón del cuarto de Sophie, vestido con una túnica blanca que no le iba bien y pantalones holgados a juego que tuvo que atarse con dos nudos para que no se le cayeran. Prestó atención al sonido del agua corriente del baño y al canturreo suave de Sophie mientras la cimitarra paseaba sobre su pecho. Intentó no gritar.

La libertad del calabozo tenía un precio. Una cimitarra pegada a él como un parásito. Un trozo del cuerpo de la Serpiente fusionado al suyo, espiando cada uno de sus movimientos…

—¡Oye! —gruñó Hort, arrancando la cimitarra cuando esta se deslizó dentro de sus pantalones. La cimitarra siseó y le apuñaló el pulgar, haciéndole derramar una gota de sangre, antes de trepar por el costado y el cuello de Hort y acurrucarse alrededor de su oreja.

—Gusano asqueroso —susurró Hort chupándose el pulgar. Quería agarrar a la pequeña sanguijuela, aplastarla y convertirla en pulpa, pero sabía que si lo hacía la reemplazaría otra cimitarra. Si tenía suerte. Probablemente, lo matarían o lo encerrarían de nuevo en el calabozo.

El sol de la mañana entró por la ventana y Hort se restregó los ojos. La noche anterior lo había liberado de su celda la Serpiente, quien al oír que su hermano había hecho un trato con Sophie para liberar a Hort, se había ocupado él mismo de llevar a cabo el proceso con el único propósito de atormentar a Tedros y hacerle creer que Sophie había decidido liberarlo a él. Luego, la Serpiente había arrastrado a Hort fuera del calabozo, lo había abofeteado con una cimitarra centinela y lo había llevado directamente a los aposentos de un sirviente del tamaño de un armario, donde lo habían encerrado en la oscuridad. Al amanecer, los guardias lo despertaron, lo vistieron con su uniforme holgado como un genio de oferta, y lo llevaron a la recámara de la reina, sin dormir y sucio, donde le dijeron que esperara a que su nueva «ama» saliera de la bañera.

¿Por qué Sophie me ha escogido?, se preguntó en aquel momento.

Podría haber elegido a cualquiera. Tedros. Hester. Incluso Dovey. Podría haber elegido a la Decana.

¿Me necesita para algo que solo yo puedo hacer?

¿Quiere sacrificarme para que los demás vivan?

Se le calentó la sangre.

O… ¿me ha escogido para salvarme primero?

La cimitarra se movió y Hort recordó su presencia. Solo Sophie podía hacerle olvidar al monstruo que tenía en la oreja.

Se ruborizó más y se olió las axilas. Qué asco. Quizá podría pedirle usar el baño en cuando terminara. Tendría que ser rápido. La Bendición tendría lugar en menos de una hora y, como el nuevo «asistente» de Sophie, tenía que ocuparse de prepararla, aunque no tenía idea de qué significaba eso.

Hort miró la habitación inmensa, de pronto iluminada por el sol. Todo parecía haber sido remodelado recientemente: las baldosas de mármol azules con emblemas de León, el papel de pared de seda texturizado con Leones dorados, los espejos impolutos con gemas incrustadas y un sofá blanco limpio con la cabeza de un león dorado bordada.

Y durante todo ese tiempo jugó a ser el caballero leal de Tedros, resopló Hort, pensando en el acto perfeccionado de Rhian. Casi sintió pena por Tedros.

Casi.

La cimitarra empezó a bajarle de nuevo por el cuello.

Hort oía el ruido del agua de la bañera al drenar. Centró sus pensamientos en Sophie en la bañera y se mordió el interior de la mejilla. Ahora tenía novia, una chica bonita, inteligente y divertida, y cuando tienes novia se supone que no piensas en otras chicas, en especial en chicas en bañeras y con las que has estado obsesionado durante tres años. Intentó distraerse con detalles de la habitación, pero descubrió que sus ojos se desviaban hacia la cama de Sophie… Las sábanas sedosas y arrugadas… La lata con avellanas sobre la mesita de noche… La taza de té y el frasco de miel sin tocar… El pintalabios rojo al borde de la taza…

Se abrieron las puertas detrás de él y dos criadas jóvenes con uniformes blancos del mismo color que el de Hort entraron en la recámara de la reina, cargando muchas bolsas con ropa. Hort se apresuró a ayudarlas y vio que cada bolsa tenía una etiqueta de TELAS VON ZARACHIN mientras las sostenía en sus brazos y las dejaba sobre el sofá. Miró a las criadas, pero ellas ya estaban atravesando las puertas de nuevo, con la cabeza baja y el rostro escondido bajo los sombreros.

—¿Esos son mis vestidos de Madame Clotilde? Gracias al *cielo* —dijo Sophie al salir del baño con una bata rosada y una toalla como turbante alrededor de la cabeza, sin siquiera mirar a Hort—. Madame Clotilde von Zarachin es la *emperatriz* de la moda del Bosque. Las mejores princesas visten sus prendas. Madame Clotilde incluso diseñó el vestido de Evelyn Sader, sabes, el que tenía aquellas mariposas azules espías. Estuvo a punto de matarnos a todos en nuestro segundo año, pero *c'est magnifique*, ¿no crees? Anoche le escribí a Madame en pánico, suplicándole que me enviara algo para llevar en la Bendición, y debido a mi nuevo puesto, naturalmente se vio obligada a acceder. Me advirtió que tendría un costo prohibitivo, pero le dije que Rhian pagaría por muy alto que fuera el precio. Él y su hermano han perdido todo derecho a vestirme después de lo de anoche. No solo porque el vestido que me dieron era horroroso (aunque sin duda lo hice más chic), sino porque me daba urticaria, Hort. En cuanto regresé a mi cuarto, empezó a quemarme la piel como si estuviera hecho de hormigas rojas. Ya sabes lo alérgica que soy a la tela barata.

En todo caso, me quité el vestido antes de que me causara algún daño de verdad y lo quemé hasta convertirlo en ceniza. —Observó los restos ardiendo en la chimenea—. No, no, no, nunca más volveré a llevar algo de su madre. Espero que ni siquiera se les ocurra volver a mencionar la idea. ¿Está claro? *¿Hort?*

Fulminó con la mirada a Hort por primera vez.

Hort parpadeó.

—Ehm.

Solo ahora veía que Sophie no lo estaba fulminando con la mirada a él, sino a la cimitarra en su cuello, como si todo aquel monólogo hubiera sido para la cimitarra. Sophie caminó hasta el sofá.

—Ahora tenemos que encontrar algo apropiado para la *iglesia...*

Hort se interpuso en su camino.

—Sophie. ¿Qué estoy *haciendo* aquí?

Sophie lo miró a los ojos.

—Primero de todo, es «ama» Sophie, dado que ahora eres mi asistente. Segundo, no sé qué estás «haciendo» más que perder el tiempo vestido con un pijama que no te sienta bien y apestando a gorila, pero lo que *supuestamente* deberías estar haciendo es ayudarme a prepararme para mi primer evento de boda.

—Escucha, aquí no hay nadie... Quítame esta cosa —pidió Hort, señalando la cimitarra.

—Ayúdame a abrir cajas... Llegaré tarde... —resopló Sophie.

—¡No me importa! Sophie, tienes que...

Sophie disparó una chispa rosada junto la oreja de Hort con el brillo de su dedo y la cimitarra en el cuello del muchacho se giró hacia la puerta, solo el tiempo suficiente para que Sophie moviera los labios y le dijera a Hort:

—*PUEDE OÍR.*

Hort tragó con dificultad.

—¿Qué opinas de este? —dijo Sophie con alegría, sosteniendo un sari azul brillante bordado con plumas de pavo real—. Hará que la boda parezca más *cosmopolita*...

Ocho cimitarras doradas atravesaron el vestido como flechas y lo destrozaron.

Sophie y Hort se giraron y vieron a Japeth entrar, vestido con el traje dorado y azul que había llevado en la coronación de Rhian, antes de que las ocho cimitarras doradas se giraran y se fusionaran con su traje. El gemelo de Rhian tenía un ojo morado, cortes en la frente y las mejillas y varios tajos en su camisa, a través de la cual se le veía la piel ensangrentada.

—*Eso* es lo que llevarás en la Bendición —le dijo a Sophie.

Sophie siguió los ojos de Japeth hasta la chimenea...

... donde un remilgado vestido blanco con volantes yacía sobre el carbón frío.

Sophie retrocedió, atónita.

—Eso es lo que llevarás todos los días —dijo Japeth—. Ese es tu *uniforme*. Y si decides profanar de nuevo el vestido de mi madre, yo te profanaré *a ti* del mismo modo.

Los ojos de Sophie todavía estaban posados sobre la prenda.

—Pe-pero ¡lo quemé! Lo convertí en cenizas, justo allí. No quedó nada... Cómo es posible que esté ahí de nuevo...

Mientras tanto, Hort miraba boquiabierto a Japeth, que parecía como si un tigre lo hubiera atacado. Japeth lo fulminó con la mirada y mutó a su traje negro de Serpiente, pero las cimitarras ajustadas revelaron todavía con más claridad los tajos ensangrentados en su armadura.

—Es de las protestas en apoyo a Tedros —explicó—. Esos canallas dieron pelea. Me habría ido bien la ayuda del rey, pero estaba demasiado ocupado haciendo tratos para liberar prisioneros. —Se limpió la sangre del labio—. Al final no tuvo importancia. No quedó nada de ellos. —Se miró su propio cuerpo golpeado… y luego a Sophie, que todavía estaba observando boquiabierta la chimenea. Los ojos de Japeth brillaron, amenazantes.

—Como si nunca hubiera ocurrido… —dijo él.

Hizo un movimiento brusco hacia la princesa. Sophie lo vio venir.

—¡No la toques! —gritó Hort, intentando golpear a la Serpiente.

Japeth sujetó la palma de Sophie y la cortó con una cimitarra, antes de deslizar la mano de la chica sobre su pecho y su rostro con un solo movimiento.

Hort se quedó paralizado, estupefacto.

La Serpiente tembló; inclinó la cabeza hacia atrás con dolor, flexionando la mandíbula, mientras la sangre de Sophie se expandía sobre sus heridas y lo curaban con magia, recomponiéndole el rostro y el cuerpo.

Hort reprimió un alarido.

—Ahora bien, ¿qué tal un té? —dijo la Serpiente, sonriéndole a Sophie—. Voy a preparar un poco para mi hermano. Somos bastante particulares con respecto al té.

Sophie lo miró.

—Te calmará los nervios —insistió Japeth, adoptando de nuevo el traje dorado y azul, brillante y limpio. Ensanchó la sonrisa—. Por el primer evento de bodas y todo eso.

—No, gracias —respondió Sophie con voz áspera.

—Como quieras —dijo Japeth—. Reúnete con nosotros en el Salón del Trono. Cabalgarás con nosotros hasta la iglesia.

Japeth posó los ojos sobre Hort.

—Tú también, asistente.

Japeth salió de la habitación y, al hacerlo, una última cimitarra abandonó su traje, flotó alto en el aire… y atravesó como un arpón las bolsas con vestidos de Madame

Clotilde, de un lado a otro, de izquierda a derecha, zigzagueando sin parar hasta llenarlas de agujeros. La cimitarra siguió a su amo y la puerta se cerró con suavidad detrás de ella.

El silencio invadió la recámara de la reina.

La cimitarra sobre el cuello de Hort voló hasta el sofá, encontró una bolsa que se había deslizado entre los cojines y la apuñaló reiteradamente, gorjeando y gruñendo.

Lentamente, Hort se giró hacia Sophie, que estaba de pie en el centro de la habitación, con un corte en la palma, goteando sangre sobre su bata.

Hort se dio cuenta de que había un corte más superficial en la misma mano junto a la herida reciente.

Japeth ya le había hecho eso antes.

El estómago de Hort le dio un vuelco.

¿Qué diablos?

¿Cómo era posible que su sangre lo hubiese curado?

¿Qué acabo de ver?

Sophie lo miró, perdida y asustada.

Si Sophie había trazado un plan para ayudarlo a escapar, acababa de perder toda esperanza en él.

Ayuda, decían los ojos de Sophie.

Pero Hort no sabía cómo ayudarla. No hasta que no le dijera por qué lo había escogido a él antes que a los demás. No hasta que le explicara qué estaba pasando.

Hort esperó hasta que la cimitarra estuvo distraída destruyendo las nuevas prendas de Sophie. Con cuidado, alzó su dedo brillante y escribió con letras humeantes diminutas que se iban disipando a mcdida que se formaban:

¿POR QUÉ ESTOY AQUÍ?

Sophie miró rápidamente a la cimitarra, que estaba apuñalando y gruñendo. Luego, escribió una respuesta para Hort.

Confío en ti

Al principio, Hort no lo comprendió.

Pero luego sí.

Sophie había esperado el amor durante toda su vida.

Un día encantador, mi príncipe vendrá, había deseado.

Había besado a muchos sapos.

Algunos habían intentado contraer matrimonio con ella. Otros habían tratado de matarla.

Pero ninguno la quería. No de la manera adecuada.

Excepto él.

Y Sophie lo sabía.

Sabía que Hort la quería. Que él siempre la querría, sin importar las cosas terribles que le hubiera hecho, sin importar a cuántos chicos horribles hubiera besado, sin importar que Hort tuviera o no una novia hermosa y maravillosa. Sophie sabía que incluso habiéndole entregado su corazón a Nicola, Hort la ayudaría. Que si ella podía sacarlo de prisión, él nunca permitiría que *le ocurriera nada*.

Y ahora, allí estaba él. Para ser su aliado en esa lucha.

Hort tensó los músculos.

Esta vez, sin Agatha para ridiculizarlo.

Sin Tedros para humillarlo.

Nadie más que él.

Hort cerró los puños como rocas.

Aquella era su oportunidad de ser un héroe.

162

Su única oportunidad.

Y pensaba aprovecharla.

Mientras acompañaba a Sophie por el pasillo de la torre Azul, Hort deslizó la mano dentro del bolsillo y notó unas avellanas pegajosas allí apiñadas.

Las había robado mientras Sophie se cambiaba en el baño. Dos avellanas, que había cubierto de miel y escondido en sus inmensos pantalones de genio mientras la cimitarra terminaba de masacrar las creaciones de Madame Clotilde. Cuando se vengó de Dabo, el matón pirata, usó una piedra cubierta de savia de árbol, pero hoy, las avellanas y la miel tendrían que bastar. Si todo salía según el plan, Rhian estaría muerto antes de la Bendición.

Miró a Sophie, pero ella no lo observaba; tenía las manos juntas frente a su vestido blanco remilgado, que se había puesto tal y como Japeth le había ordenado. La sangre le manchaba el vendaje alrededor de su palma, más roja a cada segundo que pasaba. Hort sabía que todavía estaba conmocionada por lo que Serpiente le había hecho: no lo sabía por su paso tambaleante o por su mirada vacía o por su venda mal colocada… sino por su calzado. Se había puesto unas zapatillas planas y sosas que tenían tanto estilo como el paso pesado de Agatha.

Las manos de Hort rozaron las de Sophie, que estaban frías como el hielo.

Hort quería consolarla… decirle que tenía un plan… pero su cimitarra espía rodeó de nuevo su oreja, otra vez atenta.

Mientras tanto, él sentía que lo carcomía la culpa, como si estuviera engañando a Nicola solo por estar allí con Sophie.

No seas idiota. Nicola querría que hiciera todo lo necesario para salvar a sus amigos. Además, no estaba intentando que Sophie fuera su novia. Aquellos días habían terminado. Ahora tenía a Nicola: una chica que lo quería por quien era, a diferencia de Sophie, que nunca pensó que él fuera lo bastante bueno para ella. Pues pronto Hort sería el último en reír. Porque le demostraría a Sophie que *era* lo bastante bueno… Pero solo de una manera estrictamente platónica.

Vio que se aproximaba una criada mayor que las que habían estado en el cuarto de Sophie.

Hort se sorprendió.

Ginebra.

Tenía los labios sellados por una cimitarra igual que la que él llevaba en la oreja. Lo cual significaba que también estaba bajo vigilancia del rey.

Pero Hort notó que había algo más. Algo cerca de la oreja *de la mujer*. Algo diminuto y violeta colocado en las profundidades de su pelo blanco que la cimitarra sobre su boca no podía ver… Una flor. La madre de Tedros nunca llevaba alhajas o maquillaje, muchos menos flores en el pelo y mucho menos mientras estaba cautiva en el castillo de un asesino…

Pero para cuando Hort logró ver bien la flor, Ginebra ya había pasado junto a ellos y solo había lanzado una mirada fugaz hacia Hort y Sophie.

Hort volvió a concentrarse, acomodándose junto a Sophie mientras se aproximaban a la escalera al final del pasillo. Ahora no era el momento de preocuparse por la madre de Tedros o por lo que estuviera tramando.

Rhian está esperando, pensó, con las avellanas en el bolsillo. *Solo tendrás una oportunidad.*

Pero al acercarse a lo alto de la escalera, Sophie se detuvo en la baranda.

Hort siguió la mirada de la chica hasta el piso inferior.

Rhian estaba sentado en el trono del rey Arturo, sujetando una taza mientras revolvía una caja grande llena de canicas verdes, tomándolas una por una y mirando a través de ellas como si fueran un catalejo. Desde arriba, Hort vio el resplandor cobrizo de su pelo muy corto y una cicatriz irregular sobre su cráneo. El vapor subía del té de Rhian sobre el trono dorado de Arturo, el escudo de Camelot tallado en el respaldo y unas garras leoninas al borde del apoyabrazos. El trono estaba sobre una plataforma elevada con una pequeña escalinata que la comunicaba con el resto del Salón del Trono. Detrás del rey, el cielo azul lo enmarcaba como un lienzo a través de los ventanales de techo a suelo, y Hort vio por la ventana un mensaje dorado en el cielo escrito por la pluma falsa de Rhian, sobre un niño llamado Hristo que quería ser el caballero de Rhian. A los pies del rey yacía una alfombra colosal, extendida hasta los escalones; la tela estaba bordada como un tapiz pintado e ilustraba la escena de...

La coronación de Rhian, comprendió Hort, inclinando el torso sobre la baranda.

Con tonos rococó azules y dorados, Rhian sacaba triunfante a Excalibur de la piedra, mientras Tedros, que en el bordado tenía un cuerpo deforme y el rostro de un ogro, era obligado por los guardias a ponerse de rodillas. En primer plano, el pueblo de Camelot celebraba. Sophie también estaba en la escena, con las manos juntas y una sonrisa amorosa en el rostro mientras contemplaba a su futuro esposo.

La escena estaba representada de manera tan perfecta, tan real, que Hort tuvo que recordarse que no había ocurrido así en absoluto.

Miró a Sophie, quien observaba sin energía la alfombra, como si la mentira fuera la verdad.

Hort buscó al gemelo de Rhian en la sala. La Serpiente no estaba por ninguna parte.

Pero Rhian no estaba solo.

Esas tres hermanas extrañas que Hort había visto salir de prisión merodeaban por la base de los escalones debajo de la plataforma, cubiertas de sombras. Dos guardias piratas con cascos y armadura completa las escoltaban, uno a cada lado.

Las hermanas parecían tensas, retorcían los pies descalzos, mientras observaban a Rhian inspeccionando cada canica verde de la caja.

—Esto son las confirmaciones de asistencia a la boda —dijo el rey—. Muchos gobernantes han enviado mensajes, demostrando lo entusiasmados que están sus reinos por tener un rey y una reina nuevos. —Con un dedo brillante, hizo flotar un puñado de canicas verdes en el aire, las cuales proyectaron verdosas escenas humeantes de todo el Bosque: alfombras mágicas partiendo de Shazabah desde una estación llamada TOURS DE BODAS, con hileras kilométricas de pasajeros esperando su turno; una congregación en una playa de Ooty, donde miles de personas estaban reunidas para observar el nuevo cuento brillante de Melena de León sobre la aurora boreal; una competición feroz en el Valle de Cenizas para ver quién representaría al reino en el Circo de Talentos; los compañeros de clase del joven Hristo en Colinas de Malabar con un cartel que ponía: AMIGOS DE HRISTO, FUTURO CABALLERO.

—Todos los reinos del Bosque Infinito han aceptado la invitación —dijo Rhian—. Cada uno de ellos.

Luego, alzó una canica roja de la caja.

—Excepto *este*.

Bajó la vista hacia las tres ancianas.

—Su líder ha sido muy amable y también ha enviado un mensaje.

Una proyección surgió de la canica que Rhian sostenía en la mano y mostró a un hombre grasiento y barbudo fulminando con la mirada al rey.

Sophie y Hort abrieron los ojos de par en par al reconocerlo de inmediato.

—Lamento rechazar su invitación, Su Alteza —dijo el Sheriff de Nottingham—, pero mientras mi hija esté en su calabozo, el reino de Camelot será enemigo de Nottingham. —Se aproximó en la proyección—. Por cierto, qué extraña coincidencia que el hombre que entró en mi prisión y liberó a la Serpiente ahora sea capitán de su guardia, ¿no? Se llama Kei, ¿verdad? ¿Por qué querría ese chico liberar a la *Serpiente*? ¿Mmm? De algo estoy seguro: usted me robó... y pronto, yo le robaré *a usted*.

El mensaje regresó a la canica, que rodó fuera de la mano de Rhian y tintineó suavemente dentro de la caja.

El rey miró a las tres hermanas.

—Tenéis un solo trabajo que hacer. Mantener a los reinos de mi lado hasta la boda. A *todos* los reinos. Y ni siquiera podéis hacer eso.

La hermana de voz baja carraspeó antes de hablar.

—Solo tiene que liberar a Dot y el problema desaparecerá. El sheriff no causará problemas en cuanto su hija esté libre.

—Estoy de acuerdo con Alpa —añadió la que tenía la voz aguda—. No la necesita. Dot es tonta como un asno. Así es como sacamos a Japeth de prisión. Usándola.

—Bethna tiene razón —asintió la tercera, con voz sibilante—. Arranque el problema de raíz. Esa chica tampoco le servirá de nada.

Rhian bebió un sorbo de té.

—Ya veo. El líder de un reino amenaza con atacarme y vosotras queréis devolverle amablemente a su hija.

Las tres ancianas sacudieron sus piernas huesudas como las de las garcillas.

El rey miró a uno de los guardias.

—Envía a un equipo a matar al Sheriff. Que parezca que lo hayan hecho los simpatizantes de Tedros. —Luego miró de modo lúgubre a las hermanas—. En cuanto a vosotras, os recomiendo que reflexionéis sobre lo que les ocurre a los consejeros cuyos consejos un rey deja de seguir. Fuera de aquí.

Las tres ancianas inclinaron la cabeza y se escabulleron de la habitación.

Mientras salían, Kei entró y pasó a toda prisa junto a los guardias piratas.

—Señor —dijo—. El *Mensajero de Camelot* de hoy.

Rhian tomó el periódico de la mano de su capitán.

Desde el balcón, Hort vio el titular de la primera plana:

AGATHA A SALVO EN LA ESCUELA DEL BIEN Y DEL MAL
Está liderando a un ejército rebelde contra el «rey» Rhian

—Un verdadero capitán estaría *capturando* a Agatha en vez de dándome noticias viejas —comentó el rey—. El mapa de Japeth ya me mostró que había llegado a la escuela. Por suerte para tus hombres y para ti, nadie fuera de Camelot lo creerá y pronto la traerás a mi calabo... —Vio la expresión de Kei—. ¿Qué ocurre?

Kei le entregó dos periódicos más.

LAS NOTICIAS DE NOTTINGHAM
¡AGATHA A SALVO EN LA ESCUELA! ¿CREÓ UN EJÉRCITO REBELDE?

EL INFORMANTE DE SHERWOOD
¡AGATHA ESTÁ VIVA! ¡LA VERDADERA REINA DE CAMELOT LIDERA UN EJÉRCITO CONTRA RHIAN!

Unos crujidos fuertes explotaron a sus espaldas y Rhian se giró y vio a un halcón golpeando el vidrio con el pico, con un pergamino enrollado en las garras y un collar real alrededor del cuello. Luego, un cuervo con collar voló junto al halcón con su propio pergamino... Luego un hada... Luego un ruiseñor... Luego un mono alado... todos desplegando notas contra el vidrio.

—Mensajes de sus aliados, señor —dijo el guardia más cercano a la ventana—. Quieren saber si la Bendición será segura, dados los rumores de un «ejército rebelde».

Rhian enseñó los dientes y se giró hacia Kei.

—¡Atrapa a esa bruja *ahora* mismo!

—La barrera mágica alrededor de la escuela es más fuerte de lo que creíamos —se defendió Kei—. Hemos reclutado a los mejores hechiceros de otros reinos, intentando encontrar a quien pueda atravesarla...

De pronto, Hort dejó de escucharlo. Miraba la taza de té de Rhian, abandonada en el asiento del trono, justo bajo el balcón.

Era su oportunidad.

Mientras la cimitarra se acurrucaba alrededor de su oreja derecha, Hort deslizó despacio la mano dentro del bolsillo izquierdo, fuera de la vista de la cimitarra.

De pie a la izquierda de Hort, Sophie notó que la mano del chico le rozaba la cadera. Miró hacia abajo y lo vio sacarse dos avellanas de los pantalones, cubiertas con miel. Miró los ojos de Hort. Pero él no la miró mientras se inclinaba sobre la baranda, sobre su codo derecho, y alargaba la mano izquierda fuera del balcón... para soltar con destreza las avellanas pegadas.

Los frutos secos se sumergieron en las profundidades de la taza de té con una sutil salpicadura.

Sophie miró atónita a Hort, pero la cimitarra en la oreja del muchacho se había girado al percibir algo extraño y Sophie con rapidez fingió que estaba acomodando el cuello de la camisa de Hort.

—¿Sabes qué? El rey parece ocupado —le dijo ella a su asistente con una mirada significativa— Regresemos a nuestros aposentos y dejemos que disfrute de su *té*.

—Sí, ama —dijo Hort, reprimiendo una sonrisa astuta.

Mientras empezaban a caminar, Hort vio que Rhian todavía reprendía a Kei en el piso inferior.

—Sacaste a mi hermano de prisión y del saco encantado del Sheriff, y ¿ahora no puedes entrar en una escuela? —bramó el rey, furioso—. Tú y yo somos un equipo. Lo hemos sido desde el inicio. Pero si pretendes ser el eslabón débil, en especial después de que volviera a aceptarte…

Kei se sonrojó.

—Rhian, lo estoy intentando…

El rey alzó un dedo y Melena de León voló fuera de su bolsillo y apuntó a la ceja castaña de Kei; la punta afilada como una navaja se aproximó a la pupila del chico como si fuera un blanco.

—Esfuérzate más —dijo el rey, acercando todavía más la aguja al ojo del capitán.

La voz de Kei sonó ahogada.

—Sí, señor.

—¡Guardias! —exclamó el rey, convocando a Melena de León para que regresara a su mano—. Traedme a Sophie.

Aterrada, Sophie aceleró el paso por el pasillo, pero la cimitarra de Hort se desprendió de él y saltó del balcón, emitiendo un chillido ensordecedor.

Rhian posó la vista en el segundo piso, donde la cimitarra negra había bloqueado el camino de Sophie y le apuntaba a la cabeza transformada en flecha.

Poco tiempo después, Sophie subió a la plataforma del trono, observando su trabajo, que brillaba de color rosa suspendido en el aire.

En la plataforma también había un pirata con la mano sobre la espada, sus ojos oscuros detrás del casco se movían con cautela entre Hort y Sophie.

Sophie se golpeteó los labios con su dedo rosado brillante, releyendo sus palabras.

¡Han capturado a Agatha!

Otra traidora de Camelot derrotada por el León. No crean en otros informes.

—No me convence —susurró Sophie.

Hort la observaba desde un lateral de los escalones de la plataforma, mientras que Rhian la miraba desde el otro lateral.

Sophie se giró hacia el rey.

—¿Estás seguro de que esto es prudente? Dijiste que Melena de León competiría con el Cuentista. Para «inspirar» y «dar esperanza». No para ser el portavoz del rey.

—Yo escojo las historias. Tú las escribes —respondió Rhian, cortante.

—Además, el Cuentista informa de los *hechos* —protestó Sophie—. Hasta ahora, los cuentos de Melena de León han sido verdad a pesar de estar un poco distorsionada. Pero esto es una mentira que puede salir a la luz…

—Cuando tu adorada amiga Agatha esté siendo torturada en nuestro calabozo, terminaremos esta conversación —dijo el rey.

Sophie se puso tensa y retomó el trabajo.

Mientras tanto, Hort fantaseaba con aplastar la cabeza de Rhian como una calabaza madura. En comparación, Sophie estaba lidiando con la situación bastante bien, pensó. Sabía cuánto quería a Agatha. Anunciar la muerte de su amiga no debía ser fácil.

Hort lanzó una mirada furtiva a la taza de té en el trono de Rhian, que se estaba enfriando.

Vio que Sophie también echaba un vistazo rápido a la taza y lo miró a los ojos medio segundo.

—Te llamas Drat, ¿verdad? —preguntó Rhian, aproximándose a Hort.

Hort se moría de ganas de dar una patada a las joyas de la corona de esa escoria artera y mentirosa o por lo menos decirle que retrocediera, pero se controló.

—Soy Hort, Su Alteza. Gracias por su generosidad y por permitirme servir en su castillo.

—Mmmm —dijo Rhian—. Pero no trabajarás aquí durante mucho más tiempo si continúas apestando como una cloaca. Haznos un favor a todos y aprende a ducharte. No estoy seguro de que os enseñen a hacerlo en vuestra escuela de *cuentos de hadas*.

Hort apretó los dientes. Rhian sabía muy bien por qué apestaba. Solo quería acosar a Hort del mismo modo en que él había acosado a Tedros. Era por eso que Rhian se estaba acercando tanto a él, para que Hort apreciara sus bíceps, que eran más grandes que los suyos. Hort había estaba muy musculado hasta que partieron en esa misión, pero hacía semanas que no levantaba pesas y había empezado a volver a adoptar su constitución de comadreja. No le había molestado mucho, porque a Nicola le gustaba el antiguo Hort esquelético sobre el que había leído en los libros. Pero ahora, sí que le molestaba.

—La verdad es que cuando Sophie te escogió, no recordaba en absoluto quién eras —comentó Rhian—. Tuve que hojear el cuento de hadas de Sophie para saberlo. Es fácil confundirte con Dot, porque los dos sois un lastre. Pero tú eres a quien Sophie quería liberar, así que aquí estás... por ahora. —El rey se giró hacia Hort, que estaba tieso como una roca—. Un movimiento erróneo y te arrancaré el corazón.

Hort no le dio la satisfacción de responder. Vio que Sophie estaba fingiendo trabajar, pero sabía que estaba escuchando. El color había regresado a las mejillas de la chica, como si su ánimo hubiera revivido. Como si estuviera trazando un plan... Los ojos de Sophie se posaron de nuevo en el té sobre el trono del rey.

—Me sorprendió que te escogiera —siguió Rhian intentando provocar a Hort—. Por lo que leí, eres el chico al que Sophie nunca quiso.

—Lo sorprendente es que usted todavía siga vivo, Su Alteza —dijo Hort.

—Oh, ¿es por eso te escogió? ¿Porque vas a matarme? —atacó Rhian, con ojos centelleantes.

Hort lo miró de manera inquisidora.

—No, Su Alteza. Me refería a que Willam y Bogden predijeron que ya estaría muerto. Que tendría un accidente antes de la Bendición. Lo vieron en sus cartas de tarot en el calabozo. Y ellos nunca se equivocan.

—No seas ridículo, Hort —dijo Sophie girándose—. Esos dos no podrían predecir una tormenta ni aunque estuvieran en medio de una. —Miró a Hort con intensidad, como si le estuviera leyendo la mente, antes de mirar al rey—. Bogden fue mi alumno y suspendió todas sus clases y Willam es un chico de buen comportamiento al que una vez sorprendí teniendo una conversación apasionada con un arbusto de peonías. Si esos dos son «videntes», entonces yo soy la Dama Barbuda de Hajira. —Se giró de nuevo hacia su trabajo—. Oh, sí, ya veo lo que falta. —Hizo una revisión con su resplandor rosado.

¡Celebrad! Relajaos: ¡han capturado a Agatha la Rebelde! Informamos que el León ha derrotado a otro enemigo de Camelot. Sabed que todos los demás informes son falsos. Tan solo existe un ejército: el Ejército del León. Algo formado por vosotros: ¡el pueblo del Bosque! Los que viváis bajo el gobierno del León estaréis a salvo para siempre.

—Ya está. Listo para publicar —dijo Sophie, rascándose el vestido almidonado—. Sabes, el proceso de escritura es extrañamente satisfactorio. Desafía cada parte de tu ser. —Retiró la taza de té de Rhian del trono, se la entregó al guardia que estaba fuera de la plataforma y tomó asiento en el trono dorado—. Incluso aunque sea al servicio de la pura *ficción*.

Hort observó la taza en manos del guardia, esperando que Sophie hiciera su movimiento… Pero, en cambio, ella reclinó la espalda en el trono, cada vez con un aspecto más cómodo, mientras Rhian inspeccionaba su trabajo. Melena de León salió del bolsillo del rey y se quedó flotando a su lado, esperando a que aprobara el mensaje de Sophie.

Rhian continuaba releyéndolo.

—Si crees poder hacerlo mejor, eres bienvenido a intentarlo —comentó Sophie.

—Solo estoy mirando si has escondido algo en el texto —gruñó el rey—. Ya sabes… como un mensaje para tu amiga y su ejército «rebelde».

—Sí, esa soy yo. La Sultana de las Tretas —susurró Sophie—. Implantando códigos indescifrables en la propaganda de un rey.

Rhian la ignoró, todavía analizando sus palabras.

Para preocupación de Hort, el rey había olvidado por completo su té. Mientras Rhian continuaba de espaldas, Hort seguía fulminando con la mirada a Sophie, quien parecía haber olvidado también la bebida mientras estaba sentada sonriendo como el gato de Cheshire. ¿Qué estaba haciendo? ¿Por qué tenía un aspecto tan arrogante? ¡Tenía que hacer que se bebiera el té! El corazón de Hort latía desbocado. ¿Debería ofrecerle él mismo el té a Rhian? ¡Parecería demasiado sospechoso! Le cayó el sudor por la mejilla. Tenía que calmarse o la cimitarra percibiría algo.

Y allí fue cuando Sophie se puso de pie y con calma tomó la taza de las manos del guardia.

—Tu té se está enfriando y no soporto cómo huele —dijo ella, llevándolo hacia el rey—. ¿Con qué lo has preparado? ¿Cuero quemado y excremento de vaca?

Casi sin mirarla, Rhian movió un dedo y por arte de magia recalentó la taza con el brillo dorado de su índice, mientras sus ojos seguían evaluando el mensaje de Sophie…

—Llegaremos tarde —dijo Sophie, y lanzó un hechizo al mensaje, cubriéndolo de dorado antes de proyectarlo con magia a través de la ventana hasta el cielo, donde contrastaba con el azul brillante—. Los ciudadanos pensarán que estoy arrepintiéndome de la boda.

Rhian frunció el ceño, todavía centrado en el mensaje.

—¿Dónde está Japeth?

—¿Lamiéndose sus escamas? —sugirió Sophie.

Rhian se giró hacia el guardia.

—Encuentra a mi hermano para que podamos cabalgar con él. —Se bebió un último sorbo largo de su té.

Hort contuvo la respiración. Vio que las avellanas pegajosas se deslizaban hacia la superficie, directo hacia la garganta del rey...

Rhian se asfixió de inmediato.

Dejó caer la taza, que se hizo añicos y derramó su contenido mientras Rhian se agarraba la garganta con un espasmo sibilante.

Era el mismo método de asfixia que Hort había usado contra Dabo con un guijarro cubierto de savia antes de que el matón lograra toserlo y escupirlo. Pero esta vez, Hort había usado dos avellanas. Rhian inclinó el torso hacia adelante, tosiendo con toda la energía posible, pero lo único que le salió de la boca fue un soplido.

Durante un breve momento fantástico, pensó que Rhian se moriría, tal y como él esperaba. Sophie retrocedió, de pie junto a Hort, con los ojos abiertos de par en par, como si su pesadilla hubiera terminado.

Pero entonces Hort vio a los guardias corriendo hacia el rey.

Hora del «plan B».

Hort giró la cabeza hacia Sophie. Ella leyó la expresión del chico.

Sophie corrió frente a los guardias y sujetó a Rhian por detrás, aplastándole el estómago con ambos brazos, una y otra vez, hasta que el rey escupió las avellanas con tanta fuerza que hicieron un agujero en el cristal y salieron volando hacia el aire libre.

Con el rostro azulado, Rhian intentó respirar mientras Sophie le golpeaba la columna. Se apartó de ella con brusquedad.

—Me has envenenado... ¡bruja! —silbó él, viendo el cristal roto—. Me has puesto algo... en el té...

Sophie le lanzó una mirada de indignación que Hort conocía muy bien.

—¡Envenenarte! ¡Y yo que pensaba que te acababa de salvar la *vida*!

Con el torso doblado hacia adelante, Rhian sacudió la cabeza de un lado a lado.

—Has sido tú… Sé que has sido tú…

—¿No me hubiera visto el guardia en la plataforma? —replicó Sophie—. ¿O la *cimitarra* pegajosa de mi asistente?

El rey giró la cabeza hacia el guardia, que no dijo nada. La cimitarra de Hort emitió un gorjeo de confusión.

—Si te quisiera muerto, habría dejado que te asfixiaras —bramó Sophie—; en cambio, te he rescatado. ¿Y tienes la audacia de *acusarme*?

Rhian observó el rostro de Sophie. Después miró a Hort, quien hizo su movimiento.

—No quisiera sobrepasarme, señor —dijo el asistente de Sophie—, pero la verdadera pregunta es quién le *ha preparado* el té.

Rhian entrecerró los ojos con desconfianza.

—Japeth me lo ha traído de la cocina —dijo, todavía con voz áspera. Se giró hacia un guardia—. Pregúntale quién lo ha preparado. Tráeme a quien sea que se haya encargado del té para que pueda arrancarle la garganta…

—*Lo he preparado yo* —dijo una voz.

Rhian, Hort y Sophie alzaron la vista.

Vieron la silueta de Japeth en la entrada del Salón del Trono.

—Y lo he preparado exactamente como te gusta —añadió.

—¿Y no te diste cuenta de que había algo *dentro* del té? —bramó Rhian—. ¿Algo lo bastante grande como para matarme?

Los ojos azules de Japeth eran helados.

—Primero, consientes a esa bruja. Luego, liberas a un prisionero. Y ahora yo intento matarte con tu té.

—Pueden ocurrir accidentes —dijo furioso su hermano—. En especial accidentes que te convertirían en rey.

—Es cierto. Qué buen detective eres —respondió con desdén Japeth—. Qué buen *rey* eres.

Los dos hermanos se apuñalaron con la mirada.

—Creo que no asistiré a la celebración de esta mañana —dijo Japeth.

Salió del salón, sus botas repiqueteando sobre la cerámica.

El salón quedó sumido en una gran tensión.

Hort aprovechó el momento.

Una última jugada.

—¿Lo ves? Willam y Bogden tenían razón —susurró a Sophie, pero lo bastante fuerte como para que Rhian lo oyera—. ¡Dijeron que el rey moriría antes de la Bendición!

—No seas granuja —resopló Sophie, comprendiendo el plan—. Primero de todo, el rey no ha muerto. Segundo, solo ha sido un accidente tonto, y tercero, solo porque Willam y Bogden lo hayan adivinado por mera suerte, no significa que sean los heraldos de la *perdición*. Ahora ve a buscar el carruaje. Voy a llevar a Rhian…

—Espera —dijo el rey.

Hort y Sophie se dieron la vuelta en perfecta sincronía.

Rhian enderezó la espalda, proyectando su sombra sobre ellos.

—Guardias, traed a Willam y a Bogden del calabozo —ordenó—. Ellos también cabalgarán con nosotros.

Sophie se llevó una mano al pecho.

—¿Willam y Bogden? ¿Estás… *seguro*?

Rhian no respondió, ya estaba saliendo del salón.

Sophie se apresuró a seguirlo e instó a su asistente para que se diera prisa. Y al hacerlo, sus ojos se encontraron con los de Hort por una milésima de segundo.

No lo suficiente como para que Rhian o una cimitarra lo notaran.

Pero lo suficiente como para que Hort viera a Sophie guiñarle un ojo, como si se hubiera ganado un lugar junto a ella.

El corazón de Hort se sonrojó mientras seguía a su ama.

Por fin, su Comadreja había llegado.

9

La emperatriz bajo la bota

Mientras Sophie seguía a Rhian, con Hort caminando detrás de ella, sintió que su corazón repiqueteaba como un tambor. La comadreja había hecho un buen trabajo, pero hasta que Tedros no estuviera de nuevo en el trono, todavía les quedaba mucho para terminar. Necesitaba hablar con Hort a solas, pero no había oportunidad de hacerlo. No con Rhian cabalgando junto a ellos hacia la Bendición y con esa cimitarra demente sobre el cuello de Hort…

Sophie miró a través de la ventana cómo los caballos acercaban el carruaje real a la entrada.

A menos que…

No había tiempo para pensar. Actuó: alargó el brazo hacia

atrás y sujetó la mano sudorosa de Hort, ignorado la expresión atónita del muchacho. Nunca había tomado a la comadreja de la mano (vaya a saber dónde había estado esa mano), pero eran tiempos desesperados.

Cuando llegó el carruaje, el tatuado Thiago sostuvo la puerta abierta para que entrara el rey.

—Wesley ha ido a buscar a esos chicos del calabozo tal y como ha ordenado, señor —dijo él; su armadura brillaba bajo el sol—. ¿Necesitará un segundo carruaje?

El rey no detuvo la marcha.

—Iremos todos en el mismo.

—No seas ridículo. Una reina no puede llegar a su primer evento de boda apretada como una sardina. Hort y yo podemos ir por nuestra cuenta —replicó Sophie, mientras pasaba delante del rey, arrastrando a Hort como si fuera un niño castigado, y lo lanzó dentro del carruaje que no se había detenido por completo. Sophie subió detrás de él empujándolo, sujetándose del trasero de Hort para no perder el equilibrio y luego sonrió a Rhian—. ¡Nos vemos en la iglesia!

Fingiendo perder el equilibrio, arrancó la cimitarra de Hort como una tira de cera caliente y la lanzó a través de la puerta del carruaje.

—¡Oh, cielos! —exclamó, antes de cerrar la puerta del vehículo de un golpe—. Tenemos cinco segundos antes de que abra la puerta —dijo Sophie.

—Lo bueno es que he logrado que Rhian y Japeth discutieran —comentó Hort, sin aliento.

—Lo malo es que Rhian todavía está vivo, Japeth todavía es su hermano y yo todavía tengo que casarme con un monstruo —respondió Sophie.

—Lo bueno es que Agatha está a salvo en la Escuela del Bien y del Mal —insistió Hort.

—Lo malo es que un grupo de hechiceros va camino hacia ella y yo acabo de mentir a todo el Bosque diciendo que la han capturado —dijo Sophie.

—Lo bueno es que están a punto de liberar a Willam y a Bogden…

—Lo malo es que literalmente cualquiera persona de esa celda hubiera sido más útil que esos dos tontos, incluso tu novia, y si la Bendición sale tal y como estaba planeada, eso significa que faltan tres eventos para que Tedros pierda la *cabeza*. Si Agatha está organizando un ejército, entonces necesitamos más tiempo, Hort. ¡Necesitamos retrasar la Bendición de alguna manera!

—Exacto —respondió Hort—. ¿Por qué crees que he escogido a Willam y a Bogden en vez de alguien más?

Sophie lo miró… y luego sonrió al comprenderlo.

Alguien abrió la puerta del carruaje…

Rhian estaba furioso, con el rostro sombrío.

Antes de que Sophie pudiera hablar, una cimitarra voló a través de la puerta e impactó contra Hort, quien emitió un chillido fuerte que hizo avanzar a los caballos.

Pocos minutos después, Willam y Bogden estaban analizando las cuatro cartas de tarot posadas sobre el regazo de Bogden.

Ni Willam ni Bogden habían tenido tiempo de bañarse antes de que los lanzaran junto a Hort dentro del carruaje, que ahora apestaba tanto a sudor de calabozo que Sophie apenas podía respirar.

Sentado junto a ella, Rhian tenía toda la atención puesta en los dos chicos frente a él. Mientras tanto, Bogden y Willam continuaban lanzándole a Sophie miradas furtivas nerviosas como si no tuvieran ni idea de por qué estaban allí, pero Sophie solo sonreía a Bogden con confianza, del mismo modo que cuando esperaba que el tonto de ojos negros hiciera lo que ella quería en la escuela.

—Es una pregunta de «sí» o «no» —dijo el rey, apretando los dientes—. Así que dadme una respuesta. Por última vez: ¿Mi hermano está intentando matarme?

Bogden miró a Willam, esperando que Willam dijera algo.

Willam miró a Bogden, esperando que Bogden dijera algo.

Decid que sí, pensó Sophie, viendo que Hort los fulminaba con la mirada, enviándoles el mismo mensaje. *Solo tenéis que decir que sí. Es todo lo que necesitamos.*

Bogden miró de nuevo las cartas.

—Bueno, la Torre y el Juicio de lado… significa que hay discordia entre usted y su hermano. Y la carta de la Emperatriz sugiere que hay una mujer involucrada…

—Obviamente —susurró Rhian, mirando a Sophie.

—No ella —respondió Willam, tocando con un dedo la carta de la Emperatriz—. Alguien del pasado que hizo que Japeth y usted no confiaran el uno en el otro. Y si añadimos la carta de la Muerte a todo esto… solo hay, ehm, una conclusión… —Bogden y él intercambiaron miradas inquietas.

—Bueno, ¿cuál es? —replicó Rhian.

Bogden tragó con dificultad.

—Uno de los dos matará al otro.

Rhian pareció sorprendido por un instante, incluso un poco... asustado.

—Entonces, ¿deberíamos posponer la Bendición? —chilló Sophie, complacida con la actuación de los chicos—. No puedes preocuparte por la boda si hay una *Serpiente* intentando matarte.

Supo que había sonado demasiado alegre porque Hort tensó sus nalgas y Rhian la miró con desconfianza.

—Pensaba que no creías en todo esto —dijo el rey—. Pensaba que los habías llamado «tontos».

Sophie se quedó sin habla.

El rey miró a los dos chicos.

—¿Sophie y yo deberíamos casarnos?

Willam sacó unas cartas nuevas con rapidez.

Decid que sí, suplicó Sophie. *O sabrá que sois parte de nuestro plan.*

—Mmm, las cartas no pueden decirnos si debería casarse con Sophie o no —respondió Willam, evaluando la tirada—, pero dicen que lo *hará*.

—Aunque no en la fecha planeada —añadió Bogden.

—*Sin duda* no en la fecha planeada —concordó Willam.

—¿Lo ves? Deberíamos posponer la Bendición ahora mismo —chilló Sophie, que podría haber abrazado a los dos chicos—. Es lo que se *supone* que debemos hacer...

—Y decidme, ¿vuestro amigo Tedros será ejecutado tal y como está planeado? —preguntó Rhian a los chicos, ignorando a la princesa.

Bogden se mordió el labio mientras colocaba una nueva mano sobre el regazo de Willam...

—No —respondió con voz áspera, claramente aliviado.

—Mmm, no sé si estoy de acuerdo, Bogs —dijo Willam, tocándole el brazo a Bogden—. ¿El Caballero de Copas junto a la Muerte? Creo que significa que alguien intentará detener la ejecución. Pero, para mí, no está claro si tendrá éxito o no.

El rey entrecerró sus ojos de color verde azulado.

—¿Y quién sería ese vengador anónimo?

—Mmmm, no puedo precisarlo —dijo Willam, soplándose el pelo rojo—. Pero parece que lo conocerá pronto. Cerca de un lugar sagrado... con muchas personas... y junto a un sacerdote...

—¿Quizás en la Bendición en la iglesia? —dijo el rey con intensidad.

—Oh, cielos, entonces deberíamos sin duda posponerla —insistió Sophie con voz débil, pero sabía que los chicos se habían pasado, porque ahora Rhian sonreía con altanería.

—¿Algo más que queráis decirme sobre mi *némesis*? —preguntó con desdén.

Al percibir la tensión, Bogden repartió unas cartas nuevas, pero no atinó a su propio regazo y desparramó todo el mazo por el carruaje.

—Ups.

Willam se agazapó y recogió algunas de las cartas que estaban bajo la bota de Rhian.

—Ehm, aquí estamos. A ver, el Mago, junto al Ermitaño... Bueno, en base a esto, su enemigo será... —Frunció el ceño—. ¿Un fantasma?

—Pero todavía mortal —indicó Bogden, señalando la carta de la Muerte.

—Y la Torre encima de la Muerte significa que puede volar —añadió Willam.

—O por lo menos levitar. —Bogden asintió.

—Y es un chico —dijo Willam.

—Yo veo a una chica —dijo Bogden.

—Uno u otro —concluyó Willam.

El carruaje se sumió en el silencio. Sophie tenía la cabeza entre las manos. El rey reclinó la espalda hacia atrás.

—Entonces es un fantasma que no es inmortal, que vuela cerca de una iglesia y de género dudoso. Eso es lo que intentará detenerme. Buen trabajo.

Sophie alzó la cabeza como una ardilla.

—Vosotros dos sois tan idiotas como Sophie prometió —bramó el rey—. En cuanto volvamos, regresaréis al calabozo. —Le lanzó una mirada a Hort—. Tú también, dado que has avalado a estas moscas de la fruta. Mientras tanto, los tres os quedaréis encerrados aquí durante la Bendición. Solo vuestro hedor ya es un buen motivo para que salgáis de mi vista.

Rhian fulminó con la mirada a Sophie, desafiándola a protestar, pero ella se esforzó por parecer despreocupada. Luego, se giró y miró a través de la ventana, con los ojos hinchados.

Cada vez que pensaba que tenía una vía de escape, se encontraba el camino cerrado; aquel laberinto la asfixiaba.

En el reflejo del cristal, vio a Rhian observándola mientras una lágrima le rodaba por la mejilla. No se molestó en ocultarla. Daba igual. Ahora no había plan. Estaba de nuevo donde había empezado.

Los chicos volverían al calabozo.

La Bendición seguiría adelante.

Tedros moriría.

Con o sin fantasma volador.

Los chicos en el carruaje permanecieron callados el resto del camino, incluido el rey. Sophie vio que Rhian tenía los labios apretados, los ojos clavados en la carta de tarot de la Emperatriz, que no habían llegado a recoger, y continuaba bajo su bota. Sin duda todavía pensaba en su hermano. Mientras tanto, Hort continuaba mirando a Sophie, pero ella lo ignoraba, mientras que Willam y Bogden reordenaban en silencio sus cartas. Por un instante, había tanto silencio en el carruaje que Sophie podía oír la cimitarra deslizándose sobre la piel de Hort.

Sophie miró a la Emperatriz, con esa sonrisa vacía debajo de la bota del rey. Un peón en el juego de otra persona.

Esa soy yo, pensó Sophie. Un peón en un callejón sin salida.

¿Qué haría Agatha?

Agatha hallaría el modo de presentar pelea, incluso en un callejón sin salida. Agatha jamás sería un peón.

El corazón de Sophie se aceleró al pensar en su mejor amiga. *¿Cuánto falta para que Kei y sus hombres lleguen a la escuela?* Sin lady Lesso o Dovey protegiendo las torres, sin duda encontrarán la manera de entrar. Además, Agatha ya había escapado una vez de las garras de Rhian, pero que lo hiciera dos veces sería pedir demasiado, incluso para una chica que siempre parecía aterrizar de pie como un gato.

Hablando de gatos… *¿Dónde estaba Muerte?* La última vez que había visto a la horrenda mascota de Agatha había sido en el castillo antes de la batalla contra la Serpiente. Sophie apretó los dedos de su pie más fuerte contra el frasco oculto en su zapato. Si tan solo pudiera estar a solas: así podría usar su Mapa de Misiones y ver si Agatha estaba a salvo o si los hombres de Rhian la habían capturado…

Un zumbido creciente interrumpió sus pensamientos y Sophie se estremeció al saber que estaba a punto de ver a la multitud reunida para la Bendición. Sin duda era irónico, porque se había pasado la vida entera buscando la fama, pero ahora todo eso le causaba alergia y estaba ansiosa por volver al castillo. Sola en su bañera, podía fingir que todo aquello era solo una pesadilla. Que aquella boda jamás ocurriría. Que se descubriría la mentira. Pero fuera del castillo, en presencia de otras personas, comprendió que estaba equivocada.

Porque las personas pueden convertir una mentira en verdad.

Del mismo modo en que convierten en realidad los cuentos de hadas: creyendo en ellos, transmitiéndolos y apropiándoselos.

Era por eso que las personas necesitaban al Cuentista como guía. Porque los cuentos de hadas eran poderosos. Sophie lo sabía por experiencia propia. Si te esforzabas demasiado por escribir tu propio cuento en vez de permitir que la pluma lo hiciera... ocurrían cosas malas. Esa era la verdad.

Pero era fácil dejar de creer en la verdad.

Era tan fácil como decidir creer en un Hombre en vez de en una Pluma.

Los truenos rugieron afuera y Sophie miró a través de la ventana cómo unas delgadas nubes negras se desplegaban como tentáculos sobre el mensaje en el cielo acerca de la captura de Agatha. Por un segundo, el ánimo de Sophie mejoró, preguntándose si las nubes serían algo más que el tiempo... Pero luego el carruaje giró con brusquedad y vio la multitud.

Las calles estaban atestadas; había cinco hileras de cuerpos, desquiciados y revoltosos. Una ninfa hermosa con piel de color verde menta cubierta de estrellas plateadas agitaba un cartel: ¡PREGÚNTAME MI HISTORIA, REY RHIAN!, mientras que una criatura horrenda y peluda sostenía el suyo: MI MA ES UN GATO, MI PA ES UN TROLL... ¿QUIERES MI CUENTO? ¡VEN A MI AGUJERO! Incluso había un gnomo con un bigote falso y un abrigo abultado; era obvio que intentaba esconderse.

¡ESCÓGEME A MÍ!
¡PINKU DE GNOMOLANDIA!
(NO PUEDO DECIR MI DIRECCIÓN PORQUE ES UN SECRETO)

Allí donde mirara Sophie, ciudadanos ordinarios le pedían a Melena de León que contara sus historias, como si el Cuentista ya no les importara y por fin hubiera sido reemplazado por una pluma que se preocupaba por *ellos*.

La promesa de Rhian se había vuelto realidad: una nueva pluma se había convertido en el faro del Bosque.

Sophie ya no podía distinguir quiénes eran Buenos y Malos como antes. Hasta ahora, las tribus habían permanecido separadas, identificables no solo por su ropa y su decoro, sino también por su desprecio mutuo. Era por eso que los dos lados veneraban al Cuentista. Una pluma que solo contaba la historia de una elite reducida, pero que también involucraba al resto del Bosque en su desarrollo. Porque llevaba la cuenta de quién ganaba y quién perdía. Porque mantenía a los dos bandos luchando por la gloria.

Hasta que Rhian los había unido con una nueva pluma.

Una pluma a la que no le importaba si ibas a una escuela famosa.

Una pluma que daba a todo el mundo la oportunidad de tener un cuento de hadas.

Ahora, los Siempres y los Nuncas llevaban las mismas máscaras, sombreros y camisetas de León y agitaban réplicas baratas de Melena de León. Otros tenían carteles con los nombres de Tsarina y Hristo, las nuevas estrellas del Bosque.

Un grupo de adolescentes, Buenos y Malos, aullaban mientras quemaban pilas del *Mensajero de Camelot*: el periódico que apoyaba a Agatha y su «ejército». Cerca de ellos, una delegación de Budhava cantaba el «Himno del León» y lanzaban rosas hacia la ventana de Rhian. Los guardias uniformados de Camelot patrullaban por el sendero y mantenían a la multitud fuera del camino del carruaje mientras una flota de criadas con vestidos blancos y sombreros entregaban libros de *El cuento de Sophie y Agatha*; la multitud los agitaba en dirección a Sophie, intentando captar su atención. Aquellos libros de cuentos parecían brillar bajo las nubes negras de tormenta, con letras delineadas con rubíes y oro.

Sophie abrió los ojos de par en par.

Atónita, bajó la ventanilla y tomó un ejemplar de las manos de alguien antes de cerrar rápidamente la ventana. Miró boquiabierta la cubierta.

EL CUENTO DE
SOPHIE Y AGATHA
Narrado por Melena de León

Sophie hojeó el libro y vio que el cuento entero había sido narrado desde la perspectiva de Rhian, con unas ilustraciones hermosas dibujadas en azul y dorado que se parecían a la alfombra del Salón del Trono. Aquel breve libro de cuento carecía de detalles, pero ofrecía a grandes rasgos la historia de un chico humilde, que había crecido en una casita de Foxwood con su hermano Japeth, observando desde lejos cómo se difundía la leyenda de Agatha y Sophie. A pesar de su lealtad hacia el Bien, Rhian siempre alentaba a Sophie, una chica que le parecía valiente, hermosa y astuta, y estaba en contra de Agatha, una sabelotodo arrogante que había traicionado a su mejor amiga y le había quitado a su príncipe. Pero fue Agatha quien tuvo el final feliz: reclamó el trono de Camelot con el príncipe de Sophie mientras que Sophie se resignó a un futuro en soledad.

Todos pensaban que la historia había acabado allí, incluso Rhian...

... hasta que tres mujeres sombrías llegaron a su casa en mitad de la noche y le dijeron la verdad a Rhian: que *él* era el verdadero heredero de Arturo y el legítimo rey, destinado a gobernar para siempre el Bosque. Y no solo eso, sino que las mujeres también le revelaron que había tenido razón con respecto a Sophie: era ella quien merecía ser reina de Camelot, no Agatha. Sophie se merecía a un príncipe. Solo que aquel príncipe no era Tedros, sino él. Mientras tanto, Agatha y Tedros eran usurpadores enemigos que llevarían vergüenza al reino de Arturo y destruirían el Bosque. Era responsabilidad de Rhian, como el legítimo rey, detenerlos.

Al principio Rhian no se creyó nada de todo aquello. Pero las mujeres le contaron más cosas.

Le dijeron que pronto llegaría el día en que Rhian tendría que abandonar su antigua vida. Y aquel día, la espada regresaría a la piedra, esperando que el legítimo rey la liberara. Y *él* era el legítimo rey.

¿Cómo puede ser real todo esto?, pensó Rhian.

Pero tal y como prometieron las mujeres, llegó el día en el que Excalibur regresó a la piedra.

Rhian no podría estar tranquilo hasta saber si era verdad... Si realmente era el hijo del rey Arturo... Si era el final adecuado para la historia de Sophie en vez de Agatha y Tedros... Si Excalibur había regresado a la piedra por... *él*.

A partir de ahí, la historia procedía tal y como Sophie la había vivido, pero fraccionada y distorsionada: Rhian era el «León» que salvaba a los reinos de una Serpiente letal... Los celos de Tedros hacia el León crecían… al igual que los celos de Agatha hacia Sophie… Sophie aceptaba el anillo de Rhian y así unía el Mal con el Bien… Rhian liberaba la espada de la piedra…

Y ahora Sophie estaba en la última página, mirando la ilustración de Tedros y Agatha decapitados de manera sangrienta mientras Sophie besaba a Rhian, ambos vestidos de boda, mientras Melena de León brillaba como una estrella sobre sus cabezas…

FIN.

El corazón de Sophie latía enloquecido, tenía la boca seca.

No sabía qué era real en la historia de Rhian y qué era mentira. Todo había sido manipulado y retorcido, incluso las partes de su propio cuento, y apenas se reconocía a sí misma. Si los habitantes del Bosque estaban leyendo aquel libro, entonces cualquier resto de simpatía por Tedros y Agatha desaparecería… junto con la esperanza de convencerlos de que habían coronado al rey equivocado.

El estómago de Sophie dio un vuelco mientras alzaba la vista hacia Hort, Willam y Bogden, quienes observaban boquiabiertos el libro con la misma expresión que ella; sin duda también lo habían leído.

Lentamente, Sophie se giró y miró a Rhian, quien la había estado observando durante todo este tiempo con una sonrisa astuta. El carruaje se detuvo en la iglesia y el rey sostuvo con dulzura la mano de Sophie, como si ya no esperara encontrar resistencia. Luego, abrió la puerta ante un rugido ensordecedor y besó la mano de Sophie como si fuera su príncipe de cuento de hadas.

10

Bendición inesperada

—Si cualquiera de ellos se mueve, mátalos a todos —ordenó Rhian a la cimitarra que estaba sobre la oreja de Hort antes de dejar a Hort, William y Bogden encerrados en el carruaje junto a aquella cimitarra sádica. En cuanto cerró la puerta, Sophie vio que la cimitarra empezaba a hacer cortes a los chicos solo por diversión y Hort la apartaba con patadas y golpes mientras el conductor movía el carruaje por la calle y lo apartaba de la vista del público.

Rhian ahora la guiaba hacia la iglesia; pasaron frente a otros medios de transporte reales de otros reinos, entre ellos carruajes de cristal, alfombras mágicas, escobas voladoras, barcos flotantes y un sapo gigante y pegajoso. El viento frío soplaba por el patio cada vez más oscuro y Sophie se encorvó todavía más dentro de su vestido blanco. Se dio cuenta de que Rhian inflaba el pecho, posando para la multitud, pero de pronto la atención del gentío pareció disiparse, con los ojos fijos adelante.

—¿Qué ocurre? —le susurró Rhian a Beeba, su guardia pirata en la puerta, mientras hacía pasar a Sophie dentro de la iglesia. Beeba corrió a investigarlo.

Mientras tanto, los líderes de otros reinos se levantaban de los bancos y Rhian se tomaba el tiempo de saludar a cada uno de ellos.

—Afirma haber atrapado a la princesa de Tedros —dijo un elfo autoritario de piel negra con orejas puntiagudas, vestido con una túnica con rubíes y diamantes—. Entonces, ¿no son ciertas las historias sobre «el ejército rebelde»?

—La única verdad es que Agatha se encuentra llorando en mi calabozo en este preciso instante —respondió Rhian.

—¿Y todavía cree que ella y Tedros estaban detrás de los ataques de la Serpiente? ¿Que fueron ellos quienes financiaron a sus matones? —preguntó el elfo—. Esa afirmación que hizo ante el Consejo del Reino es muy seria. No puedo decir que todos nos la hayamos creído.

—Los ataques se han detenido, ¿no? —dijo Rhian con brusquedad—. Creo que el hecho de que Agatha y Tedros estén en mi prisión tiene algo que ver con eso.

El elfo se rascó la oreja, reflexionando. Sophie notó que llevaba un anillo plateado en la mano, tallado con símbolos ilegibles.

—Ya que menciona al Consejo del Reino —añadió Rhian—, ¿ha pensado en mi propuesta?

No es necesario pensar más con respecto a ese tema. Melena de León quizás inspire al pueblo del Bosque, pero la Escuela del Bien y del Mal es nuestra historia —respondió el elfo, con un tono de voz firme y frío—. Desmantelar la escuela dejaría sin protección al Cuentista. No tiene *sentido*. Sus cuentos sobre los graduados de la escuela son los cimientos del Bosque. Sus cuentos enseñan a nuestro mundo las lecciones que necesitamos aprender y hacen avanzar a nuestro Bosque, cuento a cuento. Su pluma no puede reemplazar eso, por mucho que a la gente le guste su mensaje.

Rhian sonrió.

—Y, sin embargo, ¿qué pasaría si Melena de León escribiera un cuento en el cielo para todos sobre el poderoso rey elfo de Ladelflop y cómo gobierna con nobleza a su pueblo? ¿Un pueblo que he escuchado que está muy resentido de que su rey no hiciera más para detener los ataques de la Serpiente? Quizás entonces contaría con su voto.

El rey elfo miró a Rhian. Luego, esbozó una sonrisa amplia con dientes blancos y le dio una palmada en la espalda.

—¿Política el día de su Bendición? ¿No debería presentarme a su encantadora novia?

—Solo la presento ante los aliados —bromeó Rhian, y el rey elfo rio.

Sonriendo sin gracia, Sophie estaba distraída por la fachada de la iglesia, recién pintada, y por sus vitrales majestuosos que mostraban a Rhian venciendo a la Serpiente con una veneración sagrada. Los respiraderos de piedra pintados con leones dorados bordeaban los muros y refrescaban la brisa caliente de verano. Un capellán terriblemente viejo con nariz roja y orejas peludas esperaba en el altar y, detrás de él, había dos tronos, donde el rey y la princesa tomarían asiento durante la Bendición. A la izquierda del altar estaba acurrucado el coro eclesiástico con uniformes blancos y sombreros de paje y, a la derecha, colgaba una jaula de palomas que piaban y que el sacerdote liberaría en el Bosque al final de la ceremonia.

Qué palomas tan afortunadas, pensó Sophie.

De pronto, Beeba corrió hasta el frente y abordó a Rhian mientras este estaba saludando al rey de Foxwood.

—¡Es Melena de León, señor! Su nuevo mensaje… se *está mov-moviendo…*

Sophie abrió los ojos como platos.

—Imposible —resopló Rhian antes de soltar a Sophie y salir hecho una furia por las puertas de la iglesia mientras ella corría tras él.

En cuanto puso un pie afuera, Sophie vio que la multitud miraba hacia el cielo y leía el mensaje de Melena de León sobre la captura de Agatha. Las letras parecían temblar sobre las nubes negras de tormenta.

—Sin duda se están moviendo —susurró Sophie.

—Todo se mueve con el viento —dijo Rhian, despreocupado.

Pero el mensaje empezó a temblar más y más deprisa, como si se despegara del cielo, y una cicatriz rosada apareció detrás de cada una de las letras temblorosas. Y de pronto, las letras doradas perdieron la forma y se fusionaron entre sí, una por una, hasta que el mensaje de Melena de León se colapsó en una gran esfera dorada que se hinchó cada vez más y más, hasta alcanzar el tamaño del sol…

Un relámpago atravesó las nubes. La esfera estalló y desparramó ocho letras doradas por el cielo:

El dorado y las nubes desaparecieron y dejaron atrás un cielo matutino azul.

El patio se sumió en el silencio.

En toda la calle, miles de personas miraban hacia arriba boquiabiertas, preguntándose qué acababan de ver, junto a los líderes visitantes, que miraban atónitos a través de las puertas de la iglesia. Juntos, todos observaron al rey, pero Rhian ya estaba arrastrando a Sophie hacia dentro de la iglesia.

—¡Le has hecho algo a ese mensaje! —siseó Rhian—. ¡Lo has corrompido!

—Sí, ¿no? ¿Igual que te he envenenado en el Salón del Trono? —replicó Sophie en el mismo tono—. He estado contigo todo el tiempo. ¿En qué momento he tenido un minuto para realizar un espectáculo de «hechicería en el cielo»? Es obvio quién ha sido. La misma persona que te ha preparado el té. La misma que ha decidido no venir. —Sophie alzó una ceja—. Me pregunto por qué.

Rhian se puso a reflexionar, mirando a Sophie a los ojos… Se giró hacia su guardia pirata.

—Trae a mi hermano aquí. *Ahora mismo.*

—Sí, señor —balbuceó Beeba, y partió a toda prisa.

Mientras tanto, Sophie se esforzó por reprimir una sonrisa.

Porque no era Japeth el responsable de lo que acababa de ocurrir.

Sino ella.

Había añadido un código en los cuentos de Melena de León. En el del joven Hristo y en el de Agatha de aquel día.

Un código que solo una persona en todo el mundo comprendería.

Rhian había inspeccionado su trabajo en busca de mensajes ocultos y ella se había burlado de él, insistiendo en que era imposible esconder una petición de ayuda bajo sus narices…

Pero cualquiera que realmente conociera a Sophie se lo hubiera esperado.

Porque Sophie era capaz de cualquier cosa.

No estaba segura de si su código secreto llegaría a su objetivo. Era un intento con pocas probabilidades de éxito, una última plegaria, y por eso había aceptado el plan descerebrado de Hort.

Sin embargo, al final había sido su propio plan el que había funcionado.

Lo cual significaba que su amiga no solo había leído el mensaje…

Sino que la ayuda iba en camino.

Una paloma revoloteó junto a ella.

—*¡Han capturado a Agatha! ¿Lo sabíais?*

Sophie se giró y vio que la jaula cerca del altar se había quedado vacía de palomas, ahora dispersas por todas partes y que piaban en los oídos de los mandatarios:

—*¡Hemos visto como la capturaban!*

—*¡Gritó pidiendo piedad!*

—*¡Está pudriéndose en el calabozo!*

Confundida, Sophie alzó la vista y vio el dedo brillante de Rhian resplandeciendo detrás de su espalda, dirigiendo con sigilo a los pájaros mientras saludaba al Gigante de Hielo de Llanuras Heladas.

—*¡Agatha no tiene ningún ejército!*

—*¡No creáis sus mentiras!*

—*¡Estaba sola cuando la capturamos!*

—*¡Ni siquiera se defendió!*

Rhian movió el dedo y los pájaros salieron por las puertas de la iglesia, divulgando las mentiras del rey entre la multitud, para distraerlos del mensaje en el cielo.

Una paloma canturreó en el oído de Sophie:

—*¡Agatha es una traidora! ¡Agatha es una malvada…!*

Sophie le dio una bofetada al pájaro, que aterrizó en el rostro de una chica que llevaba un vestido blanco.

—Ups, lo siento.

—Disculpe, Su Majestad —dijo la chica, con la cabeza inclinada; habló con un acento marcado y un tono bajo—. Soy la directora del Coro de Niños de Camelot y esperábamos que nos acompañara a cantar un himno de alabanza para el noble León.

Sophie resopló.

—¿Una princesa cantando con un *coro*? ¿El rey tocará los timbales también? Qué absurdo. Observaré cómo tú y tus amigos laméis las botas del León desde la comodidad de mi trono, muchas gra…

Dejó de hablar porque la doncella había alzado la cabeza y Sophie vio un par de cejas delgadas que parecían dibujadas con lápiz y unos ojos negros brillantes.

—A mi coro le encantaría que participara —insistió la chica.

Sophie siguió los ojos de la joven hacia el grupo de adolescentes con uniformes blancos a juego y sombreros que estaba al frente de la iglesia, mirándola con intensidad.

La ayuda no estaba en camino.

Ya había llegado.

Mientras Rhian mantenía una discusión acalorada con la reina de Jaunt Jolie, Sophie apretó el brazo del rey.

—El coro quiere que cante con ellos.

—Por fin la famosa Sophie —canturreó la reina, envuelta en un chal de plumas de pavo real. Alargó la mano y Sophie se dio cuenta de que llevaba un anillo plateado con algo indescifrable tallado, igual que el que tenía el rey elfo de Ladelflop—. Estábamos hablando sobre ti.

—Un placer conocerla —dijo Sophie sonriendo de manera forzada. Le estrechó la mano antes de girarse hacia Rhian—. Ahora, sobre el coro…

—A la reina le gustaría reunirse contigo —dijo Rhian—. Pero le he dicho que tenías la agenda llena.

—Como tú digas, cariño. El coro me espera…

—Ya te he oído la primera vez. Quédate aquí y saluda a los invitados —le ordenó Rhian.

Sophie adoptó una expresión seria.

—Si mi futuro esposo me hubiera hablado así, nunca habría llegado al altar —le susurró la reina a Sophie—. De hecho, me ha dicho que tu agenda «está llena» solo cuando le he comentado al rey que había convertido a la nueva reina de Camelot en un perrito faldero. No diste un discurso en la coronación, no estás presente en las reuniones, no hiciste ningún comentario sobre la captura de Tedros o de tus amigos, la pluma del rey no te menciona… Es como si no existieras.

La reina miró a Rhian.

—Quizá me llevaré a Sophie a un lado y hablaré con ella en privado sobre los deberes de una reina. Dos reinas generalmente logran resolver problemas que un rey no puede.

Rhian la fulminó con la mirada.

—Ahora que lo pienso, Sophie, creo que es una buena idea que cantes con el coro.

Sophie no necesitó que se lo repitiera. Mientras se escapaba, vio que Rhian le susurraba en tono agresivo a la reina, agarrándola del brazo.

Un segundo después, Sophie tomó el brazo de la directora del coro.

—¿Practicamos en la recámara del sacerdote?

—Sí, Su Majestad —pio la directora, y sus compañeros de coro siguieron a Sophie como polluelos detrás de un cisne.

Sophie oyó sus pasos y una sonrisa maligna apareció en su rostro.

La reina de Jaunt Jolie tenía razón.

Habían hecho falta dos reinas para lograr resolver aquel problema.

Y ahora el rey pagaría el precio.

La sacristía del sacerdote apestaba a cuero y a vinagre y estaba llena de libros desordenados y pergaminos cubiertos de polvo. Sophie cerró con llave la puerta y colocó una silla contra ella antes de girarse hacia el coro.

—Mis bebés. Mis pequeñines. ¡Habéis venido a salvar a vuestra Decana! —exclamó, abrazando a sus alumnos de primero, empezando por la directora—. Señorita Valentina, mi amor… Y hola, Aja.

—¿Recuerda mi nombre? —chilló el chico con el pelo teñido de rojo.

—¿Cómo no iba a recordarlo? Te disfrazaste de mí para Halloween y te pusiste unas botas *divinas*. Y Bodhi, Laithan y Devan, mis preciosos Siempres. Y la encantadora Laralisa, mi bruja más inteligente. Y mis amados Nuncas, Drago y Rowan y el sucio Mali… —Sophie frunció el ceño—. Ehm, ¿y esos quiénes son?

En un rincón de la habitación, unos chicos sin camisa y en ropa interior se ayudaban mutuamente a escapar por una ventana alta.

—Los verdaderos cantantes del coro —respondió Devan—. Nos dieron su ropa porque son de Camelot, no confían en Rhian y creen que Tedros es el rey.

—Además, nos habéis dado oro —añadió el último miembro del coro antes de saltar a través de la ventana con un alarido; las monedas tintinearon tras él.

Devan miró a Sophie.

—Intenté decirles que el *Mensajero de Camelot* tiene razón: que la Serpiente está viva, que es el gemelo de Rhian y que Agatha tiene un ejército secreto… pero incluso los mayores admiradores de Tedros no nos han creído.

—¿*Tú* te lo creerías? *Suena* ridículo —dijo Sophie—. Pero espera: ¡cómo está Agatha! Está a salvo, ¿no? Debemos comprobarlo en el Mapa de Misiones... —Se agazapó hacia su zapato, pero Valentina le sujetó los hombros.

—*Señorita* Sophie, ¡no tenemos tiempo! ¿Dónde está el carruaje real? El que la ha traído hasta aquí.

—En algún sitio cerca de la iglesia...

—¿Quién lo custodia? —preguntó Bodhi, sacando una capa plegada de un bolso.

—Una de las cimitarras de la Serpiente. Hort, Bogden y Willam están ahí también —explicó Sophie—. ¡Están encerrados dentro del vehículo con la cimitarra!

—Cinco chicos, una cimitarra. Correremos el riesgo —dijo Bodhi antes de cubrirse con la capa resplandeciente y dirigirse hacia la ventana junto con Laithan.

Por un segundo, la capa distrajo a Sophie, porque le resultaba familiar, pero luego entendió lo que decían los chicos.

—¿Vais a atacar el *carruaje* real?

Los dos chicos sonrieron mientras salían por la ventana, Bodhi abrazó a Laithan debajo de la capa.

—Más bien vamos a recuperarlo —respondió Bodhi.

—Por Tedros —dijo Laithan. Saltaron hacia atrás desde el borde de la ventana y desaparecieron como fantasmas.

Sophie se llevó una mano al pecho.

—¿Quién necesita a Tedros con chicos así?

Alguien llamó fuerte a la puerta.

Sophie y sus alumnos giraron la cabeza.

—¡El rey quiere empezar! —dijo la voz anciana del sacerdote mientras Aja bloqueaba la puerta para que permaneciera cerrada.

—¡Ahora vamos! —dijo Valentina, girándose hacia Sophie—. Tenemos que llevarla a la escuela, señorita Sophie. Este es el plan. Cantará el himno de Budhava para el León con nosotros...

—¿No podemos cantar otra cosa? No me sé esa canción —susurró Sophie.

—Dios mío, ¡no importa si no la sabe! ¡Solo cante! —replicó Valentina.

—Y cuando lleguemos a la frase «oh, viril León»… *tírese al suelo*.

—¿*Ese* es el plan? —dijo Sophie, atónita—. ¿Qué me *tire al suelo*?

Un chirrido resonó más adelante y Sophie alzó la vista y vio a dos chicos con máscaras negras saliendo de un respiradero de piedra. Los chicos se sacaron las máscaras y vio que eran el rubio Bert y el todavía más rubio Beckett.

—*Definitivamente* tírese al suelo —dijeron.

—Hoy, bendecimos a los jóvenes Rhian y Sophie como recordatorio de que a pesar de todas las celebraciones venideras… el matrimonio es la unión espiritual primaria y principal —dijo el anciano sacerdote ante la audiencia silenciosa—. Por supuesto que es imposible saber si un matrimonio será favorable o no. Primero, Arturo se casó con Ginebra por la agonía del amor, solo para que ese amor se convirtiera en su perdición. Luego, me preparé para casar al hijo mayor de Arturo, Tedros, con su propia princesa, solo para descubrir que Tedros no era el hijo mayor de Arturo. Y ahora, un extraño de Foxwood y una Bruja del Bosque Infinito buscan mi bendición para ser el rey y la reina de Camelot. Así que, ¿qué sé yo? —El sacerdote se rio—. Pero ningún matrimonio puede vencer a la pluma del destino. Solo podemos permitir que la historia siga su curso. Con el tiempo, la verdad será escrita, sin importar cuántas mentiras diga alguien para opacarla. Y la verdad vendrá con un *ejército*.

Sophie vio que Rhian fulminaba la nuca del sacerdote con la mirada, sentado en su trono sobre la plataforma elevada. Los mandatarios parecían no haber captado el mensaje del sacerdote, pero el rey lo había oído con claridad: puede que hubiera purgado el castillo de personas leales a Tedros, pero no tenía ningún aliado en la iglesia. Rhian percibió que Sophie lo observaba y la miró mientras se acomodaba con el coro. Rhian la observó, confundido, como si supiera que había accedido a que cantara con el coro, pero sin poder recordar por qué.

—Antes de leer el Pergamino de Pelagus, empezaremos con un himno —dijo el sacerdote y asintió hacia sus cantantes. Los alumnos de Sophie inclinaron la cabeza debajo de los sombreros, para que el sacerdote no viera que habían saboteado su coro—. Normalmente, el coro de Camelot canta para despertar un poder sagrado que nos une a todos —prosiguió el sacerdote, que parecía un enano junto a una cabeza de León gigante que proyectaba un resplandor sobre el altar—. Pero hoy, el coro ha decidido cantar sobre nuestro nuevo rey. —Rhian lo fulminó todavía más con la mirada—. Y alejándose más de la norma, el coro será acompañado por nuestra nueva princesa... Asumo que como un tributo de amor a su futuro esposo o por querer lucir uno de sus muchos talentos.

De inmediato, la congregación miró a Sophie, que de repente se convirtió en el centro de atención de más de doscientos aristócratas, tanto del Bien como del Mal. Sophie vio al precioso rey de Pasaha Dunes con piel oscura y a su elegante esposa con la cabeza rapada observándola; sentada cerca de ellos, estaba la maharaní de Mahadeva, cubierta de joyas, con sus tres hijos y, frente a ellos, la reina de Jaunt Jolie parecía nerviosa y humillada, muy diferente a la mujer audaz que acababa de confrontar a Rhian. Todos los ojos estaban puestos en Sophie.

Ella siempre había soñado con un momento así: ser el centro de atención en un gran escenario, con una audiencia de celebridades, donde todos supieran su nombre…

Pero en sus sueños, había ensayado.

Sophie miró la partitura que tenía frente a ella.

OH, LEÓN SAGRADO
(«HIMNO DE ALABANZA DE BUDHAVA»)

Miró a sus alumnos de primero, Aja, Devan, Laralisa y los demás, con los cuerpos tensos y las pupilas dilatadas. Solo Valentina parecía tranquila mientras lideraba el coro y miraba con severidad a Sophie para recordarle su señal. El corazón de Sophie latía tan fuerte que lo notaba en la garganta… no solo porque no tenía idea de lo que ocurriría cuando llegara la señal, sino porque se le daba tan bien leer música como construir cabañas; es decir, era un cero a la izquierda.

Valentina alzó los brazos y los bajó, lo cual hizo arrancar al organista. Aja empezó dos tiempos antes, y el resto del coro dos tiempos después.

Gloria al sagrado León,
¡gloria a nuestro rey!
Su piedad será su legado,
¡siempre leal, siempre confiado!

Sophie vio a Rhian abrir la boca como si le hubieran disparado. Los mandatarios se reclinaron en sus asientos. La iglesia retumbaba con el sonido más chillón y desagradable que alguien pudiera imaginar, como si una familia de gatos estuviera siendo arrastrada por una montaña. Cuanto peor sonaban, más nerviosa parecía Valentina, como si el plan pudiera arruinarse por aquel canto, en especial porque Aja no paraba de sacudir las caderas, ya fuera por nervios o en un intento de distraer al público de aquel horror. Sophie, por su parte, intentó dominar el estribillo, pero el sucio Mali aullaba notas cada vez más fuertes, como una cabra montesa moribunda. Mientras tanto, Devan, que era hermoso como una flor, tenía una voz como la de Pie Grande, y su novia, Laralisa, desató una sucesión de alaridos que parecían los de un muñeco de una caja sorpresa. Lo peor de todo era que los muros de piedra y los respiraderos hacían resonar el sonido sin piedad, como si en vez de una iglesia aquello fuera un tipo de recámara de tortura con eco. Avergonzada, Sophie elevó la partitura hasta cubrirse la cara para no ver a la multitud y para que la multitud no la viera a ella, pero en su nueva línea de visión, se dio cuenta de que Bert y Beckett se escabullían como cucarachas a través de uno de los respiraderos.

Sophie miró rápidamente hacia Rhian, quien no se había dado cuenta de los espías enmascarados, porque ya se estaba levantando de su trono para detener aquel infierno.

Presa del pánico, Sophie se giró hacia Valentina, quien vio a Rhian acercándose y empezó a dirigir más deprisa, sacudiendo los brazos sin parar, lo cual llevó a que condujera a aquellas cotorras por la canción como si fueran ardillas con sobrepeso, mientras el organista intentaba seguirles el ritmo y el coro iba directamente a la señal.

¡Gloria a nuestro rey!
Gloria al, oh, viril León.

Sophie se tiró al suelo.

¡CRAC! ¡CRAC! ¡CRAC! Unas bombas verdes y amarillas en llamas recorrieron el teatro como fuegos artificiales e hicieron que la multitud se refugiara debajo de los bancos. Devan y Laralisa empujaron a Sophie hacia abajo mientras las chispas los salpicaban y los gritos de la audiencia llenaban la iglesia. Atónita, Sophie se cubrió los oídos, esperando la próxima explosión.

Pero no ocurrió nada.

Sophie alzó la cabeza. Los espectadores hicieron lo mismo mientras sus gritos se disipaban.

Luego, llegó el hedor.

Como el vapor de una pila de excremento en llamas… un hedor tan repulsivo que los gritos sonaron de nuevo, esta vez con urgencia letal, mientras todos huían de la iglesia como un enjambre.

—¡Vamos! —le gritó Devan a Sophie, y la arrastró hacia las puertas mientras Laralisa intentaba abrirles camino, empujando a aristócratas vestidos con mal gusto.

—¡Usa el brillo de tu dedo! —gritó Sophie, apretándose la nariz.

—¡Nuestro líder del bosque todavía no nos ha enseñado cómo! —dijo Laralisa, empujando con la cabeza el trasero de una reina bruja—. Vamos retrasados respecto al otro grupo.

Un cíclope vestido elegantemente la empujó mientras corría hacia la salida y la lanzó de nuevo hacia la multitud.

—¡Ese cretino de un solo ojo! —siseó Devan y se apresuró a ir a salvarla.

—¡No te olvides de mí! —chilló Sophie, atrapada en la estampida.

El hedor en la iglesia era tan putrefacto que los reyes se desmayaban, las reinas se cubrían los rostros con las capas y los príncipes rompían vitrales para escapar con sus princesas. Más adelante, Sophie vio a Bert y a Beckett encendiendo otro misil.

Tengo que salir de aquí, pensó, asfixiada, cubriéndose la nariz con el cuello del vestido. Pero las puertas todavía estaban muy lejos…

El Gigante de Hielo de Llanuras Heladas pasó a su lado, embistiendo a todo el mundo a su paso rumbo a la salida. Instantáneamente, Sophie empezó a escabullirse detrás de él como un ratón siguiendo a un elefante, mientras el Gigante sacudía el brazo de izquierda a derecha, y en su mano azul hielo inmensa llevaba el mismo anillo plateado que había visto en el rey elfo y en la reina de Jaunt Jolie. A través de las piernas del gigante, Sophie vio más adelante las puertas abiertas y el cielo azul; un cometa voló por el aire afuera, una espiral azul oscura y rosada, como la bengala de un marinero…

¿Bert y Beckett también han lanzado bombas de excremento en las calles?

De pronto, vio a los chicos usando una cuerda para bajar por un muro de piedra hacia las puertas, pero de pronto gritaron y empezaron a subir de nuevo mientras Aran ,Wesley y los demás guardias piratas se montaban a la cuerda para perseguirlos.

Sophie sabía que debería quedarse y ayudarlos; una verdadera Decana protegería a sus estudiantes, tanto Siempres como Nuncas… Pero, en cambio, corrió más deprisa hacia las puertas detrás del gigante, oculta bajo su sombra para que los piratas que perseguían a Bert y a Beckett no la vieran. No se molestó en sentirse culpable por ello. Después de todo, ella no era Agatha. No era Buena. Esos chicos necesitaban arreglárselas por su cuenta. De eso se trataban los cuentos de hadas. Y ella… bueno, necesitaba alejarse lo máximo posible de Camelot.

Casi había llegado a la entrada, iba cada vez más cerca de las botas del gigante. Si consiguicra salir de esa iglesia, mezclarse en la multitud… Disfrazarse y hallar el modo de regresar a la escuela… con Agatha… La idea de ver otra vez a su mejor amiga hizo que Sophie abandonara cualquier precaución; se apartó del gigante y corrió entre sus piernas mientras empujaba a la gente con los codos para echarla de su camino. Sintió que el calor del sol le rozaba la piel y, mientras atravesaba la puerta, alzó la vista hacia el resplandor blanco celestial…

Una mano la arrastró hacia atrás y, al girarse, Sophie vio a Rhian en la puerta.

—¡Quédate conmigo! —dijo él, agitado—. ¡Nos atacan!

De pronto, unas campanadas fuertes sonaron a lo lejos, frenéticas y agudas…

Campanadas de alarma.

Sophie y Rhian se giraron y vieron que Camelot estaba rodeada por una neblina extraña, plateada y resplandeciente, que cubría todo el castillo. Detrás de la neblina, se oían gritos saliendo de las torres, resonando colina abajo, mientras las campanadas repiqueteaban con más urgencia y velocidad.

—¿Qué ocurre? —jadeó Sophie.

—Intrusos —dijo Rhian, apretándole con más fuerza la muñeca—. También están en el castillo… *Japeth*. ¡Quizá todavía esté allí! Está solo… Tenemos que ayudarlo.

Llevó a Sophie a través de la puerta, pero afuera reinaba el caos, los mandatarios todavía huían de la iglesia y se mezclaban con las hordas de ciudadanos en las calles, quienes habían olido las bombas apestosas, habían oído la alarma de Camelot y se habían sumado a la estampida como gansos asustados. Al mismo tiempo, un grupo de espectadores provenientes de reinos muy lejanos vieron salir a Rhian y a Sophie y se lanzaron sobre ellos, desesperados por conocer a los nuevos reyes. Arrinconado, Rhian retrocedió con Sophie hacia la puerta, pero eso solo los dejó más atrapados en la marea humana, como boyas en una tormenta.

Pero entonces, Sophie vio a alguien abriéndose paso a caballo entre la multitud, embistiendo a la gente para pasar…

Japeth.

—El calabozo —le dijo jadeando a su hermano, con el traje azul y dorado salpicado con escombros blancos—. Han entrado…

Un grito atravesó el cielo.

No era humano.

Rhian, Japeth y Sophie alzaron la vista.

Una manada de estínfalos atravesó la niebla, montados por las amigas de Sophie: Kiko, Reena, Beatrix y Dot, con sus dedos encendidos, inclinándose hacia adelante y lanzando hechizos contra el rey y su caballero. Tres hechizos de aturdimiento dieron a Rhian en el pecho y lo arrojaron a través de las puertas abiertas de la iglesia, mientras que otro hechizo hizo caer a Japeth del caballo. Dot convirtió el suelo bajo los pies de Japeth en chocolate caliente y lo hundió de cabeza en el foso humeante y profundo. Las palomas piaban mientras Japeth se agitaba dentro del chocolate hirviendo:

—¡Han capturado a Agatha! ¡No es rival para el León! ¡No es rival para su caballero! ¡Viva el rey Rhian! ¡Viva Ja…!

Un demonio de piel roja engulló a las palomas.

Sophie se giró y vio a Hester y a Anadil montadas en un estínfalo, volando hacia ella.

—¡Toma mi mano! —le ordenó Anadil.

La bruja pálida alargó la palma de su mano mientras Hester hacía descender a su pájaro; los dedos de Anadil y Sophie estaban a punto de encontrarse…

Pero entonces una daga pirata atravesó el brazo de Anadil, lanzada por Wesley mientras salía de la iglesia. La bruja inclinó el torso hacia atrás por el dolor, su estínfalo corcoveó y lanzó a Anadil de la montura.

—¡Ani! —gritó Hester. Su demonio fue a toda prisa a salvar a su amiga, pero Anadil estaba cayendo demasiado rápido, con el brazo extendido y a punto de impactar contra el suelo, con la daga clavada que sin duda la atravesaría de un lado a otro.

Otro estínfalo pasó volando debajo de ella y Bodhi y Laithan sujetaron a Anadil en sus brazos y la montaron sobre su pájaro. Los dos chicos todavía llevaban el uniforme del coro y tenían el rostro y las camisas salpicadas con la viscosa sustancia negra de las cimitarras. Más estínfalos aparecieron de la neblina que había detrás de ellos, montados por los amigos de Sophie. Primero dos… Luego cuatro… Luego cinco…

—¡Ayudadme! —gritó Sophie, más esperanzada. Pero aquellos estínfalos estaban demasiado adentrados en la niebla como para que pudiera distinguir quiénes eran los jinetes. Saltó y agitó los brazos—. ¡Por favor! ¡Alguien! *¡Quien sea!*

Pero entonces los piratas empezaron a disparar flechas contra aquellos estínfalos mientras galopaban desde el castillo, con los arcos en alto. Asustados, los estínfalos se apartaron de Sophie y se retiraron dentro de la neblina. Beeba y Thiago se pusieron de pie sobre sus caballos, haciendo equilibrio sobre la montura y apuntando a la cabeza de Hester, Kiko y Anadil, pero las amigas de Sophie esquivaron los tiros virando con brusquedad mientras las flechas volaban a través de los huecos entre las costillas de los estínfalos.

—*¡Ayudadme! ¡Salvadme!* —les gritó Sophie, saltando en vano hacia los estínfalos mientras sus amigas intentaban maniobrar hacia ella.

Más y más fechas volaban a medida que los guardias piratas emergían de la iglesia, disparando a los estínfalos que surcaban el cielo. Beatrix, Hester y Bodhi intentaron esquivarlas y descender una última vez hacia Sophie. Pero el ataque era demasiado. Afligidas, no tuvieron más opción que huir en masa, lejos de la iglesia, lejos de Camelot y lejos de Sophie.

El corazón de Sophie se detuvo. Se giró hacia el castillo, pero la neblina plateada se estaba disipando y no vio a más estínfalos ocultos en ella. Las lágrimas le invadieron los ojos. La habían abandonado. Al igual que ella había abandonado a

Bert y a Beckett, que sin duda ya debían estar muertos. No sabía por qué lloraba. Se merecía su destino. Se merecía un castigo por todo su egoísmo… un castigo por las malas acciones que no podía evitar hacer… un castigo por ser ella misma… Era por eso que su historia nunca podría cambiar, independientemente de lo que escribiera la pluma.

—¡Sophie! —gritó una voz desde el cielo.

Alzó la cabeza y vio a un estínfalo surgiendo de entre los restos de la niebla a través de una lluvia de flechas, un chico sin camisa alargando la mano para sujetarla, con el rostro cubierto por la niebla, el pelo blanco como la nieve…

¿Rafal?

El jinete atravesó la niebla…

No.

No era Rafal.

El tiempo pareció avanzar más lentamente, el corazón de Sophie bombeaba sangre caliente, como si fuera la primera vez que veía a aquel chico, aunque ya lo hubiera visto miles de veces. Solo que siempre lo había visto de una manera diferente… No como ahora… como un príncipe que pacientemente la había salvado una y otra y otra vez, hasta que ella por fin tuvo el buen juicio de prestarle atención.

Sophie alzó la mano bajo el sol mientras él descendía con su estínfalo, con el pelo cubierto de polvo blanco, el rostro y el pecho pálidos plagados de heridas causadas por la cimitarra, y estiraba los dedos para agarrar los de Sophie.

—¡Te tengo! —dijo Hort, empezando a subirla sobre su estínfalo.

Aferrándose fuerte a él, Sophie se montó en el animal…

Pero luego se quedó paralizada.

Y Hort también, al seguir la mirada de Sophie.

Los piratas hicieron lo mismo y bajaron sus arcos, atónitos.

En lo alto del castillo de Camelot, la niebla que se estaba disipando se había congelado en una burbuja gigante que contenía el rostro de una chica, levitando como un fantasma. La imagen de la chica de pelo oscuro estaba aumentada, como si estuviera reflejada en un cristal curvo. Detrás de ella, había un ejército de estudiantes y profesores con el uniforme del Bien y del Mal, enmarcados por el escudo de la escuela en la pared. La chica miró a Sophie con ojos muy abiertos y brillantes.

—¿Agatha? —dijo Sophie con dificultad.

Pero su amiga ya empezaba a desaparecer en el cielo.

—No he podido liberarlos a todos —explicó Agatha desesperada presionando las manos sobre la burbuja que desaparecía—. Todavía quedan algunos, Sophie. No sé quiénes. He intentado salvarlos. Lo he intentado…

—¡*Agatha!* —gritó Sophie.

Pero era demasiado tarde. Su mejor amiga había desaparecido.

Sin embargo, la voz de Agatha pareció quedarse allí, resonando en la cabeza de Sophie…

Todavía quedan algunos.

Todavía quedan algunos.

Todavía quedan *algunos*.

Notó que Hort salía de su estupor y la sujetaba con más fuerza.

—¡Rápido! ¡Sube! —le gritó, tirando de ella hacia el estínfalo.

Pero el rostro de Sophie había cambiado, su cuerpo ya se estaba apartando de él. Hort abrió los ojos de par en par al comprender lo que estaba a punto de ocurrir, pero Sophie se movió demasiado deprisa y soltó la mano del muchacho.

—¡Qué estás haciendo! —gritó Hort.

—No puedo —jadeó Sophie—. Ya has oído a Agatha. Todavía quedan algunos en el castillo… Morirán si los abandono…

—¡Ya regresaremos a buscarlos! —respondió Hort, viendo que los piratas que habían estado mirando a Agatha de pronto apuntaban de nuevo hacia él. Frente al castillo, Japeth empezaba a salir por la fuerza del pantano de chocolate de Dot—. ¡Tienes que venir conmigo! —bramó Hort, acercando su estínfalo hacia ella—. *¡Ahora!*

Sophie retrocedió.

—Son nuestros amigos, Hort. *Mis* amigos.

—¡No seas estúpida! ¡Sube! —suplicó Hort.

Sophie encendió su dedo y disparó al estínfalo en el hueso del rabo con un destello rosado, lo cual hizo que el pájaro acelerara hacia adelante, mientras las flechas intentaban clavarse en el cráneo de Hort. Hort intentó volver a maniobrar hacia Sophie, pero su estínfalo lo ignoró y voló tras los otros estínfalos, como si supiera que su deber era mantener a salvo a su jinete. Con un grito angustiante, Hort miró hacia atrás a Sophie, con lágrimas en los ojos, mientras su estínfalo lo llevaba hacia el horizonte sin ella. Los piratas dispararon con sus arcos por última vez, pero las flechas no llegaron lejos; e impactaron contra el ladrillo de la torre de la iglesia y cubrieron con restos de madera a la multitud.

Todo quedó en silencio.

Sophie estaba de pie sola, tiesa como una roca.

Había renunciado a la oportunidad de escapar.

De estar de nuevo con Agatha.

De estar a salvo en la escuela.

Para poder ayudar a otros.

Ella, que había sido la reina del Mal.

Ni siquiera sabía a quién tenía que salvar.

O a cuántas personas.

La verdadera Sophie ahora estaría de camino hacia la libertad.

La verdadera Sophie se hubiera salvado a sí misma.

Un escalofrío le recorrió la columna. No solo porque se sentía como una extraña en su propio cuerpo.

Sino porque alguien la estaba observando.

Alzó la cabeza y vio a Rhian en la puerta de la iglesia, magullado, con una mirada helada en sus ojos azulados.

Y entonces Sophie lo supo.

Rhian había visto a Agatha en el cielo.

Había visto su ejército.

Lo había visto todo.

Pero no era el único que lo había hecho.

Miles de personas de otros reinos, incluidos sus líderes, estaban de pie colina abajo, con los ojos clavados en el aire despejado mientras los últimos rastros de Agatha y su ejército desaparecían.

De inmediato, todos los ojos se posaron en el rey, observando a Rhian del mismo modo en que él estaba observando a Sophie, mientras los pájaros volaban en círculo sobre ellos, piando fuerte en medio del silencio.

—*¡Han capturado a Agatha! ¡No tiene ningún ejército! ¿Se han enterado? ¡Viva el León! ¡Viva el rey!*

11

Lecciones de amistad

Mientras Agatha caminaba de un lado a otro por la Colección de Animales de Merlín en la azotea de la Escuela del Bien, mantenía la vista clavada en el sol poniente, esperando ver el primer rastro de sus amigos.

Miró hacia atrás y vio a los professores del Bien y del Mal en silencio detrás de ella y los ojos curiosos de los alumnos de primer año espiando a través de las puertas esmeriladas desde el interior del castillo.

Agatha caminó más deprisa entre las esculturas de los setos del cuento del rey Arturo.

Alzó la vista de nuevo.

Todavía no había ningún estínfalo.

¿Por qué están tardando tanto?, pensó al pasar junto a una escultura hecha de hojas de Ginebra con Tedros cuando era bebé.

215

Necesitaba saber quiénes habían escapado del calabozo.

Y lo que era más importante, necesitaba saber quiénes no habían podido huir.

Caminó directamente hacia una escultura de Arturo sacando la espada de la piedra, y los arbustos ásperos le rozaron la piel.

Agatha suspiró, recordando el momento en el que Tedros intentó sacar la espada de la piedra en su coronación. El momento que había iniciado todo lo que había ocurrido después. Y todavía no había averiguado por qué Tedros había fallado y Rhian había tenido éxito.

Miró el cielo una vez más.

Nada.

Sin embargo, esta vez vio explosiones de luz violeta sobre la Puerta Norte de la escuela desafiando la burbuja de niebla verde que la rodeaba.

Los hombres de Rhian debían de estar atacando de nuevo el escudo del profesor Manley.

Observó con más detenimiento la luz violeta. *Magia*, pensó. Pero los piratas de Rhian no podían hacer magia. Entonces, ¿quién estaba ayudándolos?

En la orilla de la Bahía Intermedia, el profesor Manley estaba invocando rayos de bruma verde para reforzar el escudo, mientras que los lobos guadianes de la escuela se reunían alrededor del foso rumbo a la Puerta Norte, listos para combatir a los hombres de Rhian en caso de que atravesaran el escudo.

Es solo cuestión de tiempo, pensó Agatha. ¿Cuánto faltaba para que el escudo cediera? ¿Una semana? ¿Unos días? Los hombres de Rhian no tendrían piedad con ellos. Tenía que sacar de allí a los estudiantes y a los profesores antes de que el escudo cayera. Lo cual implicaba que necesitaban un nuevo refugio… Un sitio donde ella y su ejército pudieran esconderse…

Pero primero, Agatha tenía que recuperar a su príncipe.

Sabía que no debería desear que Tedros hubiera escapado en lugar de los demás. No era para nada Bueno preferir que otra persona se hubiera quedado atrás. Pero en momentos como aquel, incluso las almas más puras no siempre pueden ser Buenas.

Agatha posó la espalda sobre el acero verde puntiagudo de la espada de Arturo, sin que la vieran los docentes ni los alumnos de primero.

Se suponía que tendría que haber ido de otra forma.

Se suponía que conseguiría rescataría a *todos* sus amigos, sanos y salvos. Incluida Sophie.

Pero nada iba nunca tal y como esperaba.

Al menos no en su cuento de hadas.

Pocas horas antes, Agatha estaba de pie en la ventana de la vieja oficina del profesor Sader (que ahora era la oficina de Hort) observando a los estínfalos volar rumbo a Camelot, montados por los estudiantes de los grupos #1 y #6. Poco a poco, los pájaros se esfumaron en el resplandor dorado del cuento de Rhian sobre el joven Hristo, grabado en el cielo azul.

Agatha bajó la vista hacia el resto de los estudiantes de primero, que estaban almorzando rápidamente un guiso de pavo en el Claro, sus ojos clavados en el horizonte, observando ansiosos cómo sus compañeros volaban hacia el reino de Rhian.

—¿Los Nuncas y los Siempres se sientan juntos para almorzar? Sí que han cambiado las cosas —comentó maravillada Agatha.

—O tal vez los haya unido el hecho de que enviaras a sus amigos a la *muerte* —gruñó la voz del profesor Manley a sus espaldas.

Agatha se giró y vio a los profesores del Bien y del Mal de pie alrededor del escritorio siempre desordenado de Hort, con el rostro tenso por la preocupación. Entre los libros húmedos, los pergaminos manchados de tinta, las migajas de comida y la ropa interior desparramada, yacía el bolso gris de la profesora Dovey, la silueta de la esfera visible bajo la tela gastada.

—Estoy de acuerdo con Bilious —dijo la princesa Uma, con los brazos cruzados sobre su vestido rosa—. Te has llevado a dos grupos de alumnos a un rincón, habéis hablado entre susurros como un grupo de ardillas y han partido a la batalla con un plan que todavía no has explicado a nadie más.

—A PESAR DE QUE SOMOS LOS PROFESORES —exclamó Castor enfadado.

—Y a pesar de que uno de los grupos es *mío* —replicó Yuba, el gnomo, golpeando el suelo sucio con su bastón blanco.

—Escuchad, los grupos llegarán pronto a Camelot. No tenemos tiempo de discutir —dijo Agatha con determinación—. Ellos querían ir. No están en esta escuela para permanecer a salvo y que los mimen. Están aquí para hacer lo *correcto*. Y eso significa sacar a nuestros amigos de Camelot. Vosotros me *pedisteis* que liderara y eso he hecho. Me pedisteis que trazara un plan y lo he hecho. Y ahora, para que este plan funcione, necesito vuestra ayuda.

—UN PLAN REQUIERE PLANIFICACIÓN —bramó Castor.

—Un plan requiere reuniones para debatirlo —dijo Yuba con tono intimidante.

—Un plan requiere tiempo —protestó la profesora Anémona.

—No teníamos tiempo —replicó Agatha—. La Bendición es nuestra oportunidad para rescatar a nuestros amigos y tenía que aprovecharla.

—¿Y por eso has enviado a alumnos de primer año a su muerte? —dijo furiosa la profesora Sheeks—. Podrían haber ido tus compañeros de cuarto año que están en la enfermería; podrías haber ido *tú*…

—No, yo no podía ir. Y tampoco ningún alumno de cuarto año —replicó Agatha—. El hermano de Rhian tiene un mapa que nos rastrea. Igual que el Mapa de Misiones de Dovey. Rhian nos habría visto venir. Pero no puede ver a los alumnos de primero.

La profesora Sheeks enmudeció.

—¿Creéis que quería enviarlos al peligro? —dijo Agatha—. Ojalá ahora mismo estuvieran todos en clase, sin otra preocupación que el Baile de Nieve y la clasificación. Ojalá estuvieran practicando sus llamadas a los animales y sus hechizos climáticos, y que fueran inmunes a cualquier cosa fuera de las puertas de la escuela. Ojalá fuera yo quien estuviera volando hacia Camelot. Pero desear todo eso no salvará a mis amigos. Para que mi plan funcionara, los necesitaba. Y ahora os necesito a vosotros. —Hizo una pausa—. Bueno, en realidad no es *mi* plan. Es el plan de Sophie.

Los profesores la miraron atónitos.

—Lo encontré en el mensaje de Melena de León —explicó Agatha, mirando a través de la ventana las palabras doradas escritas en el cielo.

¡Ciudadanos del Bosque! Regocijaos con el cuento de Hristo de Camelot, de tan solo 8 años, quien huyó de casa y vino a mi castillo con la esperanza de convertirse en mi caballero. Imaginaros lo que ocurrió cuando la madre del joven Hristo encontró al chico: le dio una azotaina. ¡Sé fuerte, Hristo! Te prometo que cuando cumplas 16 años, ¡podrás ser mi caballero! Alguien que

quiere a su rey, en especial un niño,
es una bendición. Lo cual debe ser una
lección para todo el mundo.

—Cuando estábamos en el teatro, leí una noticia recortada que afirmaba que Rhian no escribía los cuentos de Melena de León, sino que lo hacía Sophie —dijo Agatha—. Al principio me pareció absurdo; sin embargo, algo me dijo que aquello era verdad. Porque cuanto más leía el mensaje, más extraño me parecía… como si quien lo hubiera redactado hubiera escogido las palabras con mucho detenimiento… Lo cual implicaba que, si *Sophie* lo había escrito, había seleccionado las palabras por un motivo. —Agatha sonrió—. Y entonces lo vi.

Con el brillo de su dedo, dibujó círculos en el aire, marcando el mensaje.

¡Ciudadanos del Bosque! Regocijaos
con el cuento de Hristo de Camelot, de
tan solo 8 años, quien huyó de casa y
vino a mi castillo con la esperanza de
convertirse en mi caballero. Imaginaros
lo qué ocurrió cuando la madre del joven
Hristo encontró al chico: le dio una azotaina.
¡Sé fuerte, Hristo! Te prometo que cuando
cumplas 16 años, ¡podrás ser mi caballero!
Alguien que quiera a su rey,
en especial un niño, es una bendición.
Lo cual debería ser una lección para todo el mundo.

—La primera letra de cada oración —dijo Agatha—. C-R-I-S-T-A-L. Sophie sabe que tengo la bola de cristal de la profesora Dovey. Y quiere que la use.

Los profesores la miraron, sin estar muy convencidos… excepto el profesor Manley, cuya expresión generalmente viperina se había vuelto curiosa.

—Continúa —dijo él.

—Cuando la profesora Dovey vino a Camelot, trajo consigo su bola de cristal —explicó Agatha—. La bola la estaba haciendo enfermar, así que Sophie y yo la mantuvimos alejada de ella, aunque Merlín me dijo que debería devolvérsela. Pero no iba a devolverle a Dovey una bola de cristal que le hacía daño. Es por eso que ahora la tengo yo. —Miró el bolso de la Decana sobre la mesa—. Sophie conoce los riesgos que conlleva usarla, pero también sabe que es la única manera de salvar a nuestros amigos. Porque a pesar de los efectos secundarios que pudiera tener, la bola de cristal *funciona*. Cuando estábamos en nuestra misión, la profesora Dovey la utilizaba para comunicarse con nosotros. Lo sé con certeza porque hablé con ella desde Avalon. El cristal le permitía encontrar a sus estudiantes en cualquier parte del Bosque. Lo cual significa que podemos usar la bola de cristal para hallar a quien sea que esté en el calabozo de Camelot.

—No, no podemos —replicó Yuba, malhumorado, agitando su bastón—, porque cualquiera con sentido común sabe que no se puede usar magia dentro del calabozo.

—La bola de cristal no puede *entrar* al calabozo, pero puede hacer que nuestros amigos *salgan* de allí —respondió Agatha—. Según los mapas de Camelot, el calabozo está en el lateral de una colina. Es decir que la bola de cristal puede encontrar el lugar exacto de la colina donde está el calabozo y entonces nuestro equipo de rescate podrá entrar por allí.

—¿Y dónde está ese lugar exacto? —la desafió la profesora Sheeks, señalando con un dedo rechoncho la bola—. Muéstranoslo.

—No puedo. Al menos, todavía no —dijo Agatha; su fachada de confianza se rompió por primera vez—. Dovey nos dijo que la bola estaba rota; que solo se puede usar durante un tiempo breve cada día antes de que pierda la conexión. Necesitamos guardarnos ese tiempo hasta que nuestros alumnos lleguen a Camelot y nos envíen la señal.

—¿Y sabes cómo usar la bola de cristal? —preguntó con escepticismo la profesora Anémona.

—Bueno, ehm, ahora que lo menciona… este es el otro problema… —La garganta de Agatha se movió de arriba abajo—. No consigo encenderla.

La habitación se sumió en el silencio.

—¿QUÉ? —espetó Castor.

—Cuando escapé de Camelot estaba brillando… Pensaba que eso significaba que estaba funcionando… —balbuceó Agatha—. Pero acabo de llevarla al baño y he intentado sacudirla y voltearla pero no ha ocurrido nada.

Castor caminó hacia ella, mostrando los dientes.

—¿ACABAS DE ENVIAR A MIS ALUMNOS A LA GUARIDA DE UN LEÓN CONFIANDO EN UNA BOLA DE CRISTAL QUE *NO SABES USAR*?

Agatha rodeó el escritorio.

—Vosotros sois profesores… Sabéis cómo usarla…

—¡*No* podemos usarla, estúpida cabeza hueca! —la reprendió Manley, adoptando de nuevo su expresión siniestra—. ¡Nadie puede usarla, excepto Clarissa! ¡Y te lo hubiéramos dicho si te hubieras molestado en preguntarnos antes de poner en peligro las vidas de nuestros alumnos!

Agatha se sonrojó como un rosal.

—¡Pensaba que Merlín también la usaba!

—¡Deberías «pensar» menos y *saber* más! —dijo con desdén Manley—. Para crear una bola de cristal, un vidente toma un fragmento del alma de un hada madrina y lo fusiona con un fragmento de su propia alma. Eso significa que cada hada madrina solo puede usar la bola de cristal creada expresamente para ella. Para activarla, Clarissa tendría que mantenerla quieta y mirar al centro de la esfera al nivel de la vista. Ese es el *único* modo de hacerla funcionar. Si un hada madrina quiere que otra persona utilice su bola, entonces puede indicarle al vidente en el *momento de confección* que permita que el cristal reconozca a una segunda persona. Si Merlín puede usar la bola de Clarissa, entonces significa que Clarissa lo escogió como su Segundo. Nadie más puede hacer funcionar la bola de cristal. *Nadie.* A menos, claro, que Dovey hubiera nombrado como Segundo a alguien de nosotros *antes de que empezara a dar clases en esta escuela.*

Agatha no podía creer lo que estaba oyendo.

—Pe-pero debe de haber otra manera…

—Ah, ¿en serio? Veamos —se mofó Manley, prácticamente echando espuma por la boca. Abrió con brusquedad el bolso de Dovey, hurgó bajo la chaqueta de Tedros y de entre sus pliegues sacó un orbe polvoriento del tamaño de un coco, cubierto de rasguños y con una grieta larga e irregular sobre el cristal azulado. Manley la sostuvo al nivel de sus ojos—. ¡Mirad eso! ¡No funciona! ¿Y tú, Uma? ¿*Tú* puedes hacer que funcione? —La acercó delante de la princesa—. Cielos. No. ¿Emma? No. ¿Sheeba? No. ¿Castor? ¿Yuba? ¿Aleksander? ¿Rumi? No, no y no. Como ya he dicho, es completa y absolutamente *inútil.* —La sacudió delante de Agatha y la esfera le rozó la nariz.

La bola de cristal se iluminó.

Manley la soltó debido a la sorpresa, pero Agatha la atrapó y la alzó delante de su rostro. La esfera brillaba en un tono azul invernal, como hielo resplandeciente, mientras observaba el centro de la esfera, donde había una neblina plateada moviéndose.

—Supongo que debería haber intentado no moverla —susurró Agatha.

Los profesores se reunieron a su alrededor, atónitos.

—Imposible —graznó Manley.

Pero entonces la niebla tomó forma y serpenteó hacia Agatha desde el interior de la bola, mientras las palmas sudorosas de la chica dejaban marcas en el cristal.

—¡Es imposible que Dovey la haya nombrado su Segunda! —balbuceó la profesora Anémona—. ¡Agatha no había *nacido* cuando confeccionaron la bola de cristal!

Lentamente, la niebla dentro del cristal se congeló en forma de un rostro fantasmal presionado contra el vidrio dañado, un rostro que miraba a Agatha a través de las cuencas carentes de ojos. El rostro del fantasma tenía textura borrosa y parpadeaba constantemente, como si hubiera algún fallo mágico, pero cuanto más observaba Agatha el rostro, más parecía cambiar entre las facciones de la profesora Dovey y las de alguien que también le resultaba familiar… Alguien que no lograba identificar…

Luego, el espectro habló, con una voz grave metálica que también fallaba, así que Agatha tuvo que juntar las palabras.

Clara como el cristal, dura como el hueso.
De Clarissa es mi sabiduría y solo ella tiene acceso.

Pero su Segundo te nombró, así que también contigo hablaré.
Dime, querido Segundo, ¿la vida de quién observaré?

Amigo o enemigo, cualquier nombre permitiré.
Dilo en voz alta y en un instante te lo mostraré.

Agatha abrió la boca para responder…

Pero de pronto notó que le quitaban la bola de cristal de las manos y el orbe se apagó.

—Espera —musitó Yuba, el gnomo, con el cristal enganchado en el extremo de su bastón. Se lo acercó a su propio rostro curtido y bronceado, analizando la superficie dañada del objeto—. Clarissa está en el calabozo de Rhian. Eso significa que el rey podría saber que tenemos la bola de cristal de la Decana. Podría haber obligado a Clarissa a enseñarle los secretos de la bola para poder atraer a Agatha y llevarla a la perdición. —El gnomo miró a su antigua alumna—. Entonces, ¿cómo sabemos que no es el *rey* quien quiere que uses la bola de cristal? ¿Cómo sabemos que no es una *trampa*?

Los docentes reflexionaron sobre aquello en silencio.

Agatha también.

De repente, unas sombras recorrieron la habitación, seguidas de un estallido de luz, y todos miraron hacia el cielo y vieron cómo cambiaba a través de la ventana. El cuento de Melena de León sobre Hristo desapareció, y en su lugar apareció un nuevo mensaje.

¡Celebrad! Relajaos: ¡han capturado a Agatha la Rebelde! Informamos que el León ha derrotado a otro enemigo de Camelot. Sabed que todos los demás informes son falsos. Tan solo existe un ejército: el Ejército del León. Algo formado por vosotros: ¡el pueblo del Bosque! Los que viváis bajo el gobierno del León estaréis a salvo para siempre.

—Más pruebas de que está intentando tentar a Agatha para que salga de su escondite —dijo Yuba, decidido—. Miente sobre su captura para desafiarla a aparecer.

—Pero mirad… Está ahí otra vez… —dijo Agatha, resaltando el mensaje con su brillo—. La primera letra de cada oración. C-R-I-S-T-A-L. —Miró a Yuba—. Es Sophie. Estoy segura.

—Y yo estoy seguro de que es el rey —insistió el gnomo.

—Conozco a Sophie. —Agatha se mantuvo firme—. Conozco a mi amiga.

—No podemos arriesgar la vida de nuestros estudiantes por un presentimiento, Agatha —la atacó Yuba—. Toda la evidencia lógica apunta a que esta bola de cristal es una trampa. Como estudiante, siempre le dabas a Sophie el beneficio de la duda, priorizando las emociones por encima de la razón mientras ponías en riesgo a los demás y a ti misma. Tal vez Sophie sea tu mejor amiga, pero una amistad verdadera consiste en conocer los límites de esa relación y en no creer de un modo iluso que siempre estará allí para salvarte. Eso fue lo que te metió en todo este problema para empezar. Confiaste a ciegas en Rhian como amigo y has pagado el precio. Rhian conoce demasiado bien tu instinto. Si lo sigues, terminarás muerta junto a tu príncipe.

Agatha vio a los profesores asintiendo, mostrando claramente que estaban de acuerdo con el gnomo. Yuba guardó la bola de cristal en el bolso de Dovey.

Pero, de pronto, una hilera de hadas entró volando a la oficina, brillando alrededor de la cabeza de la princesa Uma y desatando un torrente de parloteo agudo.

—Dicen que los hombres de Rhian están de camino a las puertas de la escuela —transmitió Uma, sin aliento—. Y que esta vez, los acompaña un *hechicero*.

—Reforzaré el escudo lo mejor posible —susurró Manley mientras se dirigía a la puerta. Miró a Uma—. Encuentra la manera de que esos estínfalos den la vuelta antes de que nuestros alumnos lleguen a Camelot. Hazlos regresar *ahora mismo*. —Lanzó una mirada iracunda hacia Agatha y abandonó la oficina.

La profesora Anémona arrinconó a Uma.

—¿Puedes llamar a los estínfalos?

—¡Es demasiado tarde! ¡Ya deben haber llegado a Camelot! —respondió la princesa.

—¿Y si enviamos a un cuervo para decirles que abandonen el plan? —sugirió el profesor Espada.

—Iremos más deprisa si nos mogrificamos —dijo el profesor Lukas.

—IREMOS MÁS DEPRISA SI OS MONTÁIS EN MI ESPALDA —propuso Castor, indignado—. TRAIGÁMOSLOS DE VUELTA NOSOTROS MIS…

Castor enmudeció. Los docentes siguieron la mirada del perro hacia la ventana.

Agatha estaba frente a la bola de cristal, quemando un gran círculo en ella con el brillo de su dedo. Luego, retiró el cristal recortado para abrir un agujero.

—Nunca la tomé por una vándala —dijo la profesora Sheeks.

La profesora Anémona parpadeó con sus pestañas extremadamente rizadas.

—¡Se ha vuelto una rebelde!

Agatha alzó su dedo encendido hacia el agujero en el cristal, con el pecho lleno de emoción, como un río después de la lluvia. Luego, apuntando el dedo como si fuera una varita, disparó un rayo hacia el mensaje de Melena de León, sintiendo que toda la furia, el miedo y la determinación brotaban de su cuerpo hacia el cielo. Se arremolinaron unas nubes negras sobre Camelot como tentáculos alrededor del mensaje de Melena de León, moviéndose al ritmo de los truenos lejanos. Las nubes rodearon las palabras mientras Agatha se concentraba más y dirigía la bruma sobre cada letra como si fueran dedos tocando las cuerdas de un violín. Luego, de inmediato, las letras empezaron a temblar una a una en el cielo.

—¿Cómo lo está haciendo? —preguntó la princesa Uma.

—Es un hechizo climático de primer año —respondió la profesora Sheeks—. Seguramente se lo enseñó Yuba.

—No seáis ridículos —protestó el gnomo—. ¡Los hechizos climáticos no pueden modificar la magia de un enemigo!

Agatha apuntó con más fuerza su dedo al cielo, las letras temblaban cada vez más deprisa. Sentía el peso del mensaje de Melena de León bajo su mano, como si estuviera empujando la cubierta pétrea de una tumba. Apretando los dientes, pensó en Tedros, Sophie, Dovey, Merlín y todos sus amigos, reuniendo hasta la última gota de determinación; su brillo electrificaba las venas de toda la palma de su mano... hasta que al final, con un feroz *ummmpph*, quitó mágicamente el dorado de las letras...

Y reveló la letra rosa del mensaje que había debajo, como una cicatriz fresca.

El rosa de la magia de quienquiera que hubiera escrito aquel mensaje.

Un rosa tan llamativo y atrevido que todos sabían de quién era.

—Los hechizos climáticos no pueden modificar la magia de un enemigo —dijo Agatha, mirando los restos del brillo de Sophie—, a menos que la magia no sea la de un *enemigo*.

En el cristal, vio a los profesores observándola con los ojos abiertos de par en par: Manley también la miraba desde la escalera de fuera de la oficina.

Agatha extendió la mano y lanzó un hechizo que convirtió el mensaje de Melena de León en una esfera dorada que se hinchó y explotó como si fuera un sol rival.

Observó la palabra ardiendo en el cielo.

Demasiado, pensó.

Pero no había podido evitarlo.

Tenía que enviar un mensaje a aquel fraude que estaba usurpando el trono de Tedros… A la Serpiente que tenía a su lado… A cada ingenuo que lo seguía…

Y sobre todo, a Sophie.

Para decirle que había descifrado su código.

Que la ayuda iba en camino.

Agatha se acercó a Yuba, le quitó el bolso de Dovey de sus manitas sucias y salió de la oficina.

—¿Podemos volver a centrarnos en salvar personas? —Miró hacia atrás con ojos fulminantes y llameantes—. ¿O alguien más quiere darme lecciones sobre *amistad*?

Los profesores intercambiaron miradas… y luego la siguieron.

Incluido el gnomo.

Lo hicieron desde la Biblioteca de la torre Virtud, en el piso más alto de la torre Honor, para que Agatha tuviera una vista despejada del Bosque a través de las ventanas de la biblioteca.

Se puso de pie frente al vidrio, con la bola de cristal sobre un atril delante de ella. A sus espaldas, los profesores la observaban junto con los alumnos de primero, callados, apiñados contra una pared con el escudo de la escuela pintado; ellos también tenían los ojos puestos en Agatha.

Agatha insistió en que los de primero estuvieran presentes, a pesar de las dudas de los profesores. Merecían ser parte de esto. *Querían* ser parte. Las vidas de sus compañeros estaban en juego.

Si conseguía traer a los grupos #1 y #6 a casa a salvo, se ganaría la confianza del resto de los alumnos como su líder. Y necesitaba esa confianza para lo que vendría.

En la Bahía Intermedia, las hadas estaban transportando a Manley por el aire hasta la torre del Director para que pudiera reforzar su escudo contra los hombres de Rhian desde una distancia menor. Mientras tanto, Agatha observaba el cielo detrás de la torre, esperando la señal de Camelot. La biblioteca estaba en silencio a su alrededor; el único sonido era la respiración ajetreada del nuevo bibliotecario, una cabra anciana con bigotes grises que sellaba libros de modo tan incesante que Agatha se preguntó si la cabra se moriría antes de terminar con la pila de libros. Tampoco demostró ni una pizca de curiosidad acerca de por qué toda la escuela se había reunido en su biblioteca para observar una bola de cristal. La cabra continuó sellando —*pam, pam, pam*—, y su ritmo lento desentonaba con los latidos desbocados de Agatha mientras tenía la vista clavada en el cielo vacío, respirando de modo superficial, con una sensación de mal augurio subiéndole por la garganta…

Y entonces, un destello diminuto apareció a lo lejos: una hélice azul y rosada, como un fuego artificial accidental.

Agatha exhaló.

—Es el brillo de Bodhi y de Laithan. Han llegado a las puertas de Camelot sin ser detectados.

—¡Están a salvo! —exclamó una chica alegre de pelo oscuro con una etiqueta donde ponía PRIYANKA.

Los alumnos de primer año empezaron a aplaudir…

—Todavía es demasiado pronto para eso —comentó nerviosa la profesora Anémona—. Ahora viene el peligro de verdad. Bodhi y Laithan deben escabullirse por la colina de la torre Dorada y esperar a que aparezca la burbuja de Agatha, para que pueda mostrarles el lugar preciso en la colina desde donde pueden entrar al calabozo. Mientras tanto, Agatha tiene que usar la bola de cristal para encontrar ese sitio. Y deprisa. Cada segundo que Bodhi y Laithan pasan en los terrenos del castillo esperando a Agatha es un segundo de más.

Los estudiantes volvieron a enmudecer.

Agatha centró la atención en la bola de cristal.

Pero no ocurrió nada.

—Mira directamente al centro —le indicó la princesa Uma.

—No parpadees —la reprendió la profesora Sheeks.

—Lo sé —dijo Agatha apretando los dientes.

Pero aun así, la bola no funcionaba.

Bodhi y Laithan estaban buscando la burbuja de Agatha sobre la colina en aquel preciso instante… Contaban con que apareciera…

En el reflejo del cristal, vio a los alumnos acercándose a ella a sus espaldas, intentando ver mejor.

—¡QUIETOS, NOVATOS! —bramó Castor.

—¡Shhh! —siseó la profesora Anémona.

Agatha respiró profundamente y cerró los ojos.

Quieta.

Quieta.

Quieta.

No recordaba cómo quedarse quieta. No recordaba la última vez que se *había quedado* quieta.

De pronto, emergió un recuerdo.

Ella y Sophie junto al lago en Gavaldon… Una brisa soplando sobre la superficie del agua, sus cuerpos entrelazados en la orilla… Sus respiraciones sincronizadas, el silencio infinito… Dos mejores amigas, disfrutando del atardecer, deseando que durara para siempre…

Agatha abrió los ojos.

La bola de cristal emitió un brillo azul.

Unos hilos de plata se aproximaron hacia ella y apareció el fantasma.

Clara como el cristal, dura como el hueso.
De Clarissa es mi sabiduría y solo ella tiene acceso.

Pero su Segundo te nombró, así que también contigo hablaré.
Dime, querido Segundo, ¿la vida de quién observaré?

Amigo o enemigo, cualquier nombre permitiré.
Dilo en voz alta y en un instante te lo mostraré.

—Muéstrame a Tedros —ordenó.

—Como desees —respondió el cristal.

El fantasma plateado se convirtió en niebla y se formó de nuevo para representar una escena dentro de la esfera.

Tedros irrumpiendo en el Teatro de Cuentos, con una rosa en la mano y una espada en la otra, mientras combatía por diversión con Siempres atractivos, a la vez que sonreía a las chicas de la audiencia.

—Eso no es de ahora —dijo Agatha, consternada—. ¡Ese es su primer día de escuela! ¡Fue hace años!

La bola de cristal tuvo un fallo técnico, la escena se dispersó y se fragmentó en miles de orbes cristalinas diminutas dentro de la esfera grande, con cada burbujita reproduciendo la misma escena de Tedros combatiendo contra los chicos. Luego, una tormenta de rayos azules atravesó el orbe y reunió los cristales en miniatura para formar una nueva escena… Tedros de niño, oculto bajo la cama en aquella habitación de huéspedes extraña que Agatha había visto una vez en la torre blanca de Camelot; el príncipe se reía en voz baja mientras las hadas revoloteaban buscándolo…

El cristal tuvo otro fallo peor, más rápido…

Esta vez, mostró a dos Tedros corriendo juntos por el Bosque, ambos sin camisa y ensangrentados… Luego a Tedros de bebé, jugando con el sombrero de Merlín… Luego a Tedros con Agatha bajo el agua, observando el cristal con ella del modo en que lo estaba haciendo en aquel mismo instante…

—A esa bola le ocurre algo muy malo —murmuró Yuba.

—Dovey dijo que estaba rota, pero no tanto —protestó Agatha, sujetando la bola con ambas manos. Sin su ayuda, Bodhi y Laithan estarían varados en el castillo de Rhian. La bola de cristal tenía que funcionar—. ¡Muéstrame a Tedros tal y como es! —ordenó—. ¡No como niño, no como estudiante, sino tal y como es ahora!

Los relámpagos estallaron dentro de la bola de cristal y mostraron a Tedros besando a Sophie en una cueva de zafiros.

—¡Estúpida *bola*! —gritó Agatha y la giró como si fuera un reloj de arena.

Solo que entonces la esfera mostró a un águila sobrevolando un lago lleno de sangre.

—¡Muéstrame a Tedros, pedazo de porquería! ¡Al Tedros de verdad!

La sacudió con ambas manos como si fuera una maraca barata.

Algo pareció encajar en su sitio.

Ahora, en la superficie del cristal, una burbuja plateada rodaba por encima del césped frondoso y verde bajo el sol de una tarde dorada. Mientras la burbuja subía colina arriba y el césped temblaba a su paso, Agatha vio la silueta de una torre familiar más adelante, con guardias armados preparando los arcos en las pasarelas.

—Espera. Eso es —susurró—. Es Camelot.

La burbuja redujo la velocidad, luego se detuvo en un trozo cubierto de césped a mitad de camino en la colina antes de ampliar lo bastante como para que Agatha viera hormigas correteando sobre las briznas verdes.

—La bola de cristal nos está diciendo dónde está Tedros. ¡Su calabozo está bajo ese trozo de césped! —dijo Agatha con la voz teñida por la emoción. Estaba a una capa de tierra de poder ver a su príncipe de nuevo—. ¡Allí es desde donde tienen que acceder! ¡Bodhi y Laithan tienen que entrar por aquí!

Por un instante, la biblioteca quedó sumida en el silencio.

Pero la voz de Castor lo interrumpió.

—SI ES QUE APARECEN.

Agatha estaba pensando lo mismo.

¿Dónde estaban?

El destello rosado y azul significaba que habían atravesado a salvo las puertas de Camelot. Se suponía que tenían que escabullirse hasta la colina de la torre Dorada y esperar a Agatha. La colina era pequeña. Debería ser sencillo estar observando el césped y detectar la burbuja en cuanto apareciera…

El corazón de Agatha se detuvo.

¿Y si los guardias piratas habían capturado a Bodhi y a Laithan? ¿Y si su plan para que pasaran inadvertidos había fallado? ¿Y si estaban heridos o algo todavía peor…?

¡En qué estaba pensando! ¿Permitir que unos alumnos de primero fueran a una misión temeraria con unas probabilidades de éxito ínfimas? ¿Acaso valía la pena matar niños inocentes para salvar la vida de sus amigos? ¿Tedros, Sophie y Dovey querrían que los estudiantes murieran por ellos?

Esto ha sido un error, pensó Agatha. Estaba tan concentrada en intentar salvar el futuro de Camelot que había puesto en riesgo el futuro de la escuela. Tenía que corregir su rumbo. Le ordenaría a la bola de cristal que le mostrara a Bodhi y a Laithan. Daba igual dónde estuvieran, encontraría la manera de salvarlos. Incluso si aquello significaba perder a Tedros. Incluso si significaba perder a todos los demás.

Agatha fulminó la bola con la mirada.

—Muéstrame a Bo…

Un rostro atractivo apareció dentro del cristal, manchado con una sustancia negra y sosteniendo una capa brillante sobre la cabeza como si fuera un escudo.

—Lo siento —jadeó Bodhi, haciendo temblar la burbuja con su aliento—. No veía la burbuja bajo el sol. Además, es una pesadilla manipular la antigua capa de piel de serpiente de Sophie. Es delgada, resbaladiza y simplemente lo peor. Para mantenernos invisibles, hemos tenido que avanzar debajo de ella como esas marionetas de dragón. Y Laithan tiene un trasero grande.

—Me lo tomaré como un cumplido —susurró Laithan, también cubierto de aquel líquido viscoso, apretado bajo la capa—. Para ser justos con mi trasero, habíamos planeado ser dos y no tres, así que eso ha empeorado las cosas.

—¿Tres? —dijo Agatha, desconcertada.

—Hola —saludó un nuevo rostro manchado de viscosidad, agazapado debajo de la capa.

—¿*Hort*? —exclamó Agatha.

—Estaba sentado en un carruaje con Willam y Bogden luchando contra una de las cimitarras de la Serpiente —dijo la comadreja— y, quién lo hubiera dicho, de repente han aparecido dos de mis antiguos estudiantes, han atacado el carruaje real como salvajes, han aturdido al cochero con un hechizo bastante mediocre, pero que me ha dado suficiente tiempo como para convertir esa cimitarra en un charco, y un segundo después ya estábamos rumbo a Camelot. Los chicos me han dicho que supuestamente tenían que entrar al calabozo solos, que no habría espacio para los tres bajo la capa de Sophie, pero evidentemente no iba a permitir que dos alumnos de primero fueran sin mí. Soy un *profesor*. Oh, y Bogden y Willam querían venir, pero se les da mucho mejor vigilar, ya me entiendes.

—¿Bogden y Willam? —dijo Agatha, todavía más atónita.

—Se han llevado el carruaje al Bosque cerca del castillo y están esperando allí, en caso de que no podamos usar los estínfalos para huir —respondió Bodhi—. Hoy no hay nubes, así que los estínfalos no pueden esconderse en las alturas porque los guardias los verían desde las torres. No tengo ni idea de hacia dónde han volado. Intentaremos mandarles una señal cuando hayamos liberado a los prisioneros, pero no tenemos ninguna garantía de que nos recojan.

—¿Es una bola de cristal de verdad? Es geniaaal —comentó Laithan, tocando la burbuja, lo cual distorsionó la imagen. Inspeccionó lo que había detrás de Agatha—. ¿Priyanka me está viendo? Dile que le mando saludos.

—La profesora Anémona sí que te está viendo y ¡deberías centrarte en tu misión crucial en vez de pavonearte ante las chicas! —protestó la profesora de Embellecimiento.

Laithan tosió.

—Ehm, el calabozo está… ¿aquí?

—Justo debajo de vuestros pies —confirmó Agatha.

Apretados bajo la piel de serpiente, los tres chicos bombardearon el suelo con sus dedos encendidos e hicieron agujeros en el césped. La magia de Hort cavaba mucho más rápido que la de los chicos de primer año y atravesaba la tierra como un sol derritiendo hielo, hasta que se topó con una pared gris sólida. Le dio una patada, oyó un ruido hueco y vio que caía polvo, como si el muro fuera excepcionalmente viejo o no muy fuerte. Luego, hizo una señal silenciosa a los chicos y atacaron de nuevo con sus brillos.

De pronto, sopló una ráfaga de viento y les quitó la piel de serpiente de encima. La silueta de los chicos brilló en el visor de Agatha. Ya no eran invisibles. Agatha vio que un guardia de la torre se daba la vuelta.

Hort sujetó la capa y volvió a cubrir al grupo.

—Malditas pelotas de rana. ¿Nos han visto?

—No lo sé —dijo Agatha—. Pero daos prisa.

Los chicos dispararon con más fuerza contra la pared del calabozo con sus dedos encendidos, pero esta vez, los brillos de Bodhi y de Laithan solo emitieron débiles chispas.

—Los chicos nuevos no suelen durar mucho —se lamentó la princesa Uma.

—Se drenan con facilidad —coincidió la profesora Sheeks.

Hort fulminó con la mirada a Bodhi y a Laithan mientras él doblaba la fuerza de su brillo.

—¿Y pretendíais hacerlo *solos*?

También había otro problema.

—¿Hort? —dijo Agatha con voz ronca.

—Qué.

—La conexión se está debilitando.

Hort alzó la vista hacia la bola y vio lo que ella estaba viendo: la imagen de la burbuja se estaba volviendo traslúcida.

—Oh, por Garfio —gruñó Hort.

Redireccionó su brillo hacia él mismo y, con un grito ahogado, sus prendas estallaron cuando se transformó en un hombre lobo gigante; su cinturón estuvo a punto de empujar a los chicos fuera de su escondite bajo la capa, pero Hort los sostuvo contra su torso peludo como un león protegiendo a sus cachorros. Luego, bien cubiertos con la capa de piel de serpiente, Hort alzó sus dos puños peludos y golpeó la pared, una, dos, tres veces, la última con un rugido...

La pared cedió.

Los dos chicos y el hombre lobo cayeron por el agujero en medio de una implosión de ladrillos, suciedad y césped mientras Agatha observaba con los ojos abiertos de par en par y oía gritos confusos de los guardias a lo lejos a través de la bola de cristal, seguidos por campanadas de alarma. Unos remolinos de polvo negro aparecieron dentro de la bola de cristal como una tormenta y lo ocultaron todo; Agatha presionó la nariz contra el cristal, mientras los profesores y los alumnos se agrupaban detrás de ella, desesperados por ver si los chicos habían sobrevivido.

Poco a poco, el polvo se disipó y vieron tres paredes de una celda oscura; un haz de luz los atravesaba como un sable.

Hort, Bodhi y Laithan estaban boca abajo entre los escombros, gruñendo mientras se movían.

Pero Agatha no los estaba mirando a ellos.

Estaba observando a un chico agazapado, con piel cetrina y ojos vidriosos, cubierto de sangre y moratones, levantándose despacio bajo la luz del sol, como si estuviera perdido en un sueño.

—¿Agatha?

Los ojos de la princesa estaban llenos de lágrimas.

—Tedros, escúchame. Todo lo que dije la noche antes de la batalla… Todo lo que le dije a Sophie… Me dejé llevar por el momento. Estaba asustada y frustrada. No es lo que pienso de ti…

—Has venido a buscarme. Eso es todo lo que importa —dijo Tedros, ahogado por la emoción—. Pensé que era imposible. Pero has encontrado la manera de hacerlo. Por supuesto que la has encontrado. Tú eres así. Y ahora estás aquí… —Inclinó la cabeza—. Junto a muchas otras personas. Ehm, veo a Yuba… y a Castor y… ¿estás en la *escuela*?

—Por ahora —dijo Agatha rápidamente—. Y pronto, tú también estarás aquí. Estás herido y los profesores pueden curarte.

—¿Me veo tan mal como me siento? —preguntó Tedros.

—Todavía eres más apuesto que Rhian —dijo Agatha.

—Buena respuesta. ¿Y Sophie?

—Un grupo de alumnos de primero está distrayendo a Rhian lo suficiente como para poder liberarla. Habrá tiempo de sobra para que charlemos cuando estés en la escuela. Pero ahora tienes que salir de ahí, Tedros. Tú, Dovey y todos los demás.

Pero Tedros solo la miraba como si tuvieran todo el tiempo del mundo. Agatha también sentía que se sumergía en los ojos de Tedros, como si no hubiera ninguna barrera entre ellos.

—Mmm… ¿chicos?

Tedros se giró hacia el hombre lobo que alzaba la cabeza del suelo.

Hort señaló con su pata.

—Ya vienen.

De pronto, Agatha vio unas sombras que aparecieron corriendo desde cada lateral de la bola de cristal, hacia el centro del calabozo.

—¡Libera a los demás! —le gritó Tedros a Hort, quien corrió junto al príncipe por el pasillo hacia las otras celdas. Bodhi y Laithan se incorporaron con dificultad del suelo y cojearon detrás de ellos, pero Hort los echó para atrás.

—¡Llamad a los estínfalos, idiotas!

Bodhi se giró y disparó unas llamaradas azules hacia el cielo a través del agujero; los disparos pasaron junto a los guardias piratas que empezaban a bajar desde la colina y a entrar al calabozo. Más suciedad y escombros nublaron la bola de Agatha, obstruyéndole la visión. Vio a Laithan repeliendo a los guardias con hechizos estupefacientes, pero su brillo no tenía suficiente fuerza como para detenerlos. Un pirata avanzó y tiró al estudiante al suelo, luchando con el chico de primer año mientras le hacía una llave de cabeza y bloqueaba por completo la visión de Agatha.

Mientras tanto, la burbuja dentro de su cristal se había desvanecido un poco más. Apenas veía nada, estaba a punto de perder la conexión.

Los rugidos de Hort resonaban por el pasillo junto al sonido del choque de metal. Unas voces inconexas se alzaban en medio del caos.

—¡Por aquí! —gritó Tedros.

—¡Nicola, detrás de ti! —exclamó la profesora Dovey.

—¡Suéltame, bruto! —vociferó Kiko.

El alarido agudo de los estínfalos ahogó las voces.

Más escombros estallaron por el calabozo e inundaron la bola de cristal de Agatha. La transmisión de la bola de cristal volvió a fallar y el polvo mutó a un resplandor plateado que conformó nuevamente la máscara fantasma…

—Ya no los veo —dijo Agatha con un grito ahogado.

—Los estínfalos han llegado demasiado tarde —comentó la princesa Uma, pálida—. No lograrán sacar a todos.

—Tienen que conseguirlo. —Agatha entró en pánico—. Si dejamos a alguien atrás, ¡Rhian lo matará!

—¡TENEMOS QUE IRNOS AHORA MISMO! —bramó Castor, dirigiéndose hacia las puertas—. TENEMOS QUE AYUDARLOS…

—Nunca llegaremos a tiempo —dijo Yuba.

Castor se detuvo donde estaba.

La biblioteca se sumió en el silencio, tanto los estudiantes como los profesores.

Agatha respiró profundamente y alzó la vista hacia su ejército.

—Tal vez nosotros no podamos llegar a tiempo —dijo ella—. Pero sé de alguien que sí puede.

La profesora Anémona leyó la expresión de Agatha.

—Estás sobrestimando su bondad, Agatha. Se salvará a sí misma a cualquier precio. Da igual quién haya quedado atrás. Se montará en el primer estínfalo rumbo a la escuela.

Agatha no la escuchó. Había aprendido su lección demasiadas veces: la amistad no se puede explicar. No una amistad como la suya. Algunos vínculos son demasiado estrechos como para que otros puedan comprenderlos.

Miró de nuevo el cristal mientras el fantasma plateado en su interior avanzaba hacia ella, desapareciendo rápidamente, casi sin poder suficiente como para conceder un último deseo…

—Muéstrame a Sophie —le ordenó Agatha.

De nuevo en la azotea, Agatha se posó contra la escultura hecha de hojas del rey Arturo, todavía pensando en el hijo del rey.

No sería uno de los que se había quedado atrás.

Encontraría la manera de regresar a su lado.

Tal y como ella siempre había encontrado la manera de regresar a su lado.

Una voz interrumpió su trance:

—*¡Ya están aquí!*

Agatha se apartó de un salto de la escultura vegetal, con los ojos en el cielo.

Los estínfalos flotaban hacia la escuela desde el Bosque, penetrando con suavidad la niebla verde de Manley, mientras los jóvenes jinetes empezaban a aparecer sobre el atardecer rojo intenso.

Los alumnos de primer año irrumpieron en la azotea detrás de Agatha, celebrando el regreso, y los profesores se les unieron.

—*¡ESTÁN A SALVO!*

—*¡HEMOS GANADO!*

—*¡QUE VIVA TEDROS!*

—*¡QUE VIVA LA ESCUELA!*

Agatha estaba demasiado ocupada contando los jinetes de los estínfalos.

Hester... Anadil... Dot...

Beatrix... Reena... Kiko...

Bodhi... Laithan... Devan...

Más pájaros huesudos atravesaban la niebla, con más jinetes en el lomo.

Diez... Once... Doce... contó Agatha, mientras su ejército celebraba la victoria cada vez más fuerte.

Dos estínfalos más, con dos jinetes cada uno.

Quince...

Dieciséis...

Agatha esperó mientras la primera ola de estínfalos aterrizaba en el Gran Jardín de abajo, Hester y Dot desmontaron y ayudaron a Anadil, que estaba cubierta de sangre.

De inmediato, profesores y alumnos corrieron dentro del castillo y bajaron al jardín para asistirla a ella y a los demás que habían aterrizado cerca: Bert... Beckett... Laralisa...

Agatha se quedó en la azotea, buscando más estínfalos entre la niebla.

El cielo permaneció vacío.

Faltan siete.

Faltaban siete personas.

Siete personas que ahora solo Sophie podía salvar.

Las lágrimas invadieron a Agatha al darse cuenta de quiénes habían quedado atrás.

¡CRAC!

El sonido resonó por el terreno de la escuela como una roca a través del cristal.

Agatha miró y vio que el profesor Manley gritaba con violencia desde la ventana del Director... Alumnos y profesores huían hacia el castillo desde el jardín... Había lobos cubiertos de sangre en la Puerta Norte...

Agatha alzó los ojos hacia un agujero en el escudo verde... Hacia el acero y las botas que lo atravesaban...

Retrocedió y empezó a correr.

No tenía tiempo de llorar por las personas que faltaban.

No ahora.

Porque mientras ella irrumpía en el castillo de Rhian...

Los hombres de Rhian habían irrumpido en el *suyo*.

12

El siete de la suerte

Bajo el agua fría y turbia, Tedros por fin se sintió limpio. Extendió los brazos y las piernas, flotando como las algas marinas bajo la superficie verdosa. El frío intenso le entumeció los músculos doloridos y le congeló los pensamientos. Mientras permaneciera bajo el agua, no tendría que enfrentarse a lo que ocurría en la superficie.

Pero solo podía contener la respiración durante una cierta cantidad de tiempo.

Cada vez que emergía lo justo para tomar aire, oía un fragmento de conversación.

—Si me hubieran escogido a mí para llevar la capa de Sophie en vez de a esos *chicos*, ya habríamos escapado.

Tedros se sumergió de nuevo.

—Las cartas de tarot dijeron que habría un fantasma volador en la iglesia y la burbuja de Agatha se parecía mucho a un fantasma volador…

Se sumergió de nuevo.

—Si hubiéramos corrido cuando os lo he dicho…

Se sumergió de nuevo.

La piel de Tedros gritaba de frío, su corazón latía desbocado. Cada vez respiraba menos profundamente… Su cerebro se cerraba como una puerta… Veía la estatua del rey Arturo sobre la superficie de color moho, reflejada y difuminada, sujetando en las manos una Excalibur de piedra. Pero ahora, Arturo estaba inclinado hacia el agua, mirándolo con malicia a través de las cuencas vacías, llenas de gusanos y lombrices. Tedros retrocedió en el agua nadando como un perro, pero su padre lo persiguió. La estatua había cobrado vida, como si el rey por fin hubiera descubierto quién le había arrancado los ojos… Como si hubiera descubierto la traición cobarde de su hijo… Sacudiéndose hacia atrás, la espalda de Tedros golpeó una pared y se aplastó contra ella como una estrella de mar mientras su padre nadaba hacia él con la espada apuntándole hacia el corazón.

—*Desentiérrame* —le ordenó el rey.

Tedros atravesó la superficie de la piscina, salpicando e intentando tomar aire.

Valentina y Aja estaban apoyados contra la pared de mármol de La Ensenada del Rey, empapados por las salpicaduras de Tedros. Detrás de ellos, la estatua del rey Arturo estaba de pie, inmóvil y sin ojos.

—¿Por qué está nadando en una piscina *sucia*? —preguntó Valentina.

—Los hombres son un misterio —respondió Aja, escurriéndose el pelo rojo escarlata.

—Pero si tú *eres* un hombre —dijo Valentina.

—Entonces, ¿por qué Agatha no me escogió para ponerme la capa de Sophie? —suspiró Aja—. Sabía que yo adoraba esa capa y, en cambio, permitió que se la pusieran Bodhi y Laithan …

—¡Por favor, deja de hablar ya de esa maldita capa! —dijo una nueva voz.

Tedros se giró y vio a Willam y a Bogden apoyados contra la pared opuesta, ambos con la camisa llena de barro y manchas de césped.

—¡Llevamos horas aquí sin comida ni agua ni nada y solo piensas en una capa! —dijo Bogden—. ¡Deberías estar preocupándote por salir de aquí antes de que muriéramos!

—Entonces dejad de hablar de tonterías y ayudadnos a *encontrar* una salida —dijo la voz de la profesora Dovey.

Tedros se giró para ver a la Decana y a Nicola en la puerta de piedra que llevaba a La Ensenada del Rey. Nicola estaba intentando abrir la cerradura a la fuerza con su horquilla mientras Dovey lanzaba hechizos reiteradamente sobre la moldura de la puerta, solo para verlos extinguirse en el aire.

—*No* hay salida —protestó Tedros mientras emergía de la piscina y dejaba que el aire húmedo de la ensenada le descongelara el torso, al tiempo que se dejaba caer contra la pared cerca de Valentina—. Papá colocó un escudo contra la magia en esta habitación para librarse de las hadas después de que partiera Merlín. Además, ¿por qué creéis que nos han trasladado aquí ahora que el calabozo ha quedado destruido? Se llama La Ensenada del Rey por un motivo: papá la construyó como refugio, en caso de que invadieran el castillo. Es impenetrable. Estamos igual de atrapados que en el calabozo.

—Al menos es la única habitación del castillo que Rhian no ha reconstruido como tributo a sí mismo —dijo Willam.

Tedros lo miró.

—Lo vimos cuando nos llevaron arriba —explicó Bogden—. Hay Leones dorados, bustos de Rhian y estatuas de él sin camisa con aspecto musculoso por todas partes.

—Tampoco es que me queje —dijo Willam con tono animado—. Llevo toda mi vida en Camelot y el castillo tiene un aspecto mucho mejor que antes… —Vio que Tedros lo fulminaba con la mirada—, solo que decorado de manera ordinaria y sin clase.

Tedros deslizó una mano por su pelo cubierto de sal.

—Probablemente no hizo nada en este cuarto porque nadie lo iba a ver. Todo lo que hace este cerdo es para alardear.

Se frotó los moratones que tenía en su estómago musculoso y en el pecho… Y luego se dio cuenta de que Aja, Valentina, Willam y Bogden lo observaban con atención.

—¿Qué pasa? —preguntó Tedros.

—Nada —respondieron los cuatro a la vez, y apartaron la vista.

Tedros se puso de nuevo la camisa.

Mientras tanto, Dovey y Nicola habían empezado a atacar la puerta de nuevo. El vestido verde de Dovey iba perdiendo alas de escarabajo mientras se ponía de puntillas y disparaba chispas con la punta del dedo, tratando de hallar una debilidad en el escudo mágico. Debajo de ella, Nicola sacaba la lengua concentrada mientras estaba agazapada intentando forzar la cerradura.

—*He vivido* en este castillo. ¿No creéis que lo sabría si hubiera una salida? —protestó Tedros.

—¿Acaso no fuiste tú también quien dijo que el Bien nunca se rinde? ¿Que el Bien siempre *gana*? —replicó Nicola.

—¿Cuándo dije eso? —resopló Tedros.

—Justo antes de que Sophie y tú fuerais a la Gran Prueba cuando estabais en primer año —contestó ella—. Deberías repasar tu cuento de hadas.

Tedros frunció el ceño.

—Deberías haberla visto en clase —susurró Dovey.

Pero entonces Tedros se puso a pensar en el momento en el que él y Sophie habían ido juntos a la Prueba. Aquella vez, había creído que la Prueba sería el mayor desafío al que se enfrentaría en toda su vida… Que Sophie era su verdadero amor… Que el Bien siempre ganaba…

Quizá debería repasar mi cuento de hadas, pensó. Porque mientras lo vivía, nunca podía verlo con claridad.

La Prueba apenas podía considerarse como tal en comparación a lo que se enfrentaba ahora.

Y Sophie tampoco había resultado ser su verdadero amor.

Y el Bien no siempre ganaba.

De hecho, quizá no ganaría nunca más.

El pánico le atravesó el pecho, como si el frío entumecedor hubiera desaparecido, y sus sentimientos hubieran regresado a toda velocidad. Agatha lo había rescatado. Ella le había dado la oportunidad de pelear por su corona. Y en medio del caos, lo habían capturado. Otra vez.

Olvídate de ser rey, pensó Tedros. *Ni siquiera puedes dejar que te rescaten bien.*

Debería estar en la escuela. Debería estar junto a ella, planeando su venganza contra Rhian. Debería estar liderando una guerra para recuperar el trono.

Bogden sollozó.

—Estábamos tan cerca. Willam y yo teníamos el carruaje real. Nos llevamos a los caballos al Bosque, pero no sabíamos cómo llegar a la escuela. Luego recordé que la princesa Uma había enseñado a mi Grupo del Bosque a hablar Caballo, así que les dije a los corceles que nos llevaran a la escuela… —Lloró todavía más—. Y en cambio, nos llevaron de vuelta con Rhian.

—Los caballos son tan desleales —suspiró Willam, dándole palmaditas en la cabeza.

—¿Qué les has dicho exactamente a los caballos? —preguntó Nicola con escepticismo, todavía peleándose con la cerradura.

Bogden imitó unos gruñidos y relinchó con vigor.

—Eso significa «ir a la escuela».

—Significa «defeca en mi pie» —dijo Nicola.

Bogden se mordió el labio inferior.

—Eso explica muchas cosas —murmuró Willam.

La profesora Dovey emitió un doloroso grito ahogado y Tedros se giró y vio que brotaba humo de la punta del dedo de la Decana, con la piel en carne viva.

—Sea cual fuere el escudo que Arturo colocó, ya lo he puesto a prueba lo suficiente —dijo ella, y tomó asiento, exhausta, sobre un banco de mármol junto a la piscina. Todos tenían un aspecto terrible, pero Dovey parecía particularmente débil, como si nunca se hubiera recuperado por completo de lo que fuera que le había hecho su bola de cristal. Emitió un suspiro largo—. Parece que Tedros tiene razón sobre las defensas de la habitación.

Un segundo después, la horquilla de Nicola se rompió dentro de la cerradura.

Mientras tanto, Aja y Valentina estaban al borde de la piscina, tocando el agua podrida con una de las botas de la chica.

La suma de toda aquella indecisión hizo que Tedros saliera de su propio estupor. Allí estaba, juzgando a sus compañeros, cuando él no estaba haciendo *nada* por ayudarlos. Mientras tanto, Agatha se había escapado, había llegado hasta la escuela, había acudido a su rescate, lo había hecho todo, todo, todo.

¿Acaso él había hecho algo por *ella*? ¿O por cualquier otra persona? Era por eso que había terminado en ese cuarto para empezar. Era por eso que había perdido su corona. Porque había sido tan quejica, tan individualista y tan arrogante que nunca había hecho lo que un rey debía hacer: *liderar*.

Tedros se puso de pie.

—Escuchad, no podemos usar magia para salir de aquí, pero quizá podamos usar otra cosa.

—¿No acabamos de acordar que esta habitación no tiene salida? —susurró la Decana.

—Entonces *creemos* una salida —respondió Tedros—. ¿Alguien tiene algún talento?

La profesora Dovey enderezó la espalda, de pronto en estado de alerta.

—¡Buena idea, Tedros! Aja y Valentina. Vosotros sois Nuncas. ¿Qué habéis estado practicando en la clase de la profesora Sheeks?

—Puedo trepar árboles de guanábana —contestó Valentina.

—Me refiero a tu talento de *villano*, tonta —replicó Dovey—. ¡El que practicas en la escuela!

—*Ese* es el talento que practico en la escuela —insistió Valentina.

Dovey frunció los labios y luego miró a Aja.

—Visión térmica —dijo el chico con el pelo rojo como las llamas—. Puedo ver a través de los objetos sólidos.

—¿Puedes ver a través de esa pared? —preguntó Tedros con entusiasmo.

Aja clavó la vista en la pared y en sus inmensos ladrillos de mármol, cada uno del tamaño de una ventana pequeña.

—Veo... un estanque negro... A Sophie, con aspecto muy elegante, vestida con pieles blancas y una babushka, perdida en sus pensamientos mientras alimenta a los patos... Probablemente esté pensando en un plan para salvarnos...

—Estamos en un *sótano* —gruñó Tedros—. No hay *estanques* en el castillo, y mucho menos uno «negro». Y cuando vi a Agatha en su bola de cristal, ella me dijo que tus amigos estaban rescatando a Sophie de la iglesia. Debería estar a salvo en la escuela.

Aja se sacudió el pelo.

—Yo veo lo que veo.

—Y nunca has acertado. ¡Ni una sola vez! —exclamó enfadada Valentina—. Tal vez deberías buscar otro talento. Como besar el trasero de Sophie.

—¿Alguien más tiene un talento? —insistió la profesora Dovey.

—Clarividencia —dijo Bogden.

—Yo igual —dijo Willam, tomando las cartas de tarot.

Tedros recordó su profecía con respecto a los regalos… Los dos chicos le habían advertido que tuviera cuidado con ellos… Y fue el «regalo» de Rhian para Tedros lo que había permitido que el falso rey sacara a Excalibur de la piedra y le robara la corona…

Tedros miró a los dos chicos con interés renovado.

—Preguntad a vuestras cartas si saldremos de esta habitación.

Bogden realizó una tirada.

—Dicen que sí.

—Y pronto —añadió Willam.

Los ojos de Tedros se iluminaron.

—¡Preguntadles a las cartas cómo lo haremos! ¡Preguntadles cómo saldremos de La Ensenada del Rey!

Bogden y Willam inspeccionaron las cartas… Luego intercambiaron una mirada… y después observaron a Tedros…

—Patatas —dijeron los chicos.

Todos los presentes los miraron fijamente.

—¿*Patatas*? —repitió Tedros.

—Es evidente que hablan igual de bien el Tarot que el Caballo —dijo la profesora Dovey—. ¿Y tú, Nicola?

—Los Lectores no tienen talentos —comentó Tedros, observando a la chica mientras ella comprobaba si había algún ladrillo suelto en la pared.

Nicola lo miró.

—Y sin embargo, tu novia es una Lectora y ha hecho mucho más que tú para ayudarnos.

Tedros hizo una mueca… y luego reaccionó.

—Tiene razón. Agatha ha liberado a nuestros amigos usando la bola de cristal de Dovey a mil kilómetros de distancia. Ha logrado encontrar una manera. Sin duda nosotros también podemos hacerlo.

—¿Bola de cristal? ¿Agatha ha usado *mi* bola de cristal? —chilló Dovey—. Qué ridículo.

—Sea ridículo o no ha funcionado, ¿verdad? —dijo Tedros.

—No, quiero decir, que es *imposible* que haya usado mi bola —explicó la Decana—. Nadie más que yo puede usar mi bola de cristal. No nombré a ningún Segundo cuando la confeccionaron. La bola nunca respondería ante ella.

—Bueno, pues yo la he visto dentro de la bola —insistió Tedros.

—Yo también —dijo Valentina.

—Quizás era otra bola de cristal… —empezó a decir Dovey.

—Esperemos que sí, porque la que ha usado estaba estropeada —comentó Aja—. No paraba de fallar y solo funcionaba durante unos pocos minutos.

La expresión de Dovey cambió.

—Pero… Pero… ¡Agatha *no puede* saber cómo usar mi bola! Es imposible. Porque si la usa, entonces ¡está en *grave* peligro! ¡Esa bola de cristal estuvo a punto de matarme! No funciona. No del modo en que debería. Agatha debió de arrebatármela cuando llegué a Camelot! Tengo que hablar con ella… Tengo que decirle que no la vuelva a usar…

—Bueno, ¡no podrás decirle nada hasta que no salgamos de aquí! —respondió Tedros, desahogando con la Decana el nuevo miedo que tenía por Agatha.

—Solo hay una manera de salir de La Ensenada del Rey —dijo Nicola.

Todos se giraron hacia la alumna de primero, que estaba de pie frente a un agujero en la pared, sosteniendo con dificultad el gran ladrillo pesado que había retirado de la pared.

—¿Podemos escabullirnos por ahí? —preguntó Tedros con entusiasmo.

—No. Hay otra pared detrás —explicó Nicola—. La única manera de salir de La Ensenada del Rey es esperar a que alguien abra esa puerta y, cuando eso ocurra, golpearlo con este ladrillo y huir.

—Suena tan prometedor como lo de las *patatas* —resopló Tedros, fulminando con la mirada a Willam y a Bogden.

—Bueno, entonces, ¿cuál es tu idea? —lo atacó Bogden.

—Sí, ¿cuál es tu talento además de quitarte la camisa y acosar a chicos en la escuela? —añadió Willam.

—¿Acosar a chicos en la *escuela*? —dijo Tedros, atónito.

—No te hagas el santo —dijo Willam, con las mejillas rosadas—. Mi hermano me lo contó todo.

—Ni siquiera sé quién es tu hermano —dijo Tedros.

Nicola dejó caer el ladrillo al suelo con un golpe seco.

—A nadie le importa lo que ocurrió en la escuela o tu historia sobre hermanos acosados. Estamos condenados a morir en un sótano, y nuestra única oportunidad de escapar es tenderle una emboscada a quien sea que abra esa puerta. Tenemos que sorprenderlos antes de que nos sorprendan a nosotros.

—Ah, por favor. No va a venir nadie —gruñó Aja, mientras volvía a hacer olas en la piscina junto a Valentina, usando la bota de la chica—. Nos dejarán morir de hambre.

—Bueno, a todos menos a Tedros —comentó Valentina, moviendo el agua con más brusquedad—. Todavía planean cortarle la cabeza.

—Gracias por el recordatorio. ¿Realmente crees que es el momento de analizar las propiedades del agua? —gritó Tedros, con el rostro enrojecido.

—Estemos manteniendo a la *alimaña* alejada —explicó Valentina.

—¿*Alimaña*? ¿Qué es una *alimaña*? —dijo Tedros.

Aja y Valentina señalaron la punta de la bota de la chica.

—Eso.

Tedros se acercó todavía más y vio una nube peluda negra chapoteando en medio de la piscina.

—¿Una rata? ¿Los Nuncas tienen miedo de las ratas?

—Valentina y yo somos de Hamelin —respondió Aja.

—Del cuento de *El flautista de Hamelin* —añadió Valentina.

—Del cuento en el que había tantas ratas que los habitantes de Hamelin decidieron entregar sus hijos a un músico que atrapaba roedores —dijo Aja.

—Esperad, no es una rata cualquiera —exclamó la profesora Dovey, levantándose del banco—. ¡Es la rata de *Anadil*!

Tedros miró a Dovey a los ojos. De inmediato, el príncipe y la Decana se agacharon y empezaron a mover el agua en direcciones opuestas, intentando que la rata pudiera alcanzar el borde. Nicola, Willam y Bogden se unieron a sus esfuerzos, y los dos chicos canturrearon en susurros «¡Ven, ratita!» y «¡Nada, pequeña!» mientras la rata chapoteaba, asfixiándose y escupiendo agua al tiempo que las corrientes de todos competían y mantenían a la rata atascada en el centro de la piscina; Tedros se hartó, saltó al agua vestido y agarró la rata con su propia mano.

Lanzó al roedor agradecido sobre el suelo de baldosas. Recostada de lado, la rata tomaba aire con unos chillidos intensos y regurgitaba agua sin parar hasta que respiró una última vez…

… y vomitó una pequeña esfera violeta.

Dovey levantó la esfera mientras Tedros salía de la piscina y le goteaba encima del hombro al mirar aquel objeto; la rata todavía jadeaba a sus pies.

La Decana vio a Nicola y a los demás agrupados a su alrededor mientras ella escondía la mano…

—Dadnos un momento a Tedros y a mí.

Dovey arrastró al príncipe hasta detrás de la estatua de Arturo.

—Cuanto menos sepan, mejor. Si no, Rhian podría torturarlos para sacarles información —susurró ella—. Mira.

Alzó la esfera violeta y vieron que era un fragmento arrugado de terciopelo bordado con estrellas plateadas.

—*Merlín* —dijo Tedros, desplegando la tela con los dedos—. Es de su capa…

Se quedó paralizado. Porque había algo más.

Algo guardado dentro de la tela.

Un largo mechón de pelo blanco.

El pelo de Merlín.

Tedros palideció.

—¿Está vivo? —preguntó con voz ronca, girándose hacia la rata.

Pero el roedor ya se había escabullido alrededor de la estatua de Arturo y se había sumergido de nuevo en la piscina fétida. Entre las piernas pétreas de su padre, Tedros observó a la rata nadando hasta el fondo del agua y la vio desaparecer a través de una grieta en la pared.

—Así que sabemos que encontró a Merlín. Solo que no sabemos dónde o en qué condición —dijo el príncipe.

Oyó un fuerte ruido en el extremo opuesto de la habitación, como si se hubiera caído una roca, y unos pasos apresurados; sin duda los de primero tramaban algo. Se giró para echarles un vistazo…

—Puede que sí que lo sepamos —dijo la Decana.

Tedros vio que Dovey sujetaba el mechón de pelo cerca de la luz de una antorcha.

—¿Qué pasa? —preguntó el príncipe.

—Mira con más detenimiento —respondió la Decana.

Tedros se acercó a ella y centró su atención en el largo mechón de pelo blanco.

Solo que Tedros se dio cuenta de que no era completamente blanco.

Porque cuanto más lo observaba, desde cada ángulo posible, más parecía que el pelo de Merlín cambiaba de color de punta a punta de cada pelo individual: pasaba de ser delgado y blanco en una punta, a grueso y castaño en la otra.

Tedros frunció el ceño.

—Merlín tiene como mil años. Tiene el pelo completamente blanco. Pero la parte superior de ese mechón parece pertenecerle… Aunque a medida que observas la parte inferior del pelo, más parece pertenecer a una persona más…

—*Joven* —dijo Dovey.

El príncipe la miró a los ojos.

—¿Cómo es posible que el pelo sea viejo y joven al mismo tiempo? —preguntó Tedros sacando el mechón de la mano a la Decana. Pero al hacerlo, la palma de su mano rozó el pelo de Merlín y un resplandor brillante cayó sobre la mano de la profesora Dovey.

De pronto, las manchas y las venas de la mano de la mujer parecieron más suaves… Las arrugas se habían reducido visiblemente…

—¿Qué ha sido eso? —dijo Tedros, maravillado.

Pero la profesora Dovey todavía estaba observando el mechón.

—Creo que ya sé dónde está, Tedros. Creo que ya sé dónde Rhian ha mantenido encerrado a Merlín…

Un saco de arpillera cubrió la cabeza de Dovey.

—¡Hora de la decapitación! —gruñó un pirata con dientes torcidos, arrastrando a la Decana hacia atrás—. ¡Han adelantado la fecha de la ejecución!

Tedros se giró y vio que Nicola, los alumnos de primero y Willam y Bogden estaban amordazados y que los piratas también les habían puesto un saco de arpillera en la cabeza.

—¡Pe-pero si me queréis a mí! ¡No a ellos! —balbuceó Tedros—. ¡Soy yo quien debe morir!

—Cambio de planes —dijo una voz suave.

Tedros se giró…

Japeth estaba en la puerta. Llevaba su traje de serpientes brillantes y sostenía un último saco de arpillera en la mano.

—Ahora *vais a morir todos* —dijo él.

Las cimitarras se despegaron de su cuerpo y sujetaron a Tedros mientras le cubrían la cabeza con el saco.

Mientras las cimitarras lo empujaban hacia adelante, Tedros inhaló el aroma de lo que había contenido antes aquel saco… El saco que ahora los estaba llevando a él y a sus amigos fuera de La Ensenada del Rey, rumbo al hacha del verdugo…

Patatas.

Olía a patatas.

13

A veces, la historia te guía

—¿**C**uántos hombres son? —gritó Agatha, corriendo a través del pasillo rosado.

—¡He perdido la cuenta en veinte! —jadeó Dot detrás de ella.

—Han atravesado el escudo… He visto que una suerte de luz violeta lo atacaba… —exclamó Agatha, mientras el bolso que contenía la bola de cristal de Dovey le golpeaba el hombro—. Pero ¿*cómo*? ¡Los matones de Rhian no pueden hacer magia!

—¡Quizás hayan aprendido algún hechizo!

257

—¡Solo los estudiantes que han ido a la escuela pueden hacer hechizos! ¡Y esos piratas no han ido a la escuela!

—¡No puedo correr y hablar al mismo tiempo! —dijo Dot, jadeando.

Agatha miró a Dot y a los veintiún alumnos de primero agrupados detrás de ella atravesando el túnel de vidrio del Bien hacia la torre Honor. Con el cielo cada vez más oscuro de telón de fondo, los nuevos estudiantes se reunían como ovejas asustadas, susurrando nerviosos, con los ojos abiertos de par en par, caminando muy por encima del Gran Césped.

Por el rabillo del ojo, Agatha vio movimiento a través del vidrio colorido del corredor que conectaba las torres de la Escuela del Bien: Hester y la profesora Anémona lideraban a un grupo de primer año a través del corredor azul que llevaba a la torre Valor; Hort y Anadil guiaban a sus alumnos de primero por el túnel amarillo rumbo a Pureza, y el grupo de Yuba y Beatrix avanzaba por el pasillo de color melocotón hacia Caridad. Mientras tanto, en el tejado de encima de los corredores entrecruzados, Agatha vio a Castor trasladando a más alumnos de primer año.

Agatha sabía que los hombres de Rhian la estaban buscando. Para confundirlos, los profesores y ella habían dividido a los estudiantes en Grupos del Bosque y cada grupo había tomado un camino diferente para llegar al mismo sitio. Al único lugar de la escuela en el que todos estarían a salvo. Si lograban llegar allí con vida, claro.

—¿Quiénes son esos hombres? —oyó que preguntaba Priyanka.

—Guardias de Camelot —respondió un Nunca peludo de tres ojos con una etiqueta que ponía BOSSAM.

—No *parecen* guardias de Camelot —dijo Priyanka.

Agatha siguió sus miradas a través del vidrio rosado hasta los piratas sucios con ojos muertos vestidos con cota de malla plateada que iban apareciendo, pasando sobre los cuerpos masacrados de los lobos y acercándose al castillo detrás de su capitán, empuñando espadas, arcos y garrotes. Si los piratas alzaran la vista, verían a Agatha y a sus pupilos en el túnel. Tenían que salir del corredor cuanto antes.

—¡Espera! —chilló Dot y detuvo la marcha.

—¡No hay *tiempo* para esperar! —dijo Agatha.

—No, mira —dijo Dot, con las manos sobre el vidrio—. Es *Kei*.

Agatha bajó la vista hacia el antiguo guardia de Tedros que lideraba a los piratas, con la espada en la mano, subiendo por la colina hacia las puertas del castillo del Bien, con un segundo al mando a su lado. Ni Kei ni su teniente parecían tener prisa, ni tampoco los matones detrás de ellos; como si no tuvieran ninguna necesidad de perseguir a Agatha. Como si estuvieran esperando a que ella se les acercara. Sus movimientos la perturbaron. Agatha los observó con más atención.

—Kei fue el chico que me llevó de cita a La Bella y la Fiesta —comentó Dot en voz baja—. Fue el primer chico al que besé…

—¿Ese chico *te* besó? —dijo Bossam. Priyanka le dio una patada.

—Solo para ponerme algo en la bebida y robarme las llaves —resopló Dot—. Así fue como la Serpiente escapó de la prisión de mi papi. Será mejor que no nos crucemos cara a cara porque lo… —Vio que Agatha estaba mirando hacia abajo—. Lo sé. Es muuuuy apuesto, ¿verdad?

Pero Agatha no estaba mirando a Kei.

Estaba mirando a su teniente. Un hombre bajo, con un estómago pronunciado, vestido con una túnica de color café, con barba roja y un rostro todavía más rojo, que, en vez de un pirata, parecía el hermano malhumorado de Santa. Un orbe brillante flotaba sobre su palma abierta y él y Kei lo observaban como si fuera una brújula mientras avanzaban. Una luz violeta llenaba el orbe de cristal… La misma luz violeta que Agatha había visto atacando el escudo de Manley…

—Eso es una bola de cristal —dijo Dot—. Es más pequeña que la de Dovey. Eso significa que es más nueva. —Observó rápidamente el bolso que Agatha llevaba colgado del brazo—. Las más viejas parecen bloques de cemento.

Agatha tenía moratones que lo demostraban.

—Aunque solo las hadas madrinas pueden usar bolas de cristal —dijo Priyanka.

—Y también los hadas padrinos—la corrigió Bossam, parpadeando con su tercer ojo—. Debe de ser poderoso si ha logrado atravesar el escudo del profesor Manley.

—Pero ¿qué está haciendo el capitán de la guardia real de Camelot con una bola de cristal? —preguntó Priyanka.

—Desde aquí no veo lo que hay en su interior —dijo Agatha, forzando la vista.

—Podríamos verlo si hiciera un hechizo espejo —propuso Dot rápidamente—. Vi a Hester haciéndolo en el calabozo.

Su dedo brilló y lo presionó contra el vidrio, antes de cerrar los ojos para invocar la emoción adecuada.

—¡*Reflecta asimova*!

De su dedo brotó una nube de neblina violeta que formó una proyección bidimensional que flotaba en el pasillo sobre las cabezas del grupo.

—Es un primer plano de lo que ellos están viendo dentro de la bola —explicó Dot.

Agatha observó mientras la neblina violeta se arremolinaba en la proyección, formando sin precisión varias escenas: un castillo… Un bosque… Antes de por fin escoger una: un túnel… lleno de personas…

La imagen se volvió más definida y vio a un grupo de chicos y chicas con uniformes rígidos y emblemas de cisne en sus pechos… guiados por una chica pálida y alta con grandes ojos de insecto y el pelo cortado con forma de casco…

Una chica que observaba una proyección de aquella misma escena.

El corazón de Agatha se detuvo.

—*Nos*… están viendo a nosotros —susurró.

Los hombres de Rhian no la estaban buscando porque no necesitaban hacerlo. La bola de cristal les indicaba con precisión dónde se encontraba.

Lentamente, Agatha y el grupo miraron hacia abajo a través del vidrio.

Desde el suelo, Kei y su acompañante alzaron la vista lentamente.

Los arcos de los piratas dispararon flechas hacia Agatha y los estudiantes. Actuaron demasiado deprisa. No tenían tiempo de huir. Agatha alzó los brazos y protegió en vano a su grupo mientras las flechas seguían impactando…

Las flechas rebotaron contra el vidrio, tintineando en distintos tonos como un arpa. Las flechas se detuvieron en el aire, y de pronto empezaron a brillar del mismo tono rosado que el vidrio del corredor; las defensas del castillo se habían activado. Luego, mágicamente se giraron, salieron disparadas hacia abajo y atravesaron a varios piratas mientras Kei y los demás se refugiaban.

Sin embargo, dos flechas permanecieron arriba, flotando sobre el campo, como si estuvieran calculando su objetivo…

Agazapado en el suelo, el hada padrino deslizó la palma de su mano sobre su bola de cristal, lo cual encendió unas llamaradas violetas en su interior. El orbe tembló sobre su mano, la tormenta de dentro ardía cada vez más y más caliente. Luego, salió disparada como una bala de cañón hacia el pasillo de Agatha, preparada para destruirlo como una bomba.

Las últimas dos flechas esperaron un segundo, como si no quisieran cometer un error…

Pero enseguida salieron disparadas, vengativas: una atravesó el corazón del hada padrino, y la otra atravesó la bola de cristal encendida y la destruyó en miles de pedazos.

Los ojos del hombre vestido con túnica se abrieron de par en par, atónitos. Luego, cayó hacia adelante, y su cadáver aterrizó con brusquedad sobre los fragmentos de vidrio resplandecientes.

Los alumnos de primero parpadeaban en el corredor.

—Eso no lo vio en su bola, ¿eh? —resopló Dot.

—¡Vamos! —jadeó Agatha, empujando al grupo hacia adelante.

Vio a Kei levantándose del suelo y apretando la mandíbula, mientras recogía un arco ensangrentado que había bajo un pirata muerto… Entonces, uno de los fragmentos de la bola de cristal rota cobró vida con un resplandor violeta…

Y apuntó directamente hacia Agatha.

Kei disparó el fragmento de vidrio, que atravesó el corredor como una bala y rozó la oreja de Agatha antes de cruzar la otra pared de cristal.

Por un instante, todo quedó en silencio.

Luego, un crujido lento llenó el túnel.

Agatha alzó la vista hacia las paredes del pasillo, que se estaban resquebrajando como un estanque congelado bajo el sol.

—¡Corred! —gritó.

El corredor estalló a su alrededor mientras los estudiantes corrían por sus vidas, esquivando el cristal roto y avanzando a toda prisa hacia el rellano de la torre Honor. Agatha y Dot corrían tras los alumnos de primero, pero iban un paso por detrás de más. El suelo estalló bajo sus pies y cayeron de la torre junto a Priyanka y a Bossam. Agatha notó el frío aire nocturno mientras caía junto a los otros pasillos, el bolso de Dovey en su brazo hundiéndola como un ancla. Agitaba las manos intentando agarrar a Dot y a los demás, como si pudiera salvarlos de alguna manera…

Entonces, una garra inmensa y peluda golpeó con fuerza a Agatha y la empujó hacia atrás.

Por un momento, pensó que estaba alucinando, pero la lanzaron hacia una mandíbula abierta de par en par y aterrizó sobre una lengua húmeda junto a Dot, que parecía igual de perpleja que ella. Agatha asomó la cabeza entre los dientes afilados y vio el hocico largo de Castor y sus ojos inyectados de sangre mientras hacía equilibrio por encima del pasillo azul, con Priyanka y Bossam en su garra. Una gran cantidad de saliva salpicó la mejilla de Agatha.

Abajo, los piratas empezaron a preparar los arcos, mientras Kei corría hacia la Escuela del Bien, según vio Agatha a través del vidrio del castillo. Kei estaba subiendo la escalera en espiral, saltándose varios escalones con sus botas.

—¡Castor, ya viene! —gritó Agatha.

Instantáneamente, el perro se puso en movimiento, saltando entre los pasillos rumbo al tejado y sujetando a Agatha y a Dot dentro de su boca caliente y rancia.

Una flecha se clavó en el trasero de Castor y este rugió de dolor; estuvo a punto de soltar a Agatha y a Dot, pero las dos chicas se aferraron a la punta de los dientes de Castor mientras el perro saltaba desde el último pasillo y clavaba su garra en la azotea. Agatha vio que las patas de Castor colgaban sobre el borde; alargó los brazos y lo ayudó a subir antes de que una flecha la decapitara; luego se escondió de nuevo bajo la lengua del can. Con un último impulso, Castor saltó hacia adelante, se deslizó sobre el techo y un segundo después volvía a estar en pie, serpenteando entre las esculturas de arbustos de la Colección de Animales de Merlín, mientras Priyanka y Bossam le sacaban las flechas del trasero.

Agatha sentía el latido del corazón de Castor en la garganta del can mientras ella y Dot encendían el brillo de sus dedos y borraban con magia la sangre que brotaba del animal, para que no dejara ningún rastro. Kei tardaría un minuto más en llegar a la azotea, pero Castor avanzaba cada vez más lentamente, cojeando mientras pasaba junto a las escenas creadas con plantas de la coronación del rey Arturo… El casamiento de Arturo y Ginebra… El nacimiento de su hijo… Hasta que giró en una esquina junto a la última escena: la Dama del Lago surgiendo de un estanque para darle Excalibur al rey. Agatha conocía bien la escultura; no solo por su propia historia con la Dama y la espada, sino porque el estanque era un portal secreto que llevaba al Puente Intermedio. Un portal que ella había utilizado con frecuencia cuando estaba en la escuela. Ahora, mientras Castor cojeaba hacia él, Agatha vio a Yuba y a Beatrix en la orilla del estanque, instando a toda prisa a los últimos alumnos de primero para que atravesaran el portal de agua. Los estudiantes desaparecieron bajo la superficie con un estallido de luz blanca antes de que el gnomo y la alumna de cuarto año se metieran en él.

Agatha oyó que abrían de un golpe la puerta de la terraza detrás de los arbustos… Los pasos de las botas de Kei…

Pero Castor ya estaba a medio saltar hacia el agua, y el portal resplandecía con magia…

El capitán de Rhian dobló la esquina unos segundos demasiado tarde.

Con su espada, Kei inspeccionó la corbata azul de un chico enredada en un arbusto, la zapatilla rosada de una chica debajo de otro, una mancha de sangre en el suelo de piedra. Sus ojos estrechos observaron el horizonte… Los arbustos bajo la luz de la luna… Las ondas del estanque… Pero no había ningún rastro de vida, excepto la sombra de una nube moviéndose sobre el Puente Intermedio.

Si hubiera inspeccionado con más atención aquella sombra, habría descubierto lo que buscaba…

Un perro entrando en la Escuela del Mal, el último rastro de su cola escabulléndose dentro del castillo como una serpiente.

—Ya puedes soltarnos —dijo Agatha.

—No hasta que lleguemos allí —masculló Castor, con las chicas en su boca.

Apretó más los dientes sobre ella y sobre Dot, y sujetó más fuerte a los alumnos de primero mientras cojeaba por la Escuela del Mal, todavía sangrando.

—Eres testarudo como tu hermano —suspiró Agatha.

—Mi hermano es un *imbécil* —dijo Castor, soltando a las chicas y mirándolas fijamente—. Primero, Dovey lo despide. Después, se va a Camelot y Tedros lo despide. Le escribí para que viniera aquí, al Mal. Para que uniéramos de nuevo nuestras cabezas y trabajásemos juntos. Nunca más volví a tener noticias suyas. Probablemente ahora trabaje para Rhian. Mi hermano adula a cualquiera que lo acepte. No entiende que yo soy el único que siempre estará a su lado.

La tristeza en la voz de Castor sorprendió a Agatha. Castor y Pólux a veces habían intentado matarse mutuamente, pero Castor quería a su hermano hasta el final. Quién hubiera pensado que ella y un perro tendrían tanto en común, caviló Agatha con ironía. Su relación con Sophie no era tan diferente.

—Pobrecito —dijo Dot y convirtió a una cucaracha que pasaba por ahí en chocolate.

Por un instante, Agatha pensó que Dot estaba hablando sobre Castor… Y luego vio que estaba observando a Bossam, desmayado en la garra del perro, como si el estrés de la persecución hubiera sido demasiado para él.

Mientras tanto, Priyanka observaba con los ojos abiertos de par en par aquel entorno nuevo para ella.

—Si hubiera sabido que el Mal era así, no habría sido tan Buena —comentó la chica, maravillada.

—Deberías ver mi habitación —dijo Bossam al despertar.

—No, gracias —respondió Priyanka, cortante.

Castor resopló.

De hecho, esa era la primera vez que Agatha veía por dentro la Escuela del Mal de la Decana Sophie: sus suelos de ónix negro, los candelabros con cristales en forma de «S», las paredes con enredaderas violetas, arreglos florales de rosas negras y farolillos flotantes que invadían el vestíbulo de luz violeta. Las columnas de mármol negro reproducían mágicamente el cuento de hadas de Sophie (Sophie ganando el Circo de Talentos, Sophie luchando en la Gran Prueba disfrazada de chico, Sophie destruyendo el anillo del Director) mientras las baldosas del suelo se iluminaban de violeta brillante cuando Castor las pisaba y aparecía Sophie en cada una de ellas con distintos atuendos de alta costura, posando, riendo, haciendo burbujas como si todo el castillo fuera una publicidad de sí misma. Las paredes del vestíbulo habían sido pintadas de nuevo con murales de Sophie con aspecto deslumbrante y encantador, cada una etiquetada con una frase diferente.

EL FUTURO ES DEL MAL

TEN UN BUEN ASPECTO... PERO HAZ EL MAL

LOS SIEMPRES QUIEREN SER HÉROES:

LOS NUNCAS QUIEREN SER LEYENDAS

DENTRO DE CADA BRUJA... HAY UNA REINA

—No creo que esto fuera lo que lady Lesso tenía en mente cuando convirtió a Sophie en Decana —comentó Dot.

—¿Dónde está todo el mundo? —preguntó Bossam, observando los pasillos vacíos.

—En el punto de encuentro —respondió Agatha.

—O muertos —susurró Castor.

Priyanka y Bossam palidecieron.

Agatha sabía que Castor estaba dolorido, que solo estaba siendo un amargado, pero sus palabras flotaron en el aire mientras él cojeaba hacia la escalera en espiral que llevaba a las torres de los dormitorios del Mal. Durante un buen rato, los únicos sonidos en todo el castillo fueron los pasos lentos del perro, los susurros de Bossam y de Priyanka, y los mordiscos de Dot a los cadáveres de chocolate de cualquier insecto o roedor que se cruzara en su camino.

Agatha pensó en aquellos que habían quedado atrás en Camelot: Tedros... Nicola... La profesora Dovey... Sophie... ¿Qué les ocurriría? ¿Estarían vivos? Reprimió el pánico en cuanto empezó a sentirlo. *No pienses en eso.* No cuando toda una clase de alumnos de primero contaba con ella para que los mantuviera a salvo. Tenía que confiar en que Sophie protegería a sus amigos en Camelot de la misma manera que ella protegería a los estudiantes de Sophie en la escuela.

Castor subió la escalera de Maldad, cada vez resollando con más fuerza.

—¡Mirad, mi antiguo cuarto! —dijo Dot al pasar junto a la habitación 66 de la torre Maldad.

—Todo el mundo quiere ese cuarto desde que tu aquelarre vivió aquí —comentó Bossam—. Es famoso.

—*¿De verdad?* —dijo Dot, anhelante—. Ojalá mi papi lo supiera.

—En cuanto salgamos al exterior, mantened la cabeza agachada y guardad silencio —ordenó Castor, aproximándose al final del pasillo—. Si los piratas nos ven, estamos *todos* muertos.

Dot frunció el ceño.

—Pero ¿no nos verán en cuando saltemos a la…?

—El silencio empieza ahora —gruñó Castor.

Abrió la puerta y se escabulleron por la pasarela que se elevaba por encima del foso lodoso del Mal. Castor mantuvo el cuerpo cerca del suelo mientras avanzaba despacio; las barandas de piedra lo ocultaban de los ojos de los piratas que tenían debajo. Agatha vio las luces rojas y doradas de un letrero, EL CAMINO DE SOPHIE, parpadeando sobre la pasarela que conectaba la Escuela del Mal y la torre del Director. Al avanzar, el letrero iluminó el rostro de cada uno de ellos con una luz roja, antes de volverse verde y pasar al siguiente, hasta aprobarlos a todos mágicamente. Delante de ellos, la torre Plateada se erigía sombría e imponente mientras Castor se aproximaba.

Oyeron los gritos de los piratas debajo de ellos.

—*¡No hay nadie en las torres del Bien!*

—*Entonces, ¡destruyamos la escuela del Mal!*

—*¡Seguro están escondidos en el Bosque Azul como ratas cobardes!*

Castor avanzaba por la pasarela arrastrándose sobre su estómago, rumbo a la ventana del Director, a tres metros sobre ellos. Desde aquel ángulo, Agatha no veía a nadie dentro de la torre.

Castor hizo una pausa bajo la ventana, jadeando.

—Es un gran salto, Castor. Y estás herido —susurró Agatha—. ¿Podrás lograrlo? ¿Sin que nos vean?

Castor apretó los dientes.

—Pronto lo sabremos.

Conteniendo el aliento, se levantó y saltó de la pasarela. Su pierna herida le falló, por lo que el salto quedó corto. La cabeza de Castor rozó la pared y su estómago se deslizó con brusquedad sobre el marco de la ventana, lo cual le hizo emitir un rugido de dolor que estuvo a punto de hacer caer a las chicas de la lengua del perro; pero Castor se incorporó, arrastró las piernas sobre el marco, entró en la torre y aterrizó con su rostro sobre una alfombra blanca y suave.

—*¿Habéis oído eso?* —gritó un pirata abajo.

—*¿El qué?*

—*¡El perro, tonto! ¡Lo he oído por allí!*

Castor abrió el puño y soltó a Priyanka y a Bossam. Aflojó la mandíbula y permitió que Agatha y Dot salieran de su boca cubiertas de saliva. Luego, emitió un último rugido de dolor.

—Decidle a mi hermano que puede quedarse con el cuerpo. —Y se desmayó.

—Todavía respira —oyó Agatha que decía Yuba.

Recostada en el suelo, se secó la saliva de los ojos y vio a toda la clase de primer año apiñada dentro de la torre del Director, que ahora era la lujosa habitación de la Decana Sophie, agazapados a salvo bajo el alféizar de la ventana para que los piratas de debajo no los vieran. Mirara donde mirare, Agatha veía alumnos: apretados dentro del armario de Sophie entre las estanterías con zapatos, asomándose desde el baño cubierto de espejos, parpadeando con seriedad debajo de la cama. En un rincón, el Cuentista pintaba en su libro abierto, y su punta plateada miró a Agatha antes de ponerse a escribir de nuevo, como si intentara seguir el ritmo de la historia.

Mientras tanto, los profesores rodearon a Castor.

—Herida de flecha en el músculo —les dijo Yuba a los demás.

—¿Está bien? —preguntó Agatha con urgencia, dejando a un lado el bolso de Dovey.

—Ha perdido mucha sangre para traeros hasta aquí —respondió la princesa Uma, atando su chal alrededor de la pata trasera de Castor para comprimir la herida—. Pero se recuperará. Por ahora, dejémoslo descansar.

—¿*Descansar*? —resopló Agatha—. Hay piratas intentando *matarnos*. ¡Llama a los estínfalos! Volaremos hacia algún lugar seguro…

—¿Y qué lugar es ese exactamente? —dijo una voz familiar.

Agatha miró a Hester bajo la luz del acuario brillante que había en el techo de Sophie, junto a Hort, Anadil, Beatrix, Reena y Kiko, todos todavía cubiertos de escombros del calabozo de Camelot.

—Todos los reinos están del lado de Rhian —protestó Hester—. ¿Dónde podremos esconder a todos los alumnos de la escuela?

—Además, el Mapa de Misiones de la Serpiente nos está rastreando —añadió Anadil, con el brazo vendado.

—Ni siquiera tenemos suficientes estínfalos como para que todos salgamos de aquí —señaló Kiko.

—Estamos atrapados —dijo Beatrix.

Agatha negó con la cabeza.

—Pero… Pero…

—La mayoría de los lobos han muerto, Agatha —le informó el profesor Manley—. El resto probablemente escapó a través del agujero en mi escudo. Ese hechicero ha debido ayudar a los piratas a atravesarlo; las bolas de cristal pueden encontrar la debilidad en cualquier tipo de magia.

—Razón de más para salir de aquí, antes de que llegue otro hechicero —insistió Agatha.

—He enviado a las hadas a buscar ayuda en el Bosque. A alguien que pueda rescatarnos —explicó la princesa Uma—.

Mientras tanto, el castillo se defenderá a sí mismo ante los intrusos. Nuestra mejor opción es escondernos aquí hasta que se marchen.

—¿Y si *no* se marchan? —replicó Agatha—. ¡No podemos cruzarnos de brazos y esperar mientras esos monstruos invaden nuestra escuela!

—El único acceso a la torre es la pasarela de Sophie, que está encantada para atacar a los intrusos. Aunque los hombres de Rhian intentaran entrar, estaremos a salvo —dijo la profesora Anémona, mientras tomaba unos cojines de la cama con dosel dorado de Sophie y los colocaba bajo la cabeza de Castor—. Por ahora, lo más inteligente es *no* movernos de aquí.

—Conozco a Sophie, y seguro que está en Camelot haciendo todo lo posible para rescatar a nuestros amigos. Ella querría que yo hiciera lo mismo por sus estudiantes, ¡no que me quedara sentada esperando no morir! —la desafió Agatha—. ¿Y si nos mogrificamos e intentamos huir?

—Los alumnos de primer año ni siquiera han *aprendido* a mogrificarse —protestó la profesora Sheeks—, y mucho menos a controlar el hechizo bajo estrés…

—¿Y si uno de nosotros distrae a los piratas mientras el resto huye? —propuso Agatha, con voz más baja—. O si usamos un hechizo… Cualquier hechizo… ¡Debe haber algo que podamos hacer!

—Agatha —le dijo Yuba con brusquedad—. Recuerda la primera lección de los cuentos de hadas. *Sobrevivir.* Sé que quieres mantener a salvo a nuestros estudiantes. Pero Emma y Uma tienen razón: no podemos hacer nada más. No por ahora. —Los ojos de Agatha siguieron a los del gnomo hasta el Cuentista en una esquina, inclinado sobre un libro de cuentos abierto en el que estaba pintando aquella misma escena: la torre del Director… Los alumnos escondidos dentro… Los piratas abajo… La pluma se quedó completamente quieta, con la punta brillante, como si estuviera observando a Agatha del mismo modo en que ella la estaba observando—. Eres igual que todos los mejores héroes, Agatha. Crees que guías la historia —dijo Yuba—. Crees que controlas tu propio destino. Que la pluma sigue tus pasos. Pero eso no siempre es verdad. A veces, la historia te guía *a ti*.

Agatha se resistió.

—Derrotar el Mal significa luchar por el Bien. Derrotar el Mal significa pasar a la *acción*. Usted me dijo que no usara la bola de cristal. Me dijo que no enviara a alumnos de primero a Camelot. Pero ¡así es como hemos conseguido salvar a nuestros amigos!

—¿A qué precio? —respondió Yuba—. Los que se han quedado atrás quizá corran más peligro que antes.

Agatha sintió un vacío en el estómago. El gnomo había mencionado su mayor temor: que en su esfuerzo por salvar a Tedros y a sus amigos, los hubiera condenado. Se giró hacia Hester, Hort y los demás que habían vuelto, esperando que ellos la apoyaran. Que le dijeran que lo había hecho bien. Pero no pronunciaron ni una palabra; tenían el rostro solemne, como si fuera una pregunta sin respuesta correcta.

Antes existían el Bien y el Mal.

Ahora vivían en un punto intermedio.

—Propongo que luchemos contra esos matones —dijo otra voz familiar.

Agatha miró a Ravan, Mona y Vex, agrupados en un rincón, junto a otros alumnos de cuarto año a los que no había visto desde La Batalla de Cuatro Puntas; todos estaban vendados y cubiertos de moratones.

—Desde nuestras misiones, hemos estado atrapados en la enfermería, sin nada que hacer más que leer libros, buscar pistas sobre la Serpiente y observar a los de primero hacer *nuestro* trabajo —gruñó Ravan, con un libro bajo el brazo—. Esta es nuestra escuela y debemos defenderla.

—Si peleas, pelearemos contigo —dijo Bodhi, agazapado junto a Laithan y a los Siempres de primero.

—Nosotros también —dijo Laralisa junto a los Nuncas—. Entre todos, los números están a nuestro favor.

—Los lobos también los superaban en número —replicó Hort—. No soy un cobarde, pero conozco a los piratas y pelean sucio. Todo respecto a ellos es sucio. Y Rhian tiene a mi novia, a Sophie, a Dovey y a Tedros. Sé que tenemos que salvarlos. Pero tampoco podemos salir corriendo de aquí y morir de manera estúpida. Porque entonces, sí que estarían realmente condenados.

La torre se sumió en el silencio.

Agatha vio la mezcla de miedo y valentía en los ojos de sus compañeros, todos clavados en ella como su líder.

Miró por instinto a Hester.

—Es tu decisión, Agatha —dijo la bruja—. Eres la reina del castillo, aquí, en Camelot o donde sea. Confiamos en ti.

—Todos confiamos en ti —añadió Anadil.

Kiko y Reena asintieron.

—Yo también —dijo Beatrix.

Hort se cruzó de brazos.

Ellas lo fulminaron con la mirada.

—Está bien, de acuerdo. Haré lo que ella diga —protestó Hort—, siempre y cuando no bese a mi nueva novia como besó a Sophie.

—Menudas prioridades —susurró Dot.

Agatha estaba perdida en sus pensamientos, mirando a su equipo de misión, que dependía de ella como líder... A sus compañeros heridos, deseosos de ir a la batalla... A los profesores, que la miraban en busca de guía de la misma manera en que ella los había mirado antes... A los de primero, quienes estaban dispuestos a arriesgar la vida bajo sus órdenes...

Ella siempre había sido una luchadora.

Era quien era.

Pero el Bien no consiste en quién eres. Su mejor amiga le había enseñado aquella lección hacía tiempo. El Bien consiste en lo que *haces*.

Respiró hondo y miró a su ejército.

—Esperaremos —dijo.

Todos suspiraron de alivio.

Mientras volvían a intercambiar susurros, Agatha de pronto oyó un rasgueo en una esquina…

El Cuentista se había puesto a dibujar de nuevo, corrigiendo su dibujo de la torre.

Qué extraño, pensó ella. Nada en la escena había cambiado.

Se acercó a la mesa del Cuentista y se deslizó pegada a la pared, lejos de la ventana, para poder ver lo que la pluma estaba dibujando.

El dibujo era igual que antes: Agatha, los profesores, sus amigos y los alumnos escondidos en la torre, mientras abajo los piratas inspeccionaban la orilla. Pero el Cuentista estaba añadiendo algo más…

Un resplandor dorado en el cielo.

El inicio de un nuevo mensaje de Melena de León.

En lo alto, sobre el Bosque Infinito.

Eso es todavía más extraño, pensó Agatha, asomándose por la ventana para mirar el cielo despejado que no tenía ningún mensaje de la pluma de Rhian a la vista. *¿Por qué el Cuentista dibujaría algo que no estuviera presente?*

Agatha observó el lienzo nocturno vacío, escuchando la pluma a sus espaldas, supuestamente rellenando el mensaje ficticio. No tenía sentido. El Cuentista documentaba la historia. No inventaba nada. Agatha sintió más tensión al dudar por primera vez de la pluma…

Luego, un resplandor dorado iluminó el cielo.

Un mensaje de Melena de León.

Tal y como había prometido el Cuentista.

A veces la historia te guía a ti, había dicho el gnomo.

Mientras la luz cubría el Bosque, Agatha leyó el nuevo cuento de Rhian en el cielo, suplicando que todavía estuviera escrito por la mano de Sophie, rogando que hubiera vuelto a esconder algún tipo de código…

Agatha retrocedió, atónita.

Leyó el mensaje de nuevo.

—¿Agatha? —dijo una voz—. ¿Qué ocurre?

Ella se giró y vio a todo su ejército observándola en silencio.

Agatha enseñó los dientes como si fuera un león.

—Tenemos que ir a Camelot —dijo—. *Ahora mismo.*

14

Él miente, ella miente

Sophie estaba de pie a orillas del estanque negro, vestida con un abrigo de pieles blanco y una babushka sobre el pelo mientras daba semillas de girasol a una familia de patos.

El cielo oscuro se reflejaba en el agua polvorienta, como una escena en una bola de cristal, y la luna en cuarto creciente estaba teñida de rojo como una cabeza cortada. El golpe de un martillo la hizo estremecerse y alzó la vista hacia los trabajadores que construían el escenario en la colina de la torre Dorada, justo encima del agujero producto de la explosión que había dejado al descubierto el calabozo. Aran caminaba de un lado al otro del escenario, con una daga en el cinturón, sus ojos negros como el carbón clavados en Sophie a través de su casco. Dos criadas inundaron el escenario con cubos llenos de agua jabonosa y fregaron las tablas, empujando la suciedad hacia el césped, donde fluyó colina abajo y cayó dentro del estanque a los pies de Sophie.

Por encima de su cabeza, un nuevo mensaje de Melena de León brillaba en el cielo.

Debido al ataque durante la Bendición por parte de los aliados de Tedros, se ha adelantado la ejecución de Tedros.

La similitud de este ataque con el de la Serpiente sugiere que Tedros y sus aliados han estado confabulados con la Serpiente durante todo este tiempo para sabotear vuestros reinos y fortalecerse a sí mismos. Cuanto antes muera, más seguro será nuestro Bosque.

El Consejo del Reino presenciará la ejecución al amanecer y la cabeza del traidor será exhibida sobre las puertas de Camelot para que todo el mundo pueda verla.

Sophie se dio cuenta de que estaba conteniendo el aliento. Era el primer mensaje que Rhian había escrito sin su ayuda.

Parte de ella quería admirar a Rhian. La audacia de sus mentiras. La ambición de su Maldad.

Pero no podía admirarlo. Al menos no hasta que no fuera su cabeza la que estuviera expuesta sobre aquella puerta.

El viento soplaba a través de los agujeros del abrigo de piel de Madame von Zarachin que había rescatado de la caja apuñalada por la cimitarra y que había remendado lo mejor posible. Hacía poco, había estado a punto de montar en el estínfalo de Hort para huir de aquel sitio. Al sujetar la mano de Hort, había saboreado la libertad. Había mirado a los ojos a un chico que se preocupaba por ella, por su *verdadero* yo, con verrugas y todo. Había visto un atisbo de cómo podía ser la felicidad en una vida diferente, un cuento diferente…

Pero su historia ya no se trataba sobre la felicidad.

De hecho, ni siquiera se trataba de ella.

Era por eso que se había quedado atrás.

Bajo el abrigo de pieles, el vestido blanco empezó a picarle sobre la piel, con más urgencia esta vez, lo cual la obligó a abandonar sus pensamientos.

Hacía rato que la medianoche ya había pasado.

En pocas horas, Tedros estaría muerto. Junto a la profesora Dovey y cinco estudiantes y amigos más.

¿Cómo podía detener una ejecución?

¿Cómo podía evitar que el hacha cayera sobre ellos?

Ni siquiera sabía dónde estaban encerrados los prisioneros y Rhian la había dejado bajo la supervisión de Aran mientras él se reunía con el Consejo del Reino dentro del castillo. Los gobernantes del Bosque habían llegado a Camelot para una boda real que duraría toda una semana junto con sus sirvientes y lacayos, y habían ocupado hasta la última posada y casa de invitados; y ahora, menos de un día después de haber sido expulsados de una iglesia por unas bombas de excremento, se reunirían para presenciar la decapitación del hijo del rey Arturo. Hasta ahora, la mayoría había apoyado a Rhian en vez de a Tedros, porque creían que su nuevo rey era un santo que había derrotado a la Serpiente. Pero la aparición de Agatha en el cielo lo había cambiado todo. Sophie había visto las expresiones de los gobernantes fuera de la iglesia, que observaban a Rhian con nuevas dudas, nuevas preguntas. Les había mentido sobre la captura de la mejor amiga de Sophie. Había mentido a todo el Bosque. Seguramente estarían preguntándose en qué más les habría mentido... Sin duda, era por eso que el Consejo había convocado a una reunión.

Miró de nuevo el castillo, donde había visto a los líderes entrar antes del atardecer, con expresiones lúgubres, intercambiando susurros. Desde entonces no había ni rastro de ellos.

El corazón de Sophie latió más deprisa. Tenía que decirles la verdad sobre Rhian. Sobre la Serpiente. Sobre todo. Esos otros gobernantes no le hubieran creído antes. No después de todo lo que Rhian había hecho para salvar a sus reinos. Pero ahora, tal vez sí le creerían. Solo tenía que encontrar la manera de hablarles...

El agua del estanque formó ondas mientras los pasos crujían sobre el césped detrás de ella y un chico pálido con pelo cobrizo aparecía sobre el reflejo del agua.

—*Cristal* —dijo Japeth con el torso desnudo, vestido solo con sus pantalones negros; tenía el rostro y el cuerpo quemados por el chocolate hirviendo de Dot—. Las primeras letras de las frases de tus cuentos formaban esa palabra. Así fue como le enviaste a Agatha el mensaje sobre la bola de cristal. Debo admitir que fue ingenioso.

Sophie no dijo nada mientras observaba a los trabajadores colocar un bloque ornamentado de madera oscura, con un hueco para la cabeza de un prisionero.

—Cuando las Mistral nos dijeron que éramos hijos de Arturo, no les creí —dijo Japeth—. Necesité una pluma para convencerme. Una pluma que nos mostrara el futuro a Rhian y a mí. Un futuro *contigo*. Serías la reina de uno de los dos; tu sangre evitaría que el otro muriera. Tenerte a nuestro lado nos haría invencibles. Ese es el futuro que la pluma nos prometió. —El aliento frío del joven temblaba sobre el cuello de Sophie—. Seguramente debes estar pensando: *¿Qué* pluma? Melena de León no puede ver el futuro. Así que debe de ser el Cuentista. Excepto que ni mi hermano ni yo hemos ido a tu querida escuela. Así que ¿de qué pluma estoy hablando? Esa es la parte que tienes que descubrir, gatita astuta. Al igual que mi hermano tuvo que descubrir que las chicas no son de fiar, ni siquiera su nueva reina despampanante. Pensaba que si mantenía con vida a algunos de tus amigos, te comportarías. Pero ahora Rhian ve lo que le he estado diciendo durante todo este tiempo. El único modo de mantener la lealtad de una reina es *destruir* todo lo que ama. Crees que la astucia te salvará. La desesperación cura la astucia. El dolor cura la astucia. Es por eso que ahora *todos* tus amigos morirán. Mi hermano cometió el error de pensar que podía razonar contigo, pero ha aprendido la lección… —Los labios de Japeth rozaron el oído de Sophie—. No se puede razonar con una chica, al igual que no se puede razonar con una Serpiente.

Sophie se giró y fulminó con la mirada los odiosos ojos azules del muchacho.

—¿Crees que Agatha permitirá que mates a Tedros? ¿Crees que la escuela no vendrá a rescatar a su Decana? *Vendrán todos*.

La Serpiente sonrió.

—*Contamos* con ello. —Japeth agitó la lengua hacia la boca de Sophie…

Y ella le dio un golpe en la cabeza; el anillo de diamantes de Rhian le hizo un corte en la sien, lo cual provocó que al hermano del rey se le manchara la mejilla magullada de sangre.

Instantáneamente, Japeth sujetó la muñeca de Sophie y a por un segundo, ella pensó que se la rompería como si fuera una ramita. Sophie se sacudió para apartarse, aterrorizada...

Pero luego sintió la punzada familiar de dolor mientras se giraba y veía que le brotaba sangre de la palma de la mano y una cimitarra regresaba al traje de Japeth...

... y la piel del rostro y del pecho del joven se regeneraban a la perfección.

Él retrocedió, con una amplia sonrisa, mientras un caballo negro corría hacia él; se giró y lo montó de un salto. A sus espaldas, había veinte piratas con sus propios caballos negros, blandiendo espadas, lanzas y garrotes. Japeth mutó a su traje negro de Serpiente y alzó la vista hacia Aran.

—Llévala al castillo. Órdenes de mi hermano. —Japeth bajó la mirada hacia Sophie—. El Consejo del Reino quiere verla.

Sophie abrió los ojos de par en par mientras la Serpiente y sus piratas galopaban colina abajo y salían por las puertas del castillo, sin ser más que sombras oscuras en la noche.

—El rey te llamará cuando requiera tu presencia —dijo Aran, arrastrando a Sophie y a su mano vendada hasta las puertas dobles del Salón de Baile Azul.

Una criada llegó corriendo y le susurró algo al oído a Aran. Algo sobre el Salón de Mapas.

—No te muevas ni un centímetro o te cortaré por la mitad —le ordenó Aran dispuesto a seguir a la criada. Pero antes, alargó la mano hacia atrás y le arrancó el abrigo a Sophie—. Y esto no forma parte de tu uniforme.

Sophie sabía que no le convenía discutir. Pero en cuanto Aran se fue, se aproximó de puntillas a la puerta del salón de baile y la abrió un poco, solo lo suficiente como para espiar dentro.

Cien líderes estaban reunidos en el salón más grande del castillo, sentados en una constelación de mesas redondas que parecían lunas orbitando el trono de Rhian, y que brillaban sobre la plataforma elevada en el centro de la sala. Mientras el rey presidía la reunión vestido con su traje dorado y azul y Excalibur en la cintura, Sophie se dio cuenta de que cada monarca había grabado con magia su nombre en el cartel frente a ellos; los nombres parpadeaban y temblaban como imágenes en movimiento: EL SULTÁN DE SHAZABAH… LA REINA DE RAJASHAH… EL REY DE HOMBLEGRE… EL GRAN VISIR DE KYRGIOS… Mientras tanto, el salón de baile había sido remodelado por completo y ya no era el espacio rancio y en ruinas que Sophie recordaba: los muros y las columnas ahora estaban cubiertas de mosaicos azules, el suelo estaba ornamentado con el emblema de un León dorado, y el techo, decorado con una cabeza de León colosal hecha de cristal azul que reflejaba el trono del rey que quedaba justo debajo.

—Entonces, ¿admite que la captura de Agatha fue una mentira? —preguntó el rey de Foxwood, mirando boquiabierto a Rhian.

—En Ooty, les quitan la ropa a los mentirosos y para recuperarla tienen que ganársela, verdad a verdad —dijo una enana de ocho brazos, sentada encima de una pila de cojines. Estaba bastante cerca de la puerta y Sophie pudo ver que llevaba el mismo anillo plateado grabado que había visto en las manos de la reina de Jaunt Jolie y del rey elfo de Ladelflop en la iglesia.

—Puede que Tedros sea un cobarde, pero él no mintió —gruñó el rey lobo de Arroyo Sangriento, quien también llevaba el anillo plateado.

—Excepto que mintió sobre ser el rey —dijo Rhian con frialdad.

—¿Cómo podemos saberlo con certeza? —preguntó la princesa de Altazarra, curvilínea y de piel suave—. Tedros asistió a la Escuela del Bien como yo, donde enseñan a *no* mentir. Es evidente que usted fue a una escuela cuyos estándares no son tan exigentes.

—Si nos mintió sobre la captura de Agatha, entonces podría estar mintiéndonos sobre muchas otras cosas —añadió el rey de Akgul, que tenía cuernos—. Es por eso que queremos hablar con Sophie.

—Y podréis hablar con ella. No espero que creáis en mi palabra, dado lo ocurrido. No hasta que explique mis motivos. Mientras tanto, he enviado a mi hermano a buscar a Sophie —dijo Rhian, moviendo los ojos hacia la puerta. Sophie se agazapó para que no la viera espiando. El rey miró otra vez a su audiencia—. Pero ahora me toca hablar a mí.

—Queremos hablar *primero* con Sophie —exigió el ministro de las Montañas Susurrantes.

—¡Ella nos dirá la verdad! —concordó la reina de Mahadeva.

—El mismo *Mensajero de Camelot* sugiere que Tedros todavía es el rey verdadero y no usted —dijo la anciana y elegante reina de Valle de Cenizas, sentada justo debajo de Rhian—. Antes no había motivo para creer lo que afirmaba el periódico, pero sus mentiras sobre Agatha me han hecho reflexionar. De hecho, incluso hay rumores que dicen que ha secuestrado a Sophie y que ella todavía apoya el derecho de Tedros al trono. Hasta que Sophie no lo apoye y nos dé alguna prueba de que *usted es* el rey, cómo podemos confiar en su palabra…

Una espada atravesó el aire y se clavó en la mesa de la reina.

—*Esa* es la prueba —bramó Rhian, su rostro reflejado en el acero de Excalibur—. Yo saqué la espada. Pasé la prueba de mi padre. Tedros *falló*. Él usurpó el trono que me pertenecía por derecho propio. Y la ley de Camelot dice que los usurpadores tienen que ser decapitados. Lo dicen las leyes de todos vuestros reinos. Lo mismo ocurre con los traidores. No os escuché apoyar a Tedros cuando dio la espalda a vuestros reinos mientras una Serpiente los destrozaba. No os escuché apoyar a Tedros cuando yo estaba salvando a vuestros hijos de morir en la *horca*.

La habitación se sumió en el silencio. Sophie vio a Rhian observando a la reina de Jaunt Jolie, a quien iba dirigida aquella última frase. La reina había perdido la rebeldía que había demostrado en la iglesia, tenía la cabeza agachada y la garganta le temblaba. Sophie pensó en el modo en que Rhian había sujetado el brazo de la reina, siseando en su oído. Fuera lo que fuere lo que le hubiera dicho, la había dejado marcada.

—Mentí sobre la captura de Agatha porque esperaba que estuviera en mi calabozo antes de que el pueblo supiera que no estaba encerrada —confesó Rhian ante el Consejo—. Ahora que sabéis que Agatha y sus amigos están libres, percibís una amenaza hacia el nuevo rey de Camelot. Y eso le da poder a Agatha. Poder que pone en peligro no solo mi reino, sino también los de todos vosotros. Así que sí, mentí. Mentí para *protegeros*. Pero no puedo proteger a aquellos que no me son leales. Y no podéis serme leales si continuáis llevando esos *anillos*.

Los líderes observaron las joyas talladas en plata que lucían en sus manos.

—Cada uno de vosotros porta un anillo que jura lealtad al Cuentista y a la escuela que lo alberga —continuó Rhian—. Un anillo que os une a la escuela y a esa pluma. Un anillo que ha sido heredado de generación en generación en vuestros reinos, desde los albores del tiempo. Un anillo que ahora os pone en peligro. Y os lo advierto: si queréis mi protección, tendréis que destruir esos anillos.

Los líderes murmuraron, una mezcla de risitas divertidas y resoplidos. Sophie vio que las mejillas de Rhian se enrojecían cada vez más.

—Rey Rhian, ya se lo hemos aconsejado reiteradas veces —dijo el rey elfo de Ladelflop—, estos anillos mantienen vivo al Cuentista…

—Esos anillos son vuestro *enemigo* —replicó Rhian, levantándose del trono—. Mientras Agatha esté libre, luchará bajo el estandarte de ese anillo. Luchará bajo el estandarte del Cuentista y de la escuela. Es una terrorista confabuladora. Una líder rebelde que hará lo que sea para poner en el trono al imbécil de su novio, incluso atacará vuestros reinos para lograrlo. Si lleváis puesto ese anillo, estaréis en mi contra. Si lleváis puesto ese anillo, seréis mis enemigos, igual que Agatha y su ejército.

Los líderes intercambiaron miradas escépticas.

—Tiene razón, rey Rhian. Excalibur no se hubiera movido de la piedra bajo su mano si el trono no fuera suyo —dijo la emperatriz de Putsi, envuelta en plumas de ganso—. Creo que usted es el rey verdadero y Tedros el usurpador. Nadie puede negarlo. Es por eso que no nos opusimos a su decisión de castigarlos a él y a su princesa. Pero de ahí a insinuar que Agatha es una «terrorista»… es ir demasiado lejos.

—En especial considerando que *usted* es el único que ha quedado demostrado que miente —añadió el duque de Hamelin—. El rey Arturo antes llevaba el mismo anillo que quiere que destruyamos. Luego las Mistral se convirtieron en sus consejeras y se rumoreaba que destruyó su anillo por insistencia de ellas. Que destruyó el anillo de Camelot para siempre. Es por eso que Tedros nunca lo ha llevado y es por eso que nunca estuvo en su posesión. Arturo tuvo una muerte innoble. Quemar su anillo no le aportó nada.

—Porque Arturo era demasiado débil como para reconocer al enemigo —replicó Rhian.

—O porque escuchaba voces como la suya —contraatacó el duque—. ¿Por qué deberíamos creerle a usted en vez de a miles de años de tradición? ¿Por qué deberíamos creerle a usted en vez de a una escuela que ha formado a nuestros propios hijos o a una princesa que es una heroína en este Bosque? Puede que Agatha haya conspirado con un usurpador, a sabiendas o no, pero está entrenada en el camino del Bien. Y la primera regla del Bien es que el Bien defiende, no ataca.

Rhian alzó una ceja.

—¿De veras?

Apuntó con su dedo brillante hacia las puertas, que se abrieron de par en par, y un gorrión, un halcón y un águila entraron volando, cada pájaro visitiendo el cuello real de mensajero de un reino y sosteniendo un pergamino en las garras o en el pico. Las aves depositaron sus mensajes sobre sus líderes.

—Alguien ha irrumpido en mi castillo —exclamó el rey de Foxwood, leyendo su pergamino.

—Han prendido fuego a unos nidos de hadas en Gillikin —comentó horrorizada la Reina Hada al leer su mensaje.

—Mi hijo ha resultado herido —dijo el Gigante de Hielo de Llanuras Heladas, alzando la vista de su pergamino—. Dice que ha escapado. Que han sido unos hombres enmascarados vestidos de negro. Como la Serpiente.

—La Serpiente está muerta —replicó Rhian—. Pero aquellos que conspiraron con él no lo están. Esto es obra de Agatha y de su escuela. Está dispuesta a hacer cualquier cosa por disminuir el apoyo hacia el rey verdadero, incluso es capaz de interrumpir en una boda y sabotear vuestros reinos mientras estáis aquí reunidos. ¿Estáis dispuestos a ver vuestros reinos destruidos de nuevo? ¿Después de que *yo* los reconstruyera?

El descaro de sus mentiras hizo que Sophie diera un grito ahogado. El responsable de aquellos ataques era Japeth. Ella lo había visto partir junto a sus hombres. Él había atacado el Bosque para ayudar a su hermano a ganar el trono y ahora lo estaba atacando otra vez para que Rhian lo conservara. Y la mera idea desquiciada de que la mejor amiga de Sophie estaba detrás de todo aquello...

—¿Agatha? ¿Atacando Gillikin? ¿Atacando Foxwood? ¿Dos reinos *Siempres*? —exclamó la reina de Ooty, como si estuviera leyendo los pensamientos de Sophie.

—Excepto que hace unos pocos días Agatha fue vista sembrando el caos en mi reino —contrarrestó la Reina Hada de Gillikin—. Si esta noche han quemado unos nidos de hadas, bien podría ser ella la causante.

—Y yo vi a unos jóvenes con máscaras negras en la iglesia —añadió el Gigante de Hielo de Llanuras Heladas—. Fueron los que detonaron las bombas. Podrían haber sido alumnos de la escuela.

—La princesa Agatha protege los reinos; no los daña —los desestimó la princesa Altazarra—. ¡Todos conocemos su cuento de hadas!

—La versión del *Cuentista* —chilló el rey de Foxwood.

—¡La única versión! ¡La versión *verdadera*! —espetó el duque de Hamelin.

—Sophie es la mejor amiga de Agatha —interrumpió el sultán de Shazabah—. ¡Necesitamos oír a la futura reina de Camelot!

—¡Eso es! —exclamaron los otros líderes de su mesa.

Esta es mi oportunidad, pensó Sophie, a punto de entrar y exponer a Rhian; a punto de gritar la verdad y así salvarse a sí misma y a sus amigos...

Pero entonces, el rey de Foxwood se puso de pie.

—¡Están *atacando* mi castillo! ¡Y todos vosotros estáis preocupados por escuchar a una Lectora en vez de por confiar en el rey que salvó *vuestros* reinos! —Se giró hacia Rhian—. ¡Tiene que detener de inmediato a estos terroristas!

—¡Igual que hizo con la Serpiente! —suplicó el Hada Reina.

—Mi halcón dice que los rebeldes están avanzando hacia el este —informó el Gigante de Hielo de Llanuras Heladas, con el pájaro posado en su hombro—. Atacarán a continuación a los reinos de Cuatro Puntas. Y después... ¿quién sabe?

La habitación se sumió en el silencio.

Ya nadie estaba defendiendo a Agatha.

Como si fueran un banco de peces, pensó Sophie. Qué deprisa habían cambiado de opinión.

—Mis hombres se unirán a los suyos —dijo el ministro de las Montañas Susurrantes.

—No me fío de que haya guardias Nuncas en mi reino —respondió el rey de Foxwood.

—Ni en el mío —dijo el Hada Reina de Gillikin—. Y para cuando haya informado a sus guardias, los rebeldes ya habrán saqueado doce reinos más. Saben que estamos todos aquí para la boda. Nuestros reinos son vulnerables y ellos están avanzando demasiado deprisa como para que podamos enviar un aviso o preparar una defensa. Necesitamos que el rey Rhian y sus hombres se encarguen de eso de inmediato.

Ecos de concordancia resonaron por la habitación, hasta que todos clavaron sus ojos en el rey.

—¿Queréis que detenga los ataques de Agatha? —dijo él, reclinando la espalda sobre el trono—. ¿Queréis que arriesgue mi vida y a mis caballeros? Pues entonces espero que a cambio me demostréis vuestra lealtad.

La punta de su dedo brilló y un pequeño fuego azul apareció frente al rostro de cada líder, titilando en el aire.

Los ojos de Rhian ardían con el reflejo de cien llamas.

—Quemad vuestros anillos —ordenó—. Quemad vuestros anillos y jurad lealtad a mí y no a Agatha y a su escuela. Elegidme a mí y no al Cuentista. Y entonces, os ayudaré.

Los líderes se quedaron inmóviles, con los ojos abiertos de par en par.

Rhian intensificó su mirada.

—Aquellos que deseen mi protección… quemadlos *ahora*.

El corazón de Sophie se detuvo.

Los gobernantes observaron la habitación.

Por un instante, nadie se movió.

Luego, el rey de Foxwood se quitó el anillo de plata del dedo y lo colocó en la llama azul.

El anillo se derritió —*¡Pifftz! ¡Wish! ¡Pop!*— y estalló en una nube de humo plateado blanquecino.

La Reina Hada de Gillikin y el Gigante de Hielo intercambiaron una mirada. Ninguno de los dos se quitó el anillo.

Pero la reina de Jaunt Jolie sí que lo hizo.

Lo lanzó hacia el fuego.

¡Pifftz! ¡Wish! ¡Pop!

Luego apareció una voluta blanca.

Ningún otro gobernante siguió su ejemplo.

Las llamas se enfriaron y desaparecieron.

—Dos anillos —dijo Rhian, jugando con cada palabra. Se giró hacia sus guardias—. Enviad hombres a proteger Foxwood y Jaunt Jolie de futuros ataques —ordenó antes de mirar de nuevo al Consejo—. El resto de vosotros estáis por vuestra *propia cuenta*.

Aliviada, Sophie apoyó la espalda contra la puerta, agradecida de que la mayoría de los gobernantes se hubieran opuesto al rey… pero entonces vio a Rhian observándola, como si hubiera sabido que estaba ahí durante todo ese tiempo. Movió su dedo encendido y las puertas se abrieron antes de que ella pudiera apartarse. Cayó hacia adelante y aterrizó con brusquedad dentro del salón de baile, sobre el suelo de mármol.

Poco a poco, Sophie alzó la vista hacia el Consejo del Reino al completo que la observaba.

—Mi amor —canturreó Rhian.

Sophie se puso de pie, el vestido blanco le picaba más que nunca.

—El Consejo quiere hacerte unas preguntas antes de la ejecución de hoy —dijo el rey—. Quizá puedas ayudarlos a recobrar la cordura.

Dos guardias avanzaron sutilmente detrás de Sophie. Beeba y Thiago. Ella vio que los piratas tenían las manos encima de sus espadas. Una amenaza.

Sophie se giró hacia los líderes, fría y serena.

—A su servicio —dijo.

La Reina Hada de Gillikin se puso de pie.

—¿Agatha es nuestra enemiga?

—¿La escuela está detrás de estos ataques? —preguntó el Gigante de Hielo de Llanuras Heladas, también de pie.

—¿Tedros debe morir? —inquirió la reina Ooty, de pie sobre los cojines.

Sophie vio el miedo en sus rostros. En el de todos los líderes. La tensión en la sala era tan espesa que le apretaba la garganta y le silenciaba la voz.

Solo tenía que decir una palabra.

No.

Los piratas la matarían, pero sería demasiado tarde. El Bosque sabría que había un monstruo en el trono. Salvaría a sus amigos y a Tedros. Lanzaría a Rhian a los lobos.

Sophie observó los ojos del rey que parecían un vidrio verdoso sin vida, la sonrisa en sus labios. Era la misma mirada con la que la había contemplado Japeth cuando le había contado que su hermano ya no jugaría limpio. No después de que ella hubiera utilizado los mensajes de Melena de León para comunicarse con Agatha. Pero, aun así, Rhian todavía la necesitaba. La confirmación de Sophie haría que el resto de los líderes bailara al son de su música. Llevarla allí había sido un riesgo, claro. Pero Rhian siempre apostaba por que Sophie hiciera lo que más le convenía a ella misma. Creía que lo apoyaría para no morir. Que para ella su propia vida era más valiosa que decir la verdad.

Sophie le devolvió a Rhian una mirada fulminante.

Había calculado mal.

Rhian comprendió lo que estaba a punto de hacer.

Se puso de pie, con el rostro volviéndose del mismo color que el de Japeth. Sophie abrió la boca para responder al Consejo…

Y entonces, vio algo.

En la mesa del fondo, cerca de la ventana. Un hombre, vestido con un abrigo de color café y una capucha, con el rostro sumido en las sombras. Jugaba con el anillo plateado en su mano, el cual reflejaba la luz de la luna para llamar la atención de Sophie.

Vio el nombre en su cartel.

El corazón de Sophie estalló como la bala de un cañón.

El hombre encapuchado movió la cabeza con firmeza, indicándole de manera inconfundible lo que tenía que responder a las preguntas de los líderes.

Sophie observó los ojos blancos del hombre, brillando en la oscuridad bajo su capucha.

Sophie se giró hacia sus interrogadores.

—*Sí* —respondió—. Agatha es vuestra enemiga. La escuela está detrás de esos ataques. Tedros debe morir.

La multitud zumbó como una colmena sacudida.

Rhian miró boquiabierto a Sophie desde el trono.

De pronto, Aran se aproximó a él, sujetando un gran pergamino enrollado.

Sophie no esperó a ver de qué se trataba. Con Rhian distraído, se apresuró a entrar a la sala, caminando directamente hacia donde había visto al hombre encapuchado. Pero lo perdió de vista, porque los líderes estaban agrupados alrededor de las mesas, conversando frenéticamente, señalando sus anillos y alzando las voces. Detrás de ella, Rhian y Aran discutían sobre un mapa, el Mapa de Misiones de la Serpiente, excepto que desde aquel ángulo, parecía que todas las figuras en el mapa… ¿hubiesen desaparecido?

Seguro que no lo estoy viendo bien, pensó Sophie.

Pero luego vio a Rhian alzando la mirada, buscándola.

Sophie se agachó y avanzó detrás del borde de las mesas en aquella posición, hacia la parte trasera de la habitación. Veía a los líderes saliendo por las puertas, pidiendo a las criadas que llamaran a sus medios de transporte, mientras que otros se quedaban atrás discutiendo con fervor. Vio al Gigante de Hielo de Llanuras Heladas y a la reina de Gillikin en un rincón, conjurando un fuego mágico antes de quemar sus anillos al mismo tiempo. *¡Pifftz! ¡Wish! ¡Pop!*

—¡Sophie! —la llamó la reina de Jaunt Jolie, corriendo hacia ella.

Sophie se escondió debajo de una mesa y gateó entre un laberinto de piernas y sillas, pasando junto a unas botas enjoyadas y unos dobladillos elegantes, oyendo voces y el crujir del fuego y cientos de anillos más quemándose y estallando, hasta que se deslizó debajo de la última mesa y salió por el otro lado, precisamente donde el hombre encapuchado había estado sentado…

Solo que ya no estaba allí.

Lo único que quedaba de él era su cartel aristocrático; su nombre parpadeaba y se movía al frente del letrero.

Sophie se desplomó en la silla del hombre, con el corazón encogido. ¿Se lo habría imaginado? ¿Habría mentido a los líderes sin motivo alguno y había perdido su oportunidad de salvarse a sí misma y a sus amigos? ¿Acababa de garantizar la muerte de Tedros? Tomó el cartel con manos temblorosas.

Y entonces fue cuando lo vio.

En el dorso del cartel.

En letras mágicas diminutas que se iban evaporando mientras las leía.

HAZLE CREER QUE ESTÁS DE SU LADO

Sophie alzó la vista. Rhian avanzaba con pasos largos hacia ella, flanqueado por unos piratas.

Con sigilo, Sophie giró el cartel y leyó el nombre del hombre que había dejado el mensaje con tinta de color verde bosque.

El rey de Homblegres

La última palabra cambió mientras desaparecía, parpadeando como un hada cambiante...

Homblegres
Homb legres
Hombres Alegres

15

El legítimo rey

—Tedros morirá a menos que detengamos la ejecución —dijo Agatha, de pie a la sombra de la ventana del Director, con el mensaje de Melena de León brillando en el cielo a sus espaldas—. Y si él muere, el Bosque pertenecerá a Rhian. El Bosque pertenecerá a un loco. A *dos* locos. Nuestro mundo está en peligro. No podemos permitir que ganen. No sin darle una oportunidad a Tedros de luchar por su trono. —Respiró hondo—. Pero primero, necesitamos salir de esta torre sin que los hombres de Rhian nos vean.

Los miembros de su ejército le devolvieron la mirada, apretados como sardinas dentro de la habitación de la Decana Sophie.

—Si Rhian planea ejecutar a Tedros al amanecer, entonces los otros cautivos también

294

están en peligro, incluso Clarissa —comentó el profesor Manley, mirando a sus compañeros—. Agatha tiene razón. Debemos actuar.

La profesora Anémona tragó con dificultad.

—¿Cuántos hombres hay todavía allí abajo?

Agatha avanzó poco a poco hasta el lateral de la ventana, entre los alumnos de primero agazapados, y echó un vistazo. Algunos de los hombres de Rhian merodeaban por el terreno frente a las escuelas, cortando los lirios con sus espadas, mientras las flores rojas y amarillas gruñían y los estrangulaban. A través del vidrio del castillo del Bien, Agatha vio a otros merodeando por el Remanso de Hansel, destruyendo los pasillos de dulces, que para defenderse vomitaban azúcar pegajoso y los pegaban a las paredes como moscas en una telaraña. Había más piratas acechando cerca de la Escuela del Mal y encendiendo bombas de humo en los pasillos para hacer salir a sus presas, pero solo lograron que las bombas rebotaran y que los estallidos los lanzaran de los balcones. Las alarmas chillaban en ambos castillos mientras se activaban más defensas mágicas que impedían el avance de los guardias.

Pero por cada hombre que las defensas de la escuela vencían, había diez más entrando a través del agujero del escudo de la Puerta Norte, armados y blandiendo antorchas en la oscuridad.

—¿Agatha? —insistió la profesora Anémona.

Agatha se giró hacia sus tropas.

—Están por todas partes. —Reprimió el pánico que sentía—. Tenemos que pensar. *Tiene que haber* un modo de llegar al Bosque sin que nos vean.

—¿Qué haría Clarissa? —preguntó la princesa Uma a los profesores.

—Usaría todos los hechizos de su libro para hacer volar por los aires a esos idiotas —replicó Manley—. Venga, Sheeba,

Emma, todos. Nosotros mismos lucharemos contra ellos. —Hizo el ademán de ponerse de pie, pero unas saetas de fuego azul volaron a través de la habitación, lo electrocutaron y lo derribaron al suelo.

Agatha se quedó paralizada.

—Qué…

Pero entonces vio de dónde habían salido las saetas.

El Cuentista parpadeaba con una luz azul estática sobre el libro de cuentos abierto.

—Los profesores no pueden interferir en los cuentos de hadas, Bilious —explicó la profesora Sheeks, mientras ayudaba a su colega a incorporarse—. Podemos colocar un escudo alrededor de la escuela. Podemos luchar junto a nuestros estudiantes. Pero no podemos hacer su trabajo por ellos. Clarissa cometió ese error y mira dónde está.

Secándose el sudor de la frente, Manley todavía parecía conmocionado. Pero no tanto como los alumnos de primero, que entonces comprendieron que estaban solos.

Mientras tanto, los de cuarto año permanecieron imperturbables.

—¿Y si Vex y yo nos escabullimos afuera? —sugirió Ravan, con un libro en una mano vendada mientras su amigo de orejas puntiagudas, que tenía una pierna enyesada, continuaba oliendo las velas aromáticas de Sophie—. Podríamos mogrificarnos y escapar antes de que esos piratas se dieran cuenta.

—Primero de todo, estáis heridos —respondió Hester—. Y si os atraparan escapando, acabaríamos todos muertos. Si no, Ani y yo ya lo hubiéramos intentado hace mucho rato.

—Yo también, obviamente —chilló Dot.

—Y aunque Hester y yo pudiéramos ir, Rhian nos vería moviéndonos en su mapa —dijo Anadil.

—No si nos intercambiamos los emblemas de cisne —respondió Bossam, señalando el escudo plateado brillante de su uniforme negro—. Si os los ponéis, el Mapa creerá que sois nosotros y no os rastreará.

—No podemos quitarnos los emblemas, mono de tres ojos. Castor nos lo dijo durante la bienvenida. Mira —replicó Bodhi. Se desabrochó la camisa y se la quitó, y entonces vieron que el emblema del cisne se movía mágicamente y se tatuaba en su pecho bronceado—. Está en nuestro cuerpo en todo momento. De eso se trata. ¿Verdad, Priyanka? —Flexionó los músculos y Priyanka se sonrojó.

—Podría quitármelo si lo intentara —gimoteó Bossam, mirando lastimosamente hacia Priyanka.

—¿Al igual que dijiste que podías encontrar a Priyanka durante el desafío del Ataúd de Cristal, cuando Yuba convirtió a todas las chicas en princesas idénticas? —se mofó Bodhi—. Adivina quién la encontró.

—Solo fue suerte —sollozó Bossam—. Y no soy un mono.

—Nadie intercambiará emblemas y nadie partirá por su cuenta —dijo con firmeza la princesa Uma—. Debemos permanecer juntos. Tal y como hacen los leones cuando los atacan. Nadie se quedará atrás. Es nuestra única oportunidad de vencer a los piratas y salvar a Tedros.

—Somos más de doscientos —comentó Hort, abatido—. ¿Existe algún hechizo para ocultar a tantas personas? Puede que los profesores no puedan intervenir, pero eso no significa que no puedan darnos ideas.

—La invisibilidad solo la otorga la piel de serpiente —dijo Yuba, y se giró hacia Bodhi y Laithan—. ¿Dónde está la capa de Sophie? Solo puede cubrir a un grupo reducido, pero quizás unos pocos seleccionados correctamente podrían salvar a Tedros y a los demás.

Bodhi miró a Laithan frunciendo el ceño. Su amigo dejó caer los hombros.

—La perdimos en el vuelo de regreso —balbuceó Laithan.

—¿Y qué hay de la transmutación? —preguntó Priyanka—. El hechizo que Yuba usó para que todas las chicas tuviésemos el mismo aspecto durante el desafío del Ataúd de Cristal. ¡Podríamos transmutarnos en piratas!

—Es un maleficio muy avanzado —respondió el gnomo—. Incluso los alumnos de cuarto año tendrían problemas para lograrlo, por no hablar de los de primero y, además, el hechizo solo dura un minuto.

—Pero sabemos hacer hechizos climáticos —sugirió Devan, señalando a sus compañeros de clase—. ¿Podríamos conjurar un tornado que nos llevara hasta Camelot?

—Y matar a la mitad del Bosque en el proceso —susurró el profesor Manley, todavía sufriendo convulsiones leves.

—¿Y el Metro Floral? —preguntó Beatrix.

—Tendríamos que bajar para llamarlo —dijo Anadil.

Agatha intentó participar en la conversación, pero solo podía pensar en que arrastrarían a Tedros a un escenario de madera… mientras él luchaba contra los guardias… Y que pondrían su cabeza sobre un tocón mientras el hacha caía sobre su cuello… El miedo la asfixiaba como una capucha. Sus amigos y profesores podían intercambiar ideas todo lo que quisieran, pero no había ninguna manera de salir de allí. Los piratas habían invadido cada rincón de la escuela. Y aunque pudieran escabullirse sin que los vieran, nunca llegarían a tiempo a Camelot. Estaba al menos a un día de viaje y Tedros moriría en unas *horas*…

—Agatha —dijo Hester.

Quizá debería ir yo, pensó Agatha. *Sola. Antes de que nadie pudiera detenerme.*

Se convertiría en paloma y se iría volando sin que los hombres de Rhian la vieran. Podía llegar con facilidad a Camelot… Aunque eso no resolvía el problema de que Rhian podía rastrearla… Aun así, Agatha confiaba en sí misma en los momentos más importantes. Y conocía Camelot mejor que cualquiera de los presentes. Sin embargo, detener la ejecución de Tedros por su cuenta le parecía una locura. Demasiadas cosas podían salir mal y el riesgo era demasiado grande…

—*Agatha* —bramó Hester.

Alzó los ojos y vio a Hester mirándola. Junto a todos los demás.

No, no la estaban mirando a ella.

Estaban mirando *detrás* de ella.

Agatha bajó la vista y vio que el Cuentista estaba quieto sobre el libro de cuentos después de haber terminado el dibujo. La pluma no había añadido nada nuevo a la escena desde que había dibujado el mensaje de Melena de León. Pero había algo diferente en la pluma…

Brillaba.

Un resplandor dorado y anaranjado intenso, del mismo color que el brillo del dedo de Agatha.

Pero al acercarse, Agatha vio que lo que brillaba no era toda la pluma, sino las palabras que tenía talladas en un costado: una inscripción en caligrafía profunda y fluida que iba de punta a punta sin interrupciones…

Agatha no entendía ese idioma, pero la pluma brilló con más intensidad mientras la observaba, como si *quisiera* que ella supiera leerlo. Luego, con mucha determinación, como si fuera consciente de que había captado la atención de Agatha, el Cuentista señaló el libro de cuentos y un círculo diminuto de resplandor anaranjado brotó de la punta como un anillo de humo. Agatha se agazapó más, observando el círculo brillante que flotaba sobre el dibujo como un reflector, paseándose sobre los piratas al acecho en el suelo… Luego, subió hacia la torre del Director y atravesó la ventana… Pasó junto a los alumnos de primero amontonados… y se detuvo sobre los alumnos de cuarto año en el rincón.

No… No sobre todos los alumnos de cuarto, comprendió Agatha, mirando con más atención.

Sobre un alumno de cuarto año.

Y no era ella.

En cambio, la pluma había escogido a un chico moreno con pelo largo y enredado, una uniceja frondosa y una expresión malhumorada.

El reflector brillante se aproximó más al chico, a su mano vendada… A algo que aferraba con su mano vendada…

Agatha se giró.

—Ravan —dijo, veloz como un látigo—. Dame ese libro.

Ravan la miró boquiabierto.

—*¡Ahora mismo!* —siseó Agatha.

Atónito, Ravan le lanzó el libro como si fuera una piedra hirviendo.

—¡No es mío! ¡Es de la biblioteca! ¡Era el único con imágenes en vez de palabras! Mona nos hizo buscar pistas sobre Rhian mientras nos estábamos recuperando…

—¡No me culpes a mí, tonto analfabeto! —replicó su amiga de piel verde—. ¿Quién se lleva un libro de la biblioteca cuando huye de unos asesinos? ¡Con razón ibas tan lento!

—¡Intenté tirarlo por el camino, pero me mordió! —se defendió Ravan.

Agatha ya estaba de rodillas iluminando la cubierta con el brillo de su dedo mientras los profesores se agrupaban a su alrededor.

La historia del Cuentista
August A. Sader

Ver el nombre de su antiguo profesor de Historia apaciguó el corazón de Agatha. August Sader nunca la había defraudado. Ni siquiera después de su muerte. Si el Cuentista le había señalado el libro, aquello significaba que había algo que necesitaba entre sus páginas. Algo que necesitaba para ganar aquel cuento de hadas. Solo necesitaba descubrir qué era.

Abrió la cubierta y vio que, al igual que todos los libros del profesor Sader, no contenía palabras. En cambio, cada página tenía un diseño de puntos en relieve de los colores del arcoíris y del tamaño de la cabeza de un alfiler. Dado que era un vidente ciego, el profesor Sader no podía escribir la historia. Pero podía *verla* y quería que sus lectores también lo hicieran.

—¿Hay algún motivo por el que estemos leyendo la teoría de un chiflado mientras los piratas están destrozando nuestra escuela? —gruñó el profesor Manley.

—Si no fuera por August Sader, no *tendríamos* una escuela —replicó la profesora Anémona.

—Bilious tiene razón, Emma —añadió la princesa Uma con resignación—. Por mucho que me gustase August, su teoría sobre el Cuentista carece de evidencia…

Agatha dejó de escucharlos mientras tocaba las páginas, pero el libro era igual de grueso que su puño. ¿Por dónde se suponía que tenía que empezar si todas las páginas le parecían exactamente iguales?

Luego, por el rabillo del ojo, vio que el Cuentista brillaba con más intensidad en el aire.

Sin pensar, Agatha giró la página, con la vista clavada en la pluma.

El Cuentista titiló con más fulgor.

Agatha giró más páginas, cada vez más deprisa, y el Cuentista brilló cada vez más, como el último fulgor del atardecer, y su luz invadió toda la torre. Agatha llegó a la siguiente página…

Y el Cuentista se apagó.

Retrocedió una página.

—Es esta —susurró.

Abajo, se oyeron los piratas.

—*¡Hay luz en la torre del Director! ¡Hay alguien dentro!*

—*¿Cómo subiremos hasta allí?* —respondió otro.

Agatha ya estaba deslizando los dedos sobre los puntos de la página.

—*Capítulo 15: El rey verdadero* —dijo la voz del profesor Sader.

Agatha deslizó la mano sobre la siguiente línea punteada y una escena fantasmal tridimensional apareció sobre la hoja: un diorama vivo, con colores diáfanos como los que había en las viejas pinturas del profesor Sader. Agatha vio a toda la escuela agrupada para ver una visión del Cuentista, rodeando el libro.

—*Desde el inicio del Bosque Infinito, el Cuentista ha sido su alma* —narró la voz de Sader—. *Mientras el Cuentista escriba nuevas historias, el sol siempre saldrá sobre el Bosque, porque esas lecciones sobre el Bien y el Mal son las que impulsan nuestro mundo hacia adelante. Pero así como la Pluma mantiene viva al Hombre, el Hombre también mantiene viva a la Pluma. Cada gobernante lleva un anillo como muestra de lealtad hacia el Cuentista y la joya tiene la misma inscripción que la pluma. Cien reinos fundadores en el Bosque Infinito. Cien gobernantes. Cien anillos. Mientras los gobernantes continúen llevando los anillos, el Cuentista continuará escribiendo.*

La escena se centró en la inscripción brillante en el acero de la pluma.

—*Durante muchos años, el vínculo entre Hombre y Pluma fue pacífico* —prosiguió Sader—. *Pero luego, los gobernantes empezaron a cuestionar el significado de la inscripción en sus anillos. No era un lenguaje conocido de ningún reino. La inscripción no aparecía en ninguna otra parte. Así que los mejores académicos del Bosque estudiaron los símbolos y ofrecieron sus interpretaciones.*

Sobre el libro, los fantasmas de tres ancianos arrugados aparecieron, con las barbas largas hasta el suelo, tomados de la mano en la torre del Director...

—*Primero, las Tres Hermanas llevaron al Cuentista a la Escuela del Bien y del Mal para protegerlo, creyendo que solo un Director podía evitar que un lado u otro corrompiera la pluma. Esas Videntes declararon que la inscripción era un decreto sencillo:* LA PLUMA ES EL VERDADERO REY DEL HOMBRE. *Por lo tanto, el Cuentista era el legítimo amo del Bosque y confiaban en él para mantener el equilibrio. El Hombre existía exclusivamente para servir a la Pluma y debía vivir con humildad bajo su mandato.*

La escena de encima del libro cambió: ahora había una guerra macabra, soldados del Bien y del Mal derramaban sangre por igual...

—*Esta teoría se sostuvo durante cientos de años hasta que el rey de Netherwood insistió en que sus académicos habían decodificado que la inscripción significaba precisamente lo opuesto:* EL HOMBRE ES EL VERDADERO REY DE LA PLUMA. *Según esos académicos, el Cuentista necesitaba a un amo. El Bosque necesitaba a un amo. A su vez, esto generó una serie de guerras entre reinos, cada uno compitiendo por reclamar al Cuentista, solo para ver a aquellos victoriosos sufrir un destino horroroso...*

Agatha observó cómo gobernante tras gobernante escalaba triunfal la torre y agarraba la pluma, solo para que esta les apuñalara el corazón a todos y cada uno de ellos y los hiciera caer al foso de debajo.

—*Pero luego llegó el linaje de Videntes Sader, mis ancestros, quienes propusieron su propia interpretación de la inscripción del Cuentista.*

Una vez más, la escena mostró los símbolos extraños de la pluma… solo que ahora empezaron a transformarse en letras legibles…

—CUANDO EL HOMBRE SEA LA PLUMA, EL REY VERDADERO REINARÁ.

Agatha analizó las palabras. Oía a los piratas afuera y unos arañazos bruscos sobre la torre del Director, como si unos ganchos o flechas estuvieran golpeando la roca. Los alumnos se apartaron de la ventana, pero Agatha mantuvo su atención en el libro.

—*Los líderes tenían opiniones divididas sobre la teoría Sader. ¿El Cuentista alentaba al Hombre a combatir a la Pluma? ¿O le ordenaba que se arrodillase ante la Pluma como su rey? La teoría Sader solo añadió más leña al fuego que dividía el Bosque: ¿quién controla nuestras historias? ¿El Hombre o la Pluma?*

Las letras talladas sobre el Cuentista fantasma volvieron a transformarse en aquellos símbolos inusuales.

—*Esa batalla continuó durante siglos hasta que un nuevo Director, la mitad malvada de dos hermanos gemelos que presidía la Escuela del Bien y del Mal, hizo un descubrimiento sorprendente…*

La escena se centró en la inscripción y mostró que había tallas dentro de los símbolos grabados.

—*Cada símbolo de la inscripción del Cuentista era un mosaico de cuadrados y dentro de cada cuadrado había un cisne. Cien cisnes en total, cincuenta de ellos blancos, cincuenta de ellos negros, representando a los cien reinos Siempres y Nuncas del Bosque Infinito. En su conjunto, la inscripción incluía cada reino* conocido, *Bueno o Malo; nuestro mundo entero estaba reflejado en el acero de la pluma.*

Un anillo plateado apareció sobre el libro, con la misma inscripción tallada en la superficie.

—*Ante aquel descubrimiento, propuse una nueva teoría* —dijo Sader—. «*Cuando el Hombre sea la Pluma*»

no significaba que alguien tuviera que ser el rey supremo, sino que el Hombre y la Pluma coexistían en un equilibrio perfecto. Ninguno de los dos podía borrar al otro. Ninguno podía manipular el destino. Ninguno podía forzar el final de una historia. Debían compartir el poder para que el Bosque sobreviviera. Por fin, el debate terminó. ¿Quién controla nuestras historias: Hombre o Pluma? La respuesta era: ambos.

Los anillos de plata se multiplicaron en el aire.

—*Así, pues, el anillo que llevaba cada gobernante se convirtió en un juramento de lealtad hacia la Pluma. Mientras los gobernantes llevaran puestos esos anillos, Hombre y Pluma estarían en equilibrio, al igual que el Bien y el Mal. Pero si el Hombre ignorara a la Pluma y le negara su lugar... Si todos los gobernantes quemaran sus anillos y juraran lealtad a un rey propio...*

Los anillos estallaron en medio de las llamas.

—*... entonces el equilibrio se rompería. El Cuentista perdería sus poderes y los obtendría el rey. Un rey que se convertiría en el nuevo Cuentista.*

De las cenizas surgió una silueta humana, sosteniendo una nueva pluma.

Una brillante pluma dorada.

—*Este rey, el Rey Verdadero, no estaría limitado por el equilibrio. Podría usar la pluma como una espada del destino. Cada palabra que escribiera cobraría vida. Con su poder, traería paz, riqueza y felicidad sin límites al Bosque. O podría matar a sus enemigos, esclavizar reinos y controlar a cada alma del Bosque, igual que un titiritero con una marioneta.*

La sombra del nuevo rey se hizo más y más grande, y bajo ella, apareció una nueva escena: tres brujas ancianas esqueléticas sobre cajas de madera, predicando en la plaza entre los transeúntes.

—Mi teoría fue ampliamente descartada, quizá porque nadie quería pensar en que un solo Hombre tuviera tanto poder. Rechazar mi teoría significaba conservar los anillos y el balance entre Hombre y Pluma intacto. Sin embargo, algunas personas se volvieron creyentes fervorosas: las más destacadas fueron las Hermanas Mistral de Camelot, a quienes el rey Arturo convirtió en sus consejeras antes de morir. Entre los defensores de la teoría estaban Evelyn Sader, anterior Decana de la Escuela de Chicas; Rebesham Garfio, nieto del Capitán Garfio; y la reina Yuzuru de Foxwood, quien creía que ella era el Rey Verdadero. Pero al final, la solidaridad del Bosque prevaleció, unidos por los anillos y la confianza en la pluma sagrada...

La niebla sobre el libro empezó a disiparse.

— ... hasta ahora.

El capítulo se apagó.

Al igual que el brillo en el dedo de Agatha.

En la habitación, Siempres y Nuncas intercambiaron miradas, intentando descifrar lo que acababan de escuchar. La escuela entera pareció respirar al unísono.

—*¡Hay una pasarela que lleva a la torre!* —gritó un pirata afuera—. *¡Mirad!*

—*¡Subid a la pasarela!* —ordenó Kei.

Los rugidos de los piratas resonaron sobre el bramido suave de los truenos.

—Nos han encontrado —chilló Kiko, mirando con temor a sus amigos y profesores.

Agatha se inclinó sobre la ventana para ver mejor, pero Hort la sujetó por la espalda.

—Así fue como murió mi padre —dijo él, fulminándola con la mirada—. Haciendo algo estúpido.

—No lo entiendo. El Cuentista sabe que estamos en problemas. Por eso nos ha guiado hasta el libro —susurró Anadil, frotándose el brazo vendado—. ¿Cómo va a ayudarnos eso?

Agatha se estaba preguntando lo mismo.

—Ya os he dicho que son puras tonterías —comentó indignado el profesor Manley—. Nadie sabe lo que dice la inscripción. Nadie tiene ni la menor idea. Son solo un par de suposiciones que favorecen a quienes las hacen.

Excepto que ahora Agatha observaba al Cuentista, la inscripción todavía brillaba mientras la pluma flotaba sobre el dibujo de aquella misma escena…

—Dot, ¿qué hechizo utilizaste en el pasillo? El que nos permitió ver dentro de la bola de cristal.

—¿El hechizo espejo? Es *mi* hechizo —exclamó Hester y se aproximó a Agatha, anticipando lo que le pediría a continuación.

—Muéstrame la inscripción —ordenó Agatha.

Hester apuntó el brillo de su dedo hacia el Cuentista y, de inmediato, una proyección bidimensional flotó sobre el suelo, ampliando aquella inscripción misteriosa.

De rodillas, alumnos y profesores se acercaron y observaron los símbolos aumentados… como cien cuadrados diminutos enterrados dentro de ellos como semillas… Y dentro de cada cuadrado, un cisne negro o blanco…

—Tal y como dijo el libro —comentó Agatha—. Entonces no *todo* son tonterías.

Pero entonces se dio cuenta de algo.

Algo diferente de la inscripción que había visto en el libro.

Había cuadrados vacíos.

Dos, para ser exactos.

Dos cuadrados vacíos, donde debería haber habido un cisne; el resplandor de la inscripción se oscurecía en aquellos puntos, como si fuera una boca a la que le faltaran dientes.

De pronto, oyeron un sonido fuerte y Agatha observó con más detalle la inscripción.

Un cisne blanco acababa de estallar en llamas. Se derritió como el metal… *¡Pifftz! ¡Wish! ¡Pop!*

Y luego desapareció. Al igual que los otros dos.

Solo que ahora, otro cisne estalló en llamas. Uno negro.

Luego cinco cisnes más… No, diez más… No, incluso más, estaban explotando demasiado rápido y Agatha no daba abasto a contarlos. Hacían *¡Pifftz! ¡Wish! ¡Pop!* mientras desaparecían del acero del Cuentista.

—¿Qué está pasando? —preguntó nerviosa la profesora Anémona.

Eso solo puede significar una cosa, pensó Agatha.

—Están quemando sus anillos —respondió ella—. Los líderes están quemando sus anillos.

Su corazón latió más deprisa.

Todo lo que Rhian había hecho…

Salvar a los reinos de la Serpiente.

Escoger a Sophie como reina.

Mentir con Melena de León.

Durante todo ese tiempo, había tenido un plan mayor.

—Rhian no quiere Camelot —dijo Agatha, oyendo la tensión en su propia voz—. Quiere al Cuentista. Quiere destruirlo. *Quiere convertirse* en él. Gobernar como el Rey Verdadero.

—Tonterías —protestó el profesor Manley—. ¡Ya te hemos dicho que no hay ninguna evidencia!

—Entonces, ¿por qué el Cuentista nos ha guiado hasta ese libro? —replicó Agatha con intensidad—. Quería que viéramos esto. Los líderes están quemando sus anillos. Ha ocurrido algo. Algo que los está haciendo jurar lealtad a Rhian en vez de al Cuentista. En vez de a la escuela. Y esa lealtad es la que mantiene vivo al Cuentista. Si todos queman sus anillos… Si la inscripción desaparece… Entonces Rhian controlará el Bosque. La teoría del profesor Sader es *correcta*. Es por eso que esta vez el Cuentista está haciendo más que simplemente documentar nuestro cuento de hadas: está adelantándose al futuro… Advirtiéndonos de los peligros… Guiándonos hacia las pistas… ¿No lo veis? El Cuentista necesita nuestra ayuda. El Cuentista está *pidiéndonos* ayuda.

El profesor Manley enmudeció. Los otros profesores también.

—Que un Hombre posea la magia del Cuentista… Ni siquiera Rafal lo logró—dijo la profesora Anémona, perturbada.

—Rhian sería invencible —comentó Hort.

—Más que eso —observó Agatha—. Ya habéis oído a Sader. El Verdadero Rey quitará los poderes al Cuentista. Pero si el Hombre se apodera de esos poderes, no tendrán ningún control. Rhian podrá usar a Melena de León para escribir lo que quiera… *y se haría realidad*. Imaginad lo que ocurriría si todo lo que Melena de León escribiera se hiciera realidad. Si todo lo que Rhian *deseara* se hiciera realidad. ¿Creéis que daría a todos los habitantes del Bosque una bolsa de oro y un poni? No, quiere el poder del Cuentista por un motivo. Todavía no sé cuál es ese motivo, pero sé que no puede ser nada bueno. Aunque no estaremos presentes para ver cómo ocurre. Podrá escribir que me han comido unos lobos y aparecerán unos lobos para devorarme. Podrá escribir que la escuela se ha derrumbado y el edificio se convertirá en polvo. Podrá destruir reinos. Podrá revivir a los muertos. Todo con un trazo de su pluma. Rhian tendrá el control sobre todas las almas del Bosque. Tendrá el control sobre *todas* nuestras historias, pasadas y presentes. Nuestro mundo estará a su merced. *Para siempre.*

Nadie habló mientras la proyección de Hester se apagaba. Incluso el aire nocturno fuera de la torre se había quedado en silencio, excepto por la llovizna, como si los piratas también estuvieran escuchando.

—¡Besadme el trasero! ¡Todos vosotros! —exclamó una voz.

Todos se giraron hacia el peludo Bossam de tres ojos que estaba en un rincón, sosteniendo su emblema de cisne plateado, separado del uniforme.

—¡Sabía que podía hacerlo! —alardeó—. Con las estrategias de Castor para entrenar secuaces. Ya sabéis, las que usamos en el desafío de la Oca de Oro. Paso 1: Dar órdenes. Decirles a los cisnes que moriremos a menos que nos ayuden y, si morimos, ellos también morirán. —Miró con desdén a Bodhi y sonrió a Priyanka—. Se ha desprendido de inmediato.

Castor alzó la cabeza con vigor.

—Ese loco está intentando controlar almas, el Bosque entero está a punto de morir y tú estás jugando con tu ropa.

El rasgueo de la pluma sobre el papel resonó en la torre.

Agatha se giró y vio al Cuentista escribiendo de nuevo… Añadiendo algo al mismo dibujo que ella creía que estaba terminado…

Esta vez, estaba dibujando algo en el Camino de Sophie, la pasarela entre la Escuela del Mal y la torre del Director.

La pluma dibujaba líneas y las rellenaba despacio.

La lluvia caía sobre la pasarela.

Y bajo la lluvia…

Una sombra, observó Agatha.

Aproximándose hacia la torre.

Alta, amenazante, con un sombrero negro cubriéndole el rostro.

Cargaba algo sobre el hombro.

El estómago de Agatha dio un vuelco.

—Pirata —dijo.

De inmediato, los alumnos se levantaron del suelo y se alejaron de la ventana.

Agatha se giró y vio la sombra en la vida real, acechando sobre la pasarela y avanzando hacia la torre del Director.

Dado que la lluvia caía con más fuerza y que el atacante escondía su rostro bajo el sombrero negro, Agatha todavía no lograba distinguir qué pirata era. Tampoco veía qué cargaba sobre el hombro. Iba vestido todo de negro en vez de con la cota de malla plateada, y su abrigo de cuero ondeaba al viento. Debe de tener un rango más alto, pensó Agatha. Como Kei. El pirata avanzaba sin prisa, su pierna derecha avanzaba más lentamente por una cojera evidente, sus negras botas de caña alta resonaban sobre la piedra.

Castor avanzó para atacar, pero el Cuentista le disparó una saeta de fuego sobre la cabeza y los profesores sujetaron al perro. Los alumnos de primero se escudaron detrás de ellos.

—La alarma de la pasarela —exclamó la profesora Anémona—. ¡Seguro que lo detiene!

En ese preciso momento, la luz roja surgió del letrero del Camino de Sophie y escaneó el rostro del hombre.

La luz se volvió verde y le permitió pasar.

—O no —dijo Hort.

—Debe haber engañado al sistema… —dijo Reena.

—Esto es ridículo. No somos un grupo de gansos a punto de convertirnos en pastel —bramó Hester—. Él solo es uno, y nosotros, una escuela entera. —Miró a Anadil.

—¿Lista?

—Incluso con un solo brazo —respondió Anadil con frialdad.

El demonio de Hester estalló de su cuello como una bomba de fuego, hinchado de sangre, mientras correteaba a través de la ventana y golpeaba al pirata en el rostro. Con un salto volador, Hester y Anadil salieron por la ventana y derribaron al matón en la pasarela.

—¡Esperadme! —exclamó Dot; corrió tras ellas y saltó sobre el alféizar, solo para aterrizar en la pasarela con un alarido.

Detrás de ella, los estudiantes miraban boquiabiertos mientras Hester y Anadil luchaban contra el pirata.

—¿A qué estamos esperando? —replicó Agatha—. *¡Atacad!*

Su ejército rugió y corrió hacia la ventana para ayudar a sus amigas. Mientras rodeaban al villano con patadas, golpes y hechizos de aturdimiento de novatos, Dot se abrió paso entre la multitud, apartando alumnos de primero, decidida a unirse a su aquelarre y hacer su parte. Se esforzó por llegar al pirata, con el dedo encendido, preparada para convertir las prendas del matón en regaliz de chocolate que lo ataran como cuerdas…

Hasta que vio el rostro del atacante y gritó.

—*¡ALTO!*

El ataque cesó, y todos se giraron hacia Dot, confundidos.

Todos excepto Agatha, que ahora veía el rostro ensangrentado y magullado del pirata bajo la luz de la luna.

El pirata que no era en absoluto un pirata.

—¿Papi? —exclamó Dot.

Acurrucado en la piedra, el Sheriff de Nottingham alzó la vista hacia ella, tenía el pelo enmarañado mojado por la lluvia, le goteaba sangre de la barba y el ojo derecho se le estaba hinchado.

—No me gustan *nada* tus amigas —gruñó él.

—¿Qué estás *haciendo* aquí? —preguntó Dot mientras ella, Hester y Anadil lo ayudaban a ponerse de pie, avergonzadas; el Sheriff miró a las últimas dos con desprecio.

El hombre contrajo el rostro de dolor mientras ignoraba a su hija y miraba directamente a Agatha.

—Si quieres salvar a tu novio, debemos irnos *ahora mismo*.

Agatha sintió de nuevo el pecho tenso y su mirada abandonó la pasarela y voló hacia el castillo.

—¿Ir a dónde? No tenemos manera de escapar... Hay piratas... Ya vienen...

Pero de pronto se dio cuenta de que nadie estaba viniendo.

Porque no había ningún pirata.

Ninguno en la pasarela. Ninguno en la Escuela del Mal. Ninguno en la Escuela del Bien.

Todos y cada uno de los piratas. Desaparecidos.

Es una trampa, pensó ella.

—No hay tiempo que perder, Agatha —gruñó el Sheriff—. Rhian no matará solo a tu novio. Los matará a todos, incluso a Dovey.

Aquello fue como una patada en el estómago para Agatha. Vio a los profesores palidecer a su alrededor. Hort también estaba pálido y temía por Nicola.

—Trae a tus mejores luchadores —ordenó el Sheriff, girándose para partir—. Los más jóvenes y los profesores se quedarán aquí para proteger la escuela.

Agatha no podía respirar.

—Pe-pero, ¡te lo acabo de decir! ¡No hay ninguna manera de salir de aquí a salvo! E incluso, si lo lográramos, no hay ninguna manera de llegar a Camelot a tiempo...

—Sí que la hay —dijo el Sheriff, girándose hacia ella.

Alzó el brazo sosteniendo un saco gris que le resultó familiar, con los parches destrozados cosidos, con algo moviéndose dentro. El Sheriff curvó sus labios ensangrentados para formar una sonrisa.

—De la misma manera en que me he encargado de todos esos *piratas*.

16

¿Qué hace latir tu corazón?

Sé dónde está Merlín.

El mago quería que yo encontrara ese mechón de pelo que ha enviado con la rata de Anadil. Sabía que yo lo entendería.

Pero lo que sé no servirá de nada a menos que lo comparta con alguien.

Alguien que pueda encontrar a Merlín si Tedros y yo morimos. Alguien que no esté entre las garras de Rhian.

Debo decirlo antes de que caiga el hacha. Pero ¿a quién? ¿Y *cómo*?

Cuando nos sacan de La Ensenada del Rey con estas bolsas mohosas en la cabeza, solo me quedan mi sentido del olfato y mi sentido auditivo. Noto que me obligan a subir una escalera, y mis extremidades chocan contra los otros cautivos. Reconozco los brazos sólidos de Tedros y le tomo la mano sudorosa antes de que nos separen. Bogden acalla el llanto de Willam; las botas de talón de Valentina y Aja resuenan a destiempo; la respiración de Nicola empieza y se detiene, señal de que está sumida en pensamientos profundos. Pronto, mi vestido roza la suavidad de los muros de mármol, las alas de escarabajo crujen al caer y mis rodillas ceden y aterrizo en un rellano; mi cuerpo está exhausto por todo lo que ha vivido. Sopla una brisa mentolada que trae un aroma a jacintos. Debemos estar atravesando la galería de la torre Azul, que está sobre el jardín donde crecen los jacintos. Sí, ahora oigo los pájaros, los que están fuera de la habitación de la reina, donde Agatha me dejó descansar cuando llegué a Camelot.

Pero no tengo solo estos sentidos para guiarme.

Existe un sexto sentido que solo poseen las hadas madrinas.

Un sentido que me revuelve la sangre y que me hace sentir un hormigueo en la palma de la mano.

Un sentido que indica que un cuento se está aproximando a un final incorrecto, y lo único que puede cambiar el curso de la historia hacia el que debería ser es la intervención de un hada madrina.

Ese sentido es el que hizo que ayudara a Cenicienta la noche del baile. Ese sentido es el que hizo que obligara a Agatha a mirarse en el espejo en su primer año, cuando había renunciado a su Para Siempre. Ese sentido fue el que me hizo ir a Camelot antes del ataque de la Serpiente. Los otros profesores sin duda consideraron que eso último había sido un error: una violación de las reglas del Cuentista, algo más allá del trabajo de un hada madrina. Pero lo haría de nuevo. El rey de Camelot no morirá mientras yo esté aquí. No solo porque sea el rey, sino porque es, y siempre será, mi *estudiante*.

Demasiados de los jóvenes a mi cargo han perdido la vida: Chaddick, Tristan, Millicent…

Ya no más.

Sin embargo, ¿qué voy a hacer ahora? Sé que puedo hacer algo. Noto que mi sexto sentido arde cada vez más. La punzada familiar de esperanza y miedo, diciéndome que puedo reparar este cuento de hadas.

La llamada del hada madrina.

Existe alguna manera de salir de esta.

Espero la respuesta, los nervios me abruman…

Pero no se me ocurre nada.

Tedros gruñe cerca de mí mientras se agita frustrado contra sus guardias. Está comprendiendo que nos han vencido y que no hay nada que se pueda interponer entre él y el hacha.

La brisa sopla más fuerte desde múltiples direcciones, el aroma del rocío matutino es más intenso y, por un instante, pienso que estamos fuera del castillo, más cerca de la muerte, pero entonces me doy cuenta de que tengo mármol debajo de los pies. Los demás no piensan con claridad; oigo su pánico: el gimoteo de Willam se convierte en sollozos, Valentina sisea y maldice, las botas de Tedros intentan frenar el paso…

Y entonces, todo se detiene.

Mi guardia me ha soltado.

Y por el silencio a mi alrededor, sé que los demás también han sido liberados.

Oigo que le quitan el saco a alguien de la cabeza.

Luego la voz de Tedros:

—¿Qué?

Me saco la bolsa de la cabeza al igual que los demás. Todos tenemos la misma expresión confundida y el pelo cubierto de polvo de patatas.

Estamos en el comedor de la torre Azul, mirando una galería; el cielo es de color amatista, anunciando el amanecer. La mesa larga está hecha con mosaicos de vidrio, los fragmentos azules forman la cabeza de un León en el centro. Alrededor de ella, hay un festín magnífico. Venado sellado cortado en forma de corazones rosados sobre abundantes habichuelas verdes. Riñones de conejo marinados con perejil de color esmeralda. Huevos de gallina sobre galletas de mantequilla. Sopa fría de pepino con tomates amarillos. Caviar blanco, espolvoreado con flores de cebolleta. Mousse de chocolate nadando en espuma de vainilla. Un consomé de pomelo de color rojo sangre.

Hay siete sillas en la mesa, cada una etiquetada con uno de nuestros nombres.

Intercambiamos miradas como si hubiéramos tomado un desvío a una historia diferente.

Casi no hay ningún guardia. Solo quedan un par con armadura completa, cada uno bloqueando una puerta.

Luego lo entiendo y me siento como si me hubieran dado una patada en el estómago.

Y Nicola también.

—Es nuestra última comida —dice ella, mirando sobre la baranda del balcón de piedra.

Nos reunimos detrás de la chica y observamos el escenario para la ejecución sobre una colina, bajo la luz de la luna. Hay un bloque de madera oscura en el centro.

La garganta de Tedros sube y baja.

De pronto, dos sombras pasan sobre nosotros y vemos a Sophie caminando por la pasarela que hay encima de nuestras cabezas. Está junto a Rhian, hablándole entre susurros. Solo veo un segundo el rostro de Sophie: parece tranquila y atenta, como si estuviera caminando junto a Rhian por voluntad propia. Tiene la mano sobre el bíceps del rey. No nos ve.

Luego, desaparece.

La habitación se sumerge en el silencio. Tedros me mira. Ver a Sophie paseando con Rhian de un modo tan íntimo lo ha perturbado más. Al igual que a mí. Los jóvenes a mi cargo perciben mi incomodidad.

—Vamos —digo, con la autoridad de Decana, y ocupo mi lugar en la mesa.

No por hambre o ganas de comer; mi cuerpo está demasiado débil para considerar siquiera la posibilidad de alimentarse. Pero necesito que ellos mantengan la cordura. Y necesito tiempo para pensar.

Al principio, nadie me sigue a la mesa. Pero Tedros no puede resistirse a la comida y, antes de poder evitarlo, se desploma en el lugar asignado a Bogden y se llena la boca de carne de venado; sus ojos todavía brillan con miedo.

Enseguida los demás también empiezan a comer, hasta que llenan lo suficiente sus estómagos como para recordar quién les ha servido la comida y por qué.

—Está burlándose de nosotros, ¿verdad? —preguntó Willam con timidez.

—Están engordando a los cerdos antes de llevarlos al matadero —dijo Bogden.

—¡No podemos atiborrarnos de comida como una *quinceañera* y morir! —protesta Valentina.

—Tenemos que hacer algo —secunda Aja.

Por instinto, miran a Tedros, quien observa rápidamente a los piratas apostados en las puertas, inescrutables bajo sus cascos, ambos con espadas. Nosotros no tenemos armas. Atacarlos conllevaría una muerte más veloz que la que ya está planeada. Sin embargo, están escuchando todo lo que decimos, como si Rhian no estuviera solo provocándonos con la comida, sino también con la esperanza de huir. Los engranajes en la cabeza de Tedros giran, y sabe que cualquier plan que mencione en voz alta fracasará antes de empezar.

Y entonces, mientras lo miro, la siento otra vez.

La punzada de una respuesta.

Saliendo a la superficie... A punto de emerger...

Pero una vez más, nada surge, como un fantasma con miedo a aparecer.

—¿Tienes un hada madrina, profesora? —pregunta Tedros, con el rostro fruncido de estrés—. ¿Alguien que te salve cuando lo necesitas?

Quiero decirle que no hable. Que estoy a punto de descubrir algo. Que necesito pensar...

Mi sexto sentido vuelve a ponerse en alerta.

Pero esta vez, me empuja a responder la pregunta de Tedros.

A contarle mi historia.

¿Por qué?

Solo hay un modo de descubrirlo.

—Sí, incluso las hadas madrinas tienen su propio guía —digo, mirando por la ventana el cielo cada vez más claro. Mi tono es tenso; mi ritmo, veloz—. Me gradué de la Escuela del Bien como una líder, pero me negué a cumplir con el objetivo de mi misión: matar a una bruja desagradable que atraía niños a su casa de jengibre.

—¿La madre de Hester? —preguntó Nicola.

—Así es. Si hubiera ido a mi misión y hubiera tenido éxito, Hester nunca habría nacido. La madre de Hester no parió a la niña hasta mucho después, gracias a la magia negra, que le permitió tener hijos a una edad inusualmente avanzada. Pero mi razón para rechazar mi misión fue simple: no tenía instinto para la violencia, ni siquiera contra una bruja comeniños. Merlín fue quien cambió mi fortuna. Merlín era un profesor invitado frecuente en la Escuela del Bien y, en mi cuarto año, lo invitaron para que enseñara Buenas Acciones después de que el profesor original tuviera un altercado con la bestia de la Sala de Torturas. Quedó deslumbrado conmigo cuando fui su alumna, así que Merlín le dijo al Decano Ajani que no había ningún motivo para que hiciera de suplente, ya que el Decano tenía a una maestra de Buenas Acciones perfectamente competente en mí. Gracias a Merlín, el Decano cambió mi misión y me convirtió en la profesora más joven de la Escuela del Bien.

—Entonces, ¿Merlín es su hada madrina? —pregunta Bogden—. O padrino. O lo que sea.

—No —respondo, sumergiéndome más en mi recuerdo—. Porque resulta que no me sentía completamente realizada como profesora. Ni siquiera como Decana, cuando recibí ese honor años después. Una parte de mí sabía que yo estaba hecha para más. Solo que no sabía para qué. Irónicamente, el rey Arturo fue el próximo en cambiar mi fortuna.

Tedros me mira boquiabierto, con la boca llena de galletas.

—¿Mi padre?

Siento cómo me envuelve la historia. Como si el pasado fuera a desbloquear el presente.

—Después de tu nacimiento, tu padre le encargó a un profesor de nuestra escuela que pintara tu retrato de coronación. Arturo detestaba tanto su propio retrato de coronación que quería asegurarse de que tú tuvieras uno que él aprobara, dado que no estaría vivo cuando tú fueras rey. Ese profesor no solo pintó tu retrato tal y como Arturo le pidió, sino que también me trajo con él cuando vino aquí.

—Entonces, ¿el rey Arturo fue su hada madrina? —dice Willam, atónito.

—Espera un segundo —me interrumpe Tedros, sirviéndose chocolate en el plato—. Lady Gremlaine dijo que mi retrato fue pintado por un vidente, lo cual tiene sentido porque predijo exactamente qué aspecto tendría de adolescente, pero ahora que menciona que era un profesor… —Abrió los ojos de par en par, dos estanques ondulantes—. El profesor Sader. ¿*Él* fue el vidente que pintó mi retrato?

—Y tu padre y yo observamos cada pincelada —añado, recordando que había ocurrido en aquella misma habitación, mientras las flores primaverales florecían por la galería—. Arturo le había pedido a August que trajera al Decano que algún día daría clases a su hijo recién nacido, sin duda para hacerme sentir el peso de la educación del futuro rey. Ginebra amablemente me permitió alzarte en brazos, aunque estabas molesto y me dabas problemas, incluso por aquel entonces. Tu mayordoma principal, lady Gremlaine, también estaba presente, aunque apenas dijo ni una palabra. Cuando tu madre partió contigo, percibí tristeza en lady Gremlaine y empecé a hablar con ella más que con el rey. En su mayoría eran charlas triviales, sobre lo mucho que ella echaba de menos ver crecer a los hijos de su hermana y lo mucho que a mí me hubiera gustado tener hermanos... Pero mi atención mejoró el humor de la dama. El profesor Sader se dio cuenta. En el camino de regreso a la escuela, me mencionó que estaba impresionado con cómo había lidiado con Gremlaine; que era necesario tener talento para conectar con una persona tan desolada. Tuve la sensación de que él la conocía bien. Luego August me dijo que pensaba que mis talentos como docente y Decana no estaban siendo aprovechados al máximo. Que debería considerar ser el hada madrina de aquellos que lo necesitaran. Al principio, lo descarté; no tenía la menor idea de qué se necesitaba para ser un hada madrina y parecía un trabajo tedioso, rastrear bobos tristes y conceder deseos. Pero August era persuasivo y me fabricó una bola de cristal usando un fragmento de su alma y uno de la mía. Una bola de cristal que me mostraba personas en el Bosque que necesitaban ayuda. *Mi* ayuda. Y respondí a su llamada. Por primera vez en mucho tiempo, tuve una vida fuera de la Escuela del Bien y del Mal.

—Entonces no fue Merlín ni mi padre. Fue el profesor Sader —concluye Tedros, tan ensimismado que por fin ha dejado de comer—. Él fue su hada madrina.

—El profesor Sader me marcó el camino —respondo—. Es su rostro el que aparece cuando miro en mi bola de cristal. Al menos hasta que se rompió. Ahora es un desastre que no para de fallar.

—¿Quién la rompió? —pregunta Aja.

—Aunque parezca extraño, ¡el propio August! —Sacudo la cabeza de lado a lado—. Uno creería que un vidente puede prever un accidente, pero la hizo caer de mi escritorio y una gran parte de la bola se rompió. Se ofreció a hacerme una nueva, pero murió al poco tiempo. Merlín la reparó lo mejor posible, pero la bola ha cambiado. Ya habéis visto el efecto que tiene en mí… Mis pulmones todavía no se han recuperado…

—Entonces, ¿por qué la sigue utilizando? —pregunta Nicola.

Ignoro la pregunta. Esa respuesta es cosa de Merlín y mía.

—La verdad es que no necesitaba una bola de cristal para ser una buena hada madrina —digo—. Para ver el corazón de las personas. Esa fue siempre mi fortaleza. No la magia, que era el fuerte de lady Lesso. Estoy segura de que ella hubiera hecho maravillas con una bola de cristal. Sin duda habría nombrado a Leonora mi Segunda si August no me hubiera aconsejado que no lo hiciera.

Me doy cuenta de que uno de los piratas bosteza. Algo en mi interior se enciende, como si supiera por fin por qué estoy contando esta historia. Como si supiera hacia dónde se dirige. Miro con intensidad a mis alumnos asustados.

—Pero ahora que soy mayor, me doy cuenta de que, después de todo, August no era mi hada madrina. Porque las hadas madrinas no pueden interceder y cambiar la historia. Las hadas madrinas solo te ayudan a ser tú mismo. A ser *más* como tú. No estuve allí cuando Agatha se miró al espejo y comprendió que era hermosa. No estuve allí cuando Cenicienta bailó con su príncipe. Pero las dos supieron qué hacer en el momento indicado. Porque les enseñé la misma lección que os estoy enseñando ahora a vosotros. Cuando llegue la prueba de verdad, nadie estará allí para salvaros. Ninguna hada madrina os dará las respuestas. Ninguna hada madrina os rescatará del fuego. Pero tenéis algo más poderoso que un hada madrina en vuestro interior. Un poder mayor que el Bien o el Mal. Un poder mayor que la vida y la muerte. Un poder que ya *conoce* las respuestas, incluso cuando hayáis perdido toda esperanza.

Veo a mis alumnos mirándome, sin parpadear, conteniendo el aliento. Los piratas también me están escuchando.

—Ese poder no tiene nombre —digo—. Es la fuerza que hace salir al sol. La fuerza que hace escribir al Cuentista. La fuerza que nos trae a cada uno de nosotros al mundo. La fuerza que es más grande que todos nosotros. Estará allí para ayudaros cuando llegue el momento adecuado. Os dará las respuestas solo cuando las necesitéis, y no antes. Y cuando lo perdáis o dudéis de su existencia, tal y como a mí me ha pasado una y otra vez, solo tenéis que mirar en vuestro interior y preguntaros: *¿Qué hace latir mi corazón?* —Inclino el torso hacia adelante—. Esa es vuestra verdadera hada madrina. Eso es lo que os ayudará cuando más lo necesitéis.

La habitación queda en silencio.

Espero una respuesta. Una señal de que me han entendido.

En cambio, la mayoría frunce el ceño como si hubiera hablado en un idioma extraño. Los piratas vuelven a bostezar, aburridos por los delirios de una mujer.

Pero *alguien* me ha entendido.

Alguien sentado al otro extremo de la mesa.

Tedros me devuelve la mirada, con los ojos brillando, tal y como lo hicieron alguna vez los de Cenicienta y Agatha.

El príncipe ha despertado.

Nada de lo que diga a partir de ahora importará lo más mínimo.

⟣§⟢

Cuando llega el momento, ninguno de nosotros se resiste.

Los guardias entran en la habitación, nos retiran con brusquedad de nuestro banquete y nos atan las manos con cuerda. El pirata tatuado a cargo de Tedros coloca un collar oxidado alrededor del príncipe como si fuera un perro, y lo arrastra con una correa. Nos empujan fuera del comedor, a través del pasillo y por la pasarela hasta llegar a una escalera que lleva al patio. Desde el patio, hay muy poca distancia hasta el escenario del verdugo, que está sobre una colina que baja hacia el puente levadizo y las puertas exteriores. Un halo dorado se alza sobre el castillo, el sol está a minutos de aparecer.

Los alumnos de primero tiemblan, con los ojos clavados en el escenario de delante, donde un hombre barrigón, vestido con una capucha negra, un chaleco de cuero negro y un kilt de cuero practica golpes con el hacha. Mientras nos aproximamos, el hombre encapuchado nos mira y sonríe bajo la máscara. Los alumnos de primero se encogen dentro de su piel.

Pero Tedros, no.

Ahora hay algo diferente en él. A pesar de sus prendas rasgadas, su cuerpo magullado y el pirata tatuado que lo arrastra con la correa, el príncipe parece más fuerte, como si estuviera decidido a resistir. Nuestros ojos se encuentran y una vez más siento ese cosquilleo: la convicción de que puedo arreglar esto. Que hay una salida de esta trampa mortal.

Y entonces, me doy cuenta...

Cada vez que he tenido esa sensación, he estado mirando a Tedros.

Él me mira con ojos curiosos, como si supiera que acabo de comprender algo.

Frente al escenario, de espaldas al castillo, los cien líderes de todo el Bosque se han reunido vestidos con sus mejores galas. Seguramente vinieron a Camelot para la boda de Rhian, pero se encontraron con que habían añadido la muerte al menú de celebraciones. Nosotros llegamos desde atrás y, por un instante, los veo antes de que ellos me vean. Lo primero que percibo es lo exhaustos que parecen, como si se hubieran pasado la noche entera despiertos. Hablan entre susurros, con expresiones lúgubres bajo sus coronas y diademas. Lo segundo que percibo es que a muchos les faltan los anillos: los aros de plata que los identifican como miembros del Consejo del Reino. El pavor me invade el estómago. Tengo el instinto de buscar esos anillos. El Director nos instruyó a lady Lesso y a mí a que los buscáramos cuando un líder quisiera reunirse con nosotros (en general para hablar sobre un pariente que querían que fuera admitido en la escuela). Esos anillos que juran lealtad al Cuentista son la mejor prueba de que un rey o una reina es quien dice ser. Pero ahora, ¿la mitad de esos anillos han desaparecido? ¿Anillos que han sido llevados sin excepción durante miles de años?

Oigo un fragmento de conversación.

—Bombardearon mi castillo —dice una mujer que reconozco como la emperatriz de Putsi, quien me obligó a admitir a su hijo en la Escuela del Bien—. En cuanto destruí mi anillo, Rhian envió a sus hombres a Putsi y los atacantes huyeron.

—Creía que tú y yo habíamos acordado *conservar* los anillos —replica el duque de Hamelin, quien todavía lleva el suyo—. Para proteger al Cuentista. Para proteger la escuela.

—La escuela está *detrás* de esos ataques. Ya escuchaste al rey —se defiende la emperatriz—. Antes no lo creía, pero ahora sí. Mi pueblo es lo primero.

—Querrás decir tu *castillo* —la ataca el duque.

La emperatriz está a punto de responder cuando nos ve llegar. Los demás líderes también nos ven mientras avanzamos hacia los escalones para subir al escenario. Por la expresión en sus rostros, está claro que habían olvidado que éramos prisioneros o bien no sabían que alguien más aparte de Tedros moriría hoy. Y cuando me ven a mí, la Decana del Bien, el hada madrina de la leyenda, protectora de la pluma que mantiene vivo nuestro mundo, abren los ojos de par en par, llenos de reconocimiento...

Y, sin embargo, nadie se mueve.

Solo se quedan ahí de pie, clavados en su sitio, como si la misma razón por la cual no llevan puestos sus anillos también les estuviera impidiendo ayudarnos a mis alumnos y a mí.

Miro a la princesa de Altazarra, quien una vez lloró desconsolada entre mis brazos cuando el chico que amaba la traicionó para ganar la Gran Prueba en su primer año en la escuela.

Ella aparta la vista.

Cobarde, pienso enfadada. Rhian tiene el apoyo del pueblo y ningún líder se atreve a desafiarlo, aunque saben que sería lo correcto. Cada uno de esos líderes vive con miedo de que lo que está a punto de ocurrirme les ocurra a ellos, solo que a manos de una muchedumbre enardecida en vez de a manos del rey. Lo cual significa que aunque haya dado clase a sus hijos e hijas, aunque haya dado clase a muchos de *ellos*, no nos defenderán.

Nos arrastran sobre los escalones que crujen hasta el escenario, donde los guardias nos sujetan en fila en la parte posterior, de frente al bloque de decapitación y a la audiencia debajo de la plataforma. Un pirata afila picas de acero y las apila a un lado del escenario.

Cuento siete.

—¿Para qué son? —susurra Aja a mi lado.

—Para nuestras cabezas —dice Nicola a mi otro lado, con la vista clavada en el mensaje de Melena de León en el cielo, que termina con la promesa de Rhian de ensartar nuestros cráneos para que todo el Bosque los vea.

Luego, llegan las criadas, con sus vestidos blancos y sombreros, y extienden una alfombra larga con borde dorado y estampado de leones hasta el escenario.

Ginebra va con ellas, pero una de las cimitarras horrorosas de Japeth le sella los labios.

Tedros se enfurece cuando ve a su madre vestida de criada y el gusano movedizo de la Serpiente en su rostro, pero Ginebra clava la mirada en su hijo, con ojos ardientes. La mirada fulminante lo desarma al igual que a mí. Es la misma mirada que lady Lesso solía echarme antes del Circo de Talentos cuando el Mal tenía un nuevo truco bajo la manga.

En ese instante, me doy cuenta de que Ginebra lleva algo en el pelo. Algo enganchado detrás de su oreja, que contrasta con sus mechones blancos… Un pétalo violeta, con una forma inusual.

Un pétalo de loto.

Qué extraño. Los lotos no crecen en Camelot. O en ningún lugar cercano. Solo florecen en el Bosque de Sherwood…

Pero ahora el rey se acerca con su princesa tomada de su brazo.

La multitud de líderes se gira para observar a Rhian avanzando sobre la alfombra dorada, con Excalibur en el cinturón, mientras él y Sophie caminan hacia el escenario.

Rhian ve sus expresiones, todavía atónitas por las ejecuciones añadidas, y les devuelve una mirada tranquila. Y entonces lo comprendo: esta ejecución no se trata de Tedros o de sus aliados. No realmente. Se trata de amenazar a todos y cada uno de los líderes presentes: si Rhian puede decapitar al hijo de Arturo y a la Decana del Bien… Entonces sin duda puede cortar la cabeza a cualquiera de ellos.

El viento sopla más fuerte, moviendo las briznas de césped en la colina. La luz del sol pasa sobre nuestros hombros, el amanecer cubre de luz el pelo cobrizo del rey y a su princesa.

Sophie se apoya en Rhian como si fuera una muleta, sus movimientos son sutiles y sumisos. Lleva puesto un vestido blanco con volantes, todavía más remilgado que el de las criadas; tiene el pelo recogido hacia atrás en un moño formal; su rostro está al natural, humilde, aunque cuando sube al escenario del brazo de Rhian y la veo más de cerca, percibo que se ha maquillado para tener ese aspecto.

Al ocupar su sitio detrás de Rhian al frente del escenario, me mira rápidamente, pero no hay nada en sus ojos, como si la cáscara de Sophie estuviera presente, pero no su espíritu.

De repente me viene un *déjà vu*.

No de Sophie, sino de Ginebra. Ese día en que la conocí junto a su hijo recién nacido, cuando August pintaba el retrato de Tedros. Mientras lady Gremlaine centraba su atención en Arturo, con los ojos llenos de ternura, Ginebra tenía los ojos muertos y distraídos. Como si solo estuviera interpretando el papel de esposa de Arturo.

Ahora Sophie tiene la misma mirada mientras va del brazo de un chico que está a punto de matar a sus amigos y a su compañera Decana. La mirada de Sophie recorre el campo, buscando a alguien. Alguien que no logra encontrar. Rhian percibe su falta de atención. De inmediato, la actitud de Sophie cambia: le dedica al rey una sonrisa cariñosa y le acaricia el brazo.

La observo con más detenimiento… Y luego veo el pétalo de loto en el pelo de Ginebra.

No hay duda.

Hay una trampa en marcha.

Tedros me observa una vez más, sabiendo que he detectado algo.

Y otra vez, la punzada me indica que él es la clave para conseguir un final feliz. Así como lo fue el espejo para Agatha o la calabaza que usé para enviar a Cenicienta al baile. Necesito a Tedros.

Pero ¿para qué? ¿Qué se supone que debo hacer? ¡De qué me sirve tener un sexto sentido si nos quedamos sin cabeza! Contengo un grito, el pecho me estalla.

Rhian sujeta más fuerte a Sophie mientras habla a la audiencia.

—Por un instante, después de la reunión del Consejo, no pude hallar a mi princesa. —Mira a Sophie; sus ojos clavados en el calzado soso, plano y extremadamente sospechoso de la chica—. Luego, la vi sentada con calma junto a la ventana. Dijo que necesitaba pensar un momento. Que había tenido las mismas dudas que todos vosotros tuvisteis en la reunión. ¿La escuela era el enemigo? ¿Deberíais destruir vuestros anillos? ¿Tedros debería morir? Pero ella os miró a los ojos y os respondió que sí por una razón. Fui yo quien sacó a Excalibur de la piedra, y no Tedros. Solo aquello ya me otorgaba la corona. Que Tedros ya no empuñara la espada de la que presumía en la escuela demostró que solo era un farsante.

Veo que Tedros mira rápidamente a Sophie. La fulmina con la mirada del mismo modo en que lo hacía en clase. Cuando ella intentaba matarlo.

—Pero mi princesa dijo que había más —continúa Rhian, con Excalibur brillando sobre su muslo—. Me dijo que Tedros era su amigo. Que incluso una vez lo había amado. Pero que había sido un rey débil. Que había sido la podredumbre en el corazón de Camelot. La voluntad de Arturo era clara: quien sacara la espada sería rey. Que Sophie luchara por Tedros incluso después de que yo sacara la espada era como si estuviera luchando contra la voluntad de Arturo. Luchar contra la verdad. Y sin la verdad, nuestro mundo no es nada.

Los líderes del Bosque están en silencio. La tensión de sus rostros desaparece, como si las palabras de Sophie les hubieran recordado por qué habían cambiado sus anillos por un rey.

—Ahora sé que Sophie está realmente de mi lado —dice Rhian, mirando a su princesa—. Porque está dispuesta a sacrificar sus antiguas lealtades por lo que es correcto. Está dispuesta a soltar el pasado y ser la reina que el Bosque necesita. —Alza la mano de Sophie y la besa.

Sophie lo mira con sumisión a los ojos y luego avanza hacia el lateral del escenario.

Fulminándola con la mirada, Tedros escupe espuma por la boca. Se ha creído cada palabra que Rhian ha dicho sobre Sophie. Y los demás cautivos también, a juzgar por sus expresiones. Creen que Sophie sacrificará nuestras vidas para salvar la suya. Yo misma casi me lo he creído.

Casi.

Tedros me mira de nuevo, buscando un reflejo de su ira, pero entonces su guardia lo arrastra hacia adelante.

—Traedme al rey impostor —ordena Rhian.

Obligan a Tedros a ponerse de rodillas, le golpean el cuello contra el bloque de madera, con las manos todavía atadas, mientras Thiago le arranca el collar de metal. Todo ocurre tan rápido que Tedros no puede resistirse. Me quedo sin aliento. El tiempo se acaba. Y todavía estoy paralizada, igual que esos cobardes en la multitud.

Rhian se inclina hacia Tedros.

—Cobarde. Traidor. Fraude. Cualquier otro rey te mataría con orgullo —dice—. Pero yo no soy cualquier rey. Lo cual significa que te daré una oportunidad, Tedros de Camelot.

Rhian alza la barbilla de Tedros.

—Júrame lealtad y te perdonaré la vida —dice—. Tú y tus amigos podréis pasaros la vida pudriéndoos en mi calabozo. Di las palabras para rendirte y Melena de León las escribirá para que todo el mundo las vea.

Tedros observa el rostro de Rhian.

La oferta es real.

Un enemigo humillado vale más para Rhian que uno muerto. Perdonar a Tedros convierte a Rhian en un rey misericordioso. Un rey Bueno. Perdonar a Tedros convierte a Rhian en un León en vez de en una Serpiente.

El rey y el príncipe se miran a los ojos.

Tedros escupe en el zapato de Rhian.

—Prefiero darte mi cabeza.

Buen chico.

La cara del rey adopta un tono rojo oscuro. Se incorpora.

—Matadlo —ordena.

El verdugo avanza, con ambos puños sujetando el mango del hacha, el cuero de su chaleco le golpea el estómago peludo. Intento pensar más, crear un plan de la nada, pero me distrae una joven criada que coloca una cesta bajo la cabeza de Tedros, antes de regresar a la fila junto a Ginebra y las otras criadas.

Tedros alza los ojos hacia su madre, que apenas lo mira, con los ojos vacíos. Pero las venas en el cuello de Ginebra laten, tiene el cuerpo tenso como una piedra.

El verdugo se coloca encima de Tedros, mientras Rhian habla.

—Tedros de Camelot, se te acusa de los crímenes de traición, usurpación, malversación de fondos reales, conspiración con el enemigo y hacerse pasar por rey.

—Esos son *tus* crímenes —sisea Tedros.

Rhian le da una patada en la boca y le aplasta la mejilla contra el bloque.

—Cada uno de esos crímenes tiene como castigo la pena de muerte —dice el rey—. Perder la cabeza es solo una fracción de lo que mereces.

El hombre de la capucha de cuero desliza sus dedos gordos sobre el cuello de Tedros, le baja el cuello de la camisa y expone la piel del príncipe bajo el sol. Toca la piel del príncipe con el filo del hacha como para calcular el golpe, todo mientras sonríe con lujuria.

En ese instante, Tedros me mira, petrificado, entendiendo que le he mentido. Que no hay un gran poder interior que pueda salvarlo. Que morirá.

Mi corazón da un vuelco como un halcón que se zambulle hacia el suelo. Le he fallado. Les he fallado a todos.

El verdugo retrocede y alza el hacha en lo alto de su hombro. El hacha baja a toda velocidad hacia el cuello de Tedros…

Pero entonces un cuervo vuela sobre la cabeza del verdugo y le hace perder el equilibrio.

La multitud empieza a gritar.

El verdugo se tambalea, al igual que Rhian, pero un demonio avanza demasiado rápido hacia ellos, atravesando la multitud como una bala, empujando a los líderes, antes de chocar con el rostro de Rhian, hacerlo caer del escenario y pelear contra él colina abajo.

El tiempo se ralentiza como en un sueño. Como si Tedros estuviera muerto y mi mente estuviera negándolo. *Debo* de estar imaginándomelo todo, porque no solo hay un demonio de piel roja mordiendo y golpeando a Rhian como una rata rabiosa, sino que también hay una alfombra mágica volando hacia el escenario; más que una alfombra parece un saco cosido con parches que se inflan por el viento, y hay dos figuras de pie sobre él, como piratas saqueadores…

El Sheriff de Nottingham.

Y… ¿Robin Hood?

¿Juntos?

Veo a Robin sonriéndome: la misma sonrisa vanidosa que me dedicaba cuando quería evitar un castigo en la escuela. Luego, alza su arco y dispara una flecha…

Que golpea al verdugo en el ojo, quien cae de inmediato y suelta el hacha, que esquiva la cabeza de Tedros por apenas un centímetro.

Otra flecha vuela y apuñala al pirata que me sujeta; la sangre del hombre me mancha el vestido.

El tiempo recupera la velocidad habitual.

Del interior del saco sale un ejército, Agatha, Hort, Anadil, Hester, Dot y más, quienes bombardean en picado a los piratas que retienen a los cautivos. Todos están armados para la batalla, como ángeles guerreros, excepto Agatha, que no tiene nada más que mi viejo bolso; veo la silueta de mi cristal pesado a través de la tela. En pocos segundos, vencen a los piratas, cortan las ataduras de sus amigos y liberan a Nicola, Willam, Bogden, Aja y Valentina.

Mientras tanto, Sophie ya se está subiendo el vestido y huyendo del escenario en medio de la multitud enloquecida, como si esa fuera la batalla de todo el mundo menos de ella. Intento seguirla, pero entonces veo que el pirata Thiago ataca a Tedros, quien todavía está atado al bloque del verdugo.

Agatha ataca al pirata con la velocidad de una pantera; sacude el bolso con mi bola de cristal como un mazo y aplasta las costillas de Thiago. Jadeando, el pirata le da una patada en el pecho a Agatha y la lanza fuera del escenario. Thiago cae de rodillas, blande su espada y, con el último resto de sus fuerzas, la alza sobre la columna de Tedros, que sigue moviéndose aun estando atado al bloque.

—¡*TEDROS!* —grita Agatha, demasiado lejos para alcanzarlo.

Dos manos pálidas sujetan a Thiago por detrás y le rompen el cuello con un movimiento veloz.

Ginebra lanza el cuerpo a un lado. Luego toma la espada del pirata, se arranca la cimitarra de los labios, la hace pedazos y aplasta los restos con su zapato. Mientras libera a Tedros con la espada cubierta de una sustancia pegajosa, ve a Agatha y a su hijo boquiabiertos.

—Soy la esposa de un caballero —dice Ginebra.

Tedros le sonríe y luego ve a Rhian en el césped, todavía luchando por quitarse el demonio de Hester del rostro. Mientras su madre corta las ataduras, Tedros fija los ojos en el rey, con expresión endurecida y los músculos tensos, como un león enjaulado a punto de ser liberado. Pero entonces Tedros ve a Agatha ponerse de pie, también con los ojos puestos en Rhian. En cuanto Tedros queda libre, baja de un salto del escenario, toma a su princesa y presiona sus labios contra los de ella antes de mirarla a los ojos.

—Corre. A un lugar seguro. ¿Entendido?

—¿Es una orden? —pregunta ella.

—Claro que sí.

—Bien, porque nunca les hago caso.

Agatha ya está corriendo hacia Rhian, pero mi bolso en su brazo la obliga a ir más despacio. Tedros se interpone ante ella.

—¡Él es mío!

Tedros derriba al rey en el aire, le arranca de encima el demonio de Hester y le da un puñetazo en el rostro. Tambaleándose, Rhian intenta empuñar su espada, pero Agatha se la quita del cinturón y la lanza por la colina mientras Tedros continúa golpeando la cabeza del rey contra el suelo.

Abandono mi estupor y me doy cuenta de que mis manos todavía están atadas detrás de mi espalda, lo cual evita que pueda hacer magia. Aun así, vamos de camino a la victoria, superamos en número a los matones de Rhian. Observo el escenario a mi alrededor.

Robin dispara flechas a las manos de los piratas y el Sheriff lanza sus cuerpos dentro de su saco encantado. Mientras tanto, Nicola invoca una nube de tormenta sobre la cabeza de Wesley y un rayo lo electrocuta antes de que Hort le coloque el collar oxidado que habían puesto a Tedros. Un pirata corre hacia Hester, sacudiendo un hacha; Hester lo hace levitar en el aire mientras Anadil hace levitar el bloque de las decapitaciones; las dos brujas los hacen chocar entre sí (Dot convierte el hacha en chocolate). Kiko se mogrifica en una mofeta y rocía los ojos de Beeba, quien se retuerce entre las cuerdas de Beatrix y de Reena. Ravan y Mona sostienen en alto una tabla de madera que han arrancado del escenario, mientras Valentina trepa por ella como si fuera un árbol y lanza hechizos a los piratas desde arriba. Incluso Willam y Bogden han logrado de algún modo derrotar a un matón.

Pero no veo a Sophie luchando con nosotros.

No la veo por ninguna parte.

Por un instante, me pregunto si lo que Rhian dijo era verdad… Si entregó a Tedros para salvar su propio pellejo… Si, después de todo, cambió de bando…

—*¡Cuidado!* —grita Aja.

Me giro y veo unos cuerpos corriendo hacia el escenario: los líderes del Bosque, los más fuertes y capaces, junto a más guardias del castillo y otros que estaban en las puertas de Camelot se lanzan a la batalla en defensa de Rhian. Si necesitaban pruebas de que la escuela es una amenaza, de que sus alumnos son terroristas, se las hemos dado. El Gigante de Hielo de Llanuras Heladas atrapa a Agatha y a Tedros con sus puños azules y los catapulta hacia el escenario, donde derriban a Robin y al Sheriff como si fueran bolos. Debajo del gigante, Rhian intenta con dificultad ponerse de rodillas con el rostro cubierto de sangre.

Como una segunda ola, Hester, Anadil y Dot se lanzan sobre él, con el brillo de sus dedos listos, pero el Gigante de Hielo se gira hacia ellas y alza al demonio de Hester, dispuesto a destrozarlo. Hester palidece y se detiene; Anadil y Dot también. El Gigante de Hielo mueve un dedo y congela con magia a las brujas, que se convierten en bloques helados. También congela al demonio y lo lanza junto a las chicas.

Ahora Rhian se recupera… Cojea hacia Excalibur…

En el escenario, la Reina Hada de Gillikin se quita la corona y revela una colmena de hadas con colas de látigo, quienes pican a Robin y al Sheriff hasta dominarlos antes de alzarlos y lanzarlos dentro del saco del Sheriff. Los piratas atan a Beatrix, Reena y Kiko convertida en mofeta, mientras Hort enciende el brillo de su dedo, a punto de convertirse en hombre lobo, pero el rey elfo de Ladelflop lo derriba y lo lanza al suelo junto a Nicola, quien ya está atada.

Al mismo tiempo, veo una espada pirata abandonada en el escenario y me pongo de rodillas, intentando cortar mis ataduras.

Un manojo de plumas de ganso y peso sudoroso me aplastan.

—¿Tus matones atacan mi castillo y crees que podrás salirte con la tuya? —me espeta la emperatriz de Putsi, apretándome la garganta.

—Los matones de Rhian… —respondo sin aire, pero ella no me escucha, tiene el rostro hinchado y rojo, y el aliento le huele a salchichas.

Mientras me estrangula, veo una espada cerca y extiendo los dedos hasta su empuñadura, pero no puedo respirar con el trasero de la emperatriz sobre mi pecho mientras me clava las uñas en la tráquea. Rozo la hoja de la espada con las cuerdas que me atan las manos. Mis pulmones, ya débiles, ahora se colapsan. Mi mente se nubla de negro, mi campo de visión se reduce…

—No aceptaste a Peeta en tu escuela —brama—. Peeta, ¡un príncipe verdadero que hubiera desafiado a Tedros y nos hubiera advertido que era una farsa! Pero no lo aceptaste. Porque querías proteger a Tedros. Igual que lo estás protegiendo ahora.

La cuerda alrededor de mis muñecas se rompe.

La miro a los ojos.

—No acepté a tu hijo… porque… es… un… *tonto*.

Le clavo el dedo y la lanzo lejos de mí con un estallido de luz; sus alaridos resuenan colina abajo.

Intento ponerme de pie, pero todavía me cuesta respirar. A mi alrededor, nuestro equipo está perdiendo otra vez a medida que van llegando más piratas a la batalla.

¿De dónde están saliendo?

Entonces me doy cuenta de que provienen del saco mágico. Las hadas de Gillikin los están sacando de allí y están mordiendo las cuerdas para liberarlos.

El Sheriff debía haber atrapado a los piratas en su saco y ahora los están usando en nuestra contra.

Uno de esos piratas, el capitán Kei, arrastra a Robin y al Sheriff fuera del saco, donde las hadas los retenían. Ambos tienen los pies y las manos atados, y el capitán los empuja sobre el escenario junto al resto de nuestro equipo vencido, donde los guardias y los líderes los golpean junto a mis estudiantes con armas y puños. Mientras los atacan desde todos los ángulos, se encogen en medio del escenario, cayéndose unos sobre otros como corderos rodeados por lobos. Agatha y Tedros son los únicos que todavía están de pie, golpeando con desesperación a los hombres de Rhian (Agatha usando el bolso que lleva en su brazo y Tedros sus nudillos), pero los vencen en segundos y los lanzan hacia atrás sobre la pila de cuerpos. Robin, el Sheriff, Ginebra, Hort, las brujas, todo nuestro *grupo*: caen al suelo, rodeados por el enemigo; una pila humana sobre el escenario.

Nadie me presta atención, soy la arpía frágil que ni siquiera puede ponerse de pie.

Luego veo a Rhian avanzando hacia el escenario, la sangre cubriéndole el rostro como una máscara, con el Gigante de Hielo caminando a su lado. Rhian se dirige hacia mis estudiantes, con los ojos clavados en Agatha y en Tedros y Excalibur en la mano.

Me obligo a ponerme de rodillas, todavía mareada. Debo salvarlos. Debo salvar al rey... Al rey *verdadero*...

Pero cuando apoyo las manos sobre los tablones del escenario, algo brilla a través de las aberturas de la madera.

Unos ojos verdes resplandecientes como los de un gato polizón.

—*Sophie* —susurro.

—¡Shhh! ¿Ha terminado? ¿Rhian ha muerto?

—¡No, tonta cobarde! ¡Todos estamos a punto de morir! ¡Tienes que ayudarnos!

—¡No puedo! ¡Robin me dejó un mensaje! Me dijo que hiciera creer a Rhian que estoy de su la…

Se queda paralizada. Yo también.

La reina de Jaunt Jolie nos mira boquiabierta desde detrás del escenario, observando cómo Sophie y yo conspiramos como amigas en vez de como enemigas.

Sophie me ataca con furia.

—¡Crees que puedes encerrarme aquí bajo el escenario mientras mi rey está luchando solo! ¡Dragona arrugada! ¡Preferiría morir antes que abandonar a mi amor! —Alza un dedo brillante y me lanza un hechizo aturdidor que me empuja fuera del escenario y aplasta el lateral de mi cuerpo contra el suelo rígido.

Sophie ha intentado suavizar el golpe, pero la magia sigue las emociones y el miedo ha empeorado el hechizo. El dolor es ardiente, como si me hubiera empalado un rayo. Tengo las costillas rotas, mis pulmones parecen de hierro. Procuro que el aire me pase por la garganta, pero mis oídos suenan con un pitido tan agudo y estridente que solo puedo apretar los dientes. Mi espíritu se apaga como una vela moribunda, mi corazón late más despacio, como si esto fuera lo último que mi cuerpo pudiera soportar, como si no hubiera marcha atrás.

Pero debo luchar. Cueste lo que costare.

Giro la cabeza en el suelo y abro los ojos con dificultad, mi cabeza parece un melón que han lanzado desde una torre. El agua me nubla la visión y parpadeo, intentando con esfuerzo ver qué hay delante de mí.

La reina de Jaunt Jolie ha desaparecido.

Pero ahora Rhian se lanza hacia Tedros; el príncipe está expuesto en la cima de la pila de prisioneros, los piratas lo golpean. Rhian aparta a sus guardias y, con un gruñido, intenta golpear el pecho de su rival con Excalibur...

Sophie derriba a Rhian, fingiendo que la ha empujado el caos general sin poder evitarlo, y lo lanza sobre la pila de cuerpos. Los piratas y los líderes intentan retirar al rey de la pila, el Gigante de Hielo al frente, mientras Tedros, Agatha, Hort, Robin y los demás tratan de sujetar a Rhian, la única ventaja contra una muerte asegurada.

Mientras tanto, Sophie continúa apartando piratas fingiendo ayudar a Rhian, gritando *«¡Mi rey, mi amor!»*, solo para soltarlo cada vez que lo sujeta con firmeza y dejarlo caer de nuevo al pozo ciego de cuerpos. Más piratas que intentan rescatar al rey quedan atascados en aquella maraña infernal, incluso el Gigante de Hielo, quien cae como un árbol sobre el escenario. Las tablas de madera se rompen y la plataforma estalla, y cada alma sobre ella, amigos y enemigos por igual, sale disparada hacia el césped y rueda colina abajo. La madera del estallido impacta contra los bloques de hielo que contienen a Hester, Anadil, Dot y el demonio, quienes se libran del hielo y ruedan colina abajo. Mientras los cuerpos se apilan en la base de la colina como una hoguera humana, los defensores del rey se mezclan con los estudiantes que defienden la escuela, todos agitando puños y extremidades, y los gritos suben como una nube de humo, hasta que no tengo ni idea de quién es quién.

Excepto una persona.

Un príncipe brillando bajo el sol, con el pelo dorado cubierto de sudor, los ojos azules en llamas, mientras lucha por su reino, su pueblo, de la misma manera que su padre lo hizo antaño, un León entre reyes.

Y entonces llega.

La respuesta que he estado esperando.

Flota fuera de mi alma, como una perla.

No es una respuesta, sino un hechizo.

El hechizo que Yuba utiliza para el desafío del Ataúd de Cristal. Un truco mágico sin mucha dificultad, pero ahora, mientras observo a Tedros luchar, me parece agua en medio del desierto. El hechizo late en la punta de mis dedos, exigiendo que intervenga.

Conozco las reglas del Cuentista. Esto sería ir más allá del trabajo de un hada madrina. Esto cambiaría el curso de un cuento de hadas.

Pero hay que hacerlo.

Veo todo lo que está a punto de ocurrir, como si mi mente fuera mi verdadera bola de cristal. Sin embargo, no temo lo que vendrá. Solo tengo la certeza de que estoy aquí por una razón. Que vine a Camelot para estar aquí y ahora. Para hacer lo que estoy a punto de hacer.

Colina abajo, Agatha y Tedros intentan llegar a Excalibur, huérfana en el suelo, con sus amigos y los piratas luchando en el barro a su alrededor. Sophie también corre junto a Tedros para tomar la espada, pero él la empuja a un lado, haciéndola chocar con Agatha, y ambas chicas caen y ralentizan el avance del príncipe. Tedros comprende su error. Rhian se lanza desde el otro lado hacia la espada y la empuña.

Alzo mi dedo tembloroso y con el resto de voluntad que me queda, disparo un estallido de luz blanca al cielo, el cual cae como una lluvia de polvo brillante sobre cada amigo y enemigo, cada pirata, príncipe, reina y bruja, cada cuerpo del campo de batalla, incluso el mío.

La guerra se detiene.

Nadie se mueve.

Porque nos he convertido a todos en Tedros.

Cincuenta Tedros, con la misma boca ensangrentada y el mismo ojo morado, la misma camisa destrozada, la misma expresión atónita.

Nadie sabe quién es quién.

Pero yo, sí.

Conozco el corazón de las personas.

Y también sé que este hechizo durará solo un minuto antes de que recuperemos nuestro aspecto.

Algunos Tedros lo comprenden.

Recuerdan el hechizo.

Recuerdan su duración.

Y por eso empiezan a correr.

Hort, Hester, Nicola, Beatrix, Kiko... También mis exalumnos: Ginebra, Robin, el Sheriff... Todos mis Tedros corren hacia el puente levadizo, entre los piratas y los líderes atónitos, quienes no saben si deberían perseguir a esos Tedros o escapar con ellos. Más de mis Tedros se unen a la lucha (Aja, Anadil, Dot, Valentina, Ravan, Mona), y corren hacia las puertas de Camelot y la libertad del Bosque.

Sophie es la última en huir, arrastrada por Robin, a quien debe haber reconocido por su gorro, porque no se resiste. Mira ansiosa hacia atrás, como si le diera pánico la idea de ser libre... De salvarse a sí misma mientras deja a tantos Tedros atrás...

Solo dos de mis Tedros no huyen, y parecen tan confundidos como los Tedros enemigos que los rodean. Los dos Tedros que conozco no correrían, no sin antes encontrarse mutuamente.

Ya estoy de pie, avanzando con dificultad colina abajo, con mi cuerpo roto escondido tras el aspecto de Tedros.

Quedan treinta segundos.

Me obligo a caminar más deprisa, incluso mientras noto que me desvanezco. Corro entre la multitud de Tedros confundidos y sujeto la camisa desgarrada de Agatha, el bolso que todavía contiene mi bola de cristal colgando de su brazo.

—Soy yo —susurró, escuchando mi voz como la de Tedros, grave y confiada.

El rostro principesco de Agatha suaviza la expresión.

—¿Tedros? —dice ella.

Le sujeto con firmeza el brazo.

—El hechizo se romperá en veinte segundos. Encuentra a Dovey. Llévala al Bosque. Ella nos guiará hasta las Cuevas de Contempo. Allí es donde está Merlín.

Veo que los otros Tedros nos observan. Somos los únicos que estamos hablando.

—¿Y qué pasará contigo? —insiste Agatha.

—Si huimos juntos, Rhian y sus hombres sabrán que somos nosotros. Te veré en el antiguo escondite de la Liga en una hora. Luego iremos a las cuevas.

—No puedo abandonarte…

—Lo harás si quieres que viva —respondo, con una mirada tan segura que la tranquilizo—. Una hora. Vete. *Ahora mismo.*

—¿Cuál es Dovey? —susurra Agatha.

Señalo al Tedros de verdad.

—Ese —digo, mientras observo cómo sale de debajo de la pila de clones y busca con la mirada a su princesa—. Lleva a Dovey al Bosque. Tenemos que rescatar a Merlín. —Intento agarrar mi bolso, decidida a recuperar mi bola de cristal—. Me llevaré esto.

—*No* —replica Agatha, y la retiene con más fuerza de la que puedo resistir. Su determinación arde a través de los ojos azules de su príncipe—. Una hora o vendré a buscarte.

Y luego corre, llega a Tedros, le aprieta la muñeca y lo arrastra hacia el Bosque, pensando que soy yo. Tedros no se resiste, porque sabe que es Agatha o bien porque todo ocurre demasiado rápido como para que él o cualquiera pueda comprender lo que está pasando.

Pero Rhian los ve.

Su Tedros sabe exactamente lo que ocurre.

No permitirá que huyan.

Clava los ojos en su espada tirada en el suelo.

Corre hacia Excalibur…

Pero yo llego primero.

Alzo la espada del rey Arturo hacia el chico que afirma ser su hijo, el chico que piensa que es rey, el chico que sacó la espada de la piedra y a quien podría matar con la punta de Excalibur.

Pero solo he matado a una persona en mi vida.

Una amiga sin la que todavía no he aprendido a vivir.

Rhian no merece ese destino.

Tengo otras maneras de actuar.

—¡*Este* es Tedros! —grito a los hombres de Rhian a mi alrededor, apuntando al rey con Excalibur—. ¡Es el impostor! ¡Es *él*!

Un ejército de Tedros rodea al rey.

Rhian retrocede.

—No… Esperad… *Él* es Tedros. ¡Es él! —Luego me mira boquiabierto, su confianza se rompe bajo la fachada de Tedros—. Pero si tú eres Tedros… —Mira hacia atrás, a Agatha y el príncipe, corriendo hacia el Bosque—. Entonces quiénes son…

—¡Atrapadlo! —grito.

—¡No! —exclama Rhian.

Pero es demasiado tarde. Las hienas saborean la sangre. Sus hombres lo atacan.

Me hundo de rodillas, Excalibur cae de mis manos al césped, mi cuerpo drenado de vida a pesar de su juventud aparente. Por dentro, mis pulmones colapsan. Me falla el corazón. Se me nubla la vista como si ya estuviera lejos.

Mientras la multitud del propio Rhian lo aplasta, miro a mis dos Tedros, ayudándose a saltar la muralla que separa el castillo del Bosque.

De pronto se detienen, como si algo en su tacto hubiera delatado mi plan. Agatha mira al Tedros de verdad horrorizada antes de girarse hacia mí, el Tedros que la ha engañado, a quien ha abandonado en el campo de batalla.

El suelo tiembla, seguido del eco de unas pezuñas.

Un caballo oscuro atraviesa la colina como un espectro.

Su jinete está oculto por el sol mientras se abre camino entre los Tedros que atacan al rey, rompiéndoles los huesos y apartándolos, antes de desmontar y alzar al Tedros destrozado entre sus brazos.

Agazapado sobre el rey, la sombra toca a Rhian, como si supiera quién está detrás del rostro de Tedros. Desliza los dedos sobre el pecho magullado y ensangrentado de Rhian, siente cómo sube y baja su respiración. Está vivo.

Con delicadeza, recuesta al rey en el suelo.

Luego, sus ojos azules fríos me encuentran como zafiros en una cueva.

Avanza deprisa, como si fuera una niebla negra, como la Muerte misma.

Cuando se detiene sobre mí, veo su rostro.

Japeth muestra los dientes, sus mejillas salpicadas por la sangre de Rhian, apretando los puños con ansias de asesinar.

Recoge a Excalibur del suelo, mi rostro principesco se refleja en el acero.

Detrás de él, veo a mis dos Tedros corriendo para salvarme…

Les sonrío.

Una sonrisa que les dice que estoy en paz.

Esto es lo que he escogido.

Esto es lo que quiero.

Corren más deprisa, con más esfuerzo hacia mí. Pero es demasiado tarde.

—El niño que cree ser un hombre. El niño que cree ser rey —sisea Japeth mirándome—. Has intentado matar a la única persona que quiero y ahora mírate. De rodillas, inclinado ante mi hermano. Inclinado ante el *verdadero* rey.

Clavo mi sonrisa en Japeth.

—Ninguna Serpiente será jamás rey —juro.

Él acerca su rostro al mío.

—*Que viva Tedros.*

Con un rugido, la Serpiente blande la espada hacia mi cuello.

Miro sus ojos con valor mientras adopto mi forma real.

Me mira atónito mientras la espada me corta la piel…

Me rompo en un millón de cristales que flotan en el aire, cada uno lleno de una juventud que nunca he conocido antes de que se dispersen, como semillas que crecerán en una nueva era.

Mis restos flotan como la bruma, más fuertes y profundos que nunca, más y más alto, los colores más vibrantes a mi alrededor como una aurora, hasta que me invade un resplandor celestial…

Y entonces, alzo la vista, y veo a alguien esperándome.

Alguien que me ha estado esperando pacientemente durante todo este tiempo.

Solo un poco más arriba.

No tengo miedo de volar. No me siento tentada a regresar.

Subo hacia la luz, con mi alma expuesta, mientras Leonora Lesso se agacha y me envuelve en sus brazos como las alas de un cisne.

ENTONCES

17

El único lugar seguro del Bosque

Dos Tedros saltaron la muralla y corrieron hacia el Bosque fuera del castillo.

—¡Date prisa! —jadeó el verdadero Tedros, arrastrando a su clon lejos de la muralla, carente de guardias, que todavía estaban en el campo de batalla.

Las lágrimas cayeron sobre las mejillas de Agatha mientras abrazaba el bolso de la Decana sobre su lateral musculoso; sus muslos gruesos y sus hombros anchos enlentecían su carrera. La sangre y las ronchas cubrían el pecho desnudo de los dos, aunque su príncipe tenía un aspecto mucho peor. Un *déjà vu* apareció en medio de la angustia de Agatha, como si ya hubiera vivido antes esa escena.

349

De inmediato, el hechizo se rompió y ella se derritió hasta adoptar su propio cuerpo; su vestido hecho jirones reapareció con el escudo de cisne robado, y sus hombros se volvieron más pequeños, y sus piernas más ágiles.

Pero la avalancha de emociones todavía era igual.

—Dovey... —dijo con dificultad—. Tedros... Está... Está...

—Lo sé —respondió él, con la voz tensa. La llevó hasta el Bosque, pasaron la primera hilera de árboles mientras llovían olas de hojas rojas y amarillas. Agatha oía los gruñidos pesados de Tedros, que tenía todo el cuerpo destrozado. El único consuelo era que habían dejado a Rhian en un estado mucho peor. Las zarzas se enganchaban en su vestido y en los pantalones de Tedros, los zapatos le resbalaban sobre las hojas otoñales muertas.

Las campanadas de alarma surgieron del campanario de Camelot, seguidas de una estampida de pezuñas.

—¡Corre más deprisa! —gritó Tedros, con las mejillas enrojecidas.

Agatha sabía que la furia del príncipe no iba dirigida a ella. Su furia era dolor. Su furia era culpa. La Serpiente había matado a su mejor amigo, a su caballero, y ahora a su Decana, y Tedros no había sido capaz de evitarlo. Había intentado salvar a Dovey. Agatha también. Pero Dovey no tenía intención de ser rescatada.

Aun así, no se habían escapado sin castigo.

Japeth había visto a dos Tedros corriendo hacia la Decana mientras ella moría.

Supo que eran Agatha y su príncipe por la manera en que habían intentado salvar a la mujer... Por el horror en sus rostros...

Ahora la Serpiente y sus hombres iban tras ellos.

—No podemos correr más deprisa que los caballos —replicó Agatha, resistiéndose a los tirones de Tedros—. ¡Tenemos que escondernos!

Los cascos resonaban sobre el puente levadizo. Llegarían en cualquier momento…

Agatha vio una colina empinada hacia el este, cubierta de hojas caídas. Obligó a Tedros a ir hacia allá, y él comprendió su plan y corrió hacia la colina tirando de Agatha. La luz fue desapareciendo a su alrededor, las copas de los árboles cubrían el sol.

Persiguiendo a su príncipe en la oscuridad, Agatha sintió una desesperación abrumadora.

La profesora Dovey estaba muerta.

Su hada madrina.

La Decana que había sabido que Agatha era Buena antes de que ni siquiera ella misma lo supiera. La voz que la había sacado de la oscuridad cuando ella había perdido toda esperanza.

Dovey había dado la vida para que ellos sobrevivieran. Para permitirles arreglar esa historia y hallar su final verdadero.

Al igual que lo había hecho la madre de Agatha, hacía tiempo.

Todas las personas a las que había considerado su familia: Callis, el profesor Sader, la profesora Dovey… Uno por uno, habían muerto por su historia.

Pero no sin un propósito.

La idea golpeó a Agatha como el viento a una vela y la impulsó hacia adelante, incluso mientras le caían las lágrimas.

Dovey se había sacrificado para salvar a sus alumnos.

Para salvar al verdadero rey de Camelot.

Para salvar al Bosque.

Dovey sabía que su cuerpo estaba débil, que su tiempo se estaba acabando. Sabía que Agatha asumiría su lugar. Que su pupila nunca descansaría hasta que el verdadero León regresara al trono.

Las lágrimas de Agatha se convirtieron en fuego.

La profesora Dovey la conocía demasiado bien.

Los caballos llegaron al Bosque, sus patas aplastaban las hojas con crujidos breves. Agatha miró a la caballería de hombres empuñando antorchas y espadas.

—¡Allí están! —gritó el rey de Foxwood.

Los caballos se giraron en dirección a Agatha, las espadas de sus jinetes brillaban.

—¡Vamos! —exclamó Agatha apretando los dientes, y adelantó a Tedros para arrastrarlo de la misma manera en que lo había estado haciendo él, la colina estaba a nueve metros por delante. Sorprendido por la fuerza de Agatha, Tedros tropezó y perdió el equilibrio mientras los jinetes se acercaban con las espadas en alto.

Agatha lo tomó por la cintura y lo lanzó por la colina, apretando el bolso de Dovey bajo el brazo mientras ella y su príncipe rodaban juntos, conteniendo los gritos, antes de aterrizar con brusquedad sobre una duna de hojas secas. Agatha abrazó el cuerpo sudoroso de Tedros y lo sumergió bajo la pila roja y dorada; la piel ensangrentada de ambos quedó camuflada…

Los caballos pasaron junto a ellos, los jinetes usaban las antorchas como linternas, antes de que los corceles frenaran de golpe y galoparan hacia la oscuridad.

El Bosque quedó sumido en el silencio.

Durante un largo rato, ninguno de los dos se movió, y sus exhalaciones elevaron las hojas. Agatha se aferró a Tedros, con el rostro hundido en el cuello del muchacho, oliendo el aroma cálido y mentolado que su cuerpo conocía muy bien. Tenía el brazo humedecido con sangre fresca y no sabía si era suya o de él. Poco a poco consiguió respirar más profundamente, con la nariz sobre la piel de Tedros, y con cada inhalación recordaba que todavía estaba viva y que su príncipe también. Tedros deslizó un brazo a su alrededor. Agatha se acurrucó contra él, pasando la mano sobre el mentón sin afeitar de su príncipe y sobre los cortes en su cuello, donde el verdugo había calculado el golpe. La garganta de Tedros temblaba bajo su palma, las lágrimas perladas le inundaban los ojos.

—Te quiero —susurró él.

Ella besó el labio inferior de Tedros.

—Yo también te quiero.

No había más que decir. Ahora estaban juntos. Y a pesar de todo lo que había ocurrido, estar juntos incluso aunque fuera un instante era un haz de luz en la oscuridad.

Luego, Agatha recordó algo de modo tan brusco que se quedó sin aliento.

—¡Dovey me dijo dónde está!

—¿Dónde está quién? —susurró Tedros.

—¡Merlín! ¡Me lo dijo cuando fingió ser tú!

Tedros se sobresaltó.

—¿Dónde está?

—¡En las Cuevas de Contempo! ¡Tenemos que encontrarlo!

—¿Las Cuevas de Contempo? Agatha, ¡eso está a miles de kilómetros de aquí! Más allá de las Llanuras Heladas, del desierto, de las colinas devoradoras… Es una isla amurallada en medio de un océano venenoso. No podemos llegar a las cuevas, ni mucho menos entrar en ellas, y ¡en especial cuando hay un millón de personas dándonos caza!

Agatha perdió la esperanza.

—Pero…

Una rama se rompió.

Tedros saltó fuera de las hojas, apuntando con su brillo dorado hacia los árboles.

—¿Quién anda allí?

Agatha saltó junto a él, con el brillo encendido.

Una sombra se movió detrás de un árbol.

—¡Si te mueves, te mato! —exclamó Agatha.

—Oh, lo dudo mucho —respondió en voz baja la sombra mientras salía de su escondite—. Porque ambas sabemos que yo te mataría primero.

Un brillo iluminó la oscuridad, rosado y ardiente como un atardecer.

—Aunque realmente no quiero matarte después de haber llegado tan lejos —dijo Sophie.

Le dedicó una sonrisa a Agatha.

Agatha dio un grito ahogado y corrió hacia ella, Sophie estuvo a punto de caer al suelo por la fuerza de aquel abrazo.

—Creí que jamás volvería a verte… —susurró Sophie—. No sabes todo lo que he pasado…

—Nunca más —murmuró Agatha—. No nos separaremos nunca más. Júramelo.

—Te lo juro —respondió Sophie.

Se quedaron abrazadas, llorando al mismo tiempo.

Sophie se apartó.

—¿Y Dovey?

Agatha negó con la cabeza. Un sollozo le brotó de la garganta.

El rostro de Sophie perdió el color.

—Para que vosotros pudierais escapar.

Agatha asintió.

Su amiga le secó los ojos con su vestido blanco con volantes.

—Lo sabía. Dovey era la única que podría haber lanzado ese hechizo. Y cuando ninguno de los tres aparecisteis en el Bosque, supe que se había quedado atrás para ayudaros… Que haría lo que fuera necesario para que vosotros fuerais libres. Por eso he regresado… Para encontraros… Para *encontrarla*… —Miró el bolso en el brazo de Agatha—. Esa bola de cristal debió debilitarla más de lo que creíamos. Se estaba muriendo y creo que lo sabía —dijo Sophie, sorbiéndose la nariz, con las lágrimas iluminadas de rosa por su brillo—. Dio hasta la última gota de su vida para salvarnos.

—Dovey me dijo dónde está Merlín —respondió Agatha, recobrando la compostura—. Pero es imposible llegar hasta allí. Al menos por ahora. Tenemos que encontrar a los demás y buscar un nuevo escondite. Algún sitio donde podamos planear nuestro próximo movimiento. Lo último que vi fue a Robin llevándote hacia el Bosque. ¿Dónde está? Dónde están Robin, Ginebra y…

Pero ahora Sophie estaba observando a Tedros. El príncipe no se había movido de la base de la colina, y tenía los brazos cruzados sobre el pecho.

—Hola, Teddy —dijo Sophie—. Me resulta extraño decir eso cuando hace un instante yo *era* tú.

Los ojos de Tedros brillaban como gemas cortadas.

—¿Y ahora vuelves arrastrándote? ¿Después de todo lo que le dijiste a ese monstruo sobre mí? ¿Que soy la podredumbre en el corazón de Camelot? ¿Que debía *morir*?

Sophie apretó los labios hasta formar una línea.

—Estoy aquí, ¿no?

—Sí, pero ¿de qué lado estás? —replicó Tedros.

Agatha se giró hacia su príncipe.

—Sophie fingía estar en el bando de Rhian. Dijo lo que tuvo que decir para que él no sospechara nada…

—No te molestes, Aggie —dijo Sophie con firmeza—. Ha muerto una Decana, *su* Decana, y él sigue pensando en sí mismo como siempre. Y dicen que *yo soy* la Malvada. Me metí en esa batalla para salvarlo. Me quedé atrás después de que irrumpierais en el calabozo para salvarlo. Aguanté a dos monstruos para salvarlo, uno de los cuales me succionó la sangre, y aquí está él, cuestionando mi lealtad.

—¿Crees que no estoy triste por Dovey? ¿Crees que no me siento responsable? ¡No te atrevas a meterla en este asunto!

—replicó Tedros—. Esto se trata de que por muy Buena que parezcas, todavía no confío en ti, ¡no con las cosas que has dicho sobre mí y no cuando tuviste la oportunidad de liberarme del calabozo y escogiste liberar a Hort!

—¡Si te hubiera liberado habrías muerto incluso más rápido de lo que casi mueres, idiota cabeza hueca! —siseó Sophie.

Tedros estaba confundido. Enderezó más la espalda.

—Entonces dime que todo fue mentira —insistió él—. Todo lo que le dijiste a Rhian sobre mí.

Sophie lo miró con intensidad… y luego se apartó.

—Sinceramente, ni siquiera recuerdo lo que le dije. Estaba demasiado concentrada en mantenerte a ti y a tu princesa con vida. Pero si te pones tan quisquilloso, entonces puede que en lo que dije hubiera un ápice de verdad. Vamos, Aggie, antes de que los hombres de Rhian oigan los gritos de este bufón y vengan a matarnos a todos. Todavía tenemos muchos kilómetros por andar y nos están esperando.

—¿Nos están esperando? —preguntó Agatha—. ¿Quiénes?

Sophie no respondió.

Agatha se apresuró a seguir a su amiga y dejó a Tedros junto a la colina, todavía con el ceño fruncido.

Agatha sabía que debía esperarlo, que debía ser la mediadora entre su amiga y el príncipe, como siempre, pero ya estaba sujetando el brazo de Sophie y las dos susurraban acurrucadas como si nunca se hubieran separado. Sophie apartó el pelo del rostro de su mejor amiga y le dedicó una sonrisa deslumbrante mientras las dos avanzaban en medio del bosque oscuro.

Poco después, oyeron los pasos de Tedros a sus espaldas.

—¿A dónde vamos? —preguntó Agatha.

—Al único lugar del Bosque donde estaremos a salvo —respondió Sophie en voz baja—. Necesito que me cuentes todo lo que ocurrió después de que escapaste.

Agatha creía que se estaban dirigiendo hacia el escondite antiguo de la Liga de los Trece, como había insistido Dovey, pero entonces recordó que la Liga se había disuelto y que su guarida no estaba cerca de Camelot. Dovey solo había querido que ella y Tedros se alejaran lo máximo posible antes de que el hechizo se acabara.

—¿Tu lugar seguro es la escuela? —insistió Agatha—. Porque ese es el primer sitio donde Rhian nos buscará...

—No —respondió Sophie, cortante—. Ahora responde mi pregunta.

—Déjame ver tu Mapa de Misiones. Así veré dónde están todos.

—No, no lo verás —dijo Sophie, señalando el emblema de cisne del vestido de Agatha—. No mientras el mapa crea que tú y los otros sois alumnos de primero. Cuando Robin y yo escapamos juntos, me dijo que os habíais intercambiado los emblemas para engañar al mapa de la Serpiente.

—Pero ¡Tedros y tú seguís saliendo en su mapa! ¡Vosotros dos no tenéis emblemas! ¡Eso significa que Rhian todavía puede veros! ¡Podrá encontrarnos adonde sea que nos estés llevando! No *hay* ningún lugar seguro en el Bosque...

—Aggie, ¿confías en mí? —preguntó Sophie.

—Por supuesto.

—Entonces deja de cambiar de tema. ¿Has descubierto algo nuevo sobre Rhian y Japeth?

Agatha sintió una tensión en el pecho. Necesitaba saber qué les había ocurrido a Robin, al Sheriff y al resto de su equipo.

Necesitaba saber cómo podía escapar de Rhian, que tenía ese mapa que rastreaba cada uno de sus movimientos y los de Tedros…

Pero la mirada de Sophie era inquebrantable.

Agatha respiró hondo.

Le contó a Sophie lo que había leído en el libro de Sader y Sophie le contó lo que había soportado junto a Rhian. Agatha con frecuencia miraba hacia atrás, a su príncipe. Avanzaban con sigilo, tres siluetas en el bosque, escondiéndose al oír cualquier caballo, pero nunca los vieron aparecer. El estómago de Agatha gruñía de hambre y necesitaba agua, pero Sophie la distrajo con más preguntas.

—Entonces dices que si los cien líderes destruyen sus anillos, Rhian obtendrá los poderes del Cuentista —dijo Sophie—. Melena de León se convertirá en el nuevo Cuentista. Cualquier cosa que Rhian escriba con esa pluma se hará realidad, por muy Malvada que sea. Podrá matarme con un trazo de su pluma. Podrá matarnos a todos. Será invencible.

—Eso dice la profecía de Sader —respondió Agatha.

—Pero muchos líderes todavía conservan sus anillos —dijo Sophie—. Desafiaron a Rhian en la reunión del Consejo. No todos están listos para declarar la guerra a la escuela.

—Después de lo que acabamos de hacer en el campo de batalla, eso puede cambiar —susurró Agatha.

—Un segundo… ¡*Robin* tenía un anillo! —exclamó Sophie—. En la reunión. Lo usó para reflejar la luz y que lo viera. Eso significa que estamos a salvo. ¡Él nunca lo quemaría!

—Sería un anillo falso o no lo habrás visto bien. El Bosque de Sherwood no es un reino oficial —desestimó Agatha—. Salió en el examen de geografía de la clase de primer año de Sader, ¿te acuerdas? Es imposible que Robin tenga un anillo.

—Pero juraría que… —Sophie se desanimó al dudar de su recuerdo—. Entonces ¿no hay nadie más con quien podamos contar? ¿Ningún líder que mantenga firme su postura?

Agatha la miró con ojos vacíos.

—¿Los hombres de Rhian lo golpearon bien? —preguntó Sophie, intentando adoptar un tono esperanzador—. Eran muchos. Quizás esté…

—Las Serpientes no mueren con tanta facilidad —dijo Agatha—. Hablando de serpientes: dijiste que Japeth usaba tu sangre. Tu sangre lo cura a él, pero ¿a Rhian, no?

Sophie negó con la cabeza.

—Pero son gemelos —dijo Agatha—. ¿Cómo es posible que cures a uno sí y al otro no?

—La pregunta más importante es qué *harán* con los poderes del Cuentista si los obtienen —respondió Sophie—. Oí a Rhian decir que Japeth quiere algo específico. Algo que ambos quieren. Y solo podrá ocurrir cuando destruyan el último anillo. —Sophie abrió los ojos de par en par—. Espera, Rhian me dijo algo. La noche en que cené con él. Que llegaría el día en el que el rey verdadero gobernaría para siempre. Que llegaría antes de lo que yo creía. Que nuestra boda los uniría a todos.

—¿Tu *boda*? —preguntó Agatha.

—También se lo dijo a las hermanas Mistral. Les dijo que debían mantener a los reinos de su lado hasta la boda. —Sophie hizo una pausa—. Así que yo también debo formar parte de esto. Sea lo que fuere lo que Rhian planee hacer con los poderes de Cuentista… me necesita como su reina.

Agatha reflexionó sobre todo aquella.

—¿Y él dijo que una pluma te escogió?

Sophie asintió.

—No tiene ningún sentido.

—Más acertijos —concordó Agatha—. Pero si Rhian te necesita para su plan, algo es seguro. —Miró a su mejor amiga—. Vendrá a por ti.

Sophie palideció.

No hablaron durante un segundo.

—Sin Dovey. Sin Lesso. Sin ninguna manera de llegar hasta Merlín… —dijo Agatha por fin, casi en un susurro—. Necesitamos ayuda, Sophie.

—Ya casi hemos llegado —dijo Sophie, ausente. Agatha la miró.

—Hueles raro. Como si hubieras rodado por el suelo.

Si Agatha esperaba una réplica, no llegó. En cambio, Sophie solo suspiró.

Agatha miró a Tedros detrás de ellas, con la cabeza inclinada, escuchando todo lo que las chicas habían vivido mientras él estaba en prisión. Sin su camisa, temblaba de frío cuando la brisa helada soplaba afilada como un cuchillo, y respiraba con dificultad y dolor…

Un brazo le rozó la espalda magullada y al alzar la vista vio a Agatha acercándolo a su calidez. Luego, Sophie rodeó a Tedros por el otro lado, dándole calor con su vestido.

Tedros no se resistió, como si lo que había escuchado sobre las penurias de las chicas le hubiera dado una lección de humildad.

Poco a poco, su cuerpo dejó de temblar mientras las chicas lo protegían del frío durante el resto del camino.

—El Cuentista debe sobrevivir. El *Bosque* debe sobrevivir —dijo por fin Tedros—. Y el único modo de que lo hagan es si recupero mi trono. Rhian no descansará hasta que todos y cada uno de los anillos sea destruido. Yo mismo debo detenerlo. Tengo que vencerlo de una vez por todas.

—Tedros, apenas puedes caminar —respondió Agatha—. No tienes espada, no tienes apoyo en el Bosque, y no hay manera de que te acerques a Rhian sin que su hermano o sus hombres te maten primero. Ni siquiera tienes una *camisa*. Ahora mismo, necesitamos un escondite...

—Y ya hemos llegado —anunció Sophie, y se detuvo abruptamente.

Se puso de pie sobre un tronco cortado atestado de luciérnagas que parpadeaban anaranjadas en la oscuridad.

—Es aquí —dijo, aliviada—. El único sitio del Bosque donde estaremos a salvo.

Agatha miró el tronco.

—Ehm.

En algún lugar cercano, oyeron caballos galopando, esta vez acompañados de voces.

—Espero que estés bromeando —dijo Tedros—. Esta era la vieja estación de Gnomolandia del Metro Floral, cuando los gnomos todavía vivían en Camelot. Desaparecieron después de que mi padre prohibiera la magia en el reino. Los trenes ni siquiera pasan ya por aquí...

Entonces, frunció la nariz.

Agatha también lo olió: un aroma a humo familiar, como el té más terroso de todos. Antes de poder identificarlo, algo brotó del tronco iluminado por las luciérnagas y la miró.

Un nabo.

O más bien un nabo invertido, con dos ojos parpadeantes y una boca en forma de «O».

—¿Has dicho *gnomos*? —preguntó el nabo—. Aquí no hay gnomos. Eso sería ilegal. No se permiten los gnomos en Camelot. Pero ¿verduras? Las verduras sin duda están permitidas. Así que tengan la amabilidad de continuar con su camino y...

—Teoguet —dijo Sophie.

Los ojos del nabo se clavaron en ella.

—¿Disculpa?

—Teoguet —repitió ella.

—Bueno, está bien —dijo el nabo y tosió.

Desapareció de la vista y la superficie del tronco se abrió como una tapa y reveló un amplio agujero.

Los caballos sonaban más cerca.

—Seguidme —ordenó Sophie.

Colocó un pie sobre el tronco y saltó dentro.

Agatha miró hacia atrás a los árboles: un mar de antorchas avanzaba hacia ella sobre corceles veloces. Tedros ya estaba saltando dentro del tronco; sujetó a su princesa y se la llevó con él.

Agatha cayó de cabeza por la oscuridad y la superficie del tronco se cerró sobre ella. De la mano de su príncipe, continuó cayendo hasta que ya no pudo seguir haciéndolo y se separaron, retorciéndose en la caída libre como arena en un reloj. Luego, el pie de Agatha tropezó con algo y empezó a caer más despacio, con su cuerpo flotando como si hubiera perdido la gravedad.

El brillo del dedo de Tedros se encendió e iluminó su propia silueta flotante. Agatha encendió su brillo y lo proyectó a su alrededor.

Una enredadera verde frondosa rodeaba la cintura de Tedros como un lazo, otra rodeaba el pie de Agatha, y poco a poco iban bajando al príncipe y a la princesa hacia una estación del Metro Floral abandonada, con las carcasas de los trenes muertos apiladas contra las paredes. Los vagones florales, que antes brillaban con el color de sus respectivas líneas, se habían vuelto marrones, y tenían pétalos y hojas marchitas. El hedor putrefacto penetró en las fosas nasales de Agatha, las telarañas se enredaron en sus orejas y piernas. Las enredaderas alrededor de Tedros y de ella eran lo único que todavía seguía vivo en ese sitio. Un letrero viejo y borroso yacía roto en medio de los restos:

BIENVENIDOS A
LA ESTACIÓN DE
GNOMOLANDIA
PROVINCIA LEAL AL
CAMELOT DEL REY ARTURO

TODOS LOS NO GNOMOS
SON BIENVENIDOS

Las enredaderas que trasladaban a Agatha y a Tedros brillaban con un resplandor luminoso, su superficie verde estaba cubierta de una corriente eléctrica crepitante; sujetaron con más fuerza al príncipe y a la princesa, como si fueran cinturones de seguridad...

Y empezaron a dejarlos caer más deprisa.

Agatha intentó ver a Sophie debajo, pero solo pudo advertir el fondo del pozo acercándose. Las enredaderas descendían como anclas, haciendo rodar a los príncipes hacia el suelo rígido y oscuro. Antes de que Agatha o Tedros pudieran reaccionar, las enredaderas los soltaron por completo.

—¡Tedros! —gritó Agatha.

—¡Ahhh! —exclamó Tedros.

Golpearon el suelo de tierra, lo atravesaron y aterrizaron sobre la parte trasera de una carreta; Agatha, sobre el regazo de Tedros, y Sophie, apretada junto a ellos.

—Ahora ya sabéis por qué huelo a tierra —dijo Sophie.

—¿Ya están todos? —chilló una voz alegre.

Agatha y Tedros alzaron la vista hacia un gnomo joven montado en una bicicleta enganchada a la carreta anaranjada brillante, con los ojos clavados en Sophie. Tenía la piel oscura y rojiza, un sombrero cónico azul y un traje elegante a juego.

—Creí que habías dicho que vendrían *tres* más —dijo el gnomo. Sophie tragó con dificultad.

—No. Estamos todos.

—Bien. ¡No hay que hacer esperar al rey! —respondió el gnomo, y extendió la mano hacia atrás para darle a Sophie una tela plegada—. Tengan la amabilidad de abrocharse su piel de serpiente.

Sophie extendió una sábana confeccionada con escamas transparentes y la colocó sobre su cabeza y las de sus amigos. La superficie fría y encerada de la tela se arrugó sobre las mejillas de Agatha y el bolso en su brazo.

—Eso los mantendrá invisibles hasta que lleguemos al palacio del rey. Nadie puede verlos mientras vamos de camino o terminarán muertos, muertos, muertos —dijo el gnomo mientras pedaleaba por un sendero solitario en la oscuridad, lo cual le recordó a Agatha a la montaña rusa de la feria de Gavaldon—. Todos los que no son gnomos están prohibidos en Gnomolandia, desde que el rey Arturo nos expulsó. Cualquier gnomo que los vea tendrá derecho a clavarles un cuchillo en el ojo. Una ardilla entró aquí el otro día y la asaron para el festín del viernes.

Sophie tiró de la piel de serpiente para cubrirse mejor.

—El rey Teoguet me ha enviado a recogerlos —alardeó el gnomo—. ¿Teoguet permitiendo que unos humanos se escondan en Gnomolandia? —silbó con escepticismo—. O quiere algo de ustedes o bien los matará para advertir a los demás no gnomos lo que ocurrirá si se acercan demasiado.

Pero no se preocupen. Tampoco es que sean familia del rey Arturo ni nada por el estilo.

Agatha y Sophie clavaron los ojos en Tedros.

Tedros se encogió más debajo de la piel de serpiente.

—Para ser sincero, ni siquiera sabía que el rey estaba en el palacio —parloteó el gnomo sin darse cuenta de nada—. Va y viene sin previo aviso, y a veces no regresa durante meses. Pero luego me avisaron desde el palacio que unos humanos estaban merodeando cerca del tronco, buscando un escondite, y que yo debía llevarlos ante el rey. —Pedaleó más deprisa, acercándose a una pendiente pronunciada.

»He conocido a la rubia hace un rato, cuando la encontré con el grupo del Sheriff. Luego se fue a buscarlos a ustedes dos —les dijo a Agatha y a Tedros, señalando a Sophie—. Mientras tanto, he llevado al grupo del Sheriff al palacio. El Sheriff metió a todos sus amigos en ese saco encantado que tiene. Lo colocó en el asiento trasero y ningún gnomo los vio. En cambio, ustedes tres llaman la atención como un cerdo en un gallinero, así que mantengan las manos y los brazos dentro del vehículo. ¡Esto no está hecho para humanos! —Se lanzó por la pendiente y la piel de serpiente voló antes de que Agatha y Sophie pudieran sujetarla. El gnomo giró en una curva, Agatha se tambaleó a un lado y golpeó con la bola de Dovey a Tedros, quien estuvo a punto de caer del vehículo.

El gnomo miró a sus pasajeros.

—Debería haberme presentado. Soy Subramanyam, el paje de Su Alteza y Majestad Real Teoguet, comandante real de Gnomolandia. Bueno no siempre soy un paje. —En una nube de polvo, mutó a una chica gnomo—. Podré escoger si seré chico o chica para siempre cuando cumpla trece años. Creo que quiero ser chico, porque la mayoría de mis amigos escogerán ser chicas, así que… —Se convirtió en un chico y sonrió a sus pasajeros—. Apuesto a que están celosos porque los gnomos podemos hacer eso y ustedes no.

—No mucho —dijeron Sophie, Agatha y Tedros a la vez.

—Llámenme Subby —respondió Subramanyam, girándose y pedaleando más deprisa—. No se preocupen: quienquiera que los esté persiguiendo no podrá rastrearlos hasta aquí, da igual el tipo de magia que tengan. ¡Es imposible encontrar un reino que no sabes que existe! La mejor vista de Gnomolandia aparecerá a la derecha. Aunque ahora es hora punta… ¡Manténganse bajo esa piel!

Agatha miró a un lado del carro y agarró sorprendida la pierna de Tedros.

Una pista colosal y serpenteante de vías se sumergía por kilómetros en las profundidades de la Tierra, llena de otros cientos de vehículos anaranjados brillantes y bicicletas que avanzaban a toda velocidad sobre pendientes y subidas varias, transportando gnomos que tocaban el claxon fuerte, cuyo sonido simulaba el maullido de un gato. En el centro de aquella autopista descabellada llena de maullidos estaba la Ciudad de los Gnomos: una metrópolis inmensa de neón sujeta por enredaderas verdes luminiscentes que no solo sostenían todos los edificios tamaño gnomo, las cabañas y las torres creando un sistema de poleas gigante, sino que también parecía darles electricidad, como si fueran circuitos eléctricos.

Subby se zambulló en el tráfico, girando sobre los bordes de las vías para pasar junto a ciclistas y vehículos cargados de gnomos mientras recibía maullidos furiosos de todas las direcciones. Bajando en espiral por el centro de la Ciudad de los Gnomos, pasaron junto a restaurantes (Platos Petite del Pequeño Pete, La Doncella Elfa, Ñom Ñom Gnomo), tiendas (Comestibles Cosechados para Gnomos, Guardería Pequeños Peques, Barbería de los Hermanos Barbudos), el Gimnasio Pequeño y Poderoso, el Hospital General

Villapequeña y el Charco Divertido, un parque de agua del tamaño de una pinta con toboganes tan vertiginosos que un bebé gnomo salió disparado de uno, rebotó en la autopista, pasó sobre su vehículo y aterrizó en el regazo del conductor a su lado.

Cada vivienda y edificio tenía el mismo cartel luminoso (LOS NO GNOMOS MORIRÁN) junto a un ícono pintado en una esquina, el emblema oficial de Gnomolandia:

La misma huella dominaba la marquesina del Musée de Gnome, que exhibía «La Edad de Oro de Teoguet» junto a una larga hilera de gnomos colgados de sus enredaderas, esperando para entrar. Mientras tanto, en el Templo de Teoguet, los gnomos devotos alzaban las manos mientras una gnomo sacerdotisa colocaba en sus frentes un sello con polvo dorado en forma de huella. Los carteles señalaban enredaderas hacia «El Camino de Teoguet», «La Corte de Teoguet», «El Paseo de Teoguet», «El Parque de Teoguet» y, por doquier, hacia donde mirara Agatha, los gnomos intercambiaban saludos sonrientes, alzando las manos en forma de garra y exclamando «¡Bendito sea Teoguet!».

—Sea quien fuere Teoguet, es un dictador —susurró Sophie.

—Lo dice la chica que redecoró la Escuela del Mal con murales de sí misma —respondió Agatha.

Sophie fingió no haberla oído.

Abajo, el palacio del rey apareció, brillante y azul sobre las enredaderas, como una fortaleza fluorescente, escoltada a cada lado por minaretes iluminados por velas. Guardias gnomos con sombreros azules brillantes como el de Subby estaban posados en nenúfares flotantes fuera de las puertas reales, blandiendo sables curvos más grandes que sus cabezas.

Pero entonces el vehículo pasó junto a más maravillas: una escuela llena de gnomos diminutos aprendiendo la historia antigua de Gnomolandia... Un teatro al aire libre que ofrecía el espectáculo *¡Si tan solo fuera un gnomo!*... Un campo de minigolf extendido verticalmente sobre una enredadera, con gnomos jugando anclados en la vegetación con botas de gravedad... Y el edificio de la *Pequeña Prensa*, que había publicado su última edición: «¡FÁTIMA GANA EL CONCURSO DE DELETREO DE GNOMOLANDIA! ¡PALABRA GANADORA: BULLABESA!».

Agatha estaba tan sorprendida con todo aquello que se olvidó de lo que habían dejado atrás.

—Están sumidos en su propio mundo —susurró Tedros—. Como si no supieran lo que ocurre en la superficie.

—Y es que no lo sabemos —chilló Subby—. Después de que Arturo nos desterrara, el rey Teoguet dijo que era una bendición y nos hizo construir una colonia subterránea. Algunos gnomos arrogantes permanecieron en la superficie; he oído que uno incluso es profesor en esa escuela famosa, pero el resto de nosotros nos quedamos con Teoguet y nos aislamos de todo lo que ocurre arriba. No quiero ser grosero, pero ustedes los humanos creen que el Bosque gira a su alrededor. Dividen su territorio, crean fronteras falsas solo para iniciar conflictos, y en un segundo declaran la guerra contra sus propios amigos y hermanos. Pero ustedes son los perjudicados. Ni un solo gnomo se ha molestado en usar el Observatorio del Mundo Humano en el Musée de Gnome para ver qué está pasando en su Bosque. Tuvieron que cerrar la exhibición porque no interesaba a nadie. Imagínense. Los gnomos que solían ser sus mejores aliados ya no tienen ni el más ínfimo interés en si ustedes viven o mueren. Y ahora que saben dónde vivimos, no creo que Teoguet les permita irse con vida. —Subby rio—. Ah, ya hemos llegado…

Los gnomos de la guardia real fulminaron con la mirada a Subby, sus sables curvos brillaban mientras clavaban los ojos en Agatha y sus amigos; era evidente que los veían a la perfección debajo de la piel de serpiente. Indicaron con señas al vehículo que avanzara, y Subby pedaleó por un sendero pavimentado con oro y se acercó al palacio iluminado de azul, la única estructura en Gnomolandia lo bastante grande como para que entrara un humano de tamaño normal.

Los nervios revoloteaban en el estómago de Agatha, un recordatorio de que no era una turista en ese sitio. En la superficie, el Bosque entero los estaba buscando a ella y a sus amigos. Ahora dependía de la misericordia de un rey extraño para permanecer a salvo. Un rey que detestaba a toda la especie humana.

Los guardias abrieron las puertas del palacio y Subby pedaleó hacia dentro.

—Pueden quitarse la piel de serpiente —dijo, y se detuvo.

Sophie ya se había quitado la tela y miraba boquiabierta el vestíbulo opulento con hileras de arcos de piedra azul. Agatha bajó del vehículo e inspeccionó de cerca la piedra mientras veía gotas delgadas de lava derretida entrecruzándose sobre la superficie de la roca; la lava cambiaba de dirección a voluntad y a veces entraba en erupción en detonaciones de humo rojo. Bajo sus pies, la piedra azul resplandecía salpicada con purpurina roja que formaba el diseño de la garra sobre el suelo como una constelación en el cielo nocturno.

Tres nenúfares flotantes aparecieron por una esquina, llenos de copas con leche dorada rosada y galletas de coco, que Agatha, Tedros y Sophie devoraron, la bebida ácida se mezcló en sus bocas con las migajas de coco dulces, antes de que volviera a aparecer mágicamente otra ración de leche y galletas. Llegaron tres nenúfares más con toallas calientes con aroma a menta que usaron para limpiarse la suciedad de sus rostros, y el último nenúfar que llegó tenía una camisa limpia para Tedros.

—Si este es nuestro escondite, no veo la necesidad de regresar a la superficie —comentó Sophie.

—Me encantaría dejarte aquí mientras este «rey putrefacto» recupera el trono —dijo Tedros mientras se ponía la camisa.

—El «rey putrefacto» no puede recuperar nada sin mi ayuda, así que el «rey putrefacto» debería besarme los pies —respondió Sophie.

—Ya te besé una vez y fue horrible —dijo Tedros.

Aquello hizo enmudecer a Sophie.

—Sois tal para cual —comentó Agatha.

Aquello también hizo enmudecer a Tedros.

—Aquí los dejo —exclamó la voz de Subby.

Los tres se giraron y vieron al joven gnomo frente a una puerta al final del pasillo. La abrió y vieron una cascada azul que caía sobre la entrada como una cortina; el agua fluía hacia arriba al llegar abajo, antes de caer de nuevo como lluvia.

—Vamos, adelante —dijo Subby, señalando con la cabeza la cascada—. Ya han hecho esperar demasiado al rey.

Sophie expresó indignación, como si no tuviera ninguna intención de mojarse, pero Agatha abrazó con más fuerza el bolso de Dovey y avanzó hacia la puerta, con su príncipe al lado.

—¿Crees que nos ayudará? ¿El rey Teoguet? —le preguntó Agatha a Tedros al detenerse ante la cascada.

El rostro de Tedros estaba lleno de dudas, ya no era el chico que pensaba que podía ganar solo.

—Tiene que hacerlo.

Se tomaron de la mano y miraron hacia atrás, a Subby.

—Buena suerte. —El gnomo les guiñó un ojo.

Agatha y Tedros atravesaron el agua y salieron al otro lado mientras Sophie los seguía, con el vestido empapado y el pelo alborotado, goteando en la leche de su copa.

—¡Puaj, estoy mojada! ¡Estoy mojada! Estoy… Un momento… —Miró boquiabierta a Agatha y a Tedros, completamente secos. Luego, siguió la mirada de sus amigos.

Un Salón del Trono hecho con terciopelo apareció ante sus ojos, con las paredes, el suelo y el techo cubiertos con la misma tela suave de color azul medianoche. El terciopelo de las paredes estaba dividido en paneles, y las columnas entre los paneles estaban llenas de luciérnagas luminosas que subían y bajan en filas estrictas como centinelas. Un trono dorado, grande como para un gigante, estaba en el centro de la sala, iluminado por un candelabro forjado con más luciérnagas; las palabras **A.M.R. TEOGUET** estaban talladas en la cabecera del trono.

En el suelo frente al trono había una audiencia llena, con la atención clavada en los tres intrusos.

Agatha exhaló.

Estaban todos allí: Hester, Anadil, Dot, Hort, Nicola, Robin, Ginebra, el Sheriff y más… Todos sus amigos, que habían escapado de la batalla de Camelot, ahora estaban a salvo en Gnomolandia…

Pero no eran los únicos presentes.

Aquellos que había dejado en la escuela también habían llegado de algún modo al palacio de Teoguet: la profesora

Anémona, el profesor Manley, la profesora Sheeks, la princesa Uma, Yuba, Castor y todos los Siempres y Nuncas de primer año, silenciosos y agrupados en el suelo.

Miraron a Agatha, a Sophie y a Tedros expectantes y luego hacia la puerta, esperando que la Decana del Bien apareciera.

Entonces vieron la expresión de Agatha.

Y lo supieron.

—Allí donde esté, ahora Dovey está en paz —le dijo Robin Hood a Agatha—. Hubiera estado orgullosa de ti.

Agatha lo miró a los ojos, conteniendo la angustia.

Pero ahora sus amigos y profesores estaban junto a ella, abrazándola, uno por uno.

—Deseé que todavía estuvierais vivos —dijo Hester sin aliento, incapaz de contener la emoción—. Dovey debió oír mi deseo. Un hada madrina hasta el final.

—Te queremos, Agatha —exclamó con entusiasmo Kiko.

—Incluso yo, y eso que no me gustas —dijo Hort.

Nicola lo apartó y se unió al abrazo.

—Todavía estaríamos en el calabozo si no fuera por ti.

—No fui solo yo —dijo Agatha con timidez—. Todos hicimos nuestra parte.

Miró a Tedros y a Sophie, que también estaban recibiendo abrazos (Sophie se tomaba su tiempo con los Siempres atractivos).

Pronto el alboroto terminó y todos ocuparon de nuevo sus asientos, agrupados, como una gran familia extraña. Incluso Agatha logró sentir cierto alivio. Ahora estaban juntos. Todos. No había nadie más a quien salvar.

Pero, pronto, las semillas del miedo florecieron otra vez.

Sophie estaba sentada junto a Robin.

—Hubiera jurado que llevabas un anillo durante la reunión. Pero ahora no lo tienes puesto.

—No era mi anillo y no me corresponde a mí llevarlo —respondió Robin. Sophie frunció el ceño.

—Pero...

Agatha intervino en su conversación.

—¿Qué haremos ahora, Robin? El Bosque entero nos busca. ¿Cómo nos defenderemos?

—Es por eso que estamos aquí —respondió el Sheriff de Nottingham, sentado detrás.

—Para pedir ayuda al rey Teoguet —añadió Ginebra, sentada junto al Sheriff.

—Un segundo. ¿Cómo llegasteis Robin y tú a Camelot? ¿Cómo recuperaste tu saco? —le preguntó Tedros al Sheriff mientras tomaba asiento junto a su madre—. ¡El saco fue destruido! La Serpiente lo hizo trizas después de escapar de la cárcel del Sheriff...

—Es imposible destruir un saco mágico —gruñó el Sheriff, alzando la tela remendada—. La Serpiente cometió el error de dejar retazos. Y la madre de Dot es la mejor modista del Bosque.

—¿Mi madre? —exclamó Dot, asomando la cabeza desde atrás, como un topo—. ¡Mi madre murió cuando yo era una bebé!

Robin miró al Sheriff.

—¡Claro que sí! —respondió el Sheriff.

Dot frunció el ceño.

—Entonces, ¿cómo es posible que ella remendara el...?

—El saco separa a amigos de enemigos —la interrumpió el Sheriff—, así que lo usé para atrapar piratas y mantenerlos encerrados mientras trasladaba a nuestro equipo. Bueno, hasta que esas hadas liberaron a los piratas durante la batalla. Debieron olerlos dentro del saco.

—Teniendo en cuenta cómo hueles, me sorprende que no te hayan liberado junto a ellos —comentó Robin.

—Un momento. —Agatha miró a Robin con el ceño fruncido—. Me dijiste que tú y los Hombres Alegres no me ayudaríais. Y el Sheriff y tú os detestáis. ¿Cómo *habéis llegado hasta* aquí?

—La madre de Tedros tiene la respuesta a eso —dijo Robin.

—De hecho, la tiene Sophie —aclaró Ginebra.

—¿Yo? —respondió Sophie, escurriéndose el pelo en la copa de leche vacía.

—Esa noche, cuando cenaste con Rhian, me diste una patada por debajo de la mesa —explicó la vieja reina—. Dijiste que Tedros estaba solo. Que no eras la madre de Tedros. Me desafiaste. Allí, frente a ese monstruo. Me obligaste a continuar luchando, aunque pareciera imposible. Sin embargo, no tenía manera de enviar un mensaje desde Camelot, no con esa cimitarra en mi rostro. Pero afuera de los aposentos de la reina, hay un árbol con pájaros cantores a los que antes daba de comer todos los días. A cambio, ellos actuaban como mis espías y cantaban más fuerte cada vez que era seguro que me escapara para ir a ver a Lance en el Bosque. Así que después de la cena, fui a mi antigua recámara fingiendo limpiarla, y allí estaban mis pájaros, cantando fuera de la ventana como siempre. Pero al verme con esa cimitarra asquerosa en el rostro, dejaron de cantar. Sus ojos tristes me preguntaron cómo podían ayudarme. Así que mientras limpiaba, tarareé una canción… Una canción que todos los pájaros conocen…

Tarareó y Robin cantó con ella:

—*Oh, ayúdanos, Robin,*
querido y bello Robin.
¡Sálvanos, Robin Hood, santo!
Hijo del Bien, oye nuestro canto,
¡hasta el Bosque Verde llega mi llanto!

—Odio esa canción —gruñó el Sheriff.

—Eso es porque la única canción que cantan sobre ti es «Sheriff, Sheriff, el Sheriff pedorro» —dijo Robin—. Cuando los pájaros vinieron y cantaron sobre las penas de Ginebra, se lo dije a mis Hombres Alegres, pero esos tontos perezosos no habían querido defender a Agatha y tampoco estaban dispuestos a defender a Ginebra, aunque Arturo y yo fuéramos amigos. Pero luego el Sheriff, quién lo hubiera esperado, me envió un mensaje diciendo que iría a Camelot a salvar a su hija del calabozo y me suplicó que lo ayudara.

—Tonterías —bramó el Sheriff—. No te supliqué nada. Dije que eras una gallina de estómago rosado por permitir que la chica que te había salvado de la cárcel se pudriera en una celda, y que esperaba que el Cuentista reabriera nuestro cuento y le dijera al mundo qué clase de hombre eres en realidad.

—Me resulta vagamente familiar —respondió Robin—. Como sea, luego vino Marian y me preguntó qué haría si fuera mi propia hija la que estuviera en manos de Rhian. ¿Y Dot no era lo más cercano a una hija para mí? Marian sabe cómo persuadirme.

—A ti y a mí —susurró el Sheriff.

—No podía regresar a hacer mohínes en La Flecha. No después de todo eso —suspiró Robin—. Así que me uní al Sheriff y cabalgué rumbo a Camelot. Le envié a Ginebra una flor de loto para que supiera que íbamos en camino.

—La llevaba en mi pelo para que me diera esperanza —suspiró la vieja reina.

—Luego, mientras estábamos de camino, oímos que Dot y otros habían escapado del calabozo —dijo el Sheriff—. Aun así, no iba a permitir que el bastardo de Rhian ganase. Nuestro Bosque tiene leyes y orden y no descansaré hasta que la cabeza de ese cerdo esté en una pica.

—Y es por eso que ahora estamos todos aquí en el palacio del rey Teoguet, rogando que nos ayude —concluyó Robin Hood.

—¿Y si *no* nos ayuda? —preguntó Agatha.

Sonó una trompeta y el ruido la asustó.

Un gnomo guardia con un sombrero azul brillante y una chaqueta almidonada apareció en la oscuridad detrás del trono.

—¡Bienvenidos, enemigos humanos! Están aquí por invitación de Su Alteza y Majestad Real Teoguet. Por favor, ¡pónganse de pie en honor al rey!

Las luciérnagas en las paredes y en el candelabro dirigieron su resplandor naranja hacia el trono.

Rápidamente, Agatha y el resto de sus amigos se pusieron de pie.

—Escúchame —le susurró a Robin—. Los gnomos sienten rencor contra el rey Arturo por haberlos desterrado, lo que significa que querrán vengarse de…

—*Mí* —interrumpió Tedros, por encima de los hombros de ellos—. ¡Agatha tiene razón! ¿Y si el rey Teoguet sabe quién soy? ¿Y si nos ve como enemigos? ¿Y si hemos acudido al único líder que quiere incluso más que Rhian que mis amigos y yo estemos muertos?

—Entonces igualmente estamos muertos —dijo Robin con tono lúgubre.

—Mientras tanto, quédate atrás —le gruñó el Sheriff a Tedros.

El estómago de Agatha dio un vuelco. El trono dorado frente a ella de pronto parecía más grande. Allí estaban, absortos en su reunión familiar, cuando se habían encerrado voluntariamente en el palacio de un extraño. Un extraño que sin duda odiaba a Tedros lo bastante como para matarlo en cuanto lo viera. Su incomodidad sobre aquel sitio estalló y se convirtió en pánico. Era una emboscada. Lo presentía. Tenían que salir de allí *ahora mismo*...

Antes de que pudieran moverse, la trompeta del gnomo volvió a sonar:

—Presentando al honorable, misericordioso, Regis de la Corona Real... ¡Teoguet!

Por un instante, no ocurrió nada.

Luego, Agatha lo vio.

Una sombra avanzando desde la parte posterior de la sala hacia el trono, despacio y con suavidad, como si flotara en el aire.

Agatha retrocedió, la fatalidad empaló su corazón.

La sombra se acercó más... y más...

El rey Teoguet salió a la luz y quedó expuesto ante todos.

Sophie dejó caer su copa.

Tedros se tambaleó hacia atrás.

Toda la sala clavó sus ojos en Agatha.

Ella no podía respirar.

Era imposible.

No podía ser.

Porque el líder de los gnomos, su única oportunidad de sobrevivir, su única esperanza para obtener ayuda en todo el Bosque, resultó ser...

Su gato.

18

La misión más importante

Tedros alzó la cabeza, confundido, seguro de habérselo imaginado todo.

Pero no se lo había imaginado.

Muerte estaba sentado en el trono dorado, su piel calva y arrugada parecía particularmente enfermiza bajo la corona torcida, y su único ojo sano fulminaba con la mirada al príncipe mientras Agatha parecía estupefacta, con la boca abierta.

Dos guardias gnomos más empuñando sables curvos aparecieron en la oscuridad detrás del trono y rodearon al gato por ambos lados, mientras el gnomo con la trompeta se encargaba de la puerta. En la cabecera del trono, las letras talladas **A.M.R. TEOGUET** se reorganizaron para formar…

GATO MUERTE

Tedros se atragantó.

Muerte estaba sentado sobre las patas traseras maullando fuerte en medio del silencio.

La princesa Uma avanzó de su sitio entre los de primer año.

—Sí, Su… ¿Alteza?

Muerte maulló de nuevo.

La princesa Uma se acercó al trono.

El gato de Agatha le susurró algo al oído.

Uma asintió y tocó la garganta del gato con la punta del dedo brillante.

—Es imposible —dijo Agatha, parpadeando como una tonta—. Debe ser un error…

—No hay ningún error —respondió su gato con voz firme y grave—. Solo que no has estado prestando atención.

Agatha se apoyó sobre los talones.

—¿*Hablas*?

—El lenguaje del hombre me parece limitado y feo, pero gracias al hechizo de Uma, puedo comunicarme para cumplir con el propósito de nuestra reunión —dijo Muerte, antes de clavar sus atrevidos ojos amarillos en Tedros—. Y tú tienes suerte de que no haya hablado antes de hoy, dado que me has dado patadas, me has llamado Satanás y me has lanzado a un retrete a pesar de haber sido un buen amigo para ti cuando lo necesitabas. —Miró a Agatha—. Lo mismo para ti.

Agatha sacudió la cabeza de un lado a lado.

—Pero… pero… ¡eres mi *gato*!

—El gato de tu *madre* —dijo Muerte—, lo cual debería haberte dado la primera pista de que soy un gato del Bosque, no del Bosque Infinito. En cuanto a mi lugar aquí, los gnomos creen que ser gobernados por uno de los suyos es invitar a la codicia, el egocentrismo y la corrupción. Si un gnomo gobernara Gnomolandia, sería un sitio tan roto como los reinos humanos. Así que desde el inicio de los tiempos, los gnomos han buscado a un rey fuera de su especie… Un líder que pudiera comprender su modo de vida sin abusar del poder sobre ellos. La respuesta era obvia. Los gatos y los gnomos son lo mismo: tanto podemos ser amigos de los humanos como ser indiferentes a ellos. Sin embargo, los gatos también son criaturas solitarias, satisfechas con un cuenco de leche y una cama cálida. Así que un gato rey haría lo mejor para los gnomos mientras a su vez se mantendría alejado y les permitiría vivir sus vidas.

—¡Esto es una locura! —gruñó Agatha, encontrando su voz—. ¡Vivías *conmigo*! ¡En mi casa!

—¡Y yo estuve allí! —añadió Tedros y se colocó junto a su princesa—. ¡Me pasé semanas contigo en ese cementerio! Esto no tiene ningún sentido…

—He sido rey de Gnomolandia durante cinco años y durante ese tiempo, he ido y venido de tu lado como me pareció —le dijo Muerte a Agatha—. Estuve con los gnomos cuando me necesitaron, al igual que estuve contigo cuando me necesitaste, sin que ninguno de vosotros sospechara que estaba viviendo una doble vida. Si fuera un perro te habrías dado cuenta de mis ausencias, porque los perros son bestias necesitadas y odiosas. Pero los gatos… entramos y salimos de tu vida como viejos recuerdos.

Un guardia gnomo le llevó a Muerte un cáliz con nata espolvoreada con especias; Muerte se lo bebió a lengüetazos antes de que el gnomo le retirara la copa.

Agatha enmudeció, su rostro cambió.

Esto es real, comprendió Tedros.

El gato es el rey.

—Mi padre fue líder de Gnomolandia antes que yo. Él, mi madre y mis tres hermanos eran unos hermosos gatos negros majestuosos. Yo, en cambio, nací así —explicó Muerte, señalando con la cabeza su complexión delgada y sin pelo—. Mi padre estaba avergonzado y me obligó a exiliarme cuando era un gatito indefenso en las profundidades del Bosque, donde Callis me encontró y me convirtió en su mascota. —Le sonrió con cariño a Agatha—. ¿Te resulta familiar?

—Así fue como mi madre me encontró a mí también —susurró Agatha.

—Tu madre no podía evitar amar a aquellos que otros no querían —dijo Muerte—. Pero incluso cuando ella escapó de la Escuela del Mal y se escondió en Gavaldon, Callis nunca me encerró. Tenía libertad para regresar al Bosque Infinito y aventurarme de un lado a otro como quisiera. Luego, tu madre te llevó a casa y descubrí que yo tenía un instinto bastante protector hacia ti, a pesar de mi desconfianza hacia los humanos. Mientras tanto, seguí los pasos de mi padre y mis hermanos, el rey y los príncipes de Gnomolandia, quienes se habían vuelto cada vez más leales al rey Arturo e incluso habían ido tan lejos que se habían convertido en espías de Camelot. Con cautela, regresé a Gnomolandia y aparecí en la corte de mi padre. Le dije que los gatos deberían saber que no tienen que servir a los humanos, que hacerlo nos rebajaba al nivel de los perros. Recuerdo el modo en que mi padre me miró, posado en este mismo trono. Me llamó «traidor». Me dijo que si alguna vez regresaba a Gnomolandia, me matarían de inmediato. —Muerte suspiró—. Luego Merlín abandonó al rey Arturo y Arturo se vengó prohibiendo la magia en el reino, incluyendo a las hadas y a los gnomos que habían sido sus aliados constantes. Después de que Arturo expulsara a los gnomos y destruyera su reino, mi padre y mis hermanos fueron echados de Gnomolandia por haberse aliado con un hombre que había traicionado a toda la raza de los gnomos. Los opositores de mi padre me encontraron y me dijeron que yo había tenido razón en advertir a mi familia sobre los humanos. Toda una ironía, porque mi amor por tu madre y por ti solo se había intensificado para ese entonces. Y luego los gnomos me pidieron que fuera su rey.

Se reclinó en el trono, su estómago rosado se plegó como un acordeón.

—Al principio, rechacé la idea. Era feliz en Graves Hill con vosotras. Pero me di cuenta de que había cometido el mismo error que los gnomos: había confiado demasiado en los humanos, incluso en los que amaba. Ser rey me permitiría vivir entre mundos, sin pertenecer a ninguno de ellos. Quizá fuera un motivo egoísta para aceptar la corona, pero al final, me convirtió en un rey mejor. He enseñado a los gnomos a ser independientes, porque nunca estoy aquí demasiado tiempo. Y los gnomos nunca han sido tan felices como ahora. Me idolatran, nombran calles en mi honor, me alaban en su templo, aunque, claro, nada de eso me importa… Pero la verdad es que la ilusión de un rey era todo lo que necesitaban para gobernarse a sí mismos. No son tan diferentes a vosotros —le dijo el gato a Agatha—. Yo fui tu primer amigo, mucho antes de que esa otra llamara a tu puerta. Sin mí, quizá ni siquiera habrías pensado jamás que merecías tener un amigo. Las cosas han cambiado, por supuesto. No me necesitas de la misma manera que antes, y eso me enorgullece. Pero siempre estaré contigo, Agatha, incluso cuando no puedas verme. Al igual que Merlín para Tedros, observo cada uno de tus pasos por el camino, y entro y salgo de tu historia como solo pueden hacerlo los mejores hechiceros. —Muerte sonrió—. O los mejores gatos.

Agatha lloró sobre su manga.

La historia de su mascota la había conmovido, Tedros lo percibía, pero más que eso, Agatha estaba aliviada: tenían un amigo allí en Gnomolandia. Un amigo de verdad. Tedros pensó en todas las veces que el gato los había salvado: le entregó el mensaje de Callis a la Liga de los Trece… Los rescató de Graves Hill cuando los guardias fueron tras ellos… Ayudó a Agatha a encontrar Excalibur en la guerra contra Rafal… Protegió a Tedros en Camelot cuando Agatha partió rumbo a su misión…

—Lo siento —dijo el príncipe, mirando a Muerte—. Lamento el modo en el que te he tratado.

—Yo también lo lamento —confesó el gato—. Me parecía que no eras una buena pareja para Agatha. Me recordabas a mi padre y a mis hermanos: demasiado atractivo y arrogante para ver el mundo con claridad. Pero has crecido más de lo que sabes. La mayoría de los que nacen con títulos se marchitan ante la adversidad. Tú has admitido tus fallos y no solo has buscado la redención, sino que estás dispuesto a esforzarte para alcanzarla. Te has ganado el derecho a pelear por tu corona. No sabemos cuán larga y difícil será esta lucha. Pero te ayudaré de todas las maneras que pueda.

Sus ojos brillaban como estrellas, tan luminosos que podrían haber alumbrado la noche más oscura.

Tedros abrazó a Agatha de lado y secó las lágrimas de la chica.

—Pero me temo que la hora de los cuentos ha terminado —dijo Muerte.

Fuera de la audiencia, dos guardias gnomos emboscaron a Sophie, la alzaron del suelo por la cadera y la giraron cabeza abajo.

—¡EEEEEEEEEY! ¡QUÉ ESTÁIS HACIENDO! —gritó Sophie.

Un gnomo le quitó un zapato, tomó el collar con el frasco dorado enredado en el dedo de su pie, se lo lanzó a Muerte, quien lo atrapó y luego los guardias soltaron a Sophie, cuyo trasero aterrizó en el suelo.

—Te diría que me sabe mal que hayas sido la única en mojarte al entrar —le dijo Muerte a Sophie, girando su collar de Decana—. Pero sería una mentira.

Sophie lo miró boquiabierta, empapada.

—¡Lo has hecho a propósito!

—Que viva el rey —susurró Tedros.

El gato abrió el frasco de Sophie y desparramó el líquido dorado en el aire, donde se transformó en el Mapa de Misiones familiar, flotando ante su trono.

Solo un nombre y una silueta permanecían todavía en el mapa, sobre el castillo de Camelot, un nombre que Tedros se sorprendió de ver siquiera en el Mapa de Misiones…

RHIAN

—Parece que el rey todavía sigue vivo, a pesar de vuestros mejores esfuerzos —dijo Muerte. Bajó el mapa y lo extendió delante de él—. Lo que significa que, sea lo que fuere lo que hagamos a continuación…

Alzó la vista hacia la audiencia.

— … tendrá que ser *mejor*.

Los alumnos y los profesores de la Escuela del Bien y del Mal estaban sentados en un círculo alrededor del mapa que flotaba en el centro sobre el suelo azul aterciopelado. Muerte caminaba de un lado a otro sobre el pergamino flotante, reflexionando acerca de todo lo que Sophie, Agatha y Tedros le acababan de contar.

—Entonces, Rhian busca obtener los poderes del rey verdadero —dijo el gato—. ¿Cuán cerca está de conseguirlo?

Tedros oyó que Yuba le susurraba a Agatha:

—¿Por qué el nombre de Rhian está en el Mapa de Misiones de una Decana? ¡Si no es estudiante de la escuela!

—Yo me pregunto lo mismo —murmuró Agatha—. Hablando de alumnos, ¿cómo os las habéis arreglado para traer aquí a los de primero?

—Después de que el Sheriff te llevara a Camelot, recibí un mensaje del rey Teoguet —explicó Yuba—. Nunca había conocido al nuevo rey de los gnomos, ¡así que imagina mi sorpresa! Me dijo que teníamos que unirnos contra Rhian y me ordenó que trajera aquí a los alumnos y a los profesores con instrucciones sobre cómo usar los túneles del antiguo Metro Floral para llegar sin ser detectados.

Tac. Tac. Tac.

Tedros vio a Muerte moviendo su garra con impaciencia.

El príncipe carraspeó.

—Mmm, ¿cuál era la pregunta?

—¿Cuántos líderes conservan todavía sus anillos? —repitió Muerte, con una mirada fulminante—. Gnomolandia nunca tuvo un anillo, porque formaba parte del dominio de Camelot. Y Camelot ya no posee un anillo, porque dicen que tu padre lo destruyó antes de morir. Lo cual significa que necesitamos saber cuántos anillos más quedan para evitar que Rhian obtenga los poderes del Cuentista.

Tedros y Agatha intercambiaron una mirada.

—No estamos seguros —admitió el príncipe.

—Basta con que sobreviva un anillo —gruñó el Sheriff—. Es lo único que importa.

Muerte lo miró, pensativo.

—Así es.

Tedros esperó a que el gato elaborara su respuesta, pero Muerte mordisqueó las setas gourmet que sus guardias le habían traído, con los ojos todavía clavados en el Sheriff. Luego, volvió a caminar de un lado a otro.

—Que Tedros recupere el trono no será una tarea sencilla —dijo Muerte, caminando sobre los reinos del mapa—. Todos tenemos que hacer nuestra parte. —Se detuvo sobre el reino de Borna Coric—. ¿Brujas?

El aquelarre prestó atención.

—Sí, Su Alteza —dijo Hester.

—Denos una misión —añadió Anadil.

—Lo que sea que necesite —comentó Dot.

—Iréis a las Cuevas de Contempo y rescataréis a Merlín —ordenó Muerte.

—Lo que sea menos eso —dijo Dot.

Hester y Anadil la fulminaron con la mirada.

—¡Están a miles de kilómetros y rodeadas por un mar venenoso! —protestó Dot—. ¡Es imposible llegar a las cuevas!

—*Iré yo* —afirmó Tedros, inflando el pecho—. Merlín es mi amigo…

—Un momento —lo interrumpió Nicola, mirando fijamente a Dot—. ¿Acaso tú no formas parte del Aquelarre de la Habitación 66? ¿Las brujas legendarias que han luchado contra villanos que volvieron de la muerte y piratas asesinos? ¿A quienes la Decana del Bien les confió encontrar a un nuevo Director?

Dot jugueteó con sus dedos.

—Sí, pero…

—Merlín necesita tu ayuda —replicó Nicola—. Merlín, el más poderoso hechicero del Bien, quien te ha salvado a ti y a tus amigos muchas veces. Merlín, a quien necesitamos para ganar esta guerra. Muerte podría haber escogido a cualquiera de nosotros para rescatarlo. Pero os ha escogido a *vosotras*.

Pero si no estás a la altura de la tarea, entonces puede que no seas la bruja que pensaba que eras.

Dot no tenía palabras.

—Tal vez Nicola debería estar en nuestro aquelarre —comentó Hester.

—Me gusta Nicola —dijo Anadil.

—Iré —afirmó Dot.

Tedros se puso de pie de un salto.

—¿Es que no me habéis oído? Merlín es demasiado importante como para que alguien que no sea yo se encargue de…

El Sheriff de Nottingham lo interrumpió.

—Dot tiene razón: las Cuevas de Contempo no son un lugar adecuado para que vayan tres chicas solas.

—Tres chicas que te han vencido dos veces —aclaró Robin.

—Debería ir yo a las cuevas —afirmó el Sheriff.

—No —dijo Muerte, atravesándolo con la mirada—. Tú no irás a ninguna parte. Te quedarás aquí, en el palacio, bajo la protección de mis guardias.

Dijo esas palabras con tanta brusquedad que Tedros se preguntó si Muerte y el Sheriff habrían tenido algún encuentro previo: algo que hiciera que el gato desconfiara de él.

Muerte miró a Hester.

—Las brujas viajarán a Borna Coric y encontrarán a Merlín.

—¿Y yo? —insistió Tedros—. Si no voy a ir tras Merlín, entonces debería liderar la siguiente misión…

—¿Dónde están Hort y Nicola? —preguntó el gato.

—¡Aquí! —respondió Hort, tomando la mano de Nicola.

—Vosotros dos iréis a Foxwood, donde Rhian afirma haber nacido —ordenó Muerte—. Averiguad lo que podáis sobre la historia de él y su hermano.

—Considérelo hecho —respondió Hort, guiñándole un ojo a Nicola—. La Historia es mi especialidad.

—Dios nos ampare —dijo Nicola.

—¿Por qué tu gato me ignora? —le susurró Tedros a Agatha—. *Yo* soy el rey. *Yo* soy quien intenta recuperar el trono. ¿Y en cambio le asigna misiones esenciales a *Hort*?

Pero su princesa estaba escuchando con atención a Muerte, que hablaba sobre la próxima tarea.

—Bogden, Willam, vosotros os disfrazaréis para espiar en Camelot. Willam conoce bien el reino por haber crecido en la casa del párroco. Usad vuestros trucos para averiguar en qué estado se encuentra Rhian. Descubrid cuáles serán sus próximos movimientos.

Bogden le hizo un saludo militar.

—Sí, rey Teogat.

—¡Teoguet, idiota! —siseó Willam.

Muerte los observó con expresión pétrea.

—Beatrix, Reena, Kiko, vosotras patrullaréis los árboles que rodean el portal de Gnomolandia y os aseguraréis de que nadie se acerque demasiado.

—Qué apropiado, ¿no? —suspiró Kiko—. Tristan murió en un árbol.

Willam la miró.

—Ahora que has asignado a todo el mundo una tarea, incluso a los de primero y a los monaguillos —dijo molesto Tedros—, por favor, dime qué debo…

—El resto de los alumnos —prosiguió Muerte, girándose hacia los jóvenes Siempres y Nuncas— formarán parejas, se dispersarán por los reinos y encontrarán a esos líderes restantes que todavía no han quemado sus anillos. Rhian sin duda usará todos los medios que sean necesarios para ponerlos en contra del Cuentista y de la escuela. Haced lo que podáis para evitar que los líderes destruyan sus anillos sin que os vean.

Mientras tanto, los profesores regresarán a la escuela y vigilarán al Cuentista en caso de que nos dé más pistas sobre cómo defenderlo. Yuba, envíame un mensaje seguro en cuanto hayas contado cuántos cisnes quedan en la inscripción de la pluma. Esperemos que más que un par de reinos se hayan mantenido firmes contra el rey.

—Sí, rey Teoguet —respondió el viejo gnomo.

Muerte observó la sala.

—¿Habéis comprendido todos vuestras tareas?

Tedros estaba a punto de estallar.

—¿Qué quiere que hagamos Ginebra y yo, Su Alteza? —preguntó Robin Hood.

—Regresa al Bosque de Sherwood y recluta a tus Hombres Alegres. Sus días de ceguera voluntaria han terminado —dijo el gato—. Ginebra permanecerá bajo mi protección. Los guardias la llevarán junto al Sheriff a sus respectivas habitaciones en mi palacio para que puedan descansar.

—¿Descansar? ¿Yo? ¿Ahora? —protestó el Sheriff—. Entiendo que Ginebra necesite recostarse, pero ¡yo debería estar arriba luchando contra el rey!

—¡Yo también! ¡Sobre todo yo! —estalló Tedros.

—Todos los equipos partirán de inmediato —ordenó Muerte, ignorando al príncipe mientras el mapa bajo su pata desaparecía. Volvió a saltar al trono y el collar de Sophie tintineó—. Mi paje os escoltará hasta la superficie dentro del saco del Sheriff.

—¡Samarbati S. Subramanyam a su servicio! —chilló Subby, asomando la cabeza a través de la cascada que cubría la puerta del Salón del Trono—. ¡Entren al saco!

Un gnomo guardia tocó tan fuerte una trompeta al lado de Subby, que el paje cayó a través de la cascada.

—¡Su Alteza y Majestad Real Teoguet les pide que se retiren de su presencia! —proclamó el gnomo—. ¡Partan rumbo a sus misiones!

—¡PARTAN RUMBO A SUS MISIONES! —gritaron dos guardias más.

Antes de que Tedros pudiera moverse, sus amigos, profesores, mentores y todos los alumnos de la clase de primer año partieron, conversando sobre sus nuevas misiones y agrupándose con sus compañeros de equipo mientras pasaban a toda velocidad junto al príncipe y atravesaban la cascada en grupos.

—Espera… Un momento… —balbuceo Tedros, perdido en la estampida.

—¡Voy con Priyanka! —exclamó Bodhi.

—¡No puedes abandonar a tu mejor amigo por una chica! —protestó Laithan.

—Son como Sophie y Agatha, pero en chico —replicó Bossam.

Castor los sujetó a los tres.

—YO ASIGNARÉ LOS GRUPOS PORQUE SÉ QUIÉN TIENE CEREBRO Y QUIÉN ES UN BURRO —exclamó el perro, e hizo que más alumnos de primero cruzaran la cascada antes de saltar por el agua tras ellos.

Más profesores los siguieron.

—¿Y si Rhian envía de nuevo a sus hombres a la escuela? —preguntó la profesora Sheeks.

—Sin alumnos presentes, tendremos pleno permiso del Cuentista para defendernos —gruñó el profesor Manley—. Uma, ¿has recibido alguna noticia de las hadas? Las enviaste en busca de ayuda hace días.

—Han estado buscando a la Liga de los Trece por el Bosque —respondió la princesa Uma—. No descansarán hasta encontrar a uno de los antiguos miembros de la Liga que pueda ayudar…

Hort se acercó a Beatrix mientras salían.

—¿Cómo compartiremos información si estamos en lugares diferentes?

—La profesora Anémona tiene al viejo cuervo postal que Agatha tenía en Camelot. Podemos usarlo para enviarnos mensajes —respondió Beatrix.

—No es lo bastante seguro —dijo Hort—. Necesitamos una bellota escurridiza.

—Por lo que sabemos, las ardillas también están del lado de Rhian —comentó Kiko.

—¿Qué es una bellota escurridiza? —preguntó Nicola.

Más alumnos de primero desaparecieron a través de la cascada y, con ellos, Aja, Valentina, Bossam, Bert, Beckett; Ravan, Vex, Mona, Dot, Anadil y los otros también salieron por la puerta hasta que no quedó nadie en la sala del trono, excepto el rey gato y los tres que mejor lo conocían: Tedros, su princesa y su némesis.

Esta última bostezó.

—Perfecto, todo está organizado —suspiró Sophie posada contra la pared aterciopelada, lo que obligó a las luciérnagas a marchar a su alrededor—. Me comeré una ensalada de pepino, me daré un baño de espuma y dormiré una larga y cálida siesta.

—Eso no ocurrirá —dijo Muerte, colocándose el collar de Sophie en su propio cuello—. Vosotros tres tenéis la misión más difícil de todas. Es por eso que he esperado a que estuviéramos solos. Porque es la misión *más importante*. La misión que supera a todas las demás. La misión que debe tener éxito para que Tedros recupere la corona.

Sophie frunció los labios, mirando a Agatha.

Pero el gato solo miraba al príncipe.

—Debes averiguar por qué no pudiste sacar a Excalibur de la piedra —dijo el gato.

Muerte miró a Agatha y a Sophie.

—Y vosotras dos tenéis que ayudarlo.

—Eso no es una misión. Es un callejón sin salida —dijo Tedros, negando con la cabeza—. Intenté sacar la espada. Lo intenté todo. Y luego un extraño la sacó a la primera. Le pregunté a Merlín y él tampoco tenía la respuesta, solo me dijo un acertijo sinsentido sobre «desenterrar» a mi padre. Me he devanado los sesos tratando de comprenderlo *todo*, pero no hay nada que entender. Porque ¡nada tiene sentido! ¿Cómo se supone que puedo saber lo que pensaba Excalibur? ¿Cómo se supone que tengo que conocer el estado mental de una espada?

—Del mismo modo que lo hicieron Merlín y la profesora Dovey antes de que su trabajo quedara interrumpido —respondió Muerte.

Los ojos del gato brillaron; de inmediato, el bolso colgado del hombro de Agatha se abrió y la bola de cristal voló fuera de ella y aterrizó cómodamente entre las patas del gato.

—Porque mientras vosotros estabais en vuestras misiones de cuarto año, Merlín y Clarissa Dovey estaban en su propia misión —explicó el gato, sosteniendo el orbe de vidrio—. Usaban la bola de cristal de Dovey para averiguar por qué Tedros había fallado la prueba de coronación. Resulta que una bola de cristal rota permite hacer cosas que una bola de cristal normal no puede hacer. Una bola de cristal funcional es una ventana hacia el tiempo. Pero Merlín y Dovey descubrieron accidentalmente que una bola de cristal rota es más que una ventana… —Muerte inclinó el cuerpo hacia adelante—. Es un *portal*.

—¿Un *portal*? —repitieron Sophie y Agatha.

—Un portal en el que ahora entraréis vosotros tres —aclaró Muerte—. Hay muchos riesgos. Hemos visto sus efectos en la Decana del Bien. —Miró a Tedros—. Pero entrar al mundo de la bola de cristal es el único modo en el que descubrirás la verdad sobre tu padre, tu espada y tu destino.

—¿Qué quieres decir con «el mundo de la bola de cristal»? —preguntó Agatha, desconcertada—. ¿Hay un mundo… *dentro* de la bola de cristal?

—Un mundo más grande del que podrías imaginar —dijo Muerte.

Tedros frunció el ceño.

—No tiene sentido. ¿Cómo sabes lo que hay dentro de la bola de cristal de Dovey?

—¿Cómo sabes lo que vieron Merlín y Dovey? —preguntó Sophie.

—¿Cómo *podrías* saber lo que vieron? —insistió Agatha.

Muerte sonrió.

—¿No es obvio? —respondió el gato, con voz burlona.

Las pupilas del animal se volvieron profundas como dos agujeros negros.

—Fui con ellos.

19

En el mundo de la bola de cristal

Agatha observó cómo la bola de cristal se hundía en el agua.

—No está ocurriendo nada —dijo Tedros, a su lado.

—Mejor, porque si esperabais que volviera a mojarme…
—resopló Sophie, todavía empapada en su vestido blanco.

Agatha se giró hacia su gato.

—Has dicho que el portal se abre cuando la bola de cristal está sumergida…

—Y *encendida* —añadió Muerte.

Sus voces resonaron por el baño de Su Alteza y Majestad Real, donde había una estación de peinado con cepillos enjoyados, aceites aromáticos y cremas lechosas, junto a una caja de arena cubierta de purpurina y una bañera de piedra azul climatizada, grande como para un ejército de gatos; el agua humeante estaba salpicada de flores anaranjadas. Cuando Muerte los había llevado a esa habitación, iluminada por paneles confeccionados por luciérnagas azules y naranjas, Agatha había quedado deslumbrada. El Muerte que ella conocía tenía pulgas, orinaba exclusivamente en las tumbas y una vez casi la mata cuando intentó bañarlo.

—Es el viejo baño de mi padre —explicó Muerte al ver la expresión de Agatha. Subió al borde de la bañera—. Es la primera vez que vengo aquí.

Ahora Agatha observaba cómo su gato terminaba de hundir la bola de cristal de Dovey en la bañera caliente mientras el vapor flotaba en la superficie. El orbe se hundió hasta llegar al suelo de piedra azul; la grieta del vidrio refractaba el agua y parecía más grande de lo que era.

Mientras tanto, Agatha sentía como si tuviera una grieta en la cabeza. *Dovey está muerta… Muerte es rey… La bola de cristal es un portal hacia un mundo secreto…* La tensión le latía en el cráneo, sus pulmones carecían de aire como si ya estuviera bajo el agua.

Tedros tocó el brazo de Agatha.

—¿Estás bien?

Ella alzó la vista hacia él, luego miró a Sophie y a Muerte, quienes la estaban observando.

Agatha quería decir que no… Que todo estaba avanzando demasiado rápido… Que quería volver atrás, a cuando la vida no tenía magia y secretos… Volver a la época en que tenía un hogar… una madre…

Pero luego, al observar a su mejor amiga, a su príncipe y a su gato, Agatha comprendió que ahora tenía otra familia. Una familia que había *escogido*. Y después de todo lo que habían vivido para que la familia estuviera unida de nuevo, por muy intimidantes que fueran los desafíos futuros… Fue todo lo que Agatha necesitó para dejar atrás el pasado y regresar al presente.

—Has dicho que la bola de cristal es un portal —comentó Agatha, recobrando la compostura—. ¿Un portal a *dónde*?

—Merlín lo llamaba «la bola de cristal del tiempo» —respondió Muerte rápidamente, caminando por el borde de la bañera—. Debemos empezar.

—¿Cómo descubrieron Merlín y Dovey el portal? —preguntó Tedros.

—Ya os lo he dicho. Por accidente —replicó Muerte con impaciencia—. Después de que no consiguieras sacar a Excalibur, Merlín y Dovey intentaron usar su bola de cristal para comprender el motivo. Dado lo mal que tratabas a Agatha tras tu coronación fallida, yo quería que sacaras la espada pronto, por su bien, así que decidí ayudar a Merlín y a Clarissa. Al principio no tuvimos suerte. Pero durante el verano, la oficina de la profesora Dovey se vuelve insufriblemente calurosa. Una noche, analizando la bola antes de que Dovey la activara, Merlín dejó una huella sudorosa sobre la grieta del vidrio. La grieta se suavizó y el vidrio se volvió más blando. Aquel cambio le pareció curioso a Merlín. Así que él y Dovey colocaron la bola en la piscina del cuarto de embellecimiento para ver qué sucedería cuando la Decana la encendiera. Ahora, si no hay más preguntas, es hora de entrar a la bañera.

Agatha observó el orbe apagado, quieto bajo el agua. *¿Qué ocurrió cuando Dovey la encendió?* Su corazón latía descontrolado. *¿Qué ocurrirá cuando yo la encienda?*

—Eso fue lo que estuvieron haciendo durante todo este tiempo. Merlín y Dovey —comprendió Tedros, mirando el agua—. Viajaban dentro de la bola de cristal. Eso fue lo que hizo enfermar a Dovey.

—La enfermó *mortalmente*. ¿Y ahora quieres que nosotros hagamos lo mismo? —Sophie desafió a Muerte.

—Es demasiado peligroso —coincidió Tedros.

—El secreto de por qué Tedros no pudo sacar a Excalibur está dentro de esa bola de cristal. Aunque quizá no haya ningún secreto. Quizá Rhian sea el verdadero rey —dijo Muerte y alzó la pata cuando Tedros empezó a protestar—. Pero el único modo de saberlo con certeza es cruzar el portal. Hay demasiado en juego para dejar sin respuesta la pregunta de por qué la espada reconoció a Rhian y no a Tedros. El destino de Camelot, del Cuentista y de nuestro mundo *depende* de esa respuesta. Merlín y Dovey estaban cerca de averiguarla, pero se les acabó el tiempo. Dado que Agatha es la Segunda de Dovey, es nuestro deber terminar su trabajo. Independientemente del riesgo.

Agatha miró a Tedros.

Ahora, el príncipe estaba callado.

—Cuando Agatha se sumerja y active la bola, se abrirá el portal —explicó Muerte, antes de mirar a Sophie y al príncipe—. Vosotros dos os sumergiréis con ella y os prepararéis para entrar.

Agatha ya estaba metiéndose en la bañera caliente, el agua de aroma dulce inundó su vestido y le calentó las áreas adoloridas de la piel. El sudor le cubrió la sien, el baño parecía cada vez más caliente. Sumergió la cabeza, empapó su rostro y su pelo y deslizó el pie sobre el suelo de piedra hasta tocar la bola de cristal.

Una bomba de agua estalló cerca de ella, y vio unos músculos bronceados a través de las nubes líquidas. Agatha salió a la superficie a través del vapor, vio a Tedros con los ojos cerrados apretando los dientes mientras el calor le quemaba las heridas del pecho desnudo. Los pantalones del príncipe se inflaron de agua mientras extendía las piernas y rozaba el muslo de Agatha.

Tedros abrió los ojos y vio que ella lo observaba. La salpicó con agua espumosa. Agatha le devolvió el gesto con intensidad. Tedros la agarró de manera juguetona y la acercó a su pecho; el cuerpo de la chica le aplastó los pantalones inflados. El príncipe se peinó el pelo hacia atrás y abrazó fuerte a Agatha, mientras el sudor caía sobre su princesa y el vapor los rodeaba.

Poco a poco, el vapor se disipó y vieron a Sophie observándolos boquiabierta.

—¿Tengo que entrar *con ellos*? —preguntó.

—Tú te tomaste un baño de vapor con Hort —dijo Tedros.

—Eso fue un acto de espionaje —se defendió Sophie.

—Y esto es para salvar el mundo —replicó Agatha—. Entra.

Susurrando, Sophie se alzó el vestido con volantes y sumergió el dedo del pie en el borde de la bañera…

Retrocedió.

—Sabéis, no sé nadar y me siento un poco febril. Debe ser ictericia o difteria. Seguro que es cosa de toda esa comida salada del castillo. Y ahora que lo pienso, esta es la misión de Aggie y Teddy. Deberían ser ellos quienes descubrieran por qué Rhian sacó la espada en vez de Teddy. Yo apenas conozco a Rhian…

—Todavía llevas puesto su anillo —comentó Agatha, cortante.

Sophie bajó la vista hacia el diamante en su dedo.

—Soy perfectamente capaz de separar una buena joya de su simbolismo.

—Rhian te escogió para que fueras su *esposa* —señaló Muerte—. Te eligió para estar a su lado, a pesar de tener un hermano mucho más leal a él de lo que tú lo serás jamás. Así que ¿por qué Rhian querría siquiera una reina? ¿Una reina a la que sin duda no ama? Te eligió por una *razón*. Eres parte de esta historia tanto como Tedros y Agatha, y necesitamos averiguar por qué. Aunque si insistes en que no tienes un rol que cumplir, estaré más que contento en dejarte con los gnomos y ver qué hacen con una amiga del *hijo* del rey Arturo.

—Me gustabas más cuando no hablabas —gruñó Sophie, y entró en la bañera; su vestido blanco se llenó de flores naranjas. Permaneció en un rincón, lejos de Agatha y su príncipe, que todavía estaban abrazados en el extremo opuesto—. ¿Y ahora qué?

Desde el borde de la bañera, Muerte tocó el hombro de Agatha y se agarró a su vestido.

—A la cuenta de tres, todos nos sumergiremos. Agatha encenderá la bola de cristal. El portal se abrirá durante medio segundo. Tocad la bola de cristal en ese instante y os transportaréis dentro. Eso es importante. Tenéis que *tocar* el cristal. De lo contrario, el portal os expulsará y os quedaréis tan desorientados que es probable que os ahoguéis.

—Y mientras tanto, a Beatrix le ha tocado patrullar un árbol —susurró Sophie.

El cuerpo arrugado de Muerte se agarró con más fuerza al cuello de Agatha, intentando que su cola no tocara el agua hasta que no fuera necesario.

—Cuando digas, Agatha.

Agatha se apartó de Tedros y se deslizó sobre el borde pétreo de la bañera hasta que la bola de cristal estuvo de nuevo bajo sus pies. Ya no se sentía abrumada, el sentimiento había sido reemplazado por confianza en dónde la había llevado su historia. Si aquella era la misión inconclusa de Dovey y de Merlín, entonces haría todo lo posible para terminarla.

Miró a su príncipe, después a su mejor amiga.

—¿Listos?

—Lo que sea para llegar a la verdad —afirmó Tedros.

—Lo que sea para llegar a un vestido nuevo —dijo Sophie.

Agatha respiró hondo.

—3… 2… 1…

Se sumergió en la bañera con Muerte, las salpicaduras idénticas de Sophie y Tedros florecieron bajo el agua. Agatha sumergió la cabeza hacia abajo y se enredó con las extremidades de sus amigos mientras aplastaba el cuerpo contra el suelo de piedra para estar al nivel del orbe. Miró a través del vidrio roto hacia el centro de la bola, el silencio del agua le calmaba la mente.

La fractura se abrió como una puerta y una luz azul cegadora estalló como un tsunami, empujó a Agatha contra la pared de la bañera y alejó a Muerte de ella. El ataque lumínico le paralizó el cerebro y le presionó el pecho, y sentía los pulmones aplastados bajo la fuerza de una roca. Ya no podía pensar, como si hubiera perdido la parte superior de la cabeza y sus pensamientos estuvieran volando lejos antes de que pudiera atraparlos. Notaba que sus manos y pies se movían donde estaban sus ojos y su boca, y que tenía los ojos y la boca en las rodillas. No sabía dónde estaba o cómo había llegado hasta allí. No sabía su nombre o si lo que ocurría era el pasado o el presente, el futuro o en reversa. Dos cuerpos se sacudían cerca de ella, pero no sabía quiénes eran o si eran humanos o monstruos.

Toca la bola de cristal, dijo una voz.

¿La bola de cristal?

¿Qué bola de cristal?

Toca la bola de cristal.

Cegada por la luz, alargó la mano y dos manos más golpearon la suya al mismo tiempo, pero ninguna encontró nada más que agua. Agatha se apartó de la pared, alargando más y más y más la mano, quedándose sin aire.

Rozó vidrio.

Instantáneamente, su cuerpo estalló en mil pedazos, como si ella también estuviera hecha de vidrio, y cualquier fragmento restante de conciencia se destruyó junto a ella.

Por un segundo, no hubo nada: solo la luz tragándosela y luego la oscuridad, como una hoja de papel quemándose por los bordes.

Lentamente, fue recomponiendo su cuerpo, su alma, su ser.

Cuando abrió los ojos, Agatha ya no estaba en Gnomolandia.

Estaba de pie en una habitación de vidrio, las paredes y el suelo transparentes brillaban con una luz azul invernal, y en el interior del cuarto flotaba un humo delgado y plateado. Sentía un dolor leve latiéndole en la sien, pero su pecho había empeorado; cada vez que inspiraba notaba como si los pulmones se le llenaran de piedras.

—¿Dónde estamos? —jadeó alguien.

Agatha se giró y vio a Tedros y a Sophie, sus cuerpos húmedos enmarcados por una pared de vidrio redonda y luminosa. Parecían estar temblando. Tedros se frotó el pecho desnudo.

—Estamos dentro de la bola de cristal —dijo Agatha—. Mirad.

Señaló la pared tras ellos. Fuera del vidrio, el agua fluía llena de espuma, contenida por una bañera de piedra azul.

—Me siento como si un troll me hubiera golpeado con un garrote —comentó Sophie sin aliento, tocándose el costado—. Con razón Dovey estaba tan mal.

—Por primera vez, estoy de acuerdo con Sophie —dijo Tedros, todavía respirando con dificultad—. Lo que sea que acabamos de atravesar me ha molido a golpes. ¿Cómo es posible que Merlín sobreviviera a esto?

—Merlín es un hechicero lo bastante talentoso como para poder reducir el poder de la bola —respondió una voz desde un rincón—. En gran parte, al menos.

Se giraron y vieron a Muerte tambaleándose, hecho un desastre, mojado y retorcido; parecía menos un gato y más un plátano aplastado.

—Y si bien los gatos en realidad no tenemos siete vidas, somos mucho más resistentes que los humanos. Ahora, estad alerta. Solo podemos estar dentro de la bola de cristal durante un tiempo limitado. Tenemos veinte o treinta minutos como máximo. Cuanto antes encontremos las respuestas, menos viajes tendremos que hacer. Y cuantos menos viajes hagamos, menos posibilidades tendremos de sufrir el mismo destino que vuestra Decana.

El cuello de Agatha se tiñó de rojo, la señal que le hacía su cuerpo de que estaba fuera de su elemento. Intentó respirar por la boca.

—Entonces, ¿qué hacemos ahora?

El humo plateado voló alrededor de su cabeza en todas direcciones y se cristalizó formando la misma máscara fantasmal que había visto en la escuela. La máscara falló de nuevo y osciló entre las facciones de la profesora Dovey y el rostro de alguien que le resultaba familiar, alguien que Agatha estaba muy segura de haber conocido… Pero no había tiempo para analizarlo porque el fantasma avanzaba hacia ella, seguramente para preguntarle a quién quería ver…

Excepto por que, aquella vez, el fantasma la atravesó y se pegó contra el dorso del vidrio, mirando la bañera vacía como si Agatha todavía estuviera *fuera* de la bola de cristal. Agatha observó la máscara fantasmal por detrás mientras hablaba sola. Su voz resonaba en el salón.

Clara como el cristal, dura como el hueso.
De Clarissa es mi sabiduría y solo ella tiene acceso.

Pero su Segundo te nombró, así que también contigo hablaré.
Dime, querido Segundo, ¿la vida de quién observaré?

Amigo o enemigo, cualquier nombre permitiré.
Dilo en voz alta y en un instante te lo mostraré.

—¡Deprisa! ¡Empezad a observar las bolas de cristal! —ordenó Muerte, de puntillas, inspeccionando la parte trasera de la máscara.

—¿Qué bolas de cristal? —preguntó Tedros, confundido.

Agatha se acercó al gato y vio que tocaba con la pata las gotas de humo que conformaban el fantasma…

Agatha abrió los ojos de par en par.

No era humo.

Cada gota de vapor era una bola de cristal. Miles de pequeños orbes de vidrio, del tamaño de una lágrima, flotaban en la silueta de la máscara como perlas unidas sin hilo. Y dentro de cada orbe se desarrollaba una escena, como si fuera una bola de cristal en miniatura.

Agatha acercó un puñado de bolas de cristal hacia ella; la superficie de las esferas era fría y parecían burbujas al tacto. Examinó las gotas de vidrio diminutas que reproducían momentos clave de su propia vida: Agatha de niña, persiguiendo a su madre por Graves Hill… Caminando con Sophie por primera vez en la plaza de Gavaldon… Cayéndose del estínfalo hacia la Escuela del Bien…

Pero entonces descubrió que los cristales reproducían momentos de la vida de *Sophie*: Sophie de bebé con su madre… Sophie cantando a los animales de Gavaldon… Sophie luchando contra Hester en un aula del Mal…

De pronto, Agatha vio escenas de la vida de *Tedros*…

Y también de la de *Muerte;* se dio cuenta, al ver una bola de cristal que mostraba a su gato sufriendo el acoso de sus hermanos atractivos.

—Nos está mostrando nuestro pasado —dijo Agatha, atónita.

—Porque nosotros cuatro somos los que estamos *dentro* de la bola. La bola de cristal absorbe nuestras almas colectivas —explicó Muerte rápidamente, analizando varias bolas de cristal antes de descartarlas en el suelo—. Eso era lo que limitaba a Merlín y a Dovey a la hora de encontrar respuestas que explicaran por qué Excalibur rechazó a Tedros. Dentro de la bola, solo tenían acceso a sus propias vidas. Les dije que os trajeran a vosotros tres aquí, al menos a Tedros, pero Merlín tenía mucha experiencia en Camelot y Dovey poseía un conocimiento profundo del Bosque, así que pensaron que podrían hallar lo que necesitaban en sí mismos sin poner en riesgo al príncipe. Estaban equivocados. —El gato apartó más bolas de cristal—. Basta de hablar. Buscad algo que pueda esclarecer por qué Excalibur prefirió a Rhian en vez de a Tedros. Cualquier cosa que tenga la más mínima conexión con eso.

—Has dicho que solo tenemos veinte o treinta minutos. Estas son nuestras vidas enteras, Muerte. Las de los cuatro —protestó Agatha, todavía luchando contra el dolor en sus pulmones—. ¡No tenemos tiempo de inspeccionar cada instante de nuestro pasado!

—Ehm, esto *no* es mi pasado —resopló Sophie, señalando una bola de cristal que la mostraba subiendo a un árbol con un vestido negro horroroso con púas brillantes que parecía una piel de puercoespín—. Nunca me he puesto ese vestido, nunca me pondré ese vestido y no me subo a los árboles.

—Bueno, debe haber ocurrido en algún momento…
—Agatha se sobresaltó y luego se detuvo. En sus manos había una bola de cristal que reproducía una escena que había visto antes. Una escena con dos Tedros sin camisa corriendo por el bosque. Había visto la misma escena en la escuela, cuando estaba en la biblioteca, usando la bola de cristal para entrar en el calabozo de Camelot. La bola había fallado y le había mostrado aquella imagen… Una

imagen que en aquel momento no tenía ningún sentido…

Porque todavía no había *ocurrido*.

La bola de cristal se la había mostrado muchos días antes de que Tedros y ella vivieran la escena en la vida real, dos Tedros huyendo de la ejecución después del hechizo de Dovey.

Lo cual significaba…

—No era el pasado. Era el *futuro* —dijo Agatha, mirando a sus amigos—. Las bolas de cristal deben mostrar el pasado *y* el futuro. Sophie, es por eso que ves ese vestido.

—No hay ningún futuro en el que yo me vista con púas —replicó Sophie.

—Eso es lo que hubiera dicho yo sobre los dos Tedros corriendo por el bosque —dijo Agatha—. Pero te *pondrás* ese vestido…

—Esperad un segundo. A esta le pasa algo —las interrumpió Tedros, alzando una nueva bola de cristal.

Agatha y Sophie miraron desde ambos lados y vieron una escena en la que un joven Tedros, de nueve o diez años, perseguía a su madre mientras ella corría por el Bosque.

—Ese es el vestido que llevaba mi madre cuando abandonó Camelot para estar con Lancelot. Recuerdo esa noche a la perfección —dijo Tedros—. Se escapó del castillo sin despedirse. Pero nunca la vi entrar al Bosque. Nunca la perseguí. *Deseé* haberlo hecho. Deseé haberla seguido así. —Miró el cristal, atónito—. Pero no fue lo que realmente ocurrió.

Agatha y Sophie estaban igualmente confundidas.

Los tres se giraron hacia Muerte, inmerso en la observación de escenas mientras las descartaba a un lado.

—¿Tengo que recordaros que la bola está *rota*? —dijo el gato, sin mirarlos—. Una bola de cristal funcional muestra el presente. Esta tiene una grieta que ha alterado su percepción del tiempo, lo cual mezcla el presente con el pasado y el futuro. Pero no solo eso: la fisura añadió la dimensión espacial y convirtió la bola en un *portal*. Ahora que estamos dentro del portal, depende de vosotros hurgar en la temporalidad rota de la bola y determinar qué escenas ocurren en cada momento.

—¡Pero esto nunca ocurrió! —enfatizó Tedros, alzando el cristal que contenía a su madre.

—Porque las almas humanas no son tan de fiar como las de los gatos —dijo Muerte, todavía examinando los cristales—. Los humanos guardan sus recuerdos, arrepentimientos, esperanzas y deseos en la misma bóveda desastrosa. Puede que Merlín la llamara «bola de cristal del tiempo». Pero estaba equivocado. Es una bola de cristal de la *mente*. La bola está rota: ya no muestra la realidad objetiva. Nos muestra la realidad tal y como la perciben nuestras mentes. Y la mente humana está igual de fracturada, nublada y llena de errores y revisiones que esta bola de cristal. Con cada bola de cristal, tenéis que intentar ver con claridad y decidir qué es verdad y qué es una ilusión.

Agatha no podía creer lo que estaba oyendo.

—Entonces no solo tenemos que filtrar el tiempo, ¿sino que tampoco sabemos si esas escenas son reales?

—Como ese vestido monstruoso —dijo Sophie, alzando la bola de cristal que contenía aquel atuendo ofensivo—. ¿Podría ser el pasado... o el futuro... o un recuerdo falso como el de Tedros persiguiendo a su madre?

—Muerte, ¡no podemos encontrar respuestas cuando ni siquiera sabemos si las respuestas son verdaderas! —protestó Tedros.

El gato finalmente los miró.

—Si fuera fácil, Merlín y Clarissa ya lo hubieran resuelto.

Agatha miró a Tedros y a Sophie. Sin decir ni una palabra, los tres empezaron a examinar las bolas de cristal.

La mayoría de las escenas que Agatha encontró pertenecían a su propia vida, como si la bola de cristal estuviera priorizando su alma ante las otras porque ella era la Segunda de Dovey. Pero algunas escenas le parecían dudosas: una en la que ella y Tedros estaban en el Salón del Trono de Muerte y Tedros hurgaba en el bolso de Dovey (eso no había ocurrido)... Otra en la que Agatha estaba de rodillas en un cementerio oscuro colocando una flor frente a una lápida que decía LA SERPIENTE (eso nunca pasaría)... Y una donde abrazaba a la decrépita y calva Dama del Lago (no la había abrazado cuando había regresado a Avalon... ¿o sí? Estaba tan somnolienta y asustada. ¿Quién sabe lo que había hecho?).

Mientras tanto, las escenas de Sophie estaban llenas de errores: en la memoria de Sophie, ella había salvado a Tedros en la Gran Prueba (cuando había sido Agatha quien lo había hecho), había ganado el Circo de Talentos con una canción hermosa (había sido un grito aterrador), y había matado a Evelyn Sader y a sus malvadas mariposas azules (lo había hecho el Director de la escuela). Pero la mayoría de las bolas de cristal del pasado de Sophie mostraban a Agatha, con Sophie intentando de nuevo reparar los errores: permitiendo que Agatha y Tedros fueran juntos al Baile de los Siempres; reprimiendo el hechizo que hizo que Tedros desconfiara de Agatha en la Escuela de Chicos; quedándose junto a Agatha y Tedros en vez de regresar junto a Rafal... Pero independientemente de si todos aquellos momentos eran verdad o mentira (sobre todo mentira), a Agatha la reconfortaba ser una parte tan importante del alma de Sophie como Sophie lo era de la suya.

En cambio, casi todas las bolas de cristal de Tedros reflejaban escenas de él gastando bromas a los sirvientes y a las niñeras, comiendo filete y faisán, y ganando partidos de rugby y peleas de espadas, como si hubiera reprimido cualquier parte de su vida vinculada a una emoción real.

—Estaría bien encontrar una bola de cristal tuya donde aparezca yo —le susurró Agatha, apartando una escena de su príncipe y sus amigos Siempres haciendo saltos intrépidos en la piscina del Salón de Embellecimiento—. A tu alma solo le importan la carne y los deportes.

—Mira quién habla —respondió Tedros, hurgando entre las bolas de cristal—. Parece ser que tú y Sophie solo pensáis la una en la otra.

—Esperad. Aquí hay una de Teddy y el rey Arturo —dijo Sophie, mostrando una bola de cristal.

Agatha, Tedros y Muerte se reunieron a su alrededor.

Dentro de la bola de cristal, la escena mostraba a Tedros cuando era un niño inquieto de tres años, subiéndose a su padre como un árbol mientras el rey Arturo estaba sentado en un escritorio en sus aposentos, con una pluma junto a un sobre de pergamino dorado. Una vela consumida goteaba cera sobre el borde del sobre y lo salpicaba con gotas gruesas.

—¡Eso es! —dijo Tedros, tenso—. ¡Es la carta con el testamento de mi padre! En la que escribió la prueba de la coronación. Recuerdo haberla tenido en la mano durante la ceremonia. Tenía cera roja y la misma rasgadura con forma creciente en una esquina…

Los ojos de Muerte centellearon.

—Agatha, toca la bola de cristal y mira dentro, en el centro, como si intentaras activar una nueva bola de cristal. Sophie, Tedros: tomadle la mano a Agatha. ¡Rápido! ¡Puede que este sea el recuerdo que hemos estado buscando!

Agatha notó que Tedros, Sophie y Muerte la aferraban mientras miraba directamente dentro de la gota de vidrio.

Otra tormenta de luz azul la atacó y le hizo papilla la mente. Esta vez tardó más tiempo en recuperarse, como si se hubiera fragmentado en muchas partes que no conseguía unir. Hizo un esfuerzo por enfocar la mirada y vio que estaba *dentro* de la recámara del rey Arturo junto a sus amigos y su gato. El pecho le latía peor que antes, como si lo hubiera golpeado con un martillo. Pero no había tiempo para sumirse en el dolor.

Tedros ya estaba acercándose a su padre, quien estaba escribiendo con calma en su escritorio vestido con su pijama; el pelo rubio suave le caía sobre los ojos, igual que le ocurría a su hijo con frecuencia. El Tedros del presente agitó la mano delante de su padre, pero Arturo no lo vio. Tedros intentó tocar a su versión infantil, que se movía en el regazo de su padre, jugando con un relicario dorado con un León que colgaba del cuello del rey, intentando abrirlo… Pero la mano de Tedros atravesó las prendas del niño, el pecho de su padre y el marco de la silla como si todo fuera un fantasma.

—Somos meros observadores —explicó Muerte—. El Presente no puede interferir en el Pasado. Es una de las Cinco Reglas del Tiempo.

—¿Cuáles son las otras cuatro? —preguntó Agatha.

Pero entonces el rey Arturo habló con el hijo pequeño que tenía sobre su regazo.

—Esta será tu prueba de coronación cuando llegue el momento de que seas rey —explicó Arturo al terminar de redactar el documento—. Y no fallarás, hijo mío. —Sopló la tinta para secarla, con el rostro serio—. *Da igual* lo que diga esa mujer.

El rey se quedó sentado en silencio, mirando lo escrito, mientras el joven Tedros agitaba con más brusquedad el relicario e intentaba abrirlo con la boca.

Luego Arturo sacó otro pergamino del cajón, uno en blanco.

Empezó a escribir.

La escena se oscureció como si alguien hubiera apagado una vela. Agatha sintió que caía de espaldas, como si la hubieran lanzado con un tirachinas.

Cuando abrió los ojos, habían reaparecido dentro de la bola de cristal de Dovey, rodeados de las bolas de cristal en miniatura flotantes, y las que habían descartado estaban en el suelo. Solo que ahora la habitación entera parecía más traslúcida, el brillo azul de las paredes era más tenue.

El tiempo estaba acabándose.

—¿Qué quiso decir tu padre? —le preguntó Agatha a Tedros, quien estaba sumido en sus pensamientos—. ¿«*Da igual* lo que diga esa mujer»?

—No tengo ni idea —respondió su príncipe.

—¿Y qué estaba escribiendo en el otro pergamino? —se preguntó Agatha—. ¿Tuvo dudas y modificó la prueba de coronación? ¿Planeó otra cosa y luego la cambió para que tuvieras que sacar a Excalibur de la piedra?

—Había solo un pergamino junto al testamento; de lo contrario, el sacerdote me lo hubiera dicho —respondió Tedros—. Es probable que el segundo pergamino no estuviera relacionado con mi prueba de coronación. Esos pergaminos se reservaban para anuncios oficiales. Podría haber sido cualquier cosa.

—O podría ser un recuerdo falso —comentó Sophie.

—Tal vez —dijo Tedros—. Pero tengo la sensación de que era demasiado pequeño como para guardar recuerdos falsos.

—«No fallarás» —Agatha repitió las palabras que Arturo le había dicho a su hijo—. «Da igual lo que diga esa mujer»… —Se mordió el labio—. ¿Podría haberse estado refiriendo a Ginebra?

—Pero ¿por qué iba a pensar mi madre que fallaría la prueba? —dijo Tedros, rascándose el estómago musculoso—.

Estaba muy confiada de que la pasaría la mañana de la coronación… No, es imposible que se refiriera a ella.

—Necesitamos traer a Ginebra dentro de la bola de cristal —dijo Agatha, a pesar de sentir náuseas por pensar en exponer a la madre de Tedros al portal—. Sin duda sus recuerdos podrán ayudarnos…

—No —respondió Muerte—. Merlín dejó bien claro que Ginebra no debe conocer los poderes del cristal. Es por eso que la he enviado con el Sheriff en vez de traerla aquí. Merlín creía que el alma de Ginebra no era de fiar con respecto a su vida con Arturo. Abandonar a Tedros para tener una vida con Lancelot la hacía más propensa a pintar a su esposo como villano para aliviar su culpa. Traerla a la bola de cristal supondría tener demasiados recuerdos alterados que provocarían más problemas que soluciones.

—Tedros, ¿esta no era tu mayordoma principal? ¿Esa mujer gremlin? —preguntó Sophie desde el otro extremo de la habitación, mirando una bola de cristal.

Tedros y Agatha se giraron.

En la escena, Chaddick estaba fuera del castillo de Camelot montando sobre un caballo gris con manchas blancas mientras lady Gremlaine, con vestido y turbante lavandas, guardaba provisiones en la montura del corcel y acicalaba al caballero de Tedros, alisándole la chaqueta y quitándole las hojas y la suciedad. Apretó la mano de Chaddick y le sonrió, antes de que Tedros apareciera en escena y se despidiera de Chaddick. Lady Gremlaine retrocedió para darle al rey y a su caballero espacio para despedirse.

—Me acuerdo de eso —dijo Agatha, mirando a Tedros.

—Yo también. No hace falta que entremos —respondió Tedros, que evidentemente no estaba entusiasmado por entrar a otra bola de cristal—. Chaddick estuvo en Camelot unos días antes de partir en su misión de encontrar caballeros que se unieran a mi Mesa Redonda. Fue la última vez que lo vi.

—Lady Gremlaine adoraba a Chaddick —recordó Agatha—. Fue una de las pocas veces que la vi sonreír.

—Porque Chaddick la respetaba y la escuchaba, a diferencia de mí —dijo Tedros—. Al menos así fue, hasta que la conocí mejor.

—Lady Gremlaine —repitió Sophie, pensativa—. Es la mujer que tenía un largo pasado en común con tu padre, ¿verdad? La que murió a manos de la Serpiente antes de que pudiera decirte su secreto. Rhian y Japeth también me dijeron que la tratabas mal. Lo cual significa que lady Gremlaine podría ser la madre de Rhian y de Japeth y el rey Arturo el padre de ambos. Lo cual significaría que Rhian es el verdadero...

Miró a Tedros. Tedros no la miró a los ojos.

Agatha tomó la mano de su príncipe mientras observaban una y otra vez la escena.

—Muerte, necesitamos enviar un cuervo a Hort y a Nicola —dijo Tedros por fin, con los ojos todavía clavados en la bola de cristal—. Necesitamos decirles que averigüen todo lo posible sobre Grisella Gremlaine.

A Agatha se le erizó la piel. Ese nombre. *Grisella.* Le sonaba ese nombre. ¿Alguien que conocía? ¿O alguien que había estudiado en la escuela...?

El resplandor azul de las paredes se volvió más suave, y la bola de Dovey empezó a perder la conexión rápidamente.

—¿Qué ocurrirá cuando nos quedemos sin tiempo? —preguntó Agatha, girándose hacia su gato.

Pero Muerte no había oído la orden de Tedros ni la pregunta de Agatha; tenía la atención clavada en una bola de cristal diminuta entre sus patas.

—Un segundo. Soy *yo* —dijo Sophie, arrodillada ante la bola de cristal antes de que Agatha y Tedros hicieran lo mismo.

Dentro de la bola de cristal, Sophie esperaba junto al tronco de Gnomolandia con el mismo vestido blanco que llevaba puesto en aquel momento. El cielo estaba oscuro, el Bosque era negro a su alrededor.

Sophie miró a Agatha y a Tedros.

—Debe de ser de cuando llegué por primera vez con Robin y luego fui a buscaros.

—No. No lo es —dijo Tedros, cortante.

Porque en la escena de la bola de cristal, Sophie no iba en busca de sus amigos. Caminaba de un lado a otro junto al tronco, mirando el Bosque con nerviosismo, asegurándose de que nadie la hubiera visto. Luego, su cuerpo se paralizó, y de pronto la bañó la luz de una antorcha, cada vez más brillante…

Un carruaje azul y dorado, iluminado por antorchas y con el emblema de Camelot tallado, apareció en la bola de cristal y redujo la velocidad al acercarse a Sophie. Había un chico dentro del vehículo con el rostro ensombrecido mientras el conductor detenía los caballos.

Abrieron la puerta del carruaje.

Sophie subió junto al chico.

El cochero hizo avanzar los caballos y el carruaje regresó por donde había llegado para volver a Camelot, mientras el chico ensombrecido y Sophie se alejaban, las hojas del Bosque arremolinándose detrás de ellos.

La escena se oscureció, antes de volver a empezar.

Lentamente, tres pares de ojos, dos de sus amigos y uno de un gato, se clavaron en Sophie. El corazón de Agatha latía más fuerte, su cuello estaba ardiendo. Miró a Sophie como si fuera una desconocida.

—¿Creéis que *regresaría* al castillo? ¿Con… *él?* —exclamó Sophie.

—¡También regresaste con Rafal! —la atacó Tedros—. Hiciste exactamente lo mismo. Nos abandonaste a Agatha y a mí, en mitad de la noche, en secreto.

—Pero ¡a Rafal lo quería! —replicó Sophie con las mejillas rosadas—. ¡Jamás regresaría con Rhian! ¡Rhian es un monstruo! ¡Intentó mataros a los dos!

—¡Mientras estabas de su lado! —bramó Tedros—. ¡Mientras luchabas por él!

—¡Mientras *fingía* luchar por él! —gritó Sophie—. Todo lo que he hecho ha sido para que volvieras al trono...

—Sí, yo, el rey putrefacto. La podredumbre que dijiste que debería haber *muerto* —le espetó Tedros.

—No puedes ser que creas que eso es real. No puede ser que pienses que es verdad —dijo Sophie mientras le temblaba la boca. Miró a Agatha y le zamarreó los hombros a su amiga—. Aggie, por favor...

Tedros fulminó con la mirada a Sophie, convencido de que era verdad. Y por un breve instante, su mejor amiga también se lo creyó...

Pero luego el corazón de Agatha disminuyó la velocidad, el cuerpo se le enfrió.

—No —exhaló—. No es verdad.

Sophie la soltó, abrumada de alivio.

Tedros negó con la cabeza.

—Siempre confías en ella, Agatha. Siempre. Y eso ha estado a punto de matarnos miles de veces.

—Pero *no* nos ha matado —respondió Agatha con calma—. Y el motivo está claro como el agua. He hurgado en los recuerdos de Sophie, al igual que en los tuyos y los míos. Y la diferencia entre los recuerdos de Sophie y los nuestros es que ella desearía haber hecho lo correcto todas las veces que no lo hizo. Desearía haber sido Buena una y otra, y otra vez. Es por eso que es mi amiga. Porque sé lo que hay en su corazón, debajo de todos sus errores. ¿Y ese futuro de la bola de cristal? ¿Regresar con un chico a quien no quiere y que está destruyendo todo por lo que ella ha luchado? ¿Destruyendo las amistades que ella ha dado la vida por construir? Esa es la peor clase de Mal. Y esa clase de Mal... no es Sophie.

Agatha apretó la mano sudorosa de Sophie, que se secó las lágrimas.

Tedros estaba tenso, las venas se le marcaban en la piel.

—Agatha, si te equivocas... Imagina que estás equivocada...

—No se equivoca —dijo Sophie con voz ronca—. Lo juro por mi vida. No se equivoca.

Pero Agatha ya no los estaba mirando.

Tenía los ojos puestos en una única bola de cristal, suspendida en el aire en la esquina inferior del fantasma, donde Muerte había descartado todas los demás.

Le llamó la atención porque era una bola de cristal diferente.

No era una escena suya, de Sophie o de Tedros.

No era una escena de su gato.

Era una escena de alguien más.

Alguien cuya alma la bola no debería haber reconocido en absoluto.

—¿Eh? —exclamó Tedros, observando la bola de cristal por encima de su hombro—. Sin duda es un error...

—Voy a entrar —afirmó Agatha, tocando la bola de cristal.

—¡No! ¡La bola de Dovey se apagará en cualquier momento! —le advirtió Muerte—. ¡Tú eres la única que puede *reabrirla*, Agatha! ¡Si estás dentro de una de las bolas de cristal pequeña cuando la bola pierda la conexión, ¡quedarás atrapada en la escena para siempre!

Pero Agatha estaba mirando con firmeza el centro del cristal.

—¡No, no irás! —siseó Sophie, sosteniendo la mano de su amiga—. Te quedarás aquí…

La luz azul las empujó a ambas y, una vez más, el pecho de Agatha recibió el golpe, sus piernas se desmoronaron como un pergamino, antes de que el suelo sólido apareciera bajo sus pies. Cegada por la luz no veía nada, y su mente había quedado hecha papilla, demasiado débil para revivir. Cuando el resplandor azul disminuyó, abrió con esfuerzo los párpados y vio a Sophie a su lado, igual de confundida, sujetándola. Pálida y temblorosa, Sophie fulminó con la mirada a Agatha, a punto de reprenderla por haberlas puesto a ambas en riesgo…

Pero Sophie se detuvo en seco.

Estaban en una habitación que Agatha conocía: las paredes cubiertas de seda dorada y roja, a juego con la alfombra sobre el suelo de madera oscura; las sillas pulidas con emblemas de León tejidos en los cojines dorados; una cama con un dosel rojo y dorado.

Ya he estado aquí, pensó, todavía desorientada.

Su mente recuperó la calidad.

Por supuesto.

Camelot.

La habitación del rey.

Agatha y Sophie asomaron la cabeza detrás de una lámpara de pie.

Rhian estaba en la cama con el cuerpo cubierto de yeso, el rostro momificado con toallas ensangrentadas, de modo que solo veían sus ojos morados y sus labios partidos.

Su hermano lo alimentaba con caldo, y llevaba el traje dorado y azul empapado con la sangre de Rhian.

—Debería haberme quedado —dijo Japeth en voz baja—. Nunca debería haberte dejado solo aquí con esa… *loba*.

La voz de Rhian era irregular y débil.

—No. Sophie luchó por mí. Estaba de nuestro lado. Deben haberla tomado como rehén. Agatha y los rebeldes…

—Tonto. ¿No crees que formara parte de su plan? —replicó la Serpiente—. Conspiró con los rebeldes antes de la ejecución. Para fingir estar de tu lado. Para actuar como una princesa leal. Te engañó como si fueras un niño.

La sangre brotaba de los labios de Rhian.

—Si eso es verdad, entonces, ¿por qué la pluma la eligió? ¿Por qué la pluma la escogió a ella para que fuera mi reina?

Japeth no respondió.

—Está destinada a estar conmigo, hermano —añadió Rhian con dificultad—. Está destinada a ayudarnos a obtener lo que queremos. Lo que *tú* quieres. A traer a quien queremos de entre los muertos.

El corazón de Agatha se detuvo.

¿A quien queremos?

¿De entre los muertos?

Por el hueco entre las cortinas de la cama, los dos chicos estaban quietos, la respiración dolorosa de Rhian era el único sonido en la habitación.

Japeth tocó los labios de su hermano.

—Solo hay una manera de hallar la verdad. Partiré en busca de Sophie. Si la pluma tiene razón, entonces estará intentando regresar contigo. Estará sola. Pero si está con Agatha y Tedros, los tres unidos como ladrones, entonces la pluma estaba errada. Y si es así, traeré su corazón en una caja. —Apretó la mandíbula—. Traeré el corazón de *los tres*.

Rhian respiró con dificultad.

—Y… Y… ¿Y si no la encuentras?

—Oh, la encontraré. —Su hermano mutó en su traje de cimitarras negras brillantes—. Porque mis cimitarras buscarán en cada grieta, cueva y agujero del Bosque hasta que la hallen.

Agatha y Sophie intercambiaron una mirada, alarmadas.

Sus cabezas chocaron y Agatha tropezó contra la lámpara, que tintineó contra la pared.

Agatha se frotó el cráneo.

—Pensaba que no podíamos afectar las cosas dentro de las bolas de cristal —dijo, mirando la lámpara torcida—. Pensaba que éramos fantasmas...

—Aggie —graznó Sophie.

—¿Mmm? —dijo Agatha, dándose la vuelta.

Sophie no la estaba mirando. Estaba mirando hacia adelante, con el rostro blanco como la leche.

A través de la abertura entre las cortinas de la cama, Rhian las observaba.

Igual que Japeth.

—Nos ven —dijo Sophie.

—No seas idiota. No pueden vernos —resopló Agatha.

Japeth se puso de pie de un salto, enseñando los dientes.

—Nos ven —dijo Agatha con un grito ahogado.

Cientos de cimitarras se desprendieron del cuerpo de la Serpiente, volando veloces hacia las cabezas de las chicas.

Pero Agatha ya caía de espaldas en la oscuridad, mientras su mejor amiga gritaba y la agarraba como si su vida dependiera de ello.

20

HORT

La casa número 63

Hort intentó ignorar los carteles, pero era imposible hacerlo cuando había uno clavado en cada árbol naranja que rodeaba la Rue du Palais.

SE BUSCA

Todos los estudiantes
y profesores actuales
de la Escuela del
Bien y del Mal

RECOMPENSA:

60 monedas de oro
por cada uno,
vivo o muerto

POR ORDEN DEL

REY DUTRA DE
FOXWOOD

Chicos de su edad con uniformes recatados de la Escuela de Foxwood holgazaneaban junto a los árboles, fuera del colegio, bebiendo botellas de refresco de naranja y compartiendo gominolas y caramelos.

—¿Cómo vamos a distinguir a uno de esos estirados de la Escuela del Bien y del Mal de un pobre vagabundo en la calle? —preguntó un chico pelirrojo mientras examinaba el cartel.

—Tienen un dedo brillante —respondió una chica, volviéndose a poner pintalabios con su espejo portátil—. El que usan para lanzar hechizos.

—Por sesenta monedas de oro, conseguiré que me brille el dedo y me entregaré —comentó un chico de piel oscura, mirando a Hort pasar.

Hort aceleró el paso. El chico tenía razón. Por sesenta monedas de oro, Hort entregaría a su propia madre. (Si supiera quién era. Cada vez que se lo había preguntado a su papá, había recibido un gruñido o una bofetada). Hort miró a su novia, que caminaba con él, esperando que ella estuviera igual de preocupada por el alto precio de sus cabezas.

—Los chicos de este reino son todos muy apuestos —comentó maravillada Nicola al ver la multitud bien vestida en la Rue du Palais, la calle de Foxwood bordeada de árboles y llena de tiendas, posadas y bares, que llevaba hasta el palacio del rey. Parecía como si todos vistieran uniforme, incluso aquellos que no eran estudiantes: las mujeres lucían vestidos bonitos de una misma variedad de colores mientras que los hombres llevaban trajes a medida en los mismos tonos lisos. El efecto en conjunto hizo que Hort sintiera que estaba en una tienda de pintura, intentando escoger el tono perfecto. Nicola miró boquiabierta a dos chicos que pasaban, cuyos trajes apenas podían contener sus músculos—. De verdad, todos y cada uno de ellos parece un príncipe.

—Puedes quedártelos —gruñó Hort, toqueteándose los nuevos pantalones azules para ponérselos bien—. Foxwood es conocido por sus chicos atractivos, pero son unos aburridos lamebotas que no pueden pensar por sí mismos. Piensa en Kei y en Chaddick. Ambos de Foxwood, ambos compañeros con cara bonita, trabajando para unos tontos. Nic, aquí hay mucha gente. Quizá deberíamos esperar a que anocheciera.

—Tedros no es un tonto y Chaddick está *muerto*. Ten un poco de respeto —replicó Nicola, caminando más deprisa con su nuevo vestido beige—. Y no podemos esperar al anochecer porque necesitamos entrar a la Escuela de Chicos de Foxwood y buscar el expediente de Rhian. Rhian le dijo a Tedros que estudió allí.

—Pero Merlín ya intentó hacerlo y no encontró ningún expediente de Rhian —comentó Hort, rascándose el pelo—. En vez de eso, propongo que envenenemos al rey de Foxwood. Robin dijo que fue él el primer cobarde en quemar su anillo, y además, si lo matamos, nadie pagará sesenta monedas de oro por nuestras cabezas.

—No mataremos a un rey que no tiene nada que ver con nuestra misión —replicó Nicola—. Muerte nos dijo que averiguáramos información sobre el pasado de Rhian y de su hermano. Y Rhian le dijo a Tedros que fue alumno en la Casa Arbed. Al menos tenemos que comprobarlo.

—Pensaba que Rhian había ido a la Escuela de Chicos de Foxwood.

—La Casa Arbed está *en* la Escuela de Chicos de Foxwood. Es un dormitorio —dijo Nicola con impaciencia—. ¿Acaso Tedros no te lo ha explicado?

—Tedros y yo solo hemos hablado una vez —dijo Hort—. Me pasé todo el tiempo tirándome pedos en silencio, esperando asfixiarlo.

Nicola lo miró de reojo.

—La Casa Arbed es donde los padres de Foxwood esconden a los hijos que temen que sean Malos. Tan Malos que temen que el Director los secuestre. Ninguna familia de por aquí quiere tener a un *villano* famoso como hijo. Así que la Decana Brunilda esconde con magia a esos chicos desviados de los ojos del Director para que nunca sepa de su existencia. Pero la Decana no les dice a sus niños que son Malos. Hace su mayor esfuerzo por convertir sus almas en almas de Bien. —Nicola hizo una pausa—. Claramente fracasó con Rhian.

—Si es que Rhian realmente fue su alumno —le recordó Hort—. No hay ningún expediente, ¿recuerdas?

—Kei también estudió en Casa Arbed. Aric también. Y sabemos que Japeth y Aric eran amigos cercanos —dijo Nicola—. Escucha, sé que es poco probable, pero vale la pena intentarlo. Solo tenemos que encontrar a la Decana Brunilda y preguntarle si conoce a Rhian.

—¿Podemos confiar en ella?

—Merlín y yo hablamos antes de que lo capturaran. Me dijo que la Decana Brunilda era su amiga. Si es amiga de Merlín, entonces es nuestra amiga.

Un chico negro hermoso que leía la última edición del *Foro de Foxwood* sonrió a Nicola al pasar. Nicola le devolvió la sonrisa.

—Es por eso que los Nuncas nunca salen con Siempres —protestó Hort, rascándose más fuerte la cabeza—. Las Nuncas no coquetean con chicos en la calle y no rechazan la oportunidad de matar a un rey.

—Hace diez minutos estabas besándome en el vestidor de Le Bon Marché y ahora actúas como si te hubiera obligado a ser mi novio —dijo Nicola, dándose cuenta de que Hort se estaba arañando su propia cabeza—. Agh, te he dicho que no te tocases el pelo. El objetivo es *camuflarnos*. Robin nos dio a cada grupo diez monedas de oro para gastar y yo usé menos de una para comprar este vestido y parecer una chica de Foxwood. Y tú no solo escogiste un traje que costó *nueve* monedas de oro, sino que luego vas y haces… —Señaló el pelo de Hort— *eso*.

—Bueno, eres una Lectora de primer año a la que nadie conoce, pero yo soy *famoso* —insistió Hort, rascándose el pelo teñido de rubio brillante que le picaba y caminando erguido con su elegante traje de azul príncipe—. Todos me conocen por el cuento de Sophie y Agatha. Tenía que cambiar de aspecto.

—Pareces un Tedros vampiro —dijo Nicola—. Un Tedros vampiro con *piojos*.

Hort frunció el ceño.

—¡Parezco un chico de Foxwood y encajo aquí mejor que tú!

Un grupo de chicos se acercó a él. Los mismos que habían visto junto al árbol.

—¿Qué es lo que pareces? —replicó la chica del pintalabios, tocándose el traje.

—Un profiterol rancio —dijo el pelirrojo, despeinando a Hort.

—O uno de esos imbéciles de esa escuela… —añadió el chico moreno, mirándolo.

Alguien le dio una patada en el culo a Hort.

El dedo de Hort brilló azul, a punto de lanzarles un hechizo a la cabeza…

Nicola tomó la mano de Hort y la tapó.

—Disculpad, ¿este es el camino correcto hacia el palacio? —les preguntó a los bravucones—. Tenemos una reunión con el rey. Mi padre es su ministro de… Poutine. ¿Cómo os llamáis? Me aseguraré de mencionarle lo amables que habéis sido.

Los chicos intercambiaron una mirada nerviosa y se dispersaron como moscas.

Hort exhaló, sabiendo que había estado a un segundo de revelar su identidad y terminar en manos de Rhian.

—Gracias —suspiró a Nicola—. Me has salvado.

—Nos he salvado. Porque eso es lo que hacen los Siempres —dijo ella, tirando del flequillo rubio de Hort—. Incluso si su novio Nunca parece una cacatúa.

Hort se sopló el pelo.

—¿Qué es un ministro de Poutine?

Nicola señaló con la cabeza un letrero colgado fuera de una tienda.

PUB POUTINE
¡Las mejores patatas con queso de la ciudad!

—¿Podemos entrar? —preguntó Hort.

—No —respondió Nicola.

Hort aferró la mano de la chica.

Con su piel ébano y sus rizos adornados, Nicola no se parecía en nada a Sophie, la única chica a la que Hort había amado antes, pero Nic y Sophie tenían una confianza suprema y un humor malicioso, dos cualidades que Hort no tenía. ¿Era por eso que le gustaba? ¿Era por eso que te gusta alguien? ¿Porque tienen algo que tú no posees? ¿O era porque Nicola lo valoraba incluso cuando era esquelético, tenía granos o estaba de mal humor mientras que las otras chicas, chicas como Sophie, solo le prestaban atención cuando estaba musculado y jugaba a ser el rebelde del príncipe Tedros? Hort pensó que tal vez fuera eso: Nicola le recordaba a Sophie, con su astucia, su valentía y su encanto, sin todas las partes malas de Sophie. Y sin embargo, las partes malas de Sophie eran el motivo por el cual ella le había gustado en primer lugar, al igual que a Nicola no le habían molestado sus partes malas…

—Giraremos a la izquierda en la Rue de l'École y llegaremos a las puertas del palacio —dijo Nicola.

Delante de ellos, más estudiantes con el uniforme de la Escuela de Foxwood salieron a la Rue du Palais, charlando y dispersándose en grupos. Algunos se unieron a la multitud apretada en una tienda que vendía mercancía del León: monedas, broches, tazas y sombreros en tributo al rey Rhian. Hort recordó que las personas que acudieron a la Bendición desde todos los reinos del Bosque llevaban los mismos objetos. *Deben venderlos en todas partes*, pensó.

—La escuela acaba de terminar. ¡Date prisa! —dijo Nicola y empujó a Hort lejos de la tienda—. Tenemos que encontrar a la Decana Brunilda.

Un grupo de jóvenes estudiantes estaba reunido frente a las puertas del palacio, lanzando trocitos de caramelo a las palomas que holgazaneaban sobre el pavimento de piedras doradas detrás de las puertas. Un guardia del palacio apartó a los chicos con la empuñadura de su espada y se fueron corriendo, gimoteando.

—Gira aquí —le indicó Nicola, doblando en una esquina a la izquierda.

Pero los ojos de Hort todavía estaban en el guardia que se encargaba de las puertas con otro más, ambos vestidos con armaduras brillantes y nuevas, y con las espadas listas.

—Nic, mira sus armaduras —susurró Hort.

Nicola observó el emblema familiar del León tallado en la pechera de acero de los guardias.

—Qué extraño. ¿Por qué los guardias de Foxwood llevarían la armadura de Camelot si…?

Hort tiró de ella para esconderla detrás de una pared.

—¿Qué? —exclamó Nicola—. ¿Qué ocurre?

Hort echó un vistazo y Nicola miro por encima del hombro del muchacho la expresión de los dos guardias, bronceados con sus cascos abiertos.

No eran guardias.

Eran piratas.

Y uno de ellos estaba fulminando con la mirada la esquina por la que justamente acababan de girar.

—¿Ves algo? —preguntó Aran, mientras una paloma le picoteaba la bota.

—Juraría que he visto a uno de esos bichos raros que adoran a Tedros. A ese con cara de comadreja —dijo Beeba—. Pero con el pelo rubio.

—Tienes el cerebro hecho papilla. Incluso ese imbécil tiene la inteligencia suficiente como para no dejarse ver por aquí cuando hay una recompensa por su cabeza —gruñó Aran—. Odio estar en el mismo sitio todo el día como una pila de huesos. ¿No podemos volver a saquear reinos con Japeth?

—El rey elegante de Foxwood derritió su anillo, así que ahora debemos protegerlo —dijo Beeba, bostezando.

La paloma picoteó de nuevo a Aran. Él la apuñaló con la espada.

—¿Protegerlo de qué? Si fuimos nosotros quienes lo atacamos…

—¡Shh! ¿No recuerdas lo que dijo Japeth? Todo el mundo tiene que creer que son Agatha y sus amigos los que están atacando los reinos para que sus líderes supliquen a Camelot que los proteja. Y para conseguir protección, solo tienen que quemar sus anillos —explicó Beeba—. Es por eso que Japeth ha enviado hombres a saquear Hamelin, Ginnymill y Valle de Cenizas. Porque sus reyes todavía llevan puestos los anillos. Ojalá estuviéramos saqueando. Me encanta la sensación de tener el rostro de un Siempre bajo mi bota. —Miró hacia atrás—. El rey «derriteanillos» se está acercando. Rápido, actúa como corresponde.

Ella y Aran se cerraron los cascos y dejaron visibles solo los ojos mientras una procesión de carruajes con la bandera de Foxwood bajaba por el sendero desde el castillo y se detenía detrás de las puertas por la parte interior. Bajaron la ventana de uno de los carruajes y el rey Dutra de Foxwood apareció con el rostro todavía magullado por la batalla de Camelot.

—El duque de Hamelin ha enviado una paloma. Unos rebeldes enmascarados han matado a su hija —dijo sin aliento el monarca—. ¿Ha habido algún problema?

—No, y no lo habrá, Su Alteza —garantizó Aran—. Mientras estemos aquí, estará a salvo.

—El duque ya ha derretido su anillo y ha jurado lealtad al rey Rhian. Debería haberlo hecho antes. Ahora ha perdido a su hija —dijo el rey, sacudiendo la cabeza de un lado a otro—. ¿Cómo está el rey Rhian?

—Recuperándose, señor —dijo Beeba, esforzándose por sonar formal—. Su hermano está a su lado y lo está ayudando con los asuntos del reino.

El rey asintió con seriedad.

—¡Que viva el León!

—¡Que viva el León! —repitieron los guardias.

Abrieron las puertas y el convoy del rey avanzó por la Rue du Palais y desapareció de la vista.

—Están matando gente, Hort. Están matando *princesas* y culpándonos por ello —susurró Nicola mientras Hort la arrastraba lejos del palacio por la Rue de l'École, serpenteando entre grupos de estudiantes—. ¡Rhian está dispuesto a asesinar inocentes para que los líderes destruyan sus anillos!

—Necesitamos pruebas de que Rhian no es quien dice ser. Y las necesitamos *ahora* —rugió Hort—. Pruebas que podamos enseñar a la gente. Lo cual significa que no nos iremos de este reino hasta encontrarlas.

Avanzó tirando de Nicola, intentando convencerse a sí mismo de que podían tener éxito donde Merlín había fallado... De que podían exponer a Rhian y derrocarlo… De que podían evitar que ese cuento de hadas tuviera un final muy malo…

Pero cuando la Escuela de Chicos de Foxwood apareció en su campo de visión, con su silueta de catedral de piedra gris, Hort vio a una mujer alta con turbante bloqueando la puerta de la escuela, de brazos cruzados; el blanco de sus ojos brillaba en las sombras, clavados en los dos extraños que caminaban hacia ella…

Y de pronto, Hort ya no se sintió muy convencido de poder lograrlo.

De cerca, la mujer del turbante y el vestido rosados tenía la piel bronceada con líneas marcadas alrededor de la boca, ojos castaños fríos y cejas tan delgadas y arqueadas que mostraba una expresión de sorpresa constante.

—Buscamos a la Decana Brunilda —dijo Hort, con voz más grave para sonar más imponente—. ¿Está aquí?

La mujer apretó sus brazos cruzados. El único sonido era el *snip snip* de un jardinero que podaba los arbustos junto a la escalera y el *slup slup* de un limpiador subido a una escalera, fregando la piedra gris de la escuela.

—A la Decana Brunilda de la Casa Arbed —aclaró Nicola.

Snip, snip. Slup, slup.

Hort tosió para aclararse la garganta.

—Ehm…

—¿Tienen una cita? —preguntó la mujer.

—Bueno… —dijo Nicola, sorprendida.

—Soy la Directora de esta escuela, y ver a la Decana requiere una cita —la interrumpió la mujer—. Particularmente cuando se trata de niños de otros reinos que fingen pertenecer a este. ¿A qué escuela vais? ¿Seguro que sois Siempres?

Hort y Nicola intercambiaron miradas, sin estar muy seguros de a quién le tocaba mentir.

—Hemos sufrido una sucesión de ataques en Foxwood. El Bosque entero está bajo el acoso de los rebeldes. Buenas personas han *muerto* —dijo la mujer, hirviendo de emoción—. El rey ha ordenado que todos los ciudadanos denuncien cualquier actividad sospechosa ante los guardias de Camelot…

—Madre, me llevo a Caleb a jugar rugby al parque —susurró una voz, y Hort alzó los ojos hacia un chico fornido con rizos castaños y un uniforme de la escuela dc Foxwood, de dieciséis o diecisiete años, pasando con su hermano menor, también uniformado, junto a la mujer para salir de la escuela. Susurró en el oído de su madre—. Ha empezado a llorar durante su clase de Historia. Estaban estudiando los caballeros de Camelot y bueno, ya sabes…

—Te estoy oyendo —sollozó Caleb, con las mejillas rosadas.

—Vuelve a casa antes de las siete, Cedric —dijo la mujer con firmeza—. Tu padre hará la cena y no quiero que Caleb y tú estéis fuera por la noche.

—Suenas como la tía Grisella —suspiró Cedric y pasó junto a Hort y Nicola, abrazando a su hermano—. Tal vez compremos un pastel de carne en el camino de vuelta. —Miró a su madre—. Si es que padre cocinará la cena.

Una sonrisa apareció en las facciones rígidas de la mujer mientras observaba a sus dos hijos partir, con la mirada suavizada antes de adoptar una expresión triste. Se dio cuenta de que Hort y Nicola continuaban de pie allí y recobró su rigidez imponente.

—La escuela está cerrada por hoy. Podéis escribir a mi oficina para concertar una cita con la Decana Brunilda para una reunión futura. Ahora por favor retiraos antes de que llame a los guardias —dijo; luego se escabulló lejos de ellos y bajó la escalera. Hort observó que se acercaba al jardinero.

—Caleb y Cedric han ido al parque. Vigílalos —le susurró, y le entregó al jardinero unas monedas de plata.

—Cedric es todo un hombre, señora Gremlaine —dijo él—. No hace falta que le guarde las espaldas…

Ella apretó el brazo del jardinero.

—*Por favor.*

El hombre le observó el rostro.

—Por supuesto, señora —dijo con dulzura. Devolvió las monedas a la mano de la mujer—. Si estuviera en su lugar, sin duda haría lo mismo.

Soltó las tijeras de podar y corrió tras los chicos mientras la señora Gremlaine se quedaba atrás, adoptando de nuevo aquella mirada triste…

De pronto, la mujer frunció el ceño y avanzó hacia los escalones de la escuela; la puerta continuaba abierta en la cima, tal y como la había dejado.

Pero Hort y Nicola ya no estaban allí.

—¿Has oído lo que ha dicho este hombre? La ha llamado lady *Gremlaine* —susurró Nicola mientras se escabullían por el vestíbulo de entrada de la escuela y Hort miraba hacia atrás con nerviosismo para asegurarse de que la mujer no estuviera siguiéndolos.

—¿Y qué? —dijo Hort, perdido en el laberinto de pasillos húmedos y escaleras en espiral—. ¿Cómo sabemos cuál lleva a los dormitorios?

—¿Cómo que *y qué*? ¡Lady Gremlaine era la mayordoma principal de Tedros en Camelot! —le recordó Nicola—. ¡Tal vez esta Gremlaine sea de su familia!

—Eso no nos ayudará a sacar a Rhian del trono, así que deja de jugar a la detective Nic y empieza a buscar una manera de entrar en la Casa Arbed —dijo Hort, mirando aulas que apestaban a sudor y a moho. Estornudó y se le humedecieron los ojos por las capas de polvo. Por fuera, la Escuela de Chicos de Foxwood parecía una catedral elegante, con los arbustos podados, la piedra gris pulida, pero adentro parecía una iglesia decrépita, los tablones crujían, las paredes estaban cubiertas de moho y había carteles resquebrajados que ofrecían consejos dudosos: «CABEZA ERGUIDA Y A LA FILA», «SIGUE AL LÍDER»; «LAS REGLAS SON EL CONDIMENTO DE LA VIDA». De pequeño, Hort pensaba que Foxwood tenía una riqueza obscena debido al comercio de acero, pero claramente nada de aquella riqueza se destinaba a la educación de los chicos. Incluso la vieja escuela de Arroyo Sangriento, el reino más pobre del Bosque, estaba en mejores condiciones. Eso era lo que odiaba de los Siempres, pensó Hort al recordar a los trabajadores mejorando la fachada de la escuela: gran parte de ser Bueno era una farsa. Tenías que arrancar la superficie, ver más allá de las lecciones de Embellecimiento y las intenciones nobles para descubrir quién era en realidad un Siempre. Al menos Nic no era así, pensó, mientras su novia lo llevaba hasta el extremo del pasillo. Nic se parecía más a una Nunca: era demasiado auténtica como para ser capaz de esconderlo.

Al girar en una esquina, los golpeó la luz del sol a través del vitral mugriento de una ventana, que iluminaba otra placa sobre sus cabezas: «LA LEALTAD POR ENCIMA DE LA VALENTÍA».

—Con razón todos los chicos de este reino se convierten en compañeros —susurró Hort.

Cerca de allí, se cerró una puerta.

Oyeron unos tacones firmes sobre la piedra.

El estómago de Hort le dio un vuelco. Tiró del brazo de Nicola y la guio hacia una escalera delante de ellos, pero Nic se resistió, con los ojos clavados en el vitral.

En el patio de afuera había una cabaña de ladrillos rojos con dos pisos, separada del resto de la escuela y rodeada de césped limpio y prolijo. Hort vio un cartel en un palo frente a la casa:

SOLO ALUMNOS PERMITIDOS

Y en una esquina del cartel, una firma…

Decana Brunilda

—Yo me encargaré de hablar —le susurró Nicola a Hort mientras la seguía por el vestíbulo.

—Eres una Lectora. Yo sé cómo hablar con personas *reales* —protestó Hort.

—Y yo sé cómo obtener lo que necesitamos, así que limítate a sonreír y a tener buen aspecto como el príncipe rubio que eres —ordenó Nicola—. Y no toques nada.

Hort sin dudas se sintió tentado de hacerlo. Desde que habían entrado en la cabaña, donde los recibió una brisa fresca que se filtraba por las ventanas abiertas, tuvieron la sensación de que habían abandonado la escuela y habían llegado a la guarida de Mamá Ganso. Unas alfombras estampadas y acogedoras cubrían el suelo bajo mecedoras y sillones suaves. Los lirios y otras plantas florecían en macetas cerca de una escalera en espiral, las estanterías detrás de ella estaban plagadas de libros de cuentos. Hort tocó con un dedo una manta pesada sobre el sillón, peluda y suave. Notó que se le cerraban los ojos. Solo quería engullir patatas con queso y esconderse bajo la manta. La iluminación no ayudaba: un resplandor anaranjado somnoliento surgía de cientos de velas en fanales de vidrio.

Luego, Hort vio las fotografías enmarcadas que había desparramadas por las mesas y la chimenea. En cada imagen, había una mujer robusta de piel oscura con el pelo recogido hacia arriba, posando con un grupo de chicos. Hort se acercó y observó con más detenimiento las fotografías. En cada una, los chicos iban cambiando, pero la mujer era la misma, frente a un nuevo grupo.

La Decana Brunilda, pensó Hort, avanzando hacia el último marco que había sobre la chimenea...

El estómago le dio un vuelco.

Alzó el marco...

Nicola le golpeó la mano. Entonces se dio cuenta de lo que Hort estaba mirando y le arrebató la fotografía.

En la imagen, la Decana Brunilda estaba junto a una clase de ocho chicos, todos adolescentes.

Cuatro eran desconocidos. Pero los otros cuatro, agrupados en un rincón con sonrisas traviesas, parecían una banda de ladrones.

Un chico con ojos rasgados y mandíbula cuadrada.

Kei.

Un chico con ojos violetas, pelo negro encrespado y músculos esculpidos.

Aric.

Un chico de pelo cobrizo, piel pálida y ojos azules fríos.

Japeth.

Y a su lado... un chico con el mismo rostro.

Rhian.

Lentamente, Hort y Nicola intercambiaron una mirada.

Rhian había dicho la verdad.

Había estado allí.

Todos habían estado allí.

En esa casa.

Donde todo había empezado.

Hort notó que un escalofrío le recorría la columna.

—Deben estar perdidos —dijo una voz, y Hort estuvo a punto de morir del susto.

Un chico con uniforme escolar salió del cuarto contiguo; tendría unos catorce o quince años, pelo negro, ojos hundidos, dientes deformados, y llevaba un puñado de cuchillos para carne.

Nicola retrocedió y se chocó con Hort, quien escondió el marco detrás de la espalda.

—Nadie viene a la Casa Arbed a menos que esté perdido —dijo otro chico más joven que había salido junto al primero y sujetaba tenedores y cucharas—. O que quiera robar nuestro té. Tenemos el mejor té: de menta, asamés, rosas, tulsi, eucalipto, regaliz, cardamomo, manzanilla…

—Arjun y yo estamos poniendo la mesa para la cena antes de que regresen el resto de los chicos —lo interrumpió el mayor—. Puedo llevarlos a la oficina de la señora Gremlaine…

—NO —exclamaron los dos invitados.

Nicola se aclaró la garganta.

—Tenemos una reunión con la Decana Brunilda.

—Es importante —añadió Hort.

Nicola lo miró. *Déjame a mí*, decía.

Pero Hort estaba nervioso. La fotografía lo había asustado. Había ocurrido algo en aquella casa. Algo que hizo que Rhian, Japeth, Kei y Aric se unieran y se convirtieran en asesinos. La respuesta estaba allí. Y tenían que encontrarla.

—La Decana no está —dijo el mayor.

—Se ha llevado a los demás al mercado a comprar broches —parloteó el menor, que era como un bebé regordete—. Le encantan esos broches. Nos los da como recompensa. Para que continuemos haciendo buenas acciones. Emilio y yo ya tenemos uno.

—Nuestros invitados no necesitan saber cada detalle de nuestras vidas, Arjun —suspiró Emilio y miró de nuevo a Hort y a Nicola—. Le diré a la Decana que han venido.

—La esperaremos afuera —respondió Hort, y caminó hacia la puerta, ansioso por hablar a solas con su novia.

Nicola tiró del cuello de la camisa de Hort y este chilló.

—De hecho, la esperaremos aquí —dijo ella.

Hort miró a Nicola, confundido.

Emilio frunció el ceño.

—No sé cuándo regresará la De…

—Oooh, ¡pueden ayudarnos a preparar la cena! —exclamó con entusiasmo Arjun—. ¡Las chicas son buenas cocineras!

Hort vio que Nicola apretaba los dientes.

—Arjun, eso no sería apropiado —dijo Emilio.

—Pero ¡nunca tenemos compañía! ¡El resto de la escuela cree que somos Malvados! —insistió Arjun y miró a Hort—. Ya sabes, porque estamos separados de ellos y vivimos en la escuela en vez de regresar a casa con nuestros padres. Pero nosotros sabemos la verdad: somos las mejores almas. Es por eso que nuestros padres nos enviaron aquí para que la Decana Brunilda nos entrenara…

—¿Podrían decirme cómo se llaman? —preguntó Emilio, evaluando a sus invitados. Hort respondió.

—Oh, somos amigos de Mer…

Nicola lo pellizcó y Hort reprimió un alarido.

Entonces, los vieron.

En la solapa de ambos chicos.

Sus broches por haber hecho una buena acción.

Broches del León.

El corazón de Hort se detuvo. La mano sudorosa de Nicola rozó la suya.

Le encantan esos broches…

Quizás antes la Decana Brunilda fuera amiga de Merlín. Pero ya no lo era.

Porque era obvio que la Decana Brunilda apoyaba al rey Rhian.

—¿Y bien? —insistió Emilio, afilando la mirada.

—¿Qué? —chilló Hort como una rata.

—¿Quiénes son? —repitió Emilio, esta vez con más frialdad.

—Oh, mi novio es un exalumno de la Decana —dijo Nicola con calma, señalando a Hort con la cabeza—. Seguramente se graduó antes de que vosotros empezarais. Ahora trabaja como guardia para el rey Rhian. Hemos venido a sorprender a la Decana con la noticia.

—Pensaba que habían dicho que tenían una reunión con ella —chilló Arjun.

—Así es —dijo Nicola, alisándose el vestido—, pero la noticia es sorpresa. Disculpad, pero ha sido un largo viaje y necesito tomar asiento. Esperaremos en la oficina de la Decana hasta que regrese.

Emilio estaba molesto.

—No creo que sea...

—Seguro que os estará agradecida por haber cuidado tan bien de nosotros. No os preocupéis, continuad preparando la cena; podemos ir solos —dijo Nicola, y pasó junto a la escalera hacia el vestíbulo.

—Pero ¡su oficina está en el segundo piso! —dijo Arjun.

—Claro que sí —respondió Nicola y se giró; Hort se apresuró a subir los escalones detrás de ella.

—Los he encontrado —susurró Hort, que había hurgado en un armario y había sacado una pila de expedientes con cubiertas de cuero, ahora desparramados sobre el suelo, con las cubiertas llenas de hollín—. Están etiquetados por nombre, pero no están ordenados.

—Rhian tiene que ser un estudiante reciente. Quizás esté en la parte superior de la pila —dijo Nicola, sentada en el escritorio de la Decana, inspeccionando sus papeles.

Habían encontrado la oficina de la Decana Brunilda al final del pasillo, pero no se esperaban el desorden que había: libros y papeles por doquier, tazas vacías con bolsitas de té húmedas, jarrones con flores que habían muerto hacía años y una capa de polvo que invadía la habitación. ¿Cómo era posible que una Decana fuera tan sucia? Luego, Hort recordó a su propio papá, que estaba tan ocupado cuidando a otros piratas que sus aposentos privados eran un desastre. De rodillas en el suelo, Hort hojeó los expedientes, buscando entre las etiquetas el nombre de Rhian: ATTICUS . . . GAEL . . . THANASI . . . LUCAS . . . MISCHA . . . KEI . . .

—QUERIDO MERLÍN…

Hort se giró atónito y vio que Nicola se sobresaltó cuando una bellota de color marrón empezó a rebotar sobre el escritorio como un frijol saltarín; ambas mitades de la bellota se movían mientras hablaba:

—HE INTENTADO ENVIAR ESTE MENSAJE VARIAS VECES.

Hort se lanzó sobre la bellota, la tomó con una mano, aplastó ambas mitades del fruto y así consiguió hacerlo callar.

Él y Nicola estaban paralizados, escuchando con atención el pasillo detrás de la puerta cerrada.

Permaneció en silencio.

—¿Qué es *eso*? —susurró Nic, señalando la mano de Hort.

—Una bellota escurridiza —dijo Hort—. Es más segura que una carta, porque no deja ningún rastro de papel. Una ardilla entrega el mensaje y se come la bellota, así que no queda evidencia alguna del envío del mensaje. Mi papá recibía esas bellotas continuamente de parte de Garfio.

—El mensaje era para Merlín. ¡Tenemos que escucharlo! —insistió Nicola—. ¿Cómo podemos reproducirlo con menor volumen?

—El objetivo de una bellota escurridiza es que el mensaje no perdure —explicó Hort—. Si intentas abrirla con las manos, se reproduce veinte veces más fuerte, para que todos sepan que el receptor es un tramposo. La única manera de abrir el mensaje sin una ardilla es hacerlo como lo haría una ardilla. Así.

Alzó la bellota como un mago a punto de hacer un truco y se la metió en la boca. Los bordes ásperos le rozaron las mejillas por dentro, pero la bellota se abrió y una burbuja de aire cálido flotó fuera del fruto hacia la garganta de Hort. Él cerró los ojos y las palabras y la voz de otra persona brotaron de él, en un susurro.

—*Querido Merlín: He intentado enviar este mensaje varias veces, pero ni siquiera la ardilla de lady Gremlaine consigue encontrarte, y eso que es la mejor de Foxwood. Soy consciente de que el rey Rhian, mi exalumno, te tiene cautivo como traidor por haber apoyado a Tedros en su reclamo del trono. Y aunque odio admitirlo, Merlín, creo que las acciones de Rhian están justificadas. No sabía que era el heredero de Arturo, pero fui su Decana durante años y conozco su alma. Quizá pienses que es Malvado por todo lo que ha ocurrido, pero eso es porque tú y tu protegido, Tedros, creéis que estáis del lado del Bien. Sin embargo Excalibur escogió a Rhian, y Excalibur no miente. La espada sabe, igual que yo, que Rhian será un gran rey. Solo hay que ver cómo ha lidiado con el comportamiento de su propio hermano. Eso solo demuestra la Bondad en el alma de Rhian.*

En cuanto a los expedientes de Rhian, sé que enviaste un hechizo entrometido a mi oficina para que los encontrara. Los expedientes de mis alumnos son secretos, como ya sabes, dado que tú fuiste quien me ayudó a preparar los tés que mantenían sus almas invisibles ante el Director. (Todavía tengo que hacerles beber el té, incluso ahora que está muerto; nunca se puede ser demasiado cauto). Pero en cuanto a nuestra amistad, no tienes derecho a curiosear en mi oficina, como bien sabes; si no, no hubieras recurrido a medios ilegales. Sin embargo, la razón por la que no encontraste los expedientes de Rhian es porque los guardo junto a los de su hermano, los cuales ahora he trasladado a un sitio seguro, donde tu magia no los puede alcanzar.

»Te deseo lo mejor de todo corazón, Merlín, sea cual fuere tu condición, pero cuanto antes apoyes al rey y le jures lealtad, antes estarás del lado del Bien. Del Bien verdadero.

»Atentamente... Brunilda.

La bellota se volvió esponjosa en la boca de Hort y se disolvió por su garganta, dulce y terrosa.

Él abrió los ojos.

—Entonces los expedientes no están aquí —dijo Nicola, entrando en pánico—. Los cambió de lugar. Los llevó a un sitio donde no podremos encontrarlos. —Le apretó la muñeca a Hort—. ¡Tenemos que irnos antes de que regrese!

—Espera —dijo Hort, poniéndose de rodillas en el suelo junto a los expedientes. Alzó el que estaba etiquetado como: KEI—. Que los expedientes de Rhian no estén aquí, no significa que no podamos encontrar algo útil en los de sus amigos.

Abrió la carpeta de cuero mientras Nicola tomaba asiento junto a él. Hort leyó la primera página de anotaciones.

Padre: Lacayo del rey Dutra.
Madre: Kei está perturbado; frío, sin emociones, no demuestra amor hacia sus hermanas.
El padre piensa que es una fase: dice que Kei adora Camelot y al rey Arturo; quiere ser guardia de Camelot.
Accedieron a un año de prueba en la Casa Arbed.

Hort pasó a la siguiente página.

Rhian y Kei: juego de roles constante sobre Camelot
   (Kei cree el delirio de Rhian de que es rey); otros,
   incluido RJ, acosan a Kei por creer en R.

¿Separar a Kei y a R?

Hort pasó la página.

Kei: escogido para la Prueba de Guardias Siempres

Luego…

Kei y R ya no se hablan

El resto del expediente de Kei documentaba su desempe-
ño en las pruebas que llevaron a que Camelot lo seleccionara
como guardia del castillo real.

Hort se mordió el labio. Entonces Rhian había sabido
que era el rey de Camelot desde que iba a la escuela. Solo
que nadie le creía, excepto Kei. Entonces, ¿por qué Kei y
Rhian se habían distanciado? ¿Kei había dejado de creer a
Rhian? ¿Solo para después regresar junto a él? Eso explicaría el comentario que le hizo a su capitán en el castillo,
cuando Kei fracasó en capturar a Agatha: *Pero si pretendes
ser el eslabón débil, en especial después de que volviera a aceptarte…*

¿Era por eso que también la Decana Brunilda creía que el
alma de Rhian era Buena? ¿Porque había ignorado sus «delirios» solo para que le demostrara que estaba equivocada?

Quizás era por eso que habían enviado en primer lugar a
Rhian a la Casa Arbed. Porque él insistía a sus padres que era

el heredero del rey Arturo… Porque ellos pensaron que deliraba, al igual que la Decana… Pero ¿dónde estaba Japeth en todo esto?

—Hort —dijo Nicola.

Él se giró y vio que ella estaba sosteniendo un expediente etiquetado: **ARIC**.

Encontrado famélico y solo en el Bosque (edad: ¿8? ¿9?)
Criado por la familia Mahut (Aric atacó a la hija;
   asesinó mascotas; quemó la casa)
Lo trajeron a la Casa Arbed para una rehabilitación
   completa

Hort pasó la página, la caligrafía se volvió más desordenada y frenética.

Pasa demasiado tiempo con RJ

Luego:

Intenta separarlos, pero fracasa

No había más páginas en el expediente.

—¿Quién es RJ? —preguntó Hort—. Pensaba que habías dicho que Aric era amigo de Japeth.

—Japeth es el segundo nombre de RJ —respondió Nicola.

—¿Cómo lo sabes? —dijo Hort.

Nicola alzó un sobre gastado.

R. JAPETH DE FOXWOOD
CALLE STROPSHIRE 62

El sobre ya estaba abierto. Leyeron la carta que contenía.

QUERIDO JAPETH:

INTENTÉ ESCRIBIRTE EN LA ESCUELA. ESA DECANA BRUJA
PROBABLEMENTE NUNCA TE ENTREGÓ MIS CARTAS
PORQUE ATAQUÉ A TU HERMANO, A PESAR DE QUE TENÍA
TODO EL DERECHO DE HACERLO. SABES QUE TENÍA TODO EL
DERECHO. AHORA ME HAN EXPULSADO DEL ÚNICO HOGAR
QUE TUVE. LEJOS DE MI ÚNICO AMIGO.
  LA DECANA INTENTÓ QUE ESA FAMILIA CON LA QUE VIVÍA
ANTES VINIERA A BUSCARME, PERO ANTES PREFERIRÍAN
SUICIDARSE. ASÍ QUE LA ESCUELA ME ABANDONÓ EN EL
BOSQUE COMO A UN ANIMAL. COMO LO HIZO MI MADRE.
QUÉ PUEDO DECIRTE. EL PASADO ES EL PRESENTE Y EL
PRESENTE ES EL PASADO.
  AHORA ESTOY EN LA ESCUELA DE CHICOS. LA ANTIGUA
ESCUELA DEL MAL.
NO ES LO MISMO SIN TI.
YO NO SOY EL MISMO.
VEN A BUSCARME.
POR FAVOR.
POR FAVOR.
ARIC

Las palmas de las manos sudorosas de Hort humedecieron
el pergamino. No sabía por qué la carta de Aric le molestaba.
Quizá porque sonaba como si un monstruo sádico tuviera sentimientos. O quizá fuera esa frase «ataqué a tu hermano» y su
sugerencia de que la historia de Rhian y Japeth trataba de algo
más que de los gemelos; que había habido un chico entre ellos,
un chico que ahora era un fantasma. Hort miró nervioso a su
novia.

—Te dije que eran amigos —comentó Nicola.

—Esto suena a que eran mucho más cercanos que amigos —dijo Hort.

Oyeron voces afuera. El sonido de chicos riendo y cantando.

Hort se incorporó de un salto. Desde la ventana de la Decana, los vio caminando por el césped hacia la cabaña: ocho chicos, liderados por la Decana Brunilda.

Todos llevaban un broche del León.

La Decana cantaba: «¡*Primero podamos nuestro jardín!*» y los chicos respondían «*¡Sí, sí, sí!*».

«*¡Luego buscamos las jarras de agua!*». «*¡Sí, sí, sí!*»

Hort y Nicola intercambiaron miradas, boquiabiertos, y luego observaron el desorden que habían creado en el suelo. No tenían tiempo de ordenar. Y no había modo de salir de la casa sin que los atraparan.

—¡Vamos! —dijo Nicola, y se llevó a Hort fuera de la oficina, hacia el pasillo.

—*¡Luego aplastamos el maíz amarillo!*

—*¡Sí, sí, sí!*

En el piso inferior, abrieron la puerta y la canción se detuvo abruptamente; las voces de Emilio y Arjun se superponían…

Una tercera voz bramó, la misma que había salido de la bellota:

—¿EN MI *OFICINA*?

Se oyeron unos pasos que subían corriendo la escalera.

Nicola empujó a Hort dentro de un cuarto de baño oscuro, los dos se dirigieron a la ventana mientras oían botas por aquel piso. Hort contó hasta tres con los dedos: a su señal, los dedos de los dos se iluminaron tanto que la luz llegó hasta el pasillo. La Decana Brunilda entró en el baño, con un cuchillo en la mano…

Lo último que vio fue un gorrión negro y una ardilla rubia saliendo por la ventana y unas prendas coloridas flotando detrás de ellos.

Fue bastante fácil encontrar la casa después de que Nicola en forma de gorrión robara un mapa de Foxwood de un puesto del mercado en la Rue du Palais, mientras Hort en forma de ardilla andaba por la calle.

—Calle Stropshire 62. La misma dirección que Rhian le dio a Dovey cuando ella le preguntó dónde vivía —le dijo Hort al gorrión después de haber llegado a una calle tranquila—. ¿Te acuerdas? Dovey lo interrogó cuando estábamos en el *Igraine*. También nos dijo los nombres de sus padres. Levya y Rosalie.

—Rosa*mund* —lo corrigió Nicola.

—Incluso como pájaro, eres una sabelotodo —suspiró Hort.

La calle Stropshire estaba en las afueras de los valles de Foxwood, un sitio tan pacífico y silencioso que Hort podía oír el aleteo de Nicola mientras descendía para reunirse con él frente al antiguo hogar de Rhian y Japeth. No había nada especial en la cabaña de un solo piso, ubicada entre otras cabañas que parecían exactamente iguales. Unas sombras se movían detrás de las cortinas cerradas, lo cual sugería que había alguien dentro. Pero primero debían ocuparse del asunto de la vestimenta, un problema que resolvieron el gorrión y la ardilla recorriendo casas en una calle adyacente hasta encontrar una ventana abierta, por donde entraron y hurgaron en los armarios. Pocos minutos después, vestidos como la gente promedio de Foxwood, Hort y Nicola llamaron a la puerta de la casa 62 y esbozaron un sonrisa amable cuando abrieron.

Una dama de aspecto dulce apareció, llevaba unas gafas con marco dorado. Una moneda de León colgaba de un collar alrededor de su cuello.

—¿Puedo ayudaros?

—¿Usted es Rosamund? —preguntó Nicola.

—S-sí —respondió la dama, sorprendida.

—Es un placer conocerla —dijo Nicola—. Somos del *Foro de Foxwood*.

—Estamos escribiendo un artículo sobre la infancia del rey Rhian —añadió Hort.

—Dado que es su madre, pensamos que era buena idea empezar con usted —dijo Nicola.

Rosamund parpadeó.

—Oh… Me te-temo que hay un error. No soy la madre del rey Rhian.

Hort la miró fijamente.

—Pero el rey Rhian nos dio su dirección…

—Oh. ¿De verdad? —Rosamund vaciló—. Bueno… Fue hace mucho tiempo. Supongo que no hará daño que se lo cuente ahora. Especialmente si el rey les ha dado permiso. Ocurrió cuando él era un niño. Teníamos un arreglo con la madre de Rhian cuando Elle vivía en la casa de enfrente. En la casa 63. Ella nos dijo a Levya y a mí que había venido a Foxwood para esconderse del padre de los niños. Y que podíamos salvarle la vida diciéndole a cualquiera que preguntara que sus niños eran nuestros. Claramente, Elle no quería que el padre de sus hijos los encontrara a ella o a los pequeños. Por supuesto que era comprensible, ahora que sé que estaba criando a los futuros rey y caballero de Camelot.

—¿Dijo que se llamaba Elle? —preguntó Hort.

—Ese fue el nombre que me dio —respondió Rosamund—. Pero era muy reservada. No me sorprendería que no fuera su nombre real.

—¿Cuánto tiempo vivió Elle aquí? —insistió Nicola.

—¿Diez años quizá? Desde los últimos meses de embarazo hasta que envió a los chicos a la escuela. Luego se marchó y nunca la volví a ver. Han pasado siglos.

—¿Y qué aspecto tenía Elle? —preguntó Hort.

—Alta, delgada, pelo oscuro. Boca y cejas encantadoras. Al menos la última vez que la vi —dijo Rosamund—. Me gustaría poder ayudarlos, pero no me contó nada sobre su vida o sobre los niños, y rara vez salía de casa.

Hort miró a Nicola, interpretando su expresión. Alta, delgada, pelo oscuro… Sonaba muy parecida a la mayordoma principal de Tedros. *Lady Gremlaine*, recordó Hort.

De pronto, pensó en algo que el hijo de la señora Gremlaine había dicho antes de llevar a su hermano al parque: *Ahora suenas como la tía Grisella…*

Grisella, pensó Hort.

Ella.

Elle.

Lady Gremlaine debía haber criado a los niños allí en secreto y los había llevado a la Casa Arbed antes de regresar al castillo de Camelot a trabajar.

—¿Ha dicho que Elle vivía en el número 63? —preguntó Nicola, mirando de nuevo a Rosamund.

—Justo allí —asintió la mujer, señalando una casa en la acera de enfrente—. Hace mucho tiempo que está vacía. Allí no hay nada que ver.

Al cabo de unos pocos minutos, después de que Rosamund entrara de nuevo en su casa, Hort y Nicola ya estaban dentro de la casa número 63.

Había sido fácil entrar debido al estado de las puertas: llenas de agua y astilladas, las cerraduras se habían roto hacía tiempo. Pero la misión fue en vano. Casi no quedaba nada dentro: no había muebles, prendas, basura o restos de comida. Habían blanqueado o repintado las paredes y los suelos, incluso el techo, como si Grisella Gremlaine no hubiera querido dejar ningún rastro que indicara que ella o la familia habían vivido allí.

—Rosamund tenía razón —suspiró Hort, apoyado contra la puerta de un armario—. Aquí no hay nada.

Oyeron unas voces afuera. Nicola echó un vistazo por la ventana y vio a tres guardias de Foxwood con uniformes rojos avanzando por la calle, llamando a cada puerta y mostrando bocetos improvisados de ella y de Hort a los habitantes de la cuadra.

El dedo de Nicola brilló.

—Vamos —dijo ella; se mogrificó en un gorrión, saltó fuera de su charco de ropa y avanzó hacia la puerta.

Hort cerró los ojos, su dedo brillaba azul, y ya se disponía a mutar en una ardilla y seguir a Nic fuera...

Pero escuchó algo.

Un sonido extraño.

Proveniente del armario frente a él.

Rat-a-tat-tat.

Rat-a-tat-tat.

Hort abrió los ojos.

Más crujidos. Más golpes.

Al otro lado de la puerta.

Sintió la piel fría.

Vete, le ordenaba su cuerpo. *Vete ahora mismo.*

Hort avanzó hacia el armario.

—¿Qué estás haciendo? —siseó Nicola en forma de gorrión—. ¡Nos atraparán!

Pero Hort ya estaba extendiendo la mano; el corazón le latía en el pecho, mientras su palma sudorosa hacía girar el picaporte y abría la puerta...

Una mariposa azul salió del armario, esquelética y seca, revoloteó como una loca alrededor de la cabeza de Hort con el resto de vida que le quedaba...

Y luego cayó a sus pies, muerta.

21

Bola de cristal de sangre

Por un instante, Agatha pensó que estaba sobre una nube. Alzó la cabeza, su cuerpo despatarrado en un mar de cojines blancos sobre el suelo de una recámara elegante. A través de una ventana encima de ella, el brillo azul del palacio del rey Teoguet mezclado con las luces distantes de la metrópolis de Gnomolandia. No sabía cuánto tiempo había estado dormida o quién le había puesto un pijama abrigado o quién la había llevado a esa cama, pero en aquel instante se dio cuenta de que no había estado durmiendo sola.

La silueta impresa de un cuerpo en los cojines que estaban a su lado, algunos pelos rubios largos serpenteando sobre la seda.

El vestido blanco de encaje con volantes de Sophie estaba arrugado en un rincón.

De pronto, Agatha lo recordó todo: ella y Sophie dentro de la bola de cristal… Rhian pensando que Sophie estaba de su lado… Japeth prometiéndole a su hermano que la encontraría… y que, si la encontraba con Agatha y Tedros, los asesinaría a los tres…

Entonces fue cuando Japeth las había visto.

Dentro de la bola de cristal.

Él y su hermano habían visto a Sophie con Agatha.

Lo cual solo podía significar una cosa.

La Serpiente estaba de camino.

Agatha salió de la cama de un salto y se encontró su vestido negro colgado en el armario, planchado y limpio.

Oyó unas voces provenientes de otra habitación.

Sophie, Tedros y Muerte estaban sentados en una manta, con el desayuno delante mientras unos gnomos sirvientes somnolientos reponían las bandejas: croissants rellenos de almendra, tostadas con canela, bocadillos de queso a la plancha y cubos de tomate, fritatas de brócoli y huevo, y tortitas de mantequilla. Tedros ya estaba devorando su segundo plato de comida, con el pelo húmedo después de la ducha. Sophie llevaba puesto un vestido a la moda azul y rojo que le resultaba curiosamente familiar, pero no estaba comiendo nada. Tenía una expresión tensa.

—Sus cimitarras nos encontrarán —insistía Sophie—. Solo es cuestión de tiempo.

—El equipo de Beatrix custodia el Bosque. Ella, Reena y Kiko son unas Siempres habilidosas —dijo Muerte—. Además, nos enteraremos de cuando hayan atravesado las defensas de Gnomolandia. —Un maullido brotó de su interior y el gato se frotó la garganta—. El hechizo de Uma no durará mucho tiempo más. Cuando pierda el efecto, ya no podré hablar con vosotros.

—Rhian todavía pensaba que le era leal. Conseguí engañarlo —comentó Sophie, mirando con satisfacción a Tedros. Luego, endureció su expresión—. Dijo que quería traer a alguien de entre los muertos. A alguien a quien él y su hermano querían.

—¿De entre los *muertos*? —repitió Tedros, atónito—. ¿A *quién*?

—Nunca tuvimos la oportunidad de averiguarlo —admitió Sophie—. Tropezamos con una lámpara y nos vieron. Rhian y Japeth me vieron con Agatha.

—Pero ¿cómo es posible? ¿Y por qué había allí una escena de Rhian y su hermano? —insistió Tedros—. El cristal solo lee las almas de las personas que contiene. Y ellos no estaban dentro de la bola con nosotros.

—Yo me estaba preguntando lo mismo —dijo Agatha.

Se giraron hacia ella, que estaba de pie en la arcada.

—¿Por qué no me has despertado? —le preguntó Agatha a Sophie.

—Parecías por fin tan tranquila —dijo Sophie, que olía a lavanda fresca—. Además, soy perfectamente capaz de informar a tu gato y a tu novio sin ti.

—Sophie y tú salisteis del cristal apenas conscientes cuando la bola perdió conexión —le explicó Muerte a Agatha—. Tedros os sacó a ambas del portal y él y mis guardias os llevaron a la cama.

—Yo también intenté dormir, pero no pude. No sin saber lo que ambas habíais visto —le dijo Tedros a Agatha; tenía ojeras—. Mi madre y el Sheriff están durmiendo. Estaba aquí comiendo sin parar antes de que llegara Sophie.

Sophie se dio cuenta de que Agatha todavía la estaba mirando.

—¿Te gusta mi vestido, cariño? Lo hice con la alfombra del baño de Muerte, después de haberme dado un largo baño de lavanda. Necesitaba quitarme el olor de ese maldito vestido blanco.

Agatha tomó asiento sobre la manta.

—Las cimitarras vendrán a por nosotros. Los reyes están quemando sus anillos. Muerte pronto no podrá hablar. No tenemos tiempo para dormir, comer tortitas o tomar un baño de lavanda. Deberíamos regresar a la bola de cristal y buscar respuestas.

—O regresar al castillo y matar a Rhian mientras está herido —sugirió Tedros, comiéndose otra tortita.

—El castillo está rodeado de guardias y la bola de cristal necesita más tiempo para recargarse, tal y como aprendí de primera mano con Clarissa —replicó Muerte—. Si regresaras ahora, la conexión duraría solo unos minutos. Y sería en vano volver antes de que comprendamos lo siguiente: ¿cómo es posible que Rhian y su hermano os vieran cuando ellos están en Camelot y vosotras *aquí*? ¿Y cómo es posible que tropezaran con una lámpara? Eso contradice las Reglas del Tiempo.

Alzó una pata y un resplandor amarillo brotó de ella y proyectó unas palabras sobre la pared azul.

1. El Pasado es ficción. El Presente es un hecho.

2. El Pasado es recuerdo. El Presente es el momento.

3. El Pasado está atrás. El Presente está aquí.

4. El Pasado se contiene. El Presente se libera.

5. El Pasado es debilidad. El Presente es poder.

—Regla número tres —dijo el gato—. Si os vieron, entonces es que estábais físicamente en la habitación del rey. Y es imposible que estuvierais físicamente en Gnomolandia y en Camelot a la vez. —Hizo una pausa, sus labios arrugados temblaban—. A menos que… *A menos que…*

—¿Qué? —dijeron al unísono Agatha, Sophie y Tedros.

—A menos que la bola reconozca el alma de Rhian o de Japeth… aunque sea un fragmento de ella —sugirió Muerte—. Si la bola reconoce una de sus almas o las dos, entonces tal vez la bola de cristal haya creído que *ellos* eran los Segundos legítimos de la bola de cristal en vez de Agatha. Cuando intentaron entrar en su escena, la bola les anunció vuestra presencia. Como un sistema de defensa o una alarma. Eso fue lo que rompió las Reglas del Tiempo… —Le falló la voz y le salió otro eructo de maullidos antes de que recuperara el control—. También explicaría por qué el cristal contenía una escena de ellos: están lejos de la bola, pero sus almas siempre están conectadas a ella.

—Menuda tontería —bramó Tedros, lo cual generó una expresión amarga en el gato—. Es imposible que el alma de Rhian o de Japeth esté conectada a la bola de cristal de la profesora *Dovey*…

—A menos que sean familiares —dijo Muerte con frialdad—. El Pasado es el Presente y el Presente es el Pasado. Lady Lesso solía decir esa frase a la madre de Agatha, cuando Callis era profesora de Afeamiento en la Escuela del Mal. Callis acababa de encontrarme en el bosque, yo era un gatito hambriento, y ella me alimentó hasta que recuperé la salud. La frase despertó algo en ella. Hablaba abiertamente con Lesso sobre cómo sería algún día tener un hijo propio. La Decana se lo advirtió: los pecados de los padres se transmiten a los hijos. El alma sobrevive a través de la sangre. Es por eso que los Nuncas son unos padres terribles.

—El Pasado es el Presente y el Presente es el Pasado… —repitió Sophie en voz baja—. Rhian me dijo esas palabras.

El pavor revoloteaba en el estómago de Agatha, como si su propia alma hubiera descubierto algo. Algo que no compartía con ella.

—¿Estás diciendo que Rhian y Japeth podrían tener un lazo familiar con la profesora Dovey? Pero Dovey no tuvo hijos.

—Pero tal vez los hermanos de Dovey sí que tuvieron —dijo Muerte, con voz débil y rasposa—. Y cualquier hijo dentro del linaje de Clarissa Dovey, *miau, miau, miau,* también sería reconocido, *miau, miau, miau,* por la bola de cristal de Dovey.

—Dovey era hija única. Lo mencionó en nuestra última cena —replicó Tedros—. No tuvo hermanos que pudieran continuar con el linaje familiar. Así que es imposible que las almas de Rhian y Japeth sean parte de la bola de cristal.

—Pero el alma de un hada madrina no es lo único que contiene una bola de cristal —comprendió Agatha, alzando la vista hacia Tedros y Sophie.

Sus dos amigos la miraron.

—*El profesor Sader* —susurró Sophie—. La bola de cristal contiene el alma de un hada madrina y del vidente que la confeccionó para ella. Y Sader creó la bola de cristal para Dovey.

—Ese fantasma en la bola —dijo Agatha—. Falla y alterna entre el rostro de la profesora Dovey y el de alguien más. Al principio no lo identifiqué, pero ahora lo sé... *Es Sader.*

—Pero eso tampoco nos sirve de nada —protestó Tedros—. ¿Por qué el alma de Sader estaría emparentada con la de Rhian o Japeth? No es como si él hubiera sido el padre de ambos...

Tedros soltó su tortita.

—¡Excepto que el profesor Sader conocía a lady Gremlaine! ¡Dovey me lo dijo! —exclamó el príncipe—. Sader fue el vidente que pintó mi retrato de coronación y Dovey acompañó a Sader a Camelot cuando lo hizo. Algo que Sader le dijo a Dovey hizo que Dovey pensara que él y lady Gremlaine ya se conocían.

—Espera —dijo Agatha, atónita—. ¿Crees que Rhian y Japeth podrían ser los hijos de lady Gremlaine y *August Sader*?

—Pensaba que a Sader no le gustaban las mujeres —comentó Sophie.

—*No* le gustabas tú —respondió Tedros.

—Pensémoslo —dijo Agatha—. Rhian y Japeth tienen los ojos claros como Sader. El mismo aspecto atractivo y pelo grueso. Y si Sader fuera su padre, eso explicaría por qué Japeth tiene magia en su sangre, porque Sader es vidente. —Hizo una pausa—. Es algo a lo que le he estado dando vueltas. Que Arturo no fuera mágico. Así que si Japeth fuera el hijo de Arturo y Gremlaine, ¿de dónde habrían surgido las cimitarras y la magia de Japeth? Pero si Sader fuera su padre lo explicaría todo...

—Pero ¿podría el hijo de Sader y de Gremlaine ser realmente tan Malvado? —preguntó Sophie.

—¿Podría serlo un hijo de *Arturo* y Gremlaine? —respondió Agatha—. Lady Gremlaine a veces era cruel. Al menos conmigo. Quizá fue su alma la que infectó a los chicos.

—El Pasado es el Presente y el Presente es el Pasado... —pensó Sophie.

—Escuchad, lo único que me importa es que si Rhian y Japeth son hijos de Sader y Gremlaine, entonces no son hijos de mi padre y Rhian no tiene la sangre de mi padre —espetó Tedros—. Y si Rhian no comparte su sangre, entonces no es el heredero y no es el rey, y todo el Bosque sabrá que han sido engañados por una escoria asquerosa y mentirosa.

—Y pensar que lo único que tenemos que hacer es demostrarlo antes de que unas cimitarras mágicas nos maten —chilló Sophie.

Muerte intentó decir algo, pero solo produjo unos maullidos forzados; el hechizo de Uma había perdido su efecto.

Agatha abrazó a su gato a su lado.

—Pero ¿por qué Excalibur permitiría que un hijo de Sader y Gremlaine la sacara de la piedra? Todavía no tiene sentido...

—A menos que haya algo sobre lady Gremlaine que no sepamos —supuso Tedros—. ¿Qué sabemos sobre Grisella Gremlaine? Era amiga de la infancia de mi padre, luego trabajó como su mayordoma principal cuando se convirtió en rey. Después mi madre la despidió cuando nací yo y ella regresó a su hogar en Nottingham hasta que las hermanas Mistral la trajeron de vuelta...

Ese nombre otra vez, pensó Agatha.

Grisella.

Lo había escuchado antes. *¿Dónde?*

Grisella.

Grisella.

Grisella.

—Un momento —dijo Agatha con un grito ahogado.

Abandonó de un salto la manta y corrió fuera de la habitación. Oyó que Tedros la seguía y que Sophie se tropezaba con los platos.

—Ah, da igual, ¡nadie debería comer croissants! —exclamó, y se dispuso a perseguir a Agatha también.

—¿A dónde vamos? —gritó Sophie.

—¡Al Salón del Trono! —gritó Agatha.

—¡Es para el otro lado! —bramó Tedros.

Agatha se giró y ahora Tedros lideraba el grupo, corriendo entre las columnas de piedra azul mientras unas huellas rojas iluminaban el suelo bajo sus pies, antes de pasar entre dos guardias gnomos, atravesar la cascada y aterrizar sin aliento en la habitación de terciopelo azul que ya conocían.

El bolso de Dovey estaba inerte en un rincón. El bolso que antes contenía la bola de cristal de Dovey.

Agatha lo abrió con brusquedad.

—¿Qué estamos buscando? —jadeó Tedros, introduciendo las manos en el bolso.

Observándolo, Agatha tuvo otro *déjà vu*. Ya había visto eso antes... en uno de los cristales... Tedros hurgando en el bolso de Dovey en el Salón del Trono. En aquel momento, había pensado que se trataba de una mentira. Pero no lo era. Era el futuro. ¿Qué otra cosa que había pensado que era mentira se convertiría en realidad?

—Oye, este es mi abrigo —dijo Tedros al sacar su chaqueta negra, manchada con sangre seca, la que Agatha había usado para amortiguar la bola de cristal de Dovey. Abrió el abrigo y una pila de cartas atadas cayó al suelo aterciopelado.

—*Grisella* —dijo Agatha, recogiendo los papeles— ¡Estas cartas están dirigidas a ese nombre!

—¿Las cartas de lady Gremlaine para mi *padre*? —exclamó Tedros, acercándose a Agatha—. ¿Dónde las encontraste?

—Eso ahora da igual —dijo Agatha, desparramando las cartas en el suelo y apartando una carta perdida que había encontrado para el Banco de Putsi—. Ya he leído algunas. Arturo confiesa muchos sentimientos hacia lady Gremlaine. Quizás hay algo aquí… Algo que nos diga si lady Gremlaine era la madre de Rhian y de Japeth!

—Y también quién es su *padre* —dijo Sophie, quitándose migajas de croissants del zapato.

Tedros y Agatha la miraron.

Las alarmas estallaron en el salón: un tiroteo de maullidos agudos, como un gato ebrio de helio picado por abejas.

Todas las luciérnagas del Salón del Trono abandonaron los paneles de terciopelo y el candelabro, miles y miles de ellas, y cubrieron las paredes del techo al suelo, apretadas con las alas extendidas para formar una matriz naranja brillante. De inmediato, las paredes encendidas mutaron a pantallas mágicas que custodiaban distintas áreas de Gnomolandia. Una de las pantallas titilaba y reproducía la imagen granulada del Bosque, donde estaba el tronco que marcaba la entrada a Gnomolandia; las luciérnagas sobre el tronco mágicamente reproducían lo que estaba en su campo visual.

Por lo que Agatha veía, Beatrix, Reena y Kiko estaban en pleno combate, lanzando hechizos contra algo…

Una *cimitarra*.

La cimitarra apuñaló el hombro de Reena e hizo un corte en la pierna de Beatrix, antes de que Kiko la aplastara con una roca. Kiko alzó de nuevo la roca, pero la cimitarra se había recuperado y salió disparada de debajo de la piedra, apuntando su extremo brillante y escamoso hacia el ojo de Kiko.

Agatha gritó en vano.

Beatrix sujetó la cimitarra con ambos puños y luchó contra ella en el suelo. La cimitarra le cortó el vestido y también las manos y los brazos. Beatrix perdió el amarre y la cimitarra intentó apuñalarla en la garganta…

Reena la empaló con una rama afilada y cubrió su vestido de aquella sustancia pegajosa. Kiko pisoteó furiosa la cimitarra, mucho después de que hubiera dejado de gritar, y luego la quemó con el brillo de su dedo.

Las tres chicas se desplomaron, jadeando en silencio, cubiertas de tierra y sangre.

Agatha se apoyó contra la pared, igual de exhausta que ellas.

—Vendrán más —dijo una voz ronca.

Agatha se giró hacia una pantalla de luciérnagas que mostraba el comedor del palacio: el Sheriff, Ginebra y Muerte estaban encuadrados allí, monitoreando la misma cinta de seguridad. Veían a Agatha, Sophie y Tedros como si el trío de jóvenes pudiera verlos.

—Japeth se dará cuenta de que ha muerto una cimitarra —advirtió el Sheriff—. No tenemos mucho tiempo. Ginebra, Muerte y yo nos ocuparemos del túnel sobre Gnomolandia.

—*Miau, miau, miau. ¡Miaaaau!* —hostigó Muerte a Tedros.

—Aprendí un poco de Gato con la madre de Uma en la escuela —dijo Ginebra—. Sea cual fuere la misión que Muerte te dio… Dice que la cumplas *deprisa*.

Las pantallas de la habitación se apagaron y las luciérnagas regresaron a sus puestos.

—Necesitamos pruebas de que Rhian no es hijo del rey Arturo —dijo Sophie, mirando la pila de cartas en el suelo—. Antes de que Japeth venga y nos mate a todos. Necesitamos pruebas con las que podamos escapar y que podamos llevar al Bosque.

—Necesitamos pruebas incluso si *no podemos* escapar —dijo Tedros con seriedad—. Pruebas que podamos enviar al resto del Bosque antes de morir. El destino de nuestro mundo es mucho más importante que nosotros tres.

Agatha y Sophie lo miraron.

Las luciérnagas brillaban en el pelo de Tedros como una corona.

—Eh… —Tedros se movió bajo la mirada de las chicas—. ¿Tengo algo en la cara?

—Vamos —dijo Agatha, tirando de Sophie para que se sentara en el suelo.

El príncipe se unió a ellas mientras hurgaban entre las cartas del rey Arturo en busca de pistas… Algo que demostrara quién era el verdadero padre de los hijos de lady Gremlaine… Algo que demostrara quiénes eran *realmente* Rhian y Japeth.

Diez minutos después, Tedros afirmó haberlo encontrado.

Estaba en una carta de Arturo para lady Gremlaine.

QUERIDA GRISELLA:

SÉ QUE HAS IDO A QUEDARTE CON TU HERMANA GEMMA EN FOXWOOD, RECUERDO QUE ME DIJISTE QUE DIRIGE LA ESCUELA DE CHICOS, ASÍ QUE HE ENVIADO ESTA CARTA ALLÍ, CON LA ESPERANZA DE QUE LA RECIBAS.

POR FAVOR, REGRESA A CAMELOT, GRISELLA.
SÉ QUE GINEBRA Y TÚ NO OS LLEVASTEIS BIEN CUANDO LLEGÓ AL CASTILLO. DEBERÍA HABERLO ESPERADO. DEBE HABER SIDO DIFÍCIL SER MI MEJOR AMIGA LA MAYOR PARTE DE MI VIDA Y LUEGO VERME REGRESAR

DE LA ESCUELA CON LANCELOT, MI NUEVO AMIGO, Y MI FUTURA ESPOSA. PERO TODAVÍA VALORO TU AMISTAD TANTO COMO SIEMPRE. Y SÉ, EN LO PROFUNDO DE MI CORAZÓN, QUE PODEMOS HACER QUE ESTO FUNCIONE. GINEBRA, TÚ Y YO JUNTOS.

POR FAVOR, REGRESA.

TE NECESITO.

CAMELOT TE NECESITA.

CON AMOR,
   ARTURO

P.D.: HE ENCONTRADO A SADER MERODEANDO FUERA DEL CASTILLO, LANZANDO GUIJARROS A TU VENTANA (CLARAMENTE NO SABÍA QUE TE HABÍAS IDO).
¡ES UN ENCANTO A PESAR DE HABER ENTRADO EN PROPIEDAD PRIVADA! LE HE DICHO QUE VINIERA A CENAR CON NOSOTROS EN CUANTO REGRESES.

—Entonces Sader y Gremlaine era amigos. Más que amigos, si es que el vidente merodeaba cerca de su cuarto de noche —dijo Tedros, aliviado—. Esta es nuestra prueba de que Rhian es hijo de él.

Agatha releyó la carta.

—Esto no demuestra que Rhian sea hijo de Gremlaine y mucho menos de Sader. Es un indicio persuasivo, pero necesitamos más.

—Agatha, esta carta demuestra que August Sader y lady Gremlaine se escabullían juntos por Camelot y sabemos que lady Gremlaine tuvo un hijo en secreto porque ella misma lo admitió —argumentó el príncipe—. Cualquier persona razonable del Bosque miraría esta carta y llegaría a la conclusión de que Rhian es hijo de Sader y Gremlaine.

459

—Pero no estamos lidiando con personas razonables, Teddy. Estamos lidiando con un Bosque que es ciegamente leal a Rhian —dijo Sophie—. Aggie tiene razón. La carta no basta. Sader y Gremlaine están muertos. No pueden confirmarlo. Y los periódicos del Bosque están bajo control de Rhian. Ninguno de ellos imprimirá la carta, y mucho menos una historia que afirme que Rhian no es el heredero del rey Arturo. El único periódico que quizá lo publicaría es el *Mensajero de Camelot* y está en fuga. Igualmente, nadie lo creería.

Agatha todavía miraba la carta de Arturo. Aquel pavor puntiagudo le atravesó de nuevo el estómago. La misma sensación que le decía que había pasado algo por alto.

Las alarmas sonaron de nuevo. Agatha observó mientras en la superficie, en el Bosque, mil cimitarras atacaban el tronco fuera de Gnomolandia, mientras el tronco lanzaba una variedad de escudos mágicos y hechizos. Beatrix, Reena y Kiko no estaban allí.

En una pantalla adyacente, un ejército de gnomos armados, blandiendo espadas, garrotes y sables, subían por el túnel abandonado del Metro Floral y, unos encima de los hombros de los otros, bloqueaban la entrada debajo del tronco. La pirámide de gnomos llenó el vacío amplio: un entramado de mil cuerpos diminutos, decididos a evitar que cualquier cimitarra pasara el tronco y penetrara la metrópolis de Gnomolandia.

En la superficie, las cimitarras golpeaban el tronco con más fuerza en todas direcciones, pero aun así no consiguieron encontrar una entrada.

—¡Tendría que estar allí arriba, saco de huesos entrometido! —Agatha oyó que el Sheriff gruñía en otra pantalla. Se giró y lo vio a él, a Muerte y a Ginebra en el suelo de tierra del hueco del Metro Floral, bajo una inmensa barricada de gnomos. El Sheriff habló con desdén al gato—: ¿Me oyes? Soy un *hombre*. Debería ser la primera línea de defensa. ¡No un grupo de *gnomos*!

Muerte negó con la cabeza, maullando.

—¿Qué ha dicho ese maldito animal? —le gruñó el Sheriff a Ginebra.

—Que es demasiado peligroso —respondió Ginebra.

Las pantallas del Salón del Trono se apagaron.

—¿Por qué el gato quiere evitar que el Sheriff pelee? —preguntó Tedros, poniéndose de pie—. Solo sé que a mí no puede detenerme. ¡Vamos, andando! —Corrió hacia la cascada y salió de la habitación.

Sophie empezó a seguirlo…

Pero Agatha la retuvo.

—Esto no es suficiente, Sophie, ¡y lo sabes! —dijo, alzando la carta de Arturo—. Necesitamos que Rhian nos *diga* quiénes son sus padres. ¡Necesitamos que *confiese*!

Sophie palideció.

—¿Qué?

—Japeth está atacándonos, lo cual significa que Japeth *no está* en el castillo —dijo Agatha—. Tenemos que regresar al interior de la bola de cristal. A la que contenía a Rhian herido en su cuarto. Él podrá vernos como lo hizo la última vez. Le mostraremos esta carta. ¡Haremos que nos diga la verdad! ¡Solo necesitamos grabarlo con magia y enviárselo a todo el Consejo del Reino!

—¿Es que te has vuelto loca? —siseó Sophie—. Primero de todo, ¡Rhian nos matará!

—Está momificado en cama…

—¡Entonces lo harán sus guardias!

—No si lo amordazamos.

—Segundo, ¡la bola de cristal no está recargada! Ya has oído a Muerte. ¡La conexión durará solo unos minutos!

—Lo haremos rápido.

—Y tercero, si Tedros se entera de lo que estamos haciendo, ¡nos matará!

—¿Por qué crees que he esperado a que se fuera? —dijo Agatha.

Sophie la miró boquiabierta.

Pero Agatha ya estaba saliendo de la habitación y arrastrando a su mejor amiga detrás de ella.

—Si Rhian está atrapado en su cama, ¿por qué simplemente no lo matamos? —dijo Sophie, molesta, mientras seguía a Agatha hasta el baño de Muerte.

—Porque matar a Rhian no devolverá el trono a Tedros. Necesitamos pruebas de que Tedros es el verdadero rey —declaró Agatha.

—Que Rhian confiese que Arturo no es su padre no nos dará pruebas. Y tampoco resolverá el misterio de por qué Tedros no pudo sacar a Excalibur de la piedra. O el hecho de que la gente lo odie…

—Pero sacará a Rhian del trono y le dará a Tedros la oportunidad de redimirse —dijo Agatha mientras encontraba la bola de cristal de Dovey envuelta en toallas cerca de la bañera, todavía oliendo a lavanda—. Quizás en cuanto Tedros demuestre que Rhian es un fraude, podrá sacar Excalibur. Quizás esa sea su verdadera prueba de coronación.

—Demasiadas incertidumbres para arriesgar nuestra vida —gruñó Sophie.

Agatha la miró con firmeza.

—A menos que se te ocurra algo mejor, este es el mejor plan que tenemos. La conexión no durará mucho. Le mostraré a Rhian la carta, haré que admita que Arturo no es su padre y nos iremos antes de que se cierre el portal. —Tomó uno de los frascos del botiquín de Muerte, tiró la crema que contenía y guardó dentro la carta de Arturo antes de sellarlo y esconderlo en su vestido. Entró en la bañera, apretando la bola de cristal contra el pecho, y el agua caliente le aceleró todavía más el corazón—. Solo tienes que hacer un hechizo que grabe todo lo que él diga.

—¿*Hechizo*? ¡No sé ningún hechizo que haga eso! —replicó Sophie—. ¡Pensaba que tú sabías alguno porque ha sido idea de tu estúpido cerebro!

—¡Eres una *bruja*! —replicó Agatha—. ¡Supuestamente una buena!

Sophie se ruborizó, como si Agatha hubiera cuestionado su esencia. Entró en la bañera, y su vestido de alfombra absorbió el agua como una esponja.

—Bueno, hay un hechizo imitador para repetir todo lo que alguien dice, pero es muy básico y apenas lo recuerdo.

—Reproduce lo que estoy a punto de decir —le ordenó Agatha.

—Oh. Ehm. —Sophie se mordió el labio antes de golpear sus pulgares entre sí formando un patrón y hacer que su dedo brillara de color rosa.

—No desperdiciaré tiempo en la bola de cristal —dictó Agatha—, dejaré que Agatha hable y me iré cuando Agatha lo indique.

Sophie abrió la boca y por ella salió la voz de Agatha, a cámara lenta y una octava más grave:

—No desperdiciaré tiempo en la bola de cristal, dejaré que Agatha hable y me… —repitió como un loro— lo indique.

Agatha frunció el ceño.

—Ya habré descifrado los detalles para cuando confiese —comentó Sophie, y se sumergió en la bañera.

A su lado estalló la zambullida de Agatha y las dos chicas aguantaron la respiración mientras Agatha colocaba la bola en el suelo de la bañera y miraba el centro de la esfera. Agatha se preparó para el ataque.

La luz azul la golpeó, pero con menos brusquedad que la última vez, como si el portal no tuviera la misma potencia. Aun así, notó el pecho lleno de piedras y vio a Sophie temblando en el agua, golpeada por la fuerza. Protegiéndose los ojos de la luz, Agatha sujetó la muñeca de su amiga, se zambulló hacia adelante, sin pensar en el aumento del dolor, y aplastó su mano y la de Sophie sobre la bola. Una supernova de luz blanca estalló y separó a las chicas; Agatha cayó en el vacío, con su conciencia fracturada.

Lentamente, su respiración se asentó, y la burbuja de vidrio apareció borrosa a su alrededor.

Ahora estaban dentro, húmedas y desplomadas.

—La conexión es débil —jadeó Agatha, señalando el tenue resplandor azul que revestía las paredes. Sacó el frasco que llevaba guardado en el vestido y abrió la carta de Arturo para lady Gremlaine, limpia y seca—. Tenemos que actuar deprisa…

Una bruma plateada flotó sobre sus cabezas y el rostro fantasmal se aplastó contra el vidrio:

—*Clara como el cristal, dura como el hueso, de Clarissa es mi sabiduría y solo ella tiene acceso… Pero su Segundo te nombró, así que también contigo hablaré…*

—Deprisa, Sophie —dijo Agatha, de rodillas ante el borde del fantasma, buscando entre las bolas de cristal que conformaban su rostro nebuloso—. Encuentra el que contiene a Rhian. La última vez estaba en este rincón.

Frotándose el pecho, Agatha apartó las escenas familiares: ella y Muerte en Graves Hill, cuando un gato solo era un gato… Sophie intentando matarla en el No Baile de primer año… Sophie con su vestido blanco de encaje con volantes, caminando de un lado a otro ante el tronco de Gnomolandia, antes de subir al carruaje real con ese chico sombrío…

Agatha hizo una pausa al volver a ver la escena por la que antes Sophie y Tedros se habían peleado. La escena era obviamente falsa. En primer lugar, Sophie ya se había deshecho de aquel vestido blanco y ahora llevaba uno nuevo. Y en segundo lugar, Sophie estaba allí con Agatha, ayudándola a luchar por Tedros. ¡Ella *jamás* regresaría con Rhian! Sin embargo, la escena aparecía otra vez, Sophie alejándose en el carruaje del rey, repitiéndose sin parar como si fuera real...

Entonces, Agatha la vio. Por el rabillo del ojo.

Una gota de cristal con Rhian dentro.

Estaba durmiendo en la habitación del rey, envuelto en vendajes ensangrentados; el cielo era completamente oscuro a través de las ventanas.

—Sophie, la he encontrado —dijo sosteniendo la bola de cristal.

Pero Sophie estaba observando otra bola de cristal pequeña, con el cuerpo tenso mientras veía cómo la escena de dentro se reproducía una y otra vez.

—¿Qué pasa? —preguntó Agatha mientras la bola se oscurecía a su alrededor.

Sophie salió de su trance.

—Nada. Una bola de cristal de mierda. ¿Es esta? ¿La bola de cristal de Rhian?

—Si es una mierda, ¿por qué acabas de guardártela en el bolsillo? —insistió Agatha.

—¡Para no mezclarla con las demás! ¡Deja de desperdiciar el tiempo que no tenemos! —la regañó Sophie, señalando la bola de cristal en la palma de Agatha—. ¡Rápido! ¡Ábrela!

Sophie tomó la mano de su amiga mientras Agatha calmaba su respiración y miraba dentro del vidrio.

Brotó la luz azul de la bola de cristal y las dos chicas entraron en ella.

Sus pies aterrizaron en la habitación del rey, húmeda y con olor a mil flores proveniente de los ramos que le habían mandado desde los otros reinos para desearle una buena recuperación, apilados en los rincones. Un haz de luz azul flotaba verticalmente detrás de las dos chicas, su portal de escape.

El rey Rhian yacía quieto en la cama, su cuerpo atrapado por el yeso, sus párpados magullados cerrados, y sus labios cortados llenaban de sangre la almohada.

Agatha dio un paso hacia él.

Rhian abrió los ojos, y fijó esos lagos azules verdosos en las dos chicas. Antes de que pudiera gritar, Sophie le arrancó la carta de las manos a Agatha y saltó encima de la cama; cubrió la boca de Rhian con su palma y lo aplastó bajo el peso de su pecho. Él se sacudió debajo del vestido azul y rojo de Sophie, su sangre manchaba los dedos de la chica.

—Escucha, cariño. Escúchame —dijo ella, toqueteando la carta sobre el regazo. Se le cayó algunas veces antes de lograr colocarla delante del rostro del rey—. Necesito que leas esto. ¿Ves lo que dice?

Agatha vio a Rhian atónito, con las mejillas carentes de color.

Sophie bajó la carta.

—Ahora la situación es clara, ¿no?

Rhian estaba quieto como un cadáver.

—Bien —dijo Sophie—. Agatha parece creer que el rey Arturo no es tu padre. Y esta carta es su evidencia. —Se acercó, su nariz casi rozando la del rey—. Así que necesito que me digas quién es tu verdadero padre. Y esta vez necesito que me digas la verdad. Quitaré mi mano y me lo dirás. ¿Entendido?

Está yendo demasiado rápido, pensó Agatha. *Está forzándolo…*

Sophie fulminó los ojos de Rhian con los suyos.

—3… 2… 1…

—¡Sophie, espera! —exclamó Agatha.

Sophie alzó la mano.

—¡*AYUDA!* ¡*AYUDADME!* —gritó Rhian—. ¡*AYUDA!*

Los guardias irrumpieron en la habitación por las puertas, con armaduras brillantes y espadas en alto, pero Agatha ya estaba apartando a Sophie de la cama y lanzando el cuerpo de ambas a través del portal azul.

Agatha aterrizó con brusquedad sobre el vidrio de la bola de cristal de Dovey, su cuerpo irradiaba dolor. Se puso de pie y sujetó el brazo de Sophie:

—¡Idiota! ¡Eres una tonta! ¡Actuaste como su amiga en vez de amenazarlo! ¡Deberías haberle apuntado con tu brillo a la garganta o haberlo sofocado con una almohada! ¡Algo que lo obligara a decir la verdad! ¡*Yo* podría haberlo hecho confesar la verdad! ¡Es por eso que te hice prometer que me dejaras manejarlo!

—Fuiste demasiado lenta —graznó Sophie, tocándose su propio pecho, con la mano todavía cubierta de la sangre de Rhian—. Hice lo que era necesario. Hice lo correcto.

—¿Lo *correcto*? ¡De qué estás hablando! ¡Era nuestra única oportunidad! —gritó Agatha—. Nuestra única oportunidad de conseguir la verdad…

Se detuvo en seco.

Sophie retrocedió, estupefacta.

Porque la sangre de Rhian que manchaba los dedos de Sophie se estaba desprendiendo mágicamente de su mano.

Las chicas observaron el patrón de sangre separándose de la piel de Sophie antes de flotar hacia arriba; la sangre se volvió más espesa y oscura. Lentamente, empezó a caer, y las gotas de sangre se unieron en una esfera diminuta que se hinchó como una semilla, con la superficie rígida y los bordes afilados, hasta que por fin acabó de tomar forma.

Una bola de cristal.

Una bola de cristal de *sangre*.

Flotó más arriba hacia la máscara fantasma y ocupó su lugar en el centro de la máscara, entre las dos cuencas oculares vacías.

Agatha extendió la mano a través del fantasma y aferró el cristal en su palma.

Ella y Sophie inclinaron el torso hacia adelante y miraron dentro de la superficie pulida roja, observando el inicio de una escena.

Las dos intercambiaron una mirada tensa.

—Tenemos que entrar —dijo Agatha.

Sophie no discutió.

El brillo de la bola de Dovey desaparecía, la conexión apenas continuaba en pie…

Pero Agatha ya estaba agarrando la mano de Sophie y clavando la mirada en el centro rojo.

Después de que se desatara una tormenta de luz, entraron dentro de la bola de cristal de la sangre del rey.

La escena tenía un tinte rojizo, como si estuviera ocurriendo bajo el fulgor de un sol sangriento.

Estaban dentro de la vieja habitación de lady Gremlaine en la torre Blanca de Camelot, observando a la exmayordoma principal de Tedros ir de un lado a otro, mirando nerviosa por su ventana.

Agatha prácticamente no la reconoció. Grisella Gremlaine todavía llevaba sus prendas lavandas características, pero era más joven, *mucho* más joven, de apenas veinte años; su rostro parecía tan blando y radiante, tenía cejas gruesas y labios carnosos, el pelo castaño suelto hasta los hombros. Lady Gremlaine se detuvo y posó la nariz contra la ventana, observando el jardín oscuro afuera… Luego continuó dando vueltas por la habitación.

El vidrio en su ventana no reflejaba a las dos intrusas de otra época ni al portal de luz difusa que había detrás de ellas.

Agatha apretó más fuerte la mano de Sophie. No solo por lo espeluznante que era viajar al pasado o estar ante una mujer que había visto asesinada y que había regresado de entre los muertos, sino también porque allí estaba la prueba de que lady Gremlaine estaba vinculada con la sangre del rey Rhian. Prueba de que lady Gremlaine era realmente la madre del rey Rhian.

Y Agatha estaba bastante segura de que Grisella Gremlaine esperaba la llegada del verdadero padre del rey Rhian.

—¿Estás segura de que no puede vernos? —susurró Sophie.

—Está *muerta* —dijo Agatha en voz alta.

Y tal y como pensaba, lady Gremlaine ni se inmutó mientras caminaba más deprisa, mirando una y otra vez hacia la ventana.

Un guijarro chocó contra el vidrio.

De inmediato, la mayordoma principal se acercó y abrió la ventana de par en par.

Una figura encapuchada entró, cubierta con una capa negra.

Agatha no veía su rostro.

¿El profesor Sader?

—¿Lo tienes? —preguntó lady Gremlaine sin aliento.

La figura encapuchada alzó un trozo de cuerda anudada.

Agatha observó la cuerda, con el estómago revuelto.

Parecía hecha de piel humana.

—¿Dónde está? —dijo la voz grave y suave del extraño.

Agatha quiso quitarle la capucha, pero su mano la atravesó.

—Por aquí —dijo lady Gremlaine.

Rápidamente, la mayordoma principal deslizó las manos sobre la pared y encontró el borde de lo que parecía una puerta secreta. La abrió, la silueta encapuchada la siguió dentro, atravesaron un baño y entraron a una habitación contigua. Agatha y Sophie también lo hicieron.

Agatha se quedó paralizada.

Era la extraña habitación de huéspedes en la que Agatha había estado una vez. En aquella ocasión, le había impactado lo fuera de lugar que parecía la estancia, lejos de los demás cuartos de invitados y muy poco decorada, solo con una cama pequeña pegada contra la pared.

Pero ahora, había alguien *en* la cama.

El rey Arturo.

Estaba dormido, con las manos cruzadas sobre el pecho.

La incipiente barba castaño claro le cubría la piel dorada, tenía las mejillas rosadas y suaves. Tenía dieciocho o diecinueve años, estaba en la flor de la juventud. Pero poseía cierta suavidad desgarbada… Una delicadeza que Agatha no había visto en sus encuentros previos con versiones mayores de Arturo. Respiraba serenamente, imperturbable ante lady Gremlaine y la figura extraña.

—No lo entiendo —susurró Sophie—. ¿Qué está ocurriendo?

Agatha estaba igual de confundida.

—Le puse aceite de cáñamo en la bebida tal y como me dijiste —informó lady Gremlaine a la figura desconocida—. Se durmió de inmediato.

—Entonces debemos actuar deprisa —respondió, y le ofreció la cuerda—. Colócale esto alrededor del cuello.

Lady Gremlaine tragó con dificultad.

—¿Y luego tendré a su hijo?

—Ese es el poder de la cuerda —susurró la figura encapuchada—. Úsala y quedarás embarazada con el heredero del rey Arturo antes de que Ginebra contraiga matrimonio con él.

El estómago de Agatha dio un vuelco.

—Tendrá que casarse conmigo —comprendió en voz baja lady Gremlaine.

—Serás su reina —dijo el desconocido.

Lady Gremlaine observó a la figura encapuchada.

—Pero ¿me querrá?

—No me pagaste para tener amor. Me pagaste para ayudarte a que se casara contigo y no con Ginebra —respondió la figura extraña—. Y esta cuerda lo conseguirá.

Lady Gremlaine observó al rey Arturo durmiendo, le temblaba la garganta.

Respirando agitada, se giró hacia la figura desconocida y tomó la cuerda. Lady Gremlaine avanzó extendiendo la cuerda, su sombra se proyectó sobre el rey durmiente, hasta que llegó junto al joven Arturo. Ella lo miró, tan enamorada, tan poseída, que todo su cuerpo pareció ruborizarse. Con manos temblorosas, colocó la cuerda alrededor del cuello de Arturo…

Agatha sacudió la cabeza de un lado a otro, las lágrimas le nublaban la visión. Sophie también estaba conmocionada. *Así fue como Rhian y Japeth habían sido creados. Con hechicería fría y calculadora. Sin amor.*

Lo cual significaba que, después de todo, Rhian sí era hijo del rey Arturo.

Su hijo mayor.

Rhian era el legítimo heredero.

Todo estaba perdido.

Agatha se llevó a Sophie hacia la puerta. Ya había visto suficiente. No podía soportar lo que iba a ocurrir a continuación…

—No puedo —exclamó una voz.

Agatha y Sophie se giraron.

—No puedo hacerlo —sollozó lady Gremlaine—. No puedo traicionarlo así.

Las lágrimas le cayeron por el rostro mientras se enfrentaba al desconocido.

—Lo quiero demasiado —susurró.

Dejó caer la cuerda y huyó de la habitación.

Agatha y Sophie intercambiaron una mirada.

Se quedaron solas en la habitación con la silueta encapuchada y el rey durmiente.

La figura desconocida exhaló. Recogió la cuerda y caminó hacia la puerta para seguir a lady Gremlaine fuera…

Pero de repente se detuvo.

El tiempo pareció detenerse, el único sonido en la habitación era la respiración profunda del rey.

Lentamente, el visitante observó al joven Arturo.

Unas manos suaves bajaron la capucha y revelaron el rostro de aquella figura extraña y sus ojos verde bosque.

Agatha y Sophie se sobresaltaron.

Imposible, pensó Agatha. *Esto es imposible.*

Pero la figura ahora retrocedía en la habitación, paso a paso, hacia la cama, hasta llegar junto al durmiente. Sonrió al rey indefenso, sus ojos verdes brillaban como los de una serpiente. Luego, con calma y determinación, el extraño colocó la cuerda alrededor del cuello de Arturo.

Agatha estaba a punto de vomitar.

La escena se detuvo. Rayos rojos y azules de estática recorrieron la habitación. Arturo y la silueta seductora se convirtieron en nubes borrosas. El suelo bajo los pies de Agatha se volvió estroboscópico y fracturado mientras desaparecía pieza por pieza…

La bola de cristal.

Estaba perdiendo la conexión.

Sophie ya estaba corriendo hacia la habitación de lady Gremlaine.

—¡Espera! —exclamó Agatha, tropezando en el baño resbaladizo entre los dos cuartos, pero Sophie le llevaba ventaja y se zambulló en el portal cuando este empezaba a cerrarse. Agatha se puso de pie, el portal cada vez más oscuro por la estática estroboscópica. Se lanzó hacia la abertura, el portal se encogía rápidamente, al tamaño de un plato… Una canica… Un guisante… Con un salto, Agatha se lanzó hacia la luz.

El agua caliente la engulló, le llenó la boca y la nariz, mientras se hundía en el fondo de la bañera de Muerte. Cualquier alivio por haber escapado del cristal quedó opacado por lo que acababa de ver. El pánico la atravesó como una flecha, su corazón le golpeaba contra el pecho. Ahora todo tenía sentido: la maldad de los gemelos… La magia de la Serpiente… El traje de cimitarras espías…

Encontré a Sader merodeando fuera del castillo…

Sader.

El Sader equivocado.

Agatha salió del agua, jadeando.

—Ella… Era *ella*…

Tedros entró a toda prisa por la puerta del baño.

—¿Qué estás haciendo? Las cimitarras pueden entrar en cualquier momento y Sophie y tú estáis… —Asimiló la escena. Se le pusieron las mejillas rojas—. ¡Acaso os habéis vuelto locas! Habéis entrado en esa bola de cristal sin…

—Evelyn Sader —jadeó Agatha—. Evelyn Sader es la madre de Rhian y Japeth. Maldijo a tu padre. Y tuvo a su hijo. Rhian es hijo del rey Arturo y de Evelyn Sader. Rhian es el hijo mayor de tu padre. Su heredero legítimo. Tedros… Rhian es el *rey*.

Su príncipe la miró. Por un segundo, sonrió estúpidamente, como si creyera que todo era una broma, una treta para distraerlo y que olvidara que estaba enfadado con ella.

Pero luego lo vio en los ojos de Agatha. Por cómo estaba temblando a pesar del vapor.

Estaba diciendo la verdad.

Tedros negó con la cabeza.

—Estás diciendo tonterías. Mi padre ni siquiera conocía a Evelyn S-S-Sad… —Retrocedió contra la pared—. No lo has visto bien… Sea lo que fuere, lo malinterpretaste…

—Ojalá fuera así. Ojalá todo fuera mentira —dijo Agatha, angustiada—. Lo vi todo, Tedros.

Salió de la bañera para tocarlo, para abrazarlo…

—Espera —dijo Agatha, deteniéndose en seco. Un nuevo pánico la invadió—. Sophie —susurró, mirando a su alrededor—. ¿Ha regresado de…?

Dejó de hablar.

Unas huellas pequeñas y húmedas salían del baño hacia el pasillo.

Agatha alzó la vista hacia Tedros.

—¿La has visto?

Tedros todavía estaba en shock.

—Estás equivocada. Tienes que estar equivocada. ¡Ella no tiene nada que ver con mi padre! ¿E-E-Evelyn? ¿La Decana?

Pero entonces vio el miedo en los ojos de Agatha.

Un miedo con respecto a algo completamente diferente.

—Sophie —jadeó Agatha—. ¿La has visto?

Tedros la miró sin comprenderla.

Pero entonces el rostro del príncipe se paralizó.

Empezó a correr. Agatha lo persiguió, el agua le caía mientras su príncipe y ella atravesaban el pasillo, revisaban cada recámara, siguiendo el rastro de huellas hasta llegar a la última habitación, la que tenía almohadas blancas desparramadas en el suelo, donde Sophie y ella habían dormido…

Sophie no estaba allí.

La ventana estaba abierta, dos huellas húmedas brillaban en el alféizar.

El grito de Agatha resonó por todo el palacio.

Porque no solo faltaba Sophie.

También había desaparecido su vestido blanco.

22

Guion de un asesinato

Evelyn Sader, pensó Sophie, conduciendo el vehículo anaranjado por la pista en espiral.

Un nombre del pasado. Ahora, una maldición en el presente.

Evelyn Sader: arrogante, suave como la seda, con aquel vestido maligno confeccionado con mariposas.

Evelyn Sader, Decana de la Escuela de Chicas, quien había resucitado al Director para demostrarle su amor. Pero Rafal nunca quiso a Evelyn. Él quería a

Sophie. Él quería a Sophie como esposa. Así que había matado a Evelyn Sader para quitársela de encima. Se suponía que aquel era el final de la historia de Evelyn. Sus planes oscuros y malvados de amor no habían dado frutos.

Pero en algún momento previo de la historia de Evelyn, aquellos planes sí que habían dado frutos.

Porque Evelyn había embrujado al rey Arturo para tener a sus hijos. Eso estaba claro. (A menos que la escena fuera falsa… *Es imposible*, pensó Sophie. Había surgido de la *sangre* de Rhian, no de su mente).

Pero todavía había tantas preguntas. ¿Cómo había conocido Evelyn Sader a lady Gremlaine? ¿Gremlaine sabía que Evelyn había usado la cuerda que ella había rechazado? ¿Gremlaine sabía que Evelyn había dado a luz a los hijos de Arturo? ¿Ese era el «secreto» terrible de lady Gremlaine? ¿Y el Director, el verdadero amor de Evelyn, lo había descubierto?

Sophie estaba tan distraída que condujo el vehículo directamente hacia el lado de la carretera…

Corrigió el curso, reprimiendo el pánico.

Había robado el vehículo a aquel paje parlanchín (¿Snubby? ¿Smarmy? ¿Sauron?), que lo había aparcado debajo de la ventana del cuarto donde Sophie había dormido. Se había escabullido junto al gnomo que roncaba sin parar, se había escondido tras un árbol y había encontrado la piel de serpiente en el asiento delantero del vehículo. Las ruedas chillaron contra la piedra y el gnomo se despertó y vio cómo su vehículo se alejaba sin conductor alguno.

—¡*Bhoot*! —rebuznó él—. ¡*Bhoooot*! ¡Hay un fantasma en mi vehículo! ¡*Bhooooot*! —Sophie asumió que *bhoot* significaba «fantasma» en Gnomo, así que se esforzó para actuar como uno y se balanceó amenazante mientras el paje la perseguía. Pronto, el vehículo desapareció al subir hacia las luces brillantes de la ciudad.

Ahora pedaleaba más deprisa mientras pasaba ante el Templo de Teoguet y el Musée du Gnome, el estrés le aplastaba las costillas. Tedros la odiaría por haberse ido. Pensaría que haber descubierto que Evelyn Sader era la madre de Rhian y Arturo su padre había hecho que Sophie regresara corriendo a los brazos del rey. Porque ahora Sophie sabía que Rhian era el heredero legítimo. Rhian era el rey. Lo cual significaba que Sophie podía ser reina de Camelot. La reina *legítima*. Y Tedros sabía que nada se interpondría entre Sophie y una corona.

Agatha intentaría defenderla, claro. Buscaría alguna señal que indicara que su mejor amiga todavía estaba de su lado.

Pero no encontraría ninguna. No solo porque Sophie no había tenido tiempo de dejar ninguna… Sino porque, si permitía que Agatha conociera su plan, su mejor amiga la seguiría y caería directamente en manos de Rhian.

Lo cual implicaba que Tedros ganaría por ahora. Sophie sería calificada de soplona desalmada y traicionera. La misma chica que los había abandonado por Rafal los había vuelto a tomar por tontos. Sophie, que no tenía lealtad por nadie. Sophie, quien solo pensaba en sí misma.

No culpaba a Tedros. Si fuera él, pensaría igual.

Pero perder la confianza de sus amigos era el precio que debía pagar.

Porque eso no tenía nada que ver con Evelyn Sader.

Eso estaba relacionado con lo que Sophie había visto en una bola de cristal.

No en la bola de cristal de sangre.

En *otra* bola.

Una bola de cristal que había encontrado por su propia cuenta.

La bola de cristal que Agatha la había visto observar antes de que ella fingiera que era una mierda y se la guardara en el bolsillo.

Pero no era una mierda.

Aquella bola de cristal era la razón por la cual estaba abandonando a sus amigos en mitad de la noche.

Y esto es lo que había visto dentro…

A sí misma.

Acobardada en un rincón de la habitación del rey, con la mejilla cortada y su vestido blanco con volantes empapado de sangre.

Rhian estaba al otro lado del cuarto, con su traje azul y dorado de rey.

Japeth también, con su traje de vasallo azul y dorado.

Se estaban peleando.

Más que eso.

Eran un León y una Serpiente dispuestos a matar.

Manos que arañaban ojos y tiraban del pelo. Dientes que se hundían en la piel. Repartían puñetazos, escupían sangre por la boca, ambos con el rostro destrozado cubierto de escarlata. Los gemelos batallaban sobre la cama, ambos intentando alcanzar Excalibur.

Rhian llegó primero.

Agitó la espada en el aire, el filo reflejó la luz como una antorcha…

Y atravesó el pecho de Japeth.

Directo a través del corazón.

Rhian retiró la espada y su hermano cayó.

Lentamente, Rhian se puso de rodillas junto al cuerpo de Japeth, observándolo mientras exhalaba su último aliento. El rey inclinó la cabeza sujetando el cuerpo de su hermano.

Excalibur yacía abandonada detrás de él.

Rhian no vio a Sophie salir del rincón.

El miedo desapareció del rostro de la chica.

Reemplazado por determinación.

Alzó la espada detrás de Rhian…

Y entonces la bola de cristal se oscureció.

Sophie había observado la escena en silencio dentro de la gota de vidrio, una y otra y otra vez.

Rhian mataría a Japeth.

Sophie mataría a Rhian.

Así era como terminaba aquel cuento de hadas.

O así era como ella *deseaba* que terminara aquel cuento de hadas.

Muerte le había advertido que las bolas de cristal no eran de fiar.

Especialmente las suyas.

Pero daba igual.

Aquel era su futuro.

Conseguiría que fuera su futuro.

Condujo más deprisa, apretando los dientes con fuerza.

Dovey una vez le había dicho: *Este es un cuento que va de si eres capaz de dejar de ser la víbora de tu propia historia para convertirte en la heroína de la historia de otra persona.*

En lo más profundo de su ser, Sophie nunca pensó que sería posible.

En su corazón, ella era una villana, no una heroína.

Agatha y Tedros eran los héroes.

Lo mejor que podía hacer era ayudarlos.

La bruja convertida en compañera.

Y, sin embargo, unir fuerzas con el Bien no había funcionado.

El hijo de Evelyn Sader ocupaba el trono de Camelot.

¡Evelyn Sader!, pensó Sophie, todavía atónita.

Su hijo bastardo de Arturo, nacido de la magia negra.

No importaba lo que Agatha y Tedros hicieran.

Aquel Mal iba un paso por delante.

Aquel Mal estaba fuera del alcance del Bien, un dragón de dos cabezas quemando todos los escudos.

Aquel Mal estaba tan arraigado en las profundidades del pasado que solo el Mal del presente podía deshacerlo.

Agatha y Tedros eran los héroes equivocados para esa guerra.

Pero ¿Sophie?

El Mal era su sangre.

Ella sería la heroína que mataría a ese dragón.

Y tenía la bola de cristal en su bolsillo para demostrarlo.

No era que pudiera verlo de nuevo, dado que Agatha era la única que tenía el poder de hacer funcionar una bola de cristal. Pero tenerla junto al cuerpo le otorgaba una determinación despiadada. Solo tenía que seguir el guion de lo que había visto. El guion de un asesinato. Era por eso que se había puesto de nuevo aquel repulsivo vestido blanco. El futuro se lo había ordenado.

Mientras Sophie ascendía por la Ciudad de los Gnomos, las luces del reino parpadeaban y brillaban, pero ahora la ciudad estaba en silencio, no había gnomos a la vista, excepto una abuela desdentada que llenaba las farolas de la calle con luciérnagas brillantes y retiraba las muertas. La abuela gnomo alzó la vista hacia el vehículo fantasma, luego se encogió de hombros y continuó trabajando. Sophie oyó un zumbido creciente al pedalear más deprisa hacia la cima del sendero, como si fuera una abeja fuera de la colmena.

Con un impulso abrupto, llegó al final de la vía, una pista de aterrizaje bajo el techo de tierra que ella, Teddy y Aggie habían atravesado para llegar a Gnomolandia. Sophie bajó del vehículo bien envuelta con la piel de serpiente y alzó una palma contra la tierra. Como si fueran arenas movedizas, la tierra se volvió húmeda y espesa entre sus dedos mientras se tragaba su mano, luego el brazo, luego el pelo, luego el rostro...

Salió por el otro lado.

El estruendo de la guerra rugía por el túnel abandonado del Metro Floral; resonaban alaridos, gritos y golpes ensordecedores. Iluminada por las enredaderas verdes brillantes, la barricada de gnomos de todas las edades hacía equilibrio unos sobre los hombros de otros, entrelazando los brazos para resistir los golpes intensos de las cimitarras de Japeth contra el pozo.

Pero la defensa de los gnomos estaba empezando a fallar. Dos cimitarras habían entrado en el túnel y revoloteaban por la marea de cuerpos, apuñalando a voluntad, mientras los gnomos intentaban combatirlas sin perder el equilibrio y derrumbar la barricada.

Sophie sacó el resto de su cuerpo a través de la tierra, deslizándose entre las piernas de un gran gnomo musculoso… y casi embistió a Ginebra y al Sheriff. El gato de Agatha estaba agarrado del saco del Sheriff, que lo llevaba atado al bíceps, y el grupo estaba escondido en las sombras de la barricada.

—Voy a pelear contra esos gusanos escamosos y no puedes detenerme —le gruñó el Sheriff a Muerte, pero el gato clavó las uñas afiladas en el hombro del Sheriff, mostrándole los dientes.

—*Miau* —le ordenó el rey de los gnomos.

El Sheriff acercó su nariz a la del gato.

—Eres un troll cara de rata que huele a mofeta…

El cuerpo de Muerte se tensó, sus ojos amarillos se encendieron.

—*¡Miau!* —exclamó de pronto—. *¡Miau, miau!*

Abandonó de un salto el hombro del Sheriff y corrió hacia el segmento de tierra por donde Sophie acababa de salir.

—¡Es Agatha! ¡Dice que está en problemas! —tradujo Ginebra, arrastrando al Sheriff tras Muerte—. Y ¡Tedros está *con* Agatha! Si ella está en apuros, él también…

El gato de Agatha estaba a punto de zambullirse en la tierra para regresar a Gnomolandia, pero se detuvo, paralizado.

Miró en dirección a Sophie, el cuerpo de la chica oculto bajo la piel de serpiente, y ella se agazapó sobre las cuatro extremidades detrás del gnomo colosal. El gato observó con más atención...

—Pues, vamos —ladró el Sheriff, y empujó a Muerte a través de la tierra antes de ayudar a Ginebra a pasar también, hasta que ambos desaparecieron.

Pero el Sheriff no los siguió.

En cuanto el gato desapareció, el Sheriff colocó su saco mágico sobre el pozo de tierra, de modo que cualquiera que regresara por ahí entraría en el saco. Luego el Sheriff avanzó hacia el gnomo detrás del que Sophie se escondía y le colocó su bota sucia encima del hombro. El gnomo gritó sorprendido, pero el Sheriff ya había empezado a subir. Más gnomos gritaron, alarmados por el humano inmenso y peludo que los escalaba como una montaña, pero estaban colocados de una manera demasiado precaria como para luchar, así que solo podían darle palmaditas obstinadas y golpes suaves en la nariz. El Sheriff apretó los dientes, clavando las botas en la espalda de los gnomos; sus gritos y golpes sonaron cada vez más fuertes, hasta que por fin estuvo lo bastante arriba como para ver una de las dos cimitarras voladoras que apuñalaban gnomo tras gnomo, a punto de derrumbar el centro de la pirámide y lograr que la mitad del reino cayera hacia la muerte. La cimitarra suelta apuntó hacia el gnomo más fuerte, que ya había sido apuñalado dos veces y luchaba por sostener la barricada. La punta afilada de la cimitarra apuntó directamente al cuello del gnomo.

El Sheriff atrapó la cimitarra con la mano. Le arrancó la cabeza con los dientes y la escupió; pulverizó el resto con el puño y dejó caer la sustancia pegajosa en la oscuridad del pozo.

Mil gnomos lo miraron boquiabierto.

Estallaron en aplausos que ahogaron el sonido de las cimitarras en el exterior.

De pronto convertidos en el mejor amigo del hombre, los gnomos ayudaron al Sheriff a subir más y más arriba, exclamando ¡VIVA EL APESTOSO! ¡VIVA EL APESTOSO! en un coro agudo. Aprovechando la distracción, Sophie escaló los gnomos detrás del Sheriff, las criaturas diminutas gruñían ante el peso de la chica y giraban la cabeza, sin ver nada. A medida que subía, Sophie oyó los vítores arrogantes y vio que el Sheriff aplastaba la segunda cimitarra y lanzaba abajo sus entrañas chorreantes, que salpicaron la piel de serpiente de Sophie. El gnomo por el que estaba subiendo miró boquiabierto la sustancia que parecía flotar, pero Sophie enseguida lo dejó atrás persiguiendo al Sheriff, que se dirigía hacia la tapa del tronco.

Afuera, el ataque de las cimitarras contra el tronco cesó, la vibración de los golpes estruendosos contra el pozo se redujo a la nada. Los gnomos empezaron a celebrarlo pensando que habían ganado la batalla, pero el Sheriff solo escaló más deprisa, como si el verdadero villano estuviera a punto de escapar. Sophie hizo un esfuerzo por seguirle el ritmo, pero perdía los puntos de apoyo. El Sheriff subió sobre el último grupo de gnomos, extendió las manos robustas y abrió por la fuerza el tronco pesado; el aire fresco del bosque invadió el hueco. Con un gruñido, hizo pasar su estómago prominente y su cadera por el agujero y dejó que la tapa se cerrara sola. Jadeando, Sophie se balanceó entre los gnomos, sus zapatillas suaves bailaban sobre los hombros de las criaturas. Intentó alcanzar el último haz de luz de luna…

El aire frío nocturno le besó el rostro antes de pasar la última pierna y que el tronco se cerrara.

El Bosque estaba en silencio.

Sophie estaba apenas a centímetros del Sheriff, tumbada boca abajo en el suelo, pero él no la veía por la piel de serpiente que le cubría el cuerpo. Se quedó quieta como un muerto mientras el Sheriff se ponía de pie.

—Sé que estás aquí —gruñó él, buscando con la mirada en la oscuridad, apenas iluminada por las luciérnagas del tronco—. Escondiéndote como el cobarde que eres.

Una hoja crujió.

El Sheriff se giró.

Kiko se quedó paralizada, su rostro rosado y su pelo en dos coletas cubiertos por la luz de la luna.

—Beatrix y Reena han oído un ruido, han ido a investigar y me han dejado montando guardia, pero tenía que orinar así que me he ido por allí porque esas luciérnagas del tronco lo observan to… —De pronto enmudeció.

El Sheriff se llevó un dedo a los labios.

—*Escóndete* —le dijo sin emitir ningún sonido.

Kiko se colocó detrás de un árbol.

El Sheriff escuchó con más atención, el silencio era más profundo a su alrededor. Avanzó con cautela, y estuvo a punto de aplastar a Sophie con su bota…

Luego, los ojos del Sheriff se quedaron congelados.

Lentamente, se giró.

Japeth salió de entre las sombras, el brillo anaranjado del tronco se reflejaba en su traje negro como si estuviera en llamas.

—Muy astuto. Le diste a Robin Hood tu anillo para que pudiera entrar en la reunión del Consejo sin ser detectado —dijo la Serpiente, sin máscara—. Pero ¿por qué? ¿Qué hizo allí? ¿Quizá dejarle un mensaje a *una princesa*?

Alzó su mano cubierta de cimitarras que retrocedieron sobre su piel lechosa como hormigas que huyen de un nido y revelaron un cartel en blanco en su palma. Japeth se mordió fuerte el labio para hacerlo sangrar. Luego, sumergió la punta del dedo en la sangre y la deslizó sobre el papel; su sangre revirtió la magia e hizo visibles las palabras.

HAZLE CREER QUE ESTÁS DE SU LADO

El Sheriff no se movió.

—Robin debió usar tu anillo, porque él no tiene ninguno —comentó Japeth—. El Bosque de Sherwood entregó esos deberes a Nottingham, donde vive el bosque. Irónico, ¿no? ¿Robin Hood, un súbdito de su némesis mortal? Lo cual implica que esta vez Robin no puede salvar a nadie. En cambio, el pobre e incomprendido Sheriff, sí.

El Sheriff resopló.

—Así que es por eso que tu hermano envió a sus piratas idiotas a matarme en Nottingham. Pensaba que podrían conseguir mi anillo. Pero, en cambio, se llevaron unos huesos rotos.

El corazón de Sophie se estremeció tanto bajo la piel de serpiente que creyó que saldría volando. *Entonces yo tenía razón; Robin tenía un anillo*, pensó. *Pero no le pertenecía. Era por eso que Muerte no quería dejar que el Sheriff peleara. Estaba protegiendo al Sheriff. Estaba protegiendo al anillo.*

—Solo hay tres líderes que todavía conservan los anillos. Tres de cien —dijo Japeth con firmeza—. Y esta noche, cuando terminen los ataques contra dos de esos reinos, estos tres se reducirán a uno. A ti, el último hombre en pie.

—Así que has venido a matarme —sonrió el Sheriff.

—No pensaba que fuera a ser tan fácil, siendo sincero —dijo la Serpiente—. Pensé que tendría que matar a Agatha, a Tedros y a todos los rebeldes para tener la oportunidad de llegar hasta ti.

Supuse que en cuando supieras que mi hermano te perseguía, tus amigos te esconderían bien…

Japeth vio que el rostro del Sheriff temblaba.

—Ah, ya veo. No saben que estás aquí. No saben que has salido de tu escondite para venir a pelear *conmigo* —reflexionó Japeth—. El orgullo es el pecado más mortal.

—Oh, hay otros peores —dijo el Sheriff—. Matar a un hada madrina. Robar los poderes de la Dama del Lago. Ser el sicario de un mestizo mentiroso.

Los ojos de Japeth atravesaron al Sheriff.

—Y, sin embargo, la Dama del Lago *me* besó. La Dama del Lago *me* deseaba. Así fue como le robé sus poderes. ¿Acaso la mayor defensora del Bien se enamoraría de un *secuaz*?

El Sheriff no tenía respuesta. Sophie tampoco, atrapada en el suelo.

—Entonces, veámoslo —ordenó Japeth—. Muéstrame tu anillo.

—Todavía lo tiene Robin. Tendrás que pelear con él para obtenerlo —respondió con calma el Sheriff—. Buena suerte sobreviviendo en el Bosque de Sherwood. Apuesto mis botas a que no lo harás.

—Ya veo —murmuró Japeth—. Es solo que… no te creo. Apostaría mis botas, como tú mismo has dicho, a que no permitirías que ese anillo se apartase de tus manos ahora que sabes que mi hermano va tras él. No confiarías en nadie más para protegerlo. En especial no en Robin Hood.

El Sheriff miró a Japeth a los ojos. Sophie esperaba que el Sheriff riera… Que demostrara que había sido más astuto que su oponente… Que demostrara que Robin todavía tenía el anillo tal y como había dicho…

—Os creéis muy astutos —replicó el Sheriff, enrojecido—. Tu hermano y tú. Nunca ganaréis. Matarme no servirá de nada. Solo el *líder* de Nottingham puede quemar el anillo.

Si muero, pasará a las manos del siguiente en la línea de sucesión y Dot no lo quemará, da igual lo que hagas. Sus amigas la protegerán.

—Me temo que la memoria te falla —dijo la Serpiente—. Si mueres, ese anillo pasa a tu heredera, que según la ley de Nottingham debería haber sido tu hija, hasta que tú *cambiaste* la ley para que tu sucesor fuera Bertie, tu carcelero. Según *Las Noticias de Nottingham*, lo hiciste cuando estabas enfurecido porque Dot había rescatado a Robin de la cárcel. Supongo que tu hija y tú tenéis un pasado complicado, ¿no? En cualquier caso, Bertie está disfrutando en su nueva propiedad de Camelot, pagada por mi hermano. Lo cual significa que Bertie estará más que dispuesto a quemar tu anillo antes de que tu cuerpo llegue a la tumba. —Los ojos de Japeth brillaron—. Resulta que traicionar a tu propia sangre tiene un precio.

El Sheriff rugió y atacó a la Serpiente como si fuera un carnero. Lo embistió tan fuerte que Japeth salió volando y cayó al suelo, inconsciente. En un instante, el Sheriff estaba sobre él, golpeándolo con ambos puños, cortando las mejillas blancas como un fantasma de Japeth; los puñetazos del Sheriff estaban cargados de un fuego tan profundo que Sophie creyó que nunca se detendría. Pero entonces algo se movió sobre el muslo de Japeth: una única cimitarra todavía reptaba… esforzándose por desprenderse del traje de la Serpiente…

Sophie saltó demasiado tarde.

La cimitarra apuñaló la oreja del Sheriff.

El Sheriff gritó de dolor, cayó de espaldas retorciéndose y aullando mientras la sangre le brotaba de la oreja, antes de por fin arrancarse la cimitarra y hacerla pedazos. Se puso de pie con dificultad, pero Japeth le dio una patada en el pecho y luego golpeó la cabeza del Sheriff con ambos puños, como si fuera un martillo, lo cual hizo que el hombre cayera de rodillas.

Un estallido de luz amarilla pasó junto a la cabeza de la Serpiente.

Japeth se giró y vio a Kiko corriendo hacia él.

Las cimitarras se desprendieron de su traje y apuntaron al rostro de Kiko.

Sophie se puso de rodillas. Disparó un resplandor rosa brillante que impactó en el pecho de Kiko y la hizo salir disparada como una bola de cañón hacia la oscuridad de los árboles.

Era el hechizo aturdidor más fuerte que Sophie podía hacer, cargado con su determinación por mantener a Kiko viva. Donde fuera que Kiko estuviera, tardaría un tiempo en recuperarse, pero con suerte Beatrix y Reena la encontrarían antes que los hombres de Rhian.

Mientras tanto, la Serpiente había visto el hechizo que había golpeado a Kiko y se giró en dirección a Sophie, pero no vio a nadie.

El Sheriff aprovechó la distracción de Japeth y le puso el brazo encima de la garganta, asfixiándolo contra el suelo. La Serpiente se giró y golpeó la entrepierna del Sheriff con su rodilla antes de ponerse encima del hombre con la velocidad de un rayo y apretarle la garganta con las manos.

Envuelta en la piel de serpiente, Sophie se puso de pie, corrió hacia Japeth con otro hechizo aturdidor en la punta de los dedos…

Pero se detuvo.

O, mejor dicho, algo detuvo a Sophie.

Su *vestido*.

Le estaba apretando el cuerpo, el encaje blanco se endureció como un corsé, más y más ajustado sobre su piel, quemándola más y más hasta que bajo la piel de serpiente, el vestido blanco empezó a volverse *negro*.

¿Qué está pasando?, pensó atónita, sin poder moverse de su sitio.

El vestido entero mutó como si una obsidiana brillante y negra le apretara el cuerpo como una segunda piel; el vestido de volantes blancos se endureció, se estilizó más y más formando unas delgadas y puntiagudas... *cimitarras*.

El estómago de Sophie dio un vuelco.

Ese vestido.

Lo había visto antes.

En una bola de cristal.

La primera vez que había entrado en la bola: una visión de ella vestida con aquel atuendo de puercoespín mientras subía por un árbol.

Por aquel entonces, la había desestimado. La idea de llevar puesta aquella prenda le parecía ridícula. Y no solo eso, era absurdo pensar en ponerse aquella prenda con cimitarras puntiagudas en medio del bosque y luego empezar a subirse a los árboles.

Los ojos de Sophie temblaron.

Ay, no.

Como una ráfaga, el viento empezó a mover a Sophie hacia el árbol más cercano, una fuerza invisible tan intensa que no pudo resistirse. El vestido la arrastró sobre el tronco, así que más que subir, estaba ascendiendo; la prenda la llevó entre las ramas a la copa, donde las cimitarras del vestido se clavaron en la corteza gruesa para sostener a Sophie en aquel sitio como una camisa de fuerza, lejos de la Serpiente y del Sheriff, que todavía peleaban en el suelo.

Sophie se agitó contra el árbol, la piel de serpiente todavía la cubría. ¿Por qué no podía quitarse el vestido como antes? Japeth ni siquiera sabía que estaba allí. ¿Cómo era posible que un vestido tuviera mente propia? ¿Que cobrara vida en aquel preciso *instante*? Debería haber sabido que no podía confiar en la prenda: por la manera en que Japeth había insistido en que se la pusiera... Por la manera en que le escocía cuando estaba cerca de ella... Por el modo en que había reaparecido después de que ella la hubiera convertido en cenizas…

Era el querido vestido de la madre de Japeth.

El vestido de Evelyn Sader.

Y, al igual que el vestido de mariposas que Evelyn llevaba y que el traje de su hijo, aquel también estaba vivo.

En el suelo, Japeth estaba estrangulando al Sheriff con tanta fuerza que su rostro se había vuelto rojo como una cereza, las venas de la garganta le sobresalían bajo la piel.

El Sheriff alzó su gran palma de la mano temblorosa…

Y abofeteó a Japeth con todas sus fuerzas.

Japeth gritó sorprendido, pero quedó ahogado por un grito de guerra primitivo cuando el Sheriff se incorporó del suelo y rugió a la Serpiente como si fuera un león. Una cimitarra afilada salió disparada del traje de Japeth, pero el Sheriff la atrapó en el aire y apuñaló a Japeth en la costilla. Las cimitarras del cuerpo de Japeth chillaron en un coro terrible antes de desprenderse todas del traje de la Serpiente como mil cuchillos negros y atravesar las muñecas y los tobillos del Sheriff y crucificarlo en el suelo. El Sheriff gruñó, perplejo, luego miró hacia arriba, con sus ojos negros abiertos de par en par, respirando aterrorizado por la boca.

Atada al árbol, Sophie intentó encender su dedo, pero el vestido se lo impidió. Nunca se había sentido tan derrotada, tan asustada. Aquel era el padre de Dot. Un villano que se había redimido. Un hombre del Mal que había optado por el bando del Bien cuando importaba. No merecía morir. No ahora. Y, sin embargo, no podía ayudarlo. No podía hacer nada.

Japeth se puso de pie, su rostro magullado lucía un tono púrpura que tenía muy mala pinta, y ríos de sangre le cubrían el cuerpo desnudo.

Tomó un palo pesado del suelo y lo rompió contra su rodilla para que el extremo fuera afilado como una estaca.

La Serpiente se acercó al Sheriff y se colocó sobre el cuerpo indefenso del hombre, con ojos vacíos y fríos.

—Nunca… ganarás —dijo el Sheriff con voz ronca.

—¿Acaso no dijiste lo mismo cuando todo esto empezó? —replicó Japeth.

Sophie emitió un grito silencioso.

La estaca atravesó el corazón del Sheriff.

Sophie se giró, las lágrimas le caían sobre las manos, las hojas y las ramas le arañaban las mejillas. Oyó a Japeth hurgando en el cuerpo del Sheriff en busca del anillo. La respiración de la Serpiente se volvió más ruidosa, sus movimientos más frenéticos. No conseguía encontrarlo…

Luego, silencio.

Sophie bajó la vista y vio a Japeth arrodillado sobre el cadáver del Sheriff.

Estaba paralizado.

Pensando.

—Apuesto mis botas… —susurró Japeth.

Sus ojos volaron hacia el calzado del Sheriff.

Le quitó una bota de cuero sucia.

Luego la otra.

El anillo plateado brillaba alrededor de un dedo del pie ennegrecido, casi tan luminoso como la sonrisa de la Serpiente.

Japeth partió hacia el Bosque Infinito, silbando una canción; su piel blanca como la nieve brillaba en la oscuridad, antes de girarse y mirar a sus secuaces. Las cimitarras soltaron el cuerpo del Sheriff en el suelo y persiguieron a su amo.

Encima del árbol, el vestido de Sophie se convirtió de nuevo en encaje blanco y dejó de sujetarla contra la corteza, como si de pronto fuera su amigo. En un segundo, Sophie empezó a deslizarse sobre las ramas hacia abajo hasta llegar al suelo, donde cayó sobre el cuerpo del Sheriff.

Él todavía tenía los ojos abiertos y le salía espuma por la boca.

—Dile… a Dot…

—¡Shhh! ¡Iré a por los gnomos! ¡Voy a buscar ayuda! —dijo Sophie, girándose hacia el tronco.

El Sheriff le sujetó la mano.

—Dile a Dot… que su madre y yo… —La sangre lo asfixiaba—. Que fue… amor.

El corazón del Sheriff se detuvo.

Lentamente, sus ojos se cerraron.

Soltó la mano de Sophie, su piel estaba helada.

—No… —susurró Sophie. Lloró sobre el Sheriff, empapada de la sangre del hombre. Debería haberlo salvado. Debería haberlo detenido. Ella era la Bruja del Bosque Lejano. Podría haberle arrancado el corazón a Japeth y haber alimentado a sus cimitarras con él. Hubiera dado la vida para proteger ese anillo, para proteger el Bosque y sus amigos. Si tan solo le hubieran dado la oportunidad.

Enfurecida, empezó a tirar del vestido blanco, destrozó las capas de tela y las lanzó al viento, pero el vestido se reparó instantáneamente e hizo desaparecer la sangre del Sheriff; la magia de la prenda se ciñó más al cuerpo de Sophie, como una armadura.

Sophie permaneció acurrucada, empapada de sudor y lágrimas, mientras el amanecer amenazaba la oscuridad.

Algo se clavó en su muslo. Dentro de su bolsillo.

La bola de cristal.

Lo que había hecho que abandonara a sus amigos y escapara de allí.

Lo que le había mostrado la manera de presentar pelea.

Un crujido intenso resonó por el bosque…

Sophie se giró.

Semillas de llamas brillaban entre los árboles, avanzando en su dirección.

Los ojos de Sophie se clavaron en el vidrio verdoso.

Sigue la bola de cristal, pensó.

Sigue el guion.

Vengaría la muerte del Sheriff.

La venganza estaba en camino.

Contra Japeth *y* su hermano.

Rápidamente, Sophie llevó el cuerpo del Sheriff entre los árboles, lejos del calor del sol que teñía de rojo el suelo del bosque.

Caminó de un lado a otro frente al tronco, mirando hacia el bosque.

No había ni rastro de Kiko, Beatrix, Reena.

No había ni rastro de Muerte o los gnomos.

Necesitaba contactar a Agatha… hacerle una pregunta cuya respuesta necesitaba…

Pero ¿cómo?

Recordó algo que Kiko había dicho: *Esas luciérnagas del tronco lo observan todo…*

El crujido se fue acercando… Las antorchas se volvieron más brillantes…

Un carruaje azul y dorado se acercó, tenía el escudo de Camelot tallado, e iluminó a Sophie con las antorchas cuando el conductor detuvo los caballos.

Por la ventana, Sophie vio a un chico dentro del carruaje, con el rostro ensombrecido.

La puerta se abrió.

Usando su brillo rosa para iluminar sus pasos, Sophie subió junto al chico y cerró la puerta.

Se giró hacia Sophie, su mandíbula cuadrada y sus ojos rasgados parecían esculpidos en la silueta.

—Rhian vio tu mensaje —dijo Kei.

Le mostró un pergamino que le resultó familiar.

La carta de Arturo para lady Gremlaine.

—*Querida Grisella: Sé que has ido a quedarte con tu hermana Gemma…*

La carta que Sophie había lanzado al rostro de Rhian mientras él luchaba contra ella en la cama.

La carta que había hecho abrir los ojos de par en par al rey, sus manos ensangrentadas inertes sobre las de Sophie.

Pero no había sido la carta lo que había logrado ese efecto.

Sino las palabras que Sophie había escrito sobre ella, a escondidas de Agatha.

Las palabras que había escrito en secreto con la sangre de Rhian.

RESCÁTAME
ANTIGUA GNOMOLANDIA
AL AMANECER

Había mentido a Agatha, fingiendo que respetaría su plan.

Había traicionado a sus amigos y a las fuerzas del Bien.

Pero solo Sophie había visto la bola de cristal que ahora estaba oculta en su bolsillo.

Solo ella había presenciado cómo terminaría de verdad aquel cuento.

Pronto, el León y la Serpiente estarían muertos.

Sophie alzó la vista hacia Kei.

—Sabe que estoy de su lado, ¿verdad? ¿El rey?

El capitán no respondió. Miró hacia adelante mientras el cochero hacía avanzar los caballos y el carruaje se sacudía sobre las ruedas para regresar a Camelot.

23

Gato en un museo

gatha estaba de pie en el centro de la Tierra, con el cuerpo cubierto de sudor, un pozo infinito de lava azul burbujeaba debajo de ella como un mar luminiscente.

Lentamente, una liana verde brillante descendió el cuerpo del Sheriff hacia la lava.

Detrás de Agatha, cientos de gnomos se habían reunido en el Fin de la Tierra, un fragmento cubierto de césped suspendido de las enredaderas, dominado por un obelisco dorado, tallado con los nombres de los gnomos que habían muerto. Bajo el campo de césped flotante, un océano de lava fluorescente se movía turbulentamente. La audiencia de gnomos se quitó el sombrero e inclinó la cabeza mientras la lava le daba la

495

bienvenida a su primer humano; las olas derretidas arremetían y salpicaban el cuerpo del Sheriff, antes de devorarlo en un chisporroteo de humo.

Agatha no derramó ninguna lágrima. El Sheriff ya estaba muerto cuando ella, Tedros, Muerte y Ginebra lograron salir del saco encantado que el Sheriff había dejado como trampa. Habían intentado reunir las luciérnagas del tronco y extraerles todo lo que habían visto, pero las cimitarras las habían matado casi a todas, cosa que corrompió la grabación. Pero habían visto lo suficiente como para saber que Japeth había matado al Sheriff a sangre fría y le había robado el anillo. El único anillo que podía interponerse entre Rhian y el poder infinito.

El alma de Agatha ardía como el infierno que tenía debajo.

Japeth había matado a Chaddick.

Japeth había matado a Millicent.

Japeth había matado a Lancelot, Dovey, el Sheriff.

Durante todo ese tiempo, Agatha había estado obsesionada con un rey mentiroso y su trono.

Mientras tanto, su hermano estado asesinando a sus amigos sin piedad.

Tedros y Ginebra estaban a su lado, la lava brillante y los pensamientos oscuros se reflejaban en sus ojos.

—¿Su Alteza? —dijo una voz.

Todos se giraron.

Subby, el paje del rey, avanzó.

—Alguien me ha robado el vehículo —dijo, mientras los gnomos lo observaban—. ¡Se lo ha llevado del palacio!

—*Miau, miau* —exhaló Muerte, sin paciencia para eso.

—¡Creí que era un *bhoot*! —insistió Subby—. Pero ¡era un *bhoot* humano!

—¡*Miau*! ¡*Miau*! —replicó el gato.

—¡Un humano que ha subido allí arriba! —insistió Subby—. ¡Que estaba allí arriba cuando ha muerto el Sheriff!

El rostro de Muerte cambió.

—Encontré esto cerca del cadáver —explicó el paje.

Subby alzó algo que reflejó la luz del cementerio.

Todos los gnomos exclamaron *ooooh*.

Tedros fulminó con la mirada a su princesa.

Muerte también.

Agatha apretó los dientes.

Incluso desde aquella distancia podía olerlo.

La piel de serpiente en manos de Subby.

Apestaba a suciedad, tierra…

Y lavanda.

Una abuela gnomo sin dientes estaba sentada en el suelo cruzada de piernas, tocando con el dedo los estómagos de cientos de luciérnagas muertas, como si fueran teclas de un piano.

—Alto —dijo Agatha.

La abuela gnomo detuvo el dedo y pausó el video que se estaba reproduciendo sobre una pared brillante en el Salón del Trono.

Tedros, Ginebra, Agatha y Muerte se acercaron a analizar la imagen en la pared.

—¿Sería posible completarla un poco más? —le preguntó Agatha a la vieja gnomo.

La abuela sin dientes toqueteó las luciérnagas muertas, reparando carcasas y alas rotas con la punta del dedo; aquello pareció mejorar la escena corrompida.

—*Un pajarito hizo popó sobre ti* —trinaba la abuela gnomo mientras trabajaba—. *Un pajarito hizo popó sobre ti… Un pajarito hizo popó…*

—¿Podría trabajar más deprisa? —dijo Tedros, exasperado.

La abuela le lanzó una mirada fétida que acentuó con un pedo. Luego, continuó toqueteando y cantando, exactamente igual que antes.

Tedros apeló a Muerte.

El gato masculló algo, como diciendo: «Intenta gobernar un reino lleno de ellos».

—¡Mirad! ¡Es ella! —exclamó Agatha, observando la imagen en la que Kiko atacaba a la Serpiente y un estallido de luz rosa impactaba contra su pecho. Agatha señaló el brillo sin cuerpo—. Es el hechizo de Sophie. Seguro que estaba escondida cerca.

—Ahí está tu prueba entonces. Tu supuesta mejor amiga ha atacado a Kiko para evitar que luchara contra la Serpiente —dijo Tedros apretando los dientes—. Tu supuesta mejor amiga ha ayudado al asesino de Dovey y del Sheriff.

—O ha intentado evitar que asesinaran a Kiko —dijo Agatha, reflexionando.

—¡Todavía la defiendes! ¡Todavía defiendes a esa bruja! —replicó Tedros, más enfadado de lo que nunca lo había visto—. ¡Nunca pensé que pudieras ser tan estúpida!

Agatha discutía con frecuencia con Tedros. Su príncipe era muy consciente de que ella era tan firme como él, y él la quería por ello. Pero aquella vez, Agatha no tenía justificación. Sophie había abandonado a sus amigos y había regresado con el enemigo. No solo eso, sino que ahora Agatha recordaba la manera en que Sophie había sujetado a Rhian en la cama cuando entraron en la bola de cristal… La manera apresurada en que lo había confrontado… Como si intentara seguir un guion diferente del que ella y Agatha habían acordado…

Hice lo que era necesario, había explicado Sophie después. *Hice lo correcto.*

Arruinó el plan a propósito, comprendió Agatha.

Pero ¿por qué?

Esa bola de cristal, pensó.

La que había visto que Sophie observaba y se guardaba en el bolsillo.

Sophie había visto algo en su interior.

Algo que la hizo querer regresar a Camelot.

—Mmm… Si ese es el hechizo de Sophie, entonces *esa* debe ser Sophie —dedujo Ginebra, señalando un brillo ínfimo en una esquina de la escena—. Las luciérnagas del tronco han detectado la presencia de la piel de serpiente. ¿Hay algún modo de seguir ese haz de luz durante el resto de la grabación?

La abuela gnomo deslizó de nuevo los dedos sobre los estómagos de las luciérnagas, a través de las imágenes, rellenando con destreza las escenas, siguiendo el haz de brillo mientras escalaba un árbol, donde se quedó hasta el fin de la batalla entre la Serpiente y el Sheriff, cuando Sophie se quitó la piel de serpiente y arrastró al Sheriff en la oscuridad antes de subir al carruaje real con un chico ensombrecido. Agatha observó a Sophie usar su brillo rosa para iluminar los escalones para subirse al carruaje y cerrar la puerta, antes de que la grabación se detuviera en una última imagen: el carruaje alejándose, levantando polvo con las ruedas.

Tedros estaba a punto de estallar.

—Entonces, Sophie observó toda la pelea desde la seguridad de un árbol, luego lloró sobre el cuerpo del Sheriff como una mala actriz, lo escondió entre los arbustos y regresó al castillo para estar con esos dos monstruos. Si recupero mi trono, *cuando* recupere mi trono, esa zorra endiablada perderá la cabeza junto a ellos.

Tiene razón, pensó Agatha, todavía confundida. Todo lo que Tedros decía sobre Sophie era un hecho irrefutable.

Pero, entonces, ¿por qué no podía aceptarlo?

¿Por qué su corazón todavía defendía a su mejor amiga?

Por el rabillo del ojo, se dio cuenta de que Ginebra se mordisqueaba el labio, con el mismo dilema que ella.

—¿Qué pasa? —gruñó Tedros.

—Cuando Sophie estuvo en el castillo, fingió estar del lado de Rhian de modo tan convincente que creí que te había traicionado —dijo Ginebra—. Pero incluso bajo el control de Rhian, encontró una manera de demostrarme a quién debía su lealtad. Encontró una manera de decirme la verdad. ¿Y si estamos pasando algo por alto?

—Bueno, eso fue cuando pensaba que yo era el verdadero rey —replicó Tedros—. Pero ahora que piensa... —Tedros no pudo seguir hablando.

Ginebra frunció el ceño.

—¿A qué te refieres con «cuando»? ¿Qué ha cambiado?

Muerte también los miró inquisitivamente.

Agatha y Tedros compartieron una mirada firme. Su príncipe todavía parecía en negación sobre lo que su princesa había visto en la bola de cristal de sangre. Y ahora la idea de que compartiera con su madre la posibilidad de que no fuera el verdadero heredero... Que su esposo hubiera sido hechizado para tener hijos con otra... Que Excalibur había tenido razón en rechazarlo...

Tedros miró a Ginebra.

—N-n-nada. Nada ha cambiado.

—¿Pero por qué ibas a decir que Sophie no cree que seas el rey verdadero?

Mientras Tedros evadía a su madre, Agatha continuó pensando en lo que Ginebra acababa de decir.

Encontró una manera de demostrarme a quién debía su lealtad.

Encontró una manera de decirme la verdad.

Los ojos de Agatha se posaron de nuevo en la última escena, pausada en la pared.

—Estás ocultándome algo, Tedros —afirmó con brusquedad Ginebra.

—Madre, te prometo que…

—No prometas algo si es mentira.

Tedros tragó con dificultad.

Su madre y Muerte lo fulminaron con la mirada.

Tedros empezó a sudar.

—Eh… El nombre Evelyn Sader no significa nada para ti, ¿verdad?

Los ojos de Ginebra centellearon.

—¿Evelyn Sader?

—¿La hermana de August Sader? —añadió rápidamente Tedros—. ¿La que fue Decana en nuestro segundo año de escuela? No creo que papá y tú la conocierais. Solo quería asegurarme…

—Espera —dijo Agatha, interrumpiendo a la madre y al hijo. Señaló la nube de polvo en la pantalla, el polvo generado por el carruaje—. ¿Podemos ampliar esa parte?

La vieja gnomo deslizó los dedos sobre la pila de luciérnagas muertas de un lado a otro y amplió la imagen en la pared hasta que Agatha alzó la mano.

—Justo ahí —dijo.

Entre el polvo, había algo que no encajaba.

Una nube pequeña de niebla.

Niebla *rosada*.

—Acércate más —ordenó Agatha.

La gnomo obedeció y amplió el polvo rosa, cada vez más detallado y claro…

—Alto —dijo Agatha.

Tedros contuvo el aliento, mirando la pared.

Muerte y Ginebra también estaban en silencio.

Agatha deslizó los dedos sobre la escena pausada… Sobre las palabras rosadas humeantes que Sophie había creado mientras iluminaba los escalones para subir al carruaje… Un mensaje inconfundible que había dejado para que sus amigos lo encontraran…

¿Por qué la Dama lo besó?

Detrás de las palabras, ampliado al máximo, Sophie miraba a través de la ventana del carruaje, directamente a la pantalla, directamente a Agatha, sus ojos esmeraldas brillaban como estrellas en la noche.

—¿Qué significa eso? —preguntó Tedros, atónito.

Agatha miró el mensaje, sus propios ojos reflejaban a Sophie. Se giró hacia su príncipe.

—Significa que tu zorra endiablada nos ha puesto deberes.

Agatha estaba frente a Tedros, Ginebra y su gato, sentados en el suelo aterciopelado del Salón del Trono, picoteando de cuencos con almendras bañadas en yogur, higos con caramelo y boniatos fritos. No tenía ni idea de qué hora era, pero habían pasado varias desde la fuga de Sophie.

—Esto es lo que sabemos —dijo Agatha—. Sophie todavía está de nuestro lado…

—No sabemos si eso es cierto —argumentó Tedros, con la boca llena de almendras.

—Rey Teoguet, hay un extraño intentando entrar en el palacio —anunció un guardia gnomo desde la puerta—. Un extraño muy *sospechoso*.

Con aspecto perturbado, Muerte siguió al guardia fuera de la sala.

Agatha todavía no se había habituado a que su gato tuviera los deberes de un rey, pero tenía mayores preocupaciones con las que lidiar. Miró a Tedros.

—Sabemos que Sophie está de nuestro lado porque dejó ese mensaje.

—Agatha tiene razón, Tedros —confirmó Ginebra—. Sophie está jugando a un juego muy peligroso. Al igual que lo hizo cuando me empujó para evitar que perdieras la cabeza.

Su hijo frunció el ceño.

—Entonces, ¿ha regresado con Rhian y su hermano monstruoso... *por mí*? ¿Sophie, la santa? ¿Sophie, la altruista? Me pregunto por qué no estaba en la Escuela del Bien. Oh, ya me acuerdo. Estaba demasiado ocupada intentando matarnos a todos.

—Sophie es impredecible —admitió Agatha—. Y no sabemos por qué ha regresado o qué está tramando. Pero sabemos que intenta ayudarnos. Es por eso que nos dejó esa pregunta. Quiere que nos ocupemos de esa misión mientras ella se ocupa de la suya.

—¿Has entendido todo eso solo con un acertijo polvoriento? Ojalá pudieras leer mi mente de la misma manera en que lees la suya —protestó Tedros, llenándose la boca de boniatos fritos—. El mensaje no significa nada. *¿Por qué la Dama lo besó?* ¿Quién es la Dama? ¿Y a quién besó?

—La Dama del Lago y la Serpiente —respondió Agatha con calma—. Sophie quiere que averigüemos por qué la Dama besó a Japeth.

—El beso que le quitó los poderes a la ninfa. Merlín nos habló a Tedros y a mí sobre eso cuando vino a Camelot —recordó Ginebra—. Fue después de que la Serpiente matara a Chaddick. La Dama del Lago lo besó, pensando que era el verdadero rey.

—Y pensando que la Serpiente la convertiría en su reina —añadió Agatha.

—Pero si eso es verdad, ¿por qué besaría a Japeth en vez de a Rhian? —resopló Tedros—. Rhian es el heredero. No su hermano.

—*Exactamente.* De ahí la pregunta de Sophie —replicó Agatha—. Y es la misma pregunta que le hice a la Dama cuando regresé a Avalon. Ella nos había dicho a Sophie y a mí que Japeth tenía la sangre del rey Arturo. Pero no solo eso. La Dama había afirmado que Japeth tenía la sangre del hijo *mayor* de Arturo. Solo que nosotros sabemos que no es verdad, porque fue Rhian quien sacó a Excalibur de la piedra. Lo cual significa que Rhian es el hijo mayor, no Japeth. Le dije a la Dama que había cometido un error. Que no había besado al verdadero rey. Pero ella insistió en que *era yo quien estaba equivocada.* Que la persona a la que había besado tenía la sangre del heredero y era la misma que había sacado a Excalibur. Lo cual significa que todavía hay algo que está mal. Algo que está *mágicamente* mal. Y ahora Sophie nos pide que descubramos por qué.

—Pero ya sabemos la respuesta. ¡Rhian y Japeth *no tienen* la sangre de Arturo! —replicó Ginebra, perdiendo la paciencia—. Ninguno de los dos. Son unos mentirosos. Son unos fraudes. Encontraron algún tipo de magia negra que ayudó a Rhian a sacar a Excalibur, y esa misma magia hizo que la Dama besara a su hermano. Es la única explicación. ¡Porque no son hijos de Arturo! ¡Así que da igual a quién besara la Dama! ¡Es todo una gran farsa! ¡Mi hijo es el heredero! ¡Mi hijo es el rey!

Agatha y Tedros se quedaron en silencio.

Ginebra los miró, con el rostro serio.

—¿Qué ha ocurrido? —Sus ojos se oscurecieron—. ¿Tiene algo que ver con esa tal Sader?

—Tiene *todo* que ver con esa tal Sader —respondió una voz de comadreja a sus espaldas.

Se giraron y vieron a dos guardias gnomos y a Muerte entrando deprisa con un chico muy rubio que Agatha no reconoció...

Los ojos de Agatha brillaron.

Era *Hort*.

Pero aquella no era la sorpresa.

Llevaba algo en su palma de la mano abierta.

Una mariposa.

Una mariposa *azul*.

Agatha vio la expresión de Tedros, la negación cediendo ante el horror.

Y en aquel instante, Agatha supo que había llegado la hora de decir la verdad a la madre de su príncipe.

Cuando Agatha terminó de hablar, Ginebra estaba pálida como un fantasma y Tedros ya no estaba en la habitación.

Agatha, Hort y la exreina estaban sentados en el silencio doloroso, la ausencia del príncipe era palpable.

—La mujer del vestido de mariposas. La conocí una vez, hace mucho tiempo —dijo por fin Ginebra, secándose las lágrimas—. No la conocí como Evelyn. Lady Gremlaine la llamaba Elle.

—Elle era el nombre que usó en Foxwood mientras criaba a Rhian y a Japeth en secreto —dijo Hort, mirando los cuencos con comida, pero disuadido por el momento—. Creía que «el» se refería a Gri*sel*la Gremlaine. Pensaba que era una prueba de que lady Gremlaine era la madre de Rhian y Japeth. Pero Ev*el*yn también contiene «el».

Hort parecía incómodo sin su novia allí, pero Nicola y Muerte habían ido con los dos guardias gnomos a buscar a

Kiko, a quien Nicola y Hort habían encontrado muy aturdida en el bosque.

Hort miró a Agatha.

—¿Crees que Tedros regresará?

Agatha no respondió, estaba perdida en sus pensamientos.

Le había dicho a Tedros y a su madre la verdad sobre la bola de cristal de sangre.

Les había dicho la verdad sobre el heredero de Arturo.

Al principio, madre e hijo estaban incrédulos. La idea de que el rey Arturo estuviera vinculado con la media hermana de August Sader, el vidente que había pintado el retrato de coronación de Tedros, no solo les resultaba absurda, sino también estúpida. Sin embargo, Agatha relató cada momento: la manera en que lady Gremlaine había recurrido a Evelyn y su cuerda para seducir a Arturo y tener a su hijo; la manera en que Gremlaine abandonó el plan y huyó de la habitación; la manera en que Evelyn recogió la cuerda, sus ojos de serpiente llenos de Maldad... El rostro de Ginebra parecía haber envejecido en minutos, se tocaba la garganta con la mano como si la estuvieran sofocando desde adentro. Cuando Agatha llegó al momento en el que Evelyn rodeó el cuello de Arturo mientras dormía, Tedros alzó la mano para indicarle que se detuviera, huyó del salón sin decir ni una palabra y dejó a Agatha sola con su madre y con Hort.

Ahora el silencio era más intenso, la expresión de Ginebra parecía una máscara mortuoria. Hort miró a Agatha, esperando que ella consolara a la vieja reina. Pero la verdad no dejaba sitio para el consuelo.

—Elle vino a cenar a Camelot por invitación de Arturo. Fue la única vez que la vi —prosiguió Ginebra, todavía conmocionada—. La cena fue una ofrenda de paz. Después de que Arturo y yo nos graduáramos de la Escuela del Bien, me trajo al castillo para conocer al personal, liderado por lady

Gremlaine. Arturo les dijo que estábamos planeando casarnos. —Ginebra hizo una pausa—. Aquello pescó a Gremlaine con la guardia baja. Ella me trataba mal y yo la reprendía delante del personal que tenía a cargo. De haber sabido que estaba enamorada de Arturo, hubiera manejado mejor la situación, pero el daño estaba hecho. Decidió mudarse con su hermana a Foxwood y no volver, ignorando las súplicas de Arturo. Eso fue hasta que Arturo vio a una amiga de Gremlaine merodeando por el castillo: una mujer llamada Elle Sader. Arturo invitó a Elle a cenar con nosotros para dejar que Gremlaine regresara con una aliada a su lado. Pensó que eso la ayudaría a mantener las apariencias y volver a casa.

—¿Qué pasó durante la cena? —preguntó Hort.

Ginebra apenas podía tragar.

—Lo siento. Es solo que… ¡solo de pensarlo! —exclamó con el rostro entre las manos—. Aquella mayordoma principal de Arturo conspiró con una bruja para obligarlo a tener unos hijos que él no quería… y luego para que la bruja se los llevara… —Negó con la cabeza—. ¿Arturo lo sabía? ¿Sabía que una extraña había tenido a sus *herederos*? ¿Realmente podría haberme ocultado un secreto así a mí? ¿A *todos*?

Agatha bajó la vista.

—No lo sé. Solo sé lo que vi.

De pronto, Ginebra abrió los ojos de par en par.

—Debió ocurrir después de aquella noche. Hubo señales durante la cena. Entre Gremlaine y esa serpiente…

—¿Qué señales? —dijo la voz de Tedros.

El príncipe regresó a la sala, con los ojos enrojecidos y la camisa húmeda con mucosidad. Se sentó junto a Ginebra y le tomó la mano. Toda la rebeldía había abandonado su expresión y había sido reemplazada por vulnerabilidad y miedo, como si al aceptar que quizá no fuera rey se hubiera dado permiso para ser un hijo.

El contacto con Tedros tranquilizó a la reina.

—¿Qué señales? —repitió él.

Su madre respiró profundamente.

—La manera en que susurraban y reían cada vez que Arturo hablaba sobre nuestra boda inminente. Como si supieran algo que nosotros no sabíamos. Y cuando Arturo mencionó que quería que un día un vidente pintara el retrato de coronación de su hijo, el humor de Elle empeoró. Dijo que su hermano August era vidente, pero que sus poderes eran ínfimos en comparación con los de ella. Que él podía ver el futuro, pero ella podía *oír* el presente, los deseos y miedos de la gente, sus secretos más oscuros, y que el presente tenía mucho más poder para cambiar vidas que el futuro o el pasado. Le sugerí que usara sus poderes para ser un hada madrina. Ella rio como una bruja. Eso mismo le había dicho su hermano. Le había insistido en que usara sus poderes para ayudar a los demás. Como si fuera a pasarse la vida revoloteando por el Bosque, confeccionando vestidos para chicas sencillas y reformando príncipes egoístas, bromeó Elle. Mientras tanto, su hermano se estaba volviendo cada vez más famoso entre los reyes y los hechiceros, incluso captó la atención del Director. Elle dijo con amargura que una mujer no tenía las mismas oportunidades que un hombre. Que una mujer debía valerse de sus trucos. Pero añadió que eso era lo que había hecho que se hiciera amiga de mujeres como Grisella y sonrió en dirección a lady Gremlaine. Porque quería ayudar a otras mujeres a usar sus trucos a su favor… a cambio de un precio, claro.

Ginebra retorció las manos.

—Se rio de nuevo al decirlo, y Arturo lo consideró una broma y se rio con ella. Elle le parecía inofensiva. Le gustaba que lady Gremlaine tuviera una nueva amiga. Pero a mí Elle me parecía extraña y perturbadora. Recuerdo haber sentido un gran alivio cuando la cena terminó y ella se fue del castillo.

Aquella noche, más tarde, encontré una mariposa azul en mi cuarto mientras me bañaba. —Miró a los ojos de Agatha—. La maté de inmediato.

Ginebra lloró sobre el hombro de su hijo. Tedros la abrazó y acarició el pelo ceniciento de su madre. Él miró a Agatha, cualquier rastro de sus discusiones había desaparecido, ambos decididos a superar aquello de algún modo, a no permitir que fuera el fin de la historia.

—Tal vez el Mal haya triunfado en el Pasado, pero no ganará en el Presente —afirmó el príncipe, con las venas latiéndole en el cuello—. Puede que Rhian sea el heredero de mi padre por nacimiento. Pero eso no lo convierte en rey de Camelot. Camelot es el gran defensor del Bien. El líder de este Bosque. Y el Mal no se sentará en su trono. No mientras yo viva. Protegeré el legado de mi padre. Da igual si soy o no el rey, todavía soy su hijo. Protegeré su derecho a descansar en paz.

—No importa lo que hagamos, tiene que ser pronto —advirtió Hort—. Cuando Muerte nos estaba dejando entrar, ha recibido un mensaje de Yuba, encriptado en Gnomo. Los alumnos de primero y los profesores están a salvo. Pero solo quedan tres cisnes en la inscripción del Cuentista. O quizá cuatro. No se me da muy bien el Gnomo. Bueno, solo quedan unos pocos anillos sin quemar. Y Japeth tiene el del Sheriff…

Agatha estaba perdida en sus pensamientos, reproduciendo las palabras de Tedros.

«Protegeré su derecho a descansar en paz».

Descansar en paz.

Descansar en paz.

Agatha se sobresaltó, como si una mariposa hubiera arrancado a volar en su pecho.

—¿Tedros?

Su príncipe la miró.

—Antes has dicho algo —continuó ella—. Cuando Muerte nos dio nuestra misión. Algo sobre un acertijo de la Dama del Lago. Un acertijo sobre «desenterrar» a tu padre. ¿Qué significaba?

Ginebra alzó la cabeza, poniéndose en alerta.

—Después de perder sus poderes, la Dama del Lago permitió que Merlín le hiciera una pregunta —respondió Tedros, sintiendo el peso de la mirada de su princesa—. Una pregunta y después no podría regresar nunca más a Avalon.

Agatha recordaba lo que la Dama le había dicho sobre el hechicero: *«Hicimos un trato»*. El mismo trato que había hecho con Agatha. Una pregunta y solo una. Excepto que, con el estrés del momento, Agatha no había pensado en preguntarle qué pregunta le había hecho Merlín.

—Merlín quería saber si la espada de mi padre tenía un mensaje para mí. La Dama escribió la respuesta a la pregunta de Merlín en un trozo de pergamino —continuó el príncipe—. *«Desentiérrame»*. Era todo lo que decía. Excepto que yo reconocí esa palabra. Era lo mismo que mi padre me decía en sueños. Era *su* mensaje. —Miró a su madre—. Pero no lo comprendo. No puede significar que lo desentierre *literalmente*...

—Claro que no —concordó Ginebra—. Pero ¡debe significar algo!

Tedros se agitó, nervioso.

—Quizá signifique que papá tenía secretos. Secretos que ahora hemos descubierto. Papá quería que yo supiera la verdad sobre su legítimo heredero.

—Entonces, ¿eso es todo, fin? ¿Dejaremos a un cerdo en el trono? —protestó Hort—. Si tu papá te dio ese mensaje, ¡no era para que dejaras de pelear! ¡Era para que te defendieras!

—Pero *¿cómo?* —preguntó Tedros—. ¿Qué se supone que debo desenterrar?

—¿Quizás escondió algo en la empuñadura de Excalibur? —sugirió su madre.

—¿O en su estatua en La Ensenada del Rey? —dijo Tedros.

—O quizás el mensaje significa exactamente lo que dice —propuso su princesa.

Todos la miraron.

Agatha alzó la vista del suelo.

—¿Y si lo decía en sentido literal? ¿Y si «desentiérrame» significa que tenemos que desenterrar al rey Arturo de su tumba?

El Salón del Trono estaba tan silencioso, que Agatha oía los latidos del corazón de Tedros.

—¿Desenterrar a mi padre? —susurró.

—Pero Arturo murió hace años —dijo Ginebra, con voz fría—. No queda nada más que huesos y polvo.

—No. Merlín hechizó su tumba —respondió Tedros, pensativo—. Está preservado exactamente tal y como era.

Su madre se puso tensa; de pronto, los años en los que se había ausentado de la vida de Tedros y de Arturo resultaron evidentes.

—Aun así, perturbar su tumba no es una opción —afirmó el príncipe, ahora con más fuerza—. No sacaré el cadáver de mi padre de debajo del suelo.

—¿Ni siquiera aunque sea lo que tu padre hubiera querido? —preguntó Agatha—. ¿Ni siquiera aunque te lo haya ordenado?

Hort se aclaró la garganta.

—Escuchad, no es que tenga miedo de cavar en una tumba, porque los Nuncas hacemos esa clase de cosas un viernes por la noche cualquiera, pero después de haber esperado toda mi vida a que mi papá tuviera una sepultura adecuada, desenterrar al de Tedros no me parece bien. Además, sería imposible llegar hasta Avalon para desenterrarlo. El Bosque entero nos está dando caza y la Serpiente anda suelta. Nic y yo apenas escapamos con vida de Foxwood.

—Y aunque lográsemos llegar hasta Avalon, no podríamos acercarnos a la tumba de Arturo —añadió rápidamente Ginebra—. La Dama del Lago debe darnos permiso para entrar en sus aguas y, por lo que me habéis dicho, ya no somos bienvenidos allí.

—Además, el ataúd de mi padre está protegido por un hechizo de Merlín para evitar que personas como nosotros profanen su tumba. Solo Merlín puede abrirlo —dijo Tedros, aliviado ante todos aquellos obstáculos. Su madre y Hort murmuraron, de acuerdo con él.

Agatha no se atrevió a discutir. Tenían razón: el riesgo era demasiado. Y, más allá de eso, estaba pidiéndole a su príncipe que saqueara la tumba de su propio padre. ¿Estaría dispuesta a hacer ella lo mismo con la tumba de su madre? ¿Sin garantías de obtener ningún resultado?

Una sombra atravesó la cascada que cubría la entrada del Salón del Trono y una figura entró agitando las manos.

—¡Ven, deprisa! —le dijo Nicola a Agatha—. ¡Es Muerte!

—¿Qué ha ocurrido? —preguntó Hort, pero su novia ya estaba retrocediendo a través de la cascada. Hort la siguió, y Agatha, Tedros y Ginebra fueron tras él; todos cruzaron la cortina mágica y entraron al vestíbulo, donde Subby y su vehículo magullado esperaban; ahora el carro tenía cientos de pegatinas con la cara de Sophie cubierta por una «X» junto a la advertencia: ¡MAL BHOOT!

—¡Deprisa! —exclamo Subby—. ¡El rey les espera!

¡Puf! El paje se convirtió en un gnomo chica.

—¡Cuando soy una chica conduzco más rápido! —chilló—. ¡Vamos! ¡No hay tiempo que perder!

Agatha y los demás subieron apretados al vehículo, unos encima del regazo de los otros, y en cuanto apoyaron el trasero Subby arrancó a toda velocidad y subió por las carreteras en espiral, serpenteando entre las enredaderas gruesas y brillantes que conectaban los distintos niveles de Gnomolandia. Pasó junto a los gnomos demacrados que regresaban a sus casas después de la barricada que había durado toda la noche y el funeral, junto a comerciantes que retiraban los carteles antihumanos, junto a gnomos médicos que llevaban a Kiko en una camilla hacia el Hospital General Villapequeña... Hasta que Subby y su vehículo se dirigieron directamente hacia el Musée de Gnome. Subby frenó con brusquedad en la entrada.

—¡Seguidme! —ordenó Nicola, y bajó del vehículo.

—¿Por qué el gato está en un *museo*? —preguntó Tedros, pero Agatha ya estaba corriendo a toda velocidad junto a Nicola; atravesaron las puertas del Musée...

Y la cabeza de Agatha chocó contra la moldura.

—¡Ay!

—¡Mantén la cabeza baja! —le dijo Nicola—. ¡Está hecho para *gnomos*!

Agatha se frotó el cráneo mientras caminaba agazapada dentro del salón diminuto, donde un cartel ornamentado que decía LA EDAD DE ORO DE TEOGUET le rozaba la cabeza mientras Tedros y los demás la seguían agazapados. Intentó seguir el ritmo de Nicola; pasaron junto a retratos reales de su gato junto a escenas de la historia de Muerte, incluido el destierro de su padre y sus hermanos de Gnomolandia, su coronación espectacular, completa con un desfile lleno de confeti, un banquete real y una plaza de la ciudad repleta de gnomos bailarines. Agatha pasó corriendo por delante de más exhibiciones: una crónica de la construcción subterránea de Gnomolandia... La biología de las enredaderas luminiscentes que se extendían por el reino… La celebración de los años sin interferencia humana… Hasta que por fin llegaron a una escalera angosta y retorcida en la parte trasera del museo, con un cartel que decía:

Observatorio del Mundo Humano

Una cadena cerraba el paso hacia la escalera. *«Permanentemente cerrado»*.

—Está esperando allí arriba —dijo Nicola, tensa.

—¿Qué pasa? ¿Qué ocurre? —insistió Agatha.

Nicola señaló con la cabeza la escalera.

—Apresúrate.

Agatha saltó por encima de la cadena, al igual que Tedros y los demás, y todos subieron corriendo. Hort tropezó con los tablones diminutos de telaraña y estuvo a punto de hacer caer al grupo entero antes de llegar a la cima…

Agatha se quedó paralizada en el rellano, y los demás se agruparon detrás de ella.

Estaban en una plataforma al aire libre, observando las carreteras iluminadas de la ciudad de Gnomolandia flotando sobre ellos como serpientes brillantes. En medio de la plataforma de observación había un telescopio colosal, del tamaño de un gnomo adulto, con una lente circular y un tubo blanco largo que desaparecía en el hueco de una enredadera verde brillante que se extendía hacia arriba, hacia la cima del reino.

Muerte estaba aferrado al telescopio como un koala a un árbol; su cuerpo era un cuarto del tamaño del aparato, su cabeza rosada sin pelaje estaba inclinada observando algo a través de la lente.

El gato miró al grupo.

Agatha, Tedros, Hort y Ginebra se reunieron a su alrededor y cada uno ocupó una porción de la lente.

El telescopio agrandaba una vista amplia y profunda: encima de la ciudad de Gnomolandia, a través del túnel abandonado del Metro Floral, a través del tronco, subiendo entre las copas frondosas del Bosque... hasta llegar al cielo amplio iluminado de rojo y ampliar la vista del Bosque al atardecer, los reinos se extendían en todas direcciones.

Por un momento, Agatha se quedó deslumbrada ante tanta belleza.

Luego, lo vio.

Brillando dorado.

El último anuncio de Melena de León, grabado en el cielo crepuscular.

La boda del rey Rhian y la princesa Sophie tendrá lugar tal y como estaba planeado, este sábado, al atardecer, en el castillo de Camelot. Todos los ciudadanos del Bosque están invitados a asistir.

Lentamente, Agatha alzó la cabeza.

Muerte la fulminó con la mirada. Tedros también.

—¿Todavía crees que está de nuestro *lado?* —le dijo su príncipe.

El corazón de Agatha se derrumbó.

¿Estaba equivocada?

¿Después de todo esto?

¿Siempre he estado equivocada con respecto a Sophie?

—Pero... su mensaje... la manera en que nos miraba... —dijo Agatha—. No lo entiendo...

Tedros negó con la cabeza, menos furioso y más compasivo, mirando a su princesa, quien no podía evitar confiar en la única persona que no era de fiar.

—El sábado al atardecer —dijo Ginebra—. Eso es en dos días.

—Y ahora tiene el anillo de Nottingham —dijo Nicola, cerca de la escalera—. Lo cual significa que, a menos que el resto de los reinos lo detengan...

—Rhian se convertirá en el Legítimo Rey —dijo Hort—. Rhian se convertirá en el Cuentista. Sophie dijo que ocurriría en la boda. Lo cual significa que, en dos días, Rhian tendrá el poder de escribir lo que desee y convertirlo en realidad. En dos días...

—Moriremos todos —concluyó Agatha.

Todos guardaron silencio.

—Y lo único que tengo es un mensaje de mi padre que me asusta demasiado obedecer —dijo una voz.

La de Tedros.

—Agatha tiene razón —continuó el príncipe, mirando al grupo—. Rhian es hijo de mi padre. Él es el heredero de mi padre, lo acepto. Pero, entonces, ¿por qué mi padre se comunica conmigo desde la tumba? ¿Por qué la Dama del Lago me dio ese mensaje? Debe haber un motivo. Debe haber algo que todavía no sabemos. Cuando era rey, permitía con demasiada frecuencia que otros lideraran. Pero ahora, debo liderar yo o de lo contrario nuestra historia terminará. Nos están venciendo por todos los flancos y no es momento de estar quieto. No contra un enemigo que nos matará a todos y eliminará todo lo que defendemos. Debemos ir a Avalon y desenterrar a mi padre. Debemos desenterrar el Pasado para salvar el Presente. Debemos entrar en la boca del León. No hay otra opción. Da igual si los habitantes del Bosque quieren matarnos o si la Dama no está de nuestro lado o si el ataúd está hechizado con mil cerraduras. Es lo que Merlín hubiera querido que hiciéramos. Es lo que Dovey y Lesso hubieran querido que hiciéramos. Es lo que *mi padre* hubiera querido que hiciéramos. Ahora ellos son nuestra guía, aunque no estén aquí. Han dejado un sendero. —Las lágrimas inundaban los ojos de Tedros y apretó la mandíbula—. Y, al igual que mi princesa, debo tener el valor de seguirlo.

Miró con intensidad a Agatha.

—Bien… ¿Quién vendrá con nosotros?

Agatha le sostuvo la mirada, príncipe y princesa unidos.

—Supongo que tendré que ponerme mis botas de saqueador de tumbas —oyó que Hort murmuraba.

24

El jardín de las verdades
y las mentiras

Sophie observó que las torres del castillo estaban cada vez más cerca a medida que el carruaje avanzaba por el pueblo de Camelot, las calles cubiertas de luces rojas y doradas. Kei posaba como una estatua en el asiento a su lado, con la espalda tiesa, la mandíbula tensa, los ojos fríos clavados al frente.

En el Mercado de Fabricantes, el viento soplaba el polvo de los adoquines sobre los panaderos que abrían sus tiendas, los carniceros descargando carcasas y los niños que avanzaban somnolientos hacia la escuela de Camelot. Cada tienda parecía tener un León dorado pintado en la ventana, mientras los niños exhibían sus broches de León en las solapas ante dos piratas con la armadura de Camelot que buscaban evidencia de lealtad hacia el rey. Entre los puestos del mercado, un hueco oscuro llamó la atención de Sophie: un negocio quemado hasta los cimientos con un cartel clavado en una estaca entre las cenizas.

CONDENADO

POR SOSPECHA DE SIMPATÍA HACIA LOS REBELDES

No mencionaba lo que le había ocurrido al dueño de la tienda.

El carruaje pasó frente a un puesto de periódicos, un anciano jorobado acomodaba la nueva edición de *Chismes de la Realeza*, la marquesina del negocio que antes decía MENSAJERO DE CAMELOT ahora estaba cubierto con el emblema del León. Sophie observó los titulares matutinos.

¡TEDROS SIGUE SUELTO! ¡EL REY AUMENTA LA RECOMPENSA POR LA CABEZA DE LOS REBELDES!

¡LA PRINCESA SOPHIE ESTÁ DESAPARECIDA!
¿TEDROS LA HA SECUESTRADO? ¿O ESTÁ ALIADA CON LOS REBELDES?

¡MÁS ATAQUES EN EL BOSQUE!
¡LOS REBELDES HAN SAQUEADO ARROYO SANGRIENTO Y LADELFLOP!

La Serpiente había dicho que quedaban solo tres anillos. Y el de Nottingham era uno de ellos…

Entonces Arroyo Sangriento y Ladelflop deben ser los otros dos.

¿Esos nuevos ataques habían convencido a sus líderes de que necesitaban la protección de Camelot al igual que los demás que habían destruido sus anillos? ¿Esos ataques habían forzado a que los dos puntos de resistencia pasaran al bando del Hombre en vez de defender a la Pluma?

Sophie tenía la garganta seca.

¿Acaso el anillo del Sheriff es el último que queda?

Sophie se imaginó a Japeth cabalgando por el bosque, con el cuerpo laminado de cimitarras mientras jugaba con el anillo grabado con su pulgar como si fuera una moneda.

Se lo llevaría a su hermano, para afirmar la fe de Rhian en él. Bertie, el viejo carcelero del Sheriff, lo quemaría a petición del rey. El Hombre se convertiría en la Pluma, tal y como August Sader había advertido.

Nada podía detener a Rhian ahora.

Nada podía evitar que obtuviera poder infinito.

Excepto ella.

Las palomas en formación revoloteaban en círculos sobre el castillo de Camelot, que se erigía sobre el azul sin nubes, las manchas y las roturas que salpicaban las torres bajo el mandato de Tedros ya habían desaparecido. Sophie pensó en los castillos de cuentos de hadas sobre los que había leído en libros en Gavaldon… Castillos que la hacían soñar con un Para Siempre… Castillos que tenían un aspecto igual que este. Suspiró con amargura. Embelesada con aquellos castillos de cuento, nunca se había molestado en preguntarse qué ocurría dentro de ellos.

En lo alto de la torre Dorada, las ventanas de la habitación del rey estaban abiertas de par en par.

Seguramente Rhian ya podía levantarse y moverse.

Los nervios apuñalaron el estómago de Sophie. Si Rhian volvía a estar de pie, era peligroso. Si se sentía lo bastante bien para dar vueltas, también era capaz de pelear… y si podía pelear…

Tocó la bola de cristal que tenía en su bolsillo, y apretó los bordes afilados entre los dedos. *Rhian matará a Japeth. Yo mataré a Rhian.* Eso prometía la bola de cristal. Lo cual significaba que, primero, debía poner a los hermanos en contra. Pero ¿cómo? Tendría que lograr que Rhian confiara en ella… Lo cual significaba que necesitaba tiempo a solas con él, lejos de su hermano… ¿Y si Japeth ya había vuelto con el anillo?

En el reflejo de su ventana, vio que Kei bostezaba.

La estatua está viva.

Analizando su reflejo, Sophie observó los labios sensuales del muchacho, sus pómulos prominentes y su mandíbula definida. Hasta ahora, nunca había pensado en Kei como en un humano, mucho menos como en un chico. De pronto, recordó la mirada de asombro que él le había dedicado aquella primera noche durante la cena, prácticamente babeando de lujuria…

Así que, después de todo, era un chico.

Pues bien. Una bruja podía hacer su trabajo.

Se giró hacia él, ajustándose más el vestido.

—Kei, cariño. Oí que Rhian mencionó algo sobre haberte «aceptado de nuevo». ¿A qué se refería?

Kei no la miró.

—Tienes que obedecerme, sabes —señaló Sophie.

—Solo obedezco al rey —la corrigió Kei.

—A quien regresaste arrastrándote como un perro —replicó Sophie.

El capitán miraba hacia adelante.

—Sin duda te trata como uno —añadió ella. Kei se giró.

—No sabes lo que estás diciendo. Él me aceptó de nuevo a pesar de que fui un traidor. A pesar de que me fui a trabajar *para él*.

Sophie parpadeó.

—¿Te refieres a Tedros?

Kei la ignoró.

Sophie se acercó más a él.

—¿Cómo te crees que me siento? Soy amiga de Tedros, pero sé en mi corazón que Rhian es mejor rey. ¿Cómo crees que me siento al traicionar a Agatha para hacer lo que pienso que es correcto? —dijo ella, moviéndose en su vestido blanco, para casualmente enseñar más su pierna—. Jugar para ambos bandos no es sencillo.

Kei hizo un esfuerzo por no mirarla.

—Quizá todavía juegas para ambos bandos.

—Estoy del lado de Rhian, igual que tú —juró Sophie, acurrucándose hacia él, su aroma a lavanda flotando hacia el capitán—. Pero Tedros y Agatha no se rendirán. Ahora estamos en guerra, entre un rey real y uno falso. Tenemos que trabajar juntos, Kei. Para proteger a *nuestro* rey. Pero tú lo conoces desde hace más tiempo. —La mano de Sophie rozó la suya—. Lo cual significa que solo podré protegerlo si lo entiendo tan bien como tú. —Sophie se acarició la garganta, mordisqueándose el labio…

—Bueno, ¿qué quieres saber? —le espetó Kei, con manchas rosadas en las mejillas.

—¿Cómo conociste a Rhian? —preguntó Sophie.

—Éramos amigos en la escuela. Mejores amigos.

—Y luego lo ayudaste a convertirse en rey —dijo Sophie, ahora concentrada en su objetivo—. ¿Cuándo te dijo que era hijo de Arturo?

—Rhian se lo contó a todos cuando estábamos en la escuela —respondió Kei, todavía ofendido—. Nadie le creía. Ni siquiera su propio hermano. Pero yo sí. Incluso cuando Japeth y los demás se burlaban de mí, yo lo defendía. No solo porque quería a Rhian como un hermano o porque amaba Camelot y fantaseaba con que mi mejor amigo fuera su rey. Sino porque odiaba la idea de *Tedros* como rey. Todos los que estábamos en Casa Arbed la odiábamos. Conocíamos tu cuento de hadas y sabíamos que Tedros no podía siquiera liderar un caballo, y mucho menos un reino. Pero luego, empezaron las pruebas para formar parte de la Guardia Siempre…

—Y elegiste estar en la guardia de Tedros —dijo Sophie.

—Por mucho que quisiera a Rhian, detestaba a su hermano. Quería estar lejos de Japeth —admitió Kei—. Además, me atraía la idea de servir al reino de Arturo, algo con lo que había soñado desde niño… Así que le di una oportunidad a Tedros.

—Eso no es vergonzoso —dijo Sophie.

—Sí que lo es cuando traicionas a tu mejor amigo y cuando el rey que escogiste resulta ser más cobarde de lo que creías. Lo único que Tedros tenía que hacer era resistir y combatir los ataques de Japeth. Y así Rhian jamás se hubiera convertido en el León.

—¿Sabías que el hermano de Rhian era el responsable de los ataques? —preguntó Sophie.

—Intenté decírselo a Tedros cuando era rey —dijo Kei, arrepentido—. La única vez que él y yo hablamos. Tenía que ir a combatir la Serpiente… Matarla, como lo hubiera hecho Arturo… Ser un *líder*. Y así se hubiera convertido en el León. Hubiera conservado el trono. Incluso con Excalibur atrapada en la piedra. El pueblo lo hubiera apoyado. *Yo* lo hubiera apoyado. Nadie más habría resultado herido. Pero no me hizo caso. —Kei negó con la cabeza—. Y entonces supe que había escogido al rey equivocado.

Sophie esperó a que continuara, pero el chico miró de nuevo por la ventana.

—¿Y Rhian? ¿Crees que es un buen rey? —dijo Sophie, intentando que continuara hablando.

—Es mejor que Tedros —respondió el capitán—. Pero eso no lo hace Bueno.

—¿Qué quieres decir? —preguntó Sophie.

Kei se giró y la miró a los ojos.

—Es leal con las personas, a pesar de sus defectos. Como su hermano. O yo. O tú. ¿Acaso la lealtad no es una característica del Bien?

Por un instante, Sophie le creyó.

—Excepto que tú no sirves a Rhian —le indicó ella—. Ahora sirves al León *y* a la Serpiente. La Serpiente de la que querías alejarte.

—No sirvo a la Serpiente —dijo Kei, con un tono helado.

—Por favor. Lo rescataste de la prisión de Nottingham…

—Porque Rhian me ordenó que lo hiciera y le soy leal. Y porque, como rey, Rhian me asegura que tiene a su hermano firmemente controlado. No soy leal a Japeth. No éramos amigos en la escuela. Incluso Rhian apenas era amigo suyo en el colegio. Japeth tenía su propio mejor amigo. Un monstruo, en mi opinión.

—Aric —dijo Sophie, en voz alta.

Kei se quedó paralizado.

—¿Cómo lo…?

Había hablado demasiado.

A Kei se le habían puesto los ojos vidriosos y había enderezado la columna.

El resto del viaje transcurrió en silencio.

Mientras el carruaje atravesaba las puertas, un equipo de doce piratas con máscaras negras desmontaba de sus caballos frente a los establos y limpiaba la sangre de sus trajes negros después de haber regresado de una noche de ataques. Una de las hermanas Mistral merodeaba entre ellos y distribuía bolsas con oro. Detrás de las máscaras, los piratas observaban pasar al carruaje, sus ojos fríos y vacíos seguían a Sophie como un zorro dentro de un gallinero.

Rhian matará a Japeth.

Yo mataré a Rhian.

Los piratas me matarán a mí.

Sophie se estremeció.

El carruaje se detuvo frente a las puertas del castillo. Sophie siguió al capitán por la escalera de la torre Azul; el vestido blanco de Evelyn Sader le escocía de nuevo sobre su piel, como si fuera plenamente consciente de su plan asesino y le advirtiera que no lo llevara a cabo.

Sophie reprimió el miedo y subió más deprisa. Esta vez, no la detendría un vestido.

Siguió a Kei a través de la pasarela hacia el Salón del Trono, con vista al comedor de la torre Azul.

Había alguien en la mesa.

Sophie se preparó y esbozó una sonrisa forzada, anticipándose a su enemigo…

Pero no era Rhian.

Un anciano asqueroso comía de modo brusco de los platos con sopa de nabo, pastel de salmón, pollo asado con puré de manzana, huevos rellenos, boniatos guisados y pudín de mantequilla.

Otra hermana Mistral estaba sentada en el extremo opuesto de la mesa.

—Bien, Bertie, si le ocurriera algo al Sheriff, cosa muy poco probable, claro, eso te convertiría en el heredero de su anillo. Y tú quemarías ese anillo por orden del rey, tal y como lo hemos hablado…

—Hemos hablado de que liberaréis a mi hermano de la prisión de Arroyo Sangriento —gruñó Bertie, poniéndose un puñado de pudín en la boca—. Y de una casa para mi mamá.

—Tu madre se quedará en el Pantano Apestoso y tu hermano en la cárcel hasta que quemes ese anillo —dijo cortante la mujer Mistral.

Bertie la miró con ojos fulminantes.

—Será mejor que sea una casa grande para mi ma. Con una bañera.

Kei se había adelantado y Sophie se apresuró para seguirlo, aunque su vestido le escocía amenazante sobre la piel.

Pasaron junto al Salón de los Mapas, donde Wesley y otro pirata, ambos con trajes negros de saqueadores, estaban frente a un mapa flotante del Bosque, cada reino marcado con una «X» excepto Arroyo Sangriento, Ladelflop y Nottingham.

—Una noche de trabajo productiva. —Wesley sonrió.

Sumergió su índice en tinta negra y lo deslizó sobre Arroyo Sangriento y Ladelflop; Nottingham era el único reino intacto.

Sophie reprimió una oleada de náuseas.

Japeth tiene el último anillo.

Un anillo que Bertie quemaría por orden de Rhian.

Tenía que actuar deprisa.

Kei avanzó por delante de la oficina del tesorero, donde Sophie vio que la tercera hermana Mistral estaba sentada frente al tesorero calvo con forma de huevo, con nariz aplastada y piel rosada, rodeados de pilas de libros contables en su escritorio. Sophie intentó escuchar con discreción.

—El *Mensajero de Camelot* ha estado husmeando en nuestras cuentas, Bethna —dijo el tesorero—. Han enviado reporteros al Banco de Putsi.

—Hay órdenes judiciales contra el personal del *Mensajero de Camelot* —dijo Bethna—. Nunca llegarán a Putsi.

—Aun así, el gerente del banco tiene mente propia —observó el hombre—. Si empezara a investigar nuestras cuentas, podría alertar al Consejo del Reino antes de que quemen el último anillo...

Bethna reflexionó sobre sus palabras.

—Iré a Putsi de inmediato —dijo, y se giró hacia la puerta.

Sophie se apartó de la vista y corrió tras Kei.

¿Qué hay en ese banco?, se preguntó. *¿Qué están ocultando?*

Pero no tuvo tiempo para pensar, porque Kei ya estaba atravesando las puertas del Salón del Trono.

Sophie vaciló al entrar, las sombras oscuras atravesaban aquel salón largo y amplio. Por un instante, estaba tan oscuro que no veía nada, la alfombra gruesa crujía bajo sus zapatillas.

Un haz de luz atravesó las sombras.

Sophie alzó la vista.

Un chico estaba de pie junto a la ventana, de espaldas a ella, con una corona sobre su pelo cobrizo. El sol creaba un halo encima de él mientras dos modistas ajustaban un cinturón con cabezas de León doradas alrededor de su capa de piel blanca con cuello alto.

Una capa de boda.

Como respuesta, el vestido de Sophie empezó a mutar sobre su piel. Sacudió los brazos, atónita, mientras el vestido se le ajustaba sobre las costillas, la tela se endurecía al pasar del encaje al crepé y le sellaba el pecho con un corsé de color crema y hueso. Las mangas se convirtieron en alas, que le cubrieron los brazos, y en puños con volantes, mientras el dobladillo se desenrollaba sobre el suelo y caía detrás de su espalda en una cola abundante y blanca. Por el borde del corsé, un hilo dorado bordó un diseño de cabezas de Leones que combinaba con el cinturón del chico. Sophie sintió cosquillas en la nuca cuando el cuello del vestido se alargó, se volvió más y más alto y le cubrió el rostro con una seda transparente, como una capucha o una máscara o un…

Velo.

Sophie empezó a temblar.

Un vestido de boda.

Estaba atrapada en su propio vestido de boda.

El chico apartó la vista de la ventana.

Rhian sonrió, tenía el rostro magullado.

—Sí, madre —dijo él, con sus centelleantes ojos azul verdoso—. Creo que eso bastará.

—¿Tu madre está *dentro* del vestido? —preguntó Sophie, mientras caía rocío de un rosal sobre el encaje blanco; el vestido había mutado de nuevo a su forma recatada y con volantes.

—Una parte de ella, quizá —respondió Rhian, caminando con ella a través de los jardines reales. Vestido con su traje azul y dorado, cojeaba con cautela, con Excalibur colgada del cinturón. Bajo el sol, Sophie vio las heridas desastrosas en el rostro y el cuello bronceados de Rhian que todavía estaban sanando.

Cuando él se inclinó para inspeccionar un tulipán, Sophie vio una cicatriz en la parte superior de su cráneo, irregular y borrosa. Una cicatriz antigua.

—Mi madre nos legó ese vestido cuando murió —prosiguió él—. Parece estar vivo. Incluso nos ha dado respuestas a mi hermano y a mí. Pero ¿qué confeccionara un vestido de bodas para ti…? Eso ha sido una sorpresa. —Miró a Sophie—. ¿Ha hecho alguna otra cosa?

Sophie se puso tensa.

—No —mintió—. ¿Qué quieres decir con que os dio respuestas a ti y a tu hermano? ¿Cómo es posible que un vestido dé respuestas?

—¿Cómo es posible que dos chicas aparezcan por arte de magia en la habitación de un rey? Parece que ambos tenemos nuestras propias preguntas —respondió Rhian, cortante—. ¿Quieres ver el invernadero? —Avanzó hacia una escalera corta que había más adelante—. Está casi terminado.

Los trabajadores estaban agrupados en el nivel inferior, cuidando secciones de terreno cuadrado y perfecto con naranjos, plantados en un diseño que formaba un tablero de ajedrez gigante; también había una fuente titánica con un león en el centro que cada tanto disparaba una llovizna sobre la arboleda. Rhian bajó con dificultad los escalones y Sophie se colgó de su brazo; sintió que los músculos del chico se tensaban ante su tacto, pero lentamente se relajaron. Al pie de la escalera, ella lo soltó y caminaron en silencio entre los cuadrados de árboles; la llovizna de la fuente les salpicaba los rostros.

—La bola de cristal… La que permitió que Agatha irrumpiera en mi calabozo —dijo el rey, mientras una rama baja le rozaba la corona—. Fue así como entrasteis también a mi cuarto, ¿verdad?

—¿Por qué no se le preguntas a mi vestido? —respondió Sophie. Rhian se rio.

—No hay chicas como tú en Foxwood. Por lo menos las que conocí en mi escuela no eran así.

—Porque las chicas como yo asisten a la escuela que quieres destruir —señaló Sophie—. De todos modos, estoy segura de que tuviste todas las chicas que quisiste.

—Tenía otras prioridades.

—¿Como intentar convencer a tus compañeros de que eras el hijo del rey Arturo cuando ni siquiera tu propio hermano te creía?

Rhian miró de reojo a la princesa.

—Y yo que pensaba que Kei era inmune a los trucos de las chicas. Tendré que hablar con él.

—Hazlo mañana. —Sophie sonrió.

No habría un mañana, claro.

Ella recogió una naranja de un árbol, le quitó la piel, sacó un gajo y se lo ofreció al rey.

—¿Está envenenado? —preguntó Rhian.

—Obviamente —respondió Sophie.

Ella deslizó el gajo dentro de la boca del rey y él lo mordió, el zumo le cayó sobre los labios cortados. Se miraron a los ojos. Sophie pensó cómo, en tan poco tiempo, el chico frente a ella hundiría su espada en el corazón de su propio hermano. Y cómo ella aparecería detrás de él, mientras estuviera atónito y dolido, y terminaría con todo de un solo golpe. No sentiría remordimiento. Matarlo sería fácil.

—Estás sonriendo —comentó Rhian—. ¿En qué piensas?

—En ti —respondió Sophie.

Ella se puso de puntillas y lo besó, la humedad azucarada que cubría su lengua se mezclaba con la menta fresca de la boca de Rhian. Por un instante más que breve, pensó en Rafal. Separaron los labios, pegajosos y dulces. Rhian parecía atónito, como si Sophie lo hubiera apuñalado, antes de apartar la mirada y avanzar, intentando equilibrar su cojera.

—Sabía que regresarías. Lo sabía. Incluso cuando Japeth me dijo que era un tonto. Sabía que estábamos destinados a estar juntos. Rey y reina.

—Aah. El chico que dijo que jamás me querría. Que el amor convertía a las personas en tontas y ciegas —respondió Sophie, que ahora tenía el control total. Sus ojos de color esmeralda brillaban con picardía—. De pronto, ya no ve tan bien.

—No, no es eso. —Rhian se frotó el cráneo cubierto de pelo muy corto—. Es solo que… podrías haberte quedado con tus amigos. Pero, en cambio, me fuiste leal a mí. Cuando no tenías que serlo. Y la lealtad es algo que no he tenido mucho en mi vida.

—Tienes la lealtad de tus hombres y de los líderes que te rodean —observó Sophie—. Tienes la lealtad de Kei. Y la de tu hermano.

—Todos ellos quieren algo de mí, incluso mi hermano —dijo Rhian, mirándola—. Quizá tú también quieras algo a cambio.

Sophie se sintió culpable y estuvo a punto de reír. ¡Culpable por un monstruo!

—¿Ah, sí? ¿Y qué crees que quiero? —preguntó ella, jugando con fuego.

Rhian se detuvo en el sendero. La observó con atención.

—Creo que quieres marcar la diferencia en este Bosque. Que es por eso que eras infeliz como Decana. Tú misma lo dijiste cuando cenamos: quieres una vida más importante. Y por eso sentiste atracción hacia mí cuando nos conocimos. —Rhian apartó un mechón del rostro de Sophie—. Piénsalo así. La Pluma puso a Tedros en el trono y él no pudo mantener a salvo al Bosque. Si la Pluma ya no es de fiar para proteger al Bosque, entonces el Hombre debe reemplazarla. Y no cualquier Hombre. Un rey. El rey verdadero. Es por eso que volviste conmigo. Tus amigos creerán que es porque eres Malvada, claro. Que quieres ser reina solo por obtener una corona. Pero ambos sabemos la verdad. Para ti no basta con ser reina. Quieres ser una *buena* reina. Y solo podrás lograrlo conmigo.

Sophie frunció el ceño, sorprendida por la franqueza de Rhian. Continuó caminando.

—Sería una buena reina. Es verdad. Pero ¿dónde está la prueba de que tú serías un buen rey? No crees en la Pluma y, sin embargo, la Pluma mantiene el equilibrio entre el Bien y el Mal. Es por eso que el Cuentista ha durado tantos años. Si un rey tuviera el poder del Cuentista, destruiría ese equilibrio. Tú destruirías ese equilibrio. Eliminarías a todos los que se rebelaran contra ti. Gobernarías con el Mal, algo que la Pluma jamás haría.

—De hecho, todo lo contrario —respondió el rey, intentando seguirle el paso—. Usaría el poder de la Pluma para hacer el *Bien*. Para destruir esa escuela inservible y recompensar a las personas ordinarias que hacen el Bien en este Bosque. Tal y como estaba intentando hacer con los mensajes de Melena de León antes de que los sabotearas.

—Oh, por favor. Esos mensajes estaban llenos de mentiras —protestó Sophie.

—En servicio del Bien. Para animar a la gente —dijo Rhian—. Pero los mensajes de Melena de León son solo el comienzo. Un rey Bueno protege a su pueblo. Un rey Bueno protege al Bosque. Y qué mejor manera de proteger al Bosque que eliminar por completo al Mal.

—Imposible —desestimó Sophie, encarándose a él—. El Mal siempre ha existido. Nunca podrás erradicarlo.

—Puedo y lo haré. —Rhian la miró, con los ojos vidriosos y ardientes—. Todo lo que he hecho en la vida ha sido para llegar hasta aquí. No entré en tu escuela arrogante. No me secuestraron de la realidad y me depositaron en un castillo mágico como a ti y a tus amigos moralistas. Mientras tú disfrutabas de los privilegios de tu escuela, con los brillantes y jóvenes «señores» del Bosque, yo estaba con personas reales. En el Bosque *real*. Y esto fue lo que aprendí. El Cuentista no preserva el equilibrio. No es en absoluto pacifista. El Cuentista se alimenta de la *guerra* entre ambos lados. Pone al Bien contra el Mal y permite que la guerra continúe hasta la eternidad. Es por eso que mi pluma montó un espectáculo para retorcer los cuentos del Cuentista: para demostrar que cada uno de sus villanos puede ser un héroe y cada héroe un villano. Sin embargo, nos aferramos a cada palabra de la Pluma y reaccionamos a cada victoria y pérdida como si fuera propia, y el equilibrio oscila entre el Bien y el Mal, de un lado a otro, de un lado a otro, mientras que las personas reales del Bosque quedan en el olvido. Sus vidas están excluidas de nuestros libros de cuentos, perdidas en la niebla de una guerra sin sentido.

El rey suavizó su expresión.

—Pero la Pluma tiene el poder de terminar la guerra si así lo decide. Sabe que cada villano quiere algo. Algo que los ha convertido en Malos por intentar obtenerlo. Si les da lo que desean, puede *detenerlos*. Antes de que crucen el punto sin retorno. Que la mano del destino prevenga el Mal. La Pluma nunca haría algo así, claro; necesita a ambos bandos en guerra para preservar su poder. Así que los une como gemelos, para que el Bien no pueda vivir sin el Mal y el Mal no pueda vivir sin el Bien… Pero yo soy más astuto. Si *yo* tuviera el poder de la Pluma, erradicaría el Mal. Lo neutralizaría. Lo cortaría de raíz. Por ejemplo, piensa en mi hermano. Su alma se inclina hacia la peor clase de maldad. Pero con el poder de la Pluma, podría traer a la vida a la única persona que Japeth ha amado. Podría darle el único Para Siempre que ha querido.

Curaría su Mal. Imagina poder hacer eso con *cada* amenaza, extinguir a cada villano, cada chispa de oscuridad. Si pudiera usar a Melena de León para darles amor, fortuna o incluso solo un amigo: lo que fuera necesario para restaurar sus almas al Bien. Podría evitar que ataques como los de la Serpiente ocurrieran *de verdad*. La guerra entre el Bien y el Mal terminaría. La Pluma y una escuela no estarían en el centro de atención y volverían a manos de la gente. Paz, paz verdadera para siempre. Es por eso que tengo que ser rey. El Rey Verdadero. Podría hacer lo que el Cuentista nunca pudo. Podría erradicar al Mal del Bosque permanentemente. *Yo podría ser el equilibrio.*

Un sudor frío cubrió el corazón de Sophie. De pronto, el chico frente a ella parecía el caballero del cual se había enamorado antaño, su mirada azul verdosa era transparente, honesta… *real.*

—Pero no puedes detener el Mal. ¡Mírate! ¡*Eres* Malvado! —insistió Sophie, abandonando su trance—. ¡Ordenaste que atacaran los reinos! ¡Liberaste a la Serpiente solo para convertirte en rey! ¡Eres responsable de muchas *muertes*! Y mucho más. Esclavizaste a Ginebra: una *reina*. Sobornaste a líderes. Has torturado a Merlín y has enviado a piratas a atacar niños, y me apuñalaste para dar mi sangre a tu hermano. Mentiste sobre Tedros para que los líderes quemaran sus anillos. Mentiste sobre Agatha. Mentiste sobre mí. ¡Mentiste sobre *todo*!

—Sí, he dicho mentiras —respondió el rey con calma—. He hecho cosas despiadadas y viles. He permitido que mi hermano atacara el Bosque a voluntad. A veces, me he odiado a mí mismo por ello, pero como buen rey, sé cómo hacer lo que es necesario. Incluso si eso significa tener sangre en mis manos. Porque a diferencia de Tedros, me he pasado la vida entre las sombras, donde el Bien y el

Mal nunca son tan sencillos de definir. Cada día en mi mundo requiere sacrificios. Sacrificios que pueden ser horribles y feos. Pero quiero un futuro mejor para personas como yo, donde incluso un panadero o un constructor tengan la oportunidad de contar sus historias. De saber que importan. De sentirse orgullosos de sus vidas. Para que eso ocurra, el Cuentista tiene que ser reemplazado. La escuela debe caer. Y debe surgir un rey del *pueblo*. Todo el Mal que he cometido, todas las mentiras que he dicho, han sido para hacer posible ese futuro. Porque solo yo puedo liderar el Bosque hacia la paz verdadera, un Para Siempre real, para todos. Más allá del legado de mi padre. Más allá del Bien y del Mal. Puedo salvar al Bosque de *todo* Mal, para siempre. Puedo ser el Rey Verdadero, el León inmortal que corte la cabeza de cada Serpiente. Cualquier precio a pagar vale la pena. *Cualquiera*. Así que mírame a los ojos y dime que no soy tan Bueno como mi padre. Mírame a los ojos y dime que soy Malvado, cuando todo lo que he hecho ha sido para salvar a este Bosque del Mal.

Sophie sintió que se le retorcían las entrañas.

Eran mentiras.

Tenían que ser mentiras.

¡Rhian era el villano!

¡El chico al que tenía que matar!

El chico que era pura Maldad, excepto que ahora le estaba diciendo que *él* era el Bueno… Que podía controlar a la Serpiente que vivía dentro de *cada* villano… Que podía erradicar el Mal para siempre…

¿Y si era cierto?

¿Y si era posible?

La cabeza de Sophie le daba vueltas, como si la hubiera golpeado la luz azul de la bola de cristal y la hubiera lanzado a otra dimensión.

—Tu madre —susurró ella—. ¿Es ella a quien quieres revivir?

Rhian asintió.

—Mi madre es la única persona a la que Japeth amó. Si la recuperara… estaría feliz y en paz. Su Maldad desaparecería. Yo sería el rey que quiero ser, el León que las personas necesitan, sin una Serpiente respirándome en la nuca.

Sophie estaba tan confundida que notó que caminaba hacia adelante y dejaba atrás a Rhian, quien cojeaba tras ella. Durante todo ese tiempo había creído que Rhian estaba intentando despiadadamente obtener el poder infinito del Cuentista y que su hermano era su leal compañero. Esa era su versión de la historia. La que ella y sus amigos compartían. Pero en la versión de Rhian, él quería el poder de la Pluma por otro motivo: para hacer feliz a su hermano. Para matar al monstruo que llevaba dentro. Para matar a los monstruos que todos los villanos del Bosque llevaban dentro. Para traer la paz al pueblo. Para siempre.

Sophie pensó en la cimitarra cubierta de escamas que había visto por primera vez en manos de la Serpiente, cambiando los cuentos del Cuentista para convertir a los héroes en villanos y a los villanos en héroes, retorciendo los cuentos famosos hasta convertirlos en algo más oscuro y que no era cierto. Melena de León, el mensajero mentiroso.

Pero en cuanto a la historia de Rhian… ¿Acaso *ella* misma se había convertido en la mensajera mentirosa? ¿Había fracasado a la hora de ver la historia real por aferrarse a una versión retorcida?

Imposible, pensó.

Sin embargo, la manera en que Rhian la miraba, tan puro y confiado…

—¿Cómo escapaste? —preguntó él, reapareciendo a su lado. La frente del rey brillaba de sudor. Sophie no se había dado cuenta de lo mucho que se había adelantado.

—¿Escapar de dónde?

—De Agatha y de Tedros. Escapaste de ellos y sus rebeldes. ¿Dónde están? ¿Dónde están todos?

Sophie parpadeó mirándolo.

—Están huyendo, por supuesto. Así fue como escapé. En medio del caos generado por trasladarse de un escondite a otro.

Rhian observó su rostro. Sus nudillos temblaban sobre la empuñadura de Excalibur.

El brillo de Sophie refulgía intensamente detrás de su espalda…

—Da igual —dijo el rey, avanzando hacia el último sector de árboles—. Cuando mi hermano consiga el anillo de Nottingham, tendrán los días contados.

—Pensaba que habías dicho que eras Bueno —replicó Sophie, siguiéndolo.

—Soy Bueno —respondió Rhian—. Y el hecho de que la espada de mi padre me escogiera lo demuestra. Tus amigos son los Malvados. Ellos niegan la voluntad del pueblo que me quiere como monarca. Se interponen con arrogancia en el camino hacia un Bosque mejor. Un Bosque más pacífico. Un Bosque que hubiera enorgullecido al rey Arturo. Tus amigos no son solo unos rebeldes contra lo correcto. Son mi *némesis*. No dejarán de atacarme hasta que esté muerto. Lo cual significa que tengo que defenderme. Primera regla del Bien.

Sophie abrió la boca para discutir. No le salió ni una palabra.

Rhian se alzó la camisa para inspeccionar una herida profunda entre dos costillas; un hilo de sangre brotaba entre dos puntos. Exhaló y continuó caminando.

—Ojalá tu sangre me curara.

—¿Por qué no lo hace? —preguntó Sophie—. Es extraño que mi sangre cure solo a un gemelo.

El rey no respondió por un momento.

—¿Rhian?

—Es la profecía de la pluma —dijo él, deteniéndose en el sendero—. *Solo* se pueden obtener los poderes del Cuentista casándote contigo. Un hermano te desposa y se convierte en el Rey Verdadero. El otro hermano se cura con tu sangre. Sophie, la reina para uno. Sophie, la sanadora para el otro. Tú eres el vínculo entre hermanos, cada uno con un incentivo para protegerte.

Como el Cuentista, pensó Sophie. Protegido por dos hermanos, cada uno resguardándolo para su bando.

Algo le molestó. Algo que no tenía sentido.

—¿*Un* hermano se casa conmigo y se convierte en rey? —dijo Sophie—. Querrás decir cuando tú te cases conmigo. Tú eres el mayor. Eres el heredero.

Rhian se aclaró la garganta.

—Sí. Obviamente.

Sophie siguió caminando.

—Pero ¿*qué* pluma? No dejas de hablar de esa pluma misteriosa. La pluma que supuestamente te dijo todas esas cosas. ¿Qué pluma fue? ¿El Cuentista o Melena de León? ¿Qué pluma sabía que yo sería tu reina? ¿Qué pluma sabía que podía sanar a tu hermano?

Sophie miró a Rhian y, para su sorpresa, lo vio sonreír.

—Encontraste una manera mágica de entrar en mi habitación. Encontraste una manera mágica de enviarme un mensaje bajo las narices de tu amiga. Y sin embargo, todavía no sabes por qué estás aquí. Quizá no seas tan inteligente como pensaba.

Si había algo que Sophie detestaba, era que la llamaran «estúpida».

—¿Ah, sí? —respondió ella, cortante—. Sé quién es tu madre. Lo sé todo sobre ella. Sé cómo naciste. ¿Tú lo sabes?

Rhian resopló.

—No sabes nada sobre mi madre.

Sophie lo miró con frialdad. Y, de pronto, como si sus pensamientos hicieran que sucediera, su vestido cambió de nuevo. Esta vez, los volantes del encaje se ajustaron más y más, apretando cada centímetro, antes de que empezaran a temblar al unísono como mil alas de gasa. Las alas blancas se agitaron con más fuerza, y una cabecita se asomó entre cada par, como si fuera a alzar el vuelo. Una mancha de color apareció en el pecho de Sophie, como una puñalada que sangraba hacia afuera, y cubrió a aquellas criaturas diminutas con alas de un azul intenso y brillante; el vestido en su cuerpo ahora se había transformado en una prenda tan familiar, un vestido que una vez había llevado su enemiga, un vestido hecho de… *mariposas*. Un ejército de ellas, azules como zafiros, que aleteaban y fluían mientras ella respiraba, alzando las cabezas y siguiendo el ritmo de su corazón, como si el vestido ya no estuviera luchando contra ella o amarrándola, sino *obedeciéndola*.

Rhian abrió los ojos de par en par, con la piel pálida como la de su hermano.

Luego, en un instante… las mariposas desaparecieron.

El vestido mutó de nuevo y se convirtió en encaje blanco.

Sophie alzó una ceja hacia el rey.

—Oh, sé más de lo que crees —dijo.

25

Rhian y lo real

—Mi madre era una mujer muy reservada —dijo Rhian, quitándose la camisa—. Sé muy poco sobre su época como Decana.

Dado que las nubes cubrían y refrescaban el jardín y el rey cada vez cojeaba más, habían decidido regresar a la galería. Las criadas llevaron vendajes limpios y cremas para las heridas de Rhian, y ahora él se las estaba aplicando sobre su torso desnudo, haciendo muecas y esforzándose por alcanzar los cortes.

Sophie estaba sentada a su lado.

¿Lo mato?

¿No lo mato?

Después de todo lo que Rhian acababa de decirle, ya no sabía si era Bueno o Malo. Si mentía o decía la verdad. Si debía vivir o morir.

Pero una cosa todavía era segura.

Su hermano debía morir.

Si mataba a Japeth, eliminaría el peor Mal.

Si mataba a Japeth, Rhian tal vez dejaría a Evelyn Sader en su tumba.

Si mataba a Japeth quizá podría permitir que Rhian viviera.

Tal vez.

Pero ¿y Tedros?

Rhian debía morir o Tedros no podría recuperar el trono.

Asumiendo que Tedros *tuviera* que recuperarlo.

Pero ¿y si Rhian tenía razón?

¿Y si Rhian fuera mejor rey?

Después de todo, era el heredero *legítimo*.

Y solo porque Agatha y Tedros eran amigos de Sophie, eso no significaba que Tedros debía gobernar Camelot. Tedros nunca había hablado sobre su pueblo o el motivo por el que debería ser rey con la misma pasión que Rhian le había mostrado.

¿Y si ser el Rey Verdadero está en el destino de Rhian?, pensó Sophie, tensa. ¿Y si el hecho de que él tuviera los poderes del Cuentista traía la paz eterna al Bosque? ¿Y si podía detener el Mal para siempre, tal y como prometía?

Entonces matar a Rhian no era lo que estaba Bien.

Matar a Rhian sería Malo.

El corazón de Sophie se hizo añicos.

Y yo soy Mala.

¿Era por eso que la bola de cristal la había mostrado a ella matándolo?

¿Por qué su alma quería cometer una acción malvada?

¿Por qué quería que fuera una bruja?

Rhian se peleaba incómodo contra una venda.

—Ah, deja que lo haga yo —suspiró Sophie.

Rhian la miró con desconfianza… y luego se relajó. Ella se puso de rodillas junto a él y le envolvió la venda alrededor de las costillas. Él hizo una mueca de dolor ante la frialdad de su tacto.

Primero lo primero, pensó Sophie.

Rhian matará a Japeth.

Aquella parte del guion no había cambiado.

Lo cual significaba que debía encontrar el punto débil de los dos.

El hilo de desconfianza que podía deshilachar.

—Cuéntame más sobre ella —le pidió Sophie, poniéndole crema sobre un moratón que tenía en el hombro—. Sobre tu madre.

—Japeth heredó su magia, yo no —dijo Rhian, con los ojos cerrados, intentando no hacer muecas—. Yo debo ser como mi padre. A quien mi madre jamás mencionaba. Sabíamos que no debíamos preguntar. Pero yo tenía mis sospechas.

—¿Por ejemplo?

—Encontré una tarjeta vieja con el sello de Camelot en la habitación de mi madre, invitándola a cenar al castillo. Decía *«Espero verte con ansias»*, escrita con la caligrafía del rey. Estaba obsesionado con Camelot como cualquier Siempre pequeño, así que imagina mi entusiasmo. ¿Mi propia madre conocía al rey Arturo? ¿Mi propia madre *cenó* una vez con el rey? Pero cuando le pregunté por la tarjeta, me castigó por husmear entre sus cosas. Luego también nos escondió en Foxwood, y no nos permitía salir de la casa o ir a la escuela, porque temía que alguien nos descubriera. Pero un día una mujer apareció en nuestra puerta: una mujer que reconocí por el *Mensajero de Camelot* como la mayordoma principal del rey Arturo. No pude oír la conversación que tuvo con mi madre, pero ¿por qué la mayordoma principal del rey Arturo querría ver a nuestra madre? Sin embargo, si intentaba hacer preguntas sobre el rey, madre me hacía callar. Y cualquier mención de la reina Ginebra generaba en ella una mirada lúgubre y balbuceos sobre esa «arpía arrogante». Era obvio que mi madre y el rey Arturo se conocían de antes. Que había ocurrido algo entre ellos. Y tanto Japeth como yo parecíamos tener el aspecto de Arturo… o al menos yo. Un poco de sol y nuestras pieles eran iguales. Si Japeth se pone bajo el sol parece un jamón quemado.

—Pero ¡eso es absurdo! ¿Por qué tu madre no quería decirte quién eras? ¿Por qué no quería decir a todo el Bosque que había parido a los hijos de Arturo? —preguntó Sophie. Pensó en el modo en que los ojos de Evelyn habían brillado triunfales antes de colocar la cuerda alrededor del cuello del rey—. Ese era el *objetivo*. Dar a luz a los hijos de Arturo.

Rhian abrió los ojos de par en par, observándola.

No lo sabe, comprendió Sophie. *No sabe cómo llegó al mundo.*

—Creo que lo intentó —dijo Rhian—. La oí llorar una vez, maldiciendo a mi tío August por estar «del lado de él». Debió decirle a Arturo que estaba embarazada de él. Pero Arturo ya tenía una reina. Tenía a Ginebra. Quizás amenazó a mi madre para que guardara el secreto. Quizás mi tío August la ayudó. Por eso nos escondió.

—Pero ¿y *después* de que Arturo muriera? —insistió Sophie—. Sin duda en ese momento se lo contaría a alguien.

—¿Quién le hubiera creído? —dijo Rhian—. ¿Qué pruebas tenía?

—¿Y tu hermano? ¿Él sospechaba que el rey Arturo era su padre?

Rhian apartó una mosca.

—Intenté hablar con él al respecto, pero no quiso escucharme. Decía que estaba seguro de quién era nuestro padre.

—¿Quién? —insistió Sophie.

—*No el rey Arturo* —dijo Rhian, imitando el tono severo de Japeth—. Él pensaba que estaba loco, que estaba tan embelesado con el rey que me había autoconvencido de que era su hijo perdido. Pero la verdad es que Japeth y yo nunca estuvimos de acuerdo en nada. Somos gemelos, pero somos opuestos absolutos. Dos mitades de un todo.

Sophie reprimió una sonrisa. Rhian y su hermano no eran tan diferentes de Agatha y ella. Encontrar la grieta entre hermanos tal vez sería más fácil de lo que pensaba...

—Entonces, ¿tu madre y Japeth tenían un vínculo estrecho? —preguntó ella—. Japeth parece muy apegado a ella.

—*Demasiado* apegado —dijo Rhian con firmeza—. Era por eso que mi madre me quería más a mí.

Sophie lo miró.

—Continúa.

—Japeth no compartía a mi madre con nadie. Ni siquiera conmigo. Si mi madre me prestaba la más ínfima atención, él se enfurecía terriblemente. Cuando le preparé a mi madre un pastel para su cumpleaños, él le puso algo para que le sentara mal. Cuando ella fue demasiado cariñosa con nuestro gato, el animal desapareció. Después de cada incidente, él pedía perdón; lloraba y juraba que nunca volvería a hacerlo. Pero siempre ocurría otra vez. Y cada vez era peor. Madre y yo éramos prisioneros de su furia. Eso hizo que tuviéramos una relación muy estrecha.

Sophie estaba tensa, todavía no se había acostumbrado a sentir pena por el chico que había venido a matar.

—¿Y no podíais hacer nada? ¿Enviarlo lejos o...?

—¿A mi hermano? —dijo Rhian, con frialdad—. ¿A mi *gemelo*?

—Pero por lo que has dicho...

—Todas las familias tienen problemas. Cada una de ellas. Tienes que encontrar una manera de reparar lo malo. De curar el núcleo de la podredumbre.

—Hablas de la familia de la misma manera en que hablas del Bosque —dijo Sophie, cínica—. Pero es imposible erradicar el Mal.

—Pues aquí estoy, todavía junto a mi hermano, y nuestra relación es más fuerte que nunca. Eso dice mucho de cómo seré como rey, ¿no? —alardeó Rhian—. Nunca perdí la fe en él. A diferencia de mi madre.

Sophie alzó las cejas, pero Rhian anticipó su pregunta.

—Los ataques de furia de Japeth empeoraron —explicó él—. Estuvo a punto de matarnos a mi madre y a mí algunas veces. Ella usaba sus mariposas para espiarlo. Para detenerlo en medio de sus ataques de ira. Por suerte, a ella se le daba mejor la magia que a él. Así fue como sobrevivimos. —Rhian hizo una pausa—. Luego, ella escribió al Director hablándole de él.

—¿Al Director? ¿Por qué?

—Antes, mi madre daba clases allí. Mi tío August le consiguió un puesto como profesora de Historia. Ella y el Director se hicieron amigos; demasiado amigos, según tengo entendido, dado que terminó expulsándola de la escuela. Mi madre creía que las mujeres no tenían las mismas ventajas que los hombres como su hermano. Que su única oportunidad de alcanzar la gloria era acercarse a hombres poderosos. Como Arturo. Como el Director. Ambos intentos fueron contraproducentes.

»Claramente, Arturo no quería nada con ella. Y el Director no solo la expulsó; cortó completamente toda comunicación con ella. Mi madre le enviaba cartas, suplicándole que aceptara a Japeth en la Escuela del Mal, para quitárselo de encima. Se lo debía, según decía. Pero él nunca respondió. Y los estínfalos tampoco vinieron a buscar a Japeth cuando llegó el momento.

—¿Tu hermano sabe todo esto? —preguntó Sophie, ocupándose de otro moratón—. ¿Que tu madre intentaba librarse de él?

Rhian se agitó incómodo.

—No. En aquel momento, tampoco teníamos dinero, apenas teníamos para comer. Finalmente, mi madre nos dijo que iría a hablar con nuestro padre. Tenía la esperanza de que si podía hablar con él cara a cara la ayudaría. Lo obligaría a ayudarla. Mientras tanto, mi hermano y yo iríamos a Casa Arbed. Mi madre había hablado con la Decana Brunilda, quien después de conocer a mi hermano, le garantizó a mi madre que podía lidiar con Japeth, o RJ como la Decana empezó a apodarlo con cariño. Parecían encantarle las causas perdidas. Aun así, mi madre insistió en que yo también fuera para ayudar a la Decana a controlarlo. Hasta que ella volviera, claro.

Rhian respiró lentamente.

—Nunca volvía a saber de mi madre. Supongo que Arturo la rechazó. Esto ocurrió poco antes de que el rey muriera. Algo dentro de ella debió romperse después de su fallecimiento. Nunca regresó a por nosotros. No nos envió ni una sola carta. El amor que creía que ella y yo compartíamos… El vínculo que pensé que teníamos… Nada de eso importó. Ella quería alejarse de Japeth. Tenía tantas ganas de apartarse de él que estuvo dispuesta a alejarse también de mí.

Una lágrima emergió del borde de su ojo cerrado.

—Durante mucho tiempo, no supimos dónde estaba. Oímos rumores. Que había conocido a las hermanas Mistral y se había interesado en la teoría del rey verdadero. Que se había unido a una colonia de mujeres que querían esclavizar a los hombres. Que fue ella quien mató al rey Arturo. Lo único que sabíamos con seguridad era que terminó en la Escuela del Bien y del Mal como Decana, deseosa de vengarse del hijo de Arturo. Eso solo me dio más pruebas de que Arturo era nuestro padre. Claramente mi madre quería vengarse de Tedros por la traición de su padre. Por haber arrebatado a *sus* hijos todo lo que se merecían. Incluso intentó resucitar al Director para matar a Tedros. Pero al final, el Director la mató a ella. —Rhian exhaló—. Mi hermano y yo nos quedamos solos para siempre.

Una ráfaga de aire cálido sopló por la galería mientras permanecían sentados en silencio, el corazón de Rhian latía bajo la mano de Sophie. Desde el punto de vista de Rhian, estaba hurgando en la oscuridad del Pasado; desde el punto de vista de Sophie, estaba arrojando luz sobre el Presente. El vestido de Evelyn se suavizó sobre su cuerpo, como un abrazo amoroso, como si por fin conociera todos los secretos de la prenda. Por un instante, todos los esquemas, todos los planes que tenía se desvanecieron en el viento.

—Te abandonó —dijo Sophie en voz baja—. Te abandonó por culpa de tu hermano.

Rhian no respondió.

—¿Él lo sabe? —preguntó Sophie.

Rhian abrió los ojos y la lágrima cayó.

—Él cree que fue a ver a nuestro padre porque todavía lo quería y estaba orgullosa de contarle sobre sus hijos. Que cuando él la rechazó, ella murió por culpa de su corazón roto. Nunca podría decirle la verdad a Japeth. Que fue *él* quien la alejó. Que fue *él* quien rompió su corazón. Es la maldición de ser malvado. Hace que atormentes a quienes quieres. Y Japeth quería demasiado a mi madre.

Sophie guardó silencio, pensando en todas las veces que el amor la había convertido en un monstruo.

—Al poco tiempo de la muerte de mi madre, las hermanas Mistral vinieron a vernos —dijo Rhian—. Nos dijeron que el rey Arturo era nuestro padre, como yo siempre había sabido. Cuando Japeth se burló de ellas, nos dieron el vestido que ahora llevas puesto. El vestido de mi madre cobró vida ante nuestros ojos. Nos guio hasta la pluma que nos mostró nuestro futuro. La pluma que te escogió como mi reina. La pluma que crees que es un misterio… pero ese vestido sabía dónde encontrarla. La pluma nos contó los deseos de nuestra madre. Que la futura reina debía recibir su vestido. Que su hijo debía tomar el trono que le correspondía. Y que si hacíamos lo que ella decía, había un modo de traer a un alma de entre los muertos. De traerla a *ella* de entre los muertos. Todos los Males de nuestro pasado desaparecerían. La historia tendría un nuevo final: yo, el Rey Verdadero… Japeth, madre y yo, reunidos a la cabeza de Camelot… Nuestra familia completa, tal y como debería ser.

Sophie pensó en el libro de cuentos de Melena de León en la Bendición; el que contaba el cuento de hadas de Rhian. Había excluido todos los secretos. Los matices importantes. Al igual que todos los demás libros.

—¿Qué dijo Japeth? —preguntó Sophie.

—Bueno, él pasó de burlarse de ellas a creer de pronto que yo era el Rey Verdadero. Me hizo prometerle que si me ayudaba a convertirme en ese rey, yo reviviría a quien él amaba. Nos llevó un tiempo organizar nuestro plan, claro… pero Japeth nunca flaqueó. Estaba tan involucrado como yo, ahora que mi madre estaba en juego. Veía la esperanza en sus ojos —recordó Rhian.

Sophie imaginó a Evelyn Sader, con su piel lechosa y sus labios carnosos… Con sus tretas manipuladoras y su venganza contra los hombres… Con sus mariposas nefastas y sus historias revisionistas dignas de la pluma de su hijo…

Pero Evelyn Sader también había sido una madre.

Una madre, como la de Sophie, que había cometido errores.

Una madre que había muerto, deseando tener otra oportunidad.

A Sophie se le erizó la piel debajo del encaje blanco que la acariciaba como una mano. Suspiró, sin poder creerlo.

—¿Qué pasa? —preguntó él.

—El vestido de tu madre —respondió Sophie, deslizando las manos sobre el corsé suave—. Sé que suena absurdo, pero de pronto, tengo la sensación de que… le *gusto*.

Ella alzó la vista. Rhian la observaba con sus claros ojos azul verdoso. La mirada profunda y evaluativa de un León.

—Ya veo por qué todos los chicos se enamoran de ti —dijo él.

—Antes veías por qué todos los chicos me dejaban —respondió Sophie—. ¿En qué quedamos?

Rhian inclinó el torso, sentado en la silla, y le tomó la mano a Sophie.

—Creía conocer tu cuento de hadas. Pero ninguna historia puede hacerte justicia. Tardé un tiempo en ver más allá. Detrás de la belleza, la astucia y los juegos. Ahora te conozco, Sophie. A la verdadera tú. Pétalos *y* espinas. Y te quiero por ambos.

Sophie se quedó sin aliento, la sangre le rugía en su interior. Nunca le habían hablado con tanta pasión. No desde Rafal.

—Tienes a tu hermano —dijo ella, débil, intentando mantener la compostura—. Tienes a Japeth. No puedes tenerme también a mí.

—Después de lo que pasó con mi madre, tenía miedo de querer a alguien —respondió él, abandonando la silla—. No podía permitir que Japeth le hiciera a otra persona lo mismo que le había hecho a ella. Tuve que priorizarlo a él. Pero no puedo renunciar a ti, Sophie. Te necesito demasiado. Contigo, puedo ser yo mismo como con nadie más, ni siquiera con mi propio gemelo. Te quiero de una manera en que jamás podría quererlo a él. —Colocó los labios sobre el cuello de la chica—. Porque este es un amor *elegido*.

Deslizó las manos alrededor de la garganta de Sophie y alzó su boca hacia la de ella. Las manos de Rhian recorrieron el vestido y el encaje se convirtió en mariposas blancas bajo sus dedos, aleteando como olas, el sonido de las alas en movimiento, la sinfonía de un beso.

Luego, mientras sus labios se enredaban y bailaban… un aire frío inundó la habitación.

Rhian no lo percibió, tenía las manos en el pelo de Sophie.

Pero Sophie se dio cuenta, al igual que se dio cuenta de la sombra que se cernió sobre la galería.

Besó con más intensidad a Rhian.

—¿Qué haremos con Japeth?

—¿Mmmmm? —dijo Rhian, en una niebla ardiente.

—No quiero terminar como tu madre —susurró Sophie—. Quiero que seamos felices. Solo nosotros dos. Podríamos estar solos. Podríamos ser libres.

—¿Qué quieres decir? —preguntó Rhian entre besos.

Sophie permitió que las palabras surgieran.

—Si él se… fuera.

Rhian dejó de besarla.

Retrocedió con expresión severa.

—Ya te lo he dicho. Es mi *hermano*. Mi *sangre*.

Sophie puso las manos sobre los hombros de Rhian.

—¿Crees que tu madre estará contenta de verlo cuando la resucites? ¡La alejará, tal y como lo hizo la primera vez! «El Pasado es el Presente y el Presente es el Pasado». La historia se repite una y otra vez. Son tus propias palabras. Me has dicho que tu madre quería librarse de él… Que se marchó por él… Que te quería más a ti.

—¿Es eso *cierto*? —dijo una voz.

Rhian se quedó paralizado.

Lentamente, se giró y vio a su gemelo de pie contra la pared del pasillo, ensangrentado y magullado, y con traje de cimitarras destrozado.

—Pues, entonces, dale saludos a madre de mi parte —dijo Japeth, y se fue.

Lanzó algo a los pies de Rhian.

Un anillo plateado, manchado de sangre.

El rey lo observó, con los ojos abiertos de par en par, helados, antes de alzar la vista hacia Sophie…

… y de salir corriendo detrás de su hermano.

Sophie lo había planificado todo, claro.

En cuanto había visto la sombra de Japeth y notado aquella frialdad. Había escogido las palabras que le diría a Rhian y se había asegurado de que su hermano las escuchara.

Las brujas saben cómo iniciar guerras.

Si todo salía bien, pronto Japeth estaría muerto.

Por otra parte, si mataba a Rhian o permitía que viviera…

Quizá por eso la escena de la bola de cristal se interrumpía antes de que lo matara. Antes de clavarle a Excalibur en la espalda. Porque ni siquiera el futuro sabía todavía qué ocurriría con el rey de Camelot.

En el cielo, las nubes estaban más oscuras. Sophie siguió las voces de los chicos hasta la plataforma que unía las torres. Los espió escondida tras una columna de piedra.

—Te dije que era peligrosa —bramó Japeth, tenía moratones violetas en las mejillas—. Ella es la *verdadera* serpiente.

—No quise decir esas cosas. No en el sentido en el que ella las dijo —replicó Rhian mientras se ponía una camisa; los dos chicos separados por un largo trecho de piedras—. Madre te quería. Yo te quiero…

—Crees que soy un estúpido. ¿Crees que no conocía a nuestra propia *madre*? Sé que te prefería a ti. Sé lo que soy

—rugió Japeth—. Lo que no sabía era que me entregarías, a mí, a tu propia sangre, a cambio de los besos de una *zorra*.

—No conoces a Sophie. No como yo —lo desafió Rhian—. Te dije que regresaría. Es mi reina, tal y como lo dijo la pluma. Es por eso que escapó de los rebeldes. Es por eso que traicionó a sus amigos. Sophie cree en mí. ¡Me es *leal*!

—¿Le has preguntado *cómo* escapó? —lo atacó Japeth—. ¿O dónde están los rebeldes?

—No lo sabe —replicó Rhian con fervor—. Están en constante movimiento…

Japeth sonrió y permitió que su hermano escuchara el eco de sus propias palabras. La duda atravesó el rostro de Rhian.

—Tu «reina» es una mentirosa —dijo la Serpiente—. Y no estará contenta hasta que ambos estemos *muertos*.

Una cimitarra empezó a chillar, retorciéndose sobre el hombro dañado de Japeth. La Serpiente se la quitó del traje como si fuera una mariposa y permitió que le susurrara al oído.

Los ojos de la Serpiente flotaron hacia Rhian… y luego miraron detrás del hombro del rey.

—Sal de ahí, sal de ahí, pequeña espía —canturreó Japeth.

A Sophie se le subió el corazón a la garganta.

Sabía que no le convenía desobedecer.

Sin decir ni una palabra, avanzó hacia la pasarela.

—¿Hermano? —dijo Japeth con calma.

El rey miró a Sophie y luego a la Serpiente.

—Tráeme su sangre —le ordenó Japeth.

Rhian le devolvió una mirada vacía.

—¿Quieres hablar de *lealtad*? ¡Mira mis heridas! ¡Mira lo que he soportado para conseguir el último anillo! ¡Para ti! —gruñó Japeth—. Esa era la promesa de la pluma. Tú obtienes una reina y yo su sangre. Para siempre. Ahora, *tráemela*.

Rhian apretó la mandíbula.

No se movió.

Una cimitarra se desprendió del traje de Japeth, atravesó la pasarela y cortó la mejilla de Sophie; la sangre le cayó sobre el vestido blanco.

Sophie gritó, retrocedió y se golpeó la cabeza contra la columna de piedra. Se tocó la mejilla; el dolor le estalló en su cráneo, la sangre le caía entre los dedos.

En la pasarela, la cimitarra ya había regresado con su amo; vertió la sangre de Sophie sobre él y curó el rostro de la Serpiente, que se volvió suave, blanco inmaculado; también creó nuevas cimitarras que completaron su traje. Japeth le lanzó una mirada venenosa a su hermano.

—Ahora, si me disculpa, Su Alteza. Iré a sentarme en su bañera y, cuando salga, si la bruja no desapareció del castillo, yo mismo la mataré. Que le den a la sangre mágica.

Rhian lo observó mientras se alejaba.

Lentamente, el rey deslizó los ojos hacia Sophie, manchada de sangre, aplastada contra la columna de piedra.

—Es el diablo —jadeó ella—. ¡Tienes que luchar contra él! ¡Tienes que matarlo!

Rhian negó con la cabeza.

—Ya te lo he dicho. Es mi familia. *Mi* familia —repitió apretando los dientes. Puedo curarlo. Puedo *volverlo* Bueno.

—¡El Bien debe confrontar al Mal! —bramó Sophie—. ¡Al Mal verdadero, incluso si es tu propio hermano! Él alejó a tu madre de ti. Y ahora quiere hacer lo mismo conmigo. El Pasado es el Presente y el Presente es el Pasado. La historia se repite hasta que *tú* la cambias. Eso es lo que hacen los héroes. Eso es lo que hacen los reyes. ¿Dices que me quieres? ¿Dices que eres Bueno? Pues, hasta que no presentes pelea, yo solo veo a un cobarde. Solo veo a un *tonto*.

La boca de Rhian tembló, todo su cuerpo colapsó bajo el peso de sus emociones. Por un instante, pareció un niño. Un pequeño que había tenido que tomar aquella misma decisión muchas veces.

Se endureció, su rostro se convirtió en una máscara vacía.

—Llévate el carruaje —dijo—. Vete de aquí y no regreses nunca más.

Rhian cojeó por la pasarela, con Excalibur golpeándole la cadera.

Y luego, se fue.

Sophie se quedó allí de pie, saboreando su propia sangre en la boca.

Olas de furia golpeaban su interior y crearon espuma.

Y pensar que había estado a punto de permitir que aquel cobarde viviera.

No.

Rhian moriría.

Ambos morirían.

Pero ¿cómo?

Japeth se estaba dando un baño.

Rhian se había rendido ante él.

El combate prometido nunca ocurriría.

Y Sophie no tenía nada con qué reemplazarlo, no tenía armas, no tenía ningún plan, solo una bola de cristal en su bolsillo.

Se quedó quieta.

Sobre su rostro herido, apareció una sonrisa malvada.

Una bola de cristal y un baño.

Eran las únicas armas que necesitaba.

Cuando Sophie se acercó a la habitación del rey, oyó que el agua del baño estaba abierta.

Escondida tras una columna en el pasillo tenue, vio a dos guardias piratas delante de las puertas, con espadas en los cinturones.

Deslizó la mirada hacia el otro extremo del pasillo… y vio un candelabro inmenso en el vestíbulo del ala del rey.

El dedo de Sophie brilló rosado.

Disparó y rompió el candelabro, y los cristales cayeron en todas direcciones.

—¿Qué ha sido eso? —chilló un guardia.

Los dos abandonaron su puesto y corrieron hacia el vestíbulo.

Rápidamente, Sophie abandonó su escondite tras la columna y se puso de rodillas ante las puertas de la habitación del rey. Su mejilla latía de dolor, la sangre todavía le caía sobre el vestido. A través de la rendija, vio que la habitación estaba vacía, la puerta del baño entreabierta, los sonidos de la bañera se oían detrás. Vio un atisbo de Japeth atrás de la puerta del baño. No había ni rastro de Rhian por ninguna parte.

Entró en la recámara del rey.

El cielo gris perlado resplandecía por las ventanas, iluminando las paredes cubiertas de seda dorada y escarlata, las sillas con el emblema del León tallado y la cama hecha a la perfección; las cortinas doradas y rojas estaban abiertas. Oyó los pasos de Japeth detrás de la puerta entreabierta en un rincón.

Sin hacer ruido, Sophie se escondió bajo la cama. Tenía que obligar a Japeth a salir del baño el tiempo suficiente para poder escabullirse allí dentro.

Solo tendría una oportunidad de lograrlo.

Alzó su dedo encendido y disparó contra el armario, que estalló como un petardo, y todos los estantes llenos de ropa se cayeron.

Instantáneamente, Japeth corrió fuera del baño, todavía vestido con su traje de cimitarras. Mientras inspeccionaba el armario, Sophie se deslizó sobre su estómago a través de la puerta.

El baño del rey brillaba como un mausoleo dorado, con espejos que reflejaban espejos y emblemas del León tallados en cada baldosa y grifo. El agua caliente caía dentro de una bañera amplia, sobre unas patas doradas talladas en forma de garra de león; ahora la bañera estaba a punto de desbordarse. El retrete estaba en un rincón oscuro y separado del resto.

Sophie miró hacia el cuarto mientras Japeth salía del armario, frunciendo el ceño, y abría las puertas de la recámara del rey, solo para descubrir que los dos guardias no estaban allí.

—Idiotas —murmuró.

Se dirigió de nuevo hacia el baño.

Con el corazón acelerado, Sophie sacó la bola de cristal del bolsillo de su vestido, dijo una plegaria silenciosa… y la sumergió en la bañera.

Se escondió en el rincón del retrete antes de que Japeth entrara.

El traje de Japeth desapareció mágicamente y su piel blanca como la nieve quedó expuesta mientras caminaba hacia la bañera y desaparecía entre el vapor espeso.

Sin sus cimitarras espías para detectarla, Sophie respiró mejor, oculta a salvo. El vestido de Evelyn Sader la envolvió más fuerte, en un abrazo tranquilizador. Mientras Japeth entraba a la bañera, Sophie se sorprendió al ver lo vulnerable que parecía; el salvaje que había asesinado a sus amigos no era más que un adolescente delgado. Poco a poco, la Serpiente se sumergió en el agua caliente y emitió un gemido de placer y dolor.

Sophie lo espió desde su hueco, esperando que ocurriera.

Porque si la bola de cristal de Dovey reconocía las almas de Rhian y Japeth, entonces ambos tenían el mismo poder que Dovey o su Segundo... Lo cual significaba que en cuanto Japeth se metiera en la bañera, agarrara la bola de cristal de debajo de él y mirara en su centro... Todo ocurría mientras Sophie observaba, con el estómago echo un nudo... Y luego en 3... 2... 1...

La luz azul brilló en el baño y Japeth se sobresaltó y salpicó agua por todas partes.

Lentamente, Japeth sacó la bola de cristal brillante del agua y la alzó para inspeccionarla. Luego, se dio cuenta de que contenía algo... Una escena se reproducía dentro de sus bordes de vidrio... Miró con más detenimiento mientras Sophie contenía el aliento...

—¿Japeth? —exclamó una voz.

Rhian.

Japeth apretó la bola de cristal en su puño y ocultó su luz.

—Vete —ordenó.

—Sophie se ha ido.

La expresión de Japeth cambió.

—¿A dónde?

—Se ha ido.

Se hizo el silencio entre hermanos.

—Te he preparado un té —dijo la voz de Rhian—. Tal y como te gusta.

Japeth sumergió de nuevo la bola de cristal en el agua.

—Entra.

Sophie maldijo en silencio.

Rhian abrió la puerta. Tenía puesto su traje azul y dorado y llevaba una taza.

—¿Asumo que está envenenado? —preguntó Japeth.

—Obviamente —dijo el rey, cuya corona reflejaba la luz dorada—. ¿Qué ha sido ese ruido?

—Una avalancha en tu armario. Un trabajo chapucero.

—Sin duda. En el pasillo acaba de caer un candelabro. Aunque podría ser el regalo de despedida de Sophie. Los guardias están inspeccionando el castillo para asegurarse de que se haya marchado.

Los gemelos intercambiaron una mirada.

—Entonces, ¿no habrá boda? —preguntó Japeth.

Rhian sonrió sin fuerza.

—No estoy seguro de qué haremos con todos los regalos. Parece ser que el sultán de Shazabah nos enviará un camello mágico.

Japeth exhaló.

—No la echarás de menos, hermano. Dentro de unos pocos días, ni siquiera recordarás su nombre.

El rey alisó su traje azul y dorado, como si estuviera descartando aquella parte de la conversación.

—Mañana convocaremos al Consejo del Reino y quemaremos el último anillo.

—Y luego, la magia de la Pluma será tuya —dijo su hermano con entusiasmo—. Melena de León, el nuevo Cuentista. Tú, el Rey Verdadero con poder infinito.

—Con poder infinito viene la carga de usar ese poder correctamente —respondió el rey—. Una responsabilidad de la que espero ser digno.

—Como si eso estuviera en duda —lo alabó Japeth—. Siempre has sido el hermano Bueno. Al que todos quieren. Es por eso que *tú* eres el rey.

Rhian se aclaró la garganta.

—¿Dónde quieres que te deje el té?

—¿Qué harás primero? —insistió Japeth—. ¿Qué será lo primero que escribirás con Melena de León?

—Aboliré el Consejo del Reino y esa escuela miserable para siempre —respondió Rhian—. Es hora de devolver este Bosque al pueblo.

—Nunca superaste que no te aceptaran para convertirte en un Siempre, ¿verdad? —lo provocó Japeth—. O quizá no aceptaste que no me llevaran *a mí* para poder estar en paz con madre.

Rhian se puso tenso.

—Japeth…

—¿Qué harás con la escuela? —preguntó Japeth con dulzura.

—La convertiré en cenizas —dijo el rey, aliviado por el cambio de tema—. *Un incendio tan feroz e inmenso que lo verá todo el Bosque.* Algo así. Hay que escribir las palabras. Palabras que tú y yo veremos convertirse en realidad.

—¿Y Agatha y Tedros y todos los rebeldes? ¿Qué pasará con ellos?

—Morirán con un solo trazo de la pluma. Se desvanecerán en el aire.

—¿Sin arpías que les arranquen la piel o trolls que se coman sus cerebros? ¿Sin cataclismos de dolor?

—Solo el dolor de ser una nota al pie de página—dijo Rhian. Japeth resopló.

—Sabía que había una razón por la que te ayudé a convertirte en rey.

Rhian adoptó una expresión seria.

—Ambos sabemos cuál es la verdadera razón, Japeth. —De pronto, su gemelo pareció perturbado—. Me ayudaste a cumplir mi deseo, Japeth —prosiguió Rhian—. Y cuando quememos el último anillo, será mi turno de cumplir el tuyo.

Unas manchas rosadas aparecieron en las mejillas de Japeth.

—Un deseo que te prometí, por tu lealtad y tu fe —dijo Rhian con intensidad—. Juraste ayudarme a convertirme en rey y yo juré revivir a quien amas con el poder de la Pluma. Has cumplido con tu palabra. Mañana, cumpliré con la mía.

La emoción asfixiaba a Japeth, apenas podía hablar.

—Gracias, hermano —susurró.

Rhian posó el té sobre el borde cerámico de la bañera.

—El primer día de ponerme en pie ha sido más de lo que puedo soportar —suspiró Rhian—. Me temo que no hay sangre curativa mágica para mí.

—Ve a la cama —dijo Japeth, con una ternura que Sophie nunca había oído en él.

Rhian asintió y soltó su cinturón y su espada. Se giró hacia la puerta.

—¿Rhian? —dijo Japeth.

El rey miró hacia atrás.

—Madre estaría orgullosa de ti —dijo la Serpiente—. Por priorizar a la familia.

Rhian esbozó una sonrisa débil.

—Ya lo veremos, ¿no?

Cerró la puerta al salir.

Japeth se recostó en la bañera. Cerró los ojos, como si el intercambio lo hubiera drenado, solo para abrirlos cuando se dio cuenta de que todavía estaba sujetando algo en su puño.

Alzó la bola de cristal azul brillante del agua y centró la mirada en la escena que contenía.

Sophie contuvo el aliento.

Aquella vez no hubo interrupciones.

La Serpiente observó la reproducción de la escena, una y otra y otra vez.

Lentamente, los músculos de Japeth se tensaron, enderezó el cuerpo, sus nudillos apretados sobre la gota de vidrio. Las venas azules heladas le sobresalían del cuello; apretaba los dientes, cubiertos de saliva; entrecerró los ojos y los convirtió en dos ranuras asesinas.

Lentamente, la Serpiente miró hacia la puerta.

Se puso de pie en el agua, las cimitarras se materializaron sobre su piel, las tiras escamosas negras entretejidas sobre la carne blanca y suave reconformaron su traje. Luego, salió de la bañera, sus pies húmedos chirriaban suavemente sobre la cerámica.

Abrió la puerta del dormitorio.

—¿Dónde está? —preguntó.

—¿Mmmm? —respondió Rhian medio dormido. Sophie era incapaz de ver al rey desde su escondite.

Japeth entró en la habitación y desapareció de la vista de Sophie.

—La chica. Dónde está.

—Ya te lo he dicho. Se ha ido.

—*Mentiroso.* Tu loba nunca se ha marchado. Me has hecho creer que has renunciado a ella. Que me has escogido. Pero ha estado aquí durante todo el tiempo. Esperando a que te librases de mí.

—¿Qué estás diciendo?

—*¡DÓNDE ESTÁ!* —Sophie oyó que Japeth rugía—. ¿Crees que ella te querrá? ¿Crees que será tu reina encantadora cuando yo no esté? Te asesinará a sangre fría en cuando me mates.

—¿Matarte? ¿Acaso una cimitarra te ha hecho un agujero en el cerebro?

—Veo tus intenciones. *Siempre* las he visto. ¡Yo mismo la encontraré!

Sophie oyó el *¡shhhppp!* familiar de las cimitarras desprendiéndose del traje de Japeth y el sonido desapareció cuando las cimitarras se dirigieron a distintas partes del castillo, dándole caza.

—¿De verdad piensas que está aquí? —replicó Rhian, furioso—. ¿Que estoy *ocultándola*?

—Sé lo que he visto.

—¿Qué has visto? ¿*Dónde*? Busca todo lo que quieras en el castillo. Está en un carruaje, a mitad de camino hacia Gillikin.

Sophie abandonó su escondite, se arrastró junto a la bañera y se escondió en el triángulo diminuto de espacio que había detrás de la puerta. Espió a través del hueco entre las bisagras.

—Siempre has elegido a otros en vez de a mí. A mí, tu propia *sangre* —le siseó Japeth al rey, quien estaba en la cama con su traje azul y dorado arrugado, el cinturón de Excalibur estaba a su lado—. Sin embargo, yo te elijo una y otra y otra vez. Mato por ti. Miento por ti. Saqueo y ataco reinos por ti. Hago *de todo* por ti. Rhian, el Bueno. Y yo, el monstruo malvado. Yo, incapaz de amar. Sin embargo, cuando tuve amor, la única vez en mi vida que lo tuve, tú lo *destruiste*.

—Ya estamos otra vez —gimió Rhian.

—Tenía un amigo. El único amigo que he tenido en la vida —dijo Japeth, temblando de emoción—. Un amigo que me hizo creer que, después de todo, yo no era tan malvado. Y *tú* me quitaste a ese amigo.

Rhian se puso de pie, fulminándolo con la mirada.

—Eso no es verdad.

—¡Votaste con los demás para desterrarlo! ¡Votaste para que lo expulsaran al Bosque como un perro!

—¡Intentó *matarme*! —bramó Rhian, tocándose la herida del cráneo—. ¡Me clavó una daga en la *cabeza*!

—¡Porque decías cosas sobre él! ¡Sobre él y sobre mí! ¡Sobre nuestra amistad!

—¡Porque era un monstruo! ¡Un sádico sin alma! Y tú eras demasiado ciego para verlo. Lo adulabas y lo seguías como si fueras un perro. Estabas de su lado en vez del mío. Como si *él* fuera tu hermano. O *más* que un hermano.

—¡Era mi *amigo*! ¡Mi mejor amigo! —gritó Japeth—. Y la Decana hizo una votación para expulsarlo y, si tú hubieras votado para que se quedara, si lo hubieras perdonado, ¡todos los demás también lo habrían hecho! ¡Te habrían escuchado! El Bien perdona. Y ellos pensaron que eras Bueno. *Yo* pensé que eras Bueno. —Las lágrimas empapaban los ojos de Japeth, su voz parecía la de un niño—. Hiciste que mi amigo se fuera. Igual que yo hice que madre se fuera, según dices. Pero madre eligió irse por su cuenta. Tú *desterraste* a mi amigo. Nunca más lo volví a ver. Por *tu* culpa.

—¿Crees que merecía el perdón? ¿El que intentó asesinar a tu hermano? —bramó Rhian—. ¡No habría descansado hasta que yo hubiera muerto! Lo vi en sus ojos. Esos odiosos ojos violetas. No quería compartirte. Era un animal asqueroso. Se mereció lo que le pasó. Y nunca he dicho que madre se fuera por tu culpa…

—Mentiras. *Más* mentiras. Sé lo que piensas de mí. Lo mismo que ella. Que no soy capaz de amar. Que *soy* un animal asqueroso —sollozó Japeth—. Solo estabas esperando una excusa para librarte de mí. Y ahora la has encontrado en esa chica. Una chica que crees que te quiere, cuando yo puedo ver la verdad en los ojos *de la muchacha*. La verdad, que es que te quiere muerto —exclamó Japeth en el rostro de su hermano—. Es la misma mirada que me echabais madre y tú.

—No digas cosas de las que no te puedas retractar —replicó Rhian—. Eres mi hermano. Mi familia. Te quiero. Y madre también te quería. Por eso la reviviré. Por ti. Porque quieres una segunda oportunidad. Porque *todos* queremos una segunda oportunidad.

—Claro —dijo Japeth en voz baja—. Qué curioso.

Las lágrimas cesaron.

Japeth alzó la vista, con los ojos enrojecidos e irritados.

—Asumiste que sería ella. Durante todo este tiempo. Pero nunca me preguntaste a quién quería revivir con mi deseo. Solo lo asumiste. Que era a ella a quien amaba. Que era a ella a quien quería traer de vuelta. Pero ella es a quien *tú* quieres revivir. No yo.

Rhian se quedó helado.

—¿Qué?

—Hubiera sido muy obvio si te hubieras parado a pensarlo —dijo su hermano, que ahora ya había recobrado la compostura por completo—. Pero solo piensas en mí como algo que se puede usar. Un vasallo, un secuaz que te conseguirá una corona y también hará que recuperes a tu madre en el proceso. Convertiste tu deseo en el mío. Pero yo quiero revivir a otra persona. Siempre he deseado que fuera otra.

Detrás de la puerta, Sophie palideció. Acababa de entenderlo. Sabía a quién quería revivir Japeth.

—La única persona que realmente me quiso —dijo el gemelo blanco como la nieve—. La única persona dispuesta a *matar* por mí. La única persona en la que confío más que en mi propio hermano. Mi *verdadera* familia.

Rhian retrocedió.

—¿A-A-Aric?

Sophie no podía respirar.

—Y ahora me ayudarás a revivirlo, hermano. Tal y como me *prometiste* —le dijo la Serpiente a Rhian con ojos ardientes—. ¿Verdad?

El rey se quedó paralizado. Posó la vista en Excalibur sobre la mesa.

—Me lo tomaré como un «no» —añadió la Serpiente.

Intentó aferrar la espada.

Rhian llegó primero. Sujetó la hoja de Excalibur, sacudió la empuñadura incrustada de joyas y golpeó con ella el cuello de su hermano. Japeth cayó sobre la mesita de noche, su superficie de vidrio se rompió antes de que las cimitarras se desprendieran de su traje negro y aplastaran a su hermano contra la pared, lo cual hizo que Excalibur cayera de la mano de Rhian al suelo. Rhian arrancó las cimitarras con todas sus fuerzas, liberó su cuerpo de la pared y golpeó a las cimitarras con los puños, antes de que Japeth atacara de nuevo. Los dos chicos peleaban como salvajes, puñetazos, patadas, ruido de huesos rotos y salpicaduras de sangre, hasta que entrelazaron sus brazos y ambos cayeron al suelo.

—¿Crees que lo reviviría? ¿Para que anduviera libre por mi castillo? ¿Mi propia sentencia de muerte? —gruñó Rhian—. Nunca. *¡Jamás!*

Japeth golpeó la cabeza del rey contra la pared. Rhian le pegó con la rodilla en el rostro.

Sophie observaba, con un nudo en el corazón, cómo la escena obedecía al guion de la bola de cristal.

Pero no del todo.

Porque en la bola de cristal, *ella* estaba en el cuarto con los hermanos, escondiéndose a plena vista.

Algo le tocó el hombro. Sophie se giró. Tres cimitarras chillaron al descubrirla, le sujetaron con fuerza el cuello del vestido y la arrastraron desde el baño hasta el cuarto antes de lanzarla en un rincón.

Japeth se sobresaltó al verla, su rostro ensangrentado contorsionado de ira, antes de girarse hacia su hermano.

—A mitad de camino hacia *Gillikin*, ya veo.

Rhian miró boquiabierto a Sophie.

—Pero yo… Yo no… Yo…

Japeth lo golpeó y la sangre de Rhian cubrió el rostro de la Serpiente.

—¡Creías que podías matarme! ¡A tu propio *hermano*! ¡Pensabas reemplazarme con *ella*!

Asfixiado, escupiendo, el rey se giró hacia Sophie.

—¡Llama a los guardias! ¡Ahora mismo!

Sophie se giró hacia la puerta, pero las cimitarras que le sujetaban el cuello del vestido se desprendieron y formaron una púa gruesa antes de salir volando hacia la puerta del cuarto para evitar que saliera. Sophie se acobardó contra la pared, atrapada. *Confía en la bola de cristal*, pensó. Rhian ganaría al final. Sin embargo, *ahora* estaba perdiendo... ¿Debería ayudarlo? ¿Debería quedarse quieta? ¿Había pasado algo por alto en la escena de la bola de cristal? Pero ya no la tenía para mirarla. El vestido de Evelyn tampoco intervino, como si de pronto estuviera dormido, como si nunca hubiera estado vivo.

Japeth aprovechó la ventaja, el rey estaba demasiado débil como para defenderse del ataque de su hermano. La Serpiente le dio un golpe a Rhian en el ojo, hinchándole el rostro y dejándolo irreconocible, e hizo que el rey se derrumbara en el suelo, y la corona salió disparada de su cabeza.

Japeth se puso de pie, jadeando, cubierto de sangre.

Luego, fijó los ojos en Sophie.

Caminó hacia ella. Sophie estaba pálida. ¡Eso no estaba en la bola de cristal! No formaba parte del guion...

Rhian agarró el tobillo de su gemelo y lo hizo caer. El rey se puso de pie y dio patadas el rostro de su hermano cada vez más fuerte, hasta que la Serpiente dejó de moverse.

Rhian se giró hacia Sophie, con una máscara de sangre.

—Te dije que te fueras. Te lo *dije* —silbó, tambaleándose hacia ella. Extendió su palma de la mano herida y tocó la sangre húmeda sobre la mejilla de Sophie, mezclando la sangre de ambos—. Ahora mira lo que has he...

Se detuvo, con el brazo todavía en el aire.

Porque su mano se estaba curando ante sus ojos y los de Sophie.

La sangre de Sophie serpenteó sobre las líneas de la palma de Rhian y cerró con magia los cortes abiertos, restaurando su carne bronceada y perfecta.

La sangre de Sophie acababa de curarlo.

Del mismo modo en que había curado a Japeth.

Lentamente, Rhian y Sophie se miraron a los ojos, ambos atónitos.

—Vaya, vaya —dijo una voz glacial a sus espaldas.

Sophie y Rhian se giraron mientras Japeth se levantaba del suelo, su rostro ensangrentado como el de su hermano, el pelo enmarañado y pegado al cráneo. La Serpiente tenía a Excalibur en una mano. Alargó la otra y se colocó la corona de Camelot sobre su cabeza.

—La pluma dijo que uno de los dos sería rey y que el otro se curaría con su sangre. —dijo la Serpiente, sonriendo a su hermano—. Pero nunca dijo *cuál* de los dos llevaría la corona. Nunca dijo que sería el mayor. Dos hermanos. Dos posibles reyes. Y sin embargo, *te* permití ser el rey. No porque pensara que merecías la corona. Sino porque me prometiste un deseo. Prometiste revivir a quien amaba. Un amor que vale más para mí que una corona. Qué irónico, ¿verdad? El hermano Bueno desea poder. El hermano Malo desea amor. Pero ese fue el trato que hicimos, unidos por una promesa. Una promesa que ya no estás dispuesto a cumplir. Así que te propongo un nuevo trato. *Tú* serás el que puede curarse con la sangre de tu nuevo amor. Y *yo* seré el rey. Un rey con el poder de cumplir tu promesa *por mi cuenta*.

El traje negro de Japeth mutó en el traje azul y dorado de Rhian. Una de las nuevas cimitarras doradas se desprendió de Japeth y, como un pincel mágico, tocó a Rhian y convirtió su traje en dorado y azul. El viejo traje de caballero de Japeth.

La Serpiente sonrió.

—Este acuerdo me gusta más.

Rhian lo atacó, golpeó el pecho de Japeth con la cabeza, la corona del rey cayó contra una pared y Excalibur sobre la cama. Los gemelos luchaban por la espada, la sangre cubría sus rostros mientras la Serpiente transformaba con magia los trajes de ambos, de azul a dorado, de dorado a azul, de uno al otro, hasta que Sophie ya no pudo discernir quién era quién.

—Quién es el rey, quién es el rey —canturreaba Japeth, sus trajes cambiaban más deprisa, la sangre les cubría las manos, extendidas hacia Excalibur, cada vez más y más cerca…

De pronto, Sophie cuestionó lo que había visto en la bola de cristal. Dos hermanos muertos. Ella misma, todavía de pie. ¿Era la verdad? ¿El futuro *real*? ¿O era una bola de cristal de la mente? ¿Un guion escrito por el deseo?

No podía dejarlo al azar. Las brujas ganaban guerras por sí mismas.

Abandonó su rincón y se lanzó hacia la espada.

El rey la apartó a un lado, su traje azul y dorado estaba salpicado de sangre. Sophie lo intentó de nuevo, pero llegó demasiado tarde. Rhian empuñó la espada con una mano mientras con la otra propinaba puñetazos. Balanceó la espada en el aire, el filo reflejó la luz del sol.

La espada atravesó el pecho de Japeth.

Directo a través del corazón.

Japeth cerró los ojos, atónito, tropezó hacia atrás, con el rostro cubierto de sangre.

Rhian sacó la espada y su hermano se desplomó.

Sophie se cubrió la boca con la mano, observando la escena como había ocurrido en la bola de cristal. Solo que esta vez era real, el olor a sangre y sudor la asfixiaba.

Rhian cayó de rodillas junto al cadáver de Japeth, observando a su gemelo exhalar su último aliento.

El rey inclinó la cabeza, sosteniendo el cuerpo de la Serpiente.

Excalibur yacía abandonada detrás de él.

Rhian no vio a Sophie saliendo del rincón.

El miedo había desaparecido del rostro de la chica.

Reemplazado por determinación.

Tomó la espada y arrastró sus zapatos sobre la alfombra.

Sin emitir ningún sonido, alzó la espada sobre la espalda de Rhian.

Luego, se quedó paralizada.

Rhian estaba llorando.

Desconsolado.

Como un niño.

Llorando por su hermano muerto.

Llorando por su otra mitad.

Algo conmovió el corazón de Sophie.

Un vínculo de sangre que comprendía.

—¿Rhian? —susurró.

Él no la miró.

—Puedes resucitarlo —murmuró Sophie—. Puedes usar la pluma. Puedes devolverle la vida.

Empezó a llorar más despacio.

—¿Rhian?

Luego, su llanto cambió. Más fuerte, más desquiciado, resonando en la habitación silenciosa. Hasta que Sophie se dio cuenta de que no era un llanto en absoluto.

Eran risas.

Él se giró, sus ojos gélidos la atravesaron. Se puso de pie, se limpió la sangre del rostro y reveló su piel blanca como la leche.

Sophie reprimió un grito en su garganta.

—No eres Rhian —dijo ella, con voz ahogada.

¡No era Rhian!

¡No era Rhian!

—¿Oh? —dijo la Serpiente.

Una cimitarra dorada se desprendió de su traje de rey y cortó los rizos enmarañados de su pelo a ras del cráneo. Luego, la cimitarra rozó el rostro de la Serpiente como un pincel y le concedió mágicamente un bronceado ambarino.

—Soy más Rhian que el de verdad. —La Serpiente sonrió.

Apuñaló con el dedo a la cimitarra flotante y esta salió
disparada por la ventana como un cuchillo, subió al cielo y
escribió un mensaje dorado sobre el lienzo gris.

La boda del rey Rhian y la princesa
Sophie
tendrá lugar tal y como estaba
planeado...

Sophie corrió hacia la puerta, pero las cimitarras todavía
la estaban bloqueando. Retrocedió horrorizada, observando
a Japeth acercándose hacia ella con una sonrisa oscura y desquiciada.

¡Agatha!

¡Agatha, ayúdame!

Sophie retrocedió contra la pared.

La Serpiente acercó sus labios fríos contra la oreja de Sophie.

—*¿Lista para la boda?*

Sophie golpeó el rostro de Japeth e intentó agarrar la espada; sus manos tocaron la empuñadura…

Pero las cimitarras ya estaban de camino. Entraron en sus
dos oídos y empezó a perder la conciencia, lo último en lo que
pensó fue en su mejor amiga, la otra mitad de su alma, la
Leona de su corazón.

26

Un error letal

A gatha soñó con su propio ataúd.

Estaba atrapada dentro y se iba llenando de agua mientras ella daba patadas y golpeaba las paredes de acero, talladas con símbolos extraños, sus alaridos ahogados por el líquido que le cubría el rostro. Unos cisnes diminutos negros y blancos flotaban a su lado, del tamaño de caballitos de mar, ajenos el peligro que corría. En pocos segundos, quedó completamente sumergida, conteniendo la respiración y golpeando más fuerte su ataúd… pero entonces notó un dolor profundo en los oídos y luego, algo cálido y espeso goteó en el agua y la tiñó de rojo. *Sangre*. Agatha gritó y perdió todo el aire que le quedaba. A su alrededor, los cisnes empezaron a hundirse como piedras. Agatha golpeó las paredes, pero poco a poco fue perdiendo la conciencia, el ataúd la asfixiaba. Arañó su propia tumba, su último aliento la abandonaba, su rostro reflejado en el acero asesino.

Solo que no era su reflejo.

Era el de Sophie.

Agatha se despertó sobresaltada.

—Sophie —jadeó, y se incorporó en la oscuridad.

Se golpeó la cara contra una barra de madera rígida y, al caer hacia atrás, se topó con más barras de madera, dispuestas como si fueran una celda. Una *jaula*. Por un instante, pensó que todavía estaba soñando. Luego, vio entre las rejas otras dos jaulas iguales, colgadas de una manta gruesa sobre el cuarto trasero de un camello, y cada jaula estaba llena: Tedros y Ginebra en una, Hort y Nicola en la otra. El camello se tambaleaba colina abajo iluminado por la luna, levantando el polvo entre las lápidas.

—El sultán de Shazabah me dio oro y me dijo: «Trae el camello a través del Mar Salvaje para el rey Rhian» —comentó el jinete mientras las jaulas se sacudían, haciendo caer a los prisioneros—. Un regalo de boda para el rey.

El jinete miró hacia atrás: era un castor calvo con dientes amarillentos.

—Ahora tengo regalos de boda extra —añadió, sonriendo a los prisioneros—. Oro extra para Ajubaju.

Y en aquel instante, Agatha lo recordó todo.

Mientras su jaula la sacudía de un lado a otro, con el bolso de Dovey colgado del brazo, Agatha observó a Tedros probar su brillo contra los barrotes de su jaula, solo para descubrir que el hechizo dorado se extinguía. O bien las jaulas estaban cubiertas de magia o bien la madera era demasiado gruesa para penetrarla.

—Te dije que deberíamos haber ido a través del Bosque de los Estínfalos —gruñó Hort a Nicola dentro de su jaula—. Era el camino más rápido hacia Avalon. ¡Y no nos hubieran atrapado!

—Bordear la costa era el plan más seguro —argumentó Nicola, cuya voz quedó sofocada por los gemidos del camello mientras Ajubaju lo golpeaba con un palo—. Estábamos a punto de llegar junto a la Dama del Lago. Si hubiéramos pasado por ese muelle antes de que llegara el barco de Shazabah…

—O si la madre de Tedros no hubiera caído sobre el *castor* —susurró Hort.

—Estaba oscuro —suspiró Ginebra.

El camello tropezó con una tumba y la reina mayor se sacudió dentro de su jaula.

Tedros la sostuvo entre sus brazos. Fulminó con la mirada a Hort.

—Tú buscas a quién culpar. Yo busco una salida. Esa es la diferencia entre un niño y un hombre.

Hort gruñó y apartó la mirada.

Tedros aferró los barrotes e intentó romperlos; tenía el rostro enrojecido y los músculos hinchados mientras luchaba contra su jaula de la misma manera en que había luchado con la espada de su padre en la piedra. Fracasó igual que en aquel entonces. Agatha y su príncipe se miraron a través de las jaulas. El padre de Tedros le había dado un mensaje: *Desentiérrame*. Ahora necesitaban cumplir con aquella orden y desenterrar al viejo rey. *Hay algo en esta tumba*, pensó Agatha. Algo que podría darles una oportunidad contra Rhian, incluso cuando todo parecía perdido. Pero después de haber pasado un día entero escabulléndose por la costa desde Gnomolandia, cuando faltaban apenas pocos kilómetros, Ajubaju los había atrapado, un imbécil contratado que hace tiempo estuvo a punto de matar a Agatha en Avalon. Ahora, el castor los estaba llevando de regreso a Camelot y estaban pasando a través de un cementerio completamente distinto: el Jardín del Bien y del Mal, donde enterraban a los Siempres y Nuncas del Bosque.

Más adelante, un ataúd de vidrio con una princesa rubia descansando junto a su príncipe reflejaba un halo dorado y Agatha alzó la vista y vio el anuncio de la boda del rey Rhian y Sophie escrito por Melena de León, brillando sobre el cielo lleno de estrellas. Los residuos de su sueño le aleteaban en el pecho: los cisnes blancos y negros… La sangre que brotaba de sus oídos… El reflejo de Sophie como el suyo… Su alma intentaba decirle algo. *Pero ¿qué?* Había estado viajando más de un día desde que el mensaje de Melena de León había marcado el cielo y nada había cambiado. No había señales de que no fuera más que la verdad. Lo cual implicaba que faltaba menos de un día para que Rhian y Sophie se casaran. Para que Rhian obtuviera los poderes del Cuentista. Para que Agatha, Tedros y todos sus amigos estuvieran muertos. Y su única esperanza estaba en el ataúd de un rey del cual se alejaban cada vez más.

—Allí es donde está enterrado mi papá. El Valle de los Buitres. —Agatha oyó que Hort le susurraba a Nicola—. No es Sierra Necro, pero es bastante decente. El Director le dio un funeral decente a mi papá. Fue la única cosa amable que ese bastardo hizo en su vida.

—Seguro que quiso algo de ti a cambio —respondió su novia.

—Ni siquiera eso. Dijo que comprendía el vínculo entre padre e hijo. Que un día tendría un hijo con su verdadero amor —explicó Hort—. Me dio escalofríos. Su verdadero amor era *Sophie*.

Agatha tembló.

—Esperad. Mirad allí —dijo Tedros, señalando hacia delante—. Sobre Sierra Necro.

En la cima de una colina con las tumbas de los villanos más magníficos, estatuas amenazantes, obeliscos de obsidiana, tumbas envueltas con espinas, se alzaba una lápida pulida, reciente y más grande que cualquier otra, iluminada por antorchas a ambos lados. Agatha pudo leerla con claridad.

AQUÍ YACE LA SERPIENTE
El Terror del Bosque
Derrotada por el León de Camelot
Con el pueblo por testigo

Agatha pensó en los periódicos que Devan y Laralisa le habían mostrado en cuanto había vuelto a la escuela. El *Mensajero de Camelot* había cuestionado la muerte de la Serpiente, afirmando que el Guardián de la Cripta nunca lo había enterrado mientras que los periódicos de otros reinos confirmaban el entierro de la Serpiente en Sierra Necro. Sin dudas Rhian había tomado el asunto en sus propias manos después de que el Guardián de la Cripta hablara con el *Mensajero de Camelot* y había construido esa tumba ostentosa para evitar más interrogatorios. Una tumba que Agatha sabía que estaba vacía. Pero el Guardián de la Cripta... no aparecía por ninguna parte.

Estaban aproximándose a las afueras del cementerio. En pocas horas, llegarían a Camelot.

—Tenemos que hacer algo —le dijo Agatha a Tedros—. Y *deprisa*.

—La magia no funciona. No puedo romper la jaula. Nadie vendrá a rescatarnos —respondió el príncipe apretando los dientes, protegiendo a su madre del viaje brusco. Señaló el bolso bajo el brazo de Agatha—. ¿Y la bola de cristal de Dovey?

—¿Quieres que la lance contra la cabeza del castor? —preguntó Agatha con sarcasmo—. ¡No es un arma!

—Entonces, ¿por qué la has traído?

—¡Dovey me dijo que no la perdiera de vista!

—Bueno, tampoco se enteraría si ocurriera, ¿no? —dijo Tedros, frustrado—. Me niego a morir en un camello.

Una bola de fuego rozó la cabeza de Tedros y le chamuscó el pelo. Se giraron y vieron que el camello escupía otra bomba de fuego hacia Agatha, quien se agazapó justo a tiempo.

—Basta de hablar —advirtió Ajubaju.

El castor se giró.

—No es un camello ordinario —susurró Ginebra a los demás, imperturbable—. Es un camello *escupefuego*. Son asesinos invencibles, como las gárgolas. El sultán de Shazabah tiene un ejército de ellos. Arturo era cauteloso; creía que esos camellos daban demasiado poder a Shazabah. El rey realmente debe confiar en Rhian para darle uno como regalo…

La mente de Agatha centró la atención en una de las palabras de la reina.

Gárgolas.

«Asesinos invencibles».

Solo que Agatha había vencido a una gárgola hacía tiempo. Durante su primer año de escuela… Había usado su talento especial para evitar que se la comiera. Un talento que no estaba segura de si todavía conservaba.

En algún rincón de las cavernas de su corazón, despertó una vieja chispa.

Agatha se puso de rodillas y sujetó con más fuerza el bolso de Dovey. Para que su talento funcionara, tenía que mirar al camello a los ojos, pero desde su jaula solo veía el trasero grande de Ajubaju cubriendo la cabeza de la criatura.

Cerró los ojos.

¿Me oyes?

No hubo respuesta.

Quizá los talentos se marchitaban como los frutos secos.

Quizá los talentos tenían vida y muerte propias.

Agatha se concentró más.

Dime si me oyes.

Dame una señal.

Una brisa le refrescó el rostro.

Abrió los ojos y vio que el camello alzaba la cola y defecaba, sin mancharla por los pelos.

Agatha sonrió.

Entonces sí que me oyes.

Soy tu amiga, el castor no lo es.

Sé lo que has dejado atrás.

Los pasos del camello eran tambaleantes, lo que sacudía a los prisioneros contra los barrotes. Ajubaju golpeaba más fuerte al camello y el animal gemía. Agatha hizo un esfuerzo por ponerse de rodillas de nuevo.

Puedo ayudarte.

Aquella vez, el camello miró hacia atrás con sutileza.

Estás en una jaula, dijo la voz del animal. Era una hembra. *No estás en posición de ayudar a nadie.*

Agatha la miró a los ojos. En las pupilas oscuras de la camello, vio el Presente y el Pasado. El corazón de Agatha latió más fuerte, como si latiera para dos.

Oigo los deseos. Ese es mi talento, le dijo a la camello. *Y sé que deseas regresar a casa. Con tus dos hijas. Con el resto de tu manada.*

La camello se detuvo sorprendida, luego avanzó soportando más golpes del palo de Ajubaju.

Soy una soldado de Shazabah, el animal hablaba con frialdad, avanzando más deprisa. *Hago lo que se me ordena.*

Nadie es primero un soldado, dijo Agatha. *Primero eres una madre. Una hermana. Una hija. Una amiga.*

Dirás cualquier cosa con tal de liberarte, resopló la camello.

Ambas podemos ser libres si me ayudas, respondió Agatha.

Soy un regalo para el rey Rhian, dijo la camello. *Si rechazo mi deber y regreso a Shazabah, me matarán.*

Pronto el reinado del rey Rhian terminará, respondió Agatha. *El sultán estará aliviado de que no hayas llegado a Camelot. Escóndete en el Bosque hasta que llegue la hora. Luego, podrás reunirte con tu familia.*

La camello marchaba en silencio.

¿Por qué debería confiar en ti?, preguntó.

Por la misma razón por la que yo confío en ti, respondió Agatha. *Porque no tengo otra opción.*

La camello la miró. Luego miró de nuevo al frente.

Lo que dicen sobre ti es cierto, Agatha del Bosque Lejano.

¿Quién habla de mí?, preguntó Agatha.

La camello no respondió.

Empezó a girar con brusquedad.

Prepárate, dijo el animal.

Luego, empezó a correr de vuelta hacia el cementerio, hacia la parte más llena de tumbas.

—¡Pero qué ocurre! —exclamó Ajubaju, golpeando a la camello.

Agatha se giró hacia sus amigos.

—¡Cubriros!

Tedros, Hort, Nicola y Ginebra la miraron boquiabierta.

—*¡Ahora!* —gritó Agatha.

A toda velocidad, la camello se lanzó contra una tumba en forma de obelisco, lo cual destrozó la jaula de Agatha y la hizo caer al suelo bajo una lluvia de madera. El animal golpeó la jaula de Tedros contra una lápida y luego hizo lo mismo con la de Hort para liberar a los prisioneros. Atónito, Ajubaju sujetó la garganta del animal, intentando estrangularlo.

La camello se alzó sobre dos patas como un caballo, el castor salió disparado al suelo y la camello lo mantuvo sujeto allí con una pezuña. Escupía bolas de fuego que formaron una línea alrededor del cuerpo del castor. El suelo estalló. Con un grito, Ajubaju se hundió en el agujero y desapareció en la oscuridad.

La camello se sacudió el pelaje, como si apenas hubiera sido un esfuerzo, antes de observar a los prisioneros atónitos desparramados entre las tumbas. Encontró a quien buscaba. Con delicadeza, la camello ayudó a Agatha a salir de entre los escombros de su jaula con el hocico y presionó su mejilla cálida y rasposa contra la de la chica.

Gracias, princesa.

La camello hizo una reverencia a Tedros y a sus amigos… y luego desapareció en el bosque.

Recostada de espaldas, abrazando el bolso de Dovey, Agatha miró el cielo, las estrellas titilaban. Ninguno de sus amigos se movió. Había tanto silencio que Agatha oía el crujido de las brasas alrededor de la nueva tumba de Ajubaju.

—¿Qué acaba de ocurrir? —preguntó Hort con voz áspera, sacudiendo la madera que tenía en los pantalones.

Tedros ayudó a Agatha a ponerse de pie.

—Fuera lo que fuere, estoy bastante seguro de que sé quién es la responsable.

Agatha se sonrojó, apretando con fuerza la mano de su príncipe.

Luego, su expresión cambió.

—Hay alguien aquí —susurró ella.

Tedros y los demás siguieron la mirada de Agatha colina abajo.

En Sierra Necro, unas sombras salían de un carruaje.

Agatha lo reconoció de inmediato.

Era el mismo vehículo que se había llevado a su mejor amiga.

Cinco sombras se escabulleron entre las tumbas hasta estar lo bastante cerca como para poder ver. Se escondieron tras una tumba coronada con un ramo de flores. Agatha se asomó primero.

Dos piratas con armadura de Camelot estaban cavando en la tumba de la Serpiente. Kei observaba a esos piratas, con los brazos cruzados; el rostro del capitán era una máscara de frialdad. Pronto ya habían cavado lo suficiente como para que Agatha confirmara lo que ya sabía: la tumba estaba vacía.

Kei abrió el carruaje y los piratas entraron al vehículo, Agatha esperaba que salieran con el rey.

En cambio, los piratas bajaron cargando otra cosa.

Un cadáver.

Rápidamente, colocaron el cuerpo dentro de la tumba de la Serpiente y empezaron a rellenarla.

—¿Quién es? —preguntó Nicola—. ¿A quién están enterrando?

—No lo veo —dijo Hort, inclinándose más sobre la tumba.

Golpeó el ramo de flores, que cayó sobre una lápida adyacente.

Kei se giró en dirección a ellos.

Hort aplastó el cuerpo contra el suelo.

—Me ha visto —graznó la comadreja—. Seguro que me ha visto.

—Entonces vendrán a por nosotros —dijo Ginebra.

—Encended vuestros brillos —ordenó Agatha.

Esperaron detrás de la tumba, con los dedos encendidos, preparados para defenderse…

Pasaron los minutos.

No vino nadie.

Lentamente, Agatha asomó la cabeza.

La tumba de la Serpiente ya estaba llena. Bajo la colina, los piratas subían al carruaje.

Agatha salió de atrás de la tumba. Tedros le apretó la mano.

—Voy contigo.

El príncipe la siguió bajo la luz de la luna.

Ambos se quedaron paralizados.

Kei los estaba observando.

Estaba de pie en la tumba de la Serpiente, su rostro iluminado a medias por las antorchas, con los ojos clavados en el príncipe y la princesa.

Aterrada, Agatha se puso delante de Tedros, con el dedo encendido apuntado hacia el capitán.

Pero Kei no atacó.

Solo los observó. Sin furia ni amenaza… sino con una expresión más suave. Tristeza. *Duelo.*

El capitán se puso de rodillas y depositó una rosa sobre la tumba de la Serpiente.

Luego, miró por última vez a Agatha y a Tedros antes de correr para alcanzar a sus hombres. Agatha observó que los caballos llevaban en silencio el carruaje real hacia la noche, las estrellas se movían en el horizonte como para abrirle paso.

Mientras tanto, Tedros ya estaba descendiendo por la colina. Se lanzó sobre la tumba de la Serpiente y empezó a cavar con ambas manos.

—¿Qué está haciendo? —le preguntó Ginebra a Agatha, mientras Hort y Nicola salían de su escondite con ella. Pero ahora, Agatha también corría, el bolso de Dovey le golpeaba el lateral de su cuerpo. Cuando llegó a la tumba de la Serpiente, Tedros había retrocedido, sorprendido.

El rostro bronceado de Rhian yacía expuesto en la tierra. La sangre cubría el nacimiento del pelo del rey. Unas heridas profundas que parecían causadas por agujas cubiertas con escamas negras le cubrían el cuello.

El corazón de Agatha se detuvo.

—Está mu-mu-muerto —balbuceó Tedros—. Rhian... Cómo es posible que esté muerto...

—Y parece que lleva muerto un tiempo. Al menos un día —dijo Agatha, analizando el cuerpo. Retrocedió, tensa—. Tedros... Mírale el cuello... Eso son heridas de *cimitarras*. —Miró a su príncipe—. Lo ha matado Japeth. Lo ha matado su *hermano*.

—Nada de esto tiene ningún sentido. Sophie se *va a casar* con Rhian... Eso dice Melena de León... —insistió Tedros, mirando el anuncio en el cielo, donde todavía brillaba—. Si lleva un día muerto, eso significa que el mensaje apareció aproximadamente al mismo tiempo. Lo cual quiere decir que Sophie se casará con...

—*Japeth* —dijo Agatha—. Se casará con Japeth. Sophie se casará con la *Serpiente*. Ese sería el único motivo por el cual enterrarían a Rhian en esta tumba, en secreto, en medio de la noche. Japeth fingirá ser su hermano. Llevará su corona.

—¿La Serpiente? —respondió Tedros en un susurro ahogado—. ¿La Serpiente será... *rey*?

La garganta de Tedros temblaba, tenía los ojos fijos en el rostro inerte del rey. Rhian había sido su némesis mortal. No había nada que Tedros hubiera deseado más que verlo muerto. Pero ese es el problema con los deseos: tienen que ser específicos. Ahora Tedros tendría que enfrentarse a un enemigo mucho más mortífero y desquiciado. Una Serpiente con máscara de León. Una Serpiente en el trono de su padre.

Agatha sujetó el brazo de Tedros.

—Lo que sea que Sophie intentara hacer en Camelot… salió mal. Está en apuros, Tedros.

—Y Kei quería que lo supiéramos —se dio cuenta Tedros—. Es por eso que no nos ha atacado. Era el mejor amigo de Rhian. Kei nos estaba diciendo que inspeccionáramos la tumba. Quería que supiéramos que la Serpiente es el rey.

Una ráfaga de viento sopló la rosa lejos de la tumba de Rhian. Con delicadeza, Agatha la colocó de nuevo donde Kei la había dejado. Mientras los pétalos se movían con el viento, Agatha recordó aquella escena, estar dejando una rosa en la tumba de la Serpiente, como si ya hubiera ocurrido en el pasado…

En una bola de cristal.

Lo había visto en una bola de cristal.

En aquel momento, había creído que era mentira. Pero al igual que todas las demás bolas de cristal que había considerado mentiras, aquella también se había vuelto realidad. Nada en su cuento de hadas era lo que parecía: bueno o malo, verdad o mentira, pasado o presente. Siempre entendía mal la historia. Incluso las estrellas parecían burlarse de ella: caían en picado en dirección a ella, como si su mundo estuviera del revés.

Hort, Ginebra y Nicola los alcanzaron y se sorprendieron al ver a Rhian en la tumba de la Serpiente.

—Esto no puede ser bueno —dijo Hort.

—Tenemos que llegar a Avalon —ordenó Tedros, y empezó a avanzar—. Antes de la boda. *Todo* depende de ello.

—No llegaremos a tiempo —respondió su madre, quieta—. Hemos tardado más de un día en llegar aquí desde Avalon. En camello.

—Tiene razón —dijo Nicolas—. A pie no tendremos ninguna oportunidad. Sophie y Japeth se casarán al atardecer. Es imposible que…

Agatha no los estaba escuchando.

Tenía los ojos fijos en las estrellas fugaces, que en aquel momento estaban cayendo más deprisa, cientos de ellas, miles, apuntando directamente hacia Agatha y sus amigos.

—Eso es lo que tiene el Bien… —dijo Agatha maravillada—. Siempre encuentra un camino.

Tedros y los demás alzaron la vista hacia el ejército de hadas que atravesaba el cielo nocturno, volando hacia ellos. Y liderando la brigada de luz: un hada con forma de pera con pelo gris almidonado, un vestido verde demasiado pequeño y alas doradas andrajosas.

Con una sonrisa pícara, Campanilla soltó una nube de polvo ennegrecido.

Antes de que Agatha pudiera prepararse, ella y sus amigos notaron que sus pies dejaban de tocar el suelo y se elevaban en la oscuridad, mientras las hadas los rodeaban a todos y cada uno de ellos y los ocultaban detrás de capullos estrellados. Luego, los llevaron hacia Avalon, cinco cometas surcando la noche.

27

El rey desenterrado

En los albores del amanecer, las puertas de Avalon, dos montones destrozados, parecían mandíbulas gemelas a punto de tragarlos.

Tedros oía a los demás detrás de él, los gruñidos de sus alientos helados, los pies que crujían sobre la nieve fresca.

Las hadas de la escuela revoloteaban alrededor de Campanilla como si fuera su reina, el único miembro de la Liga de los Trece que habían logrado hallar. La ninfa favorita de Peter Pan aterrizó sobre el hombro de Tedros, esperando instrucciones.

—Vigila las puertas exteriores, Campanilla —le dijo el príncipe.

Campanilla respondió con un balbuceo tintineante. Junto a sus hadas, cavaron agujeros en las brillantes manzanas verdes que colgaban de las enredaderas en busca de calor, el único rastro de vida en el invierno eterno de Avalon. Mientras tanto, Tedros guio a su grupo a través de las puertas y entraron en el dominio de la Dama del Lago. Las olas del Mar Salvaje golpeando sobre las rocas sonaban como un tambor lento. En el cielo, la promesa de matrimonio de Sophie escrita por Melena de León brillaba en el amanecer, aunque su supuesto esposo era hombre muerto. Todo ese tiempo había estado tan obsesionado con Rhian, pensando que él era la verdadera amenaza, que no había prestado atención a lo que estaba ocurriendo en realidad. Rhian era un cerdo. Pero Japeth era un *monstruo*. Un chico sin conciencia, el asesino de sus amigos, un agujero negro de Maldad. Si Japeth era capaz de matar a su propio hermano, a su propia sangre, entonces, con los poderes del Cuentista, destruiría el Bosque sin piedad. Resucitaría los peores Males y erradicaría el Bien. Observaría el mundo arder con una sonrisa.

El príncipe respiró hondo, intentando recobrar la compostura. El «Fin» todavía no estaba escrito. Habían llegado con vida hasta allí. Aquel había sido el primer desafío. Ahora debían convencer a la Dama del Lago para que les permitiera cruzar sus aguas mágicas y cavar en la tumba del rey Arturo. Tedros sentía náuseas aceitosas en el estómago. Cuando era niño, había besado a su padre como despedida antes de que cerraran el ataúd. Abrirlo de nuevo como un saqueador de tumbas... Profanar el cuerpo de su padre y perturbar su descanso... Se le cerró la garganta. No podía hacerlo. No podía. Sin embargo... debía hacerlo. Intentó pensar en el próximo obstáculo, en llegar a la tumba de su padre, paso a paso.

Una mano le acarició el brazo bajo la camisa de la manera que le gustaba.

—Eres muy valiente por estar haciendo esto, Tedros —dijo Agatha—. Tu padre hubiera hecho lo mismo para proteger a su pueblo. Por eso eres su hijo. El hijo al que *crio* para que fuera rey.

Tedros quería abrazarla y no soltarla jamás. Sabía que lo que acababa de decir era verdad. Agatha nunca mentía. Era por eso que la quería. Porque ella no quería solo que fuera rey. Quería que fuera un *buen* rey. Y él quería ser un buen rey para ella. Un día, esperaba poder contarle todo eso a Agatha, cuando aquel instante fuera tan solo un recuerdo... Pero por ahora, solo podía asentir, era incapaz de hablar. Miró rápidamente a su madre, que caminaba junto a Hort y a Nicola. Ella también parecía abatida, pero más avergonzada y tímida, como si cuestionara todo aquel esfuerzo o si debería estar presente.

De todos modos, siguió a los demás mientras Tedros caminaba por el sendero que rodeaba el castillo de Avalon. Las torres blancas como el hueso estaban conectadas en un palacio circular, con vistas a un laberinto de escaleras que bajaban hacia el lago. Ahora estaba nevando con más intensidad, los copos cubrían las huellas de las botas del príncipe en cuanto se formaban. En alguna parte de aquel sitio, Chaddick había muerto, asesinado por el animal que acababa de tomar el trono. Ahora, el cuerpo del amigo de Tedros yacía en la arboleda junto al de su padre, una arboleda que Tedros quería profanar. Las emociones rugían como un maremoto, demasiado fuerte como para que el príncipe pudiera detenerlo. No podía hacerlo. Ni siquiera con Agatha a su lado. Necesitaba a Merlín. Necesitaba un padre.

—¿No deberíamos haber tenido ya noticias de las brujas? —le preguntó a Agatha—. ¿No deberíamos saber si han encontrado a Merlín?

Su princesa oía la desesperación en su voz, porque le apretó con dulzura la palma de la mano.

—Es difícil acceder a las Cuevas de Contempo. Es por eso que Muerte confió esa tarea a las brujas—dijo ella, guiándolo por los escalones hacia el lago—. Pero conseguirán llegar. Probablemente se estén acercando ahora mismo.

—O estén muertas —susurró Hort.

—Es poco probable —dijo Nicola—. Si nosotros todavía estamos vivos, entonces Hester lo está, porque ella es más astuta y ruda que todos nosotros, incluido tú.

Agatha instó a Tedros a bajar más rápido por la escalera.

—Escuchad, no sabemos dónde están los demás o si están a salvo: las brujas, Beatrix, Willam, los profesores, los alumnos de primero, incluso las dos ratas de Anadil. Pero eso da igual a menos que evitemos que la Serpiente se convierta en el rey verdadero y nos mate a todos. Es por eso que estamos aquí. Para encontrar la manera de que Tedros recupere el trono.

—Pero es imposible —dijo la voz de Ginebra. Estaba de pie en la cima de la escalera—. Tal vez Rhian esté muerto, pero Japeth es tan hijo de Arturo como Rhian. Tú viste el pasado con tus propios ojos, Agatha. Viste que Evelyn Sader hechizó a Arturo para tener a sus hijos. Sus *herederos*. Así que Japeth es el rey. Nada del Pasado puede cambiar el Presente. Nada en la tumba de Arturo convertirá a Tedros de nuevo en rey.

Todos guardaron silencio. Incluso Agatha.

—Entonces, ¿por qué la espada de padre le dio a Merlín aquel mensaje para mí? —le preguntó Tedros a su madre—. ¿Por qué padre me envió aquí?

—¿Seguro que fue él? —respondió Ginebra—. ¿O fue la Dama del Lago quien le dio el mensaje a Merlín? ¿La Dama cuya lealtad ni siquiera conocemos con certeza?

Tedros sintió que el aire se le atascaba en el pecho.

Miró a Agatha, dudando de sí mismo, dudando de todo.

Pero ya era demasiado tarde.

Abajo, las aguas habían empezado a agitarse.

La Dama surgió como un dragón, su cabeza calva reflejaba el fuego del amanecer. Tenía surcos negros bajo los ojos, su rostro estaba más consumido y marchito de lo que Tedros había imaginado. Ya no parecía la gran defensora del Bien, sino que tenía el mismo aspecto que una Bruja del Bosque, maldita, amargada y enfurecida. Miró a Agatha, su voz grave y baja siseó sobre el agua.

—Lo *prometiste*. Prometiste dejarme en paz. —Voló sobre el lago, su atuendo gris destrozado parecía hecho de alas rotas, y acercó su rostro al de Agatha—. Eres una mentirosa. Una *mentirosa*…

—No le hables así —replicó Tedros, interponiéndose delante de la princesa—. Mira quién habla de promesas. Rompiste tu propio juramento. Proteger al Bien. Proteger a Camelot. Pusiste al mundo entero en peligro por besar a una Serpiente.

—Tenía la sangre del heredero. La sangre del *rey* —espetó la Dama, con un aliento que olía a salado y a viejo—. Sin embargo, vienes aquí, fingiendo que estoy a tu servicio. Como si *tú* fueras el rey.

—No hemos venido por ti —dijo Tedros con firmeza—. Hemos venido a visitar la tumba de mi padre. Tengo ese derecho.

La Dama se rio.

—No eres el rey. Aquí no tienes derechos. *Ninguno.* Este es mi dominio. Puedo matarlos a todos si así lo deseo. Todavía tengo poder suficiente para hacerlo.

Tedros se dio cuenta de que Agatha retrocedía detrás de él, apretando el bolso de Dovey contra el pecho, como si se tomara en serio aquella amenaza. El príncipe se mantuvo firme.

—Excalibur te dio un mensaje para mí. Una orden de mi padre. El rey a quien serviste con lealtad durante toda su vida. He venido a obedecer esa orden. Y si quisiste a mi padre, me permitirás entrar en tus aguas.

—Eres un tonto —replicó la ninfa—. Quería a tu padre porque era un buen rey. Mejor que todos los que lo habían precedido. Es por eso que forjé a Excalibur para él. Una espada que te rechazó. Una espada que su heredero, el *verdadero* rey, sacó de la piedra.

—Estás *equivocada* —dijo Tedros—. Rhian sacó la espada de la piedra y ahora está muerto. Su hermano, su *asesino*, está en el trono. El chico al que *besaste*. Excalibur creyó que un hermano era rey; tú pensaste que lo era el otro. Es imposible que los dos tuvierais razón. Incluso un *tonto* lo sabría.

La Dama lo fulminó con la mirada. Todo su cuerpo empezó a temblar, sus ojos emanaban lágrimas furiosas y humeantes.

—Vete. Ahora. Antes de que llene estas aguas con tu sangre.

Tedros vio a Agatha toqueteando el bolso de Dovey. ¿Por qué no decía nada? Él volcó su ira en la Dama.

—Cometiste un error. Un error que destruirá al Cuentista y terminará con nuestro mundo a menos que yo lo salve. Llévame a la tumba de mi padre.

—¿Entras aquí sin autorización y *me* acusas? —siseó la Dama.

—Te ordeno que me dejes pasar —insistió el príncipe.

—¡Esta es tu última advertencia!

—Y esta es la *tuya*. Déjame pasar.

—¡Te haré pedazos!

—¡Déjame pasar!

—¡Mentiroso! *¡Serpiente!* —gritó la Dama.

—*¡DÉJAME PASAR!* —bramó Tedros.

La Dama lo sujetó con sus garras y lo lanzó contra el agua con tanta fuerza que lo haría trizas en cuanto tocara la superficie. Tedros luchó contra ella, preparándose para la muerte...

Pero justo entonces vio a su princesa corriendo por la orilla, con la bola de cristal en brazos. Con un salto, Agatha embistió el pecho de la Dama del Lago con su cabeza. La ninfa soltó a Tedros en el lago, mientras la Dama y Agatha se sumergían, enredadas entre sus extremidades.

Antes de que Tedros pudiera respirar, una luz azul estalló en el lago a su alrededor.

Ginebra apartó a Hort y a Nicola de la orilla; Tedros oía a su madre gritando su nombre, pero él respiró una bocanada de aire, se sumergió y vio un atisbo de Agatha, que agarró la mano de la Dama del Lago y la colocó sobre la bola de cristal antes de que las dos se evaporaran dentro del portal. La luz azul brillante ya estaba desapareciendo, el portal empezaba a cerrarse; Tedros avanzó, moviendo las piernas como si fueran la cola de un delfín y alargando los dedos mientras la bola de cristal se oscurecía...

El dolor estalló en su pecho y cayó hacia atrás, con las extremidades extendidas en la luz cegadora, antes de sentir el vidrio frío debajo de él, y un charco de agua conformado por las gotas que le caían de la piel.

En el reflejo húmedo, observó a su princesa agazapándose para ayudarlo a ponerse de pie dentro de la bola de Dovey. Ella hizo una mueca de dolor, todavía inestable; ninguno de los dos se había recuperado del ataque de la bola de cristal. Pero los ojos de Agatha no estaban puestos en él. Estaban sobre la Dama del Lago, de pie en silencio en el extremo opuesto de la bola, acariciando con las manos miles de gotas cristalinas diminutas que conformaban la máscara fantasmal, como si conociera por instinto la magia de la bola de cristal.

Tedros y Agatha caminaron hacia ella, pero la Dama no les prestó atención; la anciana encorvada inspeccionaba el interior de los cristales y apartaba aquellos que contenían al príncipe y a la princesa mientras se centraba en los suyos propios... Ella forjando a Excalibur con su propia sangre plateada. Entregándole la espada al padre de Tedros. Hablando íntimamente con Arturo en la orilla de su lago. En el campo de batalla junto a Arturo, como si fuera su ángel guardián, arrasando con sus enemigos... En todas las bolas de cristal era hermosa, poderosa, tan rebosante de poder que Tedros veía los ojos de la Dama brillar, observando aquellos espejos mágicos del tiempo. No había escenas de su presente o su futuro. Su alma solo conocía el pasado.

Luego, la Dama se quedó paralizada.

Por una bola de cristal cerca del borde del fantasma.

Se apartó de ella y las manos le empezaron a temblar.

—Es ese, ¿verdad? —se dio cuenta Tedros—. El momento en el que perdiste tus poderes.

La Dama del Lago no se movió.

—Tenemos que entrar —dijo Agatha.

La Dama se giró, la furia febril desapareció y fue reemplazada por angustia y pena.

—No. *Por favor.*

—Es la única manera de saber la verdad —insistió Agatha.

La Dama apeló a Tedros.

—Déjalo en paz.

Tedros miró a la vieja bruja que acababa de intentar matarlo, una bruja que había permitido que su caballero muriera y había protegido a la Serpiente. Una bruja cuya espada lo había rechazado. Quería sentir furia. Quería sentir odio. Pero en lo más profundo de los ojos de la Dama, solo veía a alguien con tantos defectos como él. Las historias de los dos se habían desviado hacia la oscuridad. El futuro de ambos era incierto. Tedros extendió el brazo y sostuvo la mano decrépita de la mujer.

—Es hijo de mi padre. El chico al que besaste —dijo Tedros—. Pero yo también soy hijo de Arturo. Así que, si ves a mi padre en mí, siquiera un rastro de aquel rey a quien servías con tanta lealtad, entonces ayúdanos. Te necesitamos, incluso sin tus poderes. El *Bien* te necesita.

La Dama observó el rostro de Tedros. Las lágrimas caían por las mejillas de la bruja, sus labios temblaban, pero no emitía ningún sonido.

Lentamente, alargó la mano y tomó la bola de cristal.

Se la ofreció a Agatha, respirando superficialmente y con dedos temblorosos.

Sin decir ni una palabra, Agatha mantuvo la gota de vidrio en una mano y con la otra tomó la palma de Tedros.

Alzando la bola de cristal, Agatha miró con calma y quietud el centro de la gota.

La luz los atravesó como una espada.

La nieve rígida y húmeda golpeó la mejilla de Tedros.

Bajó la vista y vio sus botas flotando en el agua; Agatha estaba con él a orillas del lago, su princesa todavía le tomaba la mano. Detrás de ellos, el portal de luz azul brillaba con intensidad. Estaban dentro de la bola de cristal de la Dama, dos fantasmas visitando el pasado.

Oyeron un ruido desde la orilla: metal sobre piel... Una respiración débil... Una espada cayendo sobre la nieve...

Lentamente, Tedros y Agatha miraron hacia arriba.

La Serpiente se estaba incorporando junto al cadáver de Chaddick, su traje negro escamoso y su máscara verde estaban salpicados de sangre. Caminó hacia la Dama del Lago, quien flotaba sobre la orilla; su pelo plateado era espeso y ondulante, sus ojos oscuros estaban clavados en el asesino de Chaddick.

—Hay un rey ante mí —dijo la Dama—. La huelo. La sangre del hijo mayor de Arturo.

—Un hijo que todavía vive gracias a tu protección —respondió la Serpiente—. El caballero del usurpador está muerto.

—Un usurpador que tu padre creía que sería rey —señaló la Dama—. Arturo nunca me habló de ti. Sin embargo, Excalibur continúa atrapada en la piedra. Una prueba de coronación sin terminar. Esperándote, al parecer. Arturo tenía sus secretos...

La Serpiente se acercó más y pisó las aguas de la Dama.

—Como tú —dijo—. La clase de secretos que solo un rey sabría.

—¿Ah, sí? Entonces, ¿por qué llevas una máscara, rey de los secretos? —le preguntó la Dama—. Huelo la sangre de un alma Buena, la sangre de un León. ¿Por qué usar el disfraz de una Serpiente y atacar a los demás reinos? ¿Reinos que debes gobernar?

—Por el mismo motivo por el que deseas ser una reina en vez de la Dama —respondió la Serpiente—. Por *amor*.

—No sabes nada sobre lo que deseo —resopló la Dama.

La Serpiente se quitó la máscara y aparecieron los ojos helados y el rostro esculpido y suave de Japeth. La Dama lo observó, confundida.

Desde la orilla, la sangre de Tedros hervía, y su cuerpo estaba listo para atacar, incapaz de discernir el Presente del Pasado.

—Ven conmigo —le dijo Japeth a la Dama—. Ven a Camelot. Abandona esta cueva solitaria.

—Querido —canturreó ella—, muchos reyes me han halagado con promesas de amor. Incluido tu padre. Quizá para que fuera todavía más devota y pasional a la hora de servirlos. Pero ninguno de ellos lo decía en serio. ¿Cómo podrían? Ninguno estaba dispuesto a aceptar el precio. Quererme significa que debo renunciar a mis poderes. Ningún rey lo soportaría. Soy más valiosa aquí. El arma más poderosa del Bien.

—Puedo protegerme solo —dijo Japeth.

—Dice el niño que acaba de admitir que está vivo gracias a mi *protección* —respondió la Dama, mirando el cuerpo de Chaddick en la orilla.

—Y sin embargo, sigo aquí —dijo Japeth—. ¿Por qué? No necesito nada más de ti. Podría irme ahora mismo. Pero percibo un corazón afín, atrapado por la magia. Un corazón que puede darnos a ambos lo que queremos.

Se sumergió más en el agua; su aliento formaba volutas hacia ella, sus cuerpos estaban muy cerca. La Dama inclinó el torso hacia adelante, oliéndolo.

—La dulce, dulce sangre de Arturo… —suspiró en voz baja—. ¿Y qué hay de mis deberes para con el Bien? ¿De mi deber de defender a Camelot más allá de tu reinado?

—El Bien se ha vuelto arrogante y débil —dijo Japeth—. Lo has defendido durante demasiado tiempo. A costa de tu alma.

—Mi alma —respondió la Dama, acariciando la mejilla de Japeth—. Un chico que afirma ver mi alma…

—Sé que te sientes sola —dijo la Serpiente—. Tan sola que has empezado a sentir tristeza por tu lugar aquí. Sientes que estás cambiando. Ya no tienes la pureza del Bien en tu corazón. Te sumerges en la oscuridad y la desolación, los combustibles del Mal. Y todo porque no te das lo que quieres. Si te quedas más tiempo aquí, empezarás a cometer errores. En vez de proteger al Bien, le harás daño. El Mal plantará su semilla en tu corazón. Si es que no lo ha hecho ya.

La Dama lo miró. Cualquier atisbo de coqueteo desapareció.

—Anhelas el amor tanto como yo —dijo la Serpiente—. Sin embargo, ninguno de los dos podemos obtener ese amor sin la ayuda del otro. Alguien que pueda dar vida a ese amor. De lo contrario, ese amor seguirá siendo un fantasma, un espectro, más allá de las reglas de los vivos. Yo haré lo que sea por encontrar ese amor. *Lo que sea*. Al igual que tú.

La Dama se ruborizó.

—¿Cómo lo sabes? ¿Cómo sabes que haría lo que fuera por amor?

La Serpiente la miró a los ojos.

—Porque ya lo has hecho.

Él la besó, sus manos acercaron el rostro de la mujer, mientras la Dama caía entre los brazos de la Serpiente; el agua del lago los rodeaba como los pétalos de una flor florecida.

Pero entonces, algo en el rostro de la Dama cambió. Su cuerpo se puso rígido, resistiéndose al de su nuevo amor. Ella apartó la boca, los velos de agua se derrumbaron. Miró al chico que la había besado, las pupilas grandes y negras de la Dama llenas de sorpresa, pánico… *Miedo*.

Japeth sonrió.

Instantáneamente, la Dama empezó a marchitarse, su cuerpo se deterioró, se secó. El pelo le caía a mechones; su columna se contorsionó y crujió...

Todo mientras la Serpiente se alejaba con calma.

Tedros notó las manos de Agatha encima de él llevándolo hacia el portal.

En el instante en que el vidrio de la bola de Dovey apareció debajo de Tedros, este se puso de pie y señaló a la anciana.

—Tu rostro... He visto tu rostro... —jadeó—. Sabías que algo iba mal... ¡Lo *sabías*!

La Dama estaba acurrucada en un rincón, con la cabeza entre las manos.

—Era el rey... El heredero... —se defendió—. La sangre de Arturo...

—¡Sentiste algo cuando lo besaste! —gritó Tedros, avanzando hacia ella. Agatha lo detuvo—. ¿Qué?

—Déjame salir —suplicó la Dama.

—¡Dime qué sentiste! —insistió Tedros.

La Dama golpeó el vidrio.

—*¡Déjame salir!*

Golpeaba la bola de cristal con ambos puños.

—¡Dímelo! —exclamó Tedros.

La Dama golpeaba las paredes, usando el resto de su poder, sus puños aporreaban el cristal de la bola de Dovey cada vez más fuerte, hasta que se rompió.

—¡No! —chilló Agatha, y Tedros y ella corrieron hacia la Dama demasiado tarde mientras ella alzaba los puños una última vez.

El vidrio estalló.

Tedros y Agatha retrocedieron, el lago inundó el interior y llenó sus bocas atónitas. Ahogándose, agitaron los brazos para intentar darse la mano. Tedros agarró el vestido de Agatha y Agatha la camisa blanca de Tedros. Luego, llegó la tormenta:

miles de fragmentos de vidrio cayeron sobre ellos y los sumergieron en las profundidades. Agitándose en vano, se hundieron bajo la masa de cristales, con gritos mudos. La Dama del Lago los observó, sus prendas flotaban sobre su cabeza como las de la parca, sus lágrimas plateadas nublaban el mar.

—Perdonadme —susurró, su voz resonaba—. ¡Perdonadme!

Alargó la mano.

El agua oscura giró alrededor de Tedros y de Agatha, y un abismo se abrió en el centro del lago como la boca de una serpiente y se los tragó a ambos.

El rocío cubría los labios de Tedros, el aroma intenso y fresco a césped mezclado con el perfume del pelo de Agatha, su princesa acurrucada entre sus brazos. Él abrió los ojos y vio un matorral verde frondoso brillando bajo el amanecer. Agatha se movió, su príncipe la ayudó a ponerse de pie.

—Estamos… aquí —susurró ella.

Tedros tenía la sensación de que estaba bajo el agua, las últimas palabras de la Dama resonaban en su mente… *¡Perdonadme!*

Había estado a punto de matarlos.

La bola de cristal de Dovey estaba destruida.

Y, sin embargo, ella les había permitido pasar.

Había sido fiel al Bien.

Tedros pensó en la manera en que la mujer había abrazado a la Serpiente… La manera en que había olido la sangre de Arturo en las venas del chico… La manera en que el rostro de la ninfa se oscureció cuando sus labios se tocaron…

¿Qué sabe?, se preguntó Tedros. *¿Qué sabe ella que nosotros no?*

En el páramo, la vieja granja donde antes vivían Lancelot y Ginebra yacía durmiente y descuidada. Había ovejas, vacas y caballos pastando sueltos por las colinas.

—Es como si nunca nos hubiéramos ido —suspiró Agatha.

Por un instante, Tedros deseo que él y Agatha pudieran esconderse allí, como lo habían hecho una vez su madre y su verdadero amor. *El Pasado es el Presente y el Presente es el Pasado*, pensó…

—¿Tedros?

Miró a su princesa.

Ella le apretó la mano.

Hoy no se esconderían.

La tumba estaba bajo la sombra, protegida por la copa de un pequeño roble. Un cristal brillante surgía desde el suelo entre dos árboles, señalando la tumba del rey Arturo. Guirnaldas de rosas blancas cubrían la cruz junto a una estrella de cinco puntas resplandeciente que descansaba en la base. Había más de esas estrellas colgadas cerca, cenicientas y apagadas, como si Merlín regresara a colocar una nueva cuando la anterior ya se había enfriado.

Pero Tedros se dio cuenta de que había una segunda tumba, a poca distancia de la de su padre, más oculta entre las sombras. Una tumba que no había visto antes, marcada con una segunda cruz de vidrio.

—Chaddick —dijo Agatha en voz baja—. Aquí es donde lo enterró la Dama.

Tedros asintió.

—Es adonde pertenece.

Su caballero. Su amigo, valiente y leal. *Él no debería estar aquí*, tenía ganas de decir Tedros. Chaddick era demasiado joven, demasiado Bueno para morir. Nunca debería haber intentado vencer a la Serpiente. Nunca debería haber intentado hacer el trabajo de un rey.

Tedros tragó a través del nudo en su garganta.

Todavía había trabajo por hacer.

Miró de nuevo la parcela de su padre.

—Merlín hechizó la tumba para preservarlo —dijo—. Sea lo que fuere lo que encontremos, habrá maldiciones y encantamientos que atravesar. Una prueba que tengo que pasar. —Su voz sonaba más débil, le sudaban las manos—. Pero primero, tenemos que desenterrarlo.

Alzó su dedo brillante hacia la tumba de su padre, con el corazón tembloroso, y el estómago revuelto. Su dedo empezó a temblar, su brillo dorado era inestable.

Agatha se colocó delante de él, con su propio dedo brillante y dorado.

—No mires —le dijo.

Empezó a quemar tierra.

Tedros mantuvo los ojos clavados en la cruz de vidrio en el cabezal de la tumba, donde se reflejaba el rostro tranquilo de Agatha mientras trabajaba. En la base de la cruz, la estrella blanca resplandeciente de Merlín reflejaba la sombra nerviosa de Tedros, su mandíbula cuadrada y sus rizos enmarañados. Estaba agradecido por su princesa, agradecido de que solo Agatha y él hubieran conseguido llegar hasta allí. Por mucho que quisiera a su madre, su padre no hubiera querido que Ginebra estuviera allí.

Abandonó sus pensamientos.

La estrella blanca de Merlín. Su sombra que se proyectaba en ella.

Todavía se movía.

Solo que él *estaba quieto*.

Miró a Agatha mientras su brillo seguía quemando más y más tierra.

—El ataúd debe estar enterrado a mucha profundidad —susurró Agatha, tensa y concentrada.

Tedros miró la estrella y se acercó más a ella, la sombra en el interior del objeto se apartó de él, como si estuviera guiándolo a alguna parte.

—No tiene sentido… —dijo la voz de Agatha.

El príncipe alargó la mano hacia la estrella. Sus dedos rozaron la superficie blanca y cálida y se sumergieron en ella.

—Tedros, la tumba está *vacía*. No hay nada aquí.

Cuando Agatha se giró hacia el príncipe, ya estaba medio sumergido en la estrella.

Agatha avanzó, horrorizada; intentó tomar la mano de Tedros, pero solo encontró una estrella fría, su luz extinta, como un sol caído dentro de un mar.

Tedros notó el sabor de las nubes en su boca, suaves como plumas, disolviéndose como algodón de azúcar, con la acidez dulce de la crema de moras. Alzó la vista y vio una estrella plateada de cinco puntas atravesando el cielo nocturno púrpura, iluminado por mil estrellas como aquella. El aire era cálido y húmedo, y el silencio de la bóveda celeste era tan vasto que oía el latido de su propio corazón, como si fuera el ritmo del universo.

Oyó que algo se movía… Luego, una respiración.

Tedros se quedó muy quieto.

Había alguien más en la nube.

Alzó la vista.

El rey Arturo estaba sentado al borde de la nube con su atuendo real, tenía el pelo abundante y dorado, su barba salpicada de gris; un relicario con forma de León brillaba alrededor de su cuello.

—Hola, hijo —dijo su padre.

Tedros estaba pálido como un fantasma.

—¿Papá?

—Merlín mantuvo este lugar en secreto para mí cuando era rey —dijo su padre, mirando el cielo—. Ahora entiendo por qué.

—Es… Es i-i-imposible… —Tedros extendió una mano temblorosa hacia el rey—. Esto no es real… *No puede* ser real… —Su palma tocó el rostro de su padre, temblorosa sobre la barba suave de Arturo. El rey sonrió y presionó la mano de su hijo con la suya.

Tedros se puso tenso.

—Pero estás… Se supone que estás…

—Aquí. Contigo, tal como necesitas que esté —respondió su padre, su voz era tranquilizadora y grave—. De la manera en que deseé estarlo todos los días que compartí contigo, hasta el último. Nuestra historia no tuvo el final que queríamos. —Con dulzura, apartó el pelo de Tedros de su rostro—. Pero hace mucho tiempo supe que llegaría el momento en que me necesitarías. Un momento más allá del Presente y de tus recuerdos de nuestro Pasado. Sin embargo, ¿cómo es posible que un padre vea a su hijo más allá de las Reglas del Tiempo? En estos casos resulta de gran ayuda tener a un hechicero como gran amigo.

—Entonces… ¿eres un fantasma? —preguntó Tedros.

—Cuando la mayoría de los reyes mueren, embalsaman su cuerpo para preservarlo —respondió el rey Arturo—. Pero nadie puede realmente preservar un cuerpo contra el tiempo. Al final, todas las tumbas son saqueadas, abandonadas u olvidadas. Así es la naturaleza de las cosas. Así que Merlín sugirió que nos deshiciéramos de mi cuerpo por completo. Para preservar, en cambio, el alma. De este modo, podrías encontrarme cuando llegara la hora. La magia era limitada, claro. Mi alma solo podía reaparecer ante los vivos una vez, para una reunión muy breve, antes de dispersarse para siempre y regresar a la fuente de donde provino. Hasta entonces, viviría entre las estrellas, esperando pacientemente a que el Presente alcanzara al Pasado.

Los ojos de Tedros estaban llenos de lágrimas.

—¿Cuán breve es la reunión?

Su padre sonrió.

—Durará lo suficiente para que sepas cuánto te quiero.

Tedros se alarmó.

—¡No puedes irte! ¡No después de que te haya encontrado! Por favor, papá... No sabes las cosas que he hecho... El desastre que he causado... Hay una Serpiente en el trono. Una Serpiente que es tu *hijo*. —Se le rompió la voz, su postura se hundió, como si cargara con el peso de una roca—. Fallé tu prueba. Nunca me convertí en rey. No en el rey que querías que fuera. —El llanto asfixiaba a Tedros—. Pero no solo fallé en la prueba. Fallé a Camelot. Fallé al Bien. Te fallé a ti...

—Y, sin embargo, aquí estás —dijo el rey Arturo—. Tal y como te pedí.

Tedros alzó sus ojos húmedos.

—Pasaste una prueba mucho mayor que sacar una espada —dijo su padre—. Una prueba que es solo el comienzo de muchas más.

Tedros tragó, casi sin poder hablar.

—Pero ¿qué tengo que hacer? Necesito saber qué tengo que hacer. Necesito saber cómo arreglar todo esto.

El rey Arturo alargó la mano. La posó sobre el corazón de su hijo, presionando con firmeza y fuerza, su calidez invadió el pecho de Tedros.

—Un León ruge en tu interior —le dijo.

Las lágrimas rodaron por las mejillas de Tedros.

—No me abandones. Te lo suplico. No puedo hacerlo solo. *No puedo.*

—Te quiero, hijo —susurró su padre, besándole la cabeza.

—No… Espera… No te vayas —exclamó Tedros, intentando alcanzarlo.

Pero el príncipe ya estaba cayendo entre las nubes.

—¿Tedros? —dijo una voz.

El príncipe despertó ante el olor intenso de tierra y en la comodidad de una cama blanda.

Abrió los ojos.

Agatha lo miraba bajo las ramas altas del roble que se balanceaban sobre ella, cubiertas de sol.

Luego, Tedros lo comprendió.

Estaba en la tumba de su padre.

Estaba *en* la tumba de su padre.

De inmediato, se puso de rodillas para intentar salir del agujero que Agatha había cavado, la tierra se desmoronaba bajo sus manos y sus botas e impedía que saliera, hasta que por fin logró hacerlo ayudado por sus manos. Se desplomó sobre la cruz de vidrio de su padre, la estrella blanca estaba fría contra su mejilla mientras intentaba respirar.

—¿Qué ha ocurrido? —preguntó Agatha, sentándose a su lado.

No pudo responder. ¿Cómo podía hacerlo? Había visto a su padre. Lo había olido y tocado y notado su mano sobre el corazón. Tedros se metió la mano bajo la camisa, donde su padre había dejado su marca. Pero ahora el momento había terminado, su padre había desaparecido para siempre. Y a Tedros solo le quedaba un recuer…

El príncipe hizo una pausa.

Bajo la camisa, algo le rozó la mano. Algo que antes no estaba allí.

—¿Dónde estabas? —preguntó Agatha, con un brazo sobre él—. ¿A dónde has ido?

El príncipe se puso de rodillas y se abrió la camisa. Un relicario con un León le colgaba del cuello, iluminado por un haz de sol.

Agatha lo soltó.

—Pero eso… Eso es de tu padre…

Tedros tocó la cabeza de León dorada que colgaba de la cadena, con ambas caras fusionadas. Todos aquellos años de niño, había intentado abrirlo, día tras día, probando cada truco que se le ocurría y siempre fracasaba, hasta que un día… *no* falló. Su papá le había dado una sonrisa de lo más confiada, como si hubiera sabido que solo era cuestión de tiempo.

Lentamente, el hijo de Arturo colocó la cabeza de León dentro de su boca como lo había hecho aquel día, hace mucho tiempo…

—No lo entiendo —insistió Agatha.

Tedros notó que el oro se ablandaba mágicamente, sus dientes introducidos en el hueco entre ambas caras en el ángulo correcto… hasta que el relicario se abrió. Poco a poco, su lengua tocó el interior de la joya, buscando algo de su padre, una nota o una tarjeta o…

Abrió los ojos de par en par.

O eso.

Lo alzó con la lengua, saboreó la superficie fría y rígida, las marcas profundas del lado, manteniéndolo en su sitio mientras escupía el relicario de su boca.

Solo quedan tres cisnes, escuchó la voz de Hort. *O quizá cuatro.*

—¿Tedros? —preguntó Agatha, al ver su expresión—. Qué…

Tedros la besó.

Con tanta suavidad, tanta delicadeza, que vio que ella abría los ojos de par en par mientras el objeto pasaba de la boca de Tedros a la de Agatha. Un resplandor apareció como una llama en la mirada marrón de Agatha, y los dos se quedaron en silencio y quietos, compartiendo aquel momento como si fueran uno.

Con cuidado, Tedros apartó los labios de los de su princesa. Agatha sostuvo la mirada del muchacho mientras se introducía los dedos temblorosos dentro de su propia boca y sacaba el objeto.

El anillo.

El anillo con los símbolos del Cuentista.

El anillo que nunca se había quemado, sino que había sido un regalo a través del tiempo.

La verdadera prueba de coronación de un rey para su hijo.

—Tedros… —susurró Agatha, con los ojos en llamas—. *Tedros…*

La sangre recorrió las venas del príncipe, desde los rincones olvidados de su alma, golpeando la puerta de su corazón, más y más fuerte, exigiendo pasar.

Su princesa alzó el anillo, brillante como una espada.

—Ahora empieza —juró Agatha.

Los ojos del príncipe reflejaban la determinación de acero de Agatha.

—Ahora empieza.

Tedros se puso el anillo en el dedo, abrió de cuajo la puerta de su corazón. Un León despertó, un León renació, antes de que Tedros mostrara los dientes hacia el cielo y liberara un rugido que hizo temblar cielo y tierra.

Gira la página para ver
un **capítulo perdido**
exclusivo de

Queridos Nuncas y Siempres:

Los lectores suelen pedirme que les dé «contenido eliminado» de los libros: escenas, tramas, personajes que nunca llegaron a la página. Es una petición lógica, dado que la mayoría de los autores descartan escenas, capítulos, incluso manuscritos enteros como parte del proceso creativo. Y, sin embargo, esto rara vez forma parte del mío. Lo que escribo en mis primeros borradores suele ser la historia que llega a las páginas, sin demasiados cambios en la secuencia de eventos. Los duendes creativos en mi interior tienen una visión y hago mi mayor esfuerzo por no entrometerme en su camino. Tampoco es que les dé el control absoluto, por supuesto; cada capítulo pasa por infinitas revisiones, en las que moldeo la materia prima hasta convertirla en acero pulido. Pero ¿descartar grandes porciones de texto? Simplemente era algo que no parecía ocurrir en el Bosque Infinito.

Hasta el capítulo 16.

En mi concepción inicial de la historia, teníamos que ver a dónde había ido Sophie después de haber recibido la nota misteriosa de Robin Hood en la reunión del Consejo del Reino (una nota que era muy diferente de la que incluimos en el libro, ahora lo veréis). Nunca había pensado en pasar directamente del momento en que Sophie recibía la nota a la ejecución; quería saber cómo respondía a la nota, sus pensamientos, sentimientos y motivaciones para lo que vendría. Encontraréis todo eso en la antigua versión del capítulo 16 (junto con un paseo por el castillo de Rhian, travesuras con los piratas y un nuevo mundo secreto oculto dentro de... Bueno, ahora lo veréis).

Pero tal y como dijo mi maravillosa editora, Toni Markiet, gran parte de lo que incluía el capítulo 16 llenaba los huecos que un lector imaginativo no necesita llenar. Conocer cada uno de los movimientos de Sophie quitaba la magia a lo que pasaría después y la tensión de saber de qué lado está nuestra bruja favorita. Después de que mis revisiones intensas no parecían lograr que el capítulo fuera más atractivo, finalmente sugirió que lo elimináramos. Al principio, me puse a la defensiva. ¿Cómo podía descartar tanto trabajo? Todas esas semanas de arduo esfuerzo ¿eliminadas de pronto? Pero nada se interpone en el camino de un libro mejor, sin duda no mi ego. Así que agitamos la varita mágica, desapareció el capítulo y la historia avanzó a un paso más rápido y sólido. Lloré por su pérdida, pero fue un sacrificio digno. Aunque quizá no haya perdido nada en absoluto. Porque el viejo capítulo 16 ya no existe en LA BOLA DE CRISTAL DEL TIEMPO… pero sus fantasmas parecen merodear en cada rincón del libro.

Disfrutad de echar un vistazo a mi laboratorio creativo.

Con amor,

Soman

16

SOPHIE

Amigos y enemigos

Sophie no tenía ni idea de dónde estaba la habitación de huéspedes en la torre Blanca [1] o a qué habitación de huéspedes se refería la nota, porque el castillo tenía muchas, ninguna de las cuales parecía un lugar seguro para la reunión, pero eso sería un problema para más tarde. Primero, tenía que llegar a la torre Blanca sin que Rhian o cualquiera de sus guardias la detuvieran.

Con su vestido blanco lleno de volantes que escocía como una lija, Sophie sabía que llamaba la atención como un pájaro invernal en verano [2] mientras se iba junto a los líderes del Consejo y salía del Salón de Baile Azul. *Por favor, que nadie me preste atención, por favor, que nadie me preste atención*, suplicaba, mirando el giro a veinte metros que la llevaría a la torre Blanca. Por suerte, los líderes a su alrededor estaban

---

1. La nota de Robin para Sophie al final del capítulo 14 era diferente cuando existía una versión anterior del capítulo 16. La nota original decía: «TORRE BLANCA, HABITACIÓN DE HUÉSPEDES». Por eso Sophie inicia el capítulo buscando ese cuarto misterioso.

2. Vaya, echo mucho de menos este símil. Tal vez lo usaré en un futuro libro y me diré a mí mismo que nunca lo habéis visto.

concentrados en un debate acalorado, aquellos que habían destruido sus anillos regañaban a los que no lo habían hecho.

—Si la escuela está atacando nuestros reinos para ponernos en contra del rey Rhian, entonces la escuela es nuestra enemiga. Ellos son la *nueva* Serpiente —dijo el rey de Foxwood—. Y el rey Rhian los derrotará como hizo con la anterior. Pero solo si le demostramos la lealtad que se merece.

—Mahadeva ha enviado a sus alumnos a la escuela durante miles de años. Lady Lesso en persona dio clase a mis tres hijos —dijo la reina de Mahadeva, cuyo anillo brillaba bajo la luz de las lámparas como los cristales de su chal azul oscuro—. Declarar la guerra a la escuela es destruir nuestra propia historia. Necesitamos *pruebas* de que la escuela es responsable de los ataques antes de abandonarla.

—Cuando tu reino esté sitiado y tus ciudadanos pidan tu cabeza porque todavía llevas puesto el anillo… —dijo el cornudo rey de Akgul, con el dedo vacío—, veremos si todavía pides pruebas.

—Además, Sophie nos ha dado una prueba —dijo el gran visir de Kyrgios, también sin anillo—. Yo también tenía mis dudas, pero ella era Decana de esa escuela y ha confirmado no solo que Tedros tiene que morir y que la escuela es la responsable de los ataques, sino también que Agatha es nuestra *enemiga*. —Miró hacia atrás y Sophie se escondió detrás del pelo voluminoso de una ninfa reina—. Siendo sincero, no me sorprende. Desde que Agatha llegó al Bosque no ha hecho más que modificar nuestro estilo de vida. No se lo digáis a nadie, pero sus compañeras visitaron mi reino hace unos meses y me suplicaron que fuera el nuevo Director. Parece que la escuela es un caos y necesita liderazgo, pero no encuentran a nadie que acepte el empleo. Por supuesto yo fui su primera opción, pero también rechacé el puesto. ¿Quién querría dirigir una escuela en decadencia?

Sin un líder adecuado, ya no podemos confiar en la escuela. Ni en la pluma que protege[3].

Sophie sabía que era mentira; Hester, Anadil y Dot habían sido seleccionadas por la profesora Dovey para encontrar un nuevo Director y ellas no suplicaban, y menos ante tipos arrogantes como aquel. Pero ahora no era momento de custodiar la verdad. Estaba a punto de llegar al pasillo que la llevaría a la torre Blanca.

Un cuervo voló sobre su cabeza, como si se hubiera perdido dentro del castillo, y pasó sobre Beeba que estaba adelante, revisando la mano de cada líder para ver si todavía llevaban puestos los anillos y anotando sus descubrimientos en un pergamino. El estómago de Sophie dio un vuelco. La pirata de cara plana la vería en cualquier momento. Miró rápidamente a la izquierda, por el pasillo que llevaba a la torre Blanca.

Wesley y Thiago se estaban acercando a ella.

—Los reyes y las reinas elegantes piensan que la cabeza de Tedros es la única que rodará. No saben que también mataremos a esa asquerosa Decana y al resto. —Sophie oyó que Wesley le gruñía a su compañero pirata—. ¿Crees que Agatha vendrá a por ellos? Imagínate si fuera yo quien la matase. El rey me daría mi peso en oro.

—A menos que yo la mate primero —replicó Thiago, ajustándose la espada en el cinturón—. Intentará salvarlos, sin duda. ¿Por qué, si no, habría hecho desaparecer su nombre del mapa del rey?

—Debe ser magia de la escuela o algo. Seguro que Sophie nos lo dirá —dijo Wesley—. Aunque tengamos que arrancarle algunas uñas de los pies para que hable.

---

3. Un momento irónico con el gran visir de Kyrgios, que hace alusión al capítulo 4 del libro 4: *En busca de la gloria*, donde las brujas lo entrevistan como potencial Director. Claramente su ego no se ha recuperado por no haber sido escogido.

Los piratas miraron hacia adelante, a punto de ver a Sophie en la multitud.

Sin pensarlo, Sophie alargó el pie hasta detrás del gran visir y lo hizo tropezar; el hombre alto y barbudo cayó hacia adelante sobre los demás líderes. Su cuerpo cayó como un árbol y aplastó reinas, príncipes y emperadores a su alrededor hasta que todos cayeron sobre el rey de Foxwood, quien emitió un chillido agudo. En medio de la conmoción, Sophie robó el chal de la reina de Mahadeva y se lo colocó encima de su propia cabeza para mimetizarse con una pared azul mientras Wesley y Thiago corrían a ayudar a los caídos. Un segundo después, Sophie estaba en el pasillo que los piratas acababan de abandonar, corriendo hacia la torre Blanca [4].

Por lo que recordaba, la torre Blanca era un laberinto polvoriento de habitaciones para los sirvientes y otras vacías. Pero al atravesar el vestíbulo, la rotonda de mármol inmensa ahora estaba llena de cajas con armas nuevas y brillantes, cientos de ellas, y la misma cantidad de cajas de vidrio con nuevas armaduras, los petos de acero tallados con el emblema del León de Rhian. Cada caja tenía un sello dorado:

FÁBRICA DE ACERO DE FOXWOOD
EL ACERO DE UN GUERRERO

Había una criada de rodillas en el suelo, inspeccionando el contenido de cada caja con una lista en mano. Apenas miró a Sophie, claramente abrumada por la tarea.

---

4. Debido a la batalla furiosa que ocurre en el siguiente capítulo, esta pila de líderes parece un adelanto del enfrentamiento. Mejor no mostrar mis cartas demasiado pronto. Descartar esto hace que la violencia entre los líderes y los chicos en la ejecución sea más sorprendente.

Hace una semana, Camelot no tenía armas funcionales, pensó Sophie al pasar. *¿Y ahora tiene suficientes para ir a la guerra contra la mitad del Bosque?*

Una vez más, se preguntó cómo era posible que Camelot pudiera pagar todo aquello, pero más precisamente, ¿para qué era? Había armaduras para vestir a mil hombres. Recordó a Beeba en el pasillo, registrando qué líderes todavía llevaban sus anillos. ¿Cuánto tiempo pasaría antes de que Rhian enviara a su ejército contra aquellos que lo habían desafiado?

Había algo seguro, pensó Sophie. Si Foxwood vendió todo ese acero a Camelot, eso explicaría por qué su rey había quemado tan rápidamente su anillo[5].

Ahora estaba en el Salón de los Reyes. Ya había estado allí una vez, cuando Agatha, su grupo y ella habían acudido a ayudar a Hort a transportar armas para luchar contra la Serpiente. Recordaba haber quedado deslumbrada por el retrato de Tedros, tan elegante y confiado, esperando por una pared llena de triunfos.

Ahora el cuadro ya no estaba.

Y no solo eso. No estaba *ninguno* de los cuadros de los otros reyes. Ni tan solo el del rey Arturo.

En cambio, había un retrato colosal de Rhian, rodeado de cuadros de sus victorias sobre la Serpiente, del momento en que sacó a Excalibur de la piedra y escenas generales de

---

5. Al principio, me negué a borrar esto, porque creía que era importante mostrar la dependencia de Foxwood hacia Camelot. Eso explicaría por qué el rey de Foxwood defiende a Rhian hasta el final y es el primero en quemar su anillo. Sin embargo, cuanto más pensaba en ello, más me daba cuenta de que el rey de Foxwood es tan débil que no era necesario mostrar de una manera tan explícita su vínculo mercenario con el rey de Camelot. Las sombras de esta escena están en el último libro; sabemos que tiene una devoción servil hacia Rhian, aunque no sepamos los motivos.

su coronación. Como si antes de él no hubiera existido ningún rey. Como si solo él fuera Camelot, presente y futuro[6].

Sophie fulminó con la mirada los ojos fríos de Rhian, rodeados de volutas de sombras negras, como si en vez de rey, fuera el Señor de la Noche. Quien lo hubiera pintado lo había retratado muy bien.

Sophie apretó los dientes. Ella y Tedros tenían un pasado difícil, pero no se detendría hasta que su retrato hubiera vuelto a esa pared, y que la escena de la muerte de Rhian estuviera enmarcada a su lado…

Excepto que ahora, mientras avanzaba por el pasillo, se dio cuenta de que el camino se bifurcaba en dos direcciones, este y oeste, y cada una llevaba a pasillos idénticos.

Torre Blanca. Habitación de huéspedes.

Eso era lo único que decía la nota.

Oyó voces al este.

—¿Crees que habrá salido con el Consejo? —preguntó Wesley.

—Beeba la hubiera visto salir —respondió Thiago—. Es imposible que Sophie haya salido del castillo. Tiene que estar en esta torre.

Sophie corrió hacia el oeste con sus zapatillas planas, procurando no hacer ruido, pero al final del pasillo vio que el camino se bifurcaba de nuevo en dos pasillos más. ¿Debería escoger un cuarto donde esconderse? Pero incluso si encontraba el lugar perfecto, había ido allí para reunirse con el hombre que le había escrito esa nota, no a jugar al escondite.

---

6. Este es un momento interesante: Rhian erradica la historia de Camelot y la reemplaza por un homenaje a sí mismo. Su ego es su fallo trágico. Pero al final, esta escena también hace lucir a Rhian como demasiado malvado, muy parecido a un Darth Vader o a un Voldemort, lo cual no combinaba por completo con la totalidad de su personaje.

Sophie se detuvo.

Había algo en el pasillo.

Flotando en el aire.

Algo azul iridiscente, moviéndose en silencio de un lado a otro, como si intentara llamar la atención de Sophie. Avanzó hacia la luz, mientras oía que los pasos de Thiago y Wesley se acercaban. ¿Era un espía mágico? ¿Una de las cimitarras de Japeth? Si lo fuera, ya les habría avisado, pensó, acercándose, observando la luz azul silenciosa que vibraba en el aire, como una libélula o una mota de polvo o un…

Hada [7].

Un hada a la que reconocía.

Batiendo sus alas, la ninfa diminuta miró a Sophie con ojos azules de acero.

Luego, salió disparada como un cometa.

Sophie la persiguió después de quitarse los zapatos y contener el aliento para que los piratas no la oyeran. Corrió por pasillos y subió una escalera, el hada la guiaba como una estrella, mientras que entre las barandillas veía a Thiago y a Wesley abriendo cada puerta de cada habitación del piso inferior. Mientras tanto, el hada se había detenido frente a una puerta adelante, enterrada al final de un pasillo. Sophie casi había llegado.

Tropezó en el último escalón y cayó adelante como había ocurrido con el gran visir cuando le había puesto la zancadilla. Antes de detener el golpe, su rostro aterrizó en el rellano y una de sus zapatillas le cayó de la mano, rodó por la escalera

---

7. Originalmente, la flor de loto blanco del Bosque de Sherwood que Hort ve en el pelo de Ginebra cuando pasa junto a la reina en el capítulo 8 no era una flor de loto: era esta hada. Cuando eliminamos el capítulo 16 y el hada, tuve que crear una nueva «señal» para Ginebra que Hort (y después Dovey) percibiera. Así que en las revisiones añadí el loto violeta que solo crece en el reino de Robin Hood.

como la de Cenicienta en el baile, rebotó contra la baranda y cayó al piso de debajo… sobre la cabeza de Thiago.

Lentamente, el pirata alzó la vista hacia Sophie, los tatuajes rojos alrededor de sus ojos brillaban bajo la luz de las lámparas.

—¡*Allí!* —rugió el pirata.

En un segundo, Sophie se puso de pie y corrió tras el hada que todavía batía las alas con furia hacia la puerta, como si no hubiera tiempo para incompetencias.

Sophie entró al cuarto y casi mató al hada en el proceso; luego cerró la puerta con llave. Los dos piratas llegaron a su piso y empezaron a abrir puertas. *¡SLAM! ¡SLAM! ¡SLAM!* Llegarían en segundos. Tenía que esconderse. Pero el cuarto era todavía más pequeño que los dormitorios de la Escuela del Mal, con nada más que una alfombra estampada de color marrón y naranja, un sofá de cuero hundido y una cama modesta en un rincón. Observó la habitación con el brillo rosa de su dedo: una bolsa de la ropa sucia colgaba del picaporte… Las paredes beige estaban cubiertas de moho… Las manchas de sangre sobre la alfombra…

¡SLAM! Wesley y Thiago estaban en la habitación de al lado. Llegarían en tres segundos…

Pero entonces Sophie vio de nuevo la luz del hada.

Parpadeando sobre el picaporte. Desde…

¿Dentro de la bolsa de la ropa sucia?

Sophie se acercó mientras el hada zumbaba desquiciada dentro, como indicándole a Sophie que abriera la bolsa…

No. No era una bolsa de la ropa sucia.

Deslizó los dedos sobre la tela gris gastada.

¿Es lo que creo que es?

Sacudió la cabeza de un lado a otro. *Imposible.*

¡SLAM! Los piratas empujaron la puerta. Intentaron abrir la cerradura con la empuñadura de sus espadas. El cerrojo se rompió. El picaporte se movió.

Aterrada, Sophie abrió la bolsa…

Una mano peluda la agarró y la hizo entrar a la fuerza [8].

Quienquiera que la hubiera agarrado ya la había soltado, porque ahora estaba cayendo dentro del saco sin fondo después de que el hada azul, que volaba en zigzag delante de ella, soltara destellos brillantes en la oscuridad como migajas de pan mágicas.

Luego, la oscuridad se dividió en dos silos, uno con la palabra AMIGO tallada en blanco, el otro decía ENEMIGO formado por tentáculos brillantes violetas. Sophie cayó descontroladamente hacia ENEMIGO, los tentáculos intentaban agarrarla…

El hada azul miró hacia atrás y sopló una ráfaga de viento que envió a Sophie hacia AMIGO justo a tiempo.

Ahora caía más rápido y, al hacerlo, la oscuridad estaba salpicada de perlas luminosas con los tonos del arcoíris. Por cada perla florecía un hada nueva de un color diferente, las mismas criaturas con alas enjoyadas que una vez habían revoloteado entre las casas del árbol en el Bosque de Sherwood, riendo y susurrando mientras daban vueltas alrededor de ella como abejas en torno a una flor.

—*¡Sophie!*

—*¡Adoramos a Sophie!*

---

8. En el capítulo anterior a este, cuando Agatha se reúne con el Sheriff, este revela el saco encantado y le dice que lo ha usado para capturar piratas en la escuela. Sin embargo, originalmente el Sheriff NO revelaba el saco; esperaba hasta este instante, cuando Sophie lo descubre. Pero la distancia entre ambas escenas era opresiva e innecesaria. Es mucho más poderoso ver que el Sheriff presenta su saco ante Agatha para permitir que el misterio de cómo lo consiguió se prolongue hasta después.

—¡Ooooh, es tan bonita!

—¡Tan glamorosa!

—¡Ven a casa con nosotras!

—¡Hay demasiados hombres en casa!

—¡Podrías ser nuestra madre!

—¡Podrías ser nuestra reina!

Podría haber escuchado sus halagos durante horas, pero ahora la sujetaban como si ella fuera un paracaídas y descendían flotando hasta que sus pies tocaron el suelo.

¿Todavía estaba dentro del saco?

Miró a su alrededor, pero más allá de las luces de las hadas, solo veía una oscuridad absoluta… Hasta que el vacío se abrió mágicamente, como dos puertas, y Sophie vio que estaba en el vestíbulo de lo que parecía una posada de lujo [9].

Las hadas la llevaron a esa habitación, decorada con alfombras blancas de terciopelo, paredes celestes cubiertas de gotas plateadas y un acuario de vidrio construido en el techo que cambiaba de color cada diez segundos y estaba lleno de flores de cristal flotantes. Sophie observó maravillada. Era exactamente igual que su recámara de Decana en la escuela.

—¡Bienvenida al Saco Encantado! —dijo a coro una torre inclinada de hadas masculinas, una sobre otra en un espectro de colores, posadas sobre un escritorio de vidrio como si fueran un conserje—. ¡Sus anfitriones están en el segundo piso, esperando su llegada!

Un hada con alas negras abordó al equipo de conserjería:

—¡Crisis en ENEMIGO, sector 3!

---

9. Me encantaba toda esta sección sobre el funcionamiento interno del saco y las hadas conserjes que se ocupaban de la separación entre Amigos y Enemigos. A mi editora, Toni, también le encantaba. Pero no dejaba de preguntarme: «¿Vale la pena conservar un capítulo que no necesitas solo por una escena con hadas dentro de un saco?». «Sí», protesté yo. «Claro. Sin duda. 100%». Le siguió un largo silencio. Luego, suspiré. «No».

Las hadas varones tocaron el escritorio de vidrio y una escena del lado ENEMIGO del saco apareció en la superficie, proyectada en un remolino de humo violeta.

Sophie abrió los ojos de par en par.

Cientos de los piratas de Rhian estaban amordazados por unos tentáculos púrpuras, y tenían en la frente un sello brillante del mismo color que decía una palabra: ENEMIGO. Pero uno de los piratas había logrado desatarse y las hadas con alas negras se esforzaban por someterlo.

Kei, pensó Sophie, al reconocer su chaqueta dorada.

¿Qué? ¿Cómo ha llegado Kei hasta aquí?

¿Cómo han llegado todos hasta aquí?

—Aumenta el cociente pesadilla a nivel 10 —ordenaron las hadas a la pantalla, y un segundo después, un hada que sostenía a Kei le inyectó algo con su aguijón negro; Kei se sacudió de un lado a otro con brusquedad antes de que su cuerpo se paralizara; su rostro se derritió en una expresión perpleja, como si estuviera viendo a un fantasma.

La mente de Sophie no podía asimilar todo aquello: hacía tan solo un momento, los piratas la estaban persiguiendo por el castillo; un segundo después, estaba observando al capitán de Rhian siendo torturado por hadas en una habitación que tenía el mismo aspecto que la suya en la escuela.

El conserje hada sonrió.

—Ahora, ¿dónde estábamos? Ah, sí. ¡Anfitriones!

Un equipo de hadas femeninas voló tras Sophie, la alzó del suelo y se la llevó al techo, directo hacia el acuario de vidrio.

—¡Esperad! —exclamó Sophie, pero las hadas empezaron a volar más deprisa, directamente hacia el cristal. Ella se preparó y cerró los ojos, lista para recibir el golpe en la cabeza.

Luego, sintió una llovizna fresca, como si hubiera atravesado una bruma de lo más liviana.

Sophie abrió los ojos y vio que estaba de pie sobre el agua dentro del acuario; el agua se volvió lavanda, luego rosa y luego azul mientras las flores de vidrio pasaban flotando.

Las hadas no estaban allí.

Pero no estaba sola.

De pie en el agua delante de ella, vio a Ginebra con su uniforme de criada, al Sheriff de Nottingham, cubierto de cortes y moratones, y al hombre con capucha de color marrón que había visto en el Salón de Baile Azul… El rey de Homblegres en persona…

Sophie saltó hacia él y lo abrazó como si fuera una boya en medio de una tempestad.

—Robin —susurró ella, con el rostro hundido en el abrigo del hombre.

Robin Hood acarició el pelo de Sophie.

—Robin al rescate.

—¿Y yo qué soy? ¿Hígado picado? —gruñó el Sheriff—. La única razón por la que Robin está aquí soy yo.

—Más que hígado picado, eres hígado grasiento y rancio —dijo Robin.

El Sheriff fulminó con la mirada a su némesis.

—Cuando todo esto termine, voy a matarte igualmente.

—¿Tú, a quien acaban de vencer unos niños de escuela? *¿De nuevo?* —dijo Robin.

Sophie no tenía ni idea de lo que estaban hablando, pero no podía soltar a Robin, no después de todo lo que habían pasado. En sus brazos se sentía una niña, a salvo y protegida, aunque fuera tan solo por un momento…

—¿Vamos? —dijo Ginebra con firmeza—. Mi hijo morirá, un rey falso está a punto de destruir al Cuentista… y nosotros seguimos en el fondo de un *saco*.

Sophie tenía tantas preguntas que apenas sabía por dónde empezar [10].

—¿A dónde vamos? —preguntó mientras caminaban sobre el acuario, que ahora parecía extenderse para siempre, hacia un resplandor lejano de luz violeta.

—Tenemos que enseñarte algo —dijo Robin—. Antes de que regreses junto a Rhian para la ejecución.

—¿*Qué?* —replicó Sophie—. ¡Se supone que tienes que *rescatarme*! ¡Que tienes que *detener* la ejecución! ¿Por qué iba a volver junto a esa escoria?

—Ya lo verás —dijo Robin, con los ojos puestos en el brillo violeta de más adelante.

—Después hablaremos de eso —respondió Sophie. Tenía más preguntas por hacer—. Dime cómo es posible que estemos caminando sobre un acuario que se parece al de mi cuarto en la escuela.

—*Tú* estás caminando en un acuario. El saco encantado adopta una escena diferente para cada persona. Un lugar feliz si eres un Amigo —explicó el Sheriff—. Ahora mismo, yo estoy caminando por los Jardines de Nottingham, donde solía llevar a la madre de Dot.

---

10. Algo que cabe destacar aquí es que ya conocemos muchas de las respuestas a las preguntas de Sophie gracias a las aventuras de Agatha en el capítulo anterior. Cuanto más veía las siguientes escenas, más me daba cuenta de que sabíamos al menos el 80% de lo que Ginebra, Robin y el Sheriff le contaban, lo que significaba que estaba repitiendo partes solo por poner a Sophie al tanto. Ese es el desafío de alternar puntos de vista: ¿cómo te aseguras de que todos los personajes estén en la misma página cuando están en distintos lugares? Y la verdadera respuesta es: no lo haces. Solo permites que la acción continúe como ocurriría en la realidad y que los personajes descubran cosas con naturalidad cuando llegue el momento.

Robin lo miró.

—Yo estoy en La Flecha de Marian.

—Yo en la casa de Lance, mi antiguo refugio —dijo Ginebra—. En el jardín de madreselvas, donde solíamos echarnos la siesta juntos.

Sophie vio lágrimas en los ojos de la reina. Ella y Ginebra nunca habían tenido una relación muy estrecha; Sophie había lastimado demasiado al hijo de Ginebra en el pasado como para poder ganarse algún día su respeto. Pero Sophie sabía cuántas cosas había aguantado la madre de Tedros: sacrificó su corona y abandonó a su hijo por el amor verdadero, solo para perder ese amor al final. Ella y Ginebra eran iguales, ambas creían en el amor y ambas eran sus prisioneras.

—¿Y qué ves si eres un Enemigo? —preguntó Sophie, pensando en Kei y los piratas en el otro sitio.

—Vives tu peor miedo —dijo el Sheriff—. Me encantaría ahora mismo ver la cara de esos matones. Probablemente tienen peor aspecto que cuando los ataqué en la escuela y los metí en mi saco a todos. Imagino que los miedos de los piratas no son nada agradables.

Sophie recordó el rostro pálido de Kei cuando el hada lo inyectó.

No, sin duda no eran agradables.

—Cuando el Sheriff me trajo aquí la primera vez, vi un mundo sin mujeres ni cerveza —comentó Robin.

Las alarmas se dispararon en la mente de Sophie.

—Un segundo. Creía que el saco encantado había sido destruido —le dijo al Sheriff—. La Serpiente lo hizo trizas después de escapar de la cárcel del Sheriff… —Se giró hacia Ginebra—. Y es imposible que te quitaran la cimitarra de encima sin que Japeth lo supiera. —Se giró hacia Robin—. Y tú no ayudas a otros reinos a propósito… Nada de esto tiene sentido. —Miró a sus tres salvadores, nerviosa, y luego el agua de tonos cambiantes le salpicó el vestido—. ¿Estoy soñando? ¿Estáis realmente aquí?

Robin miró al Sheriff.

—Tú primero.

—El saco encantado es indestructible. El Director lo confeccionó a cambio de un favor que le hice —explicó el Sheriff, tocándose el pelo sucio—. La Serpiente debe tener una magia poderosa para haber afectado la magia de Rafal. Pero cometió el error de dejar todos los fragmentos del saco en el suelo. Y la madre de Dot es la mejor modista del Bosque[11].

Sophie abrió los ojos de par en par.

—¿Quién es la madre de Dot?

—Nadie que conozcas —replicaron Robin y el Sheriff[12].

Sophie estaba a punto de insistir cuando Ginebra tomó la palabra.

—Esa noche, cuando cenaste con Rhian, me diste una patada bajo la mesa —dijo la anterior reina—. Dijiste que no lo ayudarías. Que no eras la madre de Tedros. Me desafiaste. Frente a ese monstruo. Pero no tenía manera de enviar un mensaje desde Camelot, no con esa cimitarra en mi rostro. Sin embargo, conozco el castillo mejor que nadie. Y sabía que fuera de los aposentos de la reina, hay un árbol con pájaros cantores a los que antes solía alimentar todos los días. A cambio, ellos actuaban como mis espías y cantaban más fuerte cada vez que era seguro para mí escaparme e ir a ver a Lance en el Bosque. Así que después de la cena, fui a mi antigua recámara, fingiendo que la estaba limpiando, y allí estaban mis pájaros, cantando fuera de la ventana como siempre. Pero al verme con esa cimitarra asquerosa en el rostro, dejaron de

---

11. Sin embargo, necesitábamos saber cosas como esta. Así que las moví a una conversación futura en Gnomolandia.

12. (Sonrisa malvada).

cantar. Sus ojos tristes me preguntaron cómo podían ayudarme. Así que mientras limpiaba, tararé una canción… Una canción que todos los pájaros conocen…

Tararé y Robin cantó con ella:

—*Oh, ayúdanos, Robin,*
querido y bello Robin.
¡Sálvanos, Robin Hood, santo!
Hijo del Bien, oye nuestro canto,
¡hasta el Bosque Verde llega mi llanto!

—Odio esa canción —gruñó el Sheriff.

—Eso es porque la única canción que cantan sobre ti es «Sheriff, Sheriff, el Sheriff pedorro» —dijo Robin—. No hace falta decir que cuando los pájaros vinieron y cantaron sobre las penas de Ginebra, nada cambió. Los Hombres no habían querido ir a Camelot para defender a Agatha y tampoco lo harían por Ginebra, por mucho que Arturo y yo fuéramos amigos. Pero luego el Sheriff me envió un mensaje diciendo que iría a Camelot a salvar a su hija del calabozo y me suplicó que mis hombres y yo lo ayudáramos a rescatar a Dot.

—Tonterías —bramó el Sheriff—. No te supliqué nada. Dije que eras una gallina de estómago rosado por permitir que la chica que te había salvado de la cárcel se pudriera en una celda y que esperaba que el Cuentista reabriera nuestro cuento y dijera al mundo qué clase de hombre eres en realidad.

—Me resulta vagamente familiar —respondió Robin—. Sea como fuere, mi némesis me provocó y luego vino Marian y me preguntó qué haría si fuera mi propia hija la que estuviera en manos de Rhian. ¿Y Dot no era lo más cercano a una hija para mí? Marian sabe cómo persuadirme.

—A ti y a mí —susurró el Sheriff.

—No podía regresar a hacer mohínes en La Flecha. No después de todo eso —suspiró Robin—. Así que me uní al Sheriff y le envié a Ginebra un hada para que supiera que íbamos en camino.

—Luego, mientras estábamos en camino, oímos que Dot y otros habían escapado del calabozo —dijo el Sheriff—. Aun así, no permitiría que el bastardo de Rhian ganara. Rhian envió a dos de sus piratas jóvenes a matarme; se pasearon por Nottingham preguntando dónde vivía como si nadie fuera a informarme. Les di una paliza con mi cinturón y los lancé en el saco. Además, Robin me contó todo sobre cómo Rhian usó a su hermano como la Serpiente. Nuestro Bosque tiene leyes y orden y no descansaré hasta que la cabeza de ese cerdo esté en una pica.

—De todos modos, estábamos demasiado lejos con los caballos para regresar incluso aunque Dot *ya* estuviera libre —dijo Robin, como si hubiera pensado mucho en la idea—. Así que me escabullí en el castillo entre el resto de los líderes…

—Mientras yo me escondía en mi saco mágico, que un cuervo trajo al árbol fuera de la habitación de la reina —añadió el Sheriff.

Sophie recordaba a un cuervo que volaba en el salón, como si estuviera perdido…

—Lo último era quitarme esa cimitarra —dijo Ginebra—. Eso fue lo más fácil. El hada la pinchó y la cimitarra salió a perseguirla mientras yo buscaba el saco y luego me metí dentro. Después, el cuervo le entregó el saco a Robin, quien lo llevó hasta donde lo has encontrado.

—Y así es como todos estamos aquí caminando por nuestro lugar feliz —le dijo Robin a Sophie—. El tiempo se detiene dentro del saco mágico. Nadie sabrá que Ginebra y tú habéis estado desaparecidas cuando regreséis al castillo.

—Pero ¿*por qué* tengo que regresar? —protestó Sophie, con voz tensa—. Por qué tengo que volver...

—Porque nuestras vidas dependen de ello —dijo el Sheriff con firmeza.

Sophie esperó oír más, pero sus tres guías se quedaron en silencio, llevándola hacia el orbe de luz violeta, que vibraba más adelante como si fuera una bola de cristal.

—Has dicho que Rhian quiere destruir al Cuentista —recordó Sophie—. ¿Cómo es posible?

—Cuando estabas en la reunión del Consejo, ¿te diste cuenta de los anillos plateados que llevaban los líderes? —preguntó Ginebra.

—¡Sí! Robin también estaba ahí. Rhian insistió en que cualquiera que llevara ese anillo era el enemigo. Intentó convencer a los líderes para quemarlos...

—Por suerte, no todos lo hicieron —dijo Robin—. Cuéntaselo, Ginebra.

—Las hermanas Mistral creían en la teoría de August Sader sobre el Rey Verdadero —explicó Ginebra—. La teoría sugiere que la inscripción en el Cuentista es una profecía: el Cuentista solo puede conservar sus poderes si los líderes del Bosque llevan sus anillos jurándole lealtad a la Pluma. Pero si esos anillos se destruyeran y los líderes del Bosque juraran lealtad unánimemente a un rey en vez de a la Pluma... ese rey obtendría los poderes del Cuentista. Sería inmortal, invencible, capaz de manipular el destino de todos. Que el Hombre tenga la magia de la Pluma... Ni siquiera Rafal lo logró, por mucho que lo intentara. Nuestro mundo estaría en manos de un salvaje[13].

Sophie recordó los símbolos extraños en el acero del Cuentista. La primera vez que vio la pluma en la torre del Director,

---

13. Ay, Soman. Ya sabemos todo esto.

su inscripción brilló ante ella, como si intentara decirle qué significaba. ¿Por qué no le había preguntado al profesor Sader al respecto cuando estaba vivo?

—¿La teoría de Sader es real? —preguntó.

—Bueno, si Rhian continúa haciendo que los líderes quemen sus anillos, pronto lo descubriremos —dijo Robin.

—Conozco bien la teoría —añadió Ginebra—. Mientras nuestro matrimonio se marchitaba, Arturo empezó a creer que *él* era el Rey Verdadero. Quizá su impotencia por no poder detener el amor que yo compartía con Lancelot lo hizo susceptible ante esas fantasías de poder. Es por eso que convirtió a las hermanas Mistral en sus consejeras cuando me fui. Pero creo que las Mistral usaban a Arturo de algún modo. Siempre tuvieron sus ojos puestos en Rhian, sea quien fuere. —La antigua reina hizo una pausa—. Tampoco creo que Arturo quisiera realmente destruir al Cuentista. Solo se sentía perdido por mi ausencia y la de Merlín y buscaba un nuevo camino.

El Rey Verdadero, pensó Sophie. Rhian le había dicho esas palabras antes. Sí, en la cena, la primera noche en el castillo. *Pero llegará un día en el que cada reino del Bosque creerá en un Rey en vez de en una Escuela, en un Hombre en vez de en una Pluma…* —Él la había mirado, con Melena de León brillando en su bolsillo. *Desde ese día en adelante, el Rey Verdadero gobernará para siempre.*

Ella le había dicho que aquel día no llegaría jamás.

Llegará antes de lo que piensas, la había provocado él. *Es curioso como una boda puede unir a todo el mundo.*

Sophie tragó con dificultad.

La boda.

Fuera lo que fuere lo que Rhian estaba planeando, ocurriría en la boda.

Una boda de la que ella nunca podría participar.

—Tenemos que detenerlo —dijo Sophie, nerviosa—. Pero ¿cómo?

—Bueno, tenemos algo a nuestro favor —respondió Ginebra—. La inscripción del Cuentista identifica cien reinos que conforman el Bosque Infinito. Más reinos han sido descubiertos desde entonces por exploradores que se han aventurado más allá de nuestros mapas y sin duda todavía faltan más por descubrir... pero esos cien reinos originales son los que tienen líderes con anillos. Para que Rhian reemplace al Cuentista, cada uno de esos líderes debe destruir voluntariamente el anillo y jurar lealtad al rey.

—Y eso *nunca* ocurrirá —dijo Robin.

—¿Por qué? —preguntó Sophie—. La mitad de los líderes ya han quemado el suyo. Y tú no tienes ningún anillo.

—Porque el Bosque de Sherwood es técnicamente una parte de Nottingham —explicó Robin—. Lo cual significa...

Alzó la mano del Sheriff.

Un anillo plateado brillaba en el dedo de su némesis, tallado con los símbolos del Cuentista.

—Y yo no le juraré lealtad a ese niño imbécil y débil con corazón de polluelo por ahora —dijo el Sheriff[14].

El alivio de Sophie fue fugaz. Rhian ya había enviado a sus matones tras el Sheriff una vez; si el Sheriff era el último

---

14. ¡Ajá! Observad este truco de magia. Cuando este capítulo existía, el Sheriff decía allí mismo que él tenía el anillo de Nottingham. Directamente, sin debate ni misterio: él daba la información sin que la historia se la ganara. Pero en cuanto borré el capítulo 16, necesitaba otra manera de informar al lector sobre el anillo del Sheriff. Una información clave. ¿Por qué la había dado con tanta facilidad? Borrar el capítulo 16 me permitió introducir el misterio del anillo del Sheriff en otros arcos narrativos y permitir que aumentara la tensión hasta la pelea entre el Sheriff y la Serpiente en el capítulo 22. Para lograr algo más satisfactorio que simplemente dar la información directamente tal y como hacía aquí.

hombre que quedaba en pie contra él, Rhian hallaría un modo de obligarlo a destruir su anillo. Sophie estaba segura. Sentía los engranajes de su mente funcionando, uniendo las piezas. La teoría de Sader debía ser cierta. Eso explicaría todo el comportamiento de Rhian: que reprendiera a las hermanas Mistral en el Salón del Trono para que mantuvieran a todos los reinos de su lado… Que Beeba contara qué líderes habían quemado sus anillos… Los nuevos ataques de Japeth antes de la reunión del Consejo…

Rhian no descansaría hasta que todos y cada uno de los anillos hubieran sido destruidos, hasta que cada reino le hubiera jurado lealtad a él en vez de al Cuentista.

Camelot nunca había sido su objetivo.

Él quería tener el mundo entero.

Todavía había un modo de detenerlo. Tenían que demostrar que Tedros era el rey verdadero. Que el hecho de que Rhian hubiera sacado a Excalibur de la piedra había sido un truco. Sophie no tenía ni idea de cómo lo harían, dado que todavía no estaba segura de si *había sido* o no un truco…

Pero primero lo primero.

Tenían que mantener a Tedros vivo.

—No solo matará a Tedros —les dijo Sophie a sus rescatadores—. Os matará a todos.

Ninguno de los rescatadores parecía sorprendido.

—Nos lo dijo un pirata que habló demasiado —dijo el Sheriff—. Creyó que lo liberaríamos si nos daba información.

—Nos aseguramos de que las hadas lo mordieran más fuerte que a nadie —susurró Robin.

Sophie tenía un nudo en la garganta. Había mantenido la compostura durante los últimos tres días, sin sucumbir ante la desesperación. Sin embargo, de pronto se sintió muy abrumada.

—No podemos permitir que mueran —exclamó, las palabras apenas le salían de la garganta.

Ginebra dejó de caminar. Alzó el rostro de Sophie hacia el suyo.

—Es mi hijo, Sophie. Es por eso que me desafiaste a ayudarlo. Es por eso que todos estamos aquí contigo.

—Lo sé —respondió Sophie, a punto de llorar.

—Has pasado por muchas cosas durante estos días —dijo la madre de Tedros—. Has contenido todas esas emociones. Y por primera vez, te sientes lo bastante segura como para dejarlas salir.

Sophie se frotó los ojos. Había pasado mucho tiempo desde que había sentido la caricia de una madre. Incluso de una que no fuera la suya.

—No todo está perdido. Tenemos fuerzas de nuestro lado, Sophie —dijo la reina—. Fuerzas que estás a punto de ver.

—Sigamos avanzado. Ya casi hemos llegado —las instó Robin, claramente incómodo ante la muestra de emociones.

Sophie veía el orbe delante cada vez más y más grande, como un sol violeta a punto de engullirlos. No tenía ni idea de hacia dónde se dirigían, al igual que no sabía qué pasaría con Tedros, Dovey y sus amigos. Sabía que debería confiar en Ginebra. La madre de Tedros era quien tenía más en juego: su hijo era lo único que le quedaba. Pero ¿por qué Sophie todavía se sentía tan fuera de control? ¿Por qué se sentía tan sola?

Sophie sabía la respuesta, claro.

Siempre se sentía sola sin Agatha.

El acuario desapareció bajo sus pies.

La luz violeta la invadió, el orbe proyectaba sombras sobre su piel.

—Nos vemos al otro lado —susurró Robin.

—¿Qué? —exclamó Sophie, girándose hacia él.

Un resplandor violeta la cegó desde todas partes y ya no podía ver a Robin, al Sheriff o a Ginebra. Luego, la luz violeta empezó a acercarse a ella desde tres lados, como si estuviera atrapada en una pirámide, una tumba hecha de luz. Pero cuando la luz la encerró, empezó a mutar en nuevas formas y aparecieron sectores negros en los centros y los bordes, esculpiendo las paredes violetas.

Y luego, Sophie lo vio.

Ya no eran paredes.

Eran letras.

Siete letras.

Formando una sola palabra.

E-N-E-M-I-G-O.

Los tentáculos aparecieron por todas partes...

Y una vez más, empezó a caer.

Cuando abrió los ojos, estaba afuera, en una colina.

El sol brillaba detrás de ella.

Las sombras la rodeaban y oscurecían su lado de la colina. Lentamente, Sophie se puso de pie, reconoció el césped esmeralda, las torres blancas y doradas en la cima. Un estanque pequeño yacía al pie de la colina, unos patos flotaban en sus aguas asquerosas.

Allí había estado antes de la reunión del Consejo.

Cerca del sitio donde los trabajadores construían el escenario para la ejecución.

Miró de nuevo el sol.

Los primeros rayos del amanecer.

Lo cual significaba...

Sophie se giró.

Cien líderes del Consejo del Reino estaban reunidos alrededor de la plataforma de madera sobre la colina, observando en silencio cómo los guardias trasladaban a seis prisioneros encadenados: la profesora Dovey, Nicola, Willam, Bogden, Aja y Valentina. Frente a ellos, Tedros estaba de rodillas en el centro del escenario, con el cuello extendido sobre un bloque de madera, sus ojos abiertos y llenos de horror. El verdugo vestido de cuero negro y con capucha alzó el hacha sobre la cabeza del príncipe, la hoja brilló bajo el sol…

Sophie gritó.

Luego se tragó su alarido.

El hacha no se movió.

Tedros tampoco.

Los demás tampoco.

El momento estaba congelado, como si el tiempo se hubiera detenido. Como si estuviera mirando una bola de cristal y hubiera pausado la escena[15].

—Bien, ella también la ve —dijo la voz de una mujer a sus espaldas.

Se giró y vio a Robin, el Sheriff y Ginebra aparecer en nubes de niebla violeta.

—No lo entiendo —jadeó Sophie—. ¿Qué está pasando?

—Nos hemos desplazado al lado Enemigo del saco. Lo que significa que estás experimentando lo mismo que mis enemigos. Estás viendo tu peor pesadilla —explicó el Sheriff—. Todos compartimos el mismo miedo: que Tedros y los demás mueran. Así que por eso vemos lo mismo que tú.

Sophie salió del trance, sus mejillas ardiendo de calor.

—¿Esto es lo que teníais que mostrarme? ¿Por eso os he seguido hasta aquí? Me habéis hecho mentir a los líderes

---

15. Mi editora, Toni, señaló que si «ensayábamos» la ejecución aquí arruinaríamos el impacto de la ejecución real cuando ocurriera, porque disminuiría el efecto y la VEROSIMILITUD de la situación. Era un fragmento innecesario.

cuando podría haberles dicho la verdad y salvarnos a todos. Me habéis hecho perseguiros dentro de un saco y desperdiciar todo este tiempo… y ¿*esto* es lo que debería motivarme a regresar con Rhian y quedarme a su lado mientras esto ocurre? ¿Se suponía que esto haría que *confiara* en vosotros?

—No —dijo Robin—. Pero eso sí.

Señaló hacia arriba.

Sophie alzó la vista y, por un segundo, solo vio el brillo del sol dividido en un prisma de colores: rojo, dorado, verde, azul…

Excepto que los colores se estaban moviendo sin ningún orden, como un arcoíris rebelde, hasta que Sophie comprendió que no era el sol.

Eran brillos, *dedos* encendidos, cada uno de un color definido surcando el cielo.

Cuando su vista se habituó, vio de quiénes eran.

En lo alto del cielo, un grupo de cuerpos estaba reunido sobre un panel de vidrio irregular y beige que se extendía sobre el escenario del verdugo como un observatorio. Algunos estaban de rodillas, otros de pie. Todos eran sus amigos.

Hester. Anadil. Dot.

Hort. Beatrix. Reena.

Kiko. Ravan. Vex.

Mientras debatían con vigor, con expresiones serias e intensas, usaban el brillo de sus dedos como pintura, marcando el vidrio bajo sus pies como un mapa y dibujando flechas en distintas partes del escenario.

—Ven lo mismo que nosotros —comprendió Sophie.

—Y están trazando un plan —dijo Ginebra.

—Pero ¿*cómo*? —preguntó Sophie—. Si ellos están aquí, significa que Rhian puede verlos en su mapa.

—No si llevan los emblemas de los alumnos de primero —respondió el Sheriff.

Sophie observó los escudos de cisne plateados brillando sobre las camisas de sus amigos, como si los hubieran despegado del pecho de los de primero. Recordaba haber visto el Mapa de Misiones de Rhian después de la reunión del Consejo, misteriosamente en blanco... Wesley y Thiago lo habían confirmado cuando los había oído hablar en el pasillo... Diciendo que faltaban los nombres de los chicos de cuarto año, incluso el de...

El corazón de Sophie se detuvo.

Lentamente, miró hacia arriba de nuevo, a través del suelo de vidrio, donde la luz del amanecer había ocultado a alguien sobre el escenario.

Alguien que lideraba el equipo, dirigiendo sus planes.

Alguien a quien Sophie estaba segura de que no volvería a ver jamás.

Todo su cuerpo se ablandó.

—¿Agatha? —susurró[16].

—Necesitábamos un lugar para planificar nuestro ataque después de que el Sheriff rescatara a tus amigos de la escuela y los trajera aquí en su saco —dijo Ginebra—. Agatha tuvo la idea de usar el lado Enemigo del saco. Sabía que todos compartiríamos la misma pesadilla. Que todos veríamos el mismo escenario con Tedros a punto de morir, el momento congelado en el tiempo. Pero eso nos daba una ventaja. Si estudiábamos el futuro con claridad, podríamos elaborar una estrategia para evitarlo.

El Sheriff añadió:

—Dot usó al demonio de Hester para que la subiera al cielo y convirtió una nube en caramelo de chocolate, que es

---

16. Adoro este momento... pero ¿por qué no esperar hasta DESPUÉS de la ejecución para el reencuentro entre Sophie y Agatha? Sería mucho más emotivo y satisfactorio después de todo lo que han pasado.

donde están todos ahora. Mi niña es bastante astuta cuando es necesario.

—Juntos, hemos trazado un plan para detener la ejecución —dijo Robin—. Es lo que Agatha y el equipo están ensayando ahora mismo…

—¿Cómo? —preguntó Sophie, con los ojos puestos en su mejor amiga—. ¿Cómo la detendrán?

—Deja que Agatha y nosotros nos ocupemos —dijo Robin—. Tú tienes un rol diferente que desempeñar. Por eso hemos venido a buscarte.

Sophie todavía no podía creerlo: Agatha estaba allí, sin Bosque o magia entre ellas, sin León o Serpiente separándolas… Después de todo, estaba tan cerca…

Con una sonrisa, Sophie corrió bajo el sol, agitando las manos.

El Sheriff la sujetó y se la llevó de nuevo hacia las sombras.

—No es conveniente —gruñó él.

—Pero ¡tengo que hablar con ella! —protestó Sophie.

—Si te ve, podría empezar a pensar en ti en vez de en Tedros —dijo el Sheriff—. Podría empezar a temer por tu vida y su pesadilla cambiaría. No tenemos tiempo para cometer errores. Necesitamos que Agatha y su equipo se centren en Tedros, así como necesitamos que tú te centres en Rhian. Es por eso que estamos aquí.

El corazón de Sophie se deshinchó.

—Pero… Pero…

—No es momento para finales felices, Sophie —dijo Robin Hood, la alegría habitual en su voz había desaparecido—. En un minuto, regresarás con Rhian y fingirás que todo es tal y como debería ser. Que has respondido las dudas de los líderes en la reunión del Consejo como lo hiciste porque sabías que era la única manera de salvar tu propia vida. Que has renunciado a rescatar a tus amigos. Que te has rendido ante tu rey. —Robin se acercó—. Sophie, nada de lo que hagamos importará si Rhian sospecha que algo anda mal. Nuestro plan depende de que Tedros esté atado a ese bloque de madera y que Rhian crea que va a morir. La única manera de que eso ocurra es que tú *hagas* que Rhian crea que Tedros morirá. Dile lo que quiere oír. Haz que confíe en ti. Y cuando llegue la batalla, deberás permanecer junto al rey hasta el final. Eres nuestra última esperanza si fallamos. No puedes delatar tu postura. Ni siquiera si las cosas salen mal. Ni siquiera si nos ocurren cosas terribles. Lucharás por Rhian hasta que *yo* te detenga.

—Todas nuestras vidas están en *tus* manos, Sophie —remarcó Ginebra, con expresión feroz y decidida—. Cumplir estas órdenes es la única manera en la que verás a Agatha de nuevo. Es la única manera en la que Tedros y los demás conservarán la cabeza. Prométeme que tendrás éxito.

Sophie alzó la vista hacia Agatha, quien reflejaba la misma pasión de Ginebra en su rostro mientras planificaba con su equipo, apretando la mandíbula. Sus grandes ojos castaños brillaban.

Observando a Agatha, algo dentro de Sophie cambió.

Robin tenía razón.

La historia no había terminado.

No hasta que ella hubiera cumplido con su parte.

Los finales felices deberían esperar.

Sophie le devolvió la mirada a Ginebra.

—Lo prometo.

Su juramento pareció flotar en el aire, lleno de magia propia, porque en ese instante, por un breve segundo, la luz del sol pasó sobre el hombro de Agatha e iluminó a Sophie en el suelo como una antorcha. Agatha movió los ojos, siguiendo la luz…

Las miradas de ambas se encontraron como dos estrellas al colisionar.

Pero entonces Sophie notó las manos de Ginebra tirando de ella hacia atrás, hacia las sombras, y la sombra se convirtió en oscuridad y la engulló como una tumba.

Esa vez, cuando abrió los ojos, estaba sola y acurrucada en el suelo de la pequeña habitación de huéspedes húmeda, el saco encantado colgaba de la puerta sobre su cabeza.

Afuera, el pasillo estaba en silencio, los piratas se habían ido hacía tiempo.

Tic, tic, tic, hacía el reloj sobre la chimenea.

Apenas eran pasadas las cinco de la mañana.

El sol saldría en una hora.

La escena que acababa de ver pronto cobraría vida.

Sophie se dio cuenta de que todavía estaba conteniendo el aliento.

Pero lentamente, la calma se apoderó de ella, el eco de una promesa la obligó a ponerse de pie.

Todos dependían de ella.

Una escuela.

Una madre.

Una mejor amiga.

Nunca los decepcionaría.

Como una actriz que salía al escenario, Sophie esbozó su mejor sonrisa y abrió la puerta, lista para acompañar al rey en la ejecución del día[17].

---

17. Imaginaros esto: la mayor parte de la segunda mitad de este capítulo… Tantas escenas y momentos… Todo lo que Ginebra, Robin y el Sheriff le cuentan a Sophie… Está todo condensado en la nota que Robin deja para ella en la versión final del capítulo 14: HAZLE CREER QUE ESTÁS DE SU LADO. Eso es todo lo que necesité para reemplazar la mayor parte de este capítulo. Siete palabras. ¡Tantos fantasmas condensados en ellas!